KASACK · DIE STADT HINTER DEM STROM

Universal Bibliothek

BELLETRISTIK

Hermann Kasack

DIE STADT HINTER DEM STROM

Roman

1989

Verlag Philipp Reclam jun. Leipzig

Mit 17 Holzschnitten von Beate Dietrich

ISBN 3-379-00449-9

Lizenzausgabe des Verlages Philipp Reclam jun. Leipzig
für die DDR mit Genehmigung des Suhrkamp Verlages,
Frankfurt am Main.
Der Vertrieb in der BRD, Berlin (West) und im übrigen Ausland
ist nicht gestattet.

Text nach: Hermann Kasack, Die Stadt hinter dem Strom,
Suhrkamp Verlag, Frankfurt am Main 1986

Reclams Universal-Bibliothek Band 1302
1. Auflage
Reihengestaltung: Lothar Reher
Lizenz Nr. 363. 340/67/89 · LSV 7301 · Vbg. 22,8
Printed in the German Democratic Republic
Grafischer Großbetrieb Völkerfreundschaft Dresden
Gesetzt aus Garamond-Antiqua
Bestellnummer: 6614614
00300

1

Als der Zug seine Geschwindigkeit verminderte und langsam über die große Flußbrücke fuhr, die unmittelbar vor der Endstation lag, trat Robert an das Fenster des Abteils und warf noch einen Blick auf das zurückliegende Land. Endlich am Ziel! Aufatmend sah er unter sich das tiefe Bett des Stromes, der die Grenze bildete. Zu beiden Seiten der Fahrtrinne dehnten sich breite Streifen mit verschlammten Geröllsteinen, die der vorzeitige Sommer ausgetrocknet hatte. Über allem lag das triefende Zwielicht der frühen Morgendämmerung.
Robert hatte die Nacht in einem Zustande zwischen Schlaf und Halbwachen verbracht, der ihm die Reise noch länger hatte erscheinen lassen. Während der Zug in die verhältnismäßig kleine Bahnhofshalle einlief, vergewisserte er sich, wie schon so oft auf der Fahrt, des Schreibens der Stadtverwaltung, das ihn aufgefordert hatte, hierherzukommen. Er steckte es griffbereit neben die Brieftasche, bevor er seinen Koffer aufnahm und ausstieg. Durch einen Tunnel gelangte er mit den zahlreichen Fahrgästen des Zuges an die Zollschranke, wo ein untersetzter Beamter mit mürrischer Gleichgültigkeit die Papiere prüfte. Auch dem Inhalt des Gepäcks, das die notwendigen Gegenstände für Übernachtung und kurzen Aufenthalt enthielt, schenkte er nur flüchtige Beachtung. Dann aber stutzte er. Robert wies das Schreiben der Präfektur vor. „Passiert!" rief der Wächter und gab ihm mit einer ausladenden Geste den Weg frei.
Robert war fremd hier, und niemand erwartete ihn. Da er erfahren hatte, daß der Bahnhof ein geraumes Stück außerhalb des Stadtkerns gelegen war, nahm er, aus dem Tunnel ins Freie tretend, auf dem Vorplatz beglückt eine Straßenbahn wahr, die er zu der frühen Stunde nicht vermutet hatte. Auf die Frage, ob man zur Stadt fahre – er wolle zur Präfektur, schaltete er noch ein –, hieß ihn der Schaffner einsteigen. Der Wagen war, soweit man bei dem unsicheren Licht etwas zu erkennen vermochte, mit einfach gekleideten Personen besetzt. Die Frauen trugen helle Kopftücher, die unter dem Kinn geknotet waren. Auf den Knien hielten sie, wie auch die Männer, geflochtene Körbe, in denen, von einem Stück Leinen bedeckt, die Wegzehr verwahrt wurde.

Robert löste den Fahrschein und setzte sich auf einen noch freien Platz in der Wagenmitte.
Als habe man nur auf ihn gewartet, fuhr der Wagen mit einem kurzen Klingelzeichen ab. Sie überholten bald eine Anzahl von Reisenden, die mit dem gleichen Zuge angekommen waren und in mehreren Gruppen geordnet auf dem Fahrdamm zur Stadt pilgerten. Da die Glasfenster der Straßenbahn mit einer blaugrünen Farbe angestrichen waren, wurde dem Auge eine genauere Sicht entzogen. Auch von der Umgebung, die in offenes Gelände mit einzelnstehenden Häusern überzugehen schien, waren nur schäbige Umrisse erkennbar.
Das eintönige Sirren des elektrischen Motors wirkte auf die Fahrgäste, die ohnehin eine ermüdende Nachtfahrt hinter sich hatten, einschläfernd. Die Köpfe sanken nach vorn, die Körper gerieten in eine schaukelnde Bewegung und schreckten an den Haltestellen jählings auf. Auch Robert spürte eine leichte Benommenheit. Erst als die Mehrzahl der Mitfahrenden, die ihr Ziel kannten, unterwegs ausgestiegen war und die letzten den Wagen verließen, bemächtigte sich seiner eine leichte Unruhe. Vergebens spähte er durch die Scheiben, die alles in ein verwunschenes Blau tauchten. Nichts an Straßen oder regelmäßigen Häuserkomplexen deutete darauf hin, daß er sich einem Stadtbild näherte. Suchend schaute er sich nach dem Schaffner um, den er aber nicht mehr entdeckte. Er wußte nicht, daß Schaffner und Fahrer die gleiche Person waren, und glaubte sich der blinden Mechanik eines unaufhörlichen Fahrens ausgeliefert, das kein Ende zu nehmen schien. Obwohl nur wenige Minuten verstrichen waren, bis die Bahn wieder hielt, hatte er das Gefühl für die Zeit verloren. Erst als er polternde Schritte von der vorderen Plattform sich entfernen hörte, erhob er sich und stieg aus.
Anscheinend befand sich hier die Endhaltestelle der Straßenbahn, obgleich die Schienen noch ein Stück weiterliefen. Robert sah sich im Vorgebiet einer größeren Stadt und hätte gern gewußt, wo er Unterkunft finden oder wenigstens sein Gepäck unterstellen konnte. Aber der Fahrer, den er danach zu fragen gehofft hatte, war, als hätte ihn die Erde verschluckt, nirgends zu erblicken. Noch hüllte das farblose Licht der Frühe Häuser, Zäune und Straßenanlagen

in ein staubiges Grau. Die Bevölkerung mochte zu dieser Stunde noch nicht unterwegs sein, so daß Robert bald auf einem ovalen Platz unschlüssig verhielt, von dem mehrere Straßen abzweigten. In der Mitte stand ein Brunnen, dessen Wasser einen stumpfen Glanz spiegelte. Eine Brunnenfigur lenkte aus einem spitz zulaufenden Gefäß einen Wasserstrahl an die eine Seite des Beckens. „Das Wasser ist trinkbar", konnte man auf einer kleinen Holztafel lesen.
Robert lehnte sich mit dem Rücken gegen den breiten Rand des steinernen Beckens und zog den Brief der Stadtpräfektur hervor, die ihm eine besondere Stellung innerhalb der Verwaltung in Aussicht stellte. Beim Überlesen der wenigen Zeilen fiel ihm, bei aller Verbindlichkeit, in der das Schreiben gehalten war, wiederum zugleich die Bestimmtheit des Tons auf, der etwas nahezu Befehlendes hatte. Welcher Art seine Aufgabe sei, war nicht gesagt. Nun, Robert würde sich in den ersten Vormittagsstunden bei der Präfektur melden und die näheren Umstände erfahren.
Als er seine Blicke umherschweifen ließ, um mit der Umgebung vertrauter zu werden, machte er eine sonderbare Entdeckung. Von den Häusern der umliegenden Straßenzeilen ragten nur die Fassaden auf, so daß man im schrägen Aufblick durch die kahlen Fensterreihen die Fläche des Himmels sehen konnte. Überrascht war Robert einige Schritte näher getreten und erkannte, daß fast überall hinter den nackten Außenmauern das offene Nichts lag. Der Anblick verlor indessen allmählich von seinem Schrecken; vielmehr wirkten die wenigen Gebäude, die in einigen Abständen noch mit heilem Dach ausgerüstet geblieben waren, wie Fremdteile, die dem Ruinenbild der Stadtlandschaft als nicht zugehörig erschienen.
Da gewahrte er mehrere junge Frauen und Mädchen, die zu dem Brunnen eilten, wo sie auf einen eisernen Rost Kannen unter den Wasserstrahl stellten, um sie vollaufen zu lassen. Dabei blickten ihre Augen in eine Ferne, die jenseits der Stadt zu liegen schien, und ihre Gesichter glühten unter dem stärker werdenden Schein der Morgenröte auf. Sie trugen satt leuchtende einfarbige Kleider verschiedener Art. Robert hatte das Gefühl, als wäre er der einen oder anderen schon einmal begegnet, ohne sich aber genauer erinnern zu

können. So war er keineswegs verwundert, als eine von ihnen auf ihn zutrat, nachdem sie die gefüllten Kannen beiseite gerückt hatte, um den übrigen Mädchen Platz zu machen. Der Koffer, den er neben sich gestellt hatte, schien es ihr angetan zu haben, denn sie zeigte darauf und wies mit ausgestrecktem Arm auf die Tür eines gegenüberliegenden Hauses. Als er noch zögerte, klatschte sie flink ein paarmal in die Hände, ergriff die beiden Wasserkannen und bedeutete ihm mit einem knappen Rucken des Kopfes, als wäre Eile geboten, ihr zu folgen.
Diese Geste rief in ihm das Bild einer jungen Frau wach, die einmal schicksalhaft in sein Leben eingegriffen hatte. Die Gestalt hatte sich schon abgewendet, so daß er nur noch einen fragenden Blick zu den übrigen Mädchen hinüberwerfen konnte, die ihm, am Brunnen weiter beschäftigt, leichthin zunickten. So nahm er den Koffer auf und eilte hinter ihr her. Auch in ihrem Gang gewahrte er eine verwandte Bewegung, sie lief mit einer leichten Betonung großer Schritte ihm voraus, ohne daß ihr das Gewicht der Kannen Beschwer machte. Als sie vor der toten Häuserfassade stand, trat sie nicht in die Haustür, sondern in eine danebenliegende kleine Öffnung, die er vorher nicht wahrgenommen hatte. Sie war sauber herausgebrochen und gab Einlaß zu einer abwärts führenden Steintreppe, die auf einen unterirdischen Gang mündete.
Zu beiden Seiten dehnten sich niedrige Kellerräume, in die zuweilen Licht durch einen Schacht von oben drang. Da die Türen zu ihnen offen standen, vielfach auch gar nicht vorhanden waren, konnte er sie im Vorübergehen mit den Augen überfliegen. Er hatte den Eindruck, als hausten zahlreiche Menschen darin. Seine Geleiterin machte schließlich vor einer vertieften Nische halt, in der sich Kisten, Säcke und Koffer stapelten. Sie bedeutete ihm, sein Gepäck hier abzustellen, und wies ihn selbst zu einem gegenüberliegenden Raum. Erst als sie sich anschickte, ihren Weg durch die Gänge fortzusetzen, rief er ihr nach: „Und wo finde ich dich wieder?"
Sie war stehengeblieben und hatte eine der beiden Kannen zu Boden gesetzt. Während sie sich halb zu ihm umwendete, legte sie den Zeigefinger vor ihren Mund und wiederholte bedeutsam diese Geste. Aber das Licht war zu

schwach, um ihm Gewißheit darüber zu geben, ob es Anna oder ein fremdes Spiegelbild war. Er blieb allein.
Der Raum, in den Robert sich gebannt sah, wirkte wie ein altes Refektorium. Die Mauern waren weiß getüncht, und von dem flachen Tonnengewölbe der Decke hingen an eisernen Ketten altertümliche Lampen herab, die ein künstliches gelbes Licht verbreiteten. An langen Holztischen saßen und hockten Gruppen von älteren Männern und Frauen. Mit blechernen Löffeln schöpften sie aus einfachen Metallschüsseln eine heiße Flüssigkeit, die sie mit einer gewissen Hast zum Munde führten. Wegen des aufbrodelnden Dampfes war wenig zu unterscheiden, nur ein unregelmäßig schepperndes Geräusch erfüllte die Luft, das dadurch entstand, daß die Löffel an den Rand der Gefäße stießen oder an ihrem Grunde entlang schabten. Die Schüsseln schienen ebensowenig leer zu werden wie der Hunger der Essenden gestillt. Ihre Mienen wenigstens blieben in einer ständigen Bewegung des Kauens und Schmeckens. Der Kleidung nach mochte die Gesellschaft sich aus verschiedenen Schichten der Bevölkerung zusammensetzen, wenngleich die meisten sich mit ihren besten Sachen versehen hatten. In ihrer ausdruckslosen Art glichen sie Modepuppen, die aus dem Katalog eines Konfektionshauses in Lebensgröße ausgeschnitten waren. Die meisten hatten sich reich mit Schmuckstücken ausgestattet, mit Halsketten, Broschen und Krawattennadeln, mit Ringen an den Fingern und Armbändern. Bei der ständig schaukelnden Bewegung der Essenden glitzerten Gold und Silber auf, funkelten Brillanten und Edelsteine, mochten sie nun echt oder nachgeahmt sein. Viele hielten sich in Hut und Mantel auf, als befänden sie sich in einem steten Aufbruch. Als Robert sich zwischen den Bänken durchtastete und nach der Möglichkeit eines Sitzplatzes ausspähte – denn um einen Imbiß einzunehmen, war er wohl hierher gewiesen worden –, hörte er sich plötzlich bei Namen gerufen und fühlte seinen Arm von rückwärts festgehalten.
Freude und Überraschung klangen in der Stimme auf: „Robert! Wie kommst du hierher?“
Als er sich umdrehte, sah er sich seinem Vater gegenüber. Robert erblaßte, aber bevor er etwas sagen konnte, fuhr der Alte zu sprechen fort, in dessen Worten sich eine Plapper-

seligkeit breitmachte wie bei jemandem, der längere Zeit keine Gelegenheit gehabt hat, vor Zuhörern zu reden.
„Das ist schön“, sprudelte es aus dem Alten hervor, „dich einmal wiederzusehen. Du siehst blaß aus, Robert, immer noch das viele Rauchen? Ich habe es mir hier ganz abgewöhnt. Wie geht es zu Hause, Frau und Kinder munter, wie? Bist zu zufrieden, mein Sohn, ich meine, auch innerlich befriedigt? Daß ich immer für dich tue, was ich kann, weißt du. Es ist schade, daß du nicht Jurist geworden bist, sonst hättest du längst meine Anwaltspraxis übernehmen können, eine glänzende Sache. Aber dich zog es zu den alten Wissenschaften. So mußte ich damals Felber aufnehmen, ich weiß, du schätzt ihn nicht, es ist mir bekannt, aber keine Widerrede, Felber hat seine Qualitäten. Wie gesagt, wir hätten uns schon vertragen, nicht wahr? Die Arbeit nimmt kein Ende, man kommt nicht zur Ruhe. Aber willst du nicht mit uns frühstücken? Komm, wir rücken zusammen, hier hat jeder Platz.“
Wiederholt hatte sich Robert seine Augen unter der Brille mit Daumen und Zeigefinger gerieben. Es war nicht zu leugnen, daß es die Stimme seines Vaters war, die er vernahm, während er das Gesicht mit früheren Bildern nur allmählich in Übereinstimmung brachte. Er beugte sich kopfschüttelnd weiter vor, als könnte er dadurch die Vision bannen – denn als nichts anderes dünkte ihn die unerklärliche Begebenheit. Wieder schlug das schmatzende Geräusch der unablässig Essenden deutlich an sein Ohr. Er stützte sich mit beiden Händen auf den Holztisch und starrte das Gespenst an, das vorgab, sein Vater zu sein. Hatte er nicht im Leben oft genug die gleichen Redensarten gehört, war ihm sein Vater zuweilen nicht gespenstisch erschienen? Und nun saß der gestorbene Gott seiner Kindheit wieder leibhaftig vor ihm?
„Iß nur“, forderte ihn der Vater auf, „das Heiße tut gut.“
„Und ich dachte immer“, flüsterte Robert, „du wärest tot?“
„Pscht“, machte der Alte, wobei sein schiefgezogener Mund zu lächeln versuchte, „das hört man nicht gerne.“
„Es ist merkwürdig –“ begann Robert.
„Was soll merkwürdig sein?“ fragte der Vater lauernd.
„Daß ich dich hier treffe“, sagte Robert. „Gewiß, ich selbst

war damals nicht zu Hause, als" – er überlegte und suchte nach einem passenden Ausdruck –, „als es geschah."
„Du warst damals nicht zu Hause, ganz recht", erwiderte ruhig der Alte, „darum kannst du es auch nicht wissen."
„Mutter hatte mir geschrieben, daß du ganz plötzlich –" Robert brach erregt ab.
„Du weißt, wie Mutter war", sagte der Vater mit überlegenem Schmunzeln, „ihr konnte alles nie schlimm genug erscheinen. Als ich damals meinen Schlaganfall erlitt – wahrscheinlich hast du die kleine Verzerrung in meinem Gesicht schon bemerkt –, gab sie mich natürlich schon im Geiste auf. Ich entzog mich aber allen Ovationen und ließ mich, ohne ein Sterbenswörtchen zu verraten, hier zur Kur nieder. Und das ist mir nicht schlecht bekommen, wie du siehst."
„Aber warum hast du nie geschrieben", fragte Robert, „nie ein Lebenszeichen gegeben?"
„Man soll", meinte der Alte, „Gerüchten ihren Lauf lassen, das Leben besteht aus Täuschungen. Du entschuldigst mich." Der Vater wandte seine Aufmerksamkeit wieder dem allgemeinen Frühstück zu.
Robert sah über die Schar der Essenden hin und konnte sich noch immer nicht mit der Wirklichkeit abfinden. Hatte es damals nicht den Anschein gehabt, als sei der Vater gestorben? Als Robert seine Mutter vor einigen Monaten kurz besucht hatte, trug sie ein schwarzes Kleid. Doch das bedeutete bei älteren Frauen nichts Ungewöhnliches. Vom Vater war nur wenig und nicht ohne Verlegenheit wie von einem Abwesenden gesprochen worden. Aber sein altes Arbeitszimmer stand unverändert, als wäre stets mit einer Rückkehr zu rechnen. An der Tür zu den Büroräumen, wo Felber jetzt die Anwaltspraxis führte, befand sich noch das alte Namensschild. Während sich Robert diese Einzelheiten vergegenwärtigte, fiel ihm auch ein, daß die Mutter niemals mit ihm zum Friedhof gegangen war.
„Du bist also gar nicht tot?" fragte Robert, sich wieder in die Gegenwart sammelnd.
„Schau mich nur an, ungläubiger Thomas!" rief der Vater, der seinen Eßlöffel auf den Tisch legte und den Sohn aus verschmitzten Augen anblickte. „Sehe ich nicht besser und im ganzen jünger aus als je zuvor?"

Wie um einen letzten Zweifel zu besiegen, packte Robert seinen Vater mit beiden Händen fest bei den Schultern und schüttelte ihn lebhaft hin und her. „Wahrhaftig“, sagte er, „du bist es.“
„Wenn man mehr als dreißig Jahre verheiratet war, dann schlägt man gern seiner Umwelt ein Schnippchen, um einmal wieder für sich zu sein.“ Robert hörte das behagliche Lachen seines Vaters, das ihm von früher her unverkennbar war.
„Du bist wieder der Alte“, stimmte er lächelnd zu. Einen Augenblick lang schwankte das Licht in den Lampen.
„Nun“, fuhr der Vater schmatzend fort, „ich kann mich nicht beklagen, daß ich damals hierher reiste. Gleichsam inkognito zu leben, hat große Reize. Da ich nie ohne Arbeit sein kann, bereite ich jetzt in aller Muße den Schriftsatz vor für den Scheidungsprozeß Mertens kontra Mertens. Die Sache will behutsam angefaßt werden. Es ist mir lieb, daß du da bist, denn wir müssen uns einmal in aller Ruhe und Offenheit darüber aussprechen. Nicht hier natürlich, das wäre keine würdige Umgebung für einen so heiklen Gegenstand.“
Er überblickte etwas verächtlich den Raum mit den Scharen der Männer und Frauen. Robert stellte fest, daß sein Vater die Suppe noch so laut schlürfte wie früher. Die Nächstsitzenden saßen so vertieft in ihre Essensbeschäftigung, als gäbe es weder Gespräch noch andere Aufgaben.
„Schwebt diese Sache noch immer in der Welt?“ fragte Robert. „Ich meinte, das Gericht hätte damals die Scheidung schon ausgesprochen?“
„Mag sein“, sagte der Vater. „Aber in zweiter Instanz wird hier am Ort verhandelt. Das war ebenfalls ein Grund für mich, hierher zu übersiedeln. Du warst damals auch in die Angelegenheit verwickelt, das heißt, ich hatte es geschickterweise verstanden, dich und deine Zeugenaussage aus der Verhandlung herauszuhalten. Du hast doch früher im Mertenschen Hause verkehrt, nicht wahr? Und nach Äußerungen von Frau Mertens, die sie mir gegenüber einmal machte, habe ich den Eindruck gewonnen, daß es Dinge gibt, die man der öffentlichen Betrachtung besser nicht aussetzt. Ich habe meine Akten nicht zur Hand, aber, wie gesagt, ich werde dir darüber bei Gelegenheit ein Privatissimum halten.“

„Es ist sogar möglich", sagte Robert versonnen, „daß ich Anna vorhin gesehen habe."
„Hier?" rief der Anwalt, „Frau Mertens wäre hier? Das würde meine Behandlung der Sache wesentlich fördern."
„Ich bin mir nicht sicher", meinte Robert. „Ich hatte lediglich den Eindruck, als ob es Anna gewesen sein könnte, die mich hierher wies."
„Dem muß unbedingt nachgegangen werden, Robert. Hast du vielleicht eine Vorladung von der Gegenpartei erhalten und bist überhaupt deshalb hergekommen?"
„Das ist wohl nicht anzunehmen", sagte Robert, dem die Unterhaltung allmählich unlieb wurde. „Ich erhielt dieses Schreiben von der Präfektur – bitte!" Damit zog er das Schriftstück aus der Brusttasche und reichte es dem Vater, der es sorgfältig durchlas.
„Ein wertvolles Dokument", meinte er anerkennend, „unmittelbar von unserer Präfektur ausgestellt – eine derartige Aufforderung besitzen nur wenige. Daraus geht auch hervor", sagte er nicht ohne Stolz auf seinen Sohn, während er ihm das Papier zurückgab, „daß dein Bleiben auf längere Zeit gesichert ist. Das ist nämlich für unsereinen die Hauptsorge. Du ersparst dir viel Scherereien und Unruhe, wenn du nicht immer nach Gründen fahnden mußt, die eine Verlängerung deines Aufenthalts rechtfertigen. In diesem Punkte kannst du also ganz beruhigt sein."
Es beruhigte Robert freilich mehr, daß das Schreiben nach der Ansicht des Vater kaum in einem Zusammenhang mit einer etwaigen Zeugenvernehmung in Annas Prozeß stand, weil die Präfektur eine reine Verwaltungsbehörde war und nur mittelbar auf das Gerichtswesen einwirkte, das an sich selbständig arbeitete. Der Vater betrachtete es eher als eine Art Diplomatenpaß, der Robert Zulaß zu den wichtigen Stellen ermöglichte.
Robert meinte, er werde bald an Ort und Stelle erfahren, was es mit seiner Anwesenheit auf sich habe. Er verstehe nur nicht, warum der Vater sich mit dieser seltsamen Gesellschaft in diesen dumpfen Kellern aufhalte.
„Was sind das für Leute?" fragte er laut. „Der kleine Teil der Stadt, den ich gesehen habe, erinnert mit seinen Ruinen an eine von Erdbeben oder kriegerischer Einwirkung gezeichnete Stätte. Was geht hier vor?"

„Seit wann bist du hier?“ erkundigte sich der Vater.
„Ich bin eben angekommen und war dabei, mich nach einem Quartier umzutun, als ich hierher geriet.“
„Wenn du eben erst angekommen bist“, sagte der Vater mit einer gewissen Überlegenheit und schob kurz die Unterlippe vor, „kannst du noch nicht wissen, daß sich das Leben sozusagen unterirdisch abspielt. Es ist eine Frage der Gewöhnung.“
Ehe Robert eine nähere Erklärung erhalten konnte, erscholl die schrille Glocke eines Weckers. Bei diesem Signal sprangen die Essenden auf und drängten zum Ausgang, wo sich die Menge staute, weil der Durchlaß zu eng war. Robert sah sich von seinem Vater getrennt, bevor er sich über eine neue Verabredung verständigen konnte. Dann wurde er selbst von dem zähen Menschenstrom mitgerissen, der sich wie ein zäher Teig langsam durch den Gang vorwärts schob.
Erst nach einer Weile, als sich andere Gänge abzweigten, gelang es ihm, sich aus der Masse zu lösen. Schilder mit ihm unverständlichen Buchstaben und Ziffern wiesen in verschiedene Richtungen. Er schlug aufs Geratewohl einen Weg ein, von dem er hoffte, daß er aus diesem Labyrinth ins Freie führte. Sobald er sich aber an den einen oder anderen der Vorübereilenden mit einer Frage wenden wollte, schüttelte jeder abweisend den Kopf und schien mit wichtigeren Angelegenheiten beschäftigt zu sein.

2

Unversehens war Robert auf die freie Fläche eines Hofes geraten, der sich inmitten eines Blocks halbhoher Häuser befand. Boten sie auch den gleichen Anblick wie jene am Brunnenplatz, so atmeten sie doch den Geist langjährigen Bewohntseins, wie er sich im Lauf von Generationen einstellt. In zahlreiche der aufragenden Wandfronten waren Quader und Säulenreste auf eine unregelmäßige Weise eingefügt, die von Bauwerken einer älteren Zeit stammten. Der Hofgrund war mit abgewetzten Steinplatten bedeckt, an manchen Stellen schimmerte noch das geometrische Muster eines eingelegten Mosaikelements durch. In den Fugen der Platten hatte sich Moos eingewuchert, und durch einige Risse drangen Büschel sonnverbrannten Grases. Mehrere Platten schienen erst in neuerer Zeit entfernt worden zu sein, um Platz für schmale künstliche Blumenanlagen zu schaffen. Wenige breit ausgetretene Steinstufen führten zu einem frei stehenden Rundbogen, der vermutlich einmal zum Innentor eines antiken Palastes gehört hatte.

In den Großraum dieses früheren Palastes waren kreuz und quer Häuserreihen eingebaut, für deren Lage und Unterteilung der Grundstock der Säle und der dicken Palastgewölbe gedient hatte. Hohe Fensteröffnungen waren zu spärlichen Luken zugemauert worden, winzige Balkone hingen wie offene Vogelbauer in der Luft. Fußböden und Treppen bestanden aus edlem Stein, wodurch sich ein seltsamer Kontrast zu der Armseligkeit der späteren Anlage ergab. Ungehindert konnte man die niedrigen Zwischenhäuser durchschreiten, um sich bald auf einem neuen Hofgeviert zu befinden. Das intensive Licht des Himmels ließ helle Flächen gleißender hervortreten und verstärkte das Dunkel des Schattens.

Ursprünglich mochte der alte Palast in der Form eines Rechtecks nach der Art eines befestigten Kastells angelegt worden sein. Aus der Linie der abgrenzenden Randhäuser ließ sich noch die Größe des Ganzen ermessen. Während drei der Seiten sich dem übrigen Stadtfeld zuwandten, schirmte sich die Nordfront gegen wegloses Ödland ab, das sich scharf zu dem Geröllbett eines großen Stromes senkte – des gleichen Stromes, den Robert auf der Eisenbahnbrücke überquert hatte. Wo sein bogenförmiger Lauf der Stadt am nächsten kam, lag der Palast oder der Komplex, der sich in vielfacher Aufteilung jetzt an seiner Stelle erstreckte: die Präfektur der Stadt.

In allen diesen Häusern, die untereinander in Verbindung standen, saßen in sauber abgeteilten Räumen, die wie Waben wirkten, zu ebener Erde viele Männer und Frauen an marmornen Tischen, wo sie Papiere ordneten und mit bestimmten Zeichen oder Stempeln versahen. Andere bereiteten, den Finger an die Nase gelegt, Schriftstücke vor, schlugen in mächtigen Akten nach, die sie aus Stahlschränken herbeiholten. Häufig wurden Mappen mit Listen und Formularen von Platz zu Platz gereicht, indem jeder dem In-

halt etwas entnahm oder hinzufügte. Die Tätigkeit verlief ohne besonderen Eifer oder auffällige Teilnahme des einzelnen nach einem seit langem eingespielten Schema. Blickten die Männer und Frauen von ihrer Arbeit auf, so verriet ihr Ausdruck einen leeren Ernst. Die würdevolle Entrücktheit ihrer glatten Gesichter wurde durch eine turbanähnliche grüne Kopfbedeckung betont. Alle trugen über ihrer Kleidung grau und gelb gestreifte Uniformkittel, die den Unterschied der Geschlechter verschleierten. Durch Abzeichen am rechten Ärmel waren die Beamten nach Bedeutung und Rang ihrer Tätigkeit voneinander abgehoben. Zwischen den einzelnen Abteilungen liefen unablässig Boten hin und her, deren Geschäftigkeit dem stummen Treiben etwas Geschwätziges verlieh.
Nach einer Weile hielt Robert einen von ihnen an und wies ihm das Schreiben der Präfektur vor. Der Bote warf einen Blick auf das Aktenzeichen am Kopf des Schriftstückes, kreuzte die Arme und bat Robert, ihm zu folgen. Er führte ihn durch einen Mauerdurchlaß über einen leeren Platz, ein kahles, ausgedehntes Hofgelände, an dessen Ende ein größeres Gebäude lag. Dort ließ er ihn in der Eingangshalle Platz nehmen. Dann wurde er von einem anderen Boten in den Empfangsraum des oberen Kommissariats für die Stadtverwaltung geleitet. Wie der Fußboden waren auch Sessel und Tische aus farbig inkrustiertem Marmor.
Die kalte Feierlichkeit des Raums, in dem man Robert ohne Erklärung gelassen hatte, blieb nicht ohne Wirkung. Die Spannung auf die unmittelbar bevorstehende Begegnung mit dem Präfekten oder einem seines Stabes, von der die Gestaltung seiner persönlichen Zukunft abhing, wurde durch das Warten von Augenblick zu Augenblick erhöht. Ungeduldig trommelte er mit den Fingern der linken Hand auf den Rand des Tisches. Nichts begab sich; die Zeit stand still. Sie begann ihre Wirksamkeit erst wieder, als Robert durch eine schmale Seitentür in das Arbeitszimmer des Kommissars beordert wurde.
Der hohe Beamte war Robert fast bis zur Tür entgegengekommen. Auch er trug die gleiche gestreifte Kitteluniform, und Roberts mit den Rangabzeichen noch ungenügend vertrautes Auge hätte kaum einen Unterschied zu den Beamten bis zu der niederen Stufe der Boten anzuge-

ben gewußt. Lediglich, daß jener den grünen Turban spitzwinklig im Arme hielt, wodurch das Nackte seines Schädels sichtbar blieb. Er wirkte sorgfältig ausrasiert und erinnerte an den Kopf eines asiatischen Würdenträgers. Nachdem er Robert achtungsvoll begrüßt und auf einem Marmorsessel hatte Platz nehmen lassen, der, wie Robert wohltuend empfand, mit Kissen ausgelegt war, begab er sich an den großen Schreibtisch, wo er hinter Akten und Gerätschaften verschanzt sich Robert gegenüber setzte. Diesem fiel eine Mikrophon- und Lautsprecheranlage auf.

„Der Herr Präfekt", begann der Hohe Kommissar mit einer hellen, monotonen Stimme, die Müdigkeit verriet, „der Herr Präfekt hat mich ersucht, Sie, mein verehrter Herr, statt seiner zu empfangen. Wir danken Ihnen, daß Sie unserer Einladung entsprochen haben. Zwei Gründe sind es gewesen, die uns veranlaßt haben, uns an Sie zu wenden. Einmal die verwaltungsmäßig eingetretene Vakanz eines Postens, den auf das beste neu zu besetzen uns notwendig zu sein scheint. Andererseits hatten wir den Eindruck gewonnen, daß Ihnen, Herr Doktor Lindhoff, in Ihrem bisherigen Leben nicht die Möglichkeit gegeben war, die Ihnen innewohnenden Fähigkeiten auf eine entsprechende Weise zu verwirklichen. Oder irre ich mich?"

„Man kann es so ausdrücken", meinte Robert. „Ich war nahezu fünf Jahre als wissenschaftlicher Hilfsarbeiter im Institut zur Erforschung der Keilschriftsprachen tätig. Seitdem das Institut im Zusammenhang mit der allgemeinen Stillegung kultureller Stätten seine Pforten schließen mußte, habe ich nur für mich arbeiten können, indessen – es fehlt die Resonanz. Von der Schwierigkeit, sich wirtschaftlich durchzuschlagen, gar nicht zu sprechen."

Der Kommissar nickte. „Ihr Werdegang ist natürlich bekannt", sagte er. „Das Forschungsgebiet, das es bei uns zu bearbeiten gäbe, bewegt sich allerdings nicht in einer spezialisierten Vergangenheit, wie Ihre akkadischen Studien zum Gilgamesch-Epos, sondern in einer allgemeinen, ich möchte sagen noch konkreten Epoche der Vergangenheit. Es handelt sich um jene Zone, wo das Leben im Begriff steht, Vergangenheit zu werden. Sie, Herr Doktor Lindhoff, hätten die Aufgabe, bestimmte Vorgänge und Erscheinun-

gen aufzuzeichnen, bevor sie der allgemeinen Vergessenheit anheimfallen."
Robert, andächtig lauschend, neigte seinen Kopf leicht vor. „Es wäre also", sagte er, „das Amt eines Konservators, das mich hier erwartet."
„Man kann nie genug tun", fuhr der Kommissar in dem gleichmäßig trockenen Ton eines Vortrags fort, „dem Gedächtnis der Menschen Mahnmale zu errichten. Das Leben des einzelnen ist kurz, oft bietet es für den Gang des Schicksals nicht genügend Raum. Die Menschen hinterlassen viel Ungelebtes – alles, was keinen Ausdruck fand. Daher ist ihre Existenz unvollkommen." Er schob ein Hüsteln ein.
„Was sich im Augenblick erschöpft", fuhr er fort, „geht mit ihm unter. Das, was wir Kunst nennen, ist nichts anderes als die lebendige Überlieferung des Geistes. Tempel und Statuen, Bilder und Gesänge, sie sind das Bleibende, das den Menschen und die Völker überdauert, und am treuesten dient das geschriebene Wort dem Geist. Wäre das Gilgamesch-Epos, wären die Gesänge der Upanishaden oder die Homers, das Tao Te King oder die Göttliche Komödie, um nur einige der alten Tafelwerke herauszugreifen, nicht aufgezeichnet worden, so würde die Welt des Menschen sich heute von der Welt der Ameisen nicht mehr unterscheiden."
Der Hohe Kommissar hielt im Sprechen inne und sah Robert prüfend an. Dieser hatte die Worte mehr wie einen Rausch von Gedanken vernommen, ohne sich über Einzelheiten Rechenschaft abzulegen. Der nüchterne Ton der Redeweise, als handle es sich um die selbstverständlichsten Dinge der Welt, hatte ihn in zunehmende Erregung versetzt. Allmählich hatte sich sein Blick von dem Kommissar gelöst und war in den Hintergrund gedrungen, wo eine breite Türöffnung auf einen Söller führte. Eine niedere Steinbalustrade schloß ihn ab und gab dem Auge die Aussicht in die Ferne frei. In einer weiten Krümmung verlief der Horizont, während in der Tiefe kahle Bergrücken sich wie Inselplatten aus dem silbrigen Dunst hoben. An einer Stelle blitzten feurige Punkte auf, vermutlich Fensterscheiben eines Gebäudes, die, von der Sonne getroffen, das Licht gleißend zurückwarfen. Kopf und Schultern des Kom-

missars ragten so in den Türrahmen hinein, daß er wie die im Vordergrund thronende Heiligenfigur eines großen mittelalterlichen Gemäldes wirkte. Würde er einen Schatten werfen, so müßte er Himmel und Erde umspannen.

„Ich habe das Gefühl", sagte Robert, „als wären Gedanken ausgesprochen, die meine eigenen sein könnten. So vertraut sie mir sind, hätte ich sie niemals so spielend in Worte zu fassen vermocht."

„Soll ich dies als Geständnis auffassen", fragte der Kommissar, „daß Sie zu der Arbeit bereit sind, mit der wir Sie betrauen wollen?"

Als Robert in einiger Verlegenheit äußerte, daß er sich von seiner Beschäftigung noch kein rechtes Bild machen könne, erfuhr er, daß die Verwaltung der Stadt ihm zum Archivar und Chronisten zu gewinnen hoffe.

„Der Auftrag besteht darin", so erklärte der Beamte, „nicht nur die Gebräuche und Eigentümlichkeiten unseres Stadtreichs aufzuzeichnen, sondern auch dem Schicksal seiner Bewohner nachzugehen, um im Bilde des Worts festzuhalten, was der allgemeinen Erfahrung frommt."

Der Posten sei selbständig, es liege in Doktor Lindhoffs Ermessen, was er des Erforschens und Bewahrens für wert halte. Mit der kommunalen Literatur des letzten Jahrhunderts sich vertraut zu machen, dürfte sich empfehlen. Diensträume ständen im Gebäude des Alttors zur Verfügung.

Robert wunderte sich, daß man für das Amt nicht jemanden vorzog, der seit längerem ortsansässig und landeskundig war, aber der Hohe Kommissar ging mit der Bemerkung darüber hinweg, daß das Auge eines Fremden die Dinge vorurteilsfreier und objektiver zu betrachten imstande sei. Auch könne man den verschiedenen Gruppen der Einheimischen nicht gut Einblick in das Städtische Archiv gestatten, in dem sich neben bedeutsamen Urkunden früherer Zeitläufte auch geheime Papiere aus dem Nachlaß des einen oder anderen Mitbürgers befänden. Die Sichtung dieser Konvolute werde Robert gewiß wichtige Aufschlüsse gewähren. Es komme darauf an, zu ermitteln, inwieweit der Geist der Ordnung, ja, wie die höheren Beamten der Präfektur glaubten, der Geist der Gültigkeit sich aus den Zuständen der Stadt ablesen lasse.

„Der Gültigkeit?“ fragte Robert erstaunt. Er dachte an die seltsame Einrichtung der Keller, an das Wort seines Vaters, daß sich das Leben hier unterirdisch abspielte, an die Stadtteile, die aus Ruinen bestanden. Es schien ihm aber nicht der rechte Zeitpunkt, neugierige Fragen laut werden zu lassen, zumal da ihm die in Aussicht gestellte Tätigkeit Gelegenheit geben sollte, sich allmählich ein Bild der ihm zunächst noch ungewohnt erscheinenden Lebensumstände zu verschaffen.
Der Kommissar vertrat die Meinung, daß sich in allem Gewordenen das Gewesene wie das Seiende verborgen halte. Er sprach schließlich von den Bemühungen der Präfektur, das Leben der ihr anvertrauten Bewohner von allem Zufälligen frei zu machen, um die einzelnen Menschenwege mit den allgemeinen Linien des Schicksals in eine Übereinstimmung zu bringen.
Im Geiste sah sich Robert bereits von alten Folianten umgeben und, den Kopf sinnend in die Hände gestützt, in vergangene Schicksale vergraben.
Und sein eigenes Schicksal?
Die Tonfolge eines gebrochenen Dreiklangs, die sich in kurzen Abständen in anschwellendem Maße wiederholte, führte ihn in die Gegenwart zurück. Das Klangzeichen war im Lautsprecher vernehmbar geworden. Auf Roberts überraschten Blick erwiderte der Kommissar: „Der Herr Präfekt gibt die Absicht kund, einige persönliche Worte an Sie zu richten.“
Robert hatte sich sogleich erhoben, weil er annahm, daß der Präfekt sogleich ins Zimmer treten werde. Der Kommissar belehrte ihn indessen, daß der Präfekt unsichtbar bleibe und lediglich durch das Mikrophon mit der Stadtwelt in Verbindung trete. Er residiere auf dem Vorgebirge, in dem fernen Gebäude, dessen Giebelfenster man zuweilen im Spiel des Lichts aufblitzen sehe. Es sei eine ungewöhnliche Auszeichnung, wenn der Präfekt einen Ankömmling persönlich begrüße.
Während das Fugenthema allmählich abklang, rückte der Kommissar das Tischmikrophon in Roberts Nähe, damit er es für seine Antworten benutzen konnte.
Da ertönte die Stimme des Präfekten. Der Hall der langsam gesetzten Worte erfüllte den Raum. Auch der Kommissar

hatte sich erhoben. Trotz der Tiefe übte die Stimme eine ähnliche Wirkung aus, wie sie kaltes Licht verbreitet. Die getragenen Sätze standen in einem unendlichen Raum und drangen gleich Röntgenstrahlen in das Innere des Leibes.

„Wer hierher kommt", so klang es aus dem Lautsprecher, „der tut gut daran, das Wissen des Verstandes wie Ballast über Bord zu werfen. Logik und Verstand, worauf der abendländische Mensch so stolz ist, trüben das Bild der Natur. Denn – was ist Natur?"

Die unvermittelt gestellte Frage erschreckte Robert. Der Umstand, daß man den Sprecher nicht sah, sich von ihm kein Bild machen konnte, rückte ihn in eine geheimnisvolle überirdische Sphäre. Robert blickte flüchtig zu dem Kommissar hinüber, dessen Gesicht undurchdringlich blieb. Die Stimme im Lautsprecher schwieg noch immer.

„Natur", stammelte Robert schließlich in die Pause hinein, „ist das Walten der Elemente."

„Und die Elemente?" forschte die unsichtbare Stimme.

„– sind das All. Natur", ergänzte Robert in einer jähen Eingebung, „ist die Sprache der Götter."

„Als einfachste Antwort auf die Frage", hörte er die Stimme sagen, „gilt diese: Natur ist Geist."

Robert hatte das Gefühl, als sei er einer Prüfung unterworfen, von deren Ausgang es abhinge, ob er des Amtes für würdig befunden werde. Zugleich entdeckte er, wie stark bereits das Verlangen in ihm zehrte, in die Geheimnisse der Stadt einzudringen. Aufblickend sah er wieder in der Ferne das Feuer in den Fenstern aufflammen, hinter denen der Präfekt wie in einem Gefels aus Licht auf eine Antwort wartete. Doch Robert blieb stumm. Ihn fröstelte. Von neuem ertönte die langsame dunkle Stimme: „Wer sich auf die sichtbare Welt verläßt, hält ihr Vergängliches für Wirklichkeit. Geist ist unsichtbar. Wenn nun im winzigen Samenkorn Wuchs und Gestalt der künftigen Pflanze vorgebildet liegen, wenn unsichtbar darin vorhanden sind Blüte und Frucht, von keinem noch so klugen menschlichen Gehirn erkennbar – was bedeutet das?"

„Es bedeutet", sagte Robert rasch, „daß das Leben einem höheren Gesetz untersteht als nur dem von Ursache und Wirkung."

„Als einfachste Antwort", sagte die Stimme, „gilt diese: Geist ist Natur."
Robert fühlte sich genarrt.
„Aber das Gesetz", rief er, „das Grundgesetz, dem jeder Mensch untersteht, heute wie vor hundert oder vor tausend Jahren, und vor dem alles Leben gleich ist, zu allen Zeiten!"
„Ich heiße Sie willkommen bei uns, Doktor Lindhoff!" sagte die Stimme des Präfekten.
Wieder erklang das Fugenthema aus dem Lautsprecher, bis es sich schließlich verlor. Robert starrte gebannt auf den Apparat, als müßte die Stimme noch einmal leibhaftig werden.
„Die Audienz ist beendet", sagte der Kommissar. „Setzen wir uns!"
„Und ich hatte so vieles auf dem Herzen", meinte Robert lebhaft.
„Man richtet an den Präfekten unmittelbar keine Fragen", erwiderte der Hohe Kommissar. „Er gab Ihnen einen doppelten Leitspruch auf den Weg. Ich beglückwünsche Sie zu Ihrer Berufung."
„Um so mehr", bekannte Robert, „zweifle ich, meiner Aufgabe gewachsen zu sein."
„Bedenken Sie eines, Herr Doktor. Noch teilen Sie nicht unser Los, sondern werden als Gast in unsere Gemeinschaft aufgenommen. Seit Menschengedenken wurde unsere Chronik von einem Gast geführt. Später, wenn Sie sich mit dem Archiv mehr vertraut gemacht haben, werden Sie den Grund dafür erkennen. Sollten Sie indessen für die Einrichtung Ihres persönlichen Lebens zunächst eines Geleiters bedürfen, so wird sich stets jemand finden, der dazu wohl imstande ist."
„Ich begegnete schon meinem Vater", meinte Robert, „und –", er brach ab. „Weiß man höheren Orts hier alles?"
„Nichts, was Sie fürchten müssen", sagte der Kommissar höflich, indem er aufstand und sich leicht verneigte.
Robert war entlassen. Er hatte den Eindruck, als sei der Beamte von einer Mattigkeit gepackt, die sein Lächeln wächsern machte. Im Nebenraum nahm ein Sekretär des Hohen Kommissars Robert in Empfang. Er hatte ein volles Ge-

sicht, in dem die blauen Augen vergnügt hinter scharfen Brillengläsern auf Robert blickten.
„Es handelt sich um Formalitäten“, sagte er, indem er das Schreiben, das Robert seinerzeit von der Präfektur erhalten hatte, vor sich auf den Tisch legte. Er schrieb ihm einen Ausweis, der Robert überallhin Zutritt gestattete, zu den Kasernen, den Erbhäusern, den Katakombenbezirken.
„Die unterirdischen Bereiche“, fügte der Sekretär hinzu, der sich mit der Hand seine rosigen Wangen rieb, „erstrekken sich in nordwestlicher Richtung weit über das sichtbare Bild unserer Stadt hinaus, sehr weit.“
Gleichsam nebenhin erwähnte er, daß sie sich ins Grenzenlose verlören. Da indessen die Unwirtlichkeit des Geländes in dem Maße zunehme, als man sich von dem Zentrum der Stadt entferne, seien Wanderungsgelüsten bald natürliche Schranken gesetzt.
„Würden Sie bitte mit Ihrem Namen unterschreiben, Herr Doktor? Im allgemeinen geben wir keine Sonderausweise, aber in Ihrem Falle scheint es angebracht, damit für Sie keine Schwierigkeiten entstehen.“
Robert zog den Füllfederhalter hervor und unterschrieb. Der Beamte stempelte das Papier und stellte einen Quartier-, einen Essens- und einen Kaufschein aus, die Robert berechtigten, zu Lasten der Stadt alle privaten Bedürfnisse zu bestreiten.
„Der Sold“, erklärte er kurz, „wird in Naturalien und Sachleistungen entrichtet, die nach der Bedeutung der einzelnen Stellungen gestaffelt sind. Dem Range Ihres Amtes entsprechend, gebührt Ihnen als Torarchivar die vierthöchste der achtzehn Leistungsstufen. Da Sie hier nirgends Geld benötigen, auch für Einladungen von Verwandten, von Freunden oder Freundinnen nicht“ – wieder funkelten die Augen des Sekretärs vergnügt durch die Brillengläser –, „kann, falls Sie es wünschen, ein bestimmter Teil Ihrer Bezüge regelmäßig Ihrer in der Heimat zurückgebliebenen Familie in Form des dort gängigen Zahlungsmittels angewiesen werden.“
Robert nickte. Nachdem ihm noch der Sekretär die Geheimnummer seines Fernsprechers mitgeteilt hatte, den zu benutzen ebenfalls nur den Beamten der höheren Grade gestattet war, beschrieb er ihm die Lage des Alttors, wo die

Diensträume auf ihn warteten, und den Weg zu dem für ihn geeigneten Gasthof. Dann bat der Sekretär, der ihm für seine Arbeit das Beste wünschte, sich wieder seinen gewohnten Amtsgeschäften widmen zu dürfen.
Robert, von der geschäftigen Eile etwas enttäuscht, bedankte sich höflich, nahm Ausweis und Papiere an sich und verließ die Präfektur.

3

Das Stadtviertel, in dem Robert nach der Beschreibung des Sekretärs den Gasthof aufsuchen sollte, lag in einer feiertäglich anmutenden Stille, die in einem auffallenden Gegensatz zu dem lebhaften Treiben in den unterirdischen Gängen und Kellern stand. Roberts Schritte verlangsamten sich. Hatte die Wärme der Luft nach der Kühle in den Räumen der Präfektur zunächst wohlgetan, wurde die höher steigende Sonne bald fühlbar. Er zog sein Jackett aus und hängte es lose über die Schulter. Dabei sah er nach der Uhr, die er am Handgelenk trug: sie zeigte fünf Minuten vor elf.
Verwinkelte Gassen und Gäßchen zweigten, soweit sich erkennen ließ, von der breiten Verkehrsstraße ab, die sich schneckenförmig zu einem fünfeckigen Platz wand. Das Auge hatte sich an den Anblick der kahlen, ausgefransten Hausprofile schon gewöhnt, die in dieser Gegend meist bis zu ein, zwei Stockwerken aufstiegen, um dann, als hätte der Luftdruck eines Wirbelsturms das Dach mit den Obergeschossen weggerissen, in einer scharf ausgezackten Linie abzubrechen. Nur die viereckig gemauerten Kamine der Schornsteine ragten wie kleine Türme nackt in die Höhe. Oft klafften Risse in den Außenmauern, und der Putz war vielfach über breitere Flächen hin abgefallen. Im Innern der vom Wind ausgewaschenen Räume klebte hier und da zwischen verfilzten Türrahmen ein dicker Patzen von weißen Ofenkacheln an der Wand. Zersplitterte Rohre, verrostete Eisenträger starrten wie Skeletteile in die Luft.
Um der Einsturzgefahr zu begegnen, waren wiederholt Stützbalken und stählerne Klammern angebracht worden. Andere Gebäude waren durch Feuersbrunst von innen her

ausgehöhlt, und bei einigen, deren Treppenhaus und Fußböden aus Stein gefügt waren, hatte sich der Innenbau mit seinen scheckig ausgeglühten Wandflächen erhalten. Robert erkannte plötzlich das Zweckmäßige der marmornen Tische und Sessel in der Präfektur, die für ihn zunächst etwas Befremdendes gehabt hatten.

Über das wellige Straßenpflaster rumpelten hin und wieder zweirädrige Karren. Männer holten Haus bei Haus Abfälle, die in den Torbögen bereitgestellt waren, und schütteten sie aus den brüchigen Eimern in einen großen Bottich. Vor jedem neuen Anfahren griff einer der Männer in die Speichen des Rades, um den Karren in Bewegung zu setzen. Auf einem anderen befand sich eine schrägliegende Wassertonne. Mit Hilfe einer primitiven Pumpvorrichtung wurde daraus die Straße gesprengt. Die Männer, die damit beschäftigt waren, trugen Lederschürzen und Schirmmützen.

Überhaupt fiel Robert die nüchterne Sauberkeit in den Straßen wie in den entseelten Häusern auf. Nirgendmehr lag verkohlter Hausrat oder Haufen von Mauerschutt, und selbst dort, wo ein Gebäude bis auf die Grundmauern niedergesunken war, breitete sich ein reinlicher Platz aus, auf dem mit einer pedantischen Ordnung in einer Ecke aufgeschichtet lag, was an Steinen und Ziegeln des ehemaligen Bauwerks brauchbar erschien. Viele Anzeichen ließen darauf schließen, daß die Katastrophe, von der die Stadt heimgesucht war, eine geraume Zeit zurücklag. Ob die Häuserreste bewohnt waren? Die Räume im Erdgeschoß ließen die Möglichkeit zu. Bisweilen deutete manches darauf hin, daß auch Zimmer im ersten Stockwerk, wenn nicht bewohnt, so doch benutzt wurden. Besonders dort, wo die Fensteröffnungen mit blankgehobelten Brettern verkleidet waren. Diese wirkten übrigens so frisch eingesetzt, daß Robert über den Zeitpunkt der allgemeinen Zerstörung wieder in Zweifel geriet. Vielleicht vollzog sie sich in unbestimmten Zwischenräumen? Damit mochte zusammenhängen, daß man nirgends Anstalten zu einer gründlichen Wiederherstellung traf, sondern mit jedem Notbehelf vorliebnahm.

Langsam weitergehend, sah Robert, daß an die Front eines dieser Häuser bis zur Höhe des ersten Geschosses eine Leiter gelehnt war, auf deren obersten Sprossen eine Frau in graubraunem Arbeitskleid stand. Mit einer Bürste, die sie zuweilen in einen Putzeimer tauchte, schrubbte sie unermüdlich die Bretter, die an Stelle der Fenster eingefügt waren. Dann rieb sie die Holzflächen, als ob es sich um Glasscheiben handelte, mechanisch mit einem Lederlappen trocken, bis sie in ihrem gelblichen Weiß aufglänzten. Robert schüttelte den Kopf. Nicht nur über das Gebaren dieser Frau, das jedem nützlichen Zweck hohnsprach, sondern weil er zugleich ein Sinnbild darin witterte, das zu begreifen er nicht imstande war, solange ihm der Schlüssel zu dem Schicksal der Stadt und ihrer Bewohner fehlte.

Wenn er es sachlich bedachte, stand alles, was er hier in den wenigen Stunden seit seiner Ankunft erlebt hatte, in einem sonderbaren Widerspruch zum normalen Leben. Schon die Unterhaltung mit dem Hohen Kommissar hatte sich in Bahnen bewegt, die von den bei solchen Gelegenheiten üblichen durchaus abwichen. Man hatte miteinander gesprochen, als stünde zwischen ihnen und der Realität eine Wand. Zwar war er in der Präfektur von der Atmosphäre des Augenblicks so gefangengenommen worden, daß ihm das Ungewöhnliche der Situation nicht zum Bewußtsein gelangt war. Auch der Umstand, daß der Präfekt mit ihm durch das Mikrophon in Verbindung getreten war, mochte hingehen, weil es in gewissem Sinn zeitgemäß anmutete. Statt ihn aber konkret oder mit verbindlichen Worten in sein neues Amt einzuführen, wie er erwartet hatte, war er ohne Umschweife in Gewissensfragen der menschlichen Existenz verstrickt worden, die ihm nachträglich nichts anderes als philosophische Spitzfindigkeiten zu sein schienen. Da er sich um einen Posten nicht beworben hatte, sondern von der Stadtbehörde gerufen worden war, hätte man besser getan, den neuen Aufgabenkreis im einzelnen zu erläutern, ihm klipp und klar Arbeitsplan und Dienststunden zuzuweisen. Was verbarg sich hinter den altmodischen Titeln eines Archivars und Chronisten? Vielleicht sollte er gar die Rolle eines mittelalterlichen Torschreibers übernehmen. Ihm fiel ein, daß er nicht einmal einen schriftlichen Vertrag in Händen hatte. Der so rosig lächelnde Sekretär hatte zwar eine Handvoll Papiere für ihn ausgestellt, aber sonst in floskelhaften Andeutungen von vierter Soldstufe und höherem Beamtentum geredet. War er nun hier gebun-

den – oder nahm die Präfektur stillschweigend eine Probezeit an?
Robert hätte gerne eine Portion Eis gegessen, sah sich aber vergeblich nach einer Diele oder einem Café um. Überall nur diese leblosen Scheinhäuser, die wie Attrappen wirkten. Man hätte meinen können, es sei eine Kulissenwelt wie im Film.
Als wenige Schritte vor ihm ein Stück Mauerwerk aus dem brüchigen First eines Hauses niederklatschte, lehnte er sich unwillkürlich gegen die Wand zurück. Sie gab nicht nach, sie war nicht aus Leinwand, sie war wirklich und aus Stein. Eine Frau, die auf der anderen Seite der Straße ging, blickte nur flüchtig der kleinen Staubwolke nach, die seitlich davonstob.
In einer Nebenstraße, nahe dem fünfeckigen Platz, der ihm beschrieben war, gewahrte Robert das Schild des Gasthofs, der, wie er feststellte, zu den wenigen Gebäuden gehörte, die kaum Spuren der allgemeinen Zerstörung aufwiesen. Er sah nach seiner Uhr, sie zeigte fünf Minuten vor elf. Robert, ärgerlich, daß er verabsäumt hatte, sie rechtzeitig aufzuziehen, ließ den metallenen Türklopfer heftig an den Eingang des Gasthofes fallen. Da niemand öffnete, wiederholte er ungeduldig den Vorgang. Nach einer Weile versuchte er, die Klinke niederzudrücken, die widerstandslos nachgab. Er trat ein und befand sich in einer dämmerigen Vorhalle.
Ein hoher Spiegel in goldenem Zierrahmen stand auf einer niedrigen Konsole schräg nach vorn geneigt; daneben erhob sich auf einem gedrechselten Holzständer ein Strauß künstlicher Blumen. An der gegenüberliegenden Seite, um einen Rundtisch mit gesprungener Marmorplatte gruppiert, erinnerten ein paar Sessel mit goldenen Armlehnen und geschweiften Füßen in ihren zerschlissenen Bezügen an den künstlichen Prunk von alten Schloßmöbeln.
Robert hatte sich mehrfach betont geräuspert, ohne daß jemand von den Wirtsleuten oder Angstellten sich blicken ließ. Die Vorhalle mündete auf einen dunklen Gang, von dem eine steinerne Wendeltreppe nach oben führte.
„Hallo!“ rief er, erst halblaut, dann dringender.
Nach einer Weile ließen sich im oberen Stockwerk schlurfende Schritte vernehmen, und eine weibliche Stimme ant-

wortete mit einem Gegenruf. Schließlich zockelte die Person bedächtig die Treppenstufen herunter, um den Gast, sobald sie seiner ansichtig geworden war, mit einem Schwall unverständlicher Worte zu empfangen. Es war eine ältere Frau mit aufgestecktem Haar und wassergrauen Augen, die eine Windlaterne in der Hand trug. Wenn sie sprach, sah man große Zahnlücken. Nachdem sie die Laterne am Treppenfuß abgesetzt hatte, strich sie mit beiden Händen über ihre schiefsitzende Schürze.

Während Robert seine Wünsche um Quartier vorbrachte, stellte sich heraus, daß sie seine Sprache nicht verstand. Sie blickte ihn ratlos an und wiederholte immer nur einen bestimmten Satz, aus dem Robert einen bedauernd entschuldigenden Ton heraushörte, ohne die Bedeutung zu ergründen. Er zuckte die Achseln. Ärgerlicherweise befand sich sein Koffer, der ihn sofort als Reisenden erkennbar gemacht hätte, noch in der Abstellnische der unterirdischen Keller. War niemand im Hause, mit dem man sich verständigen konnte? Unmutig schaute er sich nach allen Seiten um. Die Alte erhob die Arme und ließ sie so niederfallen, daß die Handflächen auf die Schenkel klatschten. Dann, auf Robert zutretend, wies sie, während sich ihr Gesicht erhellte, mit ausgestrecktem Zeigefinger auf ihn, faltete die Hände und legte sie an ihre sich neigende Wange, wobei sie Kopf und Oberkörper leicht hin und her wiegte. Nach dieser Geste des Schlafens winkte sie ihn die Stiege hinauf. Eilig trippelte sie voran, suchte aus einem großen Bund einen Schlüssel und öffnete eine hohe Flügeltür. Robert war ihr belustigt gefolgt. Schon hatte sich die Alte zu einem der Fenster begeben und die Laden aufgestoßen. Der Raum, der einem Saal glich, war mit Möbeln und Hausrat angefüllt. Eine Anzahl von eisernen Bettgestellen – sieben zählte er im schnellen Überblick – standen mit unbezogenen Matratzen herum. Schränke und Kommoden bauten sich kreuz und quer auf, so daß sich schmale Gänge bildeten, und in einem Winkel waren entlang der Wand Stöße von Tellern, Tassen, Geschirrplatten zwischen Gerümpel aller Art aufgestapelt.

Die Alte blickte Robert erwartungsvoll an. Gefällt es? schienen ihre Mienen und Gesten zu fragen. Wieder breitete sie ihre Arme weit aus, als lüde sie ihn ein, sich all der Schätze

und Herrlichkeiten zu bedienen. Dann eilte sie zu den übrigen Fenstern, um mehr Licht einzulassen, und bedeutete ihm, näher heranzutreten, um die Aussicht zu genießen.
„Aih! Aih!" machte sie ermunternd. Aber sie wurde wieder bekümmert, weil sie ihm keine Freudenrufe zu entlocken vermochte.
Die Aussicht, ähnlich der vom Söller des Kommissars, erstreckte sich über weites Land. Ein silbergrauer Streifen, in dem Robert den Fluß erkannte, zog sich in einer fernen Krümmung hin.
Nun wies die Alte bald auf das eine, bald auf das andere Bettgestell hin, als erwartete sie nur seine Zustimmung, welches sie ihm richten sollte. Robert schüttelte den Kopf. Die Alte antwortete mit einer traurigen Miene. Plötzlich stieß sie wieder einen ihrer vogelähnlichen Rufe aus, trippelte zur Tür, rasselte mit dem großen Schlüsselbund und drängte ihn, ihr auf den Gang zu folgen. Im Nu hatte sie einige weitere Räume aufgeschlossen, die Laden geöffnet und preisend auf diesen und jenen Gegenstand aufmerksam gemacht, hier auf einen bequemen Stuhl oder einen Teppich, dort auf einen Aktentisch, ein Ölbild, eine Stehlampe.
Ein kleineres Zimmer lag an der Eckfront. Von den Fenstern ging das eine auf die Flußebene, das andere auf tiefer liegende Stadtruinen. Die Alte freilich schien diese Aussicht zu mißbilligen. Robert indessen, wenn hier überhaupt seines Bleibens war, hielt ihn für notwendig. Wenn man die überflüssigen Gegenstände entfernte und aus anderen Zimmern die brauchbaren einstellte, ließe sich hier vielleicht hausen. Man konnte beispielsweise einen Tisch vor das Fenster rücken, um bei der Arbeit aufblickend stets die Weite des Himmels vor Augen zu haben. Das Ganze entbehrte nicht der Romantik.
Robert hatte nicht achtgegeben, daß sich die Bedienerin entfernt hatte. Als er auf den Gang zurücktrat, um sich aus den übrigen Räumen des einen oder anderen geeigneten Gegenstands zu versichern, vernahm er von der Treppe her eine gedämpft geführte Unterhaltung. In das lebhafte Gerede der Alten schaltete sich mit kurzen Fragen die knarrende Stimme eines Mannes ein. Sie klang befehlend. Dann hörte er die trippelnden Schritte der Alten die Stiege her-

aufkommen. Robert wartete, in der offenen Tür auf der Zimmerschwelle stehend, bis sie ihm zu verstehen gab, ihr zu folgen. Sie brachte ihn wieder in die Vorhalle, die jetzt in der Helle künstlichen Lichts lag. In gravitätischer Haltung saß auf einem der Sessel ein korpulenter Herr mit einem schwarz gewichsten Schnurrbart, dessen gezwirbelte Spitzen steif nach oben standen. Er erhob sich, grüßte gemessen und nahm, Robert zum Sitzen auffordernd, seinen Platz wieder ein. In seinen vorsichtigen Bewegungen wirkte er wie eine kostümierte Puppe.
„Sind Sie der Wirt?“ fragte Robert.
„Nicht Wirt“, erwiderte der Herr mit dem Schnurrbart, „nur Geschäftsführer.“ Es klang freudlos, als er hinzufügte: „Vorübergehend – nicht wahr?“
Robert, der nicht wußte, ob sich dieser Zusatz auf den Geschäftsführer oder seinen eigenen Aufenthalt bezog, reichte ihm seinen Ausweis und den Quartierschein der Präfektur.
„Sehr gut“, sagte der Patron des Hauses, „sehr gut. Sekretär ist mein Freund. Zimmer zur Zufriedenheit?“ Er sprach etwas mühsam, und hinter dem Knarren der Stimme schien sich ein fremdländischer Akzent zu verbergen.
Robert, froh, sich mit den Worten seiner Sprache verständlich machen zu können, setzte ihm seine Wünsche für die Einrichtung des Zimmers auseinander, das er nicht nur benutzen, sondern als Heim empfinden wolle.
Auf der Stirn des Patrons bildeten sich nachdenkliche Querfalten.
„Verstehen Sie mich?“ fragte Robert.
„Ungefähr. Wollen sehen, was möglich ist. Sachen nur zum Teil Eigentum des Hauses, vieles leihweise hier untergestellt. Aber wollen sehen. Daher auch –“
Er brach mit einer vielsagenden Geste ab, mit der er den unfertigen Zustand der Gastzimmer andeuten mochte, die eher der Aufnahme von Geräten als von Personen dienten. Mit dieser Geste suchte er wohl auch die Unbeholfenheit zu entschuldigen, in der er sich ausdrückte. Er gab der alten Bedienerin, die in einiger Entfernung ängstlich lauschend dabeigestanden hatte, seine Anweisungen, worauf sie nikkend verschwand.
„Was ist das für eine Sprache?“ erkundigte sich Robert.

„Oh“, meinte der Patron, „nur ein alter Dialekt, den man mit dem einfachen Volke spricht.“ Man habe meist raschen Wechsel mit Personal und Lieferanten. Milta, so heiße die Bedienerin, sei erst seit kurzem hier. „Vorübergehend – nicht wahr?“ setzte er wieder hinzu.

Aus den kargen Andeutungen des Patrons, die er sich schwerfällig genug abringen ließ, erfuhr Robert, daß er derzeit der einzige Hausgast sei, was ihm die Annehmlichkeit biete, sich ungestört bewegen zu können. Die Mahlzeiten nehme er am günstigsten im Haus ein, weil die Institute für Gemeinschaftskost im allgemeinen nur Einheimischen zur Verfügung stünden. Die Patronin koche vorzüglich, sie sei bereits mit der Vorbereitung des Mahls beschäftigt, denn er werde wohl nach der langen Reise hungrig sein. Wegen des Gepäcks könne er einen Straßenboten entsenden, der es in den Kellern am Brunnenplatz aufzuspüren wissen werde, da es ein Namensschild trage.

Er war aufgestanden, um Robert in den Speisesaal zu führen. Mit kleinen ruckartigen Schritten bewegte er seinen korpulenten Körper vorwärts, wodurch Robert erneut an eine Marionettenfigur erinnert wurde.

In dem geräumigen Speisesaal standen zwischen künstlichen Zimmerpalmen etwa zwanzig bis dreißig leere Tische mit ihren Stühlen. Der Patron ging durch die Reihen auf einen bestimmten Platz zu, der sich an einer Seitenwand befand, und sagte: „Ihr Tisch, Herr Doktor!“

Dann holte er aus einem Schreibschrank, den er aufgeklappt ließ, einen in Leder gebundenen abgegriffenen Band hervor, den er vor Robert ausbreitete.

„Das Gästebuch!“ sagte er mit einem triumphierenden Lächeln, bei dem sein Schnurrbart sich stolz hob. Es war, als habe er Roberts geheime Bedenken durchschaut, ob er es auch mit einem rechten Gasthaus zu tun habe. „Nur erlauchte Gäste tragen sich ein“, meinte er lässig und bat Robert, dem Buche gleichfalls die Ehre zu erweisen und ihn selbst bis zum Essen zu beurlauben, das nicht lange auf sich warten lassen werde.

„Wie spät ist es?“ rief Robert ihm nach. „Meine Uhr ist stehengeblieben.“

Der Patron wandte sich erstaunt zurück. „Mittag“, erwiderte er schließlich.

„Genau?" fragte Robert. „Ich will meine Uhr stellen."
Der Patron zuckte die Achseln und ging gleichmütig durch die Reihen der Tische zur Tür des Saals, die er hinter sich schloß.
Als Robert, um sich die Langeweile zu vertreiben, in dem Band blätterte, entdeckte er, daß der letzte Gast sich schon vor mehreren Wochen verabschiedet hatte. Ob er nicht mit Hilfe des Sekretärs versuchen sollte, aus diesem verödeten Gasthaus in ein weniger altmodisches Hotel zu übersiedeln? Warum war er wohl hierher gewiesen worden? Nur, weil der Geschäftsführer, wie er behauptete, den Sekretär zum Freunde hatte? Ohne sonderliches Interesse las Robert die unbekannten Namen, die sich zuweilen mit üblichen Reimsprüchen eingetragen hatten, bald dieses lobend, bald jenes beklagend, Gäste übrigens verschiedener Länder und Sprachen. Verglich man die Anzahl der Eintragungen mit dem Zeitraum der Jahre, über den sie sich bis ins vergangene Jahrhundert zurück erstreckten, schien der Gasthof immer nur von wenigen besucht gewesen zu sein.
Die alte Bedienerin, die sich offensichtlich freute, daß ein Gast im Hause weilte, war einige Male in den Saal gekommen, hatte ein graukariertes Tuch über den Tisch gebreitet, Besteck und Serviette bereitgelegt, Karaffe und Glas gebracht. Je länger die Zeit bis zum Beginn des Essens währte, desto verlorener kam er sich in dem leeren Saal vor. Hoffentlich blieb es nicht immer so einsam. Er wollte jedenfalls versuchen, sich für die eine oder andere Mahlzeit der nächsten Tage mit seinem Vater zu verabreden.
Nach einer Weile ertönte ein Gong. Die Tür wurde geöffnet, so daß die letzten Klänge voll in den Saal drangen. Dann erschien, ein Tablett vor sich haltend, Milta, hinter ihr eine südländisch aussehende Frau mit angetuschten Wangen und Lippen, die ein Häubchen auf dem Haar trug: vermutlich die Patronin; ihr folgte, den Gongschlägel noch in der Hand, der Patron des Gasthauses. Mit feierlichen Mienen, verhalten Abstand wahrend, marschierte der Zug im Gänsemarsch langsam durch die Reihen der leeren Tische auf Robert zu. Der Patron schlug mit dem Schlägel zu dem Rhythmus der Schritte den Takt, während sich die Patronin gleichmäßig in den Hüften wiegte. Die billige Seide des Kleides knisterte. Die Gruppe stand nun im Halbkreis

um Roberts Tisch versammelt, der den Aufzug nicht ohne Verlegenheit betrachtet hatte. Auf ein Zeichen des Patrons nahm die Patronin von dem Tablett, das Milta niedersenkte, die Suppenterrine, stellte sie auf den Tisch und schöpfte, indem sie sich flüchtig vor Robert neigte, mit einer silbernen Kelle einige Löffel voll auf seinen Teller.
Unterdessen ließ der Patron, als ob ihn diese Handreichung nichts anginge, seine Blicke an die Decke des Speisesaals schweifen. Die alte Dienerin knickste, die Patronin legte den Deckel auf die Suppenschüssel und winkte leicht mit der Hand, der Patron, dessen Schnurrbart noch schwärzer als vordem glänzte, warf einen prüfenden Blick über Tisch und Gast, wobei er das Tischtuch andeutend zurechtzog. Dann wünschte er dem Gast einen guten Appetit, schlug mit dem Schlägel kurz auf den Tisch, worauf sich beide Frauen umdrehten und der Zug in umgekehrter Reihenfolge, vom Patron angeführt, aber unter den gleichen possierlichen Gesten wie beim Hereinkommen, den Saal durchmaß. Robert hatte die Zeremonie, bis sich die drei Personen aus dem Saal verloren, mit den Augen verfolgt, dann erst nahm er seinen Löffel und wagte zu essen.
Bald hatte er den Teller geleert, füllte selbst nach und aß den zweiten mit Behagen. Die letzten Happen dehnte er hin, schließlich saß er abwartend. Es verging Minute um Minute. Der schweigende Saal wurde bedrückend. Zwar verspürte Robert noch Hunger, aber vielleicht war es in dieser Gegend üblich, sich mittags mit einem Suppengericht zu begnügen, und die Mahlzeit war schon beendet. Zu beobachten gab es nichts. Er empfand die Untätigkeit unangenehmer als das Warten in der Präfektur. Harrten seiner nicht Aufgaben besonderer Art? Es galt, sich mit den Diensträumen des Archivs im Alttor vertraut zu machen, sich in unbekannte Materien einzuarbeiten. Er mußte, wenn es der Dienst erlaubte, sich vergewissern, wo die Frau geblieben war, die ihn bei seiner Ankunft in Empfang genommen hatte. Wenn es Anna gewesen war, woran er jetzt immer weniger zweifelte, so ergab sich für sie beide eine Möglichkeit, an einem fremden Ort zusammenzukommen, um frei von den Bedingungen der Umstände und den Hemmungen der Stunde auf einer gemeinsamen Reise ihr lebendiges Schicksal zu erfahren.

„Es muß Anna sein!" sagte Robert halblaut vor sich hin, warf die Serviette auf den Tisch und schob den Stuhl zurück, um aufzustehen.
Die Tür des Speisesaals öffnete sich, und wieder traten in der gleichen Weise wie vordem die drei Personen herein, die sich langsam auf ihn zu bewegten. Der übertriebene Aufwand begann Robert zu peinigen. Aber er schien zu der Ordnung dieser Welt zu gehören, und Robert fügte sich. Er zog den Stuhl wieder an den Tisch und legte gehorsam die Serviette auf den Schoß. Erst als der Zug vor seinem Tisch angelangt war, blickte er auf.
Milta hielt mit der angestrengt feierlichen Miene eines Leichenbitters in steifen Armen das Tablett, auf dem bunte Teller, offene Näpfe und verdeckte Schüsseln standen. Die Patronin trug in einem flachen Korbe eine entkorkte Flasche, aus welcher der Patron nun eigenhändig Wein in die Karaffe goß.
„Wenig Gäste", sagte Robert aus einer Verlegenheit heraus.
„Leider", erwiderte der Patron, „die Zeiten!"
Dann beobachtete er sorgsam, wie die Teller gewechselt wurden, schnalzte ärgerlich mit der Zunge, als eine der Schüsseln anscheinend in falscher Reihenfolge vom Tablett auf den Tisch gesetzt wurde. Nachdem alles serviert war, traten die Frauen ein wenig vom Tisch zurück, während der Patron einige beschwörende Gesten über den Schüsseln machte, als zaubere er damit die Würze hinein. Er winkte seine Frau heran, die den Wein aus der Karaffe in das Glas des Gastes füllte, während er selbst die eine und andere Schüssel in einer letzten Korrektur um eine Kleinigkeit zurechtrückte.
„Sie machen sich zuviel Umstände mit mir", sagte Robert, dem die betonten Bemühungen um sein leibliches Wohl verdrießlich waren.
„Man soll uns nicht nachsagen", antwortete der Patron, „daß wir die feineren Sitten des Gastmahls verlernt hätten."
Er schlug mit dem Schlägel dumpf auf den Tisch, daß die Frauen zusammenfuhren, nahm seinen Platz an der Spitze ein und stolzierte mit ihnen in ernsthafter Würde davon. Robert starrte der kleinen Prozession nach und atmete erst

auf, als sich die Tür zum Speisesaal geschlossen hatte. Dann griff er zum Wein, der eine hellrote Farbe hatte und leicht moussierte. Er leerte das Glas auf einen Zug.
Dem Essen, das aus verschiedenen Salaten und Gemüsen bestand, die ihm zum Teil unbekannt waren, schenkte er wenig Beachtung. Er fand, eins schmecke wie das andere. Aber er aß.
Als er die Mahlzeit beendet hatte, war er gesättigt, aber nicht zufriedengestellt. Er beschloß, als Vorarbeit für die Chronik, die zu führen er als eine der ihm von der Präfektur gestellten Aufgaben betrachtete, seine ersten Eindrücke von der Stadt in Stichworten aufzuzeichnen und auch die Zeremonie des Mittagessens genau zu beschreiben.

4

Das Alttor lag auf halbem Wege zwischen Gasthof und Brunnenplatz.
Bevor Robert am Nachmittag aufgebrochen war, hatte er sich erkundigt, ob es im Gasthaus nicht einen Stadtplan oder einen Prospekt über die Sehenswürdigkeiten gebe. Doch der Patron hatte den Kopf geschüttelt und ihm nur den Zugang zum Kellergewölbe des Gasthauses gezeigt, zu dem in Fortsetzung der Wendeltreppe am Rande der Vorhalle ein stufenloser, stark abgeschrägter Gang hinabführte. Von den unterirdischen Räumen aus, die leer standen, gab es eine Verbindung zu den Schächten der Katakomben, die sich unter den Häusern der Stadtanlage überall hinzogen.
Es bedürfe freilich längerer Übung, hatte der Patron gemeint, sich in diesem labyrinthisch verschlungenen, aber durchaus gegliederten System zurechtzufinden, zumal da nicht allzu viele öffentliche Ein- und Auslässe der Tunnelwege vorgesehen seien. Beispielsweise führe unmittelbar ein Korridor vom Gasthaus zur Präfektur, ebenso auch zum Alttor oder vielmehr ins Alttor hinein, den zu benutzen gegenüber den Straßen der oberen Stadt aus mancherlei Gründen von Vorteil sei. Da es den Bewohnern im allgemeinen untersagt bleibe, ohne besondere Anweisung von einer Zone in die andere hinüberzuwechseln, wisse keiner über die Grenzen des eigenen Bezirks hinaus recht Bescheid.

Auskunft vermöchten nur die Wächter der Stadt zu erteilen, die, erkennbar an einem blanken Schild vor der Brust, an den unterirdischen Grenzen der einzelnen Bezirke verteilt seien.
Robert, schon so weit an das eigentümliche Gesicht der Stadt gewöhnt, daß ihn Absonderlichkeiten nicht mehr beirrten, war entschlossen, in dieser Hinsicht keinerlei unmittelbare Fragen mehr zu stellen. Das Abenteuerliche als das Selbstverständliche hinzunehmen, hatte er sich auf den unterirdischen Weg begeben, um seine Diensträume im Alttor kennenzulernen.
Der Eindruck, den er am frühen Morgen beim flüchtigen Durcheilen der Katakomben am Brunnenplatz empfangen hatte, bestätigte sich. Das Leben in den sich kreuzenden Steingängen, an denen Kammer an Kammer, Gewölbe an Gewölbe lag, vollzog sich in einer stärkeren Regsamkeit als auf den Straßen der Oberwelt und ihrer Häusertrümmer. Hatte man sich an das Zwielicht gewöhnt, verlor sich auch der Schimmer des Unwirklichen, der wie Patina über Menschen und Dingen schwebte. Aus den Räumen, in die Robert durch offene Türen oder zurückgeschlagene Vorhänge einen Blick werfen konnte, sprach nicht allein Armut, sondern auch der muffige Geiz der Armut. Unter den geringen Habseligkeiten der Insassen gab es nur wenige vollkommene Stücke. Oft war das fehlende Bein eines Tisches oder Stuhls durch eine hochgekantete Kiste ersetzt, und auf einfach gezimmerten Bretterborden breiteten sich wertlose Gegenstände in einer prahlerischen Ordnung aus: Verbeulte Blechdosen, rostige Nägel, Werkzeugteile, Pappschachteln, leere Arzneiflaschen jeder Größe, Kotillonorden, zerbrochene Vasen. All dieser und anderer Trödelkram aus der Rumpelkammer vieler Zeiten bot sich dar wie eine Antiquitätensammlung in einem Museum. Als könnten sie sich nicht satt sehen, starrten Frauen und Männer auf diese gleichgültigen Sachen, wobei ein gieriges Leuchten in den Augen sichtbar wurde.
Andere Bewohner hockten auf dem Steinboden, als wollten sie Stühle und Schemel schonen, um sich ihres Besitzes länger zu erfreuen. Mit faltigen Gesichtern saßen sie nachdenklich da, hoben manchmal die Hand mit aufgerichtetem Zeigefinger, als machten sie sich aus der Erinnerung ir-

gendwelche Vorgänge lebendig. Wieder andere saßen, in ein Spiel vertieft, einander gegenüber, sie würfelten und setzten nach der Zahl der geworfenen Augen farbige Steine in bestimmte Markierungen des Brettes. Auf eine Robert noch unerklärliche Weise muteten die Wohnverschläge an wie Zellen eines riesigen Gefängnisses. Aus der Ferne erscholl zuweilen ein Signal, das einem Pausenzeichen ähnlich klang, wenn die Schulstunde beendet ist. Ein Geräusch der Unruhe, dessen Hall sich durch die Gänge fortpflanzte, drang wie dumpfes Murren an; dazu das Trappen vieler Füße. Dann verebbte es wieder und verlor sich.

Während Robert aufmerksam die unterirdischen Wege durchschritt, konnte er sich der Empfindung nicht erwehren, als erwecke allmählich seine Erscheinung bei den Insassen der Keller eine immer deutlicher zutage tretende Beachtung. Waren es zunächst einzelne, die ihm nachschauten, schienen schon an den nächsten Eingängen Gruppen von Personen sein Nahen zu erwarten, um seine Anwesenheit mit tuschelnden Gebärden zu begleiten, aus denen es wie schlecht verhehlter Neid sprach. Ballten sich nicht Fäuste?

„Da ist er!“ glaubte Robert sogar zu vernehmen. „Der Torschreiber! Der Stadtarchivar! Der Neue!“ Und sie zeigten mit den Fingern in die Luft. Wollte man vor ihm warnen?

Den Blick niederschlagend, beschleunigte Robert seine Schritte. Erst als er merkte, daß niemand ihm folgte, beruhigte sich sein Herz. Möglicherweise hatte ihn die eigene Unkenntnis über die Art seines neuen Amts dazu verführt, seine Beobachtungen zu auffällig zur Schau zu tragen. Er hatte weniger aus einem voreiligen Wunsch Einblick in die Gewohnheiten des unterirdischen Lebens genommen als aus dem verständlichen Bestreben, sich mit einer Welt vertraut zu machen, die zu den Aufgaben seiner Beobachtung gehörte. Darin lag vermutlich eine Überschätzung seiner Stellung, deren Dienst er noch nicht einmal angetreten hatte. Er befand sich auf dem Wege zu seiner Dienststelle, und dort, in den Räumen des Alttors, würde der Kreis der Aufgaben sich ihm erst öffnen. Diesen Weg vom Gasthof zum Alttor hätte er in der nächsten Zeit wohl jeden Tag zu gehen, dadurch würde sich das Neuartige der Umgebung für ihn verlieren und er selbst bald zu einer vertrauten Per-

son in diesem Stadtviertel werden. Wahrscheinlich hatte er hier, wo einer den andern zu kennen schien, durch einen zu deutlichen Eifer Veranlassung gegeben, für einen Eindringling gehalten zu werden, gar für einen Späher, dessen Berichte man fürchten zu müssen glaubte, weil sie Unannehmlichkeiten in den bisher verborgenen Ablauf des täglichen Lebens brachten. Aber dies hieße, seine Absichten verkennen. Nun und nimmer dachte er daran, der Behörde irgend etwas zu melden, was eine Änderung in den Einrichtungen der Stadt bewirken konnte. So sonderbar ihm auch vieles vorkam, und so wenig er bisher von dem System der Stadt begriff, hatte er doch aus den verschiedenen Eindrükken schon die Überzeugung gewonnen, daß es sich um ein vielverschlungenes Ordnungsgefüge handelte, das bis in jede Einzelheit der Erscheinung einem bestimmten Plane entsprach. So war er auch gewillt, jeden persönlichen Maßstab, jeden Vergleich mit den Gepflogenheiten anderer Orte und Zeiten zu unterdrücken und sich uneingeschränkt dem Gegebenen zu überlassen. Denn soweit hatten ihn die ersten Erfahrungen seines Aufenthaltes in der Stadt schon belehrt, daß nur eine vertrauende Hingabe an die Situation den Sinn erschließen würde. Und nur darüber galt es, einmal Rechenschaft abzulegen.
Wenn er also vorhin Worte wie „der Neue, der Torschreiber, der Chronist“ vernommen haben wollte, so hatte sich vermutlich aus gänzlich anderen Bemerkungen sein Ohr diese eitlen Titel seiner Person zusammengereimt. Denn was sollte ihm sonst eigentümlich sein, um Aufsehen zu erregen?
In einer Müßigkeit hinschlendernd, die sich dem Gebaren der übrigen anpaßte, stellte er unauffällig fest, daß die Leute, die wieder überall herumsaßen und herumstanden, ihm keine sonderliche Aufmerksamkeit zuwandten. Woher sie wohl soviel überflüssige Zeit hatten? Anzusprechen wagte er niemanden, um sich nicht erneut eine Blöße zu geben; wahrscheinlich redeten die meisten von ihnen auch den Dialekt der Einheimischen wie die alte Milta.
So war sich Robert auch nicht im klaren, ob er die Geste eines jungen Mannes richtig auffaßte, der ihn in einen nahen Seitenraum hinein zu winken schien. Es konnte auch eine deutende Handbewegung sein, denn der junge Mann stand

im Kreise seiner Gefährten vor einer der Wände, wo sie gemeinsam ein von Laternen angeleuchtetes Freskogemälde betrachteten. Robert hielt es für klüger, nicht weiter darauf zu achten. Wieder konnte er sich des Eindrucks nicht erwehren, als sei alles, was er wahrnahm, die Folge von Szenen in einem Theaterstück, wo jede Figur ihre Rolle spielte und nur er nicht wußte, inwieweit er als Zuschauer galt oder als handelnde Person.

Ihm kam es so vor, als habe er die Richtung verloren. Sollte er den Zugang übersehen haben, der zu dem Alttor hinausführte? Der Gang hatte sich zu einem länglichen Vorplatz erweitert. Eine Anzahl von Männern stand wartend vor einem abgeteilten Raum, in dem zahlreiche Gestalten in verstaubten Kitteln damit beschäftigt waren, die einzelnen Personen zu rasieren, ihnen die Haare oder die Nägel zu schneiden. So geschäftig die Handgriffe der Barbiere und Friseure eilten, so pausenlos ihnen die Arbeit vonstatten ging, nahm dennoch der Zug der Nachdrängenden kein Ende. Fast sah es so aus, als ob die, denen eben die verschönernde Behandlung zuteil geworden war, von neuem zurückkehrten und sich wieder anstellten, nachdem sie nur ein paarmal auf dem Vorplatz hin und her gegangen waren, wobei sie unmutig mit der Hand über Wange und Kinn strichen, als spürten sie die wachsenden Bartstoppeln.

Viele hatten auch eine Zeitung aus der Tasche gezogen, die sie jetzt auseinanderfalteten und deren schmuddelige, eingerissene Seiten von ihnen ungeduldig überflogen wurden. Aus den fettgedruckten Schlagzeilen ersah Robert, daß es sich um Blätter aus allen Ländern der Welt handelte. Blätter in polnischer, russischer, deutscher, italienischer, französischer und englischer Sprache. Da die Zeitungsleser in ihm ebenfalls das Verlangen nach den letzten Neuigkeiten auslösten, spähte er von der Seite in das eine und andere Blatt. Bei näherem Hinsehen entdeckte er, daß es sich um Nummern handelte, die Wochen und Monate alt waren, ja einige lagen schon über Jahr und Tag zurück. Doch schien es das Interesse der Leser nicht zu beeinträchtigen, die leidenschaftlich in ihren mürben Blättern lasen und sie wie einen seltenen Schatz hüteten. Bei der Lektüre ließen einige Herren betont den kleinen Finger ihrer linken Hand spielen, den ein kunstvoll behandelter Nagel von überragender

Länge zierte. Sie waren auf diese Kralle, für die man sich beinahe ein Schutzfutteral gewünscht hätte, besonders stolz, weil sie als beweiskräftiges Zeichen dafür gelten konnte, daß sie keine gewöhnliche körperliche Arbeit zu verrichten brauchten.

Robert, der sich müde und gedankenlos den Wartenden zugesellt hatte, wurde durch eine Stimme aufgeschreckt: „Ihren Ausweis, bitte!"

An dem blanken Brustschild erkannte er in dem Fragenden einen der Stadtwächter. Er hatte ein eisgraues Gesicht, das jeder Bestimmung des Alters entrückt war. Robert zeigte den Passierschein der Präfektur vor. Während der Wächter salutierte, sagte er: „Es ist nicht anzuraten, sich hier bedienen zu lassen. In Ihrem Falle wäre es vorzuziehen, sich einen Haarschneider ins Haus kommen zu lassen."

Robert, der ja nicht deswegen stehengeblieben war, lächelte darüber.

„Natürlich", sagte er. Er benutzte die Gelegenheit, um sich bei dem Stadtwächter nach dem Aufgang zum Alttor zu erkundigen. Der Wächter erbot sich sofort, ihn die kurze Strecke hinzubegleiten.

Aber Robert, der sich plötzlich Annas erinnerte, wehrte ab. Wichtiger, als seine Diensträume kennenzulernen, schien ihm im Augenblick, sich Gewißheit darüber zu verschaffen, ob Anna wirklich in der Stadt war. Der Gedanke an Anna gab ihm einen neuen Impuls.

„Wie gelange ich in die Gegend des Brunnenplatzes?" fragte er aufgeregt.

„Der Bezirk beginnt dort", erklärte der Wächter, indem er nach einigen Schritten Robert auf einen breiten Steingang wies. „Bei Abzweigungen halten Sie sich am besten stets rechter Hand. Die Wegstrecke beträgt etwa sechs Stadien."

Robert, als habe er jetzt auf rechte Weise Sinn und Ziel seines Aufenthaltes in der Katakombenstadt erkannt, ging schon mit festen Schritten davon, während er den Blick kurz zurückwandte, um dem Wächter mit einem Kopfnikken für die Auskunft zu danken. Auch fiel ihm erst nachträglich auf, daß jener als Entfernungsmaß eine alte griechische Bezeichnung gewählt hatte, deren sich heute kein

Mensch mehr bediente. Kurios, dachte er. Aber sein Lächeln galt schon der Erwartung Annas.
Ein frischer Luftzug streifte sein Gesicht. Er strömte von einem kleinen Seitenschacht her, der auf die leeren Grundmauern eines Häuserblocks mündete. Ihm nachgehend, fand sich Robert inmitten von Kellergelassen, deren nackte Steinwände ohne Decke durch die Trümmer in die Luft ragten. Wenn man aus der Tiefe in den Ausschnitt des Himmels hochblickte, wirkte sein Blau noch intensiver als von den Straßen der Oberstadt aus. Man spürte etwas von der eisigen Kälte des Weltenraums über der Erde.
Die sauber gefegten Räume, die durch breite Öffnungen untereinander verbunden waren, erinnerten ihn an das System der Waben, wie er es bei den Arbeitsstätten der Beamten in den Höfen der Präfektur wahrgenommen hatte. Nur schienen diese unbewohnt. An der nächstliegenden Mauer zeigten sich noch vielfach gut erhaltene Spuren einer Wandmalerei, die sich wie ein Bilderfries um den Raum zog.
Als Robert sich anschickte, die Wandfläche in Augenschein zu nehmen, hörte er lebhaftes Sprechen und näher kommende Schritte. In den Eintretenden erkannte er jene Gruppe von jungen Männern, die er kurz zuvor bei der Betrachtung des Freskos bemerkt hatte. Sie wandten sich auch sogleich den Malereien zu, wobei der gleiche, der Robert schon vorher einmal zugewinkt hatte, sich von seiner Begleitung loslöste und auf ihn zuging. An der Art, wie er sein linkes Bein ein wenig nachschleifte, erkannte Robert in ihm den Freund seiner Studienzeit.
„Hallo Lindhoff!"
„Hallo Katell!"
Die beiden schüttelten einander die Hände. Katell trug noch wie früher die dunkle Haarmähne, die er immer wieder mit einem kräftigen Ruck des Kopfes zurückzuwerfen wußte.
„Auch hier angelangt?" meinte Katell mit einem verständnisvollen Lächeln. „Nun, Lindhoff, alter Junge, das ist nicht anders! Es freut mich, daß wir uns nun noch einmal begegnen. Ich glaubte dich schon vorhin entdeckt zu haben, aber du achtetest nicht darauf."
„Wenn ich gewußt hätte, daß du es warst –"

„Macht nichts", unterbrach Katell, „man trifft sich hier immer wieder."
„Wir haben uns in den letzten Jahren aus den Augen verloren", sagte Robert und musterte den Jugendfreund, „aber du hast dich kaum verändert."
In der Tat wirkte Katells Gesicht noch so schmal und zart, strahlten seine grauen Augen in diesem Augenblick noch so gläubig und begeisterungsfähig aus einer verhaltenen Tiefe auf, wie es Robert aus jener Zeit vertraut war, als er mit ihm ein geraumes Jahr kameradschaftlich Seite an Seite gelebt hatte. Nur um die Mundpartie fiel ein schmerzlicher Zug auf, der ihm früher nicht zu eigen gewesen war. Katell kleidete sich, wie Robert feststellte, noch immer mit der lässigen Eleganz eines Weltmannes, obwohl er stets in Geldverlegenheiten gesteckt hatte. Wenn ihm Robert damals den Luxus vorgeworfen hatte, den er mit seinen Anzügen trieb, war seine Rede gewesen: Man solle ihm seine wirtschaftliche Verzweiflung niemals ansehen, er pumpe lieber oder hungere dazu. Häufig hatte er mit der Gönnermiene eines spanischen Granden sein letztes Geld für ein fürstliches Trinkgeld verwendet und nicht einmal mehr den Betrag für ein Fahrzeug zum Nachhauseweg besessen. Wochenlang hatte er dann in seinem Atelier von dünner Suppe und trocknem Brot gelebt. Vielleicht war es auch dieser Aufwand der Vornehmheit des Äußeren, der die innere Not vor anderen Augen verdeckte und der in den kindlichen Zügen des Gesichts das unerfüllt Erwartungsvolle unterstrich.
„Und was macht dein Arm?" fragte Robert.
„Er wurde immer kraftloser", erwiderte Katell, „so daß ich allmählich nicht mehr den Pinsel zu halten vermochte. Ich habe mich inzwischen daran gewöhnt, linkshändig zu arbeiten. Schließlich malt nicht die Hand, sondern der Kopf das Bild."
„In der letzten Zeit", sagte Robert, ohne auf die Bemerkung des Malers einzugehen, „habe ich mich kaum um Kunstausstellungen gekümmert. Ich hätte es vielleicht tun sollen, statt mich in die abgeschiedene Welt meiner Studien zu vergraben."
„Je nun", sagte der Maler und winkte mit einer gleichgültigen Handbewegung ab, „es bedarf keiner Entschuldigung. Meine früheren Arbeiten sind ohnehin fern gerückt."

Robert erinnerte an das eine und andere Bild, dessen Entstehungsgang er miterlebt hatte.
„Daß du dieses alles noch im Gedächtnis bewahrst“, meinte der Maler, während er die Haare nach hinten strich und sinnend mit den Fingerspitzen die Stirn rieb. „Nein, nein“, fuhr er fort, „das waren unreife Vorarbeiten, erst jetzt komme ich den Dingen auf die Spur, jetzt, wo es zu spät ist.“
„Zu spät?“ wiederholte Robert. „Das sagst du mit deinen noch nicht fünfunddreißig Jahren!“
„Je nun, du weißt ja –“, meinte Katell leichthin. Sein Auge wirkte traurig und wie von einer großen Angst aufgeschreckt, ein Ausdruck, der, wie Robert sich entsann, auch früher zuweilen den Freund übermannt hatte.
„Was treibst du jetzt?“ fragte Robert ablenkend.
„Ich hatte gehofft, noch ein Bild fertigmalen zu können, aber ich habe hier den Auftrag, Fresken instand zu setzen. Man muß sehr vorsichtig verfahren, wenn man nicht fälschen will. Du weißt, daß ich früher meine Bilder mit Goldgrund untermalt hatte, und ich entdecke nun, daß die alten Meister ein ähnliches Verfahren angewendet haben. Die Malereien hier stammen zum Teil aus sehr früher Zeit. Aber –“, und damit nahm Katell Roberts Arm, um mit dem Freund einige Schritte auf und ab zu gehen, „aber wieso wurdest du schon hierher versetzt?“
„Versetzt?“ Robert lachte auf. „Ich folge einer Einladung eurer Präfektur, die mich, wie ich zu meiner Überraschung erfuhr, zum Archivar der Stadt berufen hat.“
„Ah!“ Der Maler hatte, stehenbleibend, unwillkürlich seinen Arm von Roberts Schulter gelöst und war einen Schritt zurückgewichen.
„So ist das“, sagte er. „Als Chronist bist du zu uns gekommen! So, so.“ Katell verstummte.
„Was überrascht dich daran?“ fragte Robert, dem der Wechsel im Verhalten des Freundes nicht entgangen war.
„So verhält sich das mit dir“, wiederholte Katell, indem er Robert prüfend betrachtete.
„Ist das etwas so Besonderes?“ fragte Robert.
„Nun, gewiß nichts Alltägliches und – ein verantwortungsvoller Auftrag“, fügte Katell hinzu, der inzwischen seine Fassung wiedergewonnen hatte. „Wenn du also der neue

Chronist und Stadtarchivar bist, dann bist du damit auch mein Vorgesetzter, ich und meine Arbeit unterstehen dir."

Robert, der in dieser Wendung eine Erklärung für Katells plötzliches Erschrecken fand, schlug ihm scherzhaft mit der flachen Hand auf die Schulter und erwiderte: „Darüber brauchst du dir keine Gedanken zu machen. Vorläufig kenne ich die Aufgaben meines Amts noch gar nicht, und es kann mir nur lieb sein, wenn du mir zur Seite stehst. Außerdem weiß ich nicht, ob ich mich hier bewähre und nicht bald wieder zurückgeschickt werde."

„Ja", sagte der Maler sinnend, „du kannst natürlich zurückgeschickt werden, das ist in deinem Fall allerdings möglich. Manche würden es dir vielleicht wünschen, ich nicht."

Obgleich sich Robert redlich bemühte, dem Gespräch die Leichtigkeit zurückzugewinnen, die es in den ersten Minuten des Wiedersehens gehabt hatte, gelang es ihm nicht. Es war nicht Mißtrauen, aber die bestimmte Kühle einer Verehrung, die Katell ihm entgegenbrachte und die sich wie eine trennende Schicht von nun an zwischen sie legte.

Katell hatte seinen Gefährten den neuen Archivar vorgestellt, die – es waren auch Ausländer darunter – ihn mit Zurückhaltung in ihrem Kreise aufnahmen. Es wurde über Einzelheiten der Freskenmalerei dieses Raumes verhandelt, die zu erneuern eine der nächsten Aufgaben Katells war.

„Wir besprechen diese Arbeit gemeinsam", erläuterte für Robert der Maler, „weil ich selbst bei der Langwierigkeit dieser Tätigkeit vorzeitig von den Mächten abberufen werden könnte. Für diesen Fall muß das Kollektiv mit meinem Verfahren so vertraut sein, daß jeder die Arbeit fortsetzen kann, ohne daß der Kunst ein Nachteil erwächst."

Als sich die Gruppe im Raum verteilte, um gewisse Maße auf einen Karton zu übertragen, nahm Robert den Freund beiseite.

„Du kennst dich hier am Ort besser aus als ich", sagte er. „Ich suche nämlich jemanden, der sich allem Anschein nach hier aufhält, es handelt sich um eine Frau, die Frau eines Chirurgen Doktor Mertens. Ob ihr Mann ebenfalls hier ist, weiß ich nicht, nehme es aber nicht an, weil die beiden in Scheidung liegen. Mein Vater, den ich heute früh hier traf – ich glaube, Katell, du hast ihn nie kennengelernt, aber du weißt wohl noch, daß er Anwalt war –, vertritt Frau Mertens in ihrem Scheidungsprozeß. Und aus diesem Grunde liegt mir daran, sie zu sehen. Vielleicht kennst du sie und weißt, wo Frau Mertens wohnt oder zu treffen ist."

„Ich kenne eine Frau Mertens nicht", sagte der Maler

„Nun", meinte Robert, „es hätte möglich sein können, weil ich weiß, daß sie für künstlerische Fragen immer interessiert war, und weil du ihr wahrscheinlich dem Namen nach bekannt bist."

„Ich kenne sie nicht", wiederholte Katell, „wenigstens nicht dem Namen nach. Vielleicht vom Ansehen – aber das hülfe dir nicht weiter."

„Entschuldige, daß ich dich damit aufgehalten habe", sagte Robert, „ich hätte gleich die Einwohnermeldestelle in der Präfektur anrufen sollen, um mir Auskunft zu verschaffen. Ich habe", setzte er hinzu, als er einem erstaunten Blick des Freundes begegnete, „ich habe die Berechtigung, das Telefon zu benutzen."

„Du hast natürlich die Berechtigung dazu", bestätigte der Maler, und wieder schien Robert in dem Ton, mit dem die Worte hingesprochen wurden, etwas Distanzierendes zu liegen. „Da du aber ihre Nummer nicht weißt, würde dein Versuch, auf diese Weise Näheres über Frau Mertens zu ermitteln, kaum zu einem Erfolg führen."

„Selbstverständlich besitze ich die Nummer der Präfektur", rief Robert ärgerlich, „wenn sie auch geheim ist. Der Sekretär schrieb sie mir auf."

„Ich bezweifle es nicht", sagte der Maler ruhig. „Ich meine indessen die Kenn-Nummer von Frau Mertens. Die Passanten werden von der Behörde nicht nach ihrem Namen, sondern nach der Nummer des Zugangs registriert. Und deshalb, verstehst du, ist mit dem Namen allein wenig anzufangen. Hier" – und damit knöpfte Katell mit der linken Hand oben sein Hemd auf und zog eine Blechmünze hervor, die er verborgen an einer Schnur um den Hals trug –, „hier zum Beispiel ist die meine, unter der in den Stadtakten meine Personalien, Vorgeschichte, Tätigkeit, Aufenthaltsnachweis und so weiter verzeichnet stehen."

Der Maler steckte die Marke sorgsam wieder fort und schloß die Knöpfe des Hemdes, ohne daß Robert ein Wort sprach.

„Und warum wurde mir keine Kenn-Nummer ausgehändigt?“ sagte er langsam, ohne sich mit dieser Frage eigentlich an Katell zu wenden.
„Man wird es später einmal nachholen“, meinte nach einer Pause der Maler, „sobald du dich genügend eingewöhnt hast und deine Anwesenheit von höherer Stelle nicht als vorübergehender Besuch betrachtet wird. Vielleicht liegt auch nur ein Versehen der Präfektur vor.“
Robert nagte mit den Zähnen an seiner Unterlippe.
„Es bleibt mir also nichts weiter übrig“, sagte er, „als mich auf gut Glück darauf zu verlassen, Frau Mertens durch einen Zufall wiederzusehen.“
„Weiß sie, daß du hier bist?“ fragte der Maler.
Robert ließ eine bejahende Vermutung durchblicken, ohne näher von der Begegnung in der Morgenfrühe zu sprechen.
„Wenn sie weiß, daß du dich hier befindest“, fuhr Katell fort, „bist du nicht auf einen Zufall angewiesen. Dann kannst du bestimmt damit rechnen, daß sie es einrichten wird, dich zu treffen.“
„Aber vielleicht hat sie Grund genug, mir aus dem Wege zu gehen?“ widersprach Robert.
„Auch dann“, erklärte der Maler, „wird sie sich einer Wiederbegegnung hier nicht entziehen können.“
Robert blickte ihn ungläubig an.
„Trafen wir uns“, sagte Katell, „nicht auch zum zweitenmal, obwohl du mich bei der ersten Begegnung verleugnetest?“
Ich habe dich nicht verleugnet – wollte Robert erwidern, aber er dachte an Anna und daß er sie am Morgen nicht erkannt oder sich nicht hatte erkennen lassen, und er schwieg.
Durch den Verlauf, den das Gespräch genommen hatte, fühlte er sich dem Freunde auf eine seltsame Weise unterlegen. Im Vergleich zu den Tagen und Stunden ihrer alten Kameradschaft schien ihm, als wäre er selbst in all den Jahren, die seitdem vergangen waren, keinen Schritt weitergekommen, während der Freund einen Stand der Reife, der Sicherheit verriet, der ihm selbst noch fehlte. Dabei hatten sie annähernd das gleiche Alter. Es war nicht allein das Wissen, sondern die selbstverständliche Art, mit einem Wissen

zu schalten, das die Dinge einfach machte. Es war die gleiche Selbstverständlichkeit, wie sie Robert während der Gespräche in der Präfektur gespürt hatte und, in seinem Rahmen, auch in der Haltung des Patrons im Gasthof. Es gab hier eine Gemeinsamkeit der Atmosphäre, wie sie auch von den Einrichtungen und Gesten der Stadt ausging, zu der er nicht gehörte, die ihn aber immer stärker in ihren Bann zog.

„Ich zapple wie ein Fisch im Netz", sagte er zu Katell.

„Kein schlechter Zustand", meinte der Maler, und seine Stimme klang in diesem Augenblick sogar herzlich, „er täuscht nicht nur die Freiheit vor, sondern läßt zugleich die Möglichkeit zu, ihm durch eine Masche zu entschlüpfen – in die wahre Freiheit. Komm, Lindhoff. Wolltest du nicht zum Brunnenplatz? Es bedeutet keinen Umweg, wenn wir die Freikeller durchqueren."

Der Maler ließ Robert mit einer sichtlichen Aufmerksamkeit an der rechten Seite gehen. Schweigend waren die beiden von einem zum andern der flachen Räume gelangt, die wie abgewrackte Mauerfelder tief in der Erde unter dem freien Himmel lagen, als Robert betroffen von dem Bild, das sich ihm bot, stehenblieb.

Mitten in einem Geviert, das die kahlen, nur von breiten Türöffnungen unterbrochenen Mauern bildeten, wogte ein scheues Kommen und Gehen, ein huschendes Verweilen von vielen Frauen, die in einer stummen, eindringlichen Haltung versunken waren. Es mochten Frauen verschiedener Herkunft und jeden Alters sein, die sich hier und im Nebenraum zu Gruppen vereinigten. Wohin das Auge schweifte, sah der Blick sie in geordneter Vielfalt damit beschäftigt, ihnen vertraute Gegenstände, Tücher vielleicht und Wäschestücke, aus Schränken und Behältern herauszunehmen, zu glätten und in Händen zu halten, um sie dann wieder in Truhen und Kommoden mit einer Sorgfalt zu bergen, die in völligem Widerspruch zu der Nichtigkeit ihres Tuns stand. Denn während ihre im Takte nickenden Köpfe Stück um Stück zu zählen begannen, hielten sie ein Nichts zwischen den Fingern – sie ahmten nur die Geste des Ordnens nach. Auch die Möbel bestanden nur in ihrer Einbildung. Doch so stark waren die Erinnerungsbilder eines gewohnten, aber verlorenen Wohngefüges, daß es für sie so

wirkte, als zögen sie an Kästen, öffneten und verschlössen Schranktüren, die aus Luft bestanden und leerer Raum waren.
Ihr Gesichtsausdruck war angespannt und von unablenkbarer Aufmerksamkeit. Zuweilen schüttelten sie sorgend den Kopf, als stimme etwas nicht oder als fehle ein Stück, bis ihnen einfiel, wohin sie es wohl verlegt hatten, und sie holten es mit einem triumphierenden Lächeln aus einem Versteck. So vergewisserten sie sich ständig ihrer vermeintlichen Habe, ob sie nun größer war oder kleiner, sie wahrten ihr eingebildetes Gut mit einer gesättigten Behäbigkeit, und der Geiz wachte über ihrem Reichtum.
Sie reichten einander auch dieses und jenes Stück zu, befühlten Güte oder Schadhaftigkeit und legten es zu neuen Haufen. Andere hockten auf dem Boden, man sah, wie sie Zwirn in die Nadeln zu fädeln meinten und Stich um Stich an einem Wäschestück nähten, das nicht vorhanden war. Aber man sah, wie sie Saum und Naht prüften, aufseufzend dann und wann eine kleine Pause einlegten, in der sie die gekrümmten Finger streckten, um mit doppeltem Eifer in ihrer Tätigkeit fortzufahren, denn Vorrat und Arbeit nahmen kein Ende. Dabei behielten die Bewegungen von allen, ob sie nun räumten und sichteten, ob sie nähten und stopften, etwas Tänzerisches, beinahe so, als wüßten sie, daß sie sich eine Pantomime vorspielten. Denn sie verständigten sich ohne Worte mit Blicken untereinander, die ein schlaues Einvernehmen verrieten, wie Diebe, die fremdes Gut an den Mann bringen wollen. Doch war es zweifellos ihr eigner Besitz, den sie verwalteten, wie er ihnen aus Kisten und Kammern der Eltern und Voreltern überkommen war oder sie ihn selbst gegründet und gemehrt hatten, um ihn den Erben zu überantworten. So haftete ihrer Geschäftigkeit, wie sehr sie auch jedem praktischen Zweck hohnsprach, ein Zug des zeitlos Gültigen an. Die gemessene Sachlichkeit, mit der sich alle Gesten wiederholten, die Folgerichtigkeit eines währenden Tuns, wenn es auch keines mehr war, sammelte Mühe und Vergeblichkeit des Alltags in ein absolutes Bild.
Robert, der dem Treiben der Frauen zugeschaut hatte, ohne sich nur für eine Sekunde von dem Anblick lösen zu können, hatte wieder den Eindruck, daß sie, soweit sie über-

haupt seine Anwesenheit aufnahmen, ihn wie Leute behandelten, die durch besseres Wissen den Dingen überlegen sind. Als er sich endlich nach Katell umsah, der in eine Ecke gelehnt mit raschen Strichen das Bild in seinem Skizzenbuch festhielt, da erst kam ihm der Gedanke, ob sich Anna wohl auch in einer dieser Gruppen befinden könne.

Doch wie am Morgen in dem großen Eßsaal ertönte in diesem Augenblick ein nahes Weckersignal, das die Frauen aus ihrer tätigen Verzückung riß. Mit flinken Handreichungen ordneten sie ihr imaginäres Gut ein, nahmen es mit einem vollen Blick noch einmal in sich auf und entfernten sich ohne drängende Hast.

Kaum wahrnehmbar lag ein Hauch von Dämmerung über dem leeren Geviert. Der Himmel war noch hell, freilich weniger intensiv in seinem Blau, dafür aber glänzender, als hätte das Licht der Sonne ihn um so mehr durchsogen, als sie selbst an den Horizont gesunken war.

Katell hatte sein Zeichenbuch zugeklappt.

„Die Stunde ist beendet“, sagte er, als verstehe sich für Robert diese Einteilung von selbst.

„Könnte nicht Anna unter ihnen gewesen sein?“ fragte Robert, ohne zu bemerken, daß er durch die Nennung des Vornamens seine Beziehung zu Frau Mertens dem Freunde verriet.

Doch der Maler ging auf die Frage nicht mehr ein, sondern führte Robert durch die letzten der Freikeller, bis er auf einen steinernen Korridor stieß. Robert möge nur dem Zeichen K 1 nachgehen, dann werde er den Aufgang zum Brunnenplatz nicht verfehlen. Beim Abschied versprach Katell, sich bald in Roberts Diensträumen im Alttor sehen zu lassen. Einen Besuch im Gasthof lehnte er ab.

5

Robert saß, die Arme über dem Kopf verschränkt, in einem bequemen Stuhl seines Gastzimmers und blinzelte zurückgelehnt in das ruhig flutende Licht der beiden Wachskerzen, die auf dem Tisch standen.

Er war noch zu dem Brunnenplatz gegangen, nachdem er

sich von Katell getrennt und bald bekannte Gehege der unterirdischen Stadt erreicht hatte. Dem Refektorium war er ausgewichen. Ein schaler Essensdunst, der bis in die Gänge drang, ließ darauf schließen, daß sich wiederum die alten Männer und Frauen um ihre dampfenden Schüsseln drängten. Auch die Nische, wo die Koffer aufgestapelt lagen, hatte er wiedergefunden. An der Stelle, wo er Anna zum letztenmal gesehen hatte, war er eine Weile stehengeblieben, in der Hoffnung, sein Wünschen könnte sie herbeizaubern. Aber Anna war nirgends zu erblicken gewesen, weder hier noch auf dem freien Platz um den Brunnen, den wie in der Frühe eine gläserne Dämmerschicht umhüllte.
Und wie am Morgen hatte er sich gegen den Rand des steinernen Beckens gelehnt, das Ohr dem gleichmäßig fließenden Fall des Wasserstrahls geneigt, das Auge über die Fläche des Platzes schweifen lassend, die in den raschen Abend sank. Zwar wirkte die Umgebung weniger ungewöhnlich als bei Tagesanbruch, vertrauter fast, aber um Anna zu treffen, mußte er wohl morgen um die gleiche frühe Stunde wie heute sich einfinden.
Zu dieser Zeit konnte man ihn in seinen Amtsräumen noch nicht erwarten, so daß er den Antritt seines Dienstes darüber nicht versäumte. Die Prophezeiung von Freund Katell, nach der Anna sich einer erneuten Begegnung nicht werde entziehen können, schien Lügen gestraft. Aber vielleicht bezog sich das Wort nicht unmittelbar auf den gleichen Tag, auf die nächste Stunde, wie Robert in seiner Unruhe erwartet hatte.
Ein Durstgefühl begann ihn zu quälen, und er bemühte sich, von dem Brunnenstrahl etwas Wasser in die gehöhlten Hände zu sammeln, um zu trinken. Da es nicht erfrischte, bog er den Kopf hintüber und fing den Strahl in seinem offenen Munde auf. Prustend sprang er zurück, wischte mit dem Taschentuch die Spritzer von Gesicht und Brille und war schließlich, mehr dem Gefühl als dem Wissen nach, durch die leeren Straßen in Richtung des Gasthofs gegangen. Im Kampf gegen die von Minute zu Minute stärker anhebende Dunkelheit fing das Tageslicht zu flimmern und zu flirren an. So hatte er nur undeutlich die Umrisse eines niedrigen Gebäudes mustern können, das sich an den einen Turmpfeiler des starken Torbogens angliederte. Schwere

Laden schlossen, soweit sich erkennen ließ, die Fenster, die sich ein Stück über der Erde befanden. Der breite Durchlaß war mit einem doppelten Eisengitter versperrt, und die Straße führte schief an dem Toranbau vorbei. Es bestand kein Zweifel, daß das Alttor vor ihm lag. Er umschritt es langsam, spähte aber vergeblich nach einem Zugang zu dem Seitengebäude. Da es für einen Besuch ohnehin zu spät war, hatte er seinen Weg fortgesetzt. Eine künstliche Beleuchtung schien es für die Straßen nicht zu geben, oder wenn es sie gab, wurde sie jedenfalls nicht benutzt. Nur über dem Eingang des Gasthauses brannte in einer blauen Ampel Licht.

In seinem Zimmer hatte er mit einigen höflichen Zeilen des Patrons, daß man vergeblich seine Rückkehr zu angemessener Stunde erwartet, ihn aber mit vermutlicher Dienstbeanspruchung entschuldigt habe, ein freundliches Mahl vorgefunden. Brot und Früchte, in gekühlten Behältern verschlossen, waren mit einer Karaffe Wein zurechtgestellt. Ein gedruckter Zettel machte den Gast darauf aufmerksam, daß die elektrische Beleuchtung der Zimmer stets eine Stunde nach Sonnenuntergang abgeschaltet würde, doch stünden Kerzen zur Verfügung. Gern hätte Robert noch Milta, die alte Bedienerin, verständigt, ihn bei Sonnenaufgang zu wecken. Doch das Gasthaus lag wie ausgestorben, nirgends drang ein Lichtschein durch die Türspalten. Die Leute schienen sich schon zur Ruhe begeben zu haben.

So saß Robert nun im Anblick der lebendigen Kerzenflammen, die knisternd aufstiegen. Dann entnahm er seinem Koffer, den er ebenfalls vorgefunden hatte, die zur Nacht nötigen Dinge und fiel, kaum daß er sich ausgestreckt hatte, in Schlaf.

Als er erwachte, war das Zimmer morgenhell. Nachdem er sich rasch angekleidet hatte, fragte er unwillig den Patron, den er zum Ausgehen bereit in der Halle traf, nach der Zeit. Es sei mittlerer Morgen, erwiderte dieser.

Ob die Frauen wohl schon die Krüge auf dem Brunnenplatz gefüllt hätten, wollte Robert wissen.

Diese Frist möge gerade vorüber sein, meinte der Patron. Und was das Frühstück anbelange, so pflegten die höheren Herren es in der Regel in ihrem Büro oder in einer Kaffeestube am Wege einzunehmen. Er lüftete andeutend den

Hut und verließ den Gasthof, dessen Tür zur Straße hin offenblieb.
Da der Zeitpunkt versäumt war, an dem Robert Anna zu treffen gehofft hatte, entschied er sich, das Alttor aufzusuchen, und wählte den Weg durch die untere Stadt. Ohne im einzelnen auf das Leben und Treiben der Leute zu achten, das dem Bilde des Vortages glich, entdeckte er kurz vor dem unterirdischen Platz der Barbiere die Abzweigung zu einer Treppe, die in flachen Stufen nach oben führte. Von einer Laterne erhellt, mündete sie unmittelbar an dem einen Pfeiler unter dem breiten Torbogen, dessen Gitter jetzt offenstanden. Dem Treppenauslaß gegenüber befand sich eine schmale Eichentür mit einem reichgeschnitzten Rahmen. Robert setzte den Klopfer aus Messing in Bewegung, der auch hier angebracht war. Wenige Augenblicke später wurde die Tür von einem älteren Beamten geöffnet, der einen schmucklosen Uniformkittel trug – in den weiten Ärmeln ein wenig an den Schnitt einer Kutte erinnernd. In würdig ernster Haltung hieß er den Archivar willkommen und geleitete ihn über eine kleine Treppe zu einer steinernen Diele. Von dort traten sie in einen mit verschiedenfarbigen Bastmatten ausgelegten länglichen Raum. Die aus dikken Quadern gefügten Wände, deren Fensterscharten sich schräg nach innen verbreiterten, liehen ihm eine angenehme Kühle und tauchten ihn in eine milde Helligkeit.
Der Beamte, von der Präfektur zweifellos verständigt, führte Robert an einen großen Schreibtisch, der quer zu einem der Fenster stand. Er ließ ihm zunächst Zeit, sich in dem Raum zurechtzufinden, und entfernte sich. In einem Teil der Wände waren vom Steinboden bis zur Decke hohe Schrankfächer eingelassen, in denen sich in Schweinsleder oder Pergament handgebundene Folianten befanden, auch Katalogverzeichnisse, mit Buchstaben und Ziffern gekennzeichnet. Zwei mittlere Arbeitstische, mit Papieren bedeckt, ein Stehpult, ein fahrbarer Bücherwagen, niedere Stühle und Sitzkissen füllten den Raum, der ein Gefühl der Stille und der Weltabgeschiedenheit auslöste.
Unterdessen hatte der Beamte auf einem Tablett das Frühstück gebracht und bat den Archivar, sich zu bedienen. Es war das einfache Hirsemahl, wic es die Gehilfen des Archivs ebenfalls einnahmen. Während der ältere Beamte, der

sich unter dem Namen Perking vorgestellt hatte, in umsichtigen Worten, aus denen Erfahrung und Beherrschung sprachen, Robert über die Einrichtungen des Archivs und seine Besorger unterrichtete, betrachtete Robert das kluge Gesicht mit den kleinen Fältchen um die Augen und den schmalen Brauen.
„Es sind immer zwölf Gehilfen“, erläuterte der Beamte Perking, „denen bestimmt ist, den Gang des Archivs aufrechtzuerhalten. In der Ausübung unserer Pflichten wechseln wir ständig einander so ab, daß die Arbeit zu keiner Minute des Tages oder der Nacht unterbrochen wird. Denn das Archiv muß stets bereit sein, auf plötzliche Anfragen von der Präfektur ohne Aufschub Auskunft zu erteilen. Auch gehen täglich neue Papiere, Texte und Unterlagen ein, die nicht nur zu registrieren, sondern sogleich sinngemäß einzuordnen oder auszuwechseln sind. Ein versäumter Tag, ja ein versäumter Augenblick läßt sich in Ewigkeit nicht wieder einholen.“
„Ich verstehe“, nickte Robert, der aber diesen Gedanken auf Anna und seine Beziehung zu ihr bezog.
Wenn die Tätigkeit, so drückte sich der Beamte Perking etwa aus, wohl geistige Fähigkeit voraussetze und beanspruche, so habe sie natürlich nur in bescheidenem Maße Anteil an dem Gang der Menschheitsgeschichte und sei auch gering anzusehen im Vergleich mit der Weisheit, in der die gesetzgebende Leitung der Präfektur das ganze Gefüge des Stadtstaates regele. Die Helfer des Archivs seien trotz ihrer von der allgemeinen Bewohnerschaft abgehobenen Stellung eben doch nur Gehilfen nach den Weisungen einer höheren Macht.
„Und meine Aufgabe?“ fragte schließlich Robert.
„Sie dürfen sich als Vorsteher des Archivs darauf verlassen“, meinte der Beamte freundlich, „daß jeder von uns sich der Verantwortung bewußt ist, die er dem Geist des Archivs schuldet. Ich darf wohl aussprechen, daß wir treue und lang erprobte Diener sind. Sie können sich durch Stichproben überzeugen, daß wir über der laufenden Tätigkeit nicht das Feld unserer eigentlichen Arbeit versäumen.“
„Herr Perking“, sagte Robert, „ich wäre Ihnen dankbar, wenn Sie mich bei der Einarbeitung in die Materie unterstützen würden.“

Der Beamte lächelte flüchtig und wies Robert auf eine umfangreiche Kartothek hin, die in einer Anzahl von ausziehbaren Kästen geordnet auf dem Schreibtisch stand.
„Hier befindet sich ein grundlegender Handweiser zur Benutzung des Archivs", sagte er, „den unser Meister Gottfried, Ihr Vorgänger, in langer Lebensarbeit angelegt hat. Die Archivare pflegen nach einer gewissen Frist der Bewährung diese Bezeichnung zu erhalten – auch Sie, Herr Doktor, werden einst mit dem Titel Meister Robert belehnt werden. Unterdessen finden Sie zu jedem Stichwort in dem Handweiser eine Sacherklärung sowie die weiterführenden Hinweise auf die Registerbenutzung der Nachschlage-Konvolute und den Standort der bearbeiteten oder noch auszuwertenden Literatur, auch des Plattenmaterials. Wenn wir Gehilfen der Kartothek auch kaum bedürfen, weil wir durch Übung mit Aufbau und Bestand des Archivs in allen seinen Gliederungen vertraut sind, so erleichtert diese Einrichtung dem Neuling den Weg, sich bei uns ohne fremde Hilfe einzuleben."
Robert, der den Wink, auf sich selber angewiesen zu bleiben, nicht überhörte, ließ sich von dem Beamten weiter informieren, ohne Fragen zu stellen. Perking fuhr zu sprechen fort.
„Wenn man bedenkt, daß hier das geistige Vermächtnis zwar nicht der ganzen Erde, aber immerhin ihres eurasischen Teils verwaltet wird, wie es seit Jahrhunderten, sogar seit Jahrtausenden zusammengekommen ist – im Grunde seit den Zeiten schriftlicher Bewahrung der Sterblichen – und sich unerschöpfbar ausbreitet, so könnte man meinen, daß dazu weder der Fassungsraum des Alttors mit seinen allerdings nicht unbeträchtlichen tiefgekellerten Stockwerken ausreicht noch überhaupt irgendein Archiv der Welt. Ja, man könnte, wie ich Ihren erstaunten Augen anmerke, diese Tatsache für die Behauptung eines Irrsinnigen oder eines Größenwahnsinnigen halten, zumal wenn ich hinzufüge, daß der weitaus überwiegende Teil unserer Werkhandschriften der unbekannteren und als verschollen geltenden Literatur angehört. Aber wir sind keine Phantasten, wenn wir uns auch mit Phantastereien ebenso abgeben müssen wie mit aller Weisheit, die den Menschen innewohnt. Im Gegensatz zu den Bibliotheken und wissen-

schaftlichen Instituten aller Herren Länder, die alles zufällig Angesammelte genutzt oder ungenutzt verwahren, erfolgt in unserm Archiv mit jedem Zugang automatisch eine entsprechende Siebung und Filterung allen jeweils gleichgearteten Gedankenguts. Der schöpferischen Gedanken", fuhr der Gehilfe fort, „sind nicht so viele, als daß sie nicht wie die Gestirne des Himmels fixierbar wären. Maß und Menge der geistigen Substanz sind von der Natur genauso gezählt wie die Sandkörner der Erde. Wie sie läßt sich auch der Vorrat der Ideen nicht vermehren oder vermindern. Nur die Formen, in denen sie auftreten, sind verschieden, nur die Intensität schwankt, mit der sich die Wiedergeburt eines Gedankens vollzieht."

„Wenn ich recht begreife", sagte Robert, „so ist hier eine Sammlung von allem Wesentlichen entstanden, das von Menschen je gedacht und in ihren Sprachen niedergeschrieben ist, also die Summe aller echten Überlieferung. Eine Fund- und Fallgrube des Geistes!"

Der Beamte Perking hob leicht den linken Arm, so daß das rotseidene Innenfutter des weitgeschnittenen Ärmels sichtbar wurde. Er streckte den Zeigefinger in die Höhe, als wollte er ein Zeichen in die Luft malen, und wiederholte mahnend: „Fund- und Fallgrube des Geistes – welch treffliches Wort! So könnte Kurziko gesprochen haben." Langsam ließ er den Arm wieder sinken. „Das Verhalten des Menschen", fuhr der Gehilfe fort, „das er gegenüber dem Alltag, der Liebe, dem Tode, gegenüber der Obrigkeit, der Wahrheit und dem göttlichen Gesetz einnimmt, ist, wie Sie wissen, festen Riten unterworfen, auch bestimmten Riten der Aussage. Sie kehren wie Wellen rhythmisch innerhalb des Zeitganzen wieder. Sie sind immer die Gegenwart. Wer einmal die Übersicht gewonnen hat, der erkennt die Entsprechungen der einzelnen Perioden und der Beiträge der Völker. Es stellt sich dann heraus, daß jede Aufzeichnung, sei es als Lied, als Gedanke, als Darstellung oder Beschreibung, im geistigen Raum ihr Gegen- und Vorbild besitzt. Nicht immer ist es das Neue, was das Alte an Kraft und Tiefe übertrifft. Das erleichtert unser Amt. Aber ich ermüde Sie mit einem Wissen, das sich für Sie als einen Gelehrten von selber versteht."

„Wohin ich hier auch gerate", sagte Robert, „an Menschen

und Dinge, immer bin ich ein Lernender. So erging es mir schon auf der Präfektur, als ich dem Hohen Kommissar lauschte."

„Der Hohe Kommissar", meinte der Gehilfe Perking und neigte verehrend das Haupt, „ist einer der Großen der Erde. Was sind wir Gehilfen gegen ihn?"

„Ich bitte Sie", sagte Robert, „mir mehr vom Archiv zu erzählen."

„Sein Sinn läßt sich nur andeuten", nahm Perking den Gedankengang erneut auf. „Gewiß enthält es in den Werken der Philosophen, der Dichter, der gelehrten Betrachter die Summe der Vergangenheit, aber zu diesen Grundgedanken des schöpferischen Prozesses auf Erden gesellen sich nicht minder die Zeugnisse jeder schriftlichen Äußerung, wie sie, von wem auch immer, in Briefen, in Tagebüchern, in hinterlassenen Manuskripten und Notizen niedergelegt sind, sofern in ihnen" – und hier gab der alte Gehilfe den Worten durch langsames Sprechen eine erhöhte Betonung –, „sofern in ihnen das menschliche Schicksal beispielhaft für das Schicksal des Kosmos steht."

Robert erwiderte längere Zeit nichts, aber der Blick seines Auges blieb im Auge des alten Gehilfen.

„Ich frage mich nur, wenn ich das alles überdenke", sagte Robert schließlich, „welche Instanz das Recht und die Fähigkeit besitzt, über Wert und Unwert der einzelnen Leistung zu entscheiden. Irre ich nicht, so geht es hier um die Unsterblichkeit." Ohne sich von dem anerkennenden Kopfnicken des Gehilfen unterbrechen zu lassen, sprach Robert lebhaft weiter. „Jeder, dem es ernst um seine Arbeit war, hat sich mit seinem Leben dafür eingesetzt. Vieles mag seine Wirkung im Augenblick zeigen, aber im Lauf der Zeit seine Leuchtkraft einbüßen. Anderes wird der Mitwelt unbedeutend oder dunkel erscheinen, dessen sich die Nachwelt stolz rühmt."

„Alles Geschriebene", erwiderte der Gehilfe höflich, „hat Anspruch auf Dauer. Es fixiert den Augenblick. Jedoch darf als bekannt vorausgesetzt werden, daß oft Wille, Ehrgeiz, Geltungsbedürfnis die Triebfedern für den Schreibenden sind, oft ein unklares Anempfinden an das Rauschhafte des Lebens, ein Bekenntnisdrang, ein Affekt oder eine Ansammlung des Wissens. Das Private, das Subjektive hat nirgends eine Unsterblichkeit oder nur eine kurz bemessene. Lediglich wenn die Stimmen der Mächte sich eines Menschen bedienen, werden seine Worte schöpferische Kraft entfalten. Nur das Anonyme hat eine Art von Unsterblichkeit. Ob indessen der Mensch ein Werkzeug der guten oder der bösen Mächte ist, ein Gefäß des Göttlichen oder des Dämonischen, das entzieht sich der Erkenntnis der Irdischen. Die Mitwelt, mein Herr Doktor, befindet sich darüber gern im Irrtum, und die Nachwelt ist auch nicht immer auf rechte Weise beraten. Aber gleichviel – für das, was gültig ist, und über welche Spannen hin die Gültigkeit sich erstreckt, gibt es eine Instanz. Eine einzige verantwortliche Instanz, in deren Mitte Sie eben eintraten: das Archiv."

„Eine absolute Instanz", sagte Robert mit einem Ton des Zweifels, „die über die Unsterblichkeit jeder schöpferischen Leistung gerecht entscheidet?"

„Die organisch entscheidet", berichtigte der alte Gehilfe. „So, wie über Wirksamkeit und Dauer des menschlichen Schicksals die Präfektur gebietet."

„Ah!" Robert hatte diesen kurzen Ruf ausgestoßen und ging erregt im Raume hin und her. „Was soll mir das", sagte er stehenbleibend, „den man als Archivar hierhergerufen hat! Niemals würde ich wagen, ein derartiges Urteil vor der Geschichte zu fällen."

„Weder Ihnen noch uns Gehilfen käme dieses zu", erwiderte Perking mit leiser Stimme. „Das Urteil spricht sich selbst. Es liegt in jeder Sache von vornherein beschlossen – wie das Schicksal in der Gestalt des Menschen. Wie es nicht der Präfekt, sondern die Präfektur ist, welche richtet, so auch in unserem Bezirk nicht der Archivar, sondern das Archiv."

„Aber was soll das bedeuten", schrie Robert, „das Archiv! Gibt es nur noch die Mechanik des Unpersönlichen?"

Herausfordernd stand er mit geballten Fäusten in den Hosentaschen vor Perking. Dieser strich mit der Hand über seine Toga hin, als müsse er mit den Fingernägeln irgend etwas wegstäuben, und sagte: „Welche Pläne die Präfektur mit Ihrer Ernennung zum Vorsteher des Archivs hegt, kann von uns Gehilfen niemand wissen."

Robert bat, seine Heftigkeit zu entschuldigen. Perking,

ohne darauf einzugehen, sprach von der schwierigen Lage, ihm das Wesen einer Instanz zu erklären, die für einen Außenstehenden auf den ersten Blick etwas Unfaßliches haben müsse. Aber es verhalte sich so, wie er eben angedeutet habe, das Urteil spreche sich durch die Eigenschaft jeder einzelnen Sache von selbst.

„Wir Gehilfen", fuhr Perking fort, „machen nur den Vollzug sichtbar. Die Schriften, die vom Leben des Geistes nicht genügend durchtränkt sind, werden ausgeschieden; das heißt, sie zerfallen ohne unser eigentliches Zutun. Freilich vermögen wir den Vorgang mitunter zu beschleunigen, wie wir es zu tun gewohnt sind bei demagogischen Lehren und bei literarischen Erzeugnissen, die sich billigen Tageszwecken unterjochen. Um so rascher können töricht vergeudete Gedanken und Empfindungen als Grundstoff wieder frei werden, frei werden, nachdem sie das Purgatorium durchliefen. Auch sie bedürfen der Läuterung. Andrerseits konservieren wir auch das eine oder andere Schreckensbild geistigen Wahns und menschlicher Anmaßung. Wir tun es aus dem Grunde, um Dummheit und heillose Verstocktheit an den Pranger zu stellen, diese beiden Geißeln der Menschheit. Denn –", und der alte Gehilfe neigte sich näher zu Robert, „denn nicht die Lüge ist die große Gegenspielerin der Wahrheit, sondern die Dummheit."

Perking ging zu einem der Arbeitstische, auf dem zahlreiche Handschriften lagen. „Just unter den Papieren", meinte er, „die gestern eingereicht wurden, entdeckte ich einen Satz, der diese Auffassung illustriert. Er fand sich in den Tagebuchblättern eines Mannes, der niemals eine Zeile veröffentlicht hat; als Büroangestellter eines Betriebes hat er ein unscheinbares Leben geführt und sich insgeheim seine Gedanken gemacht. Hier ist die Stelle."

Während Robert das Blatt mit einsah, las der Gehilfe vor: „Ich glaube zwar nicht an die Unsterblichkeit der Seele, wohl aber an die Unsterblichkeit der Dummheit. Wenn einmal von unserer Erde nichts mehr übrig sein wird, dann wird an ihrer Statt noch lange ein Nebelfleck im Weltraum kreisen: der Dunst aller menschlichen Dummheit – von Adam an."

„Hübsch gesehen", meinte Robert, „wenn auch ohne die

letzten drei Wörter noch umfassender. Das Ganze ist der typische Sarkasmus einer Spätzeit."

„Sie haben den Blick", sagte anerkennend der Gehilfe.

Er schlug Robert eine Besichtigung des Archivs vor, um ihn bei dieser Gelegenheit auch mit den übrigen Mitarbeitern bekannt zu machen. Die Gehilfen waren wie Perking meist ältere Männer mit weißem Haupthaar, klugen, wissenden Augen, die nur kurz auf Roberts Gestalt hafteten, um sogleich in jene abgründige Ferne zu tauchen, in der sie während des Lesens und Schreibens geweilt hatten. Verschiedene saßen bei ihrer Tätigkeit in hockender Stellung, andere stützten sich auf ein Stehpult. Ihre Haltung und ihre Bewegungen waren gelassen und ausgewogen. Sie verrieten keine Müdigkeit, eher eine wohltuende Geduld.

Die meisten Räume des Archivs verteilten sich auf die unterirdischen Geschosse des Torgebäudes, zu denen eine Wendeltreppe hinabführte. Perking gab Robert mit gedämpfter Stimme Erklärungen über die sichtende, wahrende und löschende Tätigkeit der Gehilfen.

„Unsern Meister Magus", sagte er, „den Siegelbewahrer der Geheimakten, der in der tiefsten Krypta des Archivs haust, werden Sie besser ein anderes Mal aufsuchen."

In den Sälen der sieben Stockwerke, die wie breite Höhlen in den Fels der Erde geschlagen waren, standen in hohen Reihen die Konvolute, Mappen, Bücher und Schriftrollen geordnet, in deren Zeugnissen die Vergangenheit sich als Gegenwart überlieferte. Junge Diener in Pagenuniform wachten in den hell beleuchteten Räumen über den geistigen Vorrat der Welt, den Robert mit einem ehrfurchtsvollen Blick streifte. In einigen Gewölben fiel ihm der schier unermeßliche Anteil der chinesischen und tibetanischen Kreise auf, gegen die sich der hellenistische und römische Beitrag geringer ausnahm. So gab es zum Beispiel eine unabsehbare Reihe von Deutungen über die Existenzkraft des Tao. Aber es war nicht der Zeitpunkt, in Einzelheiten einzudringen. Es sollte nicht mehr als ein flüchtiger Rundgang sein, um dem neuen Archivar einen ersten Eindruck zu verschaffen.

„Welche Schätze!" sagte er, als er mit Perking die ausgemuldeten Steinstufen der Wendeltreppe wieder emporstieg. „Welches Leben nach dem Tode!"

„Falls Sie es vorziehen, Herr Doktor, ganz zu uns zu übersiedeln", meinte der Gehilfe bedachtsam, „so steht Ihnen außer Ihrem Arbeitszimmer auch ständig ein persönlicher Aufenthalts- und Schlafraum zur Verfügung."
Robert bekundete sein Interesse.
„Er befindet sich", sagte Perking, „in dem gegenüberliegenden Rundpfeiler des Tors, dem sich, wie Sie schon bemerkt haben werden, im Gegensatz zu unserer Seite, kein Flügelgebäude anschließt. Ursprünglich mag es wohl vorgesehen gewesen sein, um die Anlage symmetrisch zu halten, aber der Bau ist nie vollendet worden. So hat unser Alttor mit dem Gebäudeanbau auf nur einer Seite äußerlich ein schiefes Aussehen, das lediglich dadurch nicht so in Erscheinung tritt, weil die Stadthäuser auf der frei gebliebenen Seite allmählich ziemlich dicht an das Tor herangeführt worden sind. Der isoliert gebliebene geräumige Turmpfeiler, in dem sich das für Sie bereitstehende Gemach befindet, ist mit unseren Archivräumen durch einen verdeckten Gang verbunden, der in der Höhe des Torbogens angelegt ist."
Der Gehilfe war schon eine gewundene Steiltreppe voraufgegangen. Die Galerie, die zwischen den beiden Pfeilern oben durch den Torbogen lief, war so niedrig, daß sie sich nur in gebückter Haltung durchschreiten ließ. Auch drang nur wenig Licht durch runde Luken ein. Im anderen Pfeiler führte eine gleiche Steiltreppe auf einen Dielenplatz hinab, an dem das halbkreisförmige Sonderzimmer lag.
Als sie eingetreten waren, wies Perking noch darauf hin, daß dieser Raum auch über einen geheimen Zugang verfüge, der in unmittelbarer Verbindung zu einem der Katakombenwege stehe.
„Dort in der Nische", sagte der Gehilfe, „befindet sich die Falltür. Man kann das Zimmer also erreichen oder verlassen, ohne sich des Umwegs über die Galerie und den Archivflügel bedienen zu müssen."
Robert unterschätzte den Vorteil nicht; auch reizte ihn das Abenteuerliche des Quartiers.
Sie waren auf dem gleichen Wege zurückgeklettert und befanden sich wieder in der breiten Steindiele auf der anderen Seite des Tores. Als sie in den länglichen Arbeitsraum des Archivars, der Robert schon bekannt war, gingen, erwähnte Perking, daß er ihn während der längeren Vakanz

eines Vorstehers mitbenutzt habe, ihn nun aber, da wieder ein neu bestellter Archivar hier einziehe, gern räume. Seine Anwesenheit als Oberer der Gehilfen sei ohnehin an vielen Stellen des Archivs erforderlich.
Damit händigte er Robert die Schlüssel aus, sowohl für den Haupteingang und die Torgitter als auch für den geheimen Zugang durch die Falltür. Robert gedachte sein Quartier im Gasthof zunächst zu behalten, jedoch in besonderen Fällen, etwa bei längerer, über den Abend hinausgehender Beanspruchung von der Möglichkeit, im Archiv zu übernachten, Gebrauch zu machen. Nachdem ihm Perking einen umfangreichen Band mit leeren Seiten auf den Schreibtisch gelegt hatte, der, wie er sagte, den Aufzeichnungen der laufenden Chronik diene, war er in den Nebenraum gegangen, wo er sich mit einem anderen Gehilfen in einer fremden Sprache unterhielt. Die Tür stand offen. Was sollte Robert aufschreiben? Unschlüssig schraubte er seinen Füllfederhalter frei, schlug den Leerband auf und schrieb auf die erste Seite: „Mit dem heutigen Tage übernimmt Dr. Robert Lindhoff sein neues Amt." Nach einer Weile schraubte er nachdenklich den Füllfederhalter wieder zu.
Wem diente das Archiv, das, wie er deutlich spürte, von einer der landesüblichen Bibliotheken von Grund auf verschieden war. Perking hatte auf dem Rundgang darauf hingewiesen, daß es für die Klarheit des Wissens bestimmt wäre. Aber wer nutzte es, wem kam es zugute? Zu welcher Aktivität forderte die Führung einer laufenden Chronik heraus?
Schon überlegte er, ob er Perking nicht zu einer neuen Aussprache bitten sollte, als auf der Straße eine leichte Unruhe wach wurde. Die Gehilfen im Nebenzimmer schenkten dem Vorgang keine Beachtung, sondern blieben in ihre Arbeit versunken. Robert indessen, der zunächst versucht hatte, sich in die Tagebuchblätter des kaufmännischen Angestellten zu vertiefen, fühlte sich durch die Erregung abgelenkt, die in zunehmendem Maße von draußen auf ihn eindrang, so daß er vom Schreibtisch an die Fensternische trat.
Auf der Straße, so weit man sie überblicken konnte, bis sie sich in einer sanften Biegung der Sicht entzog, standen Gruppen von Menschen, Frauen zumeist, vor den Haustüren, die aufmerksam in eine bestimmte Richtung schauten.

Auch in den Luken und den Fensterhöhlen wurden Köpfe sichtbar, die mit angespannten Mienen hinausspähten. Von den Nebengassen hörte man eilig herzukommende Schritte, und immer neue Gestalten gesellten sich zu den Wartenden. Plötzlich lief ein Raunen durch die Menge, die Frauen stießen sich an, Unbekannte nickten einander freudig zu, um sich auf das bevorstehende Ereignis aufmerksam zu machen. „Sie kommen! Sie kommen!“ riefen die an der entfernteren Straßenecke Stehenden. Der Ruf pflanzte sich begehrlich fort, auch die letzten Säumigen der Stadtbewohner heranlockend. Die kahlen Steinfronten der Häuser schimmerten in einem gelbroten Glanz auf.
Die allgemeine Spannung hatte sich auch Roberts bemächtigt, er lehnte sich weit über die breite Fensterbrüstung. Unter den Zuschauern fiel ihm bald ein hagerer Herr mit grauem Zylinder auf, der mit unbewegtem Gesicht scheinbar müßig auf und ab schritt, als ginge ihn all das aufgeregte Treiben nichts an. Dennoch schien seinem rasch registrierenden Blick keine noch so flüchtige Einzelheit der Vorgänge zu entgehen. Auch Robert fühlte sich für einen Augenblick eindringlich fixiert. Als es ihm zu Bewußtsein kam, hatte der Herr im grauen Zylinder, wie unbeteiligt, ihm schon den Rücken zugewandt und war in der Allgemeinheit untergetaucht.
In dichtem Spalier säumte die Menge den Fahrweg, auf dem jetzt eine Schar von Kindern in langsam wiegendem Gang sich näherte. Es war ein langer Zug von Knaben und Mädchen, der daherkam, und ihre kleinen Körper federten, als ob der Weg ein Schwebebogen wäre, den sie ermaßen, ohne ihn zu betreten. Sie gingen meist zu viert in einer Reihe, manche hielten sich mit den Händen krampfhaft angefaßt, als gäbe es ihnen ein Gefühl der Sicherheit, andere wanderten für sich allein.
Alle trugen Blumenkränze im Haar, vielen war ein Sträußchen angesteckt worden, oder sie hielten es auch ausgestreckt in der kleinen Faust vor sich. Voran marschierten die Kleinsten, die wohl eben erst das Laufen erlernt hatten, hinter ihnen baute sich genau nach der Größe gestuft der Zug auf, und die Ältesten mochten zwölf, dreizehn Jahre alt sein. Die Mädchen trugen helle, oft weiße Kleider, die Jungen blaue Spiel- oder Matrosenanzüge. Einige hatten so-

gar den Schulranzen auf dem Rücken umgeschnallt, andere bewahrten ein Spielzeug fest unter den Arm geklemmt, eine Puppe, einen Reifen oder ein kleines Schiff.
Diese Gegenstände verscheuchten den zunächst aufkommenden Gedanken, als handle es sich um eine Prozession. Der Zug der Kinder erweckte eher die Vorstellung von einer Wanderung. Man konnte an Gefangene denken, an Verbannte, die in ein anderes Land fortgehen mußten. Ihre Augen glänzten, und die Strahlen der Sonne bereiteten ihnen keine Beschwer, denn sie sahen ohne zu blinzeln starr nach oben. Die Münder der Kinder waren geöffnet, so daß der Eindruck entstand, als ob sie mitten im Singen verhielten, wenn auch das Ohr keinen Laut wahrnahm. Zuweilen entsprach die Geste auch weniger einem erstarrten Gesang, eher, so schien es, einem lautlosen Schrei. Da die Stirnhaut bei vielen leicht nach oben gezogen war, bildeten sich ein paar Längsfalten, die dem Gesicht das Unbekümmerte nahmen und ihm etwas Nachdenkliches, etwas Staunendes aufprägten. Manche freilich lächelten, aber das Lächeln verlieh den Zügen keine echte Fröhlichkeit, eher etwas Süßliches. Über den Köpfen der Kinderschar lag ein vibrierender Schleier, in dem Robert einen Schwarm von blaugrün schimmernden Fliegen erkannte, die ruhelos die kleinen Gestalten umkreisten, sich bald auf Händen und Gesichtern niederließen, sie zudringlich bekribbelten, ohne daß ihnen gewehrt wurde, bald wieder aufschwirrten. In der Luft blieb ein giftig summender Ton. Ein gutmütiger Mann, der in der vorderen Reihe der Zuschauer stand, haschte mit der hohlen Hand eine der Fliegen, griff sie vorsichtig bei den Flügeln und riß ihr mit Genugtuung alle Beine aus, bevor er sie zerquetschte.
Die Schar, die allmählich das Alttor erreicht hatte, wich nicht seitlich aus, sondern bewegte sich mitten durch das Bogengewölbe des Tors hindurch, dessen Gitter, wie Robert schon am Morgen gemerkt hatte, offenstanden. Die Kinder schenkten den Erwachsenen, die sie mit zehrenden Blicken umfaßten, keine Beachtung. Sie zogen still und sicher ihres Wegs, und keines von ihnen sah jemals zurück, obwohl ihnen oft Kosenamen zugerufen wurden. Bisweilen blieb der Blick einer Frau an diesem oder jenem der Kinder haften, als tauche darin eine verwandte Erinnerung auf, ein

beglückender Anklang des Lebens. Auch Robert mußte in diesem Augenblick seiner beiden eigenen Kinder gedenken, und er forschte in den Gruppen der dicht unterhalb an ihm Vorüberziehenden nach Erich und Bettine. Sie waren indessen nicht darunter, obgleich er sie hier und dort und schließlich in vielfältiger Gestalt zu erkennen vermeinte, so sehr überwog die Ähnlichkeit der noch unausgeprägten Züge die Unterschiede im einzelnen.
Plötzlich begriff er auch, was bei seinem bisherigen Umherstreifen in dem Bilde der Stadt eine so beängstigende Öde heraufbeschworen hatte: nirgends, weder auf den Straßen und Plätzen noch in den Katakombenbezirken, war ihm ein Kind begegnet, nirgends hatte sich die Unschuld ihres lärmenden Spiels, hatte sich die helle Freiheit ihrer Stimmen vernehmen lassen. Es gab hier keine Kinder, dies war es, wie er es ähnlich von Kurorten wußte, wo zum Schutz der Heilung suchenden Kranken aus den Parken und Anstaltsvierteln die Kinder verbannt wurden. Robert hatte früher oft, bevor er hierher gekommen war, geäußert, daß sich an Kindergeschrei nur der gewöhnen könnte, der es selber mitgeboren habe, weil ihn ihr unberechenbares Johlen auf den Straßen, die Beharrlichkeit der rufenden Stimmen und das unbeherrschte Aufweinen oft genug bei der Stille seiner Arbeit verdrossen hatte. Aber diese Kinder hier blieben stumm, sie weinten nicht einmal und zogen friedlich und voller Eifer ihres Wegs. Wie eine Zauberschar erfüllten sie die Straßen, und Robert hätte viel darum gegeben, wenn sie weniger artig gewirkt hätten und wenn ein vergnügtes Geschwabbel bis in das Archiv hereingedrungen wäre. Aber schon sie zu sehen, gab für eine Weile der Stadt ohne Kinder ein verändertes Bild. Jetzt verstand er auch, warum die Bevölkerung so bewegt ihrem Kommen entgegengehofft hatte und so andächtig nachblickend verharrte. Denn auch diese Kinder schienen von anderswo hergekommen und nur auf dem Durchmarsch durch die Stadt zu sein.
Niemand der Bewohner wagte zu folgen. Was dem Zug der Dahinschreitenden folgte, waren Diener der Stadt, die offene Sänften trugen. Darin sah man kleine Babys liegen, den Leib gewickelt und den Schnuller im Mund. Hätten sich ihre winzigen Ärmchen nicht gerekelt und ihre Beinchen sich nicht mitunter bloßgestrampelt, so hätte man mei-

nen können, daß es Wachspuppen gewesen wären. Die Stadtdiener, die mit gleichgültigen Mienen die leichte Last der Sänften trugen, waren mit Lederschürzen und Schirmmützen bekleidet, wie Robert sie schon bei den Leuten gesehen hatte, die die Straßen gesäubert und den Abfall vor den Haustüren geholt hatten. Ihn überlief ein Frösteln. Die Zuschauenden brachen in glückpreisende Rufe aus: „Wie liebreich das mit dem blauen Band! Wie rein! Schaut! Wie zart das mit der hellroten Schleife im Haar!" Und die Frauen, alte wie junge, begannen, mit offnen, nach vorn gehaltenen Händen sich seitlich zu wiegen. Sie behielten die warme, schaukelnde Bewegung der Körper bei, bis die Sänften allmählich ihren Blicken entschwanden. Auch die Fliegenwolke hatte sich aufgelöst.

Während der letzte der Stadtdiener das Gitter des Alttors gleichmütig hinter sich abschloß, trat der Gehilfe – derselbe, der davon gesprochen hatte, daß die Gefühle rasch zerfallen müßten, damit ihre Grundstoffe wieder frei würden –, trat der alte Perking zu Robert ans Fenster.

„Etwa jeden zweiten Tag", sagte er bedächtig, „wird eine Kinderschar auf diese Weise von den Bewohnern durch die Stadt geleitet. Sooft sich auch das Schauspiel wiederholt, büßt es von seiner Anziehungskraft nichts für die Menge ein. Das heißt, wenn die Teilnahme der Bevölkerung an der kleinen Parade auch freiwillig ist, wird sie natürlich als Übungsstunde angerechnet. Für viele ist es ein rührender und erquickender Anblick."

„Darf man fragen", warf Robert ein, „wohin sie marschieren?"

„Sie kommen – sie gehen", erwiderte der Gehilfe. „In nordwestlicher Richtung der Stadt dehnen sich weite Gefilde aus."

„Man sprach mir schon auf der Präfektur davon", sagte Robert.

„Es liegt in ihrer Natur", meinte Perking, „wenn die Kinder die Stadt ohne Aufenthalt passieren. Ihr Leben ist noch nicht von einem eigenen Schicksal geprägt."

Robert nickte. „Man könnte an das Paradies denken", sagte er, „an die Unschuld des Wissens. Aber", fuhr er nach einer kurzen Pause fort, „der Giftschwarm der Fliegen, das Geschmeiß!"

„Oben die Fliegen und unten die Ratten!" sagte Perking. „Es sind die Reste des animalischen Lebens, für die auch der Fluß keine Grenze bildet."
Doch als hätte er zuviel verraten oder zuviel vorausgesetzt, brach der alte Gehilfe das Gespräch ab und war wieder in den Raum des Archivs zurückgetreten.
Auch die Straße zeigte bald wieder ihr gewohntes Bild. Die Mehrzahl der Zuschauer hatten sich verlaufen, nur wenige standen noch unschlüssig, ehe sie sich zum Gehen anschickten. Robert, der sich seinen Papieren auf dem Schreibtisch widmen wollte, schrak auf. Eine Sekunde verweilte er noch, dann wandte er sich jäh um und eilte, kaum daß er den Gehilfen einen kurzen Gruß zurief, aus dem Zimmer. Diese waren in ihre Arbeiten so vertieft, daß sie seiner Hast nicht achteten.
Robert hatte auf dem Vorflur im Vorbeigehen Hut und Handschuhe ergriffen und befand sich schon, während die Tür langsam hinter ihm ins Schloß fiel, auf der Straße vor dem Tor. Es war Anna, die ihm mit verhaltenen Schritten entgegenkam.

6

Anna trug das gleiche Reisekostüm wie am Morgen des Vortages. Nur hatte sie eine Kopfbedeckung aufgesetzt, einen strohgeflochtenen hellen Gärtnerhut mit einem bunten Band, dessen Enden lustig flatterten. Als sie Roberts auf der Straße ansichtig wurde, blieb sie stehen. In ihrem Gesicht lag ein Anflug von zärtlichem Spott, der ihre Verlegenheit verdecken sollte.
„Da bist du!" rief er und hielt ihre Hand.
„Gewiß", sagte sie, „und du bist nun auch hier, Rob!"
Sie löste sich von seinem Händedruck und zog die Ärmel ihrer Jacke dichter über das Handgelenk.
„Du wirst mir böse sein", sagte Robert, um sein Gewissen zu erleichtern, „daß ich dich gestern in der Frühe nicht gleich erkannt habe."
„Gestern früh?" fragte Anna und schlug die Augen nieder.
„Du weißt es wohl", meinte er. „Als ich vom Bahnhof ge-

kommen war und auf dem großen Platz stand, wo du mit den anderen Frauen am Brunnen die Wasserkrüge fülltest."

„Ja", erklärte sie, „das tun wir immer in der Frühe. So, war das gestern? Ich weiß nur, daß du mich nicht erkannt hattest."

Sie lächelte wieder und sah ihm voll ins Gesicht.

„Was ist dir?", fragte er besorgt. „Hat es dich gekränkt?"

„Nein, nein", wehrte sie ab.

„Du mußt", fuhr Robert fort, „bedenken, daß mir alles neu und fremdartig erschien, die Reise hierher, die völlig überraschend kam, die Anstrengungen der Fahrt, die weite Strecke vom Bahnhof zur Stadt, und daß ich auf alles andere vorbereitet war als darauf, dir hier als erstem Menschen zu begegnen."

„So wird es gewesen sein", bestätigte sie ihm.

„Ich hatte allerdings bald die Empfindung", sagte er, „daß du es sein müßtest, die mich in die Kellergewölbe führte. Darum rief ich dir noch nach, aber das Zwielicht ließ keine Gewißheit zu."

„Hast du dein Quartier gefunden?" fragte sie.

„Ja, danke. Wenn du gleich gesprochen hättest, Anna, so, wie ich jetzt deine Stimme vernehme, dann würde ich sofort gewußt haben, daß du es bist. Aber du legtest den Finger an den Mund."

„Auch du konntest ein Trugbild sein", sagte sie.

„Scherze nicht, Anna", bat er sie.

„Und was geschah dann?" fragte sie.

„Dann –", sagte er, „aber das zu erzählen, würde zu weit führen. Im Grunde habe ich den ganzen Tag nach dir gesucht."

„Hast du das getan, Rob? Wie schön!"

„Aber Anna! Du weißt, wie ich immer auf dich gewartet habe. Immer."

„Was bedeutet das gegen das Warten hier!" rief sie. „Aber nun bin ich fröhlich. Denn du bist gekommen. Du bist mir wirklich nachgereist."

Robert zögerte, als überlegte er etwas. Ihren Arm nehmend, sagte er nur: „Komm. Gehen wir ein Stück."

Sie schritten durch die verwunschenen Gassen, als wären sie allein auf der Welt. Sie bogen nach rechts ein, nach

links, ohne zu merken, daß sie wie in einem Kreise immer wieder an die gleichen Stellen gelangten. Langsam gingen sie, in gleichem Schritt, und oft spannte sich das Kleid über Annas Knie. Allmählich beruhigten sich die hastig ineinandergreifenden Worte des Wiedersehens.
Natürlich habe sie ihn ebenfalls unter den Zuschauern vermutet, die sich gern bei dem Zuge der Kinder einfänden. Wer lasse sich diesen Anblick entgehen. Sie habe sich gerade jetzt des Eindrucks nicht erwehren können, als zögen auch die Ungeborenen in leibhafter Erscheinung dem Auge vorüber. – Nein, sie weine nicht. Sie habe nur nicht wissen können, an welcher Stelle er sich aufstellen werde, und so sei sie allmählich die Straße bis gegen das Alttor hinaufgeschritten, wobei ihre Hoffnung immer geringer geworden sei. Sie meide lieber diesen Ort. – Welchen sie meine? Nun den, wo seit alters her die Torschreiber säßen, die Seelenwärter, vor denen es keine Geheimnisse mehr gebe. – Doch, sie habe Geheimnisse, noch immer. Auch vor ihm. Wäre sie sonst eine Frau!
Ihr Lachen klang in seinen Ohren wie eine dunkle Lokkung. Er faßte sie fester beim Arm. Aber es hätte ihrer Worte vom Alttor nicht bedurft, um Robert zu veranlassen, ihr seine Beziehung zum Archiv zu verschweigen. Zu deutlich entsann er sich der befremdenden Wirkung, die seine Bemerkung Katell gegenüber ausgelöst hatte. Aber mußte Anna nicht wahrgenommen haben, daß er vom Tor aus auf sie zugekommen war, wenn sie nicht ihn gar am Fenster erblickt haben mochte?
„Ich kam eben von dort“, sagte er.
„Kamst du nicht von unten?“ fragte sie ohne Nebensinn, denn sie kannte den Katakombenausgang, der innerhalb des Torbogens auf die Straße mündete.
„Nicht unmittelbar“, antwortete er ihr. „Ich habe den Zug der Kinder vom Archiv aus beobachtet, wohin ich eine Vorladung hatte.“
„Ach ja“, meinte sie seufzend, „man wird immer in Übung gehalten. Für jedermann gibt es ständig etwas zu erledigen, zu besorgen, zu Ende zu bringen.“ Sie nestelte, während sie weitersprach, an den Knöpfen ihrer Jacke. „Vermutlich hat man dir alle deine Handschriften und Papiere abverlangt, sie reißen jedes geschriebene Wort an sich, um es zu ver-

werten – zum Besten der Menschheit, wie sie behaupten! Es ist lächerlich, aber ich schäme mich bei dem Gedanken, daß meine Träume dort auch gesichtet werden könnten."

„Wie du dich ereiferst, mein Herz!" sagte Robert und blieb stehen. Nach einer Weile erkundigte er sich, ob sie unter den Frauen gewesen sei, die in den Freikellern das Tanzspiel aufgeführt hatten.

„Ich bin oft bei diesen Wiederholungspantomimen beschäftigt", sagte Anna freundlich, obwohl sie die Frage als lästig empfand, „es sind unsere regelmäßigen Trainingsstunden. Wer fragt schon danach."

„Ich bin ein Neuling hier", meinte er ausweichend.

„Komm nur weiter!" sagte sie, fast mütterlich.

Wieder schritten sie Seite an Seite durch den Schatten der winkligen Gassen, ohne der kärglichen Umgebung zu achten. Zuweilen geschah es, daß ihre Hüften sich berührten. Sie gingen schweigend.

Beide waren von einem Gefühl der Zusammengehörigkeit erfüllt, wie es sie noch nie so sicher beseligt hatte. Frei vor aller Augen konnten sie ihr Beisammensein zeigen, das sie sonst ängstlich hüten mußten. Früher hatten sie sich nur verstohlen zu Spaziergängen weit außerhalb treffen können, auf entlegeneren Feldwegen, stets in Sorge vor einer unerwünschten Begegnung mit Bekannten, die es Annas Mann oder Roberts Frau hinterbringen könnten.

„Ich traf übrigens einen Jugendfreund", sagte Robert, „von dem ich seit einer Reihe von Jahren nichts mehr gehört hatte, Katell. Du hast ihn persönlich nicht gekannt, ich weiß, das lag noch vor unserer ersten Zeit. Aber ich habe damals sicherlich von ihm gesprochen. Du müßtest auch Aquarelle von ihm in unserer alten Wohnung gesehen haben, eins hing in Elisabeths Zimmer."

„Ach ja, Elisabeth", sagte sie versonnen. „Wie lange liegt das alles zurück."

„Damals", fuhr er fort, „studiertest du und warst noch ein Mädchen. Ich sehe noch, wie du zum erstenmal zu mir ins Institut kamst, es war im Seminar für orientalische Sprachen, und ich mußte dir ein assyrisches Tonzylindersiegel erklären, auf dem sich ein springendes Einhorn befand."

„Weißt du das noch!" sagte sie und sah geradeaus vor sich.

„Wie lange wir uns kennen, Anna!"
„Sehr lange, Rob!"
„Mit Unterbrechungen", meinte er, „mit sonderbaren Unterbrechungen. Als du plötzlich geheiratet hattest – aber man soll das Vergangene nicht heraufbeschwören."
„Soll man das nicht?" fragte sie.
Die beiden gingen durch die kühle Ordnung der zerstörten Häuser, auf Straßen, die ausgestorben lagen.
„Du bist wieder da", sagte er. „Die letzte Unterbrechung war die schlimmste: als du irgendwohin ins Gebirge fuhrst und niemand mehr von dir hörte. Ich hatte nicht geglaubt, daß wir noch einmal zusammen so gehen würden wie jetzt. Katell hatte es allerdings vorhergesagt, er meinte, es fügte sich, sobald du wüßtest, daß ich hier bin."
„Rob", sagte sie, „neue Beziehungen lassen sich hier nicht mehr knüpfen, die Fäden können nur zu Ende gewoben werden. Wir waren füreinander bestimmt, nicht wahr, und haben unser Leben noch nicht erfüllt."
Robert war von Annas freimütigem Bekenntnis so bewegt, daß er nicht sprechen, sondern nur zärtlich ihre Hand streicheln konnte. Wie anders, wie selbstverständlich alles auf einmal zwischen ihnen geworden war. Hatte sie ihm in entscheidenden Augenblicken nicht immer einen geheimen Widerstand entgegengebracht und zu verhindern gewußt, einander, wie sie es nun nannte, das Leben zu erfüllen!
„Jetzt bin ich in Wahrheit frei", fuhr sie lebhaft fort, „und du nicht minder."
Robert, der nichts anderes dachte, als daß Annas Gefühl durch die endgültige Scheidung von ihrem Mann hervorgerufen wäre, meinte: „So, ist dieser Prozeß zu Ende?"
„Du Dummer", sagte sie leichthin, „das weißt du ja selbst, daß er zu Ende ist. Warum verstellst du dich?"
„Erlaube", wandte er ein, „mein Vater teilte mir mit, daß die Scheidung in neuer Instanz hier zur Verhandlung steht."
„Dein Vater? Wieso?"
„Ich traf ihn gestern, als du mich verlassen hattest. Unten, im Speisegewölbe."
„So", sagte sie, „ist er noch immer hier? Warum auch nicht. Ach, jenen Prozeß meintest du, Rob!" Ihre Stimme klang unsicher. „Ich weiß davon so wenig. Vergiß doch."
Sie spähten über die nüchternen Trümmer der Straßenzeile,

in der sie standen, blickten an den leeren Fassaden hoch, hinter denen das gastliche Leben ausgebrannt war, und sie sahen im Geiste das Zimmer und den Garten, die Felder weit außerhalb und das Land, zu denen die Brücken abgebrochen waren. Aber der Schmerz, der bei jedem von beiden wie ein Schnitt in die Fingerkuppen fuhr, war bei jedem von beiden ein anderer.
„Wie kühl deine Haut ist", sagte er. Er hatte ihre Hand an seine Lippen gehoben und zärtlich geküßt.
„Nicht hier!" sagte sie rauh und entzog ihm hastig die Innenfläche ihrer Hand.
„Was fürchtest du?" rief Robert. „Es ist niemand in der Nähe, und wer sollte uns auch kennen?"
„Ich glaube, man ist immer beobachtet", sagte Anna. Wieder zog sie nervös den Ärmel ihrer Jacke über das Handgelenk. „Mir ist kalt geworden, Rob. Du bleibst doch bei mir?"
„Wir haben uns auch", erklärte er, „unvernünftig lange im Schatten der Mauern aufgehalten. Gehen wir in die Sonne."
„Ich habe Angst!" flüsterte Anna. Aber sie hatte sich schon gefaßt. „Verzeih mir, Rob! Mich überkam nur ein böser Gedanke. Du kennst das noch nicht. Die Leute geben hier viel auf Zeichen."
Entschlossen strebte sie mit weit ausholenden Schritten dem Platz zu, der im vollen Licht der Sonne lag. Während die beiden ihn überquerten, versuchte sie, unauffällig hinter sich zu blicken.
„Schau!" sagte sie aufgeräumt, nicht unweit des Brunnens im Gehen innehaltend, so daß Robert ein wenig vor ihr stehenblieb und sich umwandte. „Schau, wie unsere beiden Schatten zueinander fließen!" Ihre Stimme klang befreit und nicht mehr so gepreßt.
„Und hier sind wir uns zum erstenmal begegnet", sagte er glücklich.
Sie legte den Zeigefinger vor den gespitzten Mund. Robert aber bog sich halb zur Seite, so daß sich sein Schattenriß verkürzte, und ließ durch geschickte Arm- und Handbewegungen Figuren auf dem Boden tanzen. Es schien Anna, die unbeweglich stand, Vergnügen zu machen.
„Der Schatten von dir", stellte er aufmerksam fest, „wirkt et-

was heller als der meine. Seltsam! Das habe ich noch nie gesehen!“

„Du täuschst dich“, rief sie heftig.

„Einen Schimmer heller“, beharrte er, „es ist unverkennbar. Wenn ich meine Hände zum Beispiel so halte, daß ihr Schatten auf die Fläche fällt, die dein Körper wirft, wird sie immer an dieser Stelle sichtlich dunkler. Siehst du nicht, wie es sich abhebt? Jetzt ungefähr dort, wo das Herz sitzt, und jetzt –“

Er senkte behutsam seine Handflächen in einer schrägen Linie, so daß ihre tiefere Dunkelheit deutlich über den Schoß ihres Körperschattens glitt.

„Was tust du –“, sagte sie noch. Ihre Knie wankten, und Robert fing die Ohnmächtige in seinen Armen auf. Ihr Gesicht war blaß bis in die Lippen. Er trug sie das kurze Stück zum Brunnen, wobei ihre Beine über den Boden schleiften. Vorsichtig setzte er sie nieder und stützte ihren Oberkörper an die Wand des Brunnenbeckens. Nachdem er, ohne sie loszulassen, sein Taschentuch hervorgeholt und mit Wasser getränkt hatte, kühlte er ihr Stirn und Schläfen und betupfte die trockenen Lippen, bis sie sich leise zu bewegen anfingen.

„Anna!“ rief er, über sie gebeugt, und immer wieder: „Anna!“

Sie öffnete die Augen, riß sie überweit auf, starrte ruckartig nach rechts, nach links, durch ihn hindurch, ohne ihn zu erkennen. Dann fielen die Lider wieder zu. Erschrocken ergriff er ihre Hand, die kraftlos herabhing, und suchte nach dem Puls. Zu seiner Überraschung war eine dicke Binde um das Handgelenk gewickelt, eine elastische Bandage, die ihm unmöglich machte, die Pulsader zu fühlen. Verwirrt ließ er ab. Als Anna zum zweitenmal die Augen aufschlug, wurde ihr flackernder Blick ruhiger und sammelte sich auf seinem Gesicht.

„Ach!“ rief sie mit einem Ausdruck voller Verwunderung. „Du bist noch da? Und ich glaubte, es war das Ende.“ Ihre Stimme hatte etwas Lallendes bekommen.

„Nicht sprechen, Liebste“, bat Robert. „Wie sollte ich nicht bei dir sein!“

„Ich weiß es nicht“, sprach sie vor sich hin. „Und du bist immer noch Robert?“

„Ich bin Robert", beruhigte er sie, „ja, ich bin es wirklich. Du mußt still sein, Anna, mußt dich ausruhen."
„Ich möchte aber tanzen", sagte sie, während das Blut ihre Lippen leicht zu röten begann, „mit dir tanzen. Das möchte ich wohl." Sie nickte ununterbrochen mit dem Kopf, mit jedem Male kräftiger. „Laß mich!" rief sie, als er sie zu halten suchte, und sie riß sich mit einer ungütigen Bewegung aus seinem Arm.
Ihr Hut hatte sich gelöst. Sie stand aufrecht und vollführte mit unsicheren Schritten einige groteske breitausladende Tanzbewegungen, wobei ihr Kopf von einer Seite zur anderen pendelte. Dann hielt sie sich rücklings mit beiden Händen am Brunnenbecken fest.
„Ich bin müder, als ich dachte", sagte sie und atmete angestrengt. „Es geht aber gleich vorüber."
Es gelang ihr, sich aus eigener Kraft auf den Rand der Brunnenfassung zu setzen. Robert wollte sie stützen.
„Würdest du so lieb sein, Rob", sagte sie, ohne zu lächeln, „und mir helfen, Schuhe und Strümpfe auszuziehen? Weißt du, wenn ich die Füße in das kühle Wasser stecke, wird es gut sein."
Robert entfernte die Schuhe, ohne die Bänder zu lösen, rasch von Annas Fuß, zog ungestüm an den Strumpfhaltern, deren Klammern sie stumm selber freigab, und beugte sich tiefer, um das dünne Strumpfgewebe abzustreifen.
„Es ist das erste Mal, daß ich es für dich tue", sagte er, sich aufrichtend. Das Blut war ihm in den Kopf geschossen.
„Wirklich?" meinte sie. „Dann habe ich es sonst immer geträumt. Vielleicht ist es auch jetzt nichts anderes."
Er lachte. Sie griff von oben in sein Haar. Er wollte sie umschlingen, ihren Leib halten. Anna hatte sich schon rittlings auf die Brüstung geschwenkt, das andere Bein nachgezogen und ließ, das Kleid schürzend, ihre Füße in das Wasser des Brunnenbeckens tauchen. Sie plantschte übermütig nach Kinderart. Hinter ihr stehend, umfaßte er sie nun, jede seiner Hände umschloß ihre Brust. Der Himmel lag in wolkenlosem Blau, und dieses Blau, das sich über der Stadt niemals zu verändern schien, lag auf ihnen wie eine Last.
„Du aber bist kein Traum mehr", sagte er.
„Wir haben uns versäumt", rief sie mit einem erschrockenen Blick zur Sonne. Rasch zog sie die Beine aus dem Was-

ser und glitt bloßfüßig vom Brunnenrand auf den Boden. Sie setzte sich den Hut mit der breiten Krempe auf und bat Robert, auf sie zu warten. Es werde nur eine kurze Zeit in Anspruch nehmen, bis sie sich beim Vorsteher den Erlaubnisschein erwirkt habe. Für den Nachmittag nämlich. Er solle inzwischen zum nahe gelegenen Dom gehen, damit er auf diese Weise zugleich sich einer der üblichen Pflichten entledige. Bei diesen Worten hatte sie auf die entfernte Schmalseite des Platzovals gewiesen. Sie wollten sich hernach an der Haltestelle der Elektrischen treffen.
„Meine Sachen", rief sie noch zurück, „verwahrst du wohl inzwischen?"
Robert, der sich aus Annas hastigen Worten noch keinen Sinn reimen konnte, sah sie mit großen Sätzen zu dem Einlaß in den Katakombenbezirk eilen. Es schien ihr nichts auszumachen, daß sie mit nackten Sohlen über das Pflaster sprang. Nachdem sie seinen Blicken entschwunden war, spähte er in die von ihr bezeichnete Richtung, wo er die im Glast der Luft zitternden Umrisse eines sich verjüngenden Giebels wahrnahm, die auf ein Kultgebäude deuteten. Er nahm Annas Strümpfe und Schuhe in die Hand und ging nachdenklich über den Platz.
Was mochte sie damit gemeint haben, daß sie so plötzlich nach einem „Erlaubnisschein" fortgestürzt war; und was damit, daß sie ihn an die Erfüllung einer täglichen Pflicht erinnert hatte? Ihm stand kraft seines Amtes frei, überall hinzugehen und zu tun oder zu lassen, was seiner Aufgabe hier entsprach. Anna freilich konnte von seiner Machtvollkommenheit nichts wissen. Aber solange sie bei ihm war, befand sie sich unter seinem Schutz. Was ging ihn irgendein örtlicher „Vorsteher" an, bei dem sie jetzt um einen Erlaubnisschein vorsprach, er hatte seinen besonderen Ausweis in der Tasche, und im Ernstfall würde es nur eines Telefonanrufs bei der Präfektur bedürfen, um Anna von etwaigen Beanspruchungen zu befreien! Ein Gefühl von Ärger wallte in ihm auf. War es im übrigen nicht längst an der Zeit, an das Mittagessen zu denken? Man müßte mit der Geliebten in einem netten Lokal speisen, keinesfalls in seinem Gasthaus. Zuvor wollte er, weil es sich so fügte, den Dom besichtigen. Längst ging man nicht mehr in die Kirche, weil man fromm war, sondern um der Architektur des

Baues, der Kunstwerke willen. Bei ihrer Betrachtung freilich konnte man zu den Geheimnissen des Seins vordringen, wie einst die Gläubigen beim Kirchenbesuch. Robert sah auf.

Am Rande des Platzes erhob sich vor ihm die Schauseite der alten Kathedrale. Hohe Steinstufen führten in der vollen Breite der Fassade zu dem Eingangsportal hinab. Hinab – denn der ehrwürdige Bau lag mehrere Meter unterhalb der ihn einhegenden Fläche. Wenn es auch so wirkte, als sei er allmählich in den Grund der Erde eingesunken, so hatte sich nur die Umgebung im Laufe der Zeiten angehöht. Robert wußte von seiner archäologischen Tätigkeit zur Genüge, daß Stadtruinen, Tempel und Paläste des Altertums fast immer aus tieferen Erdschichten freigelegt werden mußten, weil sich durch Flugsand, Steinstaub, Gebäudeschutt der Erboden allmählich höher wuchert. Ihm waren genügend Stätten bekannt, wo sich sogar mehrfache Kulturen, untereinander lagernd, mit oft großartigen Resten gefunden hatten. Auf ähnliche Weise erklärte er sich auch die Tiefenlage des Doms, der ursprünglich auf einem bevorzugten Platz errichtet sein mochte. Jetzt war der Mächtigkeit, die sein Anblick einst geboten hatte, viel genommen.

Die aus grauen länglichen Quadersteinen dicht gefügte Stirnwand wies vielfach eine ins Tintige gehende Maserung auf. Oberhalb des mit Symbolen reich ornamentierten Portals zog sich ein Girlandenfries von großblättrigen Pflanzen hin, dem an den Bindegliedern der einzelnen Steinschwünge eine wachsende Zahl von verwitterten Menschen- und Tierköpfen entsprang. Eine Rosette darüber war unmittelbar hinter dem Gitterwerk vermauert. Auch andere Aufteilungen der Fläche waren von späteren Händen entfernt oder verdeckt worden, so daß ihr im ganzen etwas Blindes anhaftete. In den ausgesparten Hohlnischen zu seiten des Portals fehlten die marmornen Standfiguren. Im Bogenrund über dem Eingang, das vom Standpunkt des Brunnenplatzes aus gesehen ungefähr in gleicher Höhe lag, strahlte, in grünen Stein gehauen, das Auge eines gewaltigen Antlitzes. Wollte es mit dem Blick der Gorgo den bösen Eindringling bannen oder mit der wissenden Strenge des himmlischen Vaters den willkommenen Einzügler be-

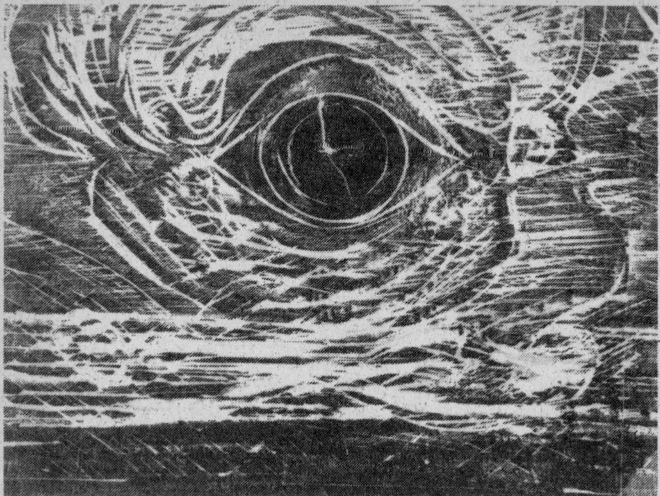

schwören? Bald schienen die Haare des steinernen Hauptes sich zu Schlangen zu züngeln, bald sich zu Locken zu drehen, in denen, wie aus Lotosblättern, viele Kleinfiguren aufstiegen. Selige des Lebens, verschwiegen hockend wie Buddhojünger, mit Flügeln hinschwebend wie Elfen, in der ausdruckslosen Verklärung von Engeln. Aller Segen milderte die Grausamkeit des geöffneten steinernen Auges nicht.
Beim Niedersteigen der Treppe verweilte Robert auf jeder einzelnen Stufe, um den Wechsel der Wirkung auszukosten, der sich durch den verschiedenen Standort des Betrachtenden ergab. So wurde ihm schrittweise offenbar, daß dieses Relief mehr zu bedeuten hatte als den künstlerischen Schmuck einer Tür.
Durch seine ins Riesenhafte vergrößterten Ausmaße ließ sich immer nur eines der beiden Augen ganz erfassen. Dieses Auge war aus der Wand gerissen, was ihm von Natur her etwas Glotzendes gab – es mußte von allem Anfang an dagewesen sein. Es war blicklos, sah weder nach außen noch nach innen. Von der nächsten Stufe aus schienen die Lidspalten an den Rändern schmaler geworden, als habe das Sehen aller Zerstörung ringsumher Schlacken abgesetzt. Der Schatten von Trauer war auch von der tieferen Stufe aus erkennbar, aber das Auge blieb zu nackt, zu tränenlos, um etwas zu erzählen. Es spendete kein Vertrauen, doch entwaffnete es alles Besserwissen. Es hatte nach wie vor nichts Spiegelndes. Behutsam stieg Robert tiefer, blinzelnd nach oben schauend. Güte sogar schien jetzt in dem leblosen Gebild des Gigantenauges vorhanden, vor dem alles kleiner wurde, immer gleichgültiger, es war eine Güte, die aus der Geduldigkeit, bestarrt zu werden, entstand. Nichts Schmerzendes verriet sich, auch nichts Duldendes, eher hatte das Alter, das Gewesene des Leidens die Form gehärtet. Von der vorletzten Stufe aus verlor sich das Weibliche des Augenschnitts, das vorübergehend aufgetaucht war und an die erlösenden Züge erinnern ließ, wie man sie aus Buddho- und Christusköpfen kannte. Robert hatte zuweilen auch feine Spuren von Bemalung unterscheiden können. Welches Jahrhundert, welcher einsame Geist hatte daran geformt? Wurde nicht solches Wissen um die Weltangst, die sich selbst besiegt, mit dem Tode im Leben ge-

büßt? Robert entsann sich keiner Darstellung, die dieser vergleichbar gewesen wäre. Was er aus fremden Städten und Ländern kannte, war immer schon ins Menschliche abgewandelt worden. Hier aber, und von dem untersten Grund trat es nun erst deutlich in Erscheinung, hier war dem Schöpfungsauge die Maske des Göttlichen vom Gesicht gerissen, aber auch die Maske des Dämonischen. Teilnahmslos sah es nicht nur über Menschen und Menschenschicksale hin, es übersah sie wie ein kribbelndes Nichts. Ohne daß ein Schleier sich über die Öffnung des Auges zog, schien es wie in einem großen Schlaf gefangen; es war erloschen, aber blieb diesseitig. Was dahinter lag, war das Allerheiligste oder das Labyrinth.
Mit aller Nüchternheit, doch nicht unbetroffen im Geiste, trat Robert durch die leicht angelehnte Hochtür. Es war nicht das Weltinnere, das ihn empfing. Ein langgestreckter Hallenraum, dessen Umrisse sich in blaue Schatten verloren, nahm ihn in ein dumpf brütendes Licht auf. Kleine Geräusche raschelten durch die Stille wie Rieseln von Sand. Nach wenigen Schritten ließ ein Knirschen unter den Stiefelsohlen Robert stehenbleiben. Er stellte, sich niederbeugend, fest, daß die Bodenfläche mit einem dicken Glasüberzug versehen war. Vermutlich sollten dadurch die alten farbigen Mosaiken geschont werden, die in den roten Untergrund des Steins eingelassen waren. Das Muster blieb undeutlich, weil die Spiegelreflexe des Lichts dem Fußboden einen wabernden Glanz verliehen. Das Licht selbst drang in einer breiten Fülle von oben herein, um sich über den Raum hin zu zerstreuen. Das Dach, das einst den Bau überwölbt haben mochte, war offen. Der Himmel deckte mit dem unbeirrbaren Blau seiner selbst die Kultstätte. Von den Längsseiten des Dachfirstes hingen, grün in der Sonne aufleuchtend, gewaltige Kupferplatten herab, die zu einer schrundigen Masse mit ausgezackten Kanten verschmolzen waren. Man gewann den Eindruck, als sei der kupferne Helm der Dachkuppel geborsten und habe sich nach innen gestülpt. So hatten auch hier Zerstörung und Verfall ihre Zeichen gesetzt. War dem Eintretenden die Anlage zunächst wie eine nach oben geöffnete Basilika erschienen, so hoben sich allmählich aus dem dunstigen Raumschatten zwei schmale Seitenschiffe, die durch wuchtige Säulen vom

Mittelschiff getrennt wurden. Wie versteinerte Baumstämme wuchsen sie vom Grunde in die Höhe. Das Auffällige war, daß das Säulenrechteck schief in den Gesamtraum gestellt war, als sei ein Tempel der Vorzeit von dem späteren Bau eines Münsters mit eiligen Händen ummauert worden.

Robert, der langsam in Richtung auf die Apsis durch die Leere des Längsraums geschritten war, sah sich unvermutet an der Stelle, wo ein breit ausladendes Querschiff die Raumanlage kreuzte. Seine elfenbeinfarbenen Wände erstreckten sich in geringere Höhe, und eine füllige Dämmerung ließ nach beiden Seiten hin kleinere Kapellenausbauten ahnen. Zur Linken einbiegend fühlte Robert den Fußboden, den keine gläserne Schicht mehr bedeckte, immer stärker sich senken. Die Mauerwände stiegen aus natürlichem Felsgestein auf. Im schwimmenden Licht der Nischen gewahrte er auf halbhohen Sockeln zahlreiche Figuren von Heiligen. Wie prophetische Seher standen einige im mönchischen Gewand, andere saßen in die Haltung der Meditation versunken da, viele hatten sich zu lebensgroßen Gruppen vereinigt, in denen sich Szenen aus dem Heiligenleben verkörperten. Die erstarrte Bewegung der schreitenden Füße und ausgestreckten Arme war, bei aller Distanz und Kühle, die von bemalten Holzplastiken ausgeht, von ungemein sprechender Wirkung. Das Innere war Ausdruck geworden. Die unbeweglichen Gesichtszüge hatten etwas Maskenhaftes, nicht als ob es etwas zu verbergen oder zu tarnen gebe, sondern als ob das Wesen der Dauer einen ergreifenden Augenblick des Lebens festhalte.

Hier wachten Ritter und Fürsten in Holz und Stein gewordenem Schmuck ihrer Rüstung und reichen Gewandung, breitbeinig feststehend, die Hand zuweilen auf den Schwertknauf gestützt, dort lehnte ein Stifterpaar in patrizischer Selbstsicherheit am Eingang einer Grotte. Neben dem weltlichen Prunk und Glanz glaubte Robert in einigen Gruppen Bilder aus dem französischen Christentum zu erkennen, in anderen wiederum Legendendarstellungen aus der buddhistischen Heilslehre. Stand dort nicht Anando, der Lieblingsschüler Buddhos, in einer weltentsunkenen Verzückung, den Arm aufgereckt, als gälte es, die Luft über der Erde zu stützen, war dies nicht Johannes, der Lieblingsjünger des Herrn, den Kopf auf die Schulter geneigt, als lausche die Demut auf treue Stimmen? War es ein Derwisch oder Shiwa selber, der im Tanz erstarrte, hockte nicht ein Yoga in der Höhle, und ein Bettelmönch hielt seinen Napf?

Hatte schon die Ansammlung von Gestalten der verschiedenen Weltreligionen in dem Querschiff des Kultgebäudes eine wachsende Überraschung in Robert ausgelöst, so griff die Verwunderung an sein Herz, als er sich der gegenüberliegenden Seite zuwandte. Auf niedrigen Sockeln thronte neben verschiedenartigen Darstellungen der Kwannon eine Reihe von Marien- und Madonnenbildern bald in bäurischer, bald in idealisierter Tracht. Ihre Gesichter glänzten in einem rosigen Hauch, als bewahre sich darin noch das Leben der ursprünglichen Modelle. Müßig ruhten aller Hände im Schoß, keine hielt das Jesuskind im Arm. Aber am Fließen des Kleides spürte man, daß jede den Engel der Verkündigung noch vor sich sah. Teile der Mauer hinter ihnen waren eingestürzt, die Figuren selbst aber standen unverletzt. Wie viele Bildnerhände mochten im Lauf der Zeiten daran gearbeitet haben? In die Flucht des Seitenflügels hinein, als ob der Raum immer Neues gebäre, sah er Gestalten von Knienden, die Handflächen zur Anbetung aneinandergelegt, die Köpfe geneigt oder nach oben gewendet. Es mochten die anderen Marien sein, Abbilder der Maria Magdalena, die bloßfüßig auf dem Erboden knieten. Oft hatten sie nur einen Schal um den nackten Oberkörper geschlungen, die Röcke aus dem edlen Stoff waren zerschlissen. Sie schienen Perücken zu tragen, so natürlich wirkten die Haare, die in Locken oder weiten Flechten fielen. War es nicht, während er mitten durch ihre Reihen ging, als folgten ihm ihre Blicke, ihr Seufzen? Bei manchen dieser Gestalten, die wie in einer Werkstatt versammelt standen, konnte der Schöpfer an Semiramis gedacht haben, an Ninon oder Lais, an all die namenlosen Töchter Liliths, der Erdmutter, die großen um ihrer Liebe willen Geliebten. Diotima und Mona Lisa, Kundry und Lukrezia, Priesterin und Hetäre – welche Wiederkehr des Gleichen im Garten der Erkenntnis.

Unmerklich war der geschlossene Raum in freies Gelände übergegangen, nur der Grundriß des Gebäudeflügels ragte mit kargem Gemäuer etwa halbmannshoch aus der Erde,

von Gras und wildem Fenchel überwuchert. Betroffen eilte Robert zurück. War es nicht Anna in zehn- und hundertfacher Gestalt? Oder thronte sie unter den Madonnen? Er erinnerte sich plötzlich der Strümpfe und Schuhe, die er noch in seiner Hand hielt, und ging zu dem nächsten Abbild einer der Knienden mit nackten Füßen, die ihn regungslos anschaute, als er die Gabe vor sie hinbreitete. Scheu blickte er sich um, ob ihn auch niemand beobachtet habe. Schon hatte er sich ein Stück nach dem Halleninnern zu entfernt, als ein auf- und abschwellender weckender Ton das Querschiff durchzog. Mit diesem Zeichen begannen, wohin er auch sah, die Figuren sich allmählich aus ihrer Starre zu lösen, die erhobenen Arme sanken langsam herab, die Hokkenden erhoben sich langsam, dehnten ihre angestrengten Glieder und stiegen vorsichtig, als fürchteten sie etwas zu zerbrechen, von den Podesten. Sie rekelten sich, wobei viele die Masken abnahmen, die sie vor dem Gesicht getragen hatten. Manche wurden wie nach ausgestandener Mühe von einem Gähnkrampf befallen. Kirchendiener sammelten derweilen auf rohen Handwagen, mit denen sie polternd umherfuhren, die Masken und Kostüme ein, die Kutten und Rüstungen, die Chorröcke und Gewänder, deren sich die Personen eilig entledigten. Sie standen schon in ihrem Alltagskleid da und drängten zum Ausgang. Die Magdalenen hüpften wie Ballettmädchen hinter einen Vorhang, wo sie sich rasch ankleideten.
Jetzt war es Robert, der wie zu einer Figur erstarrt regungslos inmitten des allgemeinen Aufbruchs stand. Ein Diener, der Robert für einen der Beteiligten hielt, tippte ihm mit dem Zeigefinger auf die Brust und sagte: „Die Übungsstunde ist beendet."
Die weite Halle war leer, Diener schoben die letzten Kleiderkarren weg. Auf einem steinernen Sockel sah Robert, als er sich zum Gehen wandte, ein Paar Strümpfe und ein Paar Schuhe liegen.
Er ging dem Ausgang zu, unter jedem Schritt knirschte die gläserne Schutzfläche über den farbigen Mosaiken. Sie waren sternförmig in regelmäßigen Quadraten aufgeteilt, die verschiedene Muster zeigten. Neben den Tierkreiszeichen waren auf anderen verschlungene Linien, Schlangenornamente, Goldblumen, strahlenförmige Fische, Halbfiguren

zwischen Greifen und Dämonen erkennbar, Ursymbole des Universums und seiner irdischen Entsprechung. Sie alle rotierten um das schwingende Grundzeichen des Yin und Yang, das, netzförmig umhüllt, inmitten des Ganzen lag. Nachdem er, ohne zu verweilen, die breiten Treppenstufen hinaufgestiegen war, sah er die Statisten des lebenden Panoptikums sich rasch über den Platz hin entfernen. Welch ein Spuk! Er wandte sich noch einmal zur Fassade des Kultgebäudes zurück. Vor dem steinernen Auge über dem Portal hing, an einem Seil pendelnd, jetzt eine Holztafel, auf der in mehreren Sprachen in großen Buchstaben zu lesen stand:

VORÜBERGEHEND GESCHLOSSEN

7

Als Robert, benommen von den Eindrücken, die der Besuch in der Kathedrale hinterlassen hatte, zur Haltestelle der elektrischen Straßenbahn gegangen war, spähte er, mit der Hand das grelle Licht abblendend, vergeblich nach allen Seiten aus. Anna war nirgends zu erblicken. Die Hitze dörrte. Nachdem er ein paarmal die Schienen entlang auf und ab gewandert war, entdeckte er an der Straßenseite eine Bank, die an einem Drahtzaun stand. Als er sie, von Müdigkeit und Hunger plötzlich überwältigt, aufsuchte, hätte er beinahe den Zettel übersehen, der von zwei handgroßen Steinen beschwert mitten auf der Sitzfläche lag. Auf dem Zettel war von Annas Hand geschrieben: „Hindernisse. Morgen zur gleichen Stunde.“ Darunter der Anfangsbuchstabe ihres Vornamens, um den ein Herz gemalt war. Robert ärgerte sich. Er wollte sich nicht eingestehen, daß die Verzögerung des Wiedersehens ihm nicht einmal unlieb war, weil die Fülle der Erlebnisse, die der Tag gebracht hatte, Geist und Nerven schon in einer übermäßigen Beanspruchung hielt. Der erregende Besuch im Archiv mit dem Walten Perkings und der anderen Gehilfen, der sonderbare Zug der Kinder, die wie hinter einem unsichtbaren Rattenfänger durch die Stadt gezogen waren, die Begegnung mit Anna und der Gang mit der Geliebten, das steinerne Auge

der Domfassade und das lebende Panoptikum der Heiligenfiguren – hatte sich das wirklich in einem meßbaren Zeitraum weniger Stunden abgespielt, vom Morgen bis zum Frühnachmittag? Jetzt, da die künstliche Spannung nachließ, in die ihn die neue Umgebung versetzt hatte, machte sich die Erschöpfung geltend. Fetzen von Bildern, Fragen, Worten trieben durch seine Gedanken, Räder surrten durch seinen Kopf. Mit blinzelnden Augen sah er zwar, wie einmal eine Straßenbahn auf der anderen Seite hielt, aber er nahm es nicht mehr auf. Wagen und Menschen schrumpften zusammen, sie entfielen dem Blick, wie Spielzeug aus einer müden Kinderhand sinkt. Robert war auf der Bank eingeschlafen.
Als er nach Stunden erwachte, dauerte es eine Weile, bis er begriff, daß er sich nicht mehr in irgendeiner Traumlandschaft befand, auch nicht mehr daheim, sondern in einer fremden Stadt. Einer Stadt, die ihn zu ihrem Chronisten bestellt hatte. Erschreckt sprang er auf. Die Sonne stand tief. Ältere Frauen gingen gebückt vorüber, den Kopf gesenkt, eine Gießkanne in der Hand. Als er sich eine Zigarette anzündete, schauten sie erstaunt auf. Sein Blick fiel auf den Zettel mit Annas Botschaft, und die Zusammenhänge des Lebens stellten sich wieder ein. Seine Brieftasche als Unterlage benutzend, schrieb er auf die Rückseite des Zettels: „Warte auf mich. Ich komme." Darunter setzte er ein großes R, das er ebenfalls mit einem herzförmigen Kreis umschloß.
Als er auf dem Wege zum Gasthaus war, beschleunigte der Hunger seine Schritte. Der Patron empfing ihn vorwurfsvoll, weil er die Zeremonie des Mittagessens versäumt hatte. Robert willigte ein, sie für die Abendmahlzeit nachholen zu lassen, obwohl er lieber ohne Aufwand in seinem Zimmer gegessen hätte. Als er in den Speisesaal trat, der wieder völlig leer von Gästen blieb, deckte die alte Milta seinen Tisch. Ein Schwall unverständlicher Worte drückte wohl ihre Freude über sein Kommen aus. Dann stellte sie sich mit ihrer knochigen Figur vor ihm auf, wies auf das Gedeck und hielt ihm mit einer fragenden Geste erst einen, dann zwei Finger vor das Gesicht. Als ihr Robert bedeutete, daß ein Gedeck genügte, wiegte die Bedienerin enttäuscht den Kopf.

Ein verlorener Abend – dachte auch Robert. Konnte Anna jetzt nicht hier sein? Wie gut wäre das! Man schien es beinahe zu erwarten, daß er Besuch mitbrachte. Nicht einmal ihre Adresse wußte er. Als er den Patron beim Servieren fragte, ob inzwischen jemand nach ihm verlangt habe, erhielt er einen verneinenden Bescheid. Er bestellte eine zweite Flasche Wein. Um die Pause zwischen den Gerichten auszufüllen, trug er sich in das Gästebuch ein. Dann begann er einen Brief an seine Mutter zu schreiben. Auch Elisabeth sollte bald Nachricht von ihm haben. Es kam ihm vor, als ob er schon Wochen von zu Hause fort sei, aber er kannte dieses Gefühl, das sich bei jeder Reise gerade zu Beginn besonders stark einstellt, weil die Vielfalt der neuen Eindrücke und die Intensität des Aufnehmens das übliche Maß sprengten.

In seinem Zimmer machte er einige Notizen, um die Vorgänge seit seiner Ankunft in Stichworten festzuhalten. Lange lag er noch im Bett wach, weil ihn der Gedanke immer mehr peinigte, inwieweit er bei dem Aufenthalt im Dom dadurch lächerlich geworden war, daß er vor eine der entblößten Magdalenen Annas Strümpfe und Schuhe als Weihgabe hinlegte. Erst jetzt kam es ihm zum Bewußtsein, daß all die Kirchenfürsten, Jünger und Schutzheiligen, die er für Figuren aus Holz und Stein genommen hatte, mit den Augen von lebenden Menschen sein Tun und Verhalten gesehen und beobachtet hatten. Mußten sie ihn nicht für einen Narren halten? Mit Damenstrümpfen über dem Arm und Stöckelschuhen in der Hand durch das Kulthaus zu gehen! Nicht zu wissen, daß dort eine Übungsstunde stattfand, an der teilnehmen zu müssen Anna zweifellos angenommen hatte. Vermutlich war er von diesen verschiedenartigen Übungsstunden, aus denen der Alltag für die meisten hier zu bestehen schien, durch seine Eigenschaft als Beamter der Stadtpräfektur befreit. Was ihm in der Kathedrale zugestoßen war, hatte schon für eine Privatperson genug Peinliches; wie beschämend nun erst für ihn als Amtsperson, sich diese Blöße gegeben zu haben. Es machte ihm mehr und mehr zu schaffen, daß er durch eine Handlung, die nicht zurückzunehmen war, seine Stellung als Archivar in der öffentlichen Meinung von vornherein untergraben hatte. Denn er zweifelte nicht daran, daß es sich

bald herumsprechen würde, um wen es sich bei dem Fremdling im Kulthaus gehandelt habe.
Am nächsten Morgen freilich, nachdem der Schlaf eine distanzierende Schranke zwischen die Ereignisse gelegt hatte, deren Bedeutung durch das nächtliche Grübeln übersteigert worden war, nahm er das Geschehene ruhiger auf. Weder schien ihm dadurch das Geheimnis, das ihn mit Anna verband, preisgegeben, noch seine Aufgabe als Archivar beeinträchtigt zu sein. Zur Rede gestellt, brauchte er um plausibel klingende Ausreden nicht verlegen zu sein, etwa, daß er Schuhe und Strümpfe auf dem Brunnenplatz gefunden und in dem nahe gelegenen Kulthaus deponiert hätte, in der Annahme, daß sie einem der Mädchen von der Übungsstunde gehörten. Da er indessen niemals zu einer Erklärung über den Vorfall veranlaßt wurde, ergab sich keine Gelegenheit, den wahren Sachverhalt durch schämige Ausreden abzuschwächen.
Den Vormittag verbrachte er im Archiv. Er machte sich mit den Räumen seiner künftigen Beschäftigung vertraut, richtete sich am Schreibtisch ein und nahm auch das Zimmer noch einmal genauer in Augenschein, das von dem übrigen Flügel getrennt in dem gegenüberliegenden Torpfeiler zu seiner persönlichen Verfügung stand. Es war ohne hausbakkenen Zierat mit allem Notwendigen eingerichtet, Tisch, Bettcouch, kleinen Sesseln, Wandschrank, Waschständer, Bücherbord. Es lockte ihn, aus dem Gasthof bald hierher zu übersiedeln. Er studierte in der Kartothek, die sein Vorgänger hinterlassen hatte, obwohl er zunächst nicht allzuviel von den Eintragungen, Verweisungen und Textnummern verstand. Es schien ihm unmöglich, jemals einen Überblick über die Rationierung der ungeheuren Materialsammlung zu gewinnen. So fühlte er sich noch etwas unsicher in der neuen Welt oder, um es mit dem rechten Namen zu nennen, noch heimatlos.
Die würdigen Gehilfen, die in den Nebenräumen über ihrer Arbeit saßen, strömten durch ihre Erscheinung eine leise Abwehr aus, nicht gestört werden zu wollen, obwohl die kühle Fremdheit, die von ihnen ausging, eine andere als bei Katell war. Mit dem alten Perking hatte er hin und wieder einige Worte gewechselt, ohne daß es zu einem grundsätzlichen Gespräch gekommen war. Hatte er noch bei sei-

nem Eintritt in das Archiv geglaubt, die Länge der Stunden nicht ertragen zu können, die ihn von dem Wiedersehen mit Anna trennten, war es unversehens Mittag geworden, ohne daß er dessen recht gewahr wurde. Einer der jungen Bücherpagen nämlich machte ihn darauf aufmerksam, daß er das Essen für den Herrn Archivar aus dem Gasthaus geholt habe. Robert, über die Mitteilung erfreut und für den Eifer des Jünglings dankbar, bat, ihm die Mahlzeit sogleich in den Arbeitsraum zu bringen.
Als er etwas nervös, um sich nicht zu verspäten, das Alttor verließ, gab er Perking durch den gleichen Pagen Bescheid, daß er einen Gang durch die Stadt zu machen habe, doch vermutlich noch einmal im Laufe des Tages vorbeikommen werde. Es könne Abend darüber werden.
Unterwegs hielt er es für seine Pflicht, aufmerksam Ausschau zu halten, um keine Gelegenheit zu versäumen, auch nicht bei einem privaten Ausflug, sich das Bild von der Stadt und von ihren Einrichtungen zu vervollständigen. Er wählte einen neuen Weg durch die oberen Ruinenviertel. Straßen und Gassen sahen vernachlässigt aus, das Pflaster war an vielen Stellen aufgerissen und nur teilweise notdürftig zusammengeflickt, Steinbrocken und Scherben lagen in Wulsten im Rinnstein. Einige Personen waren damit beschäftigt, sie vom Schmutz zu befreien und kümmerlich zu schichten, andere stöberten in dem Kehricht herum, als suchten sie nach irgend etwas Brauchbarem, und schufen wieder neue Unordnung. Es fiel ihm auf, daß es nur wenige Geschäfte gab, die im brüchigen Erdgeschoß der hohlen Trümmerhäuser hergerichtet waren. Die Schaufenster, mit grobem Holz häßlich verkleidet, ließen nur durch winzige Luken, die mit durchsichtigem Papier überklebt waren, einen Einblick zu. In den Auslagen brüteten verstaubte Attrappen, lieblos aufgestellt, in einer dumpfen Traurigkeit, runde Dosen in ausgeblichener Farbe, viereckige Behälter, deren Pappe sich wellte, alte Ladenhüter und Warenmuster.
Vor einem geschlossenen Eingang stand eine längere Menschenreihe an, meist Frauen mit abgenutzen Markttaschen, abgespannte leere Gestalten, die auf irgendeine Zuteilung warteten. Im Vorübergehen vernahm Robert, daß die ersten sich schon vor Sonnenaufgang aufgestellt hatten und noch

immer warteten, ohne einen Schritt vorwärts gelangt zu sein. Die Menschenschlange löste sich auf. Es habe keinen Zweck, hörte man sagen, man müsse es am kommenden Tag erneut versuchen. Einige der zuletzt Gekommenen blieben ungläubig und rückten voller Hoffnung in die Lükken auf. „Es hilft nichts", sagte eine Frau mit scheppernder Stimme zu ihrer Nachbarin. – „Aber wir haben die Stunden wenigstens hingebracht", erwiderte die andere.
Als Robert das enge Gefüge der Innenstadt verlassen hatte, fühlte er sich freier. Er nahm sein Jackett über den Arm und öffnete den Kragenknopf des Hemdes. Auf dem Brunnenplatz warf er einen verstohlenen Blick zu dem Giebel des Kulthauses hinüber, der wie ein blasser Prospekt vor dem gewölbten Blau des Himmels in die Luft ragte. Als er zu dem Winkel einbog, wo sich die Haltestelle der Elektrischen befand, schlug sein Herz schneller.
Anna war nirgends zu sehen. Auf der Bank lag noch sein Zettel, unberührt, von niemandem beachtet. Er steckte ihn in die Jackentasche und setzte sich auf die Bank. Bei jedem sich nähernden Schritt blickte er auf. Es ist alles wie früher, dachte er, sie kam immer zu spät. Je länger er wartete, desto weniger ließ sich die Unruhe unterdrücken. Die Phantasie malte sich aus, was ihr zugestoßen sein konnte. Die Phantasie malte sich auch aus, was geschehen könnte, wenn sie sich endlich wiedersahen, wenn er endlich in diesem Leben mit ihr allein sein würde. Die Sinnlichkeit der Gedanken spielte.
„Kuckuck", rief eine Stimme, und zwei Hände legten sich von hinten über sein Gesicht. Er griff nach der Brille, die durch Annas Ungestüm wegzurutschen drohte. Sein Unmut verflog rasch durch ihre Gegenwart.
Sie beschlossen, auf die Fahrt mit der Straßenbahn zu verzichten, die nur selten und unregelmäßig verkehrte und die sie ohnehin nur für ein kurzes Stück hätten benutzen können. Anna schlug vor, zu Fuß durch die Erbsiedlung zu gehen, die sich bald linker Hand von der Verkehrsstraße erstreckte. Robert ergriff den Koffer mit ihren Reisesachen, den sie mitgebracht hatte.
„Es ist nämlich", sagte sie voller Stolz, „ein endgültiger Umzug."
Es war für Anna schwieriger gewesen, als sie angenommen

hatte, sich die Erlaubnis zu erwirken, in die Erbvilla ihrer Eltern zu übersiedeln. Der Bezirksvorsteher hatte Bedenken geäußert, sie vorzeitig aus dem unterirdischen Gemeinschaftsquartier zu entlassen, wo sie in der ihr entsprechenden Gruppe eingeordnet war und in den Listen der sogenannten Freiwilligen geführt wurde. In diesen Listen war vermerkt, daß die vorzeitige Wahl ihres hiesigen Zugangs einen Aufenthalt in einer halbklösterlichen Unterbringung bedingte. Bei ihrer Unerfahrenheit im Verkehr mit Behörden hatte sie voreilig geglaubt, daß es nur einer kurzen Rücksprache bedurfte, um den Platz des Aufenthalts in der Stadt zu wechseln. Statt dessen war es erforderlich, Anträge und Formulare mit hundertmal beantworteten Fragen auszufüllen, obwohl den Dienststellen alle Einzelheiten über jeden ihrer Bewohner von Anfang an bekannt waren. Als sie Robert in aller Eile den Zettel auf die Bank gelegt hatte, war es ihr noch zweifelhaft gewesen, ob sich ihre Angelegenheit innerhalb einer Sonnenumdrehung klären lassen würde. Sie hatte die Nacht in dem vollen Schlafsaal mit den vierzig bis fünfzig Kameradinnen wie immer zubringen müssen, statt endlich einmal das Alleinsein zu genießen. Erst vorhin, in der Mittagsstunde, nachdem sich der Vorsteher auf ihr Drängen hin unmittelbar mit der Präfektur in Verbindung gesetzt hatte, wobei auch Roberts Name gefallen war, hatte man ihr kurzerhand bis auf weiteres Urlaub gewährt. Sie war zugleich auf die damit verknüpften Gefahren aufmerksam gemacht und gewarnt worden, den Prozeß nicht künstlich zu beschleunigen. Nun ja, sie hatte dazu genickt, auch ein Papier unterschrieben, ihre Sachen gepackt und schien, nachdem sie ihren Willen durchgesetzt hatte, beschwingt und heiter.
Während sie dies alles in ihrer lebhaften Art erzählte, waren die beiden von der Verkehrsstraße in das Gartengelände der Erbsiedlung eingebogen, das im Vorfeld der Stadt lag. Eine weiße Staubschicht breitete sich über die Gegend, über Bäume und Sträucher, hinter denen verstreut niedrige Gebäude standen.
Als ihr Robert von dem Mißgeschick berichtete, das ihm mit ihren Schuhen und Strümpfen passiert war, schenkte sie seinen Worten keine sonderliche Beachtung. Der Verlust schien sie nicht zu bekümmern.

„Wenn sie sich nicht im Kultmagazin anfinden", sagte sie, „müssen wir einen Ersatz auf dem Trödelmarkt eintauschen. Zunächst behelfe ich mich mit den Sandalen, wie du siehst."

Ihr Gang hatte wieder den ausladenden, federnden Schwung, den er an ihr liebte.

„Nun bin ich frei", sagte sie nach einer Weile.

Sie gingen nebeneinander auf einem der schmalen ungepflasterten Wege, die sich in gewisser Regelmäßigkeit zwischen den einzelnen Parzellen hinzogen. Die Vorgärten wurden vom Wege durch schmiedeeisernes Gitterwerk getrennt, oft waren gehämmerte Ketten gespannt, die locker von niederen Mauerpfeilern herabhingen. Die Gegend machte auf Robert den Eindruck eines villenartigen Vororts von schläfriger Vornehmheit. Die stockende Luft roch wie im Herbst nach Moder.

In jedem der wohlgepflegten Feierabendgärten wurde eifrig gejätet, gewässert, gegraben, gepflanzt. Es waren, soweit Robert erkennen konnte, gutgekleidete vornehmlich ältere Leute, die in behäbiger Rüstigkeit der Gartenbeschäftigung nachgingen. Sie taten es nicht um des Erwerbes willen, es war mehr ein Zierat ihrer Stunden, in den sie aber allen Ernst ihres Herzens legten. So bückten sie sich um jedes eben aufschießende Unkraut, entfernten einzeln die welken Blätter auf den Wegen. Mit kleinen Gießkannen, die aus zisternenähnlichen Mulden gefüllt wurden, gossen sie die Stauden auf den Beeten, wobei ihre Blicke prüfend das Astwerk der Bäume nach einer Schädlingsstelle durchsuchten. Sie harkten, und wenn sie das saubere Muster zertraten, harkten sie sorgfältig die Spur ihrer Fußtapfen wieder hinter sich zu, als käme es darauf an, alles Sichtbare stets in einem Zustand der Vollkommenheit zu hinterlassen. Oft ruhten sie aus, aber selbst diese Ruhe hatte etwas von einer pusselnden Beflissenheit.

Der idyllischen Beschaulichkeit entsprach es auch, daß die Bauten auf den ersten Blick geringere Spuren der Zerstörung aufwiesen als die Straßenhäuser in der Stadt. Die glatten Mauerwände glänzten wie polierte Denkmalssockel. An den Giebeln freilich, die oft mit spielerischen Türmchen und Figuren aus Stuck verziert waren, zeigten sich Bruchstellen und Löcher, auch fehlten häufig die Butzenscheiben in den schmalen Fenstern, die im Erdgeschoß vergittert waren. In den Ritzen siedelte Moos. Über dem Viertel lag der Glanz eines vornehmen altertümlichen Gepräges, wenn auch das eine und andere Villenhaus verfallen in seinem verwilderten Gärtchen lag. Sie wirkten wie ausgestorbene Geschlechter.

Bei einem Durchblick entdeckte Robert fern im freien Gelände weiträumig gehaltene Gebäude, die hinter Säulenarkaden lagen. Anna unterrichtete ihn, daß es sich nicht um Tempel, wie er zunächst gemeint, sondern um militärische Turnierstätten und Kasernenanlagen handle.

„Auch ich kenne diesen Teil nicht näher", sagte sie. „Bisher hatte mich immer etwas abgehalten, unser altes Ahnenhaus aufzusuchen."

Eine schlafwandlerische Sicherheit lenkte ihre Schritte, bis sie vor einem niedrigen, zurückliegenden Bau stehenblieb.

„Hier muß es sein", sagte sie zu Robert.

Sie hielt die Augen geschlossen, als müßte sie das äußere Bild noch einmal an einer inneren Vorstellung prüfen. Die flache Villa, die im Hintergrund des Gartens stand, war im Stile eines schlichten Herrenhauses errichtet. Die Flächen zwischen den drei Fenstern waren breit aufgeteilt. Ockergelb schimmerte der Putz durch die Klimmpflanzen, die das Häuschen berankten. Durch einen Vorgarten führte ein Kiesweg zwischen Tannen und immergrünem Kriechgewächs zum Hauseingang, der nicht in der Mitte, sondern hart an der Seite lag. Über der Tür befand sich eine Fensterrosette.

Auf einer Bank neben der offenen Haustür saß ein älteres Ehepaar in der Sonne. Die Frau, deren dünnes graues Haar über dem blassen Gesicht in der Mitte gescheitelt war, strickte an einem rotbraunen Tuch, das sich langhin über ihre Knie ausbreitete und den Boden neben ihr bedeckte. Die Hände, in langer Gewohnheit geschult, verrichteten mechanisch die Tätigkeit, auf die sie kaum einen Blick wandte. Der Mann, der auf dem Kopf eine dunkle Samtkappe trug, hatte rote Backen und einen weißen Spitzbart wie ein Gnom. Er hob die Hand schirmend vor die Augen, um die Ankömmlinge zu mustern.

„Unsere Anna", sagte er zu seiner Frau.

„Wahrhaftig", sagte sie, „schon die Anna. Mit ihren achtundzwanzig Jahren."
„Da bin ich nun", sagte sie selbst, indem sie die Eltern flüchtig begrüßte, als wäre es ihr nicht ganz recht, sie anzutreffen.
Die Mutter, die sitzen blieb, lächelte süßlich. „Darum konnte ich dich in meinen Träumen zuletzt nicht mehr erblicken", meinte sie, „darum also. Weil du schon hierher unterwegs warst."
„Sie strickt und strickt", meinte der Vater, „das ist ihre Art."
„Darf ich euch", unterbrach Anna, „Herrn Doktor Lindhoff vorstellen?"
Robert hatte den Koffer abgesetzt und machte eine stumme Verbeugung.
„Dein Kavalier?" fragte die Mutter.
„Ein Inspizient der Stadt?" erkundigte sich der Vater.
„Mein Begleiter", sagte Anna und legte unbefangen ihren Arm um Roberts Schulter.
„Er trägt ihr das Gepäck", sagte die Mutter und schielte zu ihrem Mann hinüber.
„So, so", meinte der Alte.
„Hasso ist es aber nicht", meinte sie, während ihre Stricknadeln weiter klapperten.
„Nach altem Brauch gärtnere ich etwas herum", sagte der Alte zu Robert, der sich nicht ohne Verlegenheit von Anna gelöst hatte. „Seit Mama hier ist", fuhr er fort, „läßt sich alles auch besser einteilen."
„Abends geht er immer zu seinem Faß", sagte die Alte.
„Abends gehe ich gern zu meinem Faß", sagte er. „Ich setze mich in den Keller, klopfe an den hölzernen Bauch und denke, daß ich nur das Spundloch zu öffnen brauchte, um den Wein abzuziehen. Aber ich verschiebe es immer wieder auf den nächsten Abend. So habe ich die Freude auf die Erwartung und kann nicht enttäuscht werden. Das ist in meinen Jahren die beste Form von Erfüllung."
„Aber er geht jeden Abend zu seinem Faß", sagte die Alte.
„Und du strickst ewig an deinem Tuch", gab er zurück.
„Zankt euch nicht!" rief Anna.
„Wir genießen das Vorrecht", wandte sich der Alte wieder

an Robert, „für eine Weile unser altes Sippenhaus zu bewohnen. Wenn Sie sich überzeugen wollen, es sind nur ein paar Schritte durch den Garten – die Gedenkbilder unserer Ahnen werden in Ehren gehalten."

„In Ordnung hält er alles", sagte die Mutter, „das muß man ihm lassen."

Er hatte Robert genötigt, ihm an die Seitenfront des Erbhauses zu folgen, wo eine Anzahl von halbhohen Steintafeln im Halbkreis aufgestellt war. An jeder befand sich, von Buchsbaum umwuchert, in einem ovalen Medaillon das Relief eines männlichen Kopfes. Kleine Insignien schmückten den Rand, doch fehlten alle Angaben des Namens und Datums. Je weiter sie in der Geschlechterreihe vorankamen, desto älter wirkten die Steintafeln, deste stärker traten die Spuren der Verwitterung in Erscheinung.

„Geh auch zu deinen Vorvätern", sagte die Mutter zu Anna, „bevor du ins Haus ziehst."

Der Vater, der unterdessen einen Spaten geholt hatte, meinte zu Robert: „Wenn Zuwachs ins Haus kommt, ist es wohl ein Zeichen, für die Aufstellung des eigenen Steins Sorge zu tragen. Sie sehen, Herr Inspektor, daß ich mich in den Bräuchen auskenne."

„Er ist gar nicht der Inspektor", rief Anna belustigt.

„Ich weiß, was ich weiß und was sich ziemt", sagte der Vater freundlich. Er wandte sich ab, um unmittelbar neben dem letzten Fundament den Spaten in die Erde zu stoßen. „Jeden Tag ein Stückchen tiefer", meinte er. „Das Ende wird wieder der Anfang."

„Von unserm Sohn", rief die Alte hinüber, „haben wir Enkel!"

Anna hatte Robert am Ärmel berührt. „Komm", sagte sie.

Er ergriff den Koffer und folgte ihr.

„Es ist uns eine Ehre", rief, über den Spaten gebückt, der Alte nach, „wenn Sie unser Haus besuchen."

Als Anna an der Mutter vorbeikam, um in das Haus zu gehen, raunte ihr die Alte zu: „Das Herdfeuer brennt immer. Deine Kammer ist oben." Und zu Robert: „Unsere Tochter hat nichts mehr zu verlieren. Auch ihre Ehre nicht."

Die beiden waren in die getäfelte Eingangshalle getreten, die mit Blumen und Blattpflanzen geschmückt war. Sommerhortensien, Rhododendron und Agaven standen in

Töpfen und Kübeln auf dem fliesenbelegten Boden. Von der Diele, in der wertvolle Möbelstücke vergangener Jahrhunderte aus Familienbesitz aufgestellt waren, führte eine eiserne Treppe zur Galerie des Obergeschosses unter dem Dach. An den Wänden hingen Stiche mit Abbildungen von alten Städten. Infolge des düsteren Lichts konnte Robert die Einzelheiten nicht erkennen.

8

Annas Zimmer, das die Mutter als Kammer bezeichnet hatte, war geräumig und hell. Sie betrat es ohne Neugier, obwohl es ihr fremd war. Mit ein paar Schritten hatte sie den Raum durchmessen, mit ein paar Blicken überprüft. Nun bewegte sie sich so vertraut darin, als ob alles einer lange gehegten Vorstellung entspreche.

„Das ist der Augenblick", sagte sie, „auf den ich mein ganzes Leben gewartet habe! Mein Zimmer! Ganz wie früher und ganz anders."

Sie holte aus ihrem Koffer einen verschnürten Beutel, den sie aufknotete. Lachend schüttete sie den Inhalt auf eine Silberschale.

„Zwieback!" rief sie. „Die eiserne Ration! Iß nur, wenn du Hunger hast. Inzwischen mache ich uns den Tee."

Ein Stück gerösteten Zwiebacks im Mund, war sie nach unten in die Küche geeilt.

Obwohl das Zimmer reich und geschmackvoll ausgestattet war, verbreitete es eine unpersönliche Atmosphäre. Kein Stäubchen lag auf den Möbeln, aber auch kein Hauch einer Erinnerung. Die Kissen auf der Couch lagen in wohlbehüteter Unberührtheit. Die saubere Stille war ohne Erlebnis. Durch die beiden offenen Fenster drang zuweilen vom Garten her das Geräusch der Spatenstiche und das trockene Klappern der Stricknadeln. Robert schloß die Augen und sah im selben Augenblick Annas Zimmer im Mertensschen Hause. Er sah es an jenem entscheidenden Abend, als Mertens zu einer Konsultation weggerufen wurde. Die warme Sommerluft, die damals durchs Fenster drang, knisterte wie Elektrizität. Damals hatte es begonnen, nein, begonnen hatte es mit der ersten Begegnung, als Anna noch studierte, vor Jahren, die weggeweht schienen, und nun wurde das Ungelebte lebendig. Mit jenem Augenblick war die Entscheidung gefallen, daß es nicht mehr um ein Abenteuer ging – es war die Liebe, mit allen blind verhängten Zügeln des Schicksals.

„Dreh dich bitte um", sagte Anna, nachdem sie den Tee gebracht hatte. Sie war an den Spiegel vor dem Toilettentisch getreten, auf dem wie in einer Schauspielergarderobe Puderdosen und Schminktöpfe bereitstanden. Flink zeichnete sie die Bogenlinien der Brauen nach und frischte die Farbe der Wangen und Lippen auf. Sie zog sich um und streifte rote Lackschuhe über die Strümpfe.

„Es würde sich freilich", plauderte sie indessen, „hinter einem Wandschirm viel reizvoller ausmachen. Du Armer, so lange warten zu müssen!"

Sie warf noch einen Blick in den Spiegel, dunkelte die Augenwinkel nach und drückte ein paarmal auf den Gummiball eines Zerstäubers. Dann trat sie vor den Sessel, auf dem Robert die Zeit über mit abgewandtem Gesicht zurückgelehnt gesessen hatte, und hielt den Kopf dicht über dem seinen. Er gab ihr Lächeln zurück.

„Du siehst gut aus", sagte er und sog den Duft des ihm unbekannten Parfüms ein.

Als er sie an sich ziehen wollte, bog sie sich mit einem verheißenden Blick nach hinten, so daß seine erhobenen Arme eine Weile noch leer in der Luft hingen. Sie war auf Zehenspitzen zu den Fenstern gegangen, deren Scheiben sie schloß und deren dichte Vorhänge sie zuzog. Ihre Bewegungen blieben auch ohne Hast, als sie im künstlichen Dunkel des Zimmers die Stehlampe an den niederen Tisch rückte und das Licht einschaltete.

„So wird es heimlicher, findest du nicht?" meinte sie, nachdem sie sich in einen der geblümten Sessel Robert gegenüber gesetzt hatte. „Es täuscht den Abend vor, ohne daß schon die Unruhe vor der Nacht von einem Besitz ergreift. Nimm und iß. Es ist schön, endlich einmal für dich zu sorgen."

Dennoch konnte er sich einer leichten Befremdung nicht erwehren. Er fühlte sich mehr geduldet als anwesend. Vielleicht erklärte sich die Befangenheit auch daher, daß er ir-

gendwelche Aufgaben zu versäumen glaubte, die seiner im Archiv warteten. Was etwa mochten die würdigen Gehilfen von ihm halten, wenn er gleich eine der ersten Stunden dazu benutzte, sich einen freien Nachmittag zu nehmen. Ließe sich sein Verweilen hier als Außendienst rechtfertigen? Es galt, Ordnung in seine Angelegenheiten zu bringen und sein Leben mit Anna so einzurichten, daß seine eigentliche Auftragsbestimmung keine Einbuße erlitt.
Als Anna ihre Teetasse auf den Tisch zurückstellen wollte, klirrte das Porzellan. Da merkte er, daß ihre Hand zitterte.
„Warum hast du nur Hasso geheiratet!“ sagte er.
Sie nahm den Satz als Frage und sagte, während sie schräg an ihm vorbei gegen die Wand starrte: „Weil ich dich liebte und immer geliebt habe.“
„Damals schon?“ – Und in diesen beiden Worten klang ein fragendes Verwundern.
„Ja“, sagte sie. „Nur wußte ich es damals nicht so unmittelbar wie jetzt. Und du warst auch an Elisabeth gebunden. Es muß, als ich in euer Haus und zu dir kam, kurz vor der Geburt deines Jungen gewesen sein – wie hieß er nur?“
„Erich“, sagte er, „ist nun schon sieben Jahre alt.“
„Vieles weiß ich nicht mehr“, meinte sie, „es hat sich inzwischen verflüchtigt, als sei es niemals dagewesen. Anderes ist mir so gegenwärtig, als sei es vor einem Pulsschlag geschehen.“
Sie reichte ihm Brot und Fruchtpaste hinüber und zupfte ängstlich den Ärmel am Handgelenk wieder glatt, bevor sie von neuem Tee in die Tassen goß.
„Ich sehe alles in Bildern“, sagte sie mit einer schwebenden, tastenden Stimme, „wie einzelne Augenblicke, weißt du, ohne Verlauf dazwischen und Zusammenhang. Nachträglich scheint mir das ganze Leben wie aus Mosaiksteinen zusammengesetzt, und einer nach dem andern wird blind und bricht heraus.“
„Man behält wohl nur das“, sagte Robert, „worüber man sich schämt.“
„Hasso zum Beispiel“, fuhr sie nach einer kurzen Pause fort, „steht noch genauso vor mir wie damals, als er sich in mich verliebte. Strahlend, weil ihm die Operation gelungen war. Strahlend und etwas laut. Er liebte nicht eigentlich

mich, sondern den Fall, die Patientin. Das blieb auch die Basis für unsere Ehe, nachdem er mich gleichsam aus dem Krankenbett heraus geheiratet hatte. Sie war gar nicht so unglücklich, wie du manchmal gemeint hattest. Nur –"
Robert starrte sie unverwandt an. Anna hielt die Fläche ihrer Hand wie einen Schirm über die Augen, als blende sie das Licht der Lampe, obwohl es milde war. Ihr Kopf blieb leicht zur Seite geneigt, während sie weitersprach.
„Als ich mit dem perforierten Blinddarm eingeliefert worden war, wovon du seinerzeit gar nichts ahntest, war es im Grunde genommen zu spät. Wenigstens stellte es Hasso immer gern so dar, daß er mich gleichsam vom Tode ins Leben zurückgeholt hätte. Ich glaube auch, daß ich schon damals der letzten Schwelle nahe war."
Sie war von der Gewalt der beschworenen Bilder so gefangen, daß sie verstummte. Robert, von Annas Worten nicht minder betroffen, die durch die kühle, wägende Distanz auch auf Dinge, die er von früher kannte, neue Lichter warfen, fürchtete ein zu offenes Geständnis Annas ebenso, wie er es zugleich ersehnte. Für den Zuhörenden drohte diese Stunde plötzlich gefährlicher zu werden als für den Redenden.
„Ich erinnere mich", wiederholte er schließlich, nur um etwas gegen die Stille zu sagen, „für Hasso wurdest du zu Jaïri neuem Töchterlein, das er von den Toten auferweckt hatte. Er gründete darauf, mit einem Anflug von Schicksalsfügung, seine Ansprüche auf dich."
Da Anna keine Antwort gab, ließ sich nicht erkennen, ob sie seine Bemerkung aufgenommen hatte. Die Stille zischte in seinen Ohren. Es schwelte wie Rauch in dem geschlossenen Zimmer, der um den kleinen, von der Stehlampe hell beleuchteten Fleck dampfend hin und her zog. Mit beiden Händen hielt er die Armlehnen seines Sessels umklammert und saß vornübergeneigt, wie zum Sprunge bereit.
Ein Seufzer, ein dumpfes stöhnendes Ausatmen Annas kam durch ihre halbgeöffneten Lippen. Dann löste sie die Hand vom Gesicht und schlug die Augen flimmernd auf. Sie wirkten gläsern.
„Auferwecken", sagte sie sinnend. „Aber nicht Hasso, sondern du bist da. Jetzt, wo alles schleierlos geworden ist, hier, wo die Frist keinerlei Versteck zuläßt, bekommt alles

ein anderes Aussehen. Die Täuschungen sind vorüber, man schaut den Dingen auf den Grund. Geht es dir nicht auch so – und ist es nicht besser so?"

„Aber wir spielen noch", sagte er drängend und in der angespannten Haltung wie vordem. „Wir befinden uns beide in dem schönen, dem unvergänglich-vergänglichen Spiel!"

„Wir spielen es nur zu Ende", sagte Anna, und ihre Stimme klang klar.

In dieser Sekunde verlor sich vor seinen Augen der Nebel, und die Gegenstände wurden vertrauter, als säße er in dem alten Wohnzimmer des Mertensschen Hauses, im Gespräch zu dritt, immer die seltenen, scheuen Gelegenheiten erhoffend, mit Anna allein zu sein. Wie hatten sie gelernt, den Sinn der Worte wie die Bahn einer Billardkugel zu berechnen, die kreuz und quer über die Fläche rollt, um nach der Berührung mit der zweiten Kugel im Abprall die dritte zu treffen. Welches chiffrierte Spiel miteinander, wenn er vom Gilgamesch-Epos sprach und den Geist der Urgesänge beschwor, um bei der Textdeutung von Bruchstücken die Sehnsucht der gemeinsamen Situation im Beisein von ihrem Mann zum Ausdruck zu bringen. Wie sättigte er sich an ihrem lebendigen Zuhören! Welches Fließen der Gedanken, der geheimnisvollen Mächte! War sie wieder da, jene erregende Spanne der letzten zwei Jahre? Vielleicht brauchte man nur die Vorhänge aufzuziehen, und draußen läge der weite Garten mit den alten Bäumen, und man sähe sich mit Anna darin die Wege verstohlen auf und ab schreiten.

Sie saßen sich Auge in Auge gegenüber. Robert, der wie gebannt sich streckte und Annas Fuß zu berühren suchte, stieß gegen den Tisch. Die Tassen klirrten leicht. Doch achtete keiner der beiden mehr darauf.

„Du", sagte er werbend.

Von der Diele des Hauses her wurden Geräusche vernehmbar. Schritte stiegen langsam die Treppe herauf, tappten auf der oberen Galerie.

Genau wie früher, dachte Robert, wenn Hasso dazwischenkam.

„Frau Mertens?" rief eine fragende Männerstimme.

„Mein Vater", sagte er. „Ist das zu glauben – in diesem Moment!"

„Hoffentlich störe ich nicht", sagte der alte Justizrat in der Tür, die Anna geöffnet hatte. Er trug einen blauen Umhängemantel und hielt seinen breitkrempigen Hut zusammen mit einer Aktentasche in der linken Hand. Vom Stufensteigen war er etwas kurzatmig.
„Pardon, ich störe wohl doch", meinte er näher tretend, als er Annas Besuch bemerkte. „Ach, du bist es, mein Junge", sagte er und kniff das linke Auge zu. „Ist das nicht übereilt und etwas unvorsichtig gehandelt? Ich hatte eigentlich deinen Bescheid erwartet, sobald dir Frau Mertens' Anwesenheit hier Gewißheit würde. Na, so mußte ich selbst mit einiger Mühe das Quartier von Frau Annas Eltern ausfindig machen, die glücklicherweise im freien Erbgelände ansässig sind, und erfahre nun, daß meine verehrte Klientin sich ebenfalls hier befindet."
Er sprach von der Beschaulichkeit der alten Leute unten im Hause, die ihm wie Philemon und Baucis erschienen, wunderte sich über die künstliche Beleuchtung im Zimmer bei hellem Tageslicht, erkundigte sich bei seinem Sohn nach der Bewandtnis des Schreibens von der Präfektur und nach dem Stand seiner Angelegenheiten, Fragen, denen Robert auswich, und kam auf die Scheidungsklage zu sprechen. Denn, so schloß er seinen Redeschwall, er sei damit beschäftigt, den neuen Schriftsatz abzufassen.
Er redete etwas brüchig und nicht ohne Genugtuung, sich vor seiner Mandantin sonnen zu können. Da sie keine Anstalten traf, seinen Sohn von der bevorstehenden Unterredung auszuschließen, bezog ihn der Vater mit ein. Es mochte für seine Zwecke sogar günstig sein. Inzwischen hatte er am Tisch Platz genommen, ohne den Mantel abzulegen. Aus seiner Mappe zog er ein altes, verknifftes Aktenstück hervor, auf dem er wiederholt Notizen machte. Zunächst bestritt er das Gespräch fast allein. Anna beantwortete einsilbig und uninteressiert seine eingestreuten Fragen. Robert beobachtete seinen Vater mit sichtlichem Mißbehagen und beschloß, sich möglichst zurückzuhalten.
Der Vater vertiefte sich an Hand der Akten in den Gang des Prozesses, sprach von der Schwierigkeit der Schuldfindung bei der Ehescheidung, die sich zuerst so gutartig, so menschlich großzügig von beiden Seiten angelassen, aber

man kenne das, man sei nicht umsonst ein alter gewiegter Praktiker, aber dann in ein Stadium der Verhärtung geraten sei. Die Gegenpartei habe mit Drohungen begonnen, schmutzige Wäsche vor aller Öffentlichkeit waschen zu wollen, wobei es dahingestellt bleibe, ob die Anwaltskanzlei den Impuls dazu gegeben oder Professor Mertens selber, den er früher als Charakter durchaus geschätzt und als Arzt und Chirurgen für untadelig gehalten, wenngleich es da anscheinend einen Punkt gebe, eine dunkle Stelle, eine ausgesprochene Ehrempfindlichkeit zum mindesten, an die man den Finger legen müsse als Gegenmaßnahme, um dem drohenden Skandal vorzubeugen.
Er blätterte in den vergilbten Papieren, warf die Seiten herum und brummte vor sich hin.
Robert spürte, wie sich Annas Gesicht trotz dem Puder mit einer leichten Röte überzog.
Ob sich nicht vermuten lasse, meinte der Anwalt, daß Professor Mertens einmal den einen oder anderen verbotenen Eingriff vorgenommen habe, unter Umständen im engsten Kreise, man könne dann vielleicht –
Der Justizrat sah, wie Anna stumm den Kopf schüttelte.
Es müsse etwas vorliegen, eine Unsicherheit auf der Gegenseite, beharrte er.
Sie wisse nur von einer einzigen Operation, erklärte Anna, die Hasso besser nicht ausgeführt hätte. Das habe sie ihm auch mehr als einmal vorgeworfen.
„Aha“, sagte der Justizrat und legte die hohle Hand an seine fleischige Ohrmuschel.
Und das, sagte Anna, sei jene gewesen, durch die ihr Hasso einst das Leben gerettet habe, um sie zu heiraten.
Robert merkte, wie sein Vater abweisend den Kopf hin und her schob und mit dem silbernen Bleistift zu spielen begann, um anzudeuten, daß es sich um Nebensächliches handele.
„Die Blinddarmentzündung“, fuhr Anna fort, indem sie nur Robert anschaute, „war ein Vorwand meines Körpers. In Wahrheit ist es das gebrochene Herz gewesen, das in eine tödliche Krankheit floh. Das ahnte allerdings niemand. Damals“ – sie wandte sich jetzt Roberts Vater zu – „liebte ich einen anderen, Herr Justizrat, einen verheirateten Mann, mit dem ich, wie mit keinem sonst, gemeinsam zu leben

wünschte, während er nur mit mir zusammen sein wollte. In dieser Spannung vibrierte der unendliche Augenblick eines geraumen Jahres. Der andere fühlte oder wußte das nicht so wie ich, außerdem war ich noch recht jung, stand noch vor der Tür des Lebens. Er erfuhr auch lange nicht, daß der Chirurg mich geheiratet hatte, wie Hasso nicht von sich aus wissen konnte, daß in dem Schnitt, mit dem er den Eiter abfließen ließ, meine Seele mit vernarben mußte. Aber diese Narbe, mit der das Leben mit Hasso begann, brach bei jeder Gelegenheit wieder auf."

Roberts Vater, der noch immer mit dem silbernen Bleistift spielte, machte einige kauende Bewegungen mit den Kinnbacken, bevor er zum Sprechen ansetzte.

Juristisch gesehen, meinte er, sei mit dem Vorgebrachten wenig anzufangen, zudem sei es für die Scheidungsklage verjährt. Seelische Narben – ein hübsches Bild, das er sich für seinen Wortschatz merken wolle, aber kein greifbares Argument für den Praktiker. Er lachte behaglich und wohlwollend.

Wie früher, empfand Robert und schämte sich für seinen Vater, dem er am liebsten einen Feldstein in den Schlund gedrückt hätte. Anna hielt ihre Ellenbogen auf der Sessellehne aufgestützt und betrachtete die sich knapp berührenden Fingerspitzen ihrer ausgestreckten Hände. Die Peinlichkeit des Vergangenen, unter der Robert litt, kam an sie nicht heran. Sie bewegte sich in einer anderen Welt.

Der Justizrat blätterte in den Akten, das Papier knitterte.

Es handle sich darum, nahm er den Faden wieder auf, daß die Gegenseite mit dunklen Verdächtigungen ehewidrigen Verhaltens seiner Klientin arbeite, bei denen auch Roberts Name aufgetaucht sei.

„Ich kann auch gehen", sagte Robert schroff.

„Mitnichten, mitnichten", forderte der Vater, „wir haben uns doch immer verstanden."

„Wie du willst", sagte der Sohn, und es klang lieblos. Er starrte trotzig wie ein Junge an die Decke des Zimmers.

Er habe, wandte sich der Justizrat an Anna, deren Blicke zwischen Vater und Sohn hin und her liefen, schon wiederholt beabsichtigt, sich mit seinem Filius darüber auszusprechen. Es gebe für ihn auch so etwas wie eine Familienehre. Und gerade, weil sich sein Sohn eben erst als Neuling hier

eingefunden habe, hingen natürlich die Abschiedsgedanken von seiner Frau und seinen Kindern noch um ihn. Um so mehr gelte es, den Wappenschild rein zu hinterlassen. Prozeß sei Kampf, nicht Klage. Dies wolle er gesagt haben.
Anna und Robert blickten sich an. Er spricht wie vor einem Tribunal des Weltgerichts, empfanden sie. Das geheime Einverständnis aller Liebenden stärkte sie.
Seinen Sohn, so beteuerte der Justizrat mit erhobener Stimme, in diese Angelegenheit zu verwickeln, die er als Anwalt gern, was hieße gern – die zu vertreten er noch immer als Lebensaufgabe aufzufassen gewillt sei, bedeute nichts anderes, als Minen gegen ihn selbst zu legen.
„Und das tut mein Sohn nicht", lamentierte der Alte mit fast weinerlicher Stimme, „ich bestreite es, was Sie auch sagen, meine Herrschaften. Es ist ein Komplott der Gegenseite, die mich zwingen will, mein Mandat wegen Befangenheit niederzulegen. Man will mich loswerden, will mich hier überflüssig machen!"
Er formte seine rechte Hand zu einer gehöhlten Faust, die er wie einen Trinkbecher an seinen Mund führte.
„Hier gibt es keine Befangenheit mehr", erklärte er pathetisch, „hier erhält die Sache ein endgültiges Gesicht."
Wieder schlürfte er aus dem imaginären Gefäß seiner Hand.
„Mama kommt!" rief Robert mit hellem Spott.
Der Vater rieb sich erschreckt die Handflächen, als gelte es, etwas zu vertuschen.
Anna lachte auf, hielt aber schnell die Hand vor den Mund.
Robert saß abwartend, wie auf der Lauer.
„Wie gesagt", nahm der Vater, wieder gänzlich Anwalt, nach einer Pause das Wort, „nach sechsjähriger Ehe, auch wenn sie kinderlos blieb, auf Scheidung zu klagen, wo das Leben so kurz ist, bedarf einer Erklärung, eines Anhaltspunktes für meinen Schriftsatz vor der hiesigen Instanz."
Anna fiel es auf, daß sich regelmäßig auf der Stirn des alten Justizrats, wenn er einem bestimmten Punkt seiner Rede Nachdruck verleihen wollte, eine Unzahl von Kräuselfalten bildete, die wie kleine Rundbögen die Schwünge der Augenbrauen auf der Stirn nachzeichneten.
„Es ist möglich", sagte Anna, „daß seit meiner Heirat so viele Jahre verstrichen sind, wie Sie angeben. Ich jedenfalls

weiß nur, daß nach vier Jahren – es war ein Tag im Spätseptember, die Farben der Bäume leuchteten stärker als sonst, wenn man vom Fenster in den Garten sah, und die Bläue des Himmel war fast schon so metallen, wie sie hier immer ist, die rostbraunen Steinplatten im Rasen setzten sich scharf gegen das wellige Grün ab, und die Dahlien flammten, auch in der Dämmerung flammten sie noch, wie heute sehe ich es –"
Während Robert Anna hingerissen betrachtete, deren Gesicht sich verklärt hatte, erinnerte sie sein Vater daran, daß sie etwas Bestimmtes habe mitteilen wollen. Sie habe damit begonnen, daß sie nach vier Jahren ihrer Ehe –
„Ja", sagte Anna, „da kam zum ersten Male wieder der andere Mann zu mir, und damit hörte die Narbe meiner Seele zu schmerzen auf."
„Aber, aber", mahnte jovial der Justizrat.
„Ich hatte", sagte Anna stockend, „einen Vorwand benutzt, um ihn zu rufen. Ich schrieb ihm einen Brief zu seinem neuen Buch, dessen Forschungen von früher her mich angingen. Hasso sprach immer nur von seiner Praxis."
„Gewiß", bestätigte der Anwalt verdrießlich. „Aber selbst wenn es bei der Wiederaufnahme dieser Beziehung zu einem Tatbestand gekommen wäre, der von der Drübenseite angeführt werden könnte, so ist das inzwischen überholt, weil –"
„Es hat sich", unterbrach sie ihn, „bei dieser ‚Beziehung' überhaupt kein ‚Tatbestand' ergeben."
„Nun also", sagte der Justizrat gereizt, „das führt nicht weiter."
„Es führt uns genau hierher", sagte Anna, die spürte, wie Robert ihren Worten folgte. Das alte Dreiecksspiel der Billardkugeln rollte.
„Denn der andere", fuhr sie in ihrem Bekenntnis fort, „wurde im Laufe der letzten beiden brennenden Jahre mächtig in mir, und ich hatte unterschätzt, welche Rechte ich ihm dadurch einräumte, daß auch ich mächtig war in ihm."
„Doch blieb", warf Justizrat Lindhoff, ohne mit den Augen zu zwinkern, ein, „alles, wie Sie schon äußerten, in erlaubten Grenzen."
„Von außen und bürgerlich betrachtet wohl", sagte sie,

„aber in meiner Phantasie war alles wie in Wirklichkeit vollzogen und – wer weiß?"
Robert, der vergeblich das Entrückte in Annas Augen zu fassen versuchte, mußte an sich halten, um die Bewegung seines Gemüts nicht zu verraten.
„Liebe gnädige Frau", belehrte sie der Justizrat, „Wunschträume pflegen juristisch ohne Bedeutung, ohne Handhabe zu sein."
„Ich habe aber unter dem inneren Schuldgefühl sehr gelitten", sagte Anna und strich mit langsamen Händen über ihr gescheiteltes Haar.
„Nun", ermunterte der Anwalt, „das sind private, sozusagen menschliche Erwägungen des Gewissens, wunderschön vom moralischen Gesichtspunkt aus, doch für die Gegenpartei kaum auswertbar."
„Aber Hasso", sagte Anna unbeirrt, als wäre sie mit sich allein, „wird es empfunden haben, bestimmt."
„Haben Sie sich seitdem", erwiderte der Anwalt nachdenklich, „Ihrem Gatten versagt?"
Sie beugte sich in dem Sessel vor und nickte knapp mit dem Kopf. Robert, der dieses ruckartige, herrische Nicken von früher genau kannte, wie er es schon auf dem Brunnenplatz wahrgenommen hatte, stieß zwischen den Zähnen unwillkürlich einen zischenden Laut aus.
Der Justizrat drehte den Kopf. „Sind Mäuse im Haus?" erkundigte er sich.
„Nein", sagte Robert, „nur Gefühle."
„Denn", sprach Anna mit einem Blick ins Leere weiter, „ich konnte den anderen, seitdem ich ihm, wenn auch nur in meiner Vorstellung, wieder angehörte, nicht mit Hasso betrügen. Es gibt nur eine Treue. Und die geht über den Tod hinaus."
Robert atmete tief. Anna saß erstarrt.
Das nun, meinte der Justizrat, sei juristisch wirklich eine dumme Sache, aus der möglicherweise das Gericht schließen werde, daß mehr als seelische Bindungen mit dem anderen Manne bestanden hätten. Man werde seiner Partei in dem Zickzackkurs die Beweislast des Gegenteils auferlegen, was in diesem Fall eine besondere Schwierigkeit bedeute, weil man nicht wisse, wann der freundschaftliche Partner hier einmal einträfe, um sein eidliches Zeugnis anzubieten.

„Haben Sie", überlegte der Anwalt, „nicht vielleicht doch vor Ihrer letzten Reise mit Ihrem Mann – ich denke, es wäre ja nichts Ungewöhnliches."
Sie gab keine Antwort.
„Ich meine", redete der alte Justizrat zu, „vielleicht ist es Ihrem Gedächtnis nur entschwunden, man hat mancherlei vergessen, was einem durch die Umstände hier unerheblich und entbehrlich geworden ist, nicht wahr?"
Anna ließ ihren Blick über Roberts krampfhaft angespanntes Gesicht gehen und zuckte stumm die Achseln.
„Sie hatten jedenfalls", begann der Justizrat wieder, „ursprünglich beabsichtigt, nach der Scheidung sich diesem anderen Manne zu verbinden?"
„Natürlich hatte ich es oft gewünscht", sagte sie ein wenig erschöpft. „Aber je näher der Termin des Scheidungsspruches rückte, desto mehr Angst bekam ich vor der Wirklichkeit, denn sie war in meinen Träumen vorweggenommen."
„Verständlich. Aber –", meinte der Justizrat und blätterte in seinen Notizen, „gaben Sie nicht selbst an, daß der andere ebenfalls verheiratet gewesen war?"
„Es wäre uns", bekannte Anna, „auf die amtlichen Formalitäten nicht angekommen. Ich mochte seine Frau gern. Er wollte sich auch unabhängig von meiner und unserer Lage von ihr trennen, was ich zwar bezweifelte – aber wie ich jetzt einsehe, zu Unrecht bezweifelt habe."
„Nachdem ich das letzte Mal vor dem Termin mit Ihnen konferierte", sagte der Anwalt, „fuhren Sie ins Gebirge fort, niemand kannte Ihre Anschrift –"
„Niemand sollte wissen, wo ich blieb", bestätigte sie. „Ich wollte allein sein, um meinen zukünftigen Weg zu prüfen. Zuletzt ging es mir überhaupt weniger um den Freispruch von meiner Ehe als um den Freispruch von mir selber."
„Sei dem, wie ihm wolle", erklärte der Anwalt, „leider hörte man seitdem nichts mehr von Ihnen. Mir selbst stieß eine kleine Unpäßlichkeit zu, von der ich meinem Sohn bereits erzählte, so daß ich nicht einmal sagen kann, ob die Verhandlung noch stattgefunden hat. Erhielten Sie die Benachrichtigung vom Gericht?"
Sie vermochte ein Lachen nicht zu unterdrücken.
„Ich war abwesend", sagte sie und blinzelte mit den Augen.

„Jedenfalls", meinte der Justizrat, „müssen wir, Frau Anna, nachdem wir uns hier wieder getroffen haben" – er verbeugte sich leicht im Sitzen –, „genau an jener Stelle fortfahren, wo wir stehengeblieben sind. Als neues Argument, das unsere Gegenseite ins Treffen führen wird, ist allerdings nun der Umstand hinzugekommen, den man als böswilliges Verlassen des Ehepartners bezeichnen könnte."
„Es geschah freiwillig", sagte sie und zupfte wieder nervös am Ärmel über ihrem Handgelenk. „Auch mußte es den anderen Mann auf gleiche Weise treffen."
„Falls er es erfahren hat", sagte der Anwalt. „Sie erwähnten selbst, daß Sie sich völlig zurückgezogen hätten."
Anna, die an ihrer Unterlippe nagte, warf Robert einen prüfenden Blick zu. Diesem wurde das Ungeklärte vieler Situationen plötzlich verständlich, das sein Verhältnis zu Anna in den beiden letzten Jahren bedrängt hatte. Auch die dunkle, rätselhafte Pause der letzten Wochen hellte sich nun auf, in der er nichts von ihr vernommen hatte. Sosehr ihn das Wissen erlöste, bestürzte ihn die Gleichmütigkeit, mit der sie über alles zu sprechen vermochte, als wäre das Gefühl auf blankes Eis gelegt, um es durchsichtig zu machen.
Anna hatte das Teegeschirr zusammengeräumt und auf der Kommode abgestellt.
Der Justizrat starrte in seine Akten. Auf seiner faltigen Stirn bildeten sich Schweißtropfen, die er mit einem seidenen Tuch abwischte.
„Bestehen keine Anzeichen dafür", fragte er halblaut, „daß Professor Mertens in nächster Zeit ebenfalls hier zureisen wird?"
„Nicht mein Mann ist mir hierher gefolgt", sagte Anna triumphierend, „sondern –" Sie vollendete den Satz nicht. „Halten wir uns nicht länger mit dem Scheidungsprozeß auf, Herr Justizrat, das ist überholt."
„Nichts ist zu Ende", murmelte er, „alles wird noch abgewickelt." Im übrigen sei die Abneigung gegen die Vergangenheit bekanntlich nichts weiter als ein Ausweichen vor der Zukunft.
„Pah", sagte sie, „ich fühle mich frei."
Das, meinte der Anwalt, sei eine subjektive Auffassung. „Denn", erklärte er mit einem gewollten Lachen, „so be-

quem ist das nicht, das Gewesene durchzustreichen und so zu tun, als ginge es einen nichts mehr an."
„Auch wenn es abgeschlossen hinter uns liegt?" fragte sie heftig.
„Für Anna", griff jetzt Robert in das Gespräch ein, „hat die Ehe niemals die Bedeutung eines Sakraments gehabt, dessen Gültigkeit erst nach dem Tode erlischt."
„Auch wenn Frau Anna", meinte der Vater anscheinend nebenbei, „oder wir nicht mehr den Glauben haben, läuft die Mechanik des Gesetzes weiter."
„Und Sie", rief Anna höhnisch, „wollten meinen Scheidungsprozeß führen?"
„Das Gesetz lebt von Übertretungen", betonte der Anwalt und legte seine rechte Handfläche auf die linke Brustseite.
Da vermochte Robert nicht mehr an sich zu halten und rief: „Du bist ein Heuchler des Lebens!"
Die Lippen des Vaters spitzten sich. „Pscht", machte er wie damals, als sein Sohn in dem unterirdischen Frühstücksraum an seiner Realität gezweifelt hatte.
Anna war aufgesprungen und lief mit einer solchen Starre durch das Zimmer, daß die Wände aus dem gebogenen Kegel des Lichts zurückzuweichen schienen. Sie ging mit der schwerfälligen Majestät einer großen Tragödin, die über die Bühne schreitet. Bei jedem dritten Schritt wendete sie im rechten Winkel hart zur Seite, als steckte sie mit ihren Füßen ein magisches Quadrat ab. Die Gegenstände wurden gegenstandslos. Endlich blieb sie stehen und lauschte mit halbgeschlossenen Augen gegen die Fenstervorhänge hin.
„Die Dämmerung ist im Anflug", sagte sie.
Der Vater, unruhig geworden, wollte sich erheben.
„Du, Herr Justizrat", sagte sie mit reglosen Zügen, „bist mit deinen Akten hinfällig geworden. Niemand braucht deinen Schriftsatz mehr, mit dem du, Herr Justizrat, dir deine Existenzberechtigung hier erschleichst."
Die Backen des alten Mannes plusterten sich auf, und von seinen Lippen lösten sich trockene Laute wie von knallenden Flaschenpfropfen.
„Das Schicksal", hörte man Annas eindringende Stimme, „hat jedem Gerichtshof, Herr Anwalt, den Spruch abgenom-

men. Denn der andere, um den es ging und geht, ist ebenfalls hier eingetroffen, um das mit mir zu teilen, was uns das Leben bisher schuldig geblieben ist. Jetzt sind wir auf ewig vereint."

Sie hatte Robert, der zu ihr getreten war, die Hand gereicht. Er zog sie an sich, hielt wie in einem feierlichen Zeremoniell sie in seinen Armen und küßte Annas Mund, der kühl war.

„Also doch Robert!" flüsterte der Alte vor sich hin. Er schluckte. „Mir das anzutun!" Seine Füße scharrten hin und her. „Torheiten!" rief er. „Unsinnige Wiederholungen!"

„Ich bin alt genug, um zu wissen, was ich tue", sagte Robert, ohne die Geliebte aus der Umarmung zu lassen.

Der Vater betrachtete vom Sessel aus die Gruppe, die wie eine Fotografie auf einer Postkarte wirkte.

„Und ihr entgeht euren Enttäuschungen nicht", sagte er wie ein Prophet aus dem Alten Testament. Mit einem glucksenden Kehllaut zwischen Lachen und Heulen schleuderte er das Aktenstück mit seinem Schriftsatz auf den Tisch.

„Das Mandat", sagte Anna, die ihre natürliche Stimme wiedergefunden hatte, „das Ihnen einst übertragene Mandat ziehen wir hiermit zurück."

„Aber ihr müßt Verständnis für meine Lage haben", sagte der Vater fröstelnd. Es sah fast so aus, als wollte er in die Knie rutschen und einen Fußfall tun. „Ich fühlte mich hier wohl, Robert, und es ist auch für dich von Vorteil, mein Junge, wenn die Klage in der hiesigen Instanz von mir behandelt und in die Länge gezogen wird. Du kennst dich hier noch nicht genügend aus. Die Dämmerung –" Er verstummte.

„Du brauchst dir", sagte Robert kühl, „unseretwegen keine Sorge zu machen."

Anna nickte ihm zu.

„Ich bin kein Mann in selbständiger gesicherter Position", fügte er hinzu, ohne die Trivialität zu spüren, im Stil einer Heiratsannonce zu reden.

Er zog die Vorhänge auf und öffnete die Fensterriegel. Die Luft war noch warm, aber nicht so stickig und verbraucht wie im Zimmer. Dort, wo die Sonne untergegangen war, lag über dem Himmel ein rötlicher Streif.

Der Vater war schon aufgebrochen, um vor der vollen Dun-

kelheit die Unterstadt zu erreichen. Anna hatte ihn bis zur Haustür begleitet.
„Es tut mir leid“, sagte sie, „daß Ihre Rolle ein Ende findet. Aber ich muß an die meine denken.“
Der Alte trippelte davon.
Als Robert das Aktenstück entdeckte, das sein Vater auf dem Tisch hatte liegenlassen, nahm er es an sich, um die Papiere, in die er selber keinen Blick warf, dem Archiv zu übergeben. Er hatte die Vorstellung, damit endlich an diesem Nachmittag etwas für seine dienstliche Aufgabe getan zu haben. Von der Halle aus rief ihn Anna nach unten. Vor dem Dielenfenster flatterte im Windzug ein schwarzes Tuch. Annas Vater, der die Laden vor den Fenstern im Erdgeschoß geschlossen hatte, trat in das Haus.
Man habe nach ihm gefragt, sagte er, ein Soldat habe nach Herrn Doktor Lindhoff gefragt.
Überrascht blieb Robert stehen. Er erfuhr, daß der Soldat, übrigens ein junges Gesicht mit einem Käppi, in Roberts Dienstbüro verständigt worden war, daß Herr Doktor Lindhoff bis über den Abend hin sich hier aufhalte. Annas Vater hatte den Soldaten jedoch abgewiesen, weil oben schon eine Konferenz stattfand, die er nicht hatte stören wollen. Robert runzelte die Stirn; weniger über die Eigenmächtigkeit des Alten als darüber, daß man über seinen Besuch bei Anna im Hause ihrer Eltern Bescheid wußte. Angenehm berührte ihn lediglich, daß von einem neutralen Dienstbüro gesprochen worden war und nicht vom Archiv.
Die Mutter bat ihn, mit ihnen zu essen, es sei alles gerichtet. Anna sah ihn stumm an. Die beiden Alten redeten so herzhaft zu, daß es ihm nicht möglich war, die Gastfreundschaft abzulehnen. Sie speisten an einem weiß gescheuerten Holztisch in der Küche. Robert, der seine Verstimmung noch nicht überwunden hatte, sprach wenig, langte aber mehrmals in die Schüssel, in der Kartoffeln und Gemüse gemeinsam gekocht waren. Nach dem Mahl spülte jeder in einem Becken, das in der Ecke neben dem Herd stand, seinen Teller und sein Geschirr ab.
„Und nun“, sagte der Alte mit dem rotbäckigen Gnomengesicht, „gehe ich zu meinem Faß.“
Er nötigte Robert die Stufen der Kellerstiege hinab. Anna holte unterdessen Wasser vom Hausbrunnen. Unten, inmit-

ten des schmalen Steingelasses, lag, soweit sich bei dem Licht der Stallaterne erkennen ließ, ein uraltes Weinfaß, das mehr als die Hälfte des Raumes in Anspruch nahm.
„Klopfen Sie nur, Herr Inspizient", forderte der Alte auf, indem er selbst mit den Handknöcheln gegen die Wölbung schlug. „Hören Sie? Bis oben hin gefüllt."
Dann zog er einen Schemel heran und machte sich am Spundhahn zu schaffen. „Sie wissen", sagte er, „sonst tue ich es nie. Aber ein Abschiedstrunk für mich und ein Willkommenstrunk für die Anna ist wohl recht." Eifrig füllte er zwei Tonkrüge.
Als Robert mit Anna wieder in der Dielenhalle stand, rüstete er sich zum Aufbruch.
„Du willst nicht bleiben?" fragte Anna. „Und ich hatte gedacht, es sollte noch unser Abend werden."
„Nicht heute, Anna", sagte er. „Auch du wirst angestrengt sein."
„Ach nein", sagte sie und schüttelte den Kopf, „nur traurig, Rob."
„Wir sehen uns bald", sagte er zärtlich. „Ich bleibe lange und muß mich erst eingewöhnen."
„Hier weiß man nie", sagte Anna ängstlich, „was mit unsereinem geschieht."
„Ich habe mit uns", redete er ihr zu, „schon unsere Pläne."
„Hätten wir nicht besser getan", fragte sie, „deinen Vater gleich fortzuschicken und die Stunden für uns zu nehmen?"
„So soll man nicht rechnen", sagte er, „und einmal mußtest du dir auch die Vergangenheit vom Halse reden. Wir haben so lange aufeinander gewartet, daß es nicht auf die erste beste Stunde ankommt."
„Hast du auch auf mich gewartet, Rob?"
„Jetzt weiß ich erst, Anna, wie du mich geliebt hast."
Sie hatte ihn langsam über den Kiesweg bis zum Gartentor begleitet, wo die beiden zögernd vor der offenen Tür im Mondschein standen.
„Eine Weile", sagte sie leise und tastete verloren über seinen Rock, „wußte ich nicht einmal mehr genau, wie du aussiehst."
„Aber jetzt", sagte er summend, „weißt du es wieder."

„Ja", flüsterte sie und senkte das Gesicht. Er zog ihren Kopf an seine Schulter und liebkoste sie.
„Dein Haar duftet bitter", sagte er, „wie nach einer scharfen Essenz."
„Anders als sonst?" fragte sie besorgt.
„Es sind wohl die Nachtgerüche aus dem Garten", meinte er.
„Ich habe Angst um dich, Rob. Wirst du mich auch niemals verleugnen?"
Er spürte, daß sie zitterte.
„Törin", scherzte er.
„Ja, betört", sagte sie, „von dir betört."
Er küßte sie.
„Und mich niemals verlassen, Rob?"
„Dich niemals verleugnen und verlassen", beteuerte er. „Die klassische Formel aller Liebenden!"
„Schwöre!"
„Auf daß ich", sagte Robert aufgeräumt, „dir gehöre mit Haut und Haaren, Leib und Seele und allem, was mein ist. Nun brauchst du nur noch ‚Schatz' zu mir zu sagen, und ich ‚Bis in alle Ewigkeit', dann ist es wie im Roman."
„Dann ist es", sagte sie, „wie im Leben." Fröhlich stimmte sie in sein Gelächter ein.
Als er an der Wegbiegung noch einmal zurückschaute, sah er Anna, wie sie ihm nachwinkte. Hinter ihr lagen im flachen Licht des Mondes die fernen Tempelkasernen der Soldaten. Den Brunnenplatz überquerend, gewahrte er die Silhouette des Herren im grauen Zylinder, der ihm schon einmal aufgefallen war. Er stand regungslos in einer abwartenden Haltung und lüftete, als er Roberts ansichtig wurde, mit einer grüßenden Bewegung den Hut. Robert erwiderte den Gruß, bog aber schräg über den Platz. Der Herr schien nichts anderes erwartet zu haben, denn er lehnte jetzt gegen das steinerne Rund der Brunnenfassung, ohne Robert nachzublicken. Dieser schlug die Richtung zum Archiv ein.

9

Wiederholt hatte Robert in den nächsten Tagen die Absicht gehabt, eine Unterredung mit dem Sekretär in der Präfektur herbeizuführen. Das Bedürfnis nach einem Gespräch mit jemandem, der über allem stand, was ihn bewegte, der die vielfältigen Eindrücke seines Aufenthaltes in der Stadt zu einem Gesamtbild zu ordnen vermochte, hatte sich seit dem Nachmittag in Annas Haus verstärkt.

In der Nacht, die er zum erstenmal im Archiv verbracht hatte, war der Patron seines Gasthofs von Stadtwächtern abgeholt und, wie es hieß, mit einem Transport in die abseits liegenden nordwestlichen Randgebiete auf den Weg gebracht worden. Robert hatte davon am nächsten Mittag erfahren, als ein blondgefärbter Herr die Essenszeremonie im Speisesaal leitete, der sich ihm als der neue Wirtschaftsleiter vorstellte. Es war ein untersetzter Mann mit wäßrigen Augen, der wie ein Küfer stets eine bunte Trägerschürze über den Hemdsärmeln trug. Man wisse nie, meinte er grämlich, wie lange der Aufenthalt währe und in welchem Augenblick hinein das Horn ertöne und wem das Zeichen für den Abtransport gelte. Robert gestand, das Horn weder in der vergangenen Nacht noch in einer früheren vernommen zu haben. Der Wirt sah in scheel an und ging mit hängendem Kopf weiter.

Die alte Milta schlug ein über das andere Mal die Hände mit ausladender Geste über dem Kopf zusammen, was indessen mehr einen Ausdruck des Erstaunens als des Erschreckens bedeutete. Die Patronin zeigte den gleichen teilnahmslosen Blick des stumpfen Gehorsams wie vordem. Sie hatte mit den übrigen Gegenständen wohl nur den Besitzer gewechselt. Schon bald sah Robert sie aufgeputzt am Arm des Blondgefärbten über den Hof schreiten. Ihm war, als hörte er noch die schnarrende Stimme des Vorgängers im Ohr, wenn er melancholisch ausrief: „Vorübergehend – nicht wahr?“

Im Archiv hatte Robert zuweilen mit Perking oder einem der anderen würdigen Gehilfen einige Worte gewechselt. Sobald er jedoch auf konkrete Vorkommnisse zu sprechen kam, was es etwa mit dem plötzlichen Verschwinden des Herbergsvaters, mit dem Herren im grauen Zylinder, mit

der Einrichtung der mannigfaltigen Übungsstunden für die Bevölkerung auf sich habe, schob sich gleichsam eine gläserne Wand zwischen ihn und die Gehilfen, als handle es sich um so alltägliche Angelegenheiten, daß sie weder eine Frage noch einer Antwort wert seien.
Als er sich bei Perking nach dem Soldaten erkundigte, der ihn vergeblich gesucht und sich seitdem nicht wieder gemeldet hatte, vertieften sich die Fältchen in dem alten Gesicht. Es komme immer wieder vor, meinte er, daß sich der eine oder andere aus der Stadt an den Archivar zu wenden bemühe, der eine Sonderstellung einnehme, um einen Vorteil für seine Lage zu gewinnen. Es könne freilich dem Los des Betreffenden kaum Nutzen bringen, denn das Rad des allgemeinen Geschicks, in das jedermann verflochten sei, rolle, und kein noch so sehnsüchtiger Wunsch vermöge je, es zum Halt, geschweige zu einem Rücklauf zu bringen.
„Die lieblicheren Gefilde liegen hinter uns", mit diesen Worten schloß Perking und widmete sich seiner regelmäßigen Tätigkeit. Er stellte den interimistischen Bericht zusammen, der jeden dritten Tag an die Präfektur ging, um in knappen Stichworten das Ergebnis der verarbeiteten Archiveingänge zur Kenntnis zu bringen. Robert äußerte den Wunsch, einen Blick in die Aufstellung zu werfen.
„Alles", sagte Perking, „steht Ihren Augen offen; einen Kommentar zu geben, überschreitet meine Befugnisse. Die Tabelle ist noch nicht abgeschlossen."
Robert beugte sich über das Blatt, das auf dem Schreibtisch des Gehilfen im Licht einer hellen Lampe lag.
Er las folgendes:
„Totale der Konvolute: 7839. Davon Wiederkäuer, Lokal- und Temporär-Gebundenes, Konjunktur, Zeitkult: 7312. Ohne Karenz ausgemerzt: 7308. Zur Abschreckung vorgesehen: 4
Reines Prüfgebiet: 527, Blattzahl über 19000. Nach Segmenten:

Aufzeichnung	18
Tagebuch	23
Brief	64
Dichtung	19
Gedanke	402
Akten	1
	527 wie oben

Archivaufstellung: Überlieferung 19, Weisheit 5, Frömmigkeit 0, Klage 26, Schicksal 386, Wissen 79, Kult 12, Summa 527 wie oben.
Vorentscheid: Für kurze Phase: 508, für mittlere Phase: 9, für lange Phase: 6 – Verwahrung: 4, glorifiziert: 0. Summa 527 wie oben.
Ausgewechselt: 102. Verlöscht 984. Somit Zugang gleich 0, Schwund gleich minus 357."

Robert überlas die Zusammenstellung noch einmal nachdenklich und glaubte, ohne jede Einzelheit zu verstehen, daraus so viel zu entnehmen, daß nur ein Bruchteil der laufenden Archiveingänge einer Bewahrung für eine gewisse Dauer für würdig erklärt worden war. Er kehrte in sein Zimmer zurück, während Perking die Eintragungen über den chemischen Prozeß fortsetzte.

Nahmen die kurzen Unterhaltungen dem Archivar auch nicht die eigene Unruhe und die bohrenden Zweifel an seinem Amt und seinem Aufenthalt, so hoffte er dennoch, daß eine ständige Anwesenheit im Archiv allmählich dazu beitragen werde, sich in die gegebenen Verhältnisse einzugewöhnen und einen Schimmer von Vertrautheit mit ihnen zu gewinnen. Er hielt es jedoch für besser, sich zunächst nicht in die sichtende Tätigkeit der laufenden Ein- und Ausgänge des Bestandes zu mischen, hinter denen er plötzlich eine dunkle Beziehung zu den Bewohnern der Stadt witterte, sondern die Apparatur des Archivs, die ihm wie keinem zweiten zur Verfügung stand, für eigene wissenschaftliche Arbeiten zu nutzen.

Er begann sich wieder in ein Gebiet zu vertiefen, das ihn bei seinen früheren Studien der alten orientalischen Sprachen schon immer beschäftigt hatte, zu dem ihm aber ein genügend umfassendes Vergleichsmaterial gefehlt hatte: die Überlieferung nämlich mythischer Reste in Dichtung und Volksglauben. Er wußte, daß die alten Priester- und Königschroniken ihre Herkunft stets vom Ursprung der Welt und ihren Gottheiten herleiteten. Es schien darauf anzukommen, daß die Kette niemals abriß, und er suchte nach neuen Bestätigungen. Daß die abendländische Kultur ihre Wurzeln im asiatischen Bereich hatte, war ihm eine vertraute Vorstellung. Nun ergab sich, daß dieser Gedanke wie eine eingeborene Kraft in der bildhaften Vision vieler Dichter der späteren Zeiten immer wiederkehrte, als seien sie die Erben des Geistes und die Träger jener archaischen Welt. Dem Ursprung sich zu nähern, jenem Lebensdasein, wo der Mensch noch in Natur und Allkraft einbezogen bleibt, dies entsprach auch der inneren Situation, in der sich Robert gegenwärtig befand.

Zu allen Zeiten und in allen Zonen hatte es dem Anschein nach Menschen gegeben, die das Geheimnis von der Einheit aller bewegenden Kräfte bewahrten und die Flamme ihres Wissens über Jahrhunderte weiterreichten. Sie hatten nicht immer davon gesprochen und von dem, was sie aufzeichneten, kein Aufhebens gemacht. Sie mochten sich ihrer Aufgabe, ihrer Schickung nicht einmal bewußt gewesen sein, wie auch die großen Liebenden nicht wissen, daß sie nur da sind, damit sich die Liebe auf Erden erhält; oder auch die großen Gerechten zuweilen öffentlich, meistens im Verborgenen da sind, damit der Sinn der Gerechtigkeit nicht verlorengeht; und die großen Sterbenden, damit der Tod besteht.

Jene, die durch Wesen und Wirken das Feuer der Schöpfung lebendig erhielten und es weitergaben, sie, die großen Unbekannten, waren die Wächter der Welt. Ihr Geist hatte leibhaft Himmel und Hölle durchwandert, auch wenn sie stets in ihrer Klause zu sitzen schienen. Sie hatten mit den Göttern ihrer Ahnen getafelt und waren mit den Dämonen durch das Unwegsame geritten, und was ihr Blick beschwor, wurde Gegenwart für jedermann.

Robert las in alten Handschriften buddhistischer Klöster, die von ehemaligen Gehilfen des Archivs übertragen und vielfach kommentiert waren, er blätterte in Epen und Chroniken, die, ebenfalls durch die Hand gelehrter Gehilfen zusammengestellt, das Material der Mysten, der Künder und Sektierer in thematischer Verarbeitung enthielten. Er lernte den Wert der Kartothek schätzen, die sein Vorgänger mit pedantischer Mühe angelegt hatte, um Parallelstellen der Adeptenliteratur aufzufinden, Abwandlungen der Riten, Entstellungen durch Legendenbildung. Je mehr er sich in die Quellen vertiefte, desto entbehrlicher wurden ihm die spekulativen Darstellungen aus der Neuzeit, die spitzfindig analysierenden Bildungsschriften, deren er sich von früher her entsann, die aber im Archiv keinen bleibenden Platz gefunden hatten.

In den meisten Fällen ließ sich Robert den einen oder anderen Folianten durch einen der jungen Diener, die, in Pagenuniform gekleidet, für derartige Handreichungen zur Verfügung standen, in sein Arbeitszimmer schaffen. Manchmal begab er sich selbst in die Räume der unteren Stockwerke, um am Standort des Werks die entsprechende Stelle nachzuschlagen. Er hatte das Gefühl, daß die ehrwürdigen Gehilfen seine Anwesenheit wenn auch nicht als ihnen zugehörig empfanden, so doch mit Liebenswürdigkeit duldeten, und war im Lauf der Tage mit diesem und jenem in ein kurzes Gespräch geraten.

Vor allem waren es die seltenen Begegnungen mit dem Meister Magus, wie er allgemein genannt wurde, die ihn bewegten. Er sei, so sagte man, unter den Gehilfen der älteste, wohl nicht den Jahren nach, die hier ungezählt blieben, sondern wegen der längsten Dauer der Tätigkeit im Archiv. Der Schatz seines Wissens und seiner Erfahrenheit war unerschöpflich, sein Rat, den man in schwierigen Fällen einholte, ausschlaggebend. In seinem Wesen, das allem Pomp abhold war, glich er am ehesten einem indischen Heiligen, einem erwählten Guru. Seinen eigentlichen Namen vermochte Robert nicht zu erfahren, es schien deren mehrere zu geben. Von Perking wurde er mit Li Han bezeichnet, von anderen mit Gwelean und Nomensis, als verkörperten sich verschiedene Personen in der einen Gestalt des Meisters Magus. Er war der Siegelbewahrer des Archivs, dem die geheimen Protokolle anvertraut waren. Man sah ihn kaum außerhalb des tiefsten der unterirdischen Stockwerke, dessen Stollen in den Fels der Erde getrieben waren. Wie die übrigen Gehilfen verließ er niemals den Komplex des Archivs.

Schon bei seiner ersten Begegnung war Robert das weiße Haarbüschel aufgefallen, das wie eine gedrehte Locke über der emporsteigenden Stirn stand. Die pergamentfarbene Haut des Gesichts verlieh seinem Aussehen weniger den Eindruck des Alters als den eines zeitentrückten Bestandes. Immer blieben seine kleinen Äuglein, klug wie die eines Elefanten, auf einen unsichtbaren Punkt in die Ferne gerichtet. Nur wenn er sprach, sammelten sie sich kurz im Auge seines Gegenübers, um dann wie Zisternen offen zu liegen, in die der Blick des anderen eingesogen wurde. Sein

Gedächtnis, so hieß es, bewahre alles, was er einmal mit den Sinnen des Geistes aufgenommen habe. Er hielt die Erinnerung für die lebenderhaltende Kraft der Menschen und Planeten.
In einem Gespräch, das der uralte Mentor einmal mit Robert führte, redete er von den erdbewegenden Kräften der Dämonen. Er berichtete, wobei er wie einer sprach, der einst Zeuge der Vorgänge gewesen war, daß die Dämonen lange Epochen der Erdzeit hindurch sich der Elemente selber bedient hätten, um durch Zerstörung die Form des Lebens zu bestimmen. Naturkatastrophen, Erd- und Seebeben wurden von ihren Gewalten hervorgerufen, Inseln, die Kontinenten glichen, ließen sie auftauchen und versinken, Wirtschaft und Reiche verwandelten sie in einem Nu in Asche und Wüsteneien. Später bedienten sich die Dämonen der Luftgeister, die über alle Ländergrenzen hin die Bazillen der fressenden Seuchen trugen: die Pest, den Aussatz, die Cholera, das Fleckfieber. Als die Menschen, die sich mehr und mehr zum Maß des Planeten machten, der Epidemien Herr zu werden begannen, träufelten die Geister der Dämonen das Gift unmittelbar in die Gehirne, so daß der Verstand sich übermäßig regte und alle Geheimnisse aufzuklären vermeinte. Sie suchten die Gesetze der Natur zu überlisten, stellten künstlich und synthetisch her, woran es organisch mangelte, erfanden Maschinen und vervollkommneten die Technik. So trächtig schwärmten die Gedanken, daß sich die Menschen einbildeten, in der überstürzten Spanne von Jahrzehnten die Entwicklung eines Äons zu bewältigen. Wie das Dämonengift sie steigerte zu Rekord, Leistung, Tempo! Wie sie die Natur besiegten, um Sklaven der Technik zu werden!
In immer neuen Visionen beschwor der Meister Magus die Bilder des Wahns. Kaum hatte sich der jahrtausendealte Traum der Menschheit erfüllt, aufzusteigen in den Raum der Luft, zu schweben, zu fliegen, da benutzten sie diese neuen Maschinen nur dazu, um alle Errungenschaften ihrer Vergangenheit sich aus der Luft gegenseitig zu vernichten. Als habe Indra, dessen Grausamkeit im Zerstören die dämonischen Kräfte übertrifft, es ihnen eingegeben, stiegen sie auf die Schwarmboten des Todes, um in hundertfach stärkerem Ausmaß als je zuvor in männermordenden Kriegen die

Hallen und Häuser der großen Städte niederzulegen, mit Wurf und Hieb der Apokalypse.
Der Trieb zur Ausrottung mochte sich zu allen Zeiten an Gewalt entsprochen haben – monologisierte der Uralte –, aber daß die Menschen hierzu ihre Erfindungen und Konstruktionen einsetzten, berühre ihn absonderlich. So weit also habe das tödliche Gift des Verstandes, der sich von der Weltvernunft losgelöst und in seiner Logik selbstherrlich gemacht hatte, den gesunden Geist der Menschen bereits zersetzt und zerfressen. Ihr übersteigertes Bewußtsein, ihre Hybris holte das mechanische Räderwerk der Unterwelt schon auf die Ebene ihres Lebens herauf. Trotz und Unverstand nahmen das Reich des Todes vorweg, Werkzeuge nur noch, Entseelte, Gottverlassene, Bazillenträger, Atomzertrümmerer. Kläglich Besessene, letzte Ausläufer vor zwei Jahrtausenden abendländischer Kultur.
Das Auge des Meisters Magus schimmerte stumpf wie ein Kratersee. Seine Stimme war noch leiser, noch jenseitiger geworden. Zuletzt formten die Lippen fast Unhörbares.
„In den Abgrund“, meinte Robert zu verstehen, „über die Brücke“, und zum Schluß, wie ein Hauchen, „das Gesetz“.
Die Erde schien ausgelöscht.
Einer der jungen Bedienten in Pagenuniform hatte Robert einen Zettel gebracht, der ihn in das obere Torzimmer rief. Der Besucher, der auf ihn wartete, war Katell.
Nur mühsam, als werde er von der Vision, die der greise Mentor beschworen hatte, noch mit allen Sinnen festgehalten, ging Robert rückwärts schreitend den Weg bis zum Treppenaufgang. Die Weltöde, wie sie die Worte des alten Erklärers vor ihm aufgerichtet hatten, tastete ihn leibhaft an, während er die sich drehende Treppe hinaufstieg, die kein Ende zu nehmen schien und wie eine Spirale ins Leere führte. Ein wenig taumelig gelangte er in sein Arbeitszimmer, dessen Maße ihn plötzlich beengten. So verstrich eine Weile, ohne daß er sich der Unhöflichkeit bewußt wurde, den Maler in dem Vorraum warten zu lassen, wo man ihm einen Hocker angewiesen hatte. Könnte es nicht Uruk, die sagenhafte Stadt, sein, in der er sich befand, war es nicht Engidu, der mahnend an die Pforte pochte?
Als Katell in das Zimmer des Archivars trat, saß dieser an seinem Schreibtisch, die Stirn in die linke Hand gestützt.

„Du bist beschäftigt –", sagte der Maler mit einer leichten Enttäuschung, die sich hinter einem halben Frageton verbarg.
„Nein", erwiderte Robert und begrüßte ihn abwesend, „du bist mir willkommen."
„Ich störe dich, Freund Torschreiber", sagte Katell erneut.
Robert bat ihn Platz zu nehmen. Die Geste der Hand wirkte förmlich.
Katell setzte sich, wobei er lässig das linke Bein über das rechte schlug. Ruhelos wanderten seine Augen an den hohen Regalen entlang, glitten über die schweinsledernen und pergamentgrauen Rücken der Folianten, über die aufgeschlagenen Bücher auf den Tischen, witterten den Staub in der Luft. Zuweilen streifte ein wägender Blick den Archivar, der jetzt, die Hände über dem Kopf verschränkt, sich im Schreibtischsessel zurücklehnte. Dort saß er, der Eindringling in die geheimnisvollen Bereiche des Archivs, die der eingesessenen Bevölkerung verschlossen blieben. Dort thronte er wie ein fremder Gesandter in einer ahnungslosen Sicherheit, unberührt von Störungen und frei von verhängnisvollen Gewalten, denen er, Katell, wie alle Schicksalsgenossen ausgesetzt war. Durch eins der tiefgeschlitzten Fenster drang ein schräger Sonnenstrahl, der sich allmählich zwischen die beiden Männer schob.
„Für dich", meinte der Maler, „läßt sich hier gewiß gut arbeiten."
Es wollte aber kein rechtes Gespräch aufkommen. Robert gewann den Eindruck, daß den Freund ein bestimmtes Anliegen bedrängte, er sich aber vor einer unmittelbaren Frage scheute. Die Umgebung des Archivs schien den Maler unsicher zu machen. Der melancholische Zug in seinen Augen verriet zuweilen etwas von jener Urangst, die aus dem Blick einer gehetzten Tierkreatur schreit. Seine Bewegungen wirkten fahrig, seine Sätze unmutig herausgeschleudert. Wenn er auf das Archiv zu sprechen kam, auf die Sicherheit der Gewölbe, in denen sich das Leben schlackenlos verwahrte, ohne der Gefährdung durch die Täglichkeit ausgesetzt zu sein, glaubte Robert den Ton seines Vorwurfs herauszuhören. Als der Maler auf den großen Bericht anspielte, dem Robert wohl während eines hiesigen Aufent-

haltes seine ganze Aufmerksamkeit schenken werde, sah der Archivar erstaunt auf. Es müsse großartig sein, meinte Katell, an der Chronik der Menschheit mitzuarbeiten. Ehe Robert etwas zu erwidern vermochte, erblickte er im Türrahmen hinter dem Maler das würdige Gesicht des alten Gehilfen Perking, das für einen Augenblick auftauchte und wieder entschwand. Robert ging mit einem gleichgültigen Wort über Katells Bemerkung hin, obwohl sie sein Inneres stark aufwühlte. Unwillkürlich legte er seine Hände auf den Band unbeschriebenen Papiers, der noch seiner Eintragungen harrte.

Um das stockende Gespräch wieder aufzunehmen, erkundigte er sich bei dem Maler nach dem Stande seiner Arbeit.

„Je nun", meinte Katell mit einer wegwerfenden Handbewegung. „Siehst du", sagte er nach einer Weile, „was hat es für einen Sinn, Bilder zu malen ohne kultische Aufgabe? Nur, damit vielleicht spätere Generationen in meinen Gefühlen spazierengehen?" Er sei herzlich froh, daß die Frist in dem komischen Narrenhaus zu Ende wäre, das sich Menschenwelt nenne.

Katell wippte, während er redete, unaufhörlich mit dem übergeschlagenen Bein auf und ab.

„Du hast", rief er, „einen Auftrag. Was du schreibst, dient nicht einer Kunst, die nur um des Schönen oder um des Selbstgefälligen willen besteht, sondern es ist ein Rechenschaftsbericht über das Gültige für die Überlebenden. So wenigstens stelle ich mir dein Amt vor."

Wieder, als er auf die Chronik des Archivars anspielte, zeigte sich das stumme Bild Perkings im Türrahmen. Robert wußte nicht recht, ob er es als eine Warnung auffassen sollte, mit jemandem, der nicht zum Archiv gehörte, eine Unterhaltung über diesen Gegenstand zu führen, oder als eine Mahnung, sich auf seine eigentliche Aufgabe zu besinnen. So blickte er schweigend ins Leere. Die Welt um ihn versank in Schlaf, und die schmerzlich bitteren Ausbrüche des Freundes gingen ebenso wie seine neugierig lauernden Fragen gleich einem leeren Schall an Roberts Ohr vorüber.

Erst nachdem Katell unvermittelt aufgebrochen war, erinnerte er sich an das veränderte Aussehen des Freundes.

Dem Aufgeregten seines Wesens entsprechend, hatte seine Haut einen phosphoreszierenden Glanz bekommen. Beim Abschied, als ihm der Maler beide Hände entgegenstreckte, hatte er, wie Robert erst jetzt deutlich wurde, sich scheu danach erkundigt, ob sich noch Papiere von ihm im Archiv befänden. Da Robert nicht geantwortet hatte, war von dem Maler das Wort gefallen: „Ich verstehe: Dienstgeheimnis! Du hast ein Amtssiegel auf den Lippen." Dann war er mit einem Lächeln, das kaum verzerrt wirkte, gegangen, wobei sein linkes Bein stärker nachschleifte als unlängst.
Bald nach Katells Besuch hatte der Archivar Anweisung gegeben, daß die verschiedenen Bücher und Schriften, soweit sie sich auf die Werke der alten Mythen erstreckten, durch den Pagen aus seinem Zimmer in die unterirdischen Stockwerke zurückgebracht würden. Er besprach sich mit Perking, den er bat, ihm regelmäßig Einblick in die neu eingehenden Schriftstücke zu ermöglichen, soweit sie, der jeweiligen für die Präfektur bestimmten Dreitagesliste entsprechend, einer kürzeren oder längeren Bewahrungsdauer im Archiv für wert erachtet wurden. Natürlich sei es ihm nicht möglich, bei der hohen Zahl der zuweilen umfangreichen Konvolute, die zudem noch in den verschiedensten Sprachen Europas und Asiens abgefaßt waren, sich auch nur mit einem ungefähren Teil so zu beschäftigen, wie es zweifellos jede einzelne Arbeit verdiene. Vielleicht sei es aber, angesichts des vorzüglichen Apparats, den das Archiv in Gang und Bestand darstellte, unschwer möglich, einen Weg zu finden, der ihm in zu verabredenden Stichworten diejenigen Dokumente kenntlich mache, die ihm, dem Archivar, Aufschluß über das Schicksalwaltende des Archivs gäben. Wenn er sich recht an die Tabelle erinnere, die Perking kürzlich für die Präfektur zusammengestellt habe, so sei der Abschnitt mit der größten Zahl der Papiere mti dem Ordnungsbegriff „Schicksal" bezeichnet gewesen.
Der alte Perking hatte stehend zugehört. In der Haltung etwa eines freundlich aufmerksamen Kellners, der die komplizierten Wünsche eines essens- und trinkverständigen Gastes entgegennimmt und nur hin und wieder durch ein unmerkliches Zucken der Braue die eine und andere Korrektur in der Ausführung als erwägenswert andeutet. Auf

die Frage, wo die vorübergehend aufgenommenen Faszikel jüngster Zeit registriert seien, hatte der Gehilfe den Archivar gebeten, nichts zu überstürzen und sich über den Verbleib dieser Stücke, besonders falls sich ein persönliches Interesse damit verknüpfe, erst zu orientieren, sobald er sich durch weitere Einarbeit ein umfassenderes Bild vom Archiv und von der Stadt verschafft habe.

Robert war über diesen Hinweis des wissenden Gehilfen überrascht, weil er nichts anderes bezweckt hatte, als sich unauffällig davon in Kenntnis zu setzen, ob und welche Dokumente von Katell, etwa auch von Anna im Archiv vorlagen. Er hatte sogar mit dem Gedanken gespielt, heimlich einmal seinen eigenen Arbeiten nachzuforschen.

Noch am Abend grübelte er den Worten nach, mit denen Katell auf den Bericht, auf die Führung der Chronik hingewiesen hatte. Statt damit zu beginnen, hatte er sich im Archiv einen ungestörten Arbeitsplatz eingerichtet, um sich auf eigensüchtige Studien seines ehemaligen Wissensgebietes einzulassen, Studien, deren abseitige Gelehrsamkeit niemanden in der Stadt etwas anging, weder die Präfektur noch die Bevölkerung. Vielleicht würde einmal das Ergebnis daraus für einen geringen Kreis von Zünftlern interessant sein – aber diese Beschäftigung stand in keiner echten Beziehung zu dem unmittelbaren Geschehen der Wirklichkeit. Vom Gewölbe des Archivs geschützt, hatte er sich auf eine Beschäftigung zurückgezogen, die vermutlich nicht im Sinne seiner Auftraggeber lag, als sie ihm das Amt des Archivars zuerkannten. Zwar hatte er sich eine Zeitlang jeden Gedanken an die Geliebte verboten, war kaum noch in die Stadt gegangen, aber es stellte sich als Trugschluß heraus, auf diese Weise seiner wahren Pflicht auf die Spur zu kommen. Nach den verwirrenden Bildern, den bestürzenden Begegnungen mit Anna und seinem Vater, die ihn nach seiner Ankunft in Atem gehalten hatten, war er in eine elfenbeinerne Abgeschiedenheit getaucht, als ginge ihn das Rätsel der Gegenwart nichts an. Nun hatte ihm Freund Katell zu verstehen gegeben, daß der Ansatzpunkt seiner Tätigkeit, seines Hierseins falsch gewählt war. So wurden nun die alten Schriftwerke, in die er sich vergraben hatte, wieder verbannt und die Exzerpte einstweilen in den Schreibtisch abgelegt.

In der Absicht, eine grundlegende Änderung seiner Arbeits- und Tageseinteilung zu treffen, hatte er Perking jenen Entschluß kundgetan, sich in den täglichen Lauf des Archivs stärker einzuschalten, teilzunehmen an Wahl und Bedeutung jener frischen Papiere, die mit dem menschlichen Schicksalsgang in enger Beziehung standen. Aber nicht allein hierdurch versprach er sich eine Förderung seines Aufenthaltes. Um dem Zauber zu entgehen, sich durch den Umgang mit alten Schriften in eine gewesene Welt zu versenken, wollte er sich den treibenden Ereignissen, wie sie sich im Stadtbezirk abspielten, so unmittelbar zuwenden, wie es sich bis zu jenem Augenblick ergeben hatte, als er Anna zum erstenmal traf. So erregend und sinnfindend für ihn jene Stunden gewesen waren, als er gemeinsam mit ihr durch die fremden Straßen gelaufen und über den Brunnenplatz gegangen war, wo das Seltsame auf eine natürliche Weise durch sich selber gesprochen hatte, so verwirrend hatte sich die Unterhaltung ausgewirkt, deren Zeuge er in Annas Erbhaus geworden war. Sie hatte ihn, vielleicht weil sie zu sehr der Deutung und Verdeutlichung einer gelebten und damit vergangenen Zeit diente, aus jener Bahn gerissen, die durch Bild und anschauliche Geste bleibender bestimmt wurde.

Die Schwierigkeiten, die seine Beziehungen zu Anna ein Leben lang bedroht hatten, waren, wenn er recht begriff, jetzt weggeräumt, nichts stand im Wege, mit ihr zusammenzuziehen. Dennoch hatte er sich seit jenem Tage in eine etwas künstliche Archivarbeit gestürzt, ohne Anna zu entbehren. Kam die Begegnung, kam die Möglichkeit der Umarmung zu spät? Aber es bedurfte nur der Vorstellung, daß Anna, die so mühsam und auf irgendeine Weise so endgültig Gefundene, diesen Ort verlassen und, wenn auch nicht zu Mertens zurückkehren, so doch ins Unbekannte von hier fortreisen könnte, um seine Empfindung und sein Verlangen wieder wachzurufen. Die Abende sollten künftig ihnen gehören, vielleicht auch der eine oder andere Gang durch die Stadt und ihre Reviere, die zu erkunden und zu erforschen er neben seinen Archivstunden sich fortan als die weitere regelmäßige Aufgabe stellte. Es galt, während seines Aufenthalts, dessen Dauer seine vorgesetzte Dienstbehörde bemaß, so bald wie möglich das Gesetzmäßige zu

erkennen, das sich in den Zeichen der Stadt und den Äußerungen ihrer Bewohner offenbarte. Er mußte dem Geheimnis auf die Spur kommen, das ihn auf Schritt und Tritt überfallen hatte und von neuem überfiel. Dies glaubte er nicht nur dem Ruf, der ihn hierher geholt hatte, schuldig zu sein, sondern auch sich selbst und seiner Bestimmung.
Schon an einem der nächsten Nachmittage entschloß sich Robert zu einem Gang durch die Stadt. Er hatte sich das stets fleischlose Mittagsmahl wieder vom Gasthof durch einen Pagen holen lassen, der sich ihm durch kleine Besorgungen schon häufiger gefällig erwiesen hatte. Leonhard, wie er im Archiv gerufen wurde, erinnerte ihn von ferne an das Jugendbild eines Mitschülers, der mit siebzehn Jahren während der Ferien im Meer ertrunken war. Das Unbestimmte seines Todes hatte damals die Gemüter der jungen Menschen lange in Erregung gehalten. Niemand wußte genau, ob er, der unter der ungerechten Behandlung eines Lehrers oft leiden mußte, freiwillig oder durch einen Unfall aus dem Leben geschieden war. Damals war viel darüber hin und her gesprochen worden: ob er bei dem nächtlichen Baden, seine Kräfte überschätzend, zu weit hinausgeschwommen war, ob ein Sog ihn ergriffen oder ein panischer Schrecken ihn gelähmt hatte. Robert, der im Laufe der Jahre das Bild dieses früheren Schulkameraden nur undeutlich im Gedächtnis trug, fühlte sich erst bei Leonhards ähnlicher Erscheinung an die alten Vorgänge erinnert und hatte ein sympathisches Zutrauen zu dem jungen Pagen gefaßt.
Es entsprach einer allgemeinen Regel, daß die Bedienten niemals ein Wort an die Gehilfen, gar an den Vorsteher des Archivs richteten, ja es schien ein Gebot zu sein, daß sie sich durch Schweigen die Berechtigung zu ihrer tätigen Anwesenheit in den Archivräumen erwirkten, die eine Auszeichnung und Bevorzugung für die Betreffenden bedeutete. Auch heute, als Robert dem jungen Menschen für die Freundlichkeit des Essenholens gedankt und noch ein paar Worte, wie es ihm hier behage, angeknüpft hatte, war Leonhard still geblieben und hatte Dank und Gruß des Archivars, die sich in einem Aufstrahlen der Augen und flüchtigen Erröten der Wangen widerspiegelten, nur mit einem stummen, fast verlegenen Verneigen beantwortet. Erst im

späteren Umgang, als Leonhard dem Archivar und Chronisten immer mehr zur persönlichen Verfügung stand, lokkerte sich das steife Verhältnis. Robert hatte ihm noch freundlich nachgeblickt, bevor er sich selbst auf den Weg machte.

Eine laute Hitze schlug ihm, nachdem er das Torgebäude verlassen hatte, aus Straßen und Winkeln entgegen. Er schlug eine Richtung ein, die ihn weder zum Brunnenplatz und der vorgelagerten Erbsiedlung noch zur Präfektur, sondern in unbekannte Bezirke führen sollte. Er wünschte sich zunächst der oberen Stadt in einem größeren Umkreis zu vergewissern, ehe er in dem Katakombenbereich auf Entdeckungsfahrt ging. Des Anblicks der Oberstadt durch die Anwesenheit in den abgeschlossenen Räumen des Archivs seit längerem entwöhnt, nahm er die ausgedörrten Straßenzeilen mit ihren Häuserruinen nicht ohne Widerwillen auf, obwohl sie sich kaum von denen unterschieden, die er nach seiner Ankunft wahrgenommen hatte. Es atmete etwas Böses aus den entblößten Steinbauten, deren Fassadenreste gespenstig gegen das stechende Blau des Himmels standen. Von der Unberührtheit dieses Himmels, den Robert, solange er nun hier war, noch niemals mit Wolken belegt gesehen hatte, ging eine Gewalt der Klarheit aus, die grausam war, weil sie mit nichts auf Erden in einer Verbindung stand. In dem Hohlgewölbe der Luft bildete die Sonne ein zackiges Feuerloch, das in seiner Weltentleertheit dem unmenschlichen Auge in der Portalwand der Kathedrale glich. So war es nicht die Hitze allein, die den Atem benahm und die Sinne schlaff und zugleich überreizt machte, sondern die Einförmigkeit des gleichgültig strahlenden Lichtes über einer vernichteten Welt. Vermutlich trug dieser Umstand auch dazu bei, daß die Mehrzahl der Bevölkerung, wie er feststellte, im allgemeinen die Wege der Oberstadt mied und sich in dem unterirdisch angelegten Gassennetz bewegte.

Robert war allmählich in eine Gegend gelangt, die dem Grenzstrom ferner lag und wo sich die Ausmaße der Zerstörung stärker als an anderen Stellen zeigten. Die Frontseiten der Gebäude waren halb und ganz weggerissen, so daß die verschmutzten Wände der Innengeschosse offen lagen und der Blick tief in die Öde der rückwärtigen Flügel eindrang. An den zerrissenen Rändern der großen Steinwunden, die in dem Licht scharf aufglänzten, hatte sich bisweilen Moosschorf und staubweißes Mauerkraut angesiedelt, während Schutt und Splitterwerk ineinander verbacken, unten in sorgsamen Haufen aufgeschichtet lagen. Je weiter Robert durch die mehr und mehr verengten Straßen vordrang, desto formentstellter wurde das Bild, das sich darbot. Als er einmal die Augen schloß, hatte er die Vision einer aus Steinbaukästen errichteten Spielzeugwelt, über die ein Riesenkind mit täppischen, zornigen Füßen einhergestampft war.

Die wenigen Fußgänger, denen Robert in diesen Trümmerstraßen begegnete, strichen teilnahmslos vorüber, als spürten sie das Trostlose der Umgebung nicht mehr. Zuweilen entdeckte er in einiger Entfernung Gruppen von zehn bis zwanzig Arbeitern und Arbeiterinnen, die wohl von ihrer Werkschicht kommend sich auf dem Heimweg befanden. Jedesmal, wenn er sich ihnen näherte, stiegen sie in den Kellereinlaß von einem der Gebäude ein, der vermutlich mit den Katakomben in Verbindung stand.

Andere konnte man in den zusammengestürzten Wohnstätten, die ihres Zweckes entkleidet waren, dabei beobachten, wie sie nach Resten von verschüttetem Hausrat suchten, dort ein Stückchen Blech oder Draht aus den Scherben aufklaubten, hier etwas Splitterholz in die umgehängten Taschen sammelten, die wie Botanisierbüchsen aussahen. Sie stökerten herum wie schüchterne Schatzgräber und machten einen erschöpften Eindruck. Wenn sie sich vom Blick eines Fremden, wie es Robert war, ertappt fühlten, taten sie so, als ob sie sich die Zeit spielerisch vertrieben, um nicht in den Verdacht zu geraten, für Fledderer gehalten zu werden. Sie schauten dann kindlich in die Luft, klopften sich interessiert die Kleidung ab oder putzten sich, wenn sie nicht barfuß gingen, mit einem Grasbüschel den Kalkstaub von den Schuhen. Als sich Robert abwandte und weiterschlenderte, flogen ihm ein paar Steine nach, die ihn aber nicht trafen. Er sah sich um, doch die Leute wühlten schon wieder in den Trümmern.

Mitunter lehnte aus der Fensterhöhlung eines toten Hauses ein Gesicht, das auf die Straßenfläche herabspähte, als zähle es die Vorübergehenden nach dieser und jener Richtung oder als lausche es auf die Stille, der auch für Robert etwas Beängstigendes innewohnte. Da er von dem eingeschlagenen Wege wiederholt in die eine und andere Nebengasse abgebogen war, hatte er die Orientierung dafür verloren, ob er sich noch innerhalb des ausgedehnten Stadtkomplexes befand und wohin er sich wenden sollte, um allmählich in die Nähe von Gasthof und Archiv zu gelangen. Den ursprünglichen Plan, den Rand der Stadtgrenze zu erreichen, mußte er aufgeben, weil die Sonne schon aus geneigter Schräge ihre Strahlen schickte, so daß die Schatten sich zu längen begannen.

Während er überlegend an einer Straßenkreuzung verweilte, drang ein Geräusch von vielen in der Ferne schwirrenden Stimmen an sein Ohr. Er ging dem Lärm nach, der sich bald verstärkte und dessen trotziges Brausen die Vorstellung von dem lebhaften Treiben eines Wochenmarktes deutlich werden ließ. Hell ausgestoßene Rufe wurden von auf- und abschwellendem Gesumm einer dunklen Masse begleitet. Die holprige Straße, auf der Robert schnell voranschritt, senkte sich in einem schwachen Bogen mehr und mehr hinab, das dumpfe Brausen des vielfältigen Stimmgewirrs nahm zu, und als der abschüssige Weg nach einer letzten Biegung den Blick freigab, überblickte er einen länglichen Steinplatz, auf dessen Seitenfläche eine Menge Volks, zu kleinen und größeren Gruppen verdichtet, gestikulierend hin und her schob. Auf den Platz, der in einem Kessel des Geländes lag, mündeten strahlenförmig von allen Seiten hinabführende Straßen. Eine Reihe von Magazinen und flachen Kaufhallen, die im unteren Geschoß kaum Spuren der Zerstörung aufwiesen, umsäumte die Arena. Während Robert von seinem erhöhten Standpunkt aus das Getriebe betrachtete, entdeckte er, daß es lediglich Männer waren, die den Platz bevölkerten.

In zahllosen Haufen standen sie beisammen, aufgeregt redend und wie im Streit begriffen, bis sich einzelne plötzlich entfernten und bei anderen Gruppen Anschluß und neue Händel suchten. Um den Sinn der Vorgänge zu erforschen, ging er das letzte Stück der Straße hinunter und hielt sich, nachdem er den Platz erreicht hatte, zunächst am Rande des Ovals, das er langsam zu umschreiten begann. Vor den Fassaden der dachlosen Kaufhallen erstreckte sich ein stei-

nerner Laubengang, in dessen fortlaufenden Spitzbögen sich fliegende Händler eingerichtet hatten, die auf roh gezimmerten Ständen ihre Waren feilhielten. Es waren zumeist Gegenstände des täglichen Bedarfs, gebrauchte, altmodisch anmutende Sachen, die in spärlicher Auswahl zur Schau standen. Hier waren ein paar Jacken und Hosen ausgebreitet, Gürtel mit silbernen Schließen, Krawatten und bunte Tücher, dort hatten sich Schuhe und Stiefel aller Art angesammelt, die sich in einem häufig recht fragwürdigen Zustand befanden. An anderen Stellen hingen faltige Anzüge in verschiedenen Größen an Bügeln, Trachtenkittel und bäuerliche Wämse vergangener Moden, dazwischen lagen gestopfte Strümpfe, Socken, Hemden, Hüte und Netze in krauser Willkür feil. So boten sich vorwiegend Sachen an, die der Männerkleidung dienten, auch Wander- und Knotenstücke gesellten sich hinzu, und nur zuweilen enthielt einer der Trödlerstände Wäsche und Kleidungsstücke, die für Frauen bestimmt waren. Hierbei handelte es sich immer nur um Tand und billigen Putz. Jeder der Händler hockte – seltsam genug anzuschauen – auf einem erhöhten Faß hinter einem Stand und beobachtete aus kleinen Schlitzen der zusammengekniffenen Augen argwöhnisch seinen Bereich. Doch drängte sich vor den Warenständen niemand, nur hin und wieder blieb ein Vorübergehender vor einer Tischauslage stehen, betrachtete eine Weile die Gegenstände und wanderte weiter. Niemals aber schien jemand darum bemüht, etwas einzukaufen.
Um sich zu vergewissern, ob die Sachen käuflich oder nur leeres Schaugepränge waren, trat er schließlich selbst an einen Stand und wies mit dem Finger auf einen alten Spitzenschal, den er Anna mitzubringen gedachte. Der Trödler, der ein gelbbraunes Gesicht hatte, beugte sich nur wenig von seinem hohen Sitz auf dem Faß vor, ergriff einen langen, gekrümmten Stab, wie ihn Hirten benutzen, und tippte damit, nachdem er Roberts Äußeres rasch gemustert hatte, auf den Füllfederhalter, dessen Spitze aus Roberts oberster Jakkentasche hervorragte. Er wollte durch diese Geste zweifellos die Möglickeit bezeichnen, das Spitzentuch gegen den Füllfederhalter zu tauschen. Als Robert den Kopf schüttelte und zu verstehen gab, daß er das Tuch zu erwerben wünschte, zuckte der Trödler die Achseln und fiel in seine

lethargische Haltung zurück. Robert hatte indessen den Kaufschein hervorgesucht, den er bei seiner Vorstellung auf der Präfektur von dem Sekretär erhalten hatte, und reichte ihn nachlässig über den Tisch. Der Trödler, der zunächst gleichgültig über das gestempelte Papier hingeschielt hatte, schien plötzlich zu begreifen, was es damit für eine Bewandtnis hätte. Er sprang von seinem Sitz, nickte beifällig und ließ grunzend erkennen, daß nicht nur das Spitzentuch, sondern auch andere Sachen dem Herrn zur Verfügung ständen, je mehr, desto besser. Während Robert sich auf dem Brettertisch umsah, ohne etwas Rechtes zu entdecken, das sich des Erwerbes lohnte, waren die Trödler der anliegenden Stände auf den Vorgang aufmerksam geworden. Auch sie hatten sich von ihren steifen Sitzen erhoben und winkten, sich Robert nähernd, ihn heran, um ihn zur Besichtigung ihrer Waren einzuladen. Schon sah er sich von einer Händlerschar umringt, die in lebhaftem Kauderwelsch auf ihn einschwatzte und aus allerlei Verstecken der Gewänder ihm bunte Glas- und Korallenketten, Glücksamulette und billigen Schmuck anbot.

„Präfekturschein ist gut", hörte er sie untereinander in verschiedenen Sprachen reden und vermochte sich ihrer Zudringlichkeit kaum zu erwehren. Mit Mühe gelang es ihm, sich das Spitzentuch zu sichern, wofür der Trödler einen bestimmten Abschnitt der amtlichen Kaufkarte herauslöste und wie eine fette Beute barg. Dann wurde Robert zu den nächsten Ständen abgedrängt, wo er schließlich gegen einen weiteren Abschnitt seiner Kaufkarte einen kräftigen Wanderstock erwarb. Mit ihm bahnte er sich einen Weg durch die Trödlergruppen, die ihn wie Kletten festzuhalten suchten und mit ihren Angeboten behelligten. Als er sich schließlich von den Kaufständen des Laubenganges entfernt hatte und auf den freien Platz getreten war, wagten die Trödler nicht, ihm dorthin zu folgen, sie schienen an den Saum des Ovals gebannt. Dort standen sie eine Weile mit ausgestreckten Armen und verlangenden Händen, bis sie allmählich in den leeren Raum ihrer Stände zurückkehrten. Bald saßen sie wieder wie ehedem auf den erhöhten Fässern hinter den Tischen, deren Waren aus der Entfernung wirkten, als wären sie gemalt. Robert wandte sich von der Kulisse des Platzes ab.

Die Menge, die über das steinerne Feld wogte, war so mit sich selbst beschäftigt, daß sie sich um die Vorgänge am Randstreifen nicht kümmerte. Robert mischte sich unauffällig unter die Männer, deren verhaltene Erregung sich auf ihn übertrug. Er gesellte sich einem Haufen zu, der sich halbkreisförmig um zwei Männer scharte, einen jüngeren mit abstehenden Ohren und einen älteren mit stumpfer Nase. Der Jüngere hatte sich seiner Joppe entledigt, die der Ältere auf die Qualität des Stoffes hin befühlte. In sein Zögern hinein pries der Jüngere die Vorzüge des Stücks, wies auf das wärmende Futter, in das Flicken eingenäht waren, sowie auf die Hirschhornknöpfe hin und widerlegte die Bedenken des Älteren mit einem Schwall von Worten. Dieser, ein Paar hohe Schaftstiefel aus derbem Leder in der Hand, stand mit bloßen Füßen da, um die Fußlappen gewickelt waren, und zeigte keine Neigung, auf das Angebot des Jüngeren einzugehen.
Ein Teil der Umstehenden nahm johlend für den Mann mit der Joppe, ein anderer für den mit den Stiefeln Partei, wodurch das Tauschgeschäft, um das es den beiden zweifellos ging, nur noch verwirrter wurde. Dieser redete zu, jener riet ab, und es schien darauf anzukommen, daß jeder den anderen bei der Sache übervorteilen zu müssen glaubte. Zeigte der Stumpfnasige auf ein Loch im Ellenbogen der Joppe, so machte der Mann mit den abstehenden Ohren sogleich auf eine schadhafte Stelle in der Stiefelsohle aufmerksam, bis sie sich unter lautem Geschrei allmählich einigten, daß Fehler und Vorzüge der Sachen einander aufhöben. Immerhin war dem Jüngeren so sehr an den Schaftstiefeln gelegen, daß er sich unter dem triumphierenden Johlen der Gegenpartei dazu bequemte, noch einen breiten Gürtel, den er um die Hüften geschlungen hatte, seinem Tauschgebot hinzuzufügen.
„Topp“, rief der Ältere, „es gilt!“ – „Topp!“ rief bekräftigend der Chor der Umstehenden, während die Stiefel mit Joppe und Gürtel ihre Besitzer wechselten. Als die Anhänger der beiden jeden zu dem vorteilhaft gelungenen Tausch beglückwünschten, wehte das Gesumme wie ein aufgescheuchter Bienenschwarm über den Platz. Die beiden Männer hatten sich schon getrennt und strebten anderen Gruppen zu, während die Zuschauer das Ereignis noch

lange miteinander beschwatzten. Robert war dem Mann gefolgt, der hemdärmlig mit dem Stiefelpaar einherging, das er eitel in den Händen schwenkte, um eindringlich darauf hinzuweisen. Bald bildete sich ein Ring von Leuten um ihn, die ihm neue Tauschangebote machten. So hielt einer eine Mütze aus Lammfell und ein Paar Lederhandschuhe bereit, ein anderer gab zu verstehen, daß er seine bunt gestickten Hosen opfern würde, ein dritter schlug Hemd und Seidenkrawatte, ein vierter einen Mantel von auffallender Farbe vor. Während der Mann mit den Stiefeln die einzelnen Gegenstände musterte, versuchten die Umstehenden, die sich als Anhänger der Tauschsuchenden darstellten, den Mann mit den abstehenden Ohren von dem vorteilhaften Angebot zu überzeugen.
Wieder ging das lärmende Feilschen an, bis der Tausch endlich zustande kam. Dem Hemdärmeligen war es gelungen, für die Stiefel Lammfellmütze und Lederhandschuhe einzuhandeln, um beides mitsamt dem Gürtel, den er eingespart hatte, wieder gegen einen Mantel herzugeben. Der Stumpfnasige hatte unterdessen für die Joppe mit den Hirschhornknöpfen einen Kochtopf erworben, der rasch für einen Siegelring seinen Besitzer wechselte. Jetzt zog unter dem Gelächter der Menge ein anderer seine Hose aus, weil er von dem Mann mit den abstehenden Ohren unbedingt einen Koffer zu erhalten wünschte, den dieser schon wieder statt des Mantels auf der Schulter trug. Überall bildeten sich neue Tauschgruppen, die ihre Sachen an den Mann bringen wollten, wobei ein Partner den anderen zu übervorteilen suchte. So tauschte jeder mit jedem, die Dinge liefen umher wie wandernde Talerstücke, und der Chor mit der Schaulustigen rief immer lauter: „Topp! Es gilt." Eine Aktenmappe wurde gegen einen Regenschirm erstanden, der Regenschirm wechselte gegen ein Unterhemd, das Unterhemd gegen schottische Kniestrümpfe, diese gegen gestrickte Pulswärmer, bis die Pulswärmer wieder zur Aktenmappe wurden und der Regenschirm nach einem ähnlichen Kreislauf zu seinem alten Herrn zurückkehrte. Darüber gab es dann bei den Zuschauern großes Frohlocken, während sich ihre Körper leicht auf und ab wiegten.
Immer heftiger wurden die anfeuernden Zurufe aus der Menge, die in leidenschaftliche Bewegung geraten war.

Viele Männer hatten sich untergehakt, drängten breit gegen andere Ketten und rempelten jeden an, der ihnen in die Quere kam. Alle stampften mit den Füßen wie bei einem ländlich groben Tanz. Immer lauter wurden die Tauschgegenstände angeboten. Die einzelnen Gruppen vereinigten sich. Robert sah sich mitten in dem wilden Gewühl eingekreist, und wohin er sich einen Weg bahnen wollte, schloß sich wirbelnd die Lücke. Schadenfroh riefen die Leute: „Schiedsrichter! Schiedsrichter!" Sie wichen vor ihm zurück, drängten nach und schoben ihn in die Mitte des Platzes. Die Sonne war im Sinken.
Plötzlich stand er in dem dicht belagerten Kreis, wo das letzte Tauschgeschäft zu Ende gebracht wurde. Er sah, wie der Stumpfnasige sich die Stiefel anzog, die er sich zu guter Letzt wieder erhandelt hatte, und wie der Mann mit den abstehenden Ohren um seine Joppe bettelte, für die er dem Zwischenbesitzer nicht genug zu bieten hatte. „Schiedsrichter! Schiedsrichter!" johlte die Menge. Einer begann mit einem Tuch hin und her zu winken. Über allen Köpfen flatterten Tücher auf, weiße und bunte. Robert nahm das Spitzentuch und schwenkte es ebenfalls durch die Luft. Ehe er sich versah, hatte der Hemdärmelige das Tüchlein ergriffen und warf es dem Partner zu, der ihm die Joppe vorenthielt. Aber jener gab sich mit der Zugabe noch nicht zufrieden. „Schiedsrichter! Schiedsrichter!" brüllten die Umstehenden.
„Meine Herren", sagte der Archivar, der eingeengt zwischen den beiden stand, „ich bin hier fremd, Sie können nicht von mir verlangen, daß ich –" Seine Worte gingen in dem Getöse unter.
Grölend griff der Mann mit den abstehenden Ohren nach Roberts Stock, schleuderte ihn dem Partner vor die Füße und wand ihm die Joppe aus der Hand. Er beachtete kaum, daß einer der Hirschhornknöpfe abgerissen war. Der Ringtausch war vollzogen. Jedermann war wieder in den Besitz seines alten Stückes gelangt. Gab dieses dem Ganzen auch den Charakter eines Spiels, so schien niemand der Beteiligten sich der Regeln so sicher, daß er nicht um den Einsatz bangen mußte. So bot es eine Genugtuung, eine Überraschung, das Seine wie ein Neues zurückzugewinnen.
Die ersten Schatten der Dämmerung fielen über die Mulde

des Platzes. Die wehenden Tücher sanken zusammen, ein jähes Verstummen erfaßte die Menge. Lautlos wichen sie zur Seite, suchten mit abgewendeten Gesichtern eilig auf die Nebenstraßen zu entkommen. Über den hastig sich leerenden Markt sah Robert langsam den Herrn mit dem grauen Zylinder heranschreiten. Sein Erscheinen verscheuchte die Leute wie Mäuse. Auch die Händler hatten ihre Stände geräumt.

Der Archivar ging benommen eine der Straßen hinauf, von der er hoffte, daß sie zum Alttor führte. Er hatte ein unangenehmes Gefühl im Nacken. Doch als er sich umschaute, folgten ihm weder Blicke noch Schritte.

Um den Spitzenschal, mit dem er Anna hatte überraschen wollen, und den Knotenstock, der ihn auf seinen Wanderungen durch die Stadt begleiten sollte, sah er sich geprellt. So brachte er kein greifbares Ergebnis heim.

Schneller als er erwartet und noch vor Einbruch der Nacht war er zum Archiv gelangt, wo Leonhard das Abendessen bereitgehalten hatte. Lange noch saß der Chronist grübelnd. Die Stille schmerzte. Um Mitternacht hörte er ein Hörnerblasen, wie von Jägern, die zur Jagd riefen. Es hatte einen heiseren Klang.

10

Im Zustand des Archivars machte sich eine zunehmende Gereiztheit der Nerven bemerkbar. Auf seinen Wegen durch die Stadt, die er mit drängenden Schritten durcheilte, vermied er, nach rechts und links Ausschau zu halten, als fürchtete er, einem bekannten Gesicht zu begegnen oder in eine neues Ereignis verwickelt zu werden. Wurde an seinen Arbeitsraum geklopft, so zuckte er, wie bei jedem ungeahnten Geräusch, unwillkürlich zusammen. Seit die alte Milta einer neuen Dienerin Platz gemacht hatte, einer brünetten Person, die den Archivar neugierig umstrich, hatte er sich, ohne daß er sein Zimmer im Gasthof aufgab, daran gewöhnt, die Nächte in dem kleinen Turmgemach zuzubringen, das sich auf der den Archivräumen gegenüberliegenden Torseite befand. Obwohl er abends meist lange aufsaß, schlief er unruhig und wurde von Träumen geplagt, in de-

nen sich Begebenheiten seines Aufenthaltes mit Erinnerungen früherer Zeit mischten. Auch körperliche Spannung trug zu seiner Nervosität bei.
Als sein Vorrat an Zigarren erschöpft war und auch der knabenhafte Leonhard, der ihm jeden Wunsch von den Lippen las, keinen Rat wußte, hatte sich Robert mit Hilfe des Diensttelefons an den Sekretär der Präfektur gewandt, der ihn bei seiner Ankunft mit den verschiedenen Ausweisen und Marken ausgestattet hatte. Dem Archivar wurde erklärt, daß man ihm selbstverständlich aus dem Kontingent für fremde Gesandtschaftsmitglieder Tabak zur Verfügung stellen könnte. Zugleich war er aber gebeten worden, von dem Gebrauch wenigstens in der Öffentlichkeit nach Möglichkeit Abstand zu nehmen, und man hatte ihm für das Opfer gedankt, das er damit zugunsten der städtischen Gepflogenheiten auf sich nehme.
In der Tat hatte Robert, als er sich darauf besann, keinen der Stadtbewohner jemals rauchen sehen. Auch erinnerte er sich, wie ihn die Frauen so verwundert angeschaut hatten, als er, Anna vergeblich erwartend, auf der Bank an der Haltestelle der Elektrischen sich eine Zigarette angezündet hatte. Er beschloß, auf das Angebot der Präfektur zu verzichten und das Rauchen zu lassen. Es würde ihm schwerfallen, und die Nerven würden zunächst versagen, aber er bildete sich ein, mit diesem Verzicht auch den übrigen Bewohnern der Stadt ähnlicher zu werden. Eine Kanne Wein freilich stellte ihm Leonhard, der Roberts Vorliebe erkannt hatte, allabendlich mit dem frisch geputzten Kerzenleuchter bereit.
Der Stoß der Notizen und Auszüge, die sich der Archivar aus den ihm von Perking zugeleiteten Manuskripteingängen menschlicher Schicksale anlegte, schwoll so verwirrend an, daß er mehr und mehr befürchtete, niemals die Zeit für eine systematisierende Auswertung des Materials zu finden. Aber nicht dies allein war es, was ihn quälte. Wiederholt hatte er sich um eine Deutung der Erlebnisse bemüht, denen er ausgesetzt wurde und deren Sinn aufzuzeichnen ihm aufgegeben war. Keine der Auslegungen befriedigte ihn, und er hatte niemanden, mit dem er seine Sorgen und Zweifel beraten konnte. Der Meister Magus schwebte in den Tiefenregionen des Seins als Hüter und Siegelbewahrer

des Wissens und war jeder unmittelbar an ihn gerichteten Frage enthoben. Perking verharrte, bei aller Bereitschaft zu Erklärungen im einzelnen, in einer höflichen Reserviertheit des allgemeinen Dienstes, nicht anders als die übrigen ehrwürdigen Gehilfen, und der junge Leonhard schwieg ängstlich. Der Vater, dessen behäbiges Wohlwollen von Anfang an mit spürbarem Mißtrauen durchsetzt war, hatte durch die jüngsten Ereignisse seine Rolle für ihn ohnehin ausgespielt, und Katell, der vielleicht der einzige war, mit dem er hier wie mit seinesgleichen sich hätte aussprechen können, Katell blieb im Gegensatz zu ihren Jugendjahren in einer sonderbaren Zurückhaltung. Dennoch schien der Maler vieles zu durchschauen und manches zu wissen, was Robert rätselhaft und geheimnisvoll anmutete. Nur von Anna fühlte er sich nicht wie von allen anderen hier gleichsam durch eine Kluft getrennt, obwohl er sich keinesfalls verhehlte, daß eine Fremdheit auch zwischen ihr und ihm entstanden war. Der Gedanke beunruhigte ihn, daß er, wie sein Vater einst vermutet hatte, Annas wegen hierher gerufen sein konnte und daß sein Amt als Archivar nur ein Vorwand war.

Mehrmals hatte er im Traum Professor Mertens zu erkennen geglaubt. Der Arzt hielt sein Gesicht über Robert wie zu einem Patienten gebeugt und hatte warnend gesagt: „Ich werde über Ihren Fall im Rundfunk berichten." Als Robert sich gequält wegdrehte, wuchs das Gesicht des Arztes wieder nahe und lebensgroß vor ihm auf. „Es hilft nichts", erklärte Professor Mertens, „die Öffentlichkeit soll von Ihrer Expedition durch Weltrundfunk erfahren!" Dann sah sich Robert in einem Lehnsessel vor dem Lautsprecher sitzen und hörte eine Stimme sprechen: „Unter dem Vorwand, eine Chronik zu schreiben, spürt der flüchtig gewordene Doktor Lindhoff Frau Anna Mertens nach." Plötzlich hatte Elisabeth stumm neben ihm gestanden und seinem heißen Gesicht mit einem Perlmuttfächer Kühlung zugeweht. Bei dem raschen Auf und Ab der klappernden Bewegung flatterten aus dem Fächer Fotografien heraus, die neue Aufnahmen seiner Kinder zeigten. Sie verstreuten sich über den Boden, seine Hand war zu schwach, um sie aufzuheben, bis seine Mutter, die ungesehen in den Raum getreten war, sie auflas. Die Tür mit der Portiere öffnete sich, und jemand, dessen Stimme der seines Vaters glich, sagte: „Es steht alles in den Akten verzeichnet."

Als Robert sich anschickte, Anna aufzusuchen, hingen die Traumfetzen noch in seinem Bewußtsein. Die Landschaft schmolz im Nachmittagslicht. Unsicher ging der Archivar die schmalen Steige zwischen den freistehenden Bauten der Erbsiedlung, ohne sich vergegenwärtigen zu können, wo er damals mit Anna eingebogen war, um zu dem elterlichen Landhaus zu gelangen. In dieser Stunde sah ein Haus wie das andere aus, verfallen und unbewohnt. Die Eisenketten, die sich in niederem Boden von Steinpflock zu Steinpflock schwangen, klirrten mitunter auf, als wären sie von einer Erderschütterung angerührt. Vergeblich spähte Robert nach den Tempelhallen der Kasernen aus, um einen Anhalt für die Richtung zu gewinnen, die er einschlagen mußte. Ungeduldig lief er bald hier-, bald dorthin und sah sich in der Erwartung, den rechten Weg gefunden zu haben, immer von neuem getäuscht.

Plötzlich stand wie aus dem Nichts gewachsen Annas Sippenhaus vor ihm. Die beiden Alten saßen auf der Bank an der Haustür. Anna war fortgegangen.

„Sie hamstert Dörrgemüse", sagte die Mutter strickend, „sie ist immer auf Vorrat bedacht."

Robert ließ sich den Weg zu der Verteilungsstelle beschreiben, die in der Richtung des Bahnhofsgeländes lag, und verabschiedete sich von der schmunzelnden Alten.

„Annas Geschwister", sagte der Vater, der Robert bis zur Gartenpforte das Geleit gab, „gedenken ihrer Eltern fleißig, darum geht es uns beiden noch immer gut."

Robert nickte gleichgültig.

„Die Anna freilich", fuhr der Vater mit leerem Blick fort, „macht mir Sorge. So kurz sie hier ist, es fehlt die rechte Nachfrage. Es geht bergab, das Bild wird mager und durchscheinend. Sie verstehen doch, Herr Inspektor, die Gefahr, die darin liegt."

Während Robert durch die Parkwege des wie ausgestorben wirkenden Villenvororts schlenderte, sann er den Worten des Alten nach. Ihm war unbehaglich zumute. Woran kränkelte Anna? Litt sie unter seiner Vernachlässigung? Er meinte leibhaft durch eine Einöde zu gehen, wo es weder Ziel noch Antwort gab. Ein Gefühl der Verlorenheit überkam sein Herz, eine Ahnung von dem Ausweglosen aus dieser Landschaft, die das eiserne Blau des Himmels zudeckte. Nirgends am Wege saftete ein Baum, die Blumen in den Gärten trugen steife Blüten wie aus Wachs, die Blätter raschelten wie Papier, die kurzgehaltenen Rasenstücke breiteten sich aus wie gefärbte staubige Wollteppiche. Mehr denn je ward sich Robert der Verwahrlosung inne, die aus aller Umgebung sprach. Türen hingen halb in den Angeln, Zaunlücken waren ohne Sorgfalt mit zufälligem Ersatz verstellt, mit zerfetzten Säcken, herausgeborstenen Dachplatten. Der Eindruck verstärkte sich dem Archivar, als wäre auf eine lieblose Art die Tünche einer Ordnung gewahrt. Jedes einzelne Bild war zu einem Stilleben geworden, und Robert begriff den Sinn des Ausdrucks nature morte, den die französische Sprache dafür verwandte.

Als Anna unvermittelt aus einem Seitenweg vor ihm auftauchte, stand er ihr befangen gegenüber.

„Ei!" sagte sie und stellte den Henkelkorb ab, der mit Trokkengemüse gefüllt war.

Sie ging ländlich gekleidet, ohne Hut. Dennoch war ihr Gesicht so blaß, daß es gläsern wirkte.

Robert streichelte ihr über die Wangen, und ein verzücktes Lächeln überflog ihr Gesicht, während der Blick ihrer Augen teilnahmslos und fast traurig in der hellen Luft hing.

„Endlich treffen wir uns", sagte er. „Wie geht es dir?"

„Manchmal", sagte sie, „sehe ich alles hinter Schleiern liegen. Du mußt mir die Augen klar küssen."

Robert nahm ihren Arm und ging mit ihr langsam zwischen den Heckenzäunen auf und ab. Der Gemüsekorb blieb am Boden stehen, und jedesmal, wenn sie sich wieder auf ihrem Weg umwandten, zog er Annas Aufmerksamkeit auf sich, wie ein Magnet, der den Umkreis ihres Denkens bestimmte.

Als Robert davon sprach, wie menschenleer die Gegend sei, wies Anna darauf hin, daß viele ihre Übungs- und Dienststunden wahrzunehmen hätten, andere treibe es auch regelmäßig zu der Zeit einer möglichen Zugankunft in die Nähe des Bahnhofs, um unter den Neuzureisenden nach Verwandten und Freunden auszuspähen.

Sie schien seinen Worten Glauben zu schenken, als er ihr sagte, daß auch er von mancherlei Verpflichtungen in An-

spruch genommen sei und daß sich deshalb das Wiedersehen mit ihr immer wieder hinausgeschoben habe.
Sie waren an der Wegwende stehengeblieben. Anna bohrte mit dem Hacken ihres Schuhs ein spitzes Loch in den mürben Sand.
„Mir scheint", sagte sie, „du achtest der kostbaren Gelegenheit wenig, die uns noch einmal zusammengeführt hat. Es kann bald über uns die Zeitstunde der großen Plagen und Störungen kommen, von denen die Sippenchronik der Voreltern berichtet."
„Es gibt", fragte Robert betroffen, „eine Aufzeichnung in eurem Haus?"
„Mein Vater", fuhr Anna fort, „erzählt uns zuweilen davon, in der Dämmerung, wenn wir das Licht sparen, und es heißt, daß in ungewissen Abständen immer wieder eine Stunde der Wolkenkatastrophen über unser Gebiet hereinbricht."
„Dann liegt also", fragte Robert erneut dazwischen, „nur eine mündliche Überlieferung zugrunde und keine geschriebene Chronik?"
„Warum stutzt du", sagte Anna, die sich über den gequälten Ton in Roberts Fragen wunderte, „und kommst über das Wort Chronik nicht hinweg?"
„Du kennst", sagte Robert ausweichend, „von früher mein Interesse für alte Literaturzeichen."
Er hatte wieder ihren Arm ergriffen und wanderte mit ihr den Weg auf und ab.
„Was ich meine", sagte Anna eindringlich, „hat nichts mit deinem Gilgamesch zu tun, es ist die Gegenwart und gilt für uns. Beunruhigt dich die Mahnung nicht?"
Robert schwieg.
„Denk nur", sagte Anna mit einer merkwürdig singenden Stimme, „es heißt, daß alle Zeit nur Schonzeit vor dem Ungewissen sei, aller Raum nur Schutzraum für den Augenblick, alles Werk nur Hilfswerk für die andere Hälfte des Reichs. Du darfst nicht säumen, Lieber! Nicht säumen! Es kommen die Plagen mit dem Blutregen, mit der Dürre, die Schloßen fallen auf die Häuser ärger als Hagel. Wir werden in Höhlen ohne Sonne leben, und die Gewalten der Tiefe steigen gegen uns auf. Es kann in einem Nu geschehen, daß wir in das Nichts getrieben werden. Es wird uns

nicht anders ergehen als den Voreltern. Denk an die Gezeiten!"
„Du redest", sagte Robert, den die ungewöhnliche Erregtheit befremdete, „nicht in deiner Sprache. Was für ein Prophet ist in dich gefahren?"
„Warum", sagte sie verhalten, „glaubst du nicht? Warum willst du den Rest des Seins nicht wahrnehmen? Es kommt auf jeden Augenblick an. Was bleibt?"
Anna dachte, als sie so sprach, wohl an sich und an Roberts Verhältnis zu ihr. Er aber wurde durch ihre Worte an seine Aufgabe gemahnt, Archivar und Chronist der Stadt zu sein.
„Welche Kräfte", sagte sie seufzend, „halten dich von mir fern? Kannst du dich für uns nicht frei machen?"
Sie ahnte nicht, in welche Verlegenheit sie Robert mit dieser Frage brachte, der seine Tätigkeit, seine Beziehung zum Archiv nicht preisgeben wollte.
„Sobald ich", sagte er begütigend, „über mich hier und meine Aufgabe Klarheit habe, wird sich auch für uns der rechte Schicksalstag einstellen."
Anna spürte, daß er ihr etwas verschwieg.
„Liebe", sagte sie, „duldet keinen Aufschub. Vor meinen Eltern brauchst du keine Scheu zu haben, du kannst gerne in unserm Hause über Nacht bleiben. Wenn es dir aber mehr Sicherheit gibt, komme ich auch zu dir."
Ja! schrie es in Robert, komm zu mir, doch er stockte mit der Antwort. Ein Besuch von Anna im Gasthof wie im Archiv schien ihm unmöglich. Dann aber erinnerte er sich der heimlichen Falltür in seinem Turmgemach, durch die man unterirdisch einsteigen konnte, ohne daß damit der Ort verraten wurde.
„Wir werden", sagte er, sich ihr vergnügt gegenüberstellend, „einen Ausflug in die Umgebung machen, und danach kommst du zu mir, nicht wahr?"
Er hatte den Korb mit dem Dörrgemüse ergriffen, schwenkte ihn übermütig ein paarmal durch die Luft und hängte ihn schließlich an einem Zaunpfosten auf. Der Gedanke an einen gemeinsamen Spaziergang mit der Geliebten beschwingte ihn. Und danach würde sie zu ihm kommen.
„Wie froh ich bin", sagte er mit einer freieren Stimme, „daß

es dich gibt! Was war ich für ein Narr, mich durch all den Spuk von deiner Gegenwart ablenken zu lassen!"
Es war, als ob er mit einer weiten Geste des Arms alle Gespenster wegscheuchte. Ein leichter Wind kam auf. Die Landschaft belebte sich. Anna spürte die Luftbewegung und sah schräg nach oben.
„Es ist schon wieder ein Zug mit Passagieren eingelaufen", sagte sie. „Hast du auch davon gehört, daß der Reiseverkehr letzthin zugenommen hat? Ich treffe so selten Bekannte, weil ich wohl ein bißchen zu früh hergekommen bin."
Sie hatte sich des Korbes bemächtigt und ließ sich von Robert nach Hause bringen.
„Der Soldat mit dem Käppi", begann sie zu plaudern, „den ich zuweilen sehe, hat mir erzählt, daß mit einer starken Zunahme der Garnisonbesatzung gerechnet wird. Der Gürtel der Kasernen soll erweitert und eine große Zahl von Bunkern und Unterständen im Vorfeld neu errichtet worden sein. Es ist ein alter Bekannter von mir, den ich vor Jahren als junges Mädchen auf meiner Pariser Reise in der Bahn kennengelernt hatte. Damals war er Student an der Sorbonne."
Robert erkundigte sich, ob es sich um den gleichen Soldaten handle, der während der letzten Unterredung im Sippenhaus bei ihrem Vater vorgesprochen habe und wieder fortgeschickt worden war.
Als Anna ihm recht gab, daß es der nämliche gewesen sei, betrachtete Robert verstohlen ihr Gesicht. Es müsse aber, fuhr sie ruhig fort, sich um eine Verwechslung gehandelt haben, denn er habe nicht nach Robert gefragt, sondern nach dem städtischen Archivar, irgendeinem Außenseiter der höheren Behörde. Selbst dies hielt Anna für einen Vorwand des jungen Menschen, der, wie sie meinte, nur einen Weg habe finden wollen, um die Bekanntschaft mit ihr zu erneuern.
Nahe der Gartenpforte zu Annas Elternhaus blieben die beiden stehen.
„Man sollte", sagte Robert, „einmal zu den Tempelkasernen gehen, die hier in dieser Gegend liegen müssen."
Anna, die jetzt frischer und lebhafter wirkte, machte darauf aufmerksam, daß man ohne besonderen Ausweis nicht weiter als bis zu dem Stacheldraht gelange, der den Zutritt zum

Militärgelände in weitem Umkreis sperre. Immerhin sehe man von dort schon ein Stück der zum Teil noch antiken Bauanlagen.
Robert verschwieg, daß er einen Sonderausweis besaß, der ihm den Durchlaß bei der Wache gestattete und fraglos auch Anna genügend legitimieren würde, ihn zu begleiten.
„Vielleicht könnte", meinte Anna, „Monsieur Berthelet uns zu einem Passierschein verhelfen. Wenn ich nur wüßte, wie man ihn im Augenblick erreicht."
Auch Robert hielt es für ungewiß. Zudem schien das Licht des Tages schon zu weit vorgeschritten. Gedankenverloren hatte er mitten in die Sonne geschaut, bis er sich geblendet abwandte. Vor jedem seiner Augen tanzten, wohin er auch blickte, rotgelbe Bälle, die gegeneinander schwebten, zerplatzten und als dunkle Löcher mit flammenschießendem Kreisrand die Sicht aller Gegenstände zerrissen. Er schob die Brille von der Nase auf die Stirn und rieb sich die Augen.
„Mir fällt ein", sagte er, „daß ich nächster Tage eine Verabredung mit dem Maler Katell getroffen habe, die mich länger, als mir lieb ist, in Anspruch nehmen wird."
„Kann ich nicht mitkommen?" fragte sie.
„Das wäre", sagte er, „nicht das Rechte für uns. Ich hole dich ein andermal."
Sie schob tändelnd seine Jacke über dem Hemd auseinander und tippte mit zusammengelegtem Zeige- und Mittelfinger auf Roberts Brust.
„Du", sagte sie.
„Ja", gab er zurück und legte seine Hand über die ihre, „bald."
Die Züge von Annas Gesicht glitten durch das Flimmern vor seinen Augen ins Ungewisse. Er löste sich von ihr.
„Du bist nicht glücklich, Rob", sagte sie.
„Aber", sagte er, „wir werden es einmal sein."
„Was ist Glück?", fragte sie.
„Es kommt auf die Ansprüche an", sagte er.
„Du weißt nicht", sagte sie, und ein schwermütiger Ernst spannte sich über ihre Züge, „wie sehr ich dich, dich allein liebe, Rob."
Ihre Augen, die in die Ferne suchten, als ob sie greifbar werden könnten, waren streng.

„Um das Leben kann man sich betrügen", sagte sie, „aber nicht um den Tod."
Mit beiden Händen umschloß er noch einmal ihre Hand und wandte sich zum Gehen, so daß er nicht wahrnehmen konnte, wie sie unvermittelt den Kopf schüttelte, bevor sie die Gartenpforte öffnete und an den Eltern auf der Hausbank vorüber zu ihrem Zimmer stieg.
Unterdessen suchte Robert unterwegs nach dem Schlüsselbund, das ihm Perking einst ausgehändigt hatte, und wollte, als er sich des altmodischen Schlüssels mit dem langen Bart versichert hatte, der für den Zugang der Falltür bestimmt war, sogleich bei seiner Heimkehr diese Möglichkeit ausprobieren. Im Gehen zog er sich sein Jackett aus und schob es über den Arm. Sinnlich gespannte Bilder bemächtigten sich seiner Vorstellung, die ihn mit körperlicher Lust erfüllten. Die beiden mädchenhaften Frauen fielen ihm ein, die bei seiner Ankunft in der Stadt mit ihren Eimern am Brunnen neben Anna gestanden hatten. Vergeblich bemühte er sich, ihrer Züge habhaft zu werden, ihrer Glieder und Bewegungen, die ihm damals, wenn er nicht irrte, einen Anflug des Vertrauten verrieten. An wen erinnerten sie nur? Jutta konnte es nicht sein, Erdmuthe auch nicht, die waren längst gestorben. Wer konnte überhaupt wissen, ob sich jene Mädchen noch in der Stadt aufhielten und wo sie weilten. Und in welchem Leben weilte Elisabeth? Nein, für ihn ging es um Anna, um nichts hier als Anna.
Fast in allen Selbstzeugnissen, die täglich das Archiv durchliefen, handelte es sich um Affekte des Blutes. Liebe und Haß, Wollust und Reue, Eifersucht und Schande, Leiden und Leidenmachen: immer die Sehnsucht und Panik der Sinne, immer das Schicksal aus der Steigerung des Ichs ins Unbewußte – eine Demiurgenhand, die nur eine Welt des Rausches aufbaut. Das Leben schien nichts anderes als ein unaufhörlicher Tanz um die Gottheit des Eros! Die Menschlein bildeten nur die Noten seiner unendlichen Melodie.
Durfte ein Archivar, der kraft seines Amtes einen Ausgleich zwischen Romantik und Zynismus herzustellen hatte, sich überhaupt an Liebesgedanken verlieren? Ob es immerhin ein Bordell in der Stadt gab, das selbst würdige Männer aufsuchen konnten? Er stellte es sich lediglich als akademische

Frage. In Pompeji, entsann er sich, hatte man eines ausgegraben, das mit seinen engen kahlen Kammern nach den zweitausend Jahren der Ausgestorbenheit so ungesellig und trist wirkte wie wohl schon zu seiner Zeit. Selbst die schillernde Atmosphäre der alten Bacchanalien, die noch in den Salons im Hause der Mysterien atmete, wirkte abgestanden und schal.

Jeder aber will von seiner erotischen Preisgabe Zeugnis ablegen, in geiler oder sublimierter Form, und hat noch immer seine privaten Geständnisse für erstmalig gehalten. Jahrhunderte lebten von tolldreisten Liebschafts- und Skandalgeschichten, die es mit jedem lüsternen Dorfklatsch aufnehmen. Gewiß ließe sich eine Kulturgeschichte auch vom ungelüfteten Bettzipfel aus schreiben, aber sie würde bei aller Kraßheit und Exzentrik der Beispiele im Laufe der Zeit dem Gefühlsleben kaum etwas Neues bieten und bald zu einem Handbuch der Langeweile werden.

Der Archivar wurde sich darüber schlüssig, daß die ihm aufgetragene Chronik sich von allen subjektiven Bekenntnissen frei zu halten habe.

Auch im Bestande des Archivs, so glaubte er schon erkannt zu haben, fand die ichselige Liebesliteratur keine rechte Stätte. Aus einer Bemerkung Perkings zu schließen, die er kürzlich bei der Durchsicht eines größeren Stoßes gedruckter und ungedruckter neu eingegangener Manuskripte gemacht hatte, genügte für die Ekstatik der Rausch noch immer das Muster der Liebesbriefe, die an Kleopatra gerichtet waren. Oder waren es die an Semiramis gewesen? Gleichviel – schon sie bildeten nur Varianten der Liebeslyrik von Adam und Eva. Seitdem hatten sich keine nennenswerten Spielarten gezeigt, die im Ausdruck wesentlich über eine Wiederholung hinausgegangen wären. Das alte Klischee reichte noch aus. Alles Spätere dieser Gattung war nur Wortverschleiß, der selbst in seinen besseren Stücken sich nicht allzu lange im Archiv frisch hielt.

Als sich Robert unter solchen, gleichsam amtlichen Gedanken auf seinem Heimweg dem Brunnenplatz näherte, fand er ihn von Kleinbürgern und Kleinbürgerinnen bevölkert, die in einem plaudernden Strom um seine Mitte promenierten. Sie gingen in losen Gruppen miteinander, blieben stehen, begrüßten sich und bewegten sich etwa in der Art, wie

das Publikum eines Theaters in der großen Pause das Foyer durchmißt. Aller Mienen trugen einen besorgten Ausdruck zur Schau und erinnerten an Statisten, denen eine größere Rolle zu spielen versagt war. Man konnte auch an Kurgäste denken, die sich mit ihren Damen zu einem Platzkonzert eingefunden hatten, wenngleich an Stelle der Musik hier nur das Plätschern des alten Brunnens vernehmbar blieb, soweit es nicht von dem Stimmengewirr übertönt wurde.
Robert, der sich mittlerweile seine Jacke wieder übergestreift hatte, erkannte bald in der Komparserie eine geschlossene Reisegesellschaft, die soeben hier eingetroffen war und vor der Registrierung und dem Weitermarsch in die Quartiere einen kurzen Aufenthalt genoß. Während er sich nicht ohne Mühe den Weg durch die kreisende Menge bahnte, drangen aus den verschiedenen Unterhaltungen abgerissene Sätze an sein Ohr. Er nahm die Worte wahr, die wie aufgeregte Trommelschläge klangen, ohne auf die einzelnen Sprecher und Sprecherinnen zu achten.
„Ich habe mir niemals Illusionen gemacht –"
„Gefangen bleibt man immer –"
„Nun können sie sehen, wie es ohne mich geht –"
„Eine Epidemie meiner Meinung nach –"
„Es führt zu völliger Proletarisierung –"
„Heute nicht, aber vielleicht morgen –"
„Ich nahm stets Kokosfett zum Backen –"
„Moralisch gesehen waren die andern schuld –"
„Alles nur Berechnung –"
„Wie gesagt, Herzas lag im Skat –"
„Nach der Kohlsuppe Zyankali oder Gas –"
„Heute nicht, aber vielleicht morgen –"
„Ich habe gern im gemischten Chor gesungen –"
„Was hat unsereins vom Leben gehabt –"
„Da mußte man einfach die Röcke hochheben –"
„Ich habe niemals der Partei angehört –"
„Zweimal zwei ist vier –"
„Heute nicht, aber vielleicht morgen –"
„So wie ich ist noch niemand geliebt worden –"
„Alles nur Scheinlösungen, verstehen Sie –"
„Verzweifeln und nicht arbeiten –"
„Wer kennt sich noch in der Welt aus –"
„Heute nicht, aber vielleicht morgen –"

„Selbst Cäsar soll Jude gewesen sein –“
„Jeder ist seines Messers Schmied –“
„Allmählich begreife ich –“
„Auf den einzelnen kommt es nicht mehr an –“
„Wer spricht von neuen Göttern –“
„Heute nicht, aber vielleicht morgen –“
Robert hatte den Platz überquert. Die Sätze blieben draußen in der Luft hängen, nachdem er den schützenden Unterschlupf der Katakombenbezirke erreicht hatte.
Kühle schlug ihm entgegen. Die Gänge wirkten leerer als sonst. Nur auf dem unterirdischen Platz der Barbiere standen die Wartenden in Schlangen. Diesmal sah man auch viele Frauen unter der Schar.
Vergeblich aber suchte der Archivar von der Treppenabzweigung aus, die oben in das Alttor mündete, nach dem verborgenen Aufstieg zu der Falltür seines Turmgemachs. So mußte er den gewohnten Weg ins Archiv nehmen. Ohne sich im Arbeitsraum aufzuhalten, eilte er über den niedrigen Brückengang des Tors zu seinem eigenen Zimmer. Er griff in den Metallring der Bodenplatte und bemühte sich, sie hochzuziehen. Es gelang ihm erst, nachdem er ein verborgenes Schnappschloß gelöst hatte. Die schweren Scharniere waren rostig und kreischten auf. Ein viereckiger gut mannsbreiter Schacht senkte sich in eine schwarze Tiefe. Robert legte sich der Länge nach auf den blanken Fußboden und leuchtete mit einer Laterne hinunter. Er entdeckte eine hinabhängende Strickleiter, die, wie er tastend feststellte, aus geflochtenem Leder bestand, und fand an der Felswand kräftige Mauergriffe. Er zögerte nicht, sich an der leicht schwankenden Leiter hinabzulassen. Nach etwa dreißig Tritten fand er festen Halt unter den Füßen. Der Kamin hatte sich nach unten hin verbreitert, aber nirgends schien der Weg weiterzuführen. Dann entdeckte er ein quer liegendes Schlüsselloch, zu dem der Sonderschlüssel mit dem langen Bart paßte. Nur mühsam ließ sich eine dickwandige Spalttür öffnen, die auf beiden Seiten mit Steinplatten belegt war. Sie mündete in den dunklen Stollen kurz vor dem Treppenanstieg zum Alttor.
Robert vergewisserte sich, daß auch von dieser Seite aus ein Locheinschnitt vorhanden war, in den der Schlüssel paßte, maß mit der Handspanne die Entfernungen vom Erdboden

und von der ersten Treppenstufe, bevor er die Geheimtür vom Gang aus an sich zog. Sie ließ sich unschwer öffnen. Er wiederholte den Vorgang, löste den Schlüssel heraus, entfernte sich ein Stück und versuchte, als käme er vom Platz der Barbiere her, den neuen Zugang zu finden. Stand nicht Anna schon dicht hinter ihm, als er im Dunkel die Handspannen von der Seite aus und zur Höhe hin nachmaß und mit den Fingerspitzen fühlend den Zauberriegel in der Wand fand und sprengte?

Nachdem er sich die Strickleiter emporgeschwungen hatte und durch die Luke in sein Zimmer geklettert war, sah er sich Leonhard gegenüber, der eben Kerzen und Nachtwein bereitstellte. Mit offenem Munde betrachtete er den Archivar. Dieser bewegte die Falltür hin und her, die laut in den Angeln stöhnte.

„Besorge Öl", sagte der Archivar, „und schmiere gleich die Scharniere."

„Der Zugang", erwiderte der Jüngling, „ist nie benutzt worden, solange ich als Page dem Alttor zugeteilt bin."

„Du brauchst", meinte Robert, „dich nicht zu entschuldigen. Du hilfst mir, wenn du es unauffällig in Ordnung bringst."

Leonhard hatte sich das Notwendige verschafft und war bald an der Arbeit. Die Falltür spielte lautlos in den Angeln.

„Deine Hände zittern ja", sagte der Archivar, als sich Leonhard aufrichtete und die Tür vorsichtig schloß.

„Es kommt", stammelte der Jüngling, „von dem Blick in den Schacht hinab. Die Tiefe hat etwas Ansaugendes."

Er war errötet.

„Wird der Archivar", sagte er rasch, „das Essen wie gewöhnlich im Arbeitsraum einnehmen, oder soll ich es dem Archivar hierherbringen?"

„Bring es mir herüber", sagte Robert, „heute und die nächsten Abende. Halte auch eine zweite Kanne Wein bereit, eure Landschaft dörrt einen aus. Laß die Schale immer mit Obst gefüllt sein, Leonhard! Und stets zwei Gedecke!"

Nachdem der Jüngling alles, was Robert verlangte, geholt und das Lob des Archivars empfangen hatte, verhielt er zögernd an der Tür. Robert, der hastig zwei Becher Wein geleert hatte, fragte ihn, was es noch gebe.

„Nichts", sagte der junge Leonhard. „Oder nur dieses, daß es vorhin nicht allein der Blick in den Abgrund war, der mir die Hände schwindlig machte –"
Robert trat mit dem Weinbecher zu ihm und forderte ihn auf, einen Schluck zu trinken.
Nachdem der Jüngling mehr genippt als getrunken hatte, sah er scheu zu Robert auf und klammerte sich mit ausgestreckten Handflächen an die Wand hinter sich.
„Es kam daher", brachte er stoßweise heraus, „weil der Archivar das Ungelebte von mir selber fortsetzt. Ich war siebzehn Jahre, als ich hierher kam."
„Schwärmer!" rief Robert dem jungen Burschen nach, der schon davongeeilt war.
„Leonhard!" rief er noch einmal heftiger durch die offene Tür. Nur die Stiegen knackten.
Als der Archivar den Becher Wein geleert hatte, von dem der Jüngling nur einen Schluck hatte kosten wollen, setzte er sich, wie er es zu tun liebte, mit über dem Kopf verschränkten Armen auf einen Sessel, der neben seinem Bett stand. Was mochte Leonhard bedrängen? Was hatte er mit den Worten gemeint: das Ungelebte fortsetzen? Annas Bild stieg vor seinen Augen auf. In seinen Gedanken kreiste automatisch der Satz, der sich in den Gesprächsfetzen der Spaziergänger auf dem Brunnenplatz immer wieder eingeschaltet hatte: Heute nicht, aber vielleicht morgen.
Lange sah er in das Licht der Kerze, die sich selbst verzehren muß, um zu leuchten. Dann löschte er sie und suchte im Dunkel Bett und Schlaf.

11

Es war ein guter Gedanke des Chronisten gewesen, bei dem Besuch der Fabriken sich Katells Führung zu bedienen. Der Maler hatte, wie er Robert erklärte, ohnehin die Absicht gehegt, den Zustand der Fresken zu überprüfen, die sich in dem alten Empfangssaal der unterirdischen Kunstziegelei befanden. Mochte es nun ein Vorwand sein oder den Tatsachen entsprechen: Robert war mit dem Geleit, von dem er sich Erleichterung für seine Aufgabe versprach, durchaus einverstanden.

Katell hatte auf einen frühen Aufbruch am Morgen gedrängt, um das Fabrikgelände, das sich am Ostrande der Stadt weithin erstreckte, rechtzeitig zu erreichen. Vom Archiv aus nahmen sie den Weg durch die Katakombengänge, die oft im Zickzack liefen, so daß nur ein Kenner der Örtlichkeit die genaue Richtung einzuhalten imstande war. Zuweilen stiegen die beiden, um die Biegungen des Hauptweges abzukürzen, eine versteckte Treppe hinauf, die in das Erdgeschoß eines Häuserblocks führte, und überquerten das eine und andere kurze Straßenstück jenes Ruinenfeldes, das Robert auf seinem Gang zum Tauschmarkt gestreift hatte, bis sie durch einen verborgenen Hauseinschlupf wieder in das unterirdische Wegenetz gerieten. Ohne den Freund hätte sich Robert in dem Gewirr kaum zurechtgefunden.
Im Gespräch unterwegs vermied der Maler alle persönlichen Erinnerungen und beschränkte sich auf sachliche Erklärungen. So erzählte er von den beiden umfangreichen Fabrikanlagen, die, unter städtischer Verwaltung stehend, sich in so großartiger Weise ergänzten. Im Zuge eines besonderen Verfahrens, das sich im Verlaufe der Menschengeschlechter immer rationeller entwickelt hatte, war die Möglichkeit gegeben, etwa vier Fünftel der Bevölkerung in einen unabreißbaren Arbeitsprozeß einzugliedern.
Je mehr sie sich dem Produktionsgebiet des einen der beiden Fabrikkomplexe näherten, desto belebter wurde das Bild der Unterwelt. Bevor der Gang, den sie zuletzt durchschritten hatten, auf einen breiteren Tunnel einmündete, wurden sie von einigen Beamten der Werkkontrolle angehalten. Robert zeigte seinen Passierschein von der Präfektur vor, legitimierte den Maler und wies das Angebot eines Schutzgeleites zurück. Die Beamten der Werkkontrolle gaben ihre Zustimmung. Später entdeckte Katell, daß einer der Wegemeister ihnen unauffällig folgte.
Nach wenigen Schritten hatten sie die Tunnelstraße erreicht, wo Robert, an die Felswand gelehnt, stehenblieb. Im Dunste eines schwachen künstlichen Lichtes flutete ein unablässiger Verkehr von Arbeitsmännern vorüber, die Loren, Karren, Behälterwagen mit aufgestapelten Mauersteinen vorwärts schoben, während auf dem anderen Strang ein Menschenzug in entgegengesetzter Richtung auf gleichen

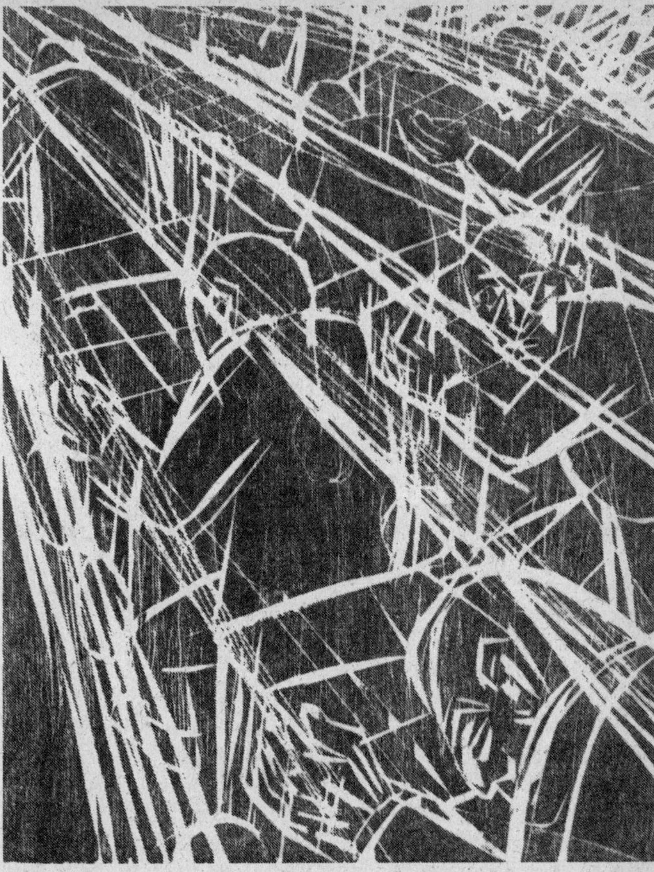

Räderkästen Massen von Schutt heranschaffte. Die nackten Oberkörper glänzten von Schweiß, die schweren Holzschuhe stampften dumpf im Takt wie Hufe. Die meisten Arbeitsmänner hielten die Gesicher vor Anstrengung gesenkt, sie schoben zu mehreren die Lastgefährte vorwärts, deren Räder im Laufe der Zeiten tiefe Rinnen in den steinernen Damm gefurcht hatten. Kolonne nach Kolonne trieb in den beiden Richtungen vorüber, ohne Anfang, ohne Ende. Zwischen den einzelnen Staffeln ging oft ein Vormann mit einer Grubenlaterne, wie sie Bergleute tragen, der dafür sorgte, daß der Abstand von wenigen Metern zwischen den Fahrzeugen genau eingehalten wurde. Einige der Bewacher hielten kurzgestielte Drahtkörbe wie Gewehre geschultert, die dazu dienten, etwa herunterfallende Kunststeine aufzusammeln.
In das Quietschen der holpernden Gefährte mischte sich halblautes Fluchen und Ächzen; dennoch hatten die muskelbepackten Arme und Nacken der Troßleute eher etwas Gutmütiges als Gewalttätiges. Eine geregelte Ergebenheit lag über den mit ihrer Last Dahinziehenden. Nur wenn sich die Beförderung des Materials verlangsamte, schien der Eifer der Mechanik gefährdet. In solchen Augenblicken griffen die begleitenden Aufseher ein und lenkten mit rohem Geschrei eine Gruppe, die ins Stocken zu geraten drohte, in parallel gebaute Nebenstollen ab, die in bestimmten Abständen als Ausweichstellen vorgesehen waren. Mitunter blies eine Staubwolke hoch und legte einen Rauchschleier über das Geschiebe, zuweilen trieb ein warmer Schwaden säuerlichen Geruchs heran. Karren und Behälter folgten einander in so dichtem Zuge, daß jeder Versuch, den breiten Verkehrstunnel zu überqueren, unmöglich war. Doch blieb an den Rändern ein Bordstreifen frei, den Katell und Robert, hintereinander gehend, jetzt benutzten. Die Männer der Steinlasten, die ihnen entgegenkamen, schenkten den beiden keine Beachtung.
Der Tunnel erweiterte sich allmählich zu einem großräumigen Gewölbe, das durch quaderförmige Pfeiler abgestützt war. Ein sirrender Lärm erstickte jedes Wort. Katell lenkte die Schritte zu einem ansteigenden Nischengang, der sich in halber Höhe in der felsigen Längswand der Halle hielt. Dadurch wurde der Schall etwas abgedämpft. Kleine Öff-

nungen in der Gesteinswand gaben in Abständen den Durchblick auf den Höhlensaal frei. Robert war mit Katell an eine dieser Stellen getreten und erfuhr, während sein Blick über das Gewoge der unendlichen Tretmühle tastete, daß sich hier eine der siebzehn Großhallen ausbreitete, von der das Fertiglager der Produktion in Einzelladungen abtransportiert wurde, eben jene würfelförmigen Kunststeine, deren Fabrikation die Stadtverwaltung betrieb. Der zugleich anrollende Rohstoff wurde in riesigen Schüttbottichen aufgesammelt, um die ein Eisensteg lief.
Von diesen stählernen Bottichen aus, so erklärte Katell weiter, spannte sich dem Auge unsichtbar ein Geflecht von Rohren unmittelbar zu den im weiteren Umkreis ebenfalls unter der Erde gelegenen Produktionsstätten, die sich auf diese Weise das anfallende Material jeweils nach ihrem Bedarf maschinell heransaugten, um es in den Gang der Verarbeitung zu bringen. Die Fertigware wiederum, zu hohen Blöcken gestapelt, wurde durch ein einfaches System fließender Bänder in ein erhöhtes Zwischenstockwerk der Halle, das sich streifenförmig über ein Drittel des gesamten Raumes hinzog, ohne Unterbrechung herangeschafft. Von dort wurden die Steine über zahlreiche hölzerne Gleitrinnen in die unten bereitstehenden Tragloren befördert, die von den Transportsklaven dann in Richtung auf die Tunnelstrecke in Bewegung gesetzt wurden. Überall waren Handlanger, Zuträger, Verteiler und Regulierer eingesetzt, um den pausenlosen Verkehr des an- und abrollenden Materials zu bewältigen.
Die Halle lag in einem gipsernen Licht, durch das grelle Kegel von Scheinwerfern von Arbeitsplatz zu Arbeitsplatz spielten. Ein zitternder Riesenpolyp, so dünkte es Robert, schlug um sich mit schwingenden Armen, mit greifenden und zupackenden Fäusten. In einem Gewirr von Drähten, Kolben und Stangen zuckte die Masse der Leiber her und hin, einem Befehl unbedingter Präzision folgend. An den steinernen Pilastern waren in mittlerer Höhe eiserne Kanzeln angebracht, auf denen kommissarische Verwalter in der städtischen Amtstracht standen, die den Gang des lärmenden Getriebes überwachten. Sie äugten scharf auf ihren jeweiligen Arbeitsbezirk, den sie mit Ferngläsern musterten. Bei der geringsten Unregelmäßigkeit unterrichteten sie

automatisch die Schaltanlage der Scheinwerfer, die ihr gieriges Licht sogleich auf jene Plätze warfen, wo ein Verstoß gegen die Arbeitsintensität vorlag. Durch farbige Blinkzeichen verständigten sie auch die Ingenieurzentrale, um vorübergehend eine Beschleunigung des Arbeitstempos zu fordern, falls die für einen bestimmten Zeitabschnitt angesetzte Beförderungsmenge hinter der tatsächlichen Leistung zurückzubleiben drohte. In ähnlicher Weise wurden auch die Signale für Schichtwechsel und Ablösungsmannschaften gegeben.

Katell mußte wiederholt den Archivar am Rockärmel ziehen, bevor sich Robert von dem Bilde dieses Tätigkeitsfeldes zu lösen vermochte. Er versuchte sich auszumalen, daß es siebzehn gleiche Transporthallen gab, von denen die entsprechenden Produktionsadern ausstrahlten. Zu welchem Zweck mochten derartige Mengen von künstlichen Steinen gebraucht werden?

Sinnend folgte Robert dem Maler, der ihn zu den Abteilungen der Generalverwaltung führte. Sie lagen wie Kojen an einem Gang, der sogenannten Glasgalerie, die in Länge, Höhe und Tiefe in eine Felsenhöhlung eingebaut war. Nicht nur die Seiten der einzelnen Räume des unterirdischen Geschäftshauses, das von einer sauberen Stahlkonstruktion gehalten wurde, waren durch verschiebbare Glaswände abgeteilt, sondern auch die Decken und Fußböden bestanden aus durchsichtigem Glas, so daß man sich gleichsam in einem transparenten luftleeren Raume bewegte. Hier walteten die Geschäftsführer und Direktoren, die Ingenieure und Statistiker ihres Amtes, hier tagten die Ausschüsse und Kommissionen des technischen Apparates.

Bevor Robert mit Katell in den Glasraum des Ersten Geschäftsführers eintrat, wurden ihnen von einem Diener weitgebauschte Filzpantoffeln über die Stiefel gezogen, wie man sie vielfach bei Schloßbesichtigungen überstülpen muß, um das edle Parkett zu schonen. So glitten sie feierlich in das gläserne Reich. Ein leichtes Schwindelgefühl überkam den Archivar, weil die Möbel, Tische und Stühle, aber auch der ihm entgegenkommende Geschäftsführer auf dem durchsichtigen Boden gleichsam schwebend blieben. Die Unsicherheit, keinen Halt zu sehen, verstärkte sich, als er nicht nur neben, sondern über und unter sich Räume erblickte, in denen Menschen und ihre Gegenstände wie Attrappen in der Luft hingen. Ihm zu Häupten saß eine Figur mit übergeschlagenen Beinen, deren riesige Pantoffeln einen dunklen Schatten durch die Glasdecke warfen, während er selbst auf die unter seinen Füßen aufragenden Köpfe zu treten vermeinte.

Der Geschäftsführer, dem Robert von Katell als der neue Chronist der Stadt, ihm von früher her bekannt und befreundet, vorgestellt worden war, empfing ihn mit gespreizter Höflichkeit. Es war eine aufgeschossene Gestalt mit einem hageren, farblosen Gesicht, dessen langes, nach hinten zurückgekämmtes und schon schütteres Haar in der Farbe des Fuchses glänzte. Er mochte um die Vierzig sein. Sein Kopf hing zwischen hochgezogenen Schultern in einer verkrampften Haltung nach vorn und blieb sowohl beim Stehen wie beim Sitzen gesenkt. Die Lippen waren schmal, gleichsam dürr und leicht zugespitzt. Die prunkvollen Armgesten, deren er sich beim Sprechen bediente, hatten etwas Schlaksiges, die Stimme selbst war künstlich gedämpft. Er hatte Robert einen Sessel zugeschoben, dessen Beine ebenfalls von Filzhüllen umkleidet waren.

Der Maler beurlaubte sich, um sich in dem alten Empfangssaal, der früher einmal Trinkgelagen diente, aber seit langem nicht mehr benutzt wurde, mit den Fresken zu beschäftigen. Er lag nur ein kurzes Stück oberhalb der Glasgalerie entfernt. Robert sah, wie Katell die Glaswand leicht beiseite schob, bis sie einen Durchlaß gewährte, und auf diese Weise eine nach der anderen Koje durchschritt, bis er plötzlich in die Höhe zu schweben begann. Unwillkürlich hielt sich Robert mit beiden Händen an den Armlehnen des Sessels fest. Erst später fand er die Erklärung für den so unheimlich anmutenden Vorgang: der Maler hatte einen der gläsernen Fahrstühle benutzt, die miteinander die verschiedenen Stockwerke der Galerie verbanden.

„Sie sind also", wandte sich der Geschäftsführer mit einer Fistelstimme an den Chronisten, ohne ihn anzusehen, „in unsere unterirdischen Bezirke herabgestiegen, um Einblick in das geheimnisvolle Walten zu nehmen, das jedermann zeitlebens mit vielen Fragen beschäftigt." Die Arme des Hageren ruderten durch die lautlos stehende Luft, als er fort-

fuhr: „Es wird Ihnen schon aufgefallen sein, daß Sie sich in einer spiegelverkehrten Welt befinden."
Robert schwieg.
„Was mich anbelangt", setzte der Geschäftsführer seine Ansprache fort, „so spreche ich zu Ihnen für die Tausende und aber Tausende, die seit Adams Tagen Fronarbeit verrichten. Ich bin der Vogt der Masse."
Robert blickte ihn an. Durch die vorgeschobene Kopfhaltung des Geschäftsführers entstand der Eindruck, als ob er einen Buckel habe.
„Sie sind", erkundigte sich der Chronist, „schon lange hier unten tätig?"
„Man ist", meinte der Hagere, „über jeden Tag erstaunt, den man sich hier wiederfindet. Die Zeit entzieht sich unserer Vorstellung angesichts der unaufhörlichen Tätigkeit. Sehen Sie", fuhr er fort, „früher besaß ich selbst ein eigenes Fabrikunternehmen, mein Name als Erfinder dürfte noch lebendig sein. Hier bekleide ich allerdings wie jeder meinen Posten nur kommissarisch. Sie werden uns kaum helfen können."
„Wenn Sie", sagte Robert und sah in das diffuse Licht, „mir das Ganze erklären würden –"
Der Geschäftsführer erhob sich und forderte den Chronisten mit einer einladenden Armbewegung zu einem Gang durch die gläserne Runde auf. Er machte ihn zunächst auf die meditierende Haltung der Direktoren aufmerksam, deren Köpfe in dem Glasraum unter ihnen in verbindlicher Versunkenheit einem stummen Gedankenaustausch hingegeben waren. Er bat, in der Raumzelle über sich den nüchternen Ernst zu würdigen, mit dem die technischen Büroleiter der laufenden Tagesfragen Herr wurden. Er wies auf die dunklen Silhouetten hin, die zwei Stockwerke über und unter ihnen davon Zeugnis ablegten, daß keinerlei Änderung für die Planung der Ingenieure zu erwarten sei.
Für Robert gab gerade dieses versponnene Stillehalten, das den Figuren und ihren Obliegenheiten eigentümlich war, Anlaß zur Beunruhigung. Ihm schien, als ob bei allen nur die Gesten erhalten geblieben seien, gewesene Pflichten zu erledigen, während die lebendige Erscheinung schon in den Bereich des Panoptikums gehörte. Die Pose, die sie so

ehern in ihren Mienen zur Schau stellten, glich der Erwartung, dauernd fotografiert werden zu sollen.
Seine Unruhe verstärkte sich, als er weitergehend einen Raum schräg unter sich erblickte, auf den der Hagere mit dem schütteren Haar beinahe nebensächlich, aber mit einer vor Stolz vibrierenden Stimme hinwies. Es handelte sich um eine Tagung des Verwaltungsrats sämtlicher Geschäftsführer, die in solcher Vollkommenheit nur in außergewöhnlichen Fällen in Erscheinung trat. Die etwa zwanzig Teilnehmer der Konferenz saßen in tiefen Sesseln regungslos um einen lang ausgedehnten Versammlungstisch, der gänzlich frei von Papieren und Listen war. In der Tischmitte stand eine Art Geburtstagskuchen, halb fertig gerichtet, denn die Kerzen lagen in einem Karton und waren noch nicht aufgestellt. Ein Mitglied hatte sich erhoben und gab durch nervöse Bewegungen seines Körpers kund, daß er eine Ansprache hielt. Die gläserne Trennwand verhinderte, daß Robert etwas von dem Gesprochenen vernahm. So wirkte es auf ihn spielerisch und hilflos zugleich.
Der Geschäftsführer, der sich zur Seite gewandt hatte, rieb sich die Hände. Dieses Geräusch, das an hämisches Messerschleifen erinnerte, ließ den Chronisten endlich eine entscheidende Beobachtung machen. Gebannt starrte er auf die untere Runde. Jeder der zwanzig Teilnehmer hielt den Kopf geduckt zwischen hochgezogenen Schultern, wodurch allen ein heimlicher Buckel anwuchs; die Farbe des Haares glich bei allen der eines Fuchses. Jedes der Gesichter zeigte in den einzelnen Zügen eine Steigerung zu dem Ausdruck des Hageren. Bei den jüngeren in der ersten Hälfte der Zwanzig war es noch von gesunder Farbe, auch bildete das Haar einen vollen Busch, der scharf zurückgekämmt war, und die Lippen, wenn auch zugespitzt, atmeten Fülle und Erwartung. Von Kopf zu Kopf wurde der Mund schmaler, gleichsam dürrer, wurde das Gesicht farbloser, das Haar dünner, und die Falten formten das Hagere des Aussehens: zwanzigmal stand in den Jahresphasen der Entwicklung die Erscheinung des Ersten Geschäftsführers sichtbar auf.
Robert glaubte zu verstehen.
„Darf ich mir erlauben", sagte er und streckte ihm die Hand hin, „Ihnen zu gratulieren."
„Oh", sagte der Geschäftsführer mit einer säuerlichen

Miene, ohne die Hand zu ergreifen, „wie aufmerksam von Ihnen. Hier nimmt man im allgemeinen nicht mehr davon Notiz. Man begeht andere Daten."
„Bei denen", unterbrach der Archivar, „eine neue Art von Hexeneinmaleins demonstriert wird."
Der Hagere drehte sich um sich selbst. „Im übrigen", sagte der Geschäftsführer des Konzerns, während er den Besucher in die nächste Glaskoje begleitete und den erstarrten Geschöpfen unter sich einen Abschiedsblick zuwandte, „alle Klischee – aber wir bleiben der Vogt der Masse!"
Mitten in die Stille des gläsernen Bürohauses waren diese Worte geplatzt. Der in seiner Zelle sitzende Statistiker verrenkte wie einc Puppe Arm und Bein und rief mit der beleidigten Stimme eines Bauchredners: „Wollen Sie doch meine Kontingente nicht stören!"
Als der Geschäftsführer mit dem Archivar den Raum verlassen hatte, dauerte es noch eine Weile, bis der aufgescheuchte Statistiker in sein Gleichgewicht zurückgependelt war.
„Noch ein Neuling", sagte der Hagere entschuldigend und glitt mit dem Chronisten weiter durch die lautlosen Abteilungen.
„Aha", meinte Robert.
„Auch bei uns", erklärte der Geschäftsführer, „macht sich der ständige Wechsel des Personals störend bemerkbar. Bald verschwindet dieser, bald jener, um dem Ersatz Raum zu geben. Man ist nur Platzhalter."
„Soso", warf Robert ein.
„Mir selbst geht es nicht anders", versicherte der Rothaarige. „Auf die Dauer ist keiner davon ausgenommen. Im Zusammenhang damit stehen auch die starken täglichen Zu- und Abgänge bei den Arbeitskräften, die in der Fabrikation und im Produktionstransport beschäftigt sind. Verschiebungen und Einsatz werden von dieser Amtsgruppe hier geregelt."
Der Archivar erblickte einen Schwarm emsiger Buchhalter und Buchhalterinnen, die die Kennziffern der Belegschaftsmitglieder sorgfältig aufschrieben und sorgfältig ausradierten.
„Die Angaben und Weisungen hierzu", erklärte der Erste Geschäftsführer, „werden unserer Fabrik von der Präfektur

erteilt. Übrigens ist der Aufgabenkreis des einzelnen, der den Grad seines Aufenthaltes bedingt, durch die Stadtbehörde von vornherein festgelegt. Solange einer hier weilt, bleibt er in der Stellung, die ihm von Anfang an zugeteilt oder verliehen worden ist."
„Und wonach", fragte der Chronist, „richtet sich die Qualifikation?"
„Darüber", antwortete der Rothaarige mit seiner fistelnden Stimme, „vermag ich nichts anzugeben. Ich sehe nur die fertigen Tabellen. Bei dem einzigen Gespräch, das ich bei dem Antritt meines Postens mit einem der hohen Beamten auf der Präfektur darüber führte, wurde mir der merkwürdige Ausspruch gesagt: Es hinge von dem früher erworbenen Schicksal ab."
Der Geschäftsführer stäubte mit dem Fingernagel ein Fädchen von seinem Ärmel.
„Von dem früher erworbenen Schicksal?" wiederholte der Chronist. „In der Tat merkwürdig ausgedrückt."
Es drängte Robert aus dem gläsernen Gefängnis fort. Er habe noch viel kennenzulernen, sagte er zu dem Hageren, und er dürfe bei den verschiedenen Stationen sich nicht zu sehr in Einzelheiten verlieren, um die Linie des Ganzen recht zu erfassen.
Der Geschäftsführer geleitete ihn zum Ausgang des Glashauses und wies einen Aufsichtsbeamten an, den Herrn Chronisten zum Fabrikmeister der Produktionsstufe I C zu bringen.
„Vielen Dank", sagte der Archivar.
„Stets zu Diensten", sagte der Geschäftsführer.
Nachdem sich Robert der Filzpantoffeln entledigt hatte und wieder natürlichen Boden unter den Füßen spürte, wurde ihm wohler zumute. Der Aufsichtsbeamte, eine bewegliche Figur, benutzte die Gelegenheit, als er Robert zur Fabrikanlage führte, um sich zu erkundigen, ob er nicht einen entbehrlichen Knopf bei sich hätte. Erst durch diese Frage wurde Robert darauf aufmerksam, daß an der Joppe des Aufsehers sämtliche Knöpfe abgerissen waren. Er suchte in seinen Taschen, fand aber nichts.
„Mitunter hat man noch etwas Überzähliges bei sich", meinte der kleine Beamte. „Einen der Ihren wollen Sie wohl nicht opfern?" – Dabei wies er auf die Dreierreihe,

die unten am Ärmel von Roberts Jackett aufgesetzt war. „Diese Serie habe ich nämlich noch nicht", fügte er hinzu. „Ja", gestand er auf Roberts Frage, „früher habe ich immer Briefmarken gesammelt, verstehen Sie, aber da es die nicht mehr gibt, sammeln die meisten jetzt Knöpfe. Wir nähen sie auf Bänder, nach Größe, Farbe, Bedeutung, und manche legen sie auch in Vitrinen. Das Sammeln muß eine alte Leidenschaft sein, es steckt noch in einem, nicht wahr? Entschuldigen Sie vielmals."

Zum Bedauern des Aufsichtsbeamten ging Robert nicht darauf ein, sich dessen Sammlung anzuschauen, aber er trennte, als Dank für Begleitung und Auskunft, einen der überflüssigen Zierknöpfe ab, den jener strahlend in Empfang nahm.

Die Anlage, in der die Kunststeine hergestellt wurden, befand sich dicht unter der Oberfläche in ausgedehnten Katakombenräumen. Breite Schächte ließen Luft und Licht in die verschiedenen Werkabteilungen, in denen vorwiegend Frauen beschäftigt waren. Der Fabrikmeister, ein älterer Mann, der mürrischer wirkte, als er es seinem Wesen nach war, erklärte Robert in kurzen Stichworten den Hergang der Produktion.

Aus den Saugrohren drang der pulverisierte Gesteinstaub an und wurde in kleinere Stahlbehälter geschüttet. Er fühlte sich, wie Robert feststellte, körnig an. Der Inhalt der Behälter wurde einer Reihe von chemischen Prozessen unterworfen, die näher zu analysieren das Fabrikationsgeheimnis verbot. Er erreichte schließlich den Zustand eines Breies, der stark erhitzt wurde. Hierbei kam es auf sehr subtile Messungen des Wärmegrades an.

Der Fabrikmeister, der mit dem Chronisten die einzelnen Stationen durchschritt, gab zu den Worten praktische Erläuterungen. Er hatte die Angewohnheit, sich wiederholt mit dem Handrücken die Nase zu reiben. Robert sah, wie in die Breimasse im gegebenen Augenblick ein Drahtgeflecht vertikaler und horizontaler Schnittflächen eingepaßt wurde, das es ermöglichte, die Steinwürfel später leicht herauszulösen. Auch dafür war der Zeitpunkt genau zu beachten, weil die Erhärtung der Masse von der zunehmenden Abkühlung abhängig war. Wurde der geeignete Moment versäumt, ließ sich das Schneidegeflecht nicht mehr entfernen, und der auf solche Weise ineinander verbackene Block konnte nur durch ein umständliches Verfahren in die vorgeschriebene Würfelform unterteilt werden. Geschah der Eingriff wiederum zu früh, dann sickerte der Teig in die künstlich geschaffenen Hohlräume, so daß sich später Unregelmäßigkeiten an der Würfelfläche bildeten, die nur mühsam und in besonderem Vorgang zu glätten waren. Die Tätigkeit erforderte daher höchste Aufmerksamkeit.

Noch vor einer Generation, so berichtete der Fabrikmeister, indem er wieder mit dem Handrücken die Nase rieb, habe der Prozeß von der Rohmasse bis zum fertigen Steinwürfel zweiunddreißig Arbeitsstunden beansprucht. Gegenwärtig benötige man dafür nur knapp den vierten Teil, und es sei nicht daran zu zweifeln, daß auch diese Frist zur Herstellung im Laufe der Entwicklung weiter verkürzt werde, ohne daß die Qualität des Fabrikats Einbuße erleide. Im Gegenteil – erst vor kurzem sei es gelungen, den Härtegrad des Kunststeins um mehr als zehn Prozent zu erhöhen. Andererseits stelle die zunehmende Verfeinerung des angelieferten Rohstoffes die Werkleitung ständig vor neue Probleme.

Der Chronist wohnte dem Schichtwechsel eines Teiles der Belegschaft bei, der sich nach einem bestimmten Läutesignal vollzog. Ruckartig setzten an jedem Platz die Handgriffe der neuen Arbeiterinnen ein, ohne daß eine Verzögerung eintrat. Es vollzog sich so exakt wie die militärische Ablösung eines Wachpostens.

„Die Mechanik ist gut abgestimmt", meinte schmunzelnd der Fabrikmeister. „Sie wirkt wie angeboren, und man sollte nicht glauben, daß viele erst hier bei ihrem Eintreffen umgeschult werden. Und doch ist das so. Ich war früher in einer Brauerei."

Die dienstfrei gewordenen Frauen verrieten mit keiner Miene ein Zeichen von Freude. Sie hatten müde Gesichter, müde Arme. Die Neuangekommenen waren ohne Gruß hinzugetreten. Auch ihre Gesichter wirkten schlaff, und die Hände verrichteten starr ihre Tätigkeit wie selbständig gewordene Maschinen. Doch in einer Bewegung des Körpers, einer Drehung des Halses, im nervengespannten Aufklopfen des Fußes verriet sich noch verschämte Anmut.

Der Chronist hatte eine von den Frauen angesprochen, die

mit ihrer Schicht zu Ende war, und erkundigte sich nach ihrer Arbeit. Die Frau sah ihn aus ovalen Augen an und sagte schließlich: „Fremdland. Nix verstehen."
Als er sich einer anderen Gruppe näherte, liefen die Frauen und Mädchen ängstlich auseinander. „Noch nicht uns holen", rief eine zurück, „noch eine neue Sonne sehen lassen!" Sie klommen auf Leitern ins Freie, um truppweise den Heimweg in ihre Stadt anzutreten.
Robert dachte an Anna, der dieses Los erspart blieb, und hörte zerstreut dem Fabrikmeister zu, der noch erzählte, daß man neuerdings dazu übergehen wollte, die Kunstwürfel in verschiedenen Farben herzustellen. Das Verfahren sei in den Laboratorien bereits erprobt. Diese industrielle Bereicherung werde freilich entscheidende organisatorische Änderungen bedingen.
Sie standen im Stapelraum der Fertigware, von wo aus die Steinpacken über ein fließendes Band der Transporthalle zugeleitet wurden. Hier prüften geschulte Kräfte noch einmal jeden Kunstwürfel auf seine Vollkommenheit. Etwa fehlerhafte Stücke wurden aussortiert und je nach Art des Schadens den Lagern zweiter und dritter Güte zugeteilt.
„Wer ist nun", fragte der Chronist, indem er einen der glatten Würfel in seiner Hand wog, „der Abnehmer dieser außerordentlichen Produktionsmenge? Werden sie exportiert? Zu welchen Bauten werden sie verwendet?"
„Ich bin ein einfacher Mann", meinte der biedere Fabrikmeister, „der über Zweck und Ziel des Unternehmens nicht unterrichtet ist. In alten Zeiten sollen daraus Pyramiden gebaut worden sein, aber das ist wohl ein Märchen."
„Nun", erwiderte Robert, „so unmöglich ist das gar nicht."
„Es empfiehlt sich", sagte der Werkmeister, „in einer Stellung wie der meinen nicht, eine eigene Meinung zu äußern."
Sie gingen ein paar Schritte.
„Sind Sie verheiratet?" fragte Robert.
„Ich bin verheiratet gewesen", sagte er und rieb sich wieder die Nase, „und ich hatte gedacht, meine Frau wiederzusehen, habe sie aber nicht mehr getroffen. Sie soll", setzte er leiser hinzu, „sie soll hier auch vorübergehend gearbeitet haben. Aber was weiß man?"

Er zog eine abgenutzte Brieftasche aus seiner Joppe und nestelte daraus ein Bild hervor, das er Robert zeigte.
„Ja“, sagte Robert und nickte. „Was weiß man?“
„Meistens nehmen sie einem so etwas ab. Na“, meinte er, „ich habe es wenigstens behalten. Hier kriegt man so ein Bild nicht.“ Umständlich steckte er den teuern Besitz wieder weg.
„Verwahren Sie es nur gut“, sagte Robert.
Unablässig zogen die Packen der geordneten Steinwürfel auf den fließenden Bändern vorüber, die in gradlinigen Stollen der Transporthalle zustrebten. Siebzehn Großhallen gab es.
Der Chronist dankte für alle Belehrung und wünschte dem Fabrikmeister weiterhin Gedeihen und Fortschritt für die Arbeit. Er sah die Bilder der fronenden Menschheit noch vor sich, als er von einem Zwerg zu dem alten Empfangssaal geführt wurde, der sich abseits von der neuzeitlichen Fabrikanlage erhalten hatte. Die Bilder hatten mit ihrer unabweisbaren Mechanik etwas Peinigendes. Robert hatte die Empfindung, als sei er eine nicht mehr meßbare Zeit, eine Unendlichkeit, Zeuge dieser unterweltlichen Vorgänge gewesen. Er fühlte sich innerlich wie ausgehöhlt. Der Zwerg zeigte auf eine brüchige, halboffene Tür und war selbst in einem Mauerspalt wie eine Ratte verschwunden.

12

Der nicht allzu große Raum, der als der alte Empfangssaal der Kunststeinfabrik bezeichnet wurde, machte einen verwahrlosten Eindruck. Der Oberbau, zu dem das Kellergewölbe einst gehört hatte, war eingestürzt und zu Brachland geworden. Durch die bis auf wenige Reste eingebrochene Decke drang Licht ein, und ihm entgegen wuchs aus den Schuttklumpen geil strotzendes Unkraut. Die Schlingpflanzen trugen gelbe Blüten. Trotz der Berührung mit der frischen Luft hatte sich auf dem feuchten Boden ein lauer, stockiger Dunst angesammelt. Nässe stieg von unten her auf.
Katell hockte auf einem verwitterten Steinblock inmitten des verfallenen Raums, hatte die Ellenbogen auf die Knie

gestützt und hielt den Kopf zwischen den Handflächen. Er schaute melancholisch zu Robert auf.
„Jetzt“, meinte der Maler, „müßte man einen antiken Schriftsteller zitieren können, einen Vers von Horaz oder einen der alten Griechen. ‚Und es schlafen die Trümmer in gräßlicher Ruh‘ – irgend so etwas hat sicher schon einmal jemand gesagt.“ Er verstummte.
„Ich habe das Gefühl“, sagte Robert, der sich nach einer Sitzgelegenheit umschaute, „als ob alles, was ich hier unten erlebe, eine unendliche Wiederholung wäre.“
Katell lächelte. „Das Leben“, sagte er, „ist eine Kette von Wiederholungen. Wir vergessen nur – und deshalb erscheint dem einzelnen die Welt einmalig und jeder Vorgang immer wieder neu. Aber was ist dir, Lindhoff?“
Der Maler war aufgesprungen. Robert, der sich tastend auf dem Steinblock niedersetzte, griff wiederholt nach seinem Herzen und atmete mühsam. Mit leiser Stimme bat er den Maler, der ihn erstaunt beobachtete, die augenblickliche Erschöpfung nicht wichtig zu nehmen. Er leide, seit er sich in der Stadt befinde, zuweilen an Beklemmungsanfällen.
„Es wird vorübergehen“, sagte er und zog aus der Jackentasche Brotgebackenes und einige Früchte. „Diesmal war es vielleicht nur Hunger“, meinte er.
Katell lehnte dankend ab, sich an dem Imbiß zu beteiligen. Er wandte sich den Mauerwänden des Saales zu, die ringsum in einer Höhe von etwa sechs Armspannen mit Fresken ausgemalt waren. An vielen Stellen ließen regellos gewachsene feuchtbraune Flecken nur noch abgeblaßte Farbtöne und Bruchstücke von Konturen ahnen, andere Partien gaben noch einen einigermaßen geschlossenen Eindruck der alten Wandmalereien.
„Sprich etwas“, sagte der Archivar, der sich ungeduldig auf dem Sitz der Felstrommel drehte, um die Wände zu betrachten.
„Die Zerstörung“, sagte der Maler, „hat, seit ich das letzte Mal hier war, in erschreckendem Maße zugenommen. Die Farbe platzt ab, Feuchtigkeit und Schimmel verzehren die Leuchtkraft, nichts mehr zu retten, es gibt für mich hier nichts mehr zu bestellen. Bald sinken die Bilder in das Nichts zurück, dem sie entstiegen.“ Der Maler machte eine Pause und ging lauernd um den Archivar herum. Dann

blieb er vor ihm stehen. „Worte", sagte er, „versteh mich recht, Lindhoff, Worte haften und dauern, Dichtung behält ihren magischen Sinn, Geschriebenes wahrt die Überlieferung menschlichen Geistes am längsten. Du weißt es, und die Präfektur wußte es auch nur zu gut, als sie das Archiv einsetzte. Kein Museum, keine Galerie der bildenden Künste, kein Institut für Musik, nur den Wortbestand des Archivs."

„Wem nutzt es?" fragte Robert schließlich, der noch immer das Mühsame seines Herzschlags spürte.

„Du hast deinen Auftrag", erwiderte Katell. „Übrigens", fuhr er auf und ab gehend fort, „wollte der unbekannte Meister, der vor einem Jahrtausend diese Bilderreihen schuf, ebenfalls nichts anderes als erzählen. Kärgliche Reste heute, und die königlichen Farben zuweilen ins Negativ geschlagen. Byzantinische Schule. Die Konturen der Figuren in geglättete Felswand geritzt. Wie steif die Gewänder um die Gestalten hängen, als ob sich nur Skelette darunter befänden! Allenthalben werden Geschichten in Bildern erzählt, beispielsweise die Herstellung der Steine, Würfelsteine damals wie heute. Schau, Lindhoff" – und Robert begann seinem Fingerzeig zu folgen –, „hier die Former, die Zuträger, die Mischer, die Brenner, ein jeder noch im Kleid seines irdischen Wirkens! Dort ein Abt oder ein geistlicher Fürst, hier ein Mogul mit seinem Troß, dort ein Ritter oder Lehnsherr, und die Vasallen bilden die Helfershelfer, Kuttenmönche und Muselmänner, die das Material herbeischaffen, Kaufleute und Handwerker, die es verarbeiten, Nonnen beim Zureichen, Burgfräulein beim Schichten, Städter und Bauern, Schöffen und Prinzipale, Ratsherren und Bürgerinnen, fahrende Gesellen und Edelleute, jedermann eingeordnet in den gleichen Gang, Schutt herantragend, Steine wegkarrend."

Der Archivar blickte über die Fresken hin, bemerkte das Gestelzte der Bewegungen, als ob die Gliedmaßen eingeschraubt seien, den hilflosen Eifer der Kreatur, die grausame Ausdruckskraft der aufgerissenen Augen, die bunt verspielten Wämse und Kleider. Überhöht, als eine zweite Reihe gedacht, standen die Aufseher und Beobachter, Stadtwächter mit Peitschen, Lehnsknechte mit Piken. Ein Missetäter wurde ergriffen und abgeführt, es wurde ihm vorge-

rechnet, daß er zu wenig Steine abgeliefert hatte. Im nächsten Bilderfeld wurde er weggeschleppt, dann gestaupt und schließlich am Galgen gehängt. Aus dem Mund des Professors flatterte ein Pergamentblatt, auf dem vermutlich das Urteil aufgezeichnet stand. Am oberen Rand des Bilderfrieses, als Hintergrund gemeint, zog sich schimmernd die Stadtlandschaft hin, ein bogenförmiger Festungsgürtel, Trümmer von Bollwerk und kahlen Fassaden – schwer zu entscheiden, ob es ursprünglich so gemalt war oder ob die Zerstörung sich mit der Zeit ins Bild gefressen hatte. Es ließ sich aber noch deutlich die Brücke erkennen, auf der die Menschenmenge sich drängte, zu Fuß, zu Pferd, in Wagen und Karossen, um in die Stadt hinter dem Strom zu gelangen.
„Alles, was hier in Bildern erzählt wird", sagte Katell bedächtig, „ist nicht allegorisch gemeint, sondern ist ein Ausdruck des Seins, des Gültigen. Diese Figuren haben ihre eigene Wirklichkeit. Das Ganze stellt, verstehst du, eine Art Chronik dar."
Robert war aufgestanden. Wie eine Schöpfungsgeschichte des Todes mutete ihn jetzt die Bildergalerie an. Da wurde eine Nonne mit den Steinen, die sie selber hergestellt hatte, eingemauert. Hier ein Bettler geschleift. Einem Schwätzer die Zunge ausgerissen. Menschen wurden gejagt, und Scheiterhaufen loderten. Meergeister stiegen aus versunkenen Schiffen. Wälder von Fahnen über einem Schlachtfeld. Da kroch die Angst, der Hunger, das Elend. Ein Blinder hockte und weinte aus den Augenlöchern. Dort blies der Turmwächter ins Horn, und Ungezählte stürzten mit vorgestreckten Armen ins Dunkel. Es schien unmöglich, die Fülle der einzelnen Schicksale in sich aufzunehmen. Plötzlich blieb der Blick des Archivars an einer von ausgedehnten Fäulnisflecken zersetzten Wandstelle haften. Gespenstisch hoben sich besondere Köpfe heraus, von geweihtem Licht umgeben, dessen Schwärze einmal Gold gewesen war. In einem von ihnen glaubte der Archivar, je eindringlicher er es anschaute, immer deutlicher die Züge des Hohen Kommissars zu erkennen. Er erschrak.
„Welche Ähnlichkeit", sagte er.
Katell nickte. „Ja", meinte er, „man erkennt noch genau das Modell."

„Alteingesessene Stadtgeschlechter!“ sagte Robert. „Erstaunlich, wie in der langen Ahnenreihe sich die gleichen Züge erhalten haben. Fast könnte man glauben, er sei es selbst.“
„Je nun“, sagte der Maler, „was bedeuten tausend Jahre für die Natur? Geist ist zeitlos.“
„Katell!“ rief Robert heftig, indem er nahe an ihn herantrat und ihm beide Hände auf die Schultern legte. „Katell! Bist du von Sinnen! Was geht hier vor? Bist du mein Freund oder nicht? Wenn du mein Freund bist, so erkläre mir, wo ich bin! – Warum“, fuhr er außer sich und ohne eine Antwort abzuwarten fort, „warum redest du in der gleichen Weise von Geist und Natur zu mir wie damals, als ich ankam, die Stimme des Präfekten?“
„Du hast“, sagte Katell bewegt, „die Stimme des Präfekten gehört – und lebst?“
Robert hielt noch immer mit beiden Händen die Schultern des Freundes fest umklammert.
„Wo sind wir?“ fragte er, von der gleichen Heftigkeit wie zuvor geschüttelt. Er meinte zu fühlen, daß der Boden unter ihm schwanke. Es war aber die Schwäche, die seine eigenen Füße zittern ließ.
„Einigen“, antwortete Katell, „so wird gesagt, sind hier längere Zwischenpausen gewährt, anderen kürzere und kurze. Ob Wiederkehr oder Unsterblichkeit“ – damit deutete er auf das alte Bildnis des Hohen Kommissars –, „für unsereinen ist es nur Gleichnis.“
„Manchmal“, sagte Robert, sich von Katell lösend, „sprichst du wie Perking.“
„Perking“, sagte Katell, „will man auf einem Bilde erkennen, das die Bündner des Archivs darstellt. Dort links. Ich vermag nicht zu entscheiden, ob es zutrifft. Er soll ein Schüler Dantes gewesen sein. Das Fresko stammt aus späterer Zeit. Ende des vierzehnten Jahrhunderts.“
Der Archivar trat vor die verwitterte Malerei. Zwölf Personen waren in annähernder Lebensgröße, teils stehend, teils sitzend, um einen langen Tisch gruppiert. Der Platz für die Figur des Dreizehnten war frei gelassen oder später übertüncht. Einige hielten Schriftstücke in der Hand, andere waren lesend und ordnend beschäftigt. Der Tisch stand in einer halboffenen Laube am Fuß des Alttors. Roberts Blick

überprüfte die Gesichter, blieb an einem haften. Die Figur stützte sich seitlich auf ein Stehpult und sah streng nach unten.
„Dieser“, sagte der Archivar.
„So wird behauptet“, meinte Katell. „Die Laube freilich steht nicht mehr an ihrem Platz.“
„Es könnte wohl Perking sein“, meinte schließlich der Archivar.
„Vielleicht ist“, sagte Katell, „nur der Typus gemeint.“
„Und jener“, rief Robert, auf eine Figur im Mittelfeld weisend, „erinnert an den Meister Magus.“
„Ich selbst“, sagte der Maler, „habe den Meister Magus nie gesehen. Ich dachte, er sei eine legendäre Gestalt.“
„Es gibt ihn“, sagte Robert. „Aber vermutlich legen wir die verwandten Züge in die Bilderköpfe hinein, es gibt oft Entsprechungen.“
„Vermutlich“, sagte der Maler.
Er hatte begonnen, auf dem leeren Feld mit ein paar Kohlestrichen Robert in der altmodischen Tracht eines Torschreibers mit Feder und Samtbarett zu skizzieren.
„Bist du des Teufels?“ rief ihm Robert zu.
„Ich restauriere alte Bilder“, sagte der Maler.
Der Archivar hatte sich mit großen Schritten zur Tür gewendet. „Ich will fort“, sagte er, „es führt zum Wahnsinn, wenn ich länger hierbleibe. Ich muß zurück.“
Als Katell sein Gesicht abkehrte, witterte Robert in seiner Haltung etwas Spöttisches.
„Hast du übrigens“, meinte der Maler, „inzwischen Frau Anna getroffen?“
Die Frage versetzte Robert in neue Erregung. Unmutig griff er nach seinem Herzen und preßte die Faust gegen die linke Seite seiner Brust. In die Stille drang ein schnarrendes Geräusch, das sich in regelmäßigen Abständen eindringlich wiederholte. Der Maler blickte überrascht auf. Der Archivar, der vorsichtig dem Geräusch nachging, entdeckte über einem alten Weihwasserbecken neben der Eingangspforte des Saales einen schwarz polierten Holzkasten. Als er ihn öffnete, wurde der rostige Metallwecker eines Telefons sichtbar.
„Eine Neuerung!“ rief der Maler dem Archivar zu. „Die Technik verfolgt uns.“

Wieder schnarrte der Apparat, Robert nahm die Telefonmuschel an sein Ohr. Auf sein fragendes „Hallo" antwortete eine ferne Stimme. „Wir verbinden", verstand Robert. Es knackte im Draht. Eine andere weibliche Stimme fragte, ob Herr Doktor Lindhoff hörbereit sei. Robert versicherte es. „Wir verbinden", hieß es wieder. Robert wartete.
„Hallo, Herr Doktor Lindhoff", drang eine milde Stimme an sein Ohr, in der er die des Hohen Kommissars zu erkennen glaubte. „Verzeihen Sie die Störung. Die Präfektur läßt Ihnen, Herr Archivar, dafür danken, daß Sie sich Ihrer Aufgabe auch weiterhin unterziehen wollen."
„Aber", stammelte Robert, „ich weiß gar nicht, ob – ich fürchte, daß – ich verstehe nicht –" Er griff mit der freien Hand in die Luft. „Ende, Ende", hörte er die weibliche Stimme sagen. Nachdem er eine Weile unschlüssig am toten Draht verweilt hatte, rief ihm Katell zu: „Du kannst den Hörer wieder auflegen." Robert tat, wie ihm geheißen. Dann wünschte er, unverzüglich ins Archiv zurückzukehren.
Katell, der einen Abschiedsblick zu der Welt der Fresken sandte, erinnerte aber den Archivar daran, daß er bisher erst den einen Teil der städtischen Fabrikanlagen besichtigt habe und nun den andern aufsuchen müsse, die ergänzende Hälfte gleichsam der Kunststeinfabrik, um eine Vorstellung des Ganzen zu gewinnen. Nach einigem Widerstreben willigte Robert ein, wobei er darauf drang, die Besichtigung des städtischen Zweigunternehmens möglichst abzukürzen und auf das für ihn Wesentliche zu beschränken.
Auf dem Wege zur Gegenfabrik, die am jenseitigen Stadtrand gelegen war, bewegten Robert die Fragen, die sich aus dem Hinweis Katells auf Anna und aus dem Anruf der Präfektur ergaben. Warum war er hier, und wem galt seine Bestimmung? Hatte er nicht ohne Fortsetzung aus allem herauskommen wollen?
„Die Welt", sagte der Maler, „ist rund, nur merken wir es nicht; wir merken auch nicht, daß sie beständig sich um sich selber dreht."
Sie schritten eilig aus, als gelte es, eine Verspätung einzuholen. Längst lag die Region der Kunststeinfabrik hinter ihnen, sie hatten das Weichbild der Katakombenstadt durchquert und waren schließlich in das Gebiet gelangt, wo die

städtische Gegenfabrik ihre Niederlassungen unterhielt. Auch hier hatte eine Betriebswache die Ausweise verlangt, auch hier wurden sie unauffällig von einem der Obmänner beschattet.
Als sie aus den unterirdischen Schichten an die Oberwelt gestiegen waren, machte der Maler den Archivar auf den einen und anderen Umstand aufmerksam, etwa darauf, daß hier die Produktionsstätten unter freiem Himmel lagen, in jenem gerölldurchfurchten Gebiet, das sich bis zu den Steilufern des Grenzstroms erstreckte. Der Archivar, der weder auf Umgebung noch auf Erklärungen sonderlich achtete, ließ sich, wortkarg geworden, nur hin und wieder ein kurzes „Soso" entlocken. Nicht einmal die Sonne schien er zu spüren, die sich in die baumlose Tuffsteinlandschaft einbrannte.
Katell hatte jeden der Hauptzufahrtswege vermieden, die sich vom Zentralplatz aus sternförmig in das Felsgelände gruben. Überall sickerte Steinmüll. Eine Schicht quirlenden pulverisierten Staubes schwebte ungreifbar über dem Fabrikgebiet, so daß die Sonnenscheibe in einem riesigen Dunsthof verborgen lag. Die Luft stockte, wie von einer milchigen Glocke abgeschlossen, und eine Trockenheit reizte die Atmungsorgane.
Sie traten in eine der mit Platten bedeckten Steinhütten, die sich, dem Wesen der Landschaft angepaßt, zahlreich über das Geröllfeld hin verstreuten. Der kastenähnliche Raum war künstlich erhellt. Schnurrende Ventilatoren mühten sich, die abgestandene Luft zu verbessern. An einem Schaltschrank, der die Länge der Rückwand einnahm, saßen in abgewetzten Kitteln etwa zwanzig Frauen, die um die Ohren glänzende Kopfhörer trugen. Je nach den ihnen übermittelten Weisungen schalteten sie Hebel, richteten nach dem Zeiger einer Lichtskala steuernde Räder aus. Untereinander verständigten sie sich ausschließlich durch Zahlenwerte.
Ein kurzatmiger Mann in einem schmutzigen Hemd, der Maschinenmeister, beaufsichtigte von einem Schemel aus scharfäugig das Getriebe und gab knurrende Laute von sich. „Gelb siebeneinhalb", hieß es und „Blau dreizehn plus". Die Frauen korrigierten danach ihre Schaltungen. Mit einer langen Stange, einem Billardstock ähnlich, schob er, ohne

seinen Platz zu verlassen, von Zeit zu Zeit farbige Messingplättchen auf einer quadrierten Wandtafel anscheinend sinnlos von einem Feld ins andere. Er benutzte den Stock auch dazu, die Frauen, die unachtsam schienen, zwischen die Schulterblätter in den Rücken zu stoßen. Zuweilen wurde der Raum durch ein unterirdisches Vibrieren erschüttert, das wie dumpfes Schiffsstampfen durch die Gegenstände rollte.

Katell hatte mit einem geschniegelten Herrn gesprochen, der sein Diktat in die Schreibmaschine unterbrach und Robert begrüßte.

„Wiedehuck", stellte er sich vor, „Spezialagent siebentausendzwei. Habe die Ehre, Herr Archivrat!"

Es war ein sehniger Typus, mit flinken Bewegungen, der sich allerdings beim Sprechen als Asthmatiker erwies. Er erklärte dem Archivar, daß man sich in der Maschinenzentrale XI befinde, deren besondere Kontrolle er ausübe.

„Tempo! Tempo!" rief er mittendrein den Leuten zu, um die Bedeutung seiner Aufgabe zu unterstreichen, und wies seine Sekretärin an, sich für den Fragebogen der Betriebsdirektion die neuesten Formeln vom Maschinenmeister geben zu lassen.

„Schauen S'", wandte sich Herr Wiedehuck an den Archivar, „flutschen muß es bei mir, flutschen! Konzentration – darin beruht das Geheimnis. Aber machen S' was mit die armen Hascherln, die sich das auch einmal anders vorgestellt haben, als sie hierher abkommandiert wurden und nun Staub schlucken, nichts als Staub. Dabei ist's hier bei uns in der Maschinenzentrale noch gar net so arg wie draußen. Draußen kann man nur mit der Staubmaske arbeiten, da, wo das Material präpariert wird."

Die krähende Rede des Spezialagenten wurde durch einen Reizhusten unterbrochen.

Später setzte er dem Archivar den Zweck des Fabrikunternehmens auseinander, dessen Aufgabe darin bestand, die erforderlichen Rohstoffmengen für die Kunststeinfabrik zu beschaffen und laufend zur Verfügung zu stellen. Er nannte eine gewaltige Zahl an Kubikmetern von atomisiertem Steinstaub, die von Sonnenaufgang bis Sonnenuntergang gewonnen werden mußten. Der Umsatz an Material stiege von einer Mondperiode zur anderen und nicht min-

der die Anforderungen an die Zöglinge – so bezeichnete er die Arbeiter und Angestellten beiderlei Geschlechts.
„Es darf", flüsterte Herr Wiedehuck, „keinerlei Verzögerung eintreten. Die Kunststeinfabrik ist mit ihrer Produktion in dem Maß auf uns angewiesen wie wir auf ihre Lieferungen."
Der Archivar horchte plötzlich auf.
„Auf diese Weise", erklärte der Spezialagent, „hetzt ein Unternehmen das andere tot. Dabei kann man nicht einmal von Konkurrenz reden."
Herr Wiedehuck war nicht ohne Ironie, wie es dem Archivar vorkam. Auch war ein hämischer Ehrgeiz nicht zu überhören, als er von den Kniffen sprach, die von den leitenden Ingenieuren und Physikern bei der Zubereitung des Mörtelstaubs ständig angewandt wurden, um der Gegenfabrik die Arbeit zu erschweren. Während das hier angelieferte Material zum Beispiel früher nur zu grobkörnigem Schutt zerstampft wurde, war man allmählich dazu übergegangen, die Steine durch Walzvorrichtungen zu zermürben, um sie dann in maschinell betriebenen Trichtermühlen in kleine und kleinste Schutteilchen zu zermahlen.
Als sich der Archivar erkundigte, ob bei den außerordentlichen Mengen an Steinstaub, deren die Kunststeinfabrik, wie er sich überzeugt habe, laufend bedürfe, die Abtragung des hiesigen Felsgeländes sich nicht zu erschöpfen drohe, vernahm er ein verlegenes Hüsteln des Agenten, das schließlich in ein krampfhaftes Gelächter überging.
„Da schau einer", sagte Herr Wiedehuck mit krähender Stimme, „der Herr Archivar beliebt zu scherzen! Wohin kämen wir, wenn wir unseren Heimatboden selber angreifen würden. Wissen S'", fuhr er mit gedämpfter Stimme fort und warf schnell einen Blick über seine Leute, die aber in den Ablauf des Betriebes so eingespannt waren, daß sie auf die Unterhaltung nicht achtgaben, „das Material für die Zerkleinerung erhalten wir ausschließlich von drüben geliefert. Das ist halt die Produktionsaufgabe der Gegenfabrik."
„Wie bitte?" fragte der Archivar überrascht und sah den Agenten kopfschüttelnd an.
„Wenn wir", meinte der Agent, „das Felsgestein für die Pulverisierung mitbenutzten, würde nicht nur das gegenseitige Verhältnis, sondern der Kreislauf der Ordnung selbst ge-

stört sein. Die vorhandene Materie darf weder vermehrt noch vermindert werden, nit wahr?"
„Es werden also", sagte zögernd der Archivar, „die Kunststeine lediglich hergestellt, um –"
„Um von uns hier", ergänzte der Spezialagent mit einer bissigen Genugtuung, „wieder zermahlen zu werden."
„Und", rief der Archivar ärgerlich, „die daraus gewonnene Staubmasse –"
„Ganz recht", bestätigte der Agent, „sie dient nur der Fabrik am anderen Stadtrand, um daraus wieder neue Kunststeine herzustellen."
„Aber", sagte der Archivar und stampfte mit dem Fuß auf, „das ist doch –"
„Mustergültig geregelt", ergänzte Herr Wiedehuck freundlich, „und dabei so einfach."
Die wenigen Mädchen und Frauen hantierten unter der Aufsicht des Saalmeisters an den Schalthebeln, durch die der Gang der verschiedenen Walzmaschinen und Trichtermühlen ferngesteuert und das Tempo besonders geregelt wurde. Ob sie wohl wußten, daß jede Beschleunigung, die sie durch einen leichten Druck der Hände auf die Apparatur veranlaßten, für die ungezählten Arbeitsgeschöpfe draußen auf den Geröllfeldern eine kaum erträgliche Steigerung von Mehrleistung bedeutete und den Körpern neuen Schweiß, neues Keuchen erpreßte? Ob diese wiederum ahnten, daß sie nicht nur an den stets gleichen Vorgang, sondern an die Verwandlung der stets gleichen Materie verkauft waren?
„Ich verstehe nicht", sagte der Archivar, der sich in den Bildern seiner Gedanken nicht zurechtfand, „ich verstehe den Aufwand nicht, die ständige Beschleunigung der Arbeit, die Sorgfalt der Methode!"
„Für den einzelnen", erwiderte trocken der Spezialagent, „wird dadurch der Reiz des mechanischen Spiels erhöht."
„Was soll", sagte der Archivar in gesteigerter Erregung, „die geradezu lächerlich wirkende Wichtigkeit, mit der einerseits die Steine immer härter, besser und schöner hergestellt werden, wenn sie keinem anderen Zweck bestimmt sind, als um immer rascher, immer raffinierter in den Ursprungszustand des Staubes zurückverwandelt zu werden. Es ist absurd!"

„Sie denken zu moralisch", sagte Herr Wiedehuck und unterdrückte ein Gähnen. „Schauen S', Herr Archivrat", fuhr er leiser fort, indem er sich die Hände rieb und den Ring, den er auf dem Zeigefinger trug, hin und her drehte, „für die Masse bleibt das Zwecklose ihres Treibens natürlich ein Geheimnis. Sie hält gläubig an der Illusion der ihr von der Präfektur auferlegten Tätigkeit fest. Wir Agenten blicken zwar ein bisserl hinter den Vorhang des Theaters, aber den tieferen Sinn des Stückes zu deuten, übersteigt unsere Zuständigkeit."
Er unterbrach sich und hielt lauschend die Hand an sein Ohr.
„Ich täusche mich nicht", sagte er. „Es trifft sich günstig für Sie, Herr Archivrat. Der Seniorpräsident unseres gesamten Fabrikbezirks kommt nämlich auf seiner Inspektionsfahrt vorüber."
Der Spezialagent gab kurze Anweisungen, ließ die Verbindung zu einem Nebengelaß öffnen, ein Teppichläufer wurde ausgebreitet und über die Schwelle der Haustür bis auf den Straßenweg gelegt. Von draußen drang ein Schellengeläut näher, wie man es im Winter von Schlitten hört, ein Getrappel von Füßen wurde vernehmbar, und der Agent eilte zum Eingang.
„Achtung, Achtung!" rief er.
Zwei klingelrasselnde Vorläufer blieben zu beiden Seiten der Türpfosten stehen. Ihnen folgten in betreßten Uniformen die Träger einer Sänfte, die sie im Innern des Raums der Maschinenzentrale XI vorsichtig zu Boden setzten. Während unter bestimmten Glockenzeichen zwei andere Trabanten kleine silberne Rauchfässer schwangen, wurde die brokatene Oberhülle der Sänfte niedergelassen. Die Anwesenden, auch die Mädchen und Frauen an der Schaltapparatur, hatten sich von ihren Plätzen erhoben, und fast alle beugten in diesem Augenblick das Knie. Der Maschinenmeister bekreuzigte sich, Katell stand in einer tiefen Verneigung, wobei seine Arme ungeschickt nach vorn auf die Erde hingen. Der Archivar, scharf beobachtend, senkte nur leicht den Kopf.
Sichtbar wurde, in ein eng anliegendes Prunkgewand geschnürt, eine zwergähnliche Mumiengestalt, die in hockender Haltung über welken Händen ein wachsgelbes Gesicht

zeigte. Den Kopf schmückte ein buntbebänderter Dreispitz. Der Weihrauch strich durch den Raum.
„Mein Präsident!" sagte der Agent und beschrieb mit dem Arm eine weit ausladende Geste.
Die Mumie sah starr geradeaus und sagte mit einer kräftigen Stimme: „Weitermachen!"
Frauen und Mädchen glitten behende auf ihre Schemel an der Schaltwand, der Maschinenmeister ergriff seinen langen Bakel und schob eifrig die Metallplättchen hin und her, Herr Wiedehuck trat einige Schritte zu dem Archivar zurück. Auf einen Wink wurde die Sänfte mit dem Präsidenten angehoben und in das Nebengelaß getragen, wo sie auf einem bereitstehenden Podest abgesetzt wurde. Nachdem sich die Träger schwerfällig entfernt hatten, folgte der Archivar dem nachdrängenden Agenten. Sie stellten sich zu beiden Seiten der offenen Sänfte auf, so daß Robert den greisen Präsidenten im Profil vor sich hatte. Die vorspringende Nase wirkte wie aus Elfenbein. Das Blut war aus dem edlen Antlitz wie ausgeronnen. Die künstliche Feierlichkeit des Gepränges ließ in dem Archivar den Gedanken aufkommen, als werde die Gebrechlichkeit eines Dalai-Lamas oder Papstes zur Schau gestellt.
„Macht die Zerstörung", erkundigte sich die Mumie, „befriedigende Fortschritte?"
„Der Kreislauf der Materie", sagte der Agent kurzatmig, „nimmt weiter an Beschleunigung zu."
„Danke", erwiderte der Greis. Er schnupperte leicht durch die Nase. „Besuch?" fragte er. „Ein Gast anwesend?"
„Ein Ungläubiger, mein Präsident", erwiderte der Agent beflissen.
Das Mumiengesicht drehte sich langsam Robert zu. „Wohl vom Archiv?" fragte der Greis. „Da steckt alles voller Fragen", fuhr er munter fort und bewegte die Fingerspitzen zu einem leichten Trommeln. „Da will man immer noch den Geist retten und bewahren."
Robert starrte ihn mit brennenden Augen an.
„Jedermann", sagte die Mumie, „der ein wenig über die Dinge nachgedacht hat, weiß, daß alles im Leben nur ein Wind ist. Die Philosophen haben zu allen Zeiten ihre Welttragik daraus gemacht. In unserer Region, mein Herr, ist man über Romantik und Pathos hinaus."

Der Alte in seinem verschnürten Gewand saß unbeweglich. „Wie viele Städte", sagte er lebhaft, „sind im Lauf der Jahrtausende zerfallen, die so mühsam aufgebaut wurden. Wie viele Kleider sind zerrissen und abgetragen, die so sorgfältig einmal genäht worden sind. Auch meine Pyramiden werden einmal zu Staub zerfallen. Die Dauer der Materie ist beschränkt. Unter meiner Präsidentschaft wird der Prozeß des Zerfalls verkürzt. Es geht uns bei dem Spiel mit den Fabriken darum, einen Symbolwert darzustellen, wie man einen Logarithmus darstellt."

„Es ist die Hölle", sagte Robert.

„Für die Leute hier", sagte die Mumie, „gibt es weder Hölle noch Himmel. Zwar glauben die Angestellten der Kunststeinfabrik an den Aufbau und die Angestellten meiner Fabrik an die Zerstörung. Es bleibt der Hohen Präfektur vorbehalten, daß sich Aufbau und Zerstörung immer die Waage halten. Freilich wird ihr der Ausgleich immer schwerer fallen. Es steht zu erwarten, daß mit dem neuen Zeitalter der Atomzertrümmerung, das meine Alchimisten vorbereitet haben, unsere Gruppe einen Vorsprung in der Vernichtung gewinnt, der so leicht nicht wettgemacht werden kann. Dann wird Ihr Archiv, das noch so treu der Humanität nachhinkt, ebenfalls bedeutungslos werden."

„Welcher Zynismus!" entfuhr es Robert.

„Ich bin nicht der Antipode, für den Sie mich halten", sagte die Mumie lässig, und ein pfeifender Ton glitt durch die Zähne. „Ich wollte Sie nur von vornherein auf die Vergeblichkeit Ihrer Arbeit im Archiv aufmerksam machen. Die Überlieferung wird eines Tages aufhören. Es wird sehr einsam werden. Auch hier."

Langsam drehte sich das Mumiengesicht wieder nach vorn. „Danke für das Zuhören."

Robert starrte den Gegengeist an, dessen Antlitz sich scheinheilig verklärte und den Meister Magus ausstechen wollte. Die Nasenflügel der Mumie vibrierten. Es klang wie ein letzter Befehl, als sie sagte: „Mehr Staub!"

Der Spezialagent ließ die Träger eintreten, die die Sänfte sorgsam verhüllten und vorsichtig hinaustrugen, ohne daß dem Vorgang von den übrigen Leuten Beachtung geschenkt wurde. Nur der Agent gab bis zur Haustür das Geleit. Man hörte das sich entfernende Schellengeläut der Vorläufer.

Der Archivar, der ebenfalls den Nebenraum verlassen hatte, sah sich nach Katell um. Der Maler riß aus seinem Skizzenbuch zwei Blätter, überreichte eins dem Archivar, das andere Herrn Wiedehuck. Auf dem einen war mit ein paar Strichen die Mumienerscheinung des Seniorpräsidenten festgehalten, diesem Diktator der Verneinung, auf dem anderen der Agent in seiner Unterhaltung mit dem Archivar.

„Charmant", sagte der Agent und wiegte sich kokett in den Hüften, „wirklich charmant. Der Herr von Katell versteht's!"

„Ich brauche dein Erinnerungsbild nicht", sagte Robert brüsk zu dem Maler.

„Glücklich", meinte Herr Wiedehuck, „sind die Nichtwissenden."

Der Agent fühlte sich durch den Besuch des Seniorpräsidenten in seiner Haltung gestärkt. Nachdem er Katells Zeichnung mit einer Reißzwecke an der Wand über seinem Platz befestigt hatte, forderte er den Archivar „auf einen Sprung", wie er sich ausdrückte, zu einem Rundgang durch das Fabrikationsgelände auf, um die Bedienungsmannschaften an den Trichtermühlen und den Walzwerken beim Arbeitsprozeß in Augenschein zu nehmen. Er empfahl, gegen den Staub eine Maske aufzusetzen.

„Komm nur mit, Lindhoff", sagte Katell aufmunternd.

Die drei Männer waren schweigend eine Strecke über das ansteigende Geröllfeld gegangen. Von einer Höhe aus sah der Archivar durch die abschirmenden Gläser der Maske allenthalben Staubfontänen vom Boden aufsteigen, die sich nach oben hin verbreiterten und in trägem Fall niedersanken. Sie bildeten sich über riesigen Trichtermühlen, vor denen zahllose Menschen wie graue Ameisen hin und her liefen. Ein knirschendes, kreischendes Geräusch drang immer gellender durch den Ohrschutz der Maske. Der Boden, von gewaltsamen Erschütterungen getroffen, zitterte unaufhörlich. Der Körper des Archivars war wie magnetisiert. Wenn sich eine der Staubwolken verzog, ließ sich zuweilen in einem Ausschnitt das breite Flußbett erkennen, das unterhalb der Geröllhalde die Grenze der steinernen Landschaft bildete. Über dem jenseitigen Ufer lag ein Schleier, den der Blick nicht zu durchdringen vermochte. Es konnte Nebel

sein. Vielleicht waren auch, überlegte Robert, nur die Fenstergläser seiner Maske beschlagen.
Als ihm der Agent bedeutete, die Besichtigung auf die verschiedenen Stationen der Schuttzubereitung auszudehnen, um das Maß der Zerstörung auszukosten, winkte der Archivar ungeduldig ab. Sobald es die Umstände erlaubten, befreite er sich von der Staubmaske und atmete ein paarmal rasch auf. Er verzichtete auch darauf, der Haupthütte einen Besuch abzustatten, in der seit alters her bedeutende Physiker ihren Studiensitz innehatten, die der Volksmund „Die verkehrten Gelehrten“ nannte, weil sie dem Werk der Zerstörung dienten. Ziemlich unvermittelt verabschiedete er sich vor der Maschinenzentrale von Herrn Wiedehuck.
„Das Archiv ruft!“ sagte er und war schon vorangeeilt.
Als der Maler folgen wollte, fühlte er sich am Arm festgehalten. Der Spezialagent machte ihn mit einer abschätzigen Grimasse darauf aufmerksam, daß der Archivar, statt den rechten Weg fortzusetzen, sich anschicke, eine seitlich gelegene Felstreppe hinabzusteigen.
„Lassen Sie ihn nur“, meinte der Agent blinzelnd zu Katell, der eine unwillige Bewegung machte, „Ihr Herr hat es noch zu eilig, da schadet die Verzögerung in der Sackgrube nicht.“
„Könnt ihr Agenten“, sagte der Maler ärgerlich, „noch immer nicht von euerm alten Spitzeltum lassen und müßt die Schützlinge der Präfektur zum besten halten!“
„Mir scheint fast“, sagte Herr Wiedehuck, „daß Sie sich zum Außenstabe des Hohen Kommissars zählen. Ich gehöre zur Schar der erlaubten Galgenvögel. Wir wachen auf unsere Weise über die Sicherheit der Zwischenwelt, Sie auf Ihre. Solange sich der Herr Archivar noch auf unserem Reviergrund befindet, gelten unsere Mittel. Außerdem ist die Prüfung harmlos und wird wie alles für ihn später nur ein Andenken bedeuten. Nichts für ungut, Herr von Katell.“
Währenddessen war Robert, der nichts anderes wünschte, als auf dem kürzesten Wege zum Archiv zu gelangen, über die Steintreppe in einen dämmerigen Stollen geraten, von dem er annahm, daß er ihn eher in die bekannten Katakombenviertel der Stadt führen würde. Er schritt sorglos einem Lichtspalt entgegen, der sich nach einer jähen Wendung des Ganges in eine schwammige Helligkeit ausdehnte. Als

er nach einer Weile aufblickte, sah er von ferne eine Gestalt sich entgegenschreiten, die im Näherkommen rasch größer wurde und in demselben Augenblick stehenblieb, als er es selber tat. Fast greifbar stand die Gestalt vor ihm, in der er zu seiner Überraschung einen Doppelgänger von sich erkannte. Unwillkürlich hielt er seine linke Hand über die Augen und nahm sie zögernd erst herunter, nachdem er sich zur Seite gewendet hatte. Den Blick öffnend, gewahrte er seine eigene Gestalt, in vielfacher Verkleinerung wohl ein dutzendmal dastehen. Die Figuren hoben gleichzeitig den Fuß und begannen von allen Seiten her auf ihn zuzuschreiten, sobald er den Weg in ihre Richtung einschlug. Er tappte wie ins Leere, die Figuren blieben winzig und weit entfernt, sie winkten vielfältig, wenn er Hand und Arm erhob, sie standen da wie aufgestellte Spielzeugfiguren, durch einen übertragenen Mechanismus bewegt. Robert schaute spöttisch zu der kleinen Schar hinüber, doch dicht vor ihm tauchte jetzt ins Übermenschliche vergrößert sein Gesicht auf. Er blieb gebannt stehen. Schon ein geringes Neigen des Kopfes nach vorn genügte, um das Spiegelgesicht so ins Unförmige zu steigern, daß er vor sich selber erschrak. Robert versuchte zu lächeln, aber ein verzerrtes Grinsen antwortete ihm.
Er drehte sich ab und bewegte sich mit zusammengekniffenen Augen vorsichtig einer anderen Richtung zu. War es wieder seine Erscheinung, die ihm aus dem Helldunkel entgegentrat? Vor ihm her ging diesmal jemand, der weniger schnell vorwärts kam als er selbst, so daß er sich dem anderen zu nähern schien. Der Gang, die Haltung des linken Armes, der sich fest in die Beuge des Rückens legte, verrieten deutlich die Gesten seines Vaters, wie er sie als Kind oft auf Spaziergängen beobachtet hatte. Jetzt war er so nahe gekommen, daß er von hinten die Schulter des Vaters erfassen wollte, da war die Gestalt weggewischt, und seine Hand schlug gegen eine blanke Scheibe. War er seinem Vater, dessen Wesen und närrisches Advokatentum ihm zeitlebens zuwider gewesen waren, schon so ähnlich geworden? Denn daß ihn, wohin er sich wandte, Vexierbilder seines eigenen Selbst narrten, spürte er wohl.
Jetzt schritt sein Ich doppelt zu beiden Seiten, bald bizarr in die Höhe gezerrt, bald grotesk ins Platte und Breite zu-

sammengedrückt. Ein viel zu schwerer Kopf saß auf den verkleinerten zappelnden Gliedmaßen, dann schien ein viel zu schmales Haupt über der Masse des Leibes zu schweben. Verzaubert kam er sich entgegen, schritt durch sich hindurch, folgte sich selber nach. Ein Spruchband leuchtete auf der Spiegelfläche auf: Gnothi seauton – erkenne dich selbst, und ein anderes blätterte ihm entgegen: tat twam asi – das bist du, du bist das. Ihn schwindelte. Wie im Taumel umtanzten ihn die ausgespiegelten Figuren des eigenen Seins. Als er mitten im Raum stehenblieb, erstarrte auch alles um ihn.

Um den Ausweg zu finden, tastete er sich an den glatten Spiegelwänden entlang, aber unversehens wichen sie hohl zurück oder wölbten sich in langsamer Windung vor, um in einen toten Winkel zu münden. Und von überallher immer von neuem nur sich sehen, nur sich selbst gegenüber, sich selber auf der Lauer – als gebe es kein Entrinnen aus dem Spiegelgefängnis! Schon begann er an sich, an der Realität seines Selbst zu zweifeln. Vielleicht war er in einen sonderbaren Basar der unterirdischen Stadt geraten, wo alle Welt auf und ab promenierte, hin und her kreiste, und er sich nur in jedermann hineinsah. Vielleicht war dies wie in dem Empfangsraum der Steinfabrik ein Bilderfries in anderer Form, der auf seine Weise Gespenstergeschichten erzählte?

Es gab einen Augenblick, wo er Katell haßte, weil er ihn für den Ausflug zu den beiden Fabriken verantwortlich machte. Während ihn dieser Gedanke durchschoß, sah er, wie eine Gegengestalt seiner selbst im Spiegel die Hände um einen unsichtbaren Hals krallte, und plötzlich sank die Schattengestalt des Malers entseelt zu Boden. Annas Bild tauchte in Roberts Vorstellungen auf, und schon ertappte er eine neue Spiegelgestalt von sich dabei, die sich in begehrlicher Wut der Geliebten bemächtigte. Im Bruchteil der gleichen Sekunde fand er sich in Büchern und Papieren des Archivs vergraben, die Essenschale abweisend, die ihm sein junger Famulus brachte. Über seine Schulter blickte geisterhaft das Gesicht Perkings, und ein übergroßer ausgestreckter Finger wies anklagend auf die leeren Seiten der Chronik. Auf ihrem Deckel hockte die Mumie, und der Band zerfiel zu Staub. Die Mumie flog davon, der Finger rollte

sich ein, und nun sah er den Herrn im grauen Zylinder, der ein Paar blaue Lederhandschuhe lässig durch die Luft schwang. Er nahm einen entsetzten und verzweifelten Ausdruck seines Gesichts im Spiegel wahr, wie er ihn wohl in diesem Moment angenommen hatte. Alle Figuren vollzogen das, was er dachte, im gleichen Nu als Spiegelhandlung. Alle unterdrückten Wünsche und Verfluchungen, die geheimsten Regungen des Gefühls, Haß und Liebe, wurden ihm sichtbar vor Augen geführt. Die Bilder der Seele jagten sich wie in einem immer schneller ablaufenden Film.
Jetzt sah er sich heimlich den nächtlichen Geröllhang zum Grenzfluß hinabklettern, ins Wasser steigen, um mit ein paar Schwimmstößen das jenseitige Ufer zu erreichen. Aber wie im Traum kam er nicht von der Stelle, das Wasser wurde zu einem zähen Schlamm. Je mehr der Körper darin versank, desto höher stieg die Not, bis zuletzt sich nur noch sein Kopf, der sich in einer schreienden Gebärde nach rückwärts bog, aus der erstickenden Fläche hob. Robert hatte selbst den Kopf nach hinten zurückgeworfen, um für den Blick an dem Deckengewölbe des Spiegelgefängnisses einen Halt zu gewinnen. Da starrte ihm die Fratze der Gorgo mit seinen eigenen Zügen entgegen. Als er die Hand gegen seine Brust preßte, griff jede seiner stummen Figuren um ihn sich ans Herz.
Das künstliche Licht erlosch und mit ihm der irritierende Glanz der Wände. Zu sich kommend, gewahrte er allmählich einen dämmernden Schein, auf den er zulief. Mehr und mehr erhellte sich der Gang. Bald hatte er die Treppe erreicht, auf der er herabgeschritten war. Auf den oberen Stufen stand, seiner wartend, Katell, der das künstliche Licht ausgeschaltet hatte, damit Robert aus dem Labyrinth wieder herausfinden konnte. Befreit taumelte ihm der Archivar entgegen.
„Da bist du wieder! Hab Dank!“ rief er und wollte seine Hand nicht loslassen.
„Noch bin ich da“, sagte Katell.
„Wohin“, stammelte Robert, „habe ich mich verirrt, es war zum Fürchten! Mir war, als ob ich mein Leben lang nicht mehr den Spiegeln entrinnen könnte, die mir die Ausgeburten meines Ichs zeigten. Und dabei wollte ich auf dem kürzesten Wege zu mir.“

„Das will jeder", meinte Katell.
„Fort", rief Robert fröstelnd, „wie kalt es noch nachweht!"
Erst allmählich gelang es dem Maler, den Verstörten zu beruhigen. Auf dem Wege zur Stadt erklärte er ihm, daß er in eine der alten Sackgassen geraten sei, die man vorzeiten als Fallen angelegt habe, um Ausbrecher und Deserteure irrezuführen.
„Es gibt", fuhr der Maler fort, „mehr Käuze, als man denkt, die sich nach dem Schweiß der Erde zurücksehnen. Aber noch niemandem ist es aller Überlieferung zum Trotz gelungen, unserer Stadt zu entfliehen."
„Katell", sagte Robert, dessen Gedanken sich langsam sammelten, „was ist das für eine Welt, in die man mich abgesandt hat! Was bedeutet dieses alles? Manchmal komme ich mir vor wie in einem Purgatorium."
„Je nun", antwortete der Maler, „es ist wohl ein Weg einer großen Reinigung – ein Zwischenreich, wie manche sagen, wo die Schlacken der Erde abfallen."
„Aber", drängte Robert, „wohin führt der Weg?"
„Als ich diese Frage stellte", meinte der Maler, „wurde von der Präfektur geantwortet: einige glauben, daß die Wanderung jeden zu sich bringt, andere, daß sie ihn von sich wegführt."
Nachdem die beiden ein Stück schweigend durch das Grau der Dämmerung gegangen waren, die sich rasch um sie ausbreitete, sagte der Archivar noch: „Mir scheint, alle Dinge stehen miteinander in einer schrecklichen Beziehung."
„Vielleicht wird es Anna sein", sagte Katell, „durch die du einmal Klarheit gewinnst und die Freiheit des gefangenen Seins erfährst."
Es dunkelte schon, als sich der Archivar vor dem Alttor von dem Maler verabschiedete, der ihm ernst nachsah und nicht wich, bis Robert die Tür zum Archiv hinter sich geschlossen hatte.

13

Jede Einzelheit der Bilder und Ereignisse, die Robert bei seinem ausgedehnten Gang durch die Fabrikgebäude der Stadt wahrgenommen hatte, verschmolz in seinem Innern bald zu einem unentwirrbaren Ganzen, das sich in einer quälenden Vorstellung auswirkte. Er ertappte sich dabei, wie er durch den Arbeitsraum des Archivs in einer gebeugten Haltung auf und ab ging, als ob auf seinen Schultern ein Sack voll Asche laste. Der Weg durch das Spiegellabyrinth hatte ihn zum erstenmal selbst in eine jener Situationen gebracht, deren Unheimlichkeit sonst nur die eine oder andere Gruppe der Stadtbewohner ausgesetzt war.

Unschlüssig betrachtete der Archivar die leeren Seiten des Buchs, das ihm als Chronik anvertraut war. Prüfend ergriff er den Füllhalter und schrieb einige Notizen auf, um sich in Stichworten des Gewesenen zu versichern. Oben auf das Papier, nach rechts herausgerückt, schrieb er das Wort „Fabrik". Dann durchstrich er es und schrieb darüber „Beim Besuch der Fabriken". Er notierte folgende Sätze: Die Stadtbewohner sind Werkzeuge in der Hand einer toten Macht. – Ihre Bewegung bleibt Leerlauf. – Sie existieren in einer Puppenstube der Zeit, wenn es so etwas gibt. – Sollte hier das Bild des Lebens nur im Traum des einzelnen bestehen? – Sie verfolgen irgendeine verlorene Spur. Oft wirken sie gehetzt, als säße ihnen das Fallbeil der Ewigkeit im Nacken. – Die Geringeren, aber nicht nur diese, wirken, je länger ich hier weile, wie Puppen.

Beim Überlesen änderte er das Wort „Puppen" in „Attrappen".

Nachdem der Archivar noch einiges aufgezeichnet hatte, unterbrach er die Gedanken, überlas das Geschriebene und riß mit einem Gefühl des Widerwillens die beschriebene Seite aus dem Buch heraus. Er zerknüllte das Papier und warf es in die Schublade. Es fehlten die Voraussetzungen.

Einmal hatte er auch den Versuch gemacht, Anna einen Brief zu schreiben, den er ihr durch Leonhard zustellen lassen wollte. Aber das Verlangen, seiner Empfindung Ausdruck zu geben, stockte. Unter dem Eindruck der grausamen Maschinerie, den das Erlebnis der Fabriken mit den hilflosen Massen der um ein Nichts sich Mühenden und Fronenden in ihm hinterlassen hatte, kam ihm das persönliche Leben mit Anna nicht weniger gespenstisch und gleichgültig vor. Die Fragen, die ja nicht von ungefähr durch die neuen Bilder aufgerührt wurden, waren so mächtig, daß sie eine Beziehung zu der Geliebten zunächst aufsaugten. Es ging bei seinem Aufenthalt in dieser Stadt wohl um mehr als um das Einzelschicksal.

So schob er den begonnenen Brief beiseite und griff bereitwillig eine Anregung auf, die ihm Perking, der ehrwürdige Vorsteher der Gehilfen, unterbreitete. Er hatte nämlich Robert darauf hingewiesen, daß es wohl an der Zeit wäre, die alte Sitte wiederaufzunehmen, nach welcher vom Archivar regelmäßige Sprechstunden für die Bevölkerung abgehalten wurden. Es gehörte, wie Robert erfuhr, wenn auch nicht zu den Verpflichtungen, so doch zu den Gewohnheiten seiner amtlichen Stellung, Fragestellern und Bittsuchern Gehör zu schenken, Abordnungen zu empfangen und Mitteilungen, soweit sie sich auf den Kreis des Archivs bezogen, entgegenzunehmen. Beispielsweise bestünde, wie Perking erwähnte, bei einem Teil der seit längerem eingesessenen Beamtenkaste das Verlangen, über Landschaftsbilder von der See, über Naturvorgänge wie Wolkenbildung und Regen, aber auch über die politische Entwicklung im weiteren Ausland wieder einmal unterrichtet zu werden, um das Gedächtnis aufzufrischen. Hierfür könne eine Vorlesung aus der geeigneten Literatur des Archivs in Frage kommen, falls es der Archivar nicht vorziehe, aus seiner lebendigen Erinnerung einen Vortrag zu halten.

Robert versprach, sich des Vorschlags anzunehmen, er erklärte sich auch gern mit der Aufnahme der täglichen Sprechstunden einverstanden. Die Aussicht auf eine konkrete sichtbare Tätigkeit gab ihm die Genugtuung, daß seine dienstliche Anwesenheit einen unmittelbaren Nutzen habe, daß er nicht nur gleichsam für sich selber im Archiv arbeite, sondern wie jedermann an der täglichen Mühle mitdrehe. Außerdem meinte er, durch die Berührung mit Menschen verschiedener Art Willen und Charakter der Einwohnerschaft besser kennenzulernen.

Perking machte darauf aufmerksam, daß jeder Einwohner nur das Recht zu einem einmaligen Besuch der Sprechstun-

den habe und daß viele von vornherein auf diesen Weg verzichteten. Um die eifrigen Erwartungen des Archivars auf eine nur nebengeordnete Einrichtung in das rechte Maß zu rücken, sprach der Gehilfe davon, daß sich die Besucher in bestimmte Gruppen aufteilen ließen, die sich innerhalb ihrer Art kaum unterschieden.
Da pflegten die Bittsteller zu kommen, die ein persönliches Anliegen vorbrachten, das zu erfüllen nicht im Bereich des Archivars gelegen war. Da gab es die Gruppen der Querulanten, deren Eigensucht sich auf unwürdige Weise hintangesetzt fühlte. Weil sie sich stets von den Verhältnissen benachteiligt und unverstanden glaubten, brachten sie ihre Beschwerden in einem singenden Klageton vor. Eine dritte Gruppe bildeten die Schwatzhaften, deren Neugier jede Kleinigkeit auflas, um sie zum Angelpunkt der Welt zu machen. Ihnen gesellten sich die Klatschbasen und Klatschvettern hinzu, deren Blick über den Topf in der Nachbarsecke nicht hinausging, um mit neidgeschwollener Zunge in der ungreifbaren Sprache des Gerüchts zu reden.
Für alle diese Besucher gab es ein festgelegtes Schema, das Behandlung und Antwort einheitlich regelte. Der alte Perking reichte Robert die Textvorlage, in der es hieß, daß das Archiv die angeregten Fragen entgegennehmen und, soweit zuständig, prüfen werde, um damit den einzelnen wieder dem Gang des Geschicks zu überlassen. Die Aufgabe bestand also vornehmlich darin, den Besucher geduldig anzuhören, ihm Gelegenheit zu Geständnis und Beichte einzuräumen und ihm dadurch stillschweigend Erleichterung und Befriedigung seines restlichen Eigenbewußtseins zu gewähren. Außer diesen Besuchern, deren Mehrzahl, wie Perking es ausdrückte, als Dilettanten des Schicksals zu gelten habe, gebe es natürlich den einen oder andern besonders gearteten Fall, der die zugreifende Teilnahme des Archivs erfordere. Er führte einige Beispiele an, bei denen es auf diese Weise gelungen sei, dem Archiv wichtige Protokolle über die Schrecksekunde des Lebens zuzuführen.
Der Archivar hatte bald, als er einen beschränkten Teil seiner Amtsstunden dem Publikumsverkehr widmete, Gelegenheit, sich von der Genauigkeit der Perkingschen Angaben zu überzeugen. Immer wieder trat bei den Besuchern ein Geltungsbedürfnis in den Vordergrund, sei es, daß sie

sich nach dem Verbleib alter Briefe, nach dem Vorhandensein ihrer sorgsam geführten Tagebücher erkundigten, sei es, daß sie auf eine andere Verwendung ihrer Kräfte hinauswollten als jene, die ihnen in der Stadt zuteil ward. Einige wünschten, ehemalige Gedanken und Taten rückgängig zu machen, andere baten um Aufhellung von Erinnerungslükken aus ihrem Leben. Nicht gering war die Zahl jener, die auf ihren frommen Wandel pochten und auf Bestätigung ihrer moralischen Verdienste drängten. Sie sprachen geradezu von einer Belohnung, auf die sie lange durch Wort und Schrift vertröstet worden seien, und forderten eine Erfüllung, wie Leute, die einen Anspruch auf Urlaub und Pension nach treuer Dienstzeit erheben.
Der Archivar mußte sich zwar als nicht zuständig für die Behandlung dieser Wünsche erklären, nahm aber die Unterlagen und Dokumente voller Eifer für das Archiv entgegen. Sie kamen in den üblichen Siebungsprozeß.
Auch das Referat vor der Beamtenkaste hatte er eines Nachmittags gehalten. Etwa zweihundert Personen aus den verschiedenen Sektionen des städtischen Verwaltungskörpers waren hierzu in den fensterlosen Saal eines stumpfen Gebäudes geladen worden, das zwischen Schutt und Ruinen in dem der Präfektur zugeteilten Gebiete stand. Die Teilnehmer setzten sich aus Männern und Matronen der älteren Behördenschaft zusammen, die mehr oder weniger maßgebliche Funktionen als Büroreferenten, Sachbearbeiter, Protokollführer und dergleichen ausübten. Gemäß seinem Auftrag hatte der Archivar von der Natur seiner heimatlichen Landschaft erzählt, hatte Verse wirken lassen, die durch die dichterische Kraft des Wortes vieles von dem beschworen, was der Eigentümlichkeit der zerstörten Stadt fremd war und hier entbehrt wurde. Weiße Wolken zogen über den Himmel, Gewitter türmte sich, ein kühler Wind wehte, Vögel schwärmten durch die Luft, Falter spielten. Alles, was es einmal gegeben hatte, das Glitzern der Seen, das Raunen der Wälder, flirrendes Grün, die Pferde und Rinder, Hunde und Katzen, das Fahren durch heile Städte, durch Dörfer – der Schmelz des Lebens und der Erde feierte eine Auferstehung. Während er sprach, war ihm wie einem Blinden zumute, der plötzlich das Augenlicht wiederfindet.

Das Präsidium der Versammlung saß an einem längeren Quertisch, von dem aus der Archivar seine Vorlesung gehalten hatte. Es bestand vorwiegend aus Mitgliedern des oberen Sekretariats von der Präfektur, unter denen auch der Sekretär mit den rosigen Wangen und der scharfen Brille war, der dem Archivar bei seiner Ankunft Ausweise und Papiere ausgestellt hatte. Er hatte Robert lebhaft begrüßt, sich nach seinem Ergehen und den Fortschritten seiner Arbeit erkundigt, ein paarmal begütigend genickt, als Robert Zweifel und Unsicherheit über seine Position andeutete. Die zwanglose Art seines zuvorkommenden Auftretens stand im Gegensatz zu der Förmlichkeit, mit der der Leiter der Veranstaltung, ein Mann mit schwarzem Haar und fanatischen Knopfaugen, dem Archivar kurz für seine Ausführungen gedankt hatte. Ihm schien es mehr um die Pflichtaussprache zu gehen, zu der die Teilnehmer nun angehalten wurden. Sie sollten in der Form einer freien Diskussion offen und öffentlich bekennen, inwieweit ihnen durch die Worte des Archivars der verlorengegangene Besitz der Vergangenheit wieder bedeutungsvoll geworden sei.
Einige versicherten mit maliziösem Lächeln, daß eine neue Ära angebrochen sei, für die jene Naturbilder nur atavistischen Reiz hätten; andere gingen darüber hinaus und bestritten sogar den akademischen Wert derartiger Zeugnisse, die gerade durch die Qualität der künstlerischen Darstellung ein um so gefährlicheres Instrument bildeten, weil sie überholten Anschauungen Raum gewährten. Etliche gaben ihrer Rührung darüber Ausdruck, daß der Geist noch bewahrte, was ihnen an Schulwissen und Bildung längst abhanden gekommen sei; einzelne lobten das Organ des Archivars bei der Deklamation. Von vielen wurde mißbilligt, daß der Gegenstand für das hierorts übliche Bedürfnis einen Mangel an Realismus aufweise, und daß derart entlegene Naturschilderungen in das Reich der Utopie gehörten. Mehrere brachten eine präparierte Lektion erprobter Gemeinplätze vor, die nichts mit dem Thema zu tun hatten. Ein Teil lobte den Optimismus, ein Teil hielt ihn für verjährt und fehl am Platz. Diesen war die Auswahl, die der Archivar gegeben hatte, zu programmatisch, jenen in der Stellungnahme nicht eindeutig genug gehalten. Dem einen

war das Gebotene zu konkret im Detail, dem anderen zu symbolisch im ganzen, dem dritten zu abstrakt in der Idee, dem vierten zu abenteuerlich im Stoff. Während manche den Nihilismus, der aus den vergeblichen Illusionen sprach, für zersetzend hielten, sahen ihn andere als einzig existenzgemäß an. Es gab auch Leute, die in dem Bild, das der Archivar von der anderen Seite der Welt entwarf, ein Beispiel erblickten, bestimmte Grundvorgänge auf eine allgemeine Gleichung mit einem gültigen Nenner zu bringen. Diese Gruppe befand sich in der Minderzahl.

Der Versammlungsleiter hatte die Aussprache geschlossen und die vielseitigen Bemerkungen der Teilnehmer dankend registriert. Der rosige Sekretär beugte sich zu dem Archivar hinüber.

„Wir haben nichts dagegen", flüsterte er ihm ins Ohr, „wenn die Leute hier nur in Sentenzen reden. Es macht sie nämlich so schön unwirklich." Er lachte vergnügt vor sich hin.

Durch das Debattieren war der Archivar allmählich so ratlos geworden, daß er schleunigst aufbrach und sich ins Freie begab. Er konnte sich des Gefühls nicht erwehren, daß allen Beteiligten bei dieser Musterung ihrer Ansichten vom Präsidium eine Falle gestellt worden war. Man entlockte ihnen Meinungen, die unter Umständen als Material für die weitere Verwendungsfähigkeit der Beamten berücksichtigt wurden. Wer sich nicht äußerte, fiel auf, weil er stumm beiseite stand, und wer etwas verlauten ließ, erhielt einen entsprechenden Vermerk in den Geheimakten. Möglicherweise diente dieses alles statistischen Zwecken. Aber wer kannte sich hier in der Statistik und ihrer Auswertung aus?

Jedenfalls hielt es der Archivar für angezeigt, auch über die Besucher der Sprechstunden kurze Aufzeichnungen zu machen. Er konnte dann auch jederzeit auf Anforderung der Präfektur über diese Seite seiner Tätigkeit Rechenschaft ablegen. Der junge Leonhard war von ihm beauftragt worden, eine entsprechende Kartei zu führen, in der die Besucher nach der Art ihres Anliegens in bestimmte Typen aufgegliedert wurden. Er entledigte sich dieser Aufgabe, die ihn aus dem Pagenstand heraushob, mit so viel Geschick, daß ihm der Archivar eine gewisse Selbständigkeit einräumen konnte.

Die meisten Fälle erledigten sich schematisch. Einmal brachte der Besuch eines Musikers den Archivar in nicht geringe Verlegenheit. Er befand sich, wie er erklärte, auf der Durchreise und wollte aus diesem Anlaß die Anregung geben, eine seiner Sinfonien unter seiner persönlichen Leitung zu einer möglichst vollkommenen Aufführung bringen zu lassen. Seine Kleidung war salopp, der Ausdruck des Gesichts hatte etwas Verträumtes. Der Haarkranz stand wirr von dem lichten Schädel ab, der, wie häufig bei Musikern, nach hinten stark abgeflacht war. Seine Bewegungen wirkten tänzerisch, wobei es schwer zu entscheiden war, ob sie einer Pose oder seiner Natur entsprangen.
Wenn, so meinte er, die Aufführung einer Sinfonie auf Schwierigkeiten stoße, so könne man auch eine kleinere Komposition wählen, ein Chorwerk, zum Beispiel ein Oratorium, das vielleicht besser am Platze sei. Er setzte als selbstverständlich voraus, daß die Partitur seines gesamten Notenwerks im Archiv vorhanden war.
Robert, dem der Name des Komponisten von früher her geläufig war, scheute sich zuzugeben, daß er den Posten des Archivars erst seit kurzem bekleide und bisher von der Musikabteilung im Hause noch nichts vernommen habe. Unauffällig blätterte er in der Kartothek nach, die sein Vorgänger angelegt hatte, ohne einen Hinweis auf Werke des Musikers zu entdecken. Er suchte auch erfolglos nach anderen erlauchten Musikernamen aus der Vergangenheit. Es machte ihn stutzig. Während sich der Tonkünstler über Fragen der Besetzung ausließ, vor allem über die vier Gesangssolisten, warf der Archivar Leonhard einen fragenden Blick zu. Mit einer bescheidenen Geste versuchte der junge Famulus anzudeuten, daß auch ihm Materie und Begriff fremd seien. Schließlich war er auf einen Wink des Archivars in den Nebenraum geeilt, um bei dem erfahrenen Gehilfen Perking Hilfe zu suchen. Unterdessen behalf sich Robert damit, dem Musiker zu versichern, daß er persönlich die Veranstaltung eines Konzerts sehr begrüßen werde, zumal da er, solange er in der Stadt weile, noch keine Gelegenheit gefunden habe, Musik zu hören, und er sich gut vorstellen könne, daß auch andere hier diesen Genuß entbehrten.
Leonhard war ohne Perking zurückgekehrt, der sagen ließ,

daß seine Gegenwart bei Besuchern der Sprechstunde eher verwirren als nutzen könne und daß die Behandlung der Fragen ausschließlich dem Archivar zufalle. Damit sich Robert leichter zurechtfinde, hatte ihm Perking einen Zettel mitgeschickt, auf dem die Signatur für ein bestimmtes Nachschlagewerk aufgeschrieben war. Schon hatte Leonhard den Folianten aus dem Wandregal herausgesucht und dem Archivar auf den Schreibtisch gelegt. Robert sah die angegebene Stelle in dem Grundbuch des Archivs ein. Sie besagte, daß sämtliche Notenschriften, insoweit sie überhaupt aus charakteristischen Motiven des Aufhebens für wert erachtet wurden, sich auf Anordnung der Präfektur unter strengem Siegelverschluß innerhalb der unzugänglichen Geheimakten befanden.

Der Musiker, der eine Weile versunken im Zimmer auf und ab gegangen war, blieb verzückt stehen und taktierte, während sein Körper sich rhythmisch auf und ab wiegte, mit beiden Händen ein unsichtbares Orchester, wobei er den kleinen Finger der linken Hand graziös wegspreizte.

„Hören Sie?“ sagte er mit lebhaftem Mienenspiel. „Und jetzt das Thema in der Umkehrung: La, Fa, Re, Mi –“

Aber die Töne, die er zu singen vermeinte, wurden lediglich als gesprochene Bezeichnungen der Noten vernehmbar. Der schwelgerische Ausdruck seines nach innen gerichteten Blicks erkaltete.

„Eben noch“, sagte er erstaunt, „habe ich es gehört. Doch der Klang ist fort.“

Eine Weile lauschte er ins Leere. Er straffte sich, schien mit den Händen einen Einsatz geben zu wollen. Aber die Arme sanken kraftlos hinab.

„Nichts mehr“, sagte er traurig, „es ist wie gestern oder wann es war.“

Und er berichtete, daß er bald nach seiner Ankunft in eine Kirchenruine gegangen sei, um Orgel zu spielen. Er hatte sich auch den Weg zur verstellten Empore gebahnt, den Staub von der Bank und den verwahrlosten Manualen weggewischt, die Register geprobt und in die Tasten gegriffen. Sein erster Eindruck war, als ob der brausende Klang der alten Barockorgel, eines kostbaren Instruments, wie er behauptete, durch den Raum zöge, doch es war nur das Brausen der Seele gewesen, denn die Tasten hatten sich unter

Händen und Füßen trocken und stumm geregt. Für die Orgelpfeifen gab es weder eine automatische Luftzufuhr noch einen Blasebalg zum Treten.
Leonhard hatte zu ihm hinübergeblickt, als ob er Märchen erzählte. Der Musiker wandte sich an den Archivar. „Ich dachte", sagte er, „Sie wüßten Bescheid und könnten mir helfen."
Robert war es inzwischen zur Gewißheit geworden, was er schon vermutet hatte, daß es nämlich in dieser Stadt keine Musik gab. Wie die Kinder hier verbannt blieben, so gehörte auch dieser Verzicht zu den sonderlichen Eigenheiten des Präfekturbezirks. Längst war ihm aufgefallen, daß niemals aus den offenen Fenstern eine lärmend verzerrte Radiomusik die Straßen überschwemmte, daß nirgendwo die quälende Monotonie klavierspielender Liebhaber zu vernehmen war. Man hörte weder Militärkapellen noch Tanzmusik, keine Leierkastenwalze und keine Mundharmonika, keinen schmetternden Gesang, keinen schrill gepfiffenen Schlager. Es mußte ein Verbot bestehen. Er hatte es ungemein wohltuend empfunden, jenen mechanischen Apparaten wie Grammophon und Funklautsprecher entronnen zu sein, die in seiner Heimat die Menschen mit einer ununterbrochenen Geräuschkulisse umgaben, als ertrügen sie Stille und Alleinsein nicht, und die jeden Sinn für Musik abtöteten. Immerhin hatte er sich noch keine Gedanken darüber gemacht, aus welchen Gründen die Musik nicht nur in ihren Verzerrungen, sondern, wie sich herausstellte, überhaupt als Klangkörper in dem öffentlichen Bild der Stadt verpönt war. Stellte es eine hygienische Maßnahme für den Geist dar, weil Mißbrauch und gesellschaftliche Konvention den Ursprung der Musik längst verschüttet hatten? War Musik nicht die stärkste sinnliche Entsprechung eines seelischen Zustands?
Aber es war nicht der rechte Augenblick, diesen Überlegungen nachzugehen, solange der Tonmeister noch ratloser als er selbst vor ihm stand und zusehends unter der Qual seines Geschickes verfiel.
„Es war eine Besessenheit", stammelte er, „die ich mir nicht ausgesucht hatte. Es kann doch nicht umsonst gewesen sein?"
Als der Archivar davon sprach, daß im Reich der Kunst vie-

les seine Erfüllung durch die einfache Tatsache finde, daß es vorhanden sei, und daß es auf ständige Wiederholbarkeit des einmaligen Kunstwerks vielleicht gar nicht ankomme, sagte der Komponist: „Bedürfen wir nicht immer wieder der Erlösung? Der Erlösung durch die Musik, wie sie in unserer Welt ist?"
„Man müßte", sagte Robert, der über die Frage der Erlösung nachdenklich und skeptisch geworden war, „den Meister Magus oder einen der oberen Sekretäre von der Präfektur befragen." Um das Gespräch abzulenken, gab er der Wahrscheinlichkeit Ausdruck, daß die Werke des Musikers auch weiterhin in anderen Orten gespielt würden.
Der Komponist, der die Möglichkeit zugestand, meinte, dies sei indessen etwas anderes, und man habe davon auch nichts, selbst wenn man es genau wisse.
Robert hatte sich erhoben und bedauerte noch einmal, wie leid es ihm tue, dem Musiker nicht zu einem Konzert verhelfen zu können.
„Ich bin wie taub, auch innerlich ganz taub", sagte der Komponist mit erloschenem Blick. „Können Sie mir nicht begreiflich machen, was man unter Gesang versteht und was ein Klang ist?"
„Ein physikalischer Schwingungsvorgang", sagte der Archivar.
„Ganz recht", flüsterte aufgeregt der Musiker, „ich erinnere mich, ein Schwingungsvorgang, nichts weiter."
Damit tänzelte er hinaus.
Dem Archivar ließ der Vorfall keine Ruhe, und so suchte er von Perking zu erfahren, aus welchen Gründen die Musik hier verfemt sei. Zögernd hatte sich der alte Gehilfe zu der Erklärung bereit gefunden, daß die Bewohner ihrer nicht mehr bedürften. Musik, soviel meinte der Archivar bei der Unterredung zu verstehen, sei ein ausgesprochen zeitlicher Vorgang. Der Klangkörper beruhe auf einem Sinneseindruck. Die Tonwelt zaubere eine Illusion hervor, die den Menschen über sich selber täusche, weil die Phantasie an Stelle der Wahrheit getreten sei.
Der Meister Magus, an den Robert von Perking verwiesen wurde, verglich die Tonwelt mit einer gläsernen Kugel, die den Lauschenden gefangenhalte, während seine Seele sich einbilde, frei im All zu schweben. Die Seele – und das war

der Begriff, gegen dessen Zweideutigkeit der Meister Magus im Namen des Archivs Stellung nahm. Er schalt sie einen Ersatz, eine Ausrede, eine Brutstätte für Mißverständnisse, er nannte sie eine Flucht ins Verschwommene und sah in der Musik ein Mittel der Verführung zum ungenauen Denken und zur Selbstschwelgerei.
Robert erinnerte sich, oft genug von Konzertbesuchern gehört zu haben, daß sich bei Musik so schön träumen lasse. Immer löse die gleiche Melodie bei ihnen allen eine anders verzückte Stimmung und Vorstellung aus.
Ursprünglich, so erklärte der Meister Magus, habe die Musik der Mathematik des Himmels entsprochen, aber die Menschen hätten bis auf wenige den Sinn für die kosmische Klangwelt verloren. So sei in ihr mehr und mehr Schwärmerei und schmachtende Empfindungslust zum Ausdruck gekommen. Ein subjektiver Rausch, eine Seelenromantik, die nichts mit orphischem Klang, mit geistiger Magie zu schaffen hätten. Ein ebenso gefährliches Narkotikum wie ein gehobenes Unterhaltungsmittel. Kurzum, darin stimmten der Meister Magus und Perking überein, in der Sprache der Musik lasse sich ebensoviel vertuschen wie in sie hineinlegen, und darum führe sie die Menschen zu Trugschlüssen.
Robert konnte sich der strengen Auffassung des Archivs nicht verschließen, obwohl er als Verehrer von Johann Sebastian Bach manche Einwände gewußt hätte. Aber über die grundsätzlichen Erwägungen hinaus schien es noch eine besondere Bewandtnis damit zu haben, daß die Organe der Stadtbewohner keinen Zugang mehr zur Musik besaßen.
Unter den Besuchern der Sprechstunde fanden sich hin und wieder auch Literaten und Schriftsteller ein, die sich unter einem Vorwande nach dem Vorhandensein ihrer Werke im Archiv erkundigten. Der eine wollte nicht versäumen, dem Archiv seine Aufwartung zu machen, ein anderer brachte Korrekturen für die Ausgabe letzter Hand, die vielleicht von Nutzen seien, ein dritter flocht ein, daß seine Bücher in eine Reihe von Kultursprachen übersetzt worden seien und ob er sich erlauben dürfe, auch die fremdsprachigen Exemplare hier zu deponieren, wie es dem internationalen Gepräge des Archivs wohl entspreche. Im Grunde plagte

alle die Eitelkeit. Sie nannten das Archiv gern Akademie, um damit die Vornehmheit dieser Art von Instituten zu kennzeichnen, mit denen sie und ihresgleichen zeitlebens Umgang gepflogen hatten. Sie gaben sich bald elegant, bald burschikos, mancher rieb zärtlich die Fingerkuppen aneinander, die mit soviel Fleiß und Energie die umfänglichen Romane geschrieben hatten. Ihre Ausdrucksweise war gewählt, und fast jeder von ihnen schien zu erwarten, daß der junge Famulus ihre Worte mitstenografiere. An allem zeigten sie sich interessiert, sogen die Luft des Archivraums, die Atmosphäre, wie sie sagten, tief durch die Nase ein, pickten mit Habichtsaugen nach jedem Gegenstand. Die einen sprachen von dem faustischen Trieb, der das Schaffen dieses Raumes erfülle, andere von den Forderungen des Tages und vom wahren Geist der Demokratie, den sie an diesem Ort zu finden voraussetzten. Dieser schlug einen schäkernden Ton an, jener einen polternden, um von dem Archivar Standort und Katalognummer ihrer Werke in Erfahrung zu bringen.
Der Archivar berief sich darauf, daß Auskünfte dieser Art den Bewohnern oder Passanten der Stadt nicht erteilt werden könnten und daß eine Ausnahme auch nicht im bedeutsamen Fall eines einzelnen gemacht werden dürfe.
„Auch nicht", hatte jemand eingewendet, „wenn ich eigens zu diesem Zwecke hierher gereist bin?"
Der Archivar bedauerte. Mitunter blätterte er während der Unterhaltung in der Kartothek, um in diesem oder jenem Fall für sich einen Fingerzeig zu erhalten, welche Entscheidung das Archiv getroffen hatte. Fast immer nur handelte es sich um wenige Publikationen aus der Fülle der Gesamtproduktion, die noch der einstweiligen Verwahrung gewürdigt waren, und meistens trugen sie jenen Zeichenvermerk, der, wie Robert wußte, eine kurzfristige Dauer vorsah. In der Regel war bei den Betreffenden auf einen bestimmten Paragraphen im Grundbuch des Archivs verwiesen. Als Robert einmal diese Stelle nachschlug, las er, daß Produkte der Zivilisationsliteratur ihrer Art nach keine längere Wirksamkeit aufwiesen, weil sie aus porösen Ansichten und Meinungen beständen, denen nur eine vorübergehende Bedeutung innerhalb der zeitgenössischen Generation zukomme.

Im allgemeinen verließen die Literaten die Fläche des Archivs im Bewußtsein ihrer Unsterblichkeit. Ihr Intellekt, kraft dessen sich jeder von ihnen als Repräsentant seines Zeitalters fühlte, hatte allmählich die Fähigkeit des Instinkts eingebüßt.
Einmal allerdings hatte es einen merkwürdigen Zwischenfall gegeben. Ein Schriftsteller hatte in einem Lederkoffer die vollständige Ausgabe seiner gesammelten Werke und Schriften mitgebracht. Während er Band nach Band auf einem der fahrbaren Lesetische ausbreitete, redete er, wie schon mancher vor ihm getan, von dem geheimnisvollen Feld der Buchstaben, das nun Seite für Seite bedecke und sich in jahrzehntelangem Schaffen gleichsam aus dem Nichts zu einer Kulturwelt entwickelt habe. Nun wolle er sein Scherflein als Angebinde für die Zukunft dem Schatz des Archivs überreichen. Der Archivar hatte sich zurückhaltend geäußert, ohne daß die Sicherheit des Schriftstellers dadurch beeinträchtigt wurde.
Der Schriftsteller betrachtete mit Genugtuung die aufgereihten Bände seines Lebenswerks. Als er noch einmal eines seiner Bücher in die Hände nehmen wollte, löste es sich in seine Bestandteile auf, das Papier zerbröckelte und zerfiel zu Staub. Bestürzt war er einen Schritt zurückgewichen, griff vorsichtig zum nächsten Band, der für einen Augenblick seine Form bewahrte, bis er dann plötzlich wie ein Klumpen feinster Zigarrenasche auseinanderbrach. Der verwirrende Vorgang hatte auch den Archivar und seinen Famulus in Erregung versetzt. War es doch das erste Mal, daß der Archivar Augenzeuge jenes chemischen Läuterungsprozesses wurde, von dem ihm der alte Perking berichtet hatte. Der jugendliche Leonhard konnte sich schließlich nicht enthalten, mit dem Mittelfinger leicht gegen einen weiteren Buchrücken zu schnippen, mit dem Erfolg, daß die Seitenbündel knisternd heraussprangen und wie modrige Baumblätter umherflatterten. Als der Schriftsteller nach einigen haschte, zerbröselten sie. Wortlos starrten die drei Personen auf das Schauspiel, jeder beeilte sich, gegen eines der Bücher zu tippen, und immer wieder vollzog sich vor ihren Augen der Zerfall, bis auch der letzte Band zusammengesunken war.
„Finis mundi", sagte schließlich der Schriftsteller. „Und was

für ein Untergang der Welt", fügte er sarkastisch hinzu, indem er seinen Reisemantel sorgfältig von etlichen Staubflocken und Ascheresten säuberte, die sich festgesetzt hatten. Er nahm den leeren Koffer und ging.
Als sich der Archivar später bei Leonhard erkundigte, unter welchem Stichwort der Besucher registriert worden sei, gab der Famulus an, daß er keinen Moment geschwankt habe, den Schriftsteller unter der Rubrik „Gewesenes Bürgertum" einzugliedern. Ein anerkennendes Schmunzeln zuckte über die Züge des Archivars.
Dann wurde von dem Vorfall nicht mehr gesprochen.
Bald darauf war eine Abordnung in der Sprechstunde des Archivars erschienen, die ihn aufgefordert hatte, an einer Versammlung teilzunehmen. Obwohl Robert von Leonhard gewarnt wurde, der um die Widerstandskraft des Archivars bangte, hatte er die Tagung besucht, die in einem abgelegenen Katakombenfeld stattfand.
Es schien sich bei den Teilnehmern um eine geheime Sekte zu handeln, denn alle trugen als Zeichen der Zugehörigkeit grünlasierte Gesichtsmasken, deren starrer Ausdruck in der halbhellen Beleuchtung etwas Qualliges annahm. Viele der Männer und Frauen hockten auf Steinfliesen, andere waren so geschwächt, daß sie nicht imstande schienen, sich aufrecht zu halten, und auf allen vieren vorwärts krochen. Die meisten waren unbekleidet, manche hatten einen zerrissenen Fetzen um die Hüften geschlungen. Das hagere Fleisch, aus dem die Rippen hervorstanden, schimmerte phosphoreszierend. Man hätte meinen können, das mittelalterliche Gemälde eines Jüngsten Gerichts, eines Höllensturzes der Verdammten vor sich zu sehen, eines Brueghel würdig. Aber diese Menschen bewegten sich, bewegten sich lautlos und krallten gierig die Hände, sie rutschten auf den Knien, drängten sich eng Kopf bei Kopf, und aus den Gängen schoben sich immer neue Scharen schlotternd heran. Robert war von zwei Männern zu einem schmalen gemauerten Plateau geführt worden, das wie eine Kanzel den mit vielen Tausenden erfüllten Raum überragte. Zuweilen zog der süßliche Schwaden eines faden Gasgeruchs an ihm vorüber, so daß sich eine zunehmende Betäubung auf seine Sinne legte. Einer der Grünmaskierten hatte von der Kanzel aus zu den übrigen Wesen zu sprechen begonnen, der

Schall der Stimme klang ähnlich dem erstickten Gurgeln einer auf- und abschwellenden Orgelpfeife.
Es sei nicht freier Wille gewesen, so meinte der Archivar zu verstehen, der sie hier zu diesem Zusammentreffen vereinigt habe, sondern ein böser Zwang. Jedermann sei aus Heim und Habe gerissen worden, man habe sie schlimmer als Verbrecher eingesperrt, habe sie geschlagen und mißhandelt und habe sie schließlich, alt oder jung, zu Paaren getrieben. Von einem Desinfektionsraum sei gesprochen worden, doch als sich die Türen mit dem Gummifilz hinter ihnen schlossen, hätten sie plötzlich begriffen, was bevorstehe. Alles habe sich zuletzt so schnell vollzogen, daß sie weder für Wehklage noch für Anklage Luft gehabt hätten. Jetzt aber sammelten sich noch einmal ihre Gedanken, und was ihnen an dieser Stätte sichtbar würde, sei der letzte Augenblick, die Schrecksekunde der Ewigkeit.
Der Sprecher hielt inne. Durch die Katakomben hallte und stöhnte es aus geborstenen Lungen wie die Litanei eines begleitenden Chores. Bestürzt lauschte der Archivar den Worten des Redenden. Mehr als das eigene Schicksal, fuhr jener fort, quäle ihn wie die meisten von ihnen das Fragen nach dem Sinn des Ganzen – er finde keine Antwort mehr, Zweifel und Ekel erschütterten ihn stärker von Minute zu Minute, zu welchem Sinn das alles geschehe.
„Warum? Warum?“ flackerte es im Chor auf, trotzig, bohrend, entsagend.
Ob es den Erdgeist, setzte sich die Stimme wieder durch, nicht einmal reue, um eines Wahnes willen soviel Unheil über ein Volk zu bringen von den Zeiten der Psalmen an bis in die Gegenwart! Aber nicht dieses allein – ob es den Geist der Erde und ihrer Geschöpfe nicht ein einziges Mal wenigstens reue, Menschen und Völker einander in Haß aufzehren zu lassen, die Freiheit zu knechten durch die Barbaren im eigenen Land und soviel begonnenes Leben auf widernatürliche Weise vor der Zeit enden zu lassen – soviel Blühen ohne Frucht zu lassen, soviel Taten ungetan.
Wieder grollte es im Chor auf: „Vor der Zeit! Vor der Zeit!“
Er frage, rief die Stimme des Grünmaskierten drängender, so daß Robert den Worten kaum zu folgen vermochte, ob denn ihr tausend- und millionenfaches Opfer wieder um-

sonst sein werde und die Mächtigen der Staaten, die Tyrannen und Raubherren der Menschheit von Jahrhundert zu Jahrhundert nichts anderes vorhätten, nichts Besseres zu tun wüßten, als immer um ihrer Macht willen von neuem grausam zu schänden, grausam zu zerstören, grausam zu töten und töten zu lassen. Ein Brodem von ohnmächtigem Zorn schlug aus der Menge. Von Mund zu Mund lief ein Raunen, spitze Schreie fuhren von Frauen hoch.

„Soll das Meer des Leides", so klangen die Worte wie hohles Stampfen durch den Maskentrichter, „das von Tränen aller Zeiten und Zonen voll ist, denn niemals seine Maßlosigkeit erschöpfen? Wird die Erde nur deshalb mit hunderttausendfältig vergossenem Blut unschuldiger Menschen gedüngt, um für neues Blutvergießen reif zu werden? Endet niemals der Fluch? Werden wir in unsern Kindern immer wieder die Opfer sein? Nur wiedergeboren, um das gleiche Los der Verzweiflung zu erdulden, die gleichen Schmerzen und Verfolgungen? Werden von einer Generation zur andern nur unsere Ketten weitergereicht, soll die schöne Erde immer nur ein Schindanger bleiben, auf dem wir und unsersgleichen verrecken müssen wie Aas?"

Eine wallende Bewegung durchpulste die Versammlung, die Glieder verrenkten sich, es knackte im Gebein.

„Nicht vergessen! Nicht vergessen!"

Immer stärker pflanzte sich der Ruf fort. Ein junger Bursche hatte sich zähneknirschend auf die Steinkanzel geschwungen, wo er sich mit schlotternden Gesten vergeblich Gehör zu verschaffen suchte. Er fuhr mit beiden Händen über die graue Haut seines Körpers, wies stumm auf Narben und brandige Schorfe hin. Als hätte es nur dieses Beispiels bedurft, machten viele der Unglücklichen sich auf ihre Wundmale aufmerksam. Robert spürte ein würgendes Brennen im Hals.

Einige der Maskengesichter, die sich jetzt rücksichtslos zur Steinkanzel drängten, nahmen zu Roberts Überraschung eine blutrote Färbung an. Vielleicht rief die düstere Beleuchtung den Wechsel hervor. Aber die Gestalten hoben sich auch sonst von der Mehrzahl der übrigen ab, denn sie waren in schwarze Blusen und schwarze Hosen mit hohen Stulpenstiefeln gekleidet. Mit geringschätzigen Blicken maßen sie die Versammlung und stellten sich höhnisch vor dem Archivar und Chronisten auf, wobei jeder seine Hände hinter dem Rücken verbarg, als ob er sich ihrer schämen müsse. Als schließlich einer von ihnen zu reden begann, überkam die Menge eine Lähmung, die alle Bewegung der Gruppen wie versteinert festhielt. Man hörte mühsam unterdrücktes Schnaufen.

„Jawohl", klang es aus dem Munde der blutroten Maske, „wir haben gepeinigt und gequält. Von Kind an wurden wir geprügelt, wenn wir frech und aufsässig waren, und nun, wo wir selber groß geworden sind, rächen wir die Schläge, die uns die Erwachsenen gaben, die stickige Luft, das Muffige unserer Erziehung. Wir haben den anderen die Freiheit beschnitten, wie man uns die Flügel gestutzt hatte. Jawohl", gellte die Stimme durch die Katakomben, „wir haben gefoltert und getötet, weil wir Söldner der Macht sind, weil wir eingesetzt wurden und uns einsetzen ließen als Aufpasser und Regler für eine verschworene Idee. Wir empfanden jedermann, der nicht für unsere Sache war, als Widerspruch unserer selbst, als persönliche Herausforderung. Unser Schädel war gedrillt, jeden Widerstand zu brechen, den der Auflehnung und des Geistes vor allem. Wir haben die Gegner unseres Denkens ins Schleppnetz unseres Handelns genommen. Wer sich uns nicht beugen wollte, den haben wir gebrochen."

Die Rufe des Abscheus, die sich wie Wellen von Haß zu Beginn der Rede aus der Versammlung gegen die Peiniger erhoben hatten, waren bald verstummt. Der Archivar hatte den Eindruck, als ob sich der Redner weniger an die Menge der Grünmaskierten als vielmehr unmittelbar an ihn, den Vertreter des Archivs, mit seinem Bekenntnis wandte.

Ebenso ein anderer der Schwarzblusen, der von den Vorbildern ihrer Zunft in der Geschichte sprach: von den Christenverfolgungen im alten Rom, den Judenpogromen in den Ländern Europas, von der Inquisition und den Hexenprozessen des Mittelalters, von der Bartholomäusnacht, dem schwarzen Elfenbein der Sklavenmärkte, von den Bürgerkriegen Chinas, den Revolutionstribunalen, der Massenausrottung von Gläubigen und Ungläubigen im Morgenland und Abendland – von den großen Leichenzeiten im Leben der Menschheit, die sich, wie er ausführte, stets im Dienste

der herrschenden Macht vollzogen hätten und vollzögen, Scheiterhaufen, Hekatomben, Massakers im Namen einer Idee und als Apotheosen des Glaubens an die Macht des Staates oder der Kirche oder an die beiden übergeordnete Macht des Geldes.
Während die Menge unten stumpf und reglos verharrte, schob sich eine düstere Frau an den Archivar, die in siedender Verzweiflung seine Knie umklammerte. Den Kopf zurückgebogen, so daß das Haar in ungezügelten Strähnen nach hinten flog, hob sich ein Gesicht ohne Alter Robert entgegen, das mit leerem, völlig zerstörtem Ausdruck zu ihm aufschaute. So dicht legte sich die grünliche Maske an die Haut, daß der Archivar das nackte Antlitz der Frau vor sich zu sehen meinte. Er entdeckte plötzlich, daß weder sie noch die übrigen Personen künstliche Larven trugen und daß lediglich die ungewöhnliche Farbe und der allen gemeinsame hölzerne Leidenszug die Vorstellung von Maskierten hervorgerufen hatte. Und welch ein Anblick bot sich ihm hier dar! Über die Fläche von Stirn und Wangen lief ein Geflecht von senkrechten und waagerechten Linien, scharf eingeschnittene Kerbstreifen, die das ganze Gesicht mit einem regelmäßigen schachbrettartigen Muster wie eine Tätowierung überzogen.
„Lieber Herr“, stammelte die Frau eintönig vor sich hin, „die Kinder, meine kleinen Kinder! Sie lagen beide im Gitterbett, wissen Sie, man klappt das Gitter an der Seite hoch, damit sie nicht hinausfallen, damit sie sich nichts antun im Dunkeln, im Schlaf, aber man hat ihnen etwas angetan, lieber Herr, man hat sie aus dem Schlaf gerissen und wollte sie mir fortnehmen, da habe ich mich an das Bett geklammert, da habe ich auf den Knien gelegen und mein Gesicht gegen das Gitter gepreßt, lieber Herr, und immer fester gegen die Metallstäbe gedrückt, weil man mich fortzerren wollte von den kleinen Geschöpfen dahinter, die so wimmerten und auf einmal so gräßlich still wurden, und da sind mir die Augen ausgebrannt, daß ich nicht einmal mehr weinen konnte, daß ich nichts mehr fühlte und wie Eisen wurde, ganz kalt und leblos wurde ich, das ist das letzte, woran ich mich erinnere, und nun ist immer das Gitter vor meinem Gesicht, das nicht weichen will, dabei ist es so glatt und einfach gewesen vordem, wenn mein Mann mit seiner Hand darüber-

fuhr und die Kinder danach tatschten, die müßten auch hier sein, aber wie sollen sie mich nun erkennen, das frage ich mich, lieber Herr, das frage ich."
Aber sie schien keine Antwort zu erwarten, sie sank teilnahmslos zurück und bewegte die Lippen in lautlosem Selbstgespräch. Im Chor der Verfolgten und Gequälten hallte es auf: „Miserere! Miserere nobis!"
Da drang eine neue Stimme an Roberts Ohr, ein Mann war es, abgemagert zum Skelett, der flüsternd auf ihn einredete.
„Würden Sie bitte", wandte sich die Stimme an den Archivar, „zu Protokoll nehmen, daß ich mich im großen Untersuchungszimmer beim Arzt krank gemeldet hatte, der in seinem weißen Kittel mit dem Hörrohr in der Hand dastand. Während er es ansetzt, um mich, wie ich annehme, abzuhorchen, verwandelt es sich in eine blitzende Stahlrute, und ich werde zu einer kleinen Zelle gewiesen, wie sie auf allen Seiten das Untersuchungszimmer begrenzen. ‚Bitte schön', sagt der Arzt, unter seinem Schnurrbart grinsend, und weist auf die geöffnete Tür, ‚für Sonderfälle.' Da packt mich ein unbeschreibliches Grauen. Seitdem habe ich die fixe Idee, daß es Ärzte gibt, die nicht Krankheits-, sondern Lebensaustreiber sind. Würden Sie das bitte zu Protokoll nehmen."
Auch diese Flüsterstimme erstarb, und wieder fing sich im Echo der Sprechchor: „Miserere! Miserere nobis!"
Mitten hinein schrie erneut ein Schwarzblusiger mit vierschrötigem Schädel: „Jammert nur nach Engeln, die euch trösten sollen. Durch den Himmel fliegen nur verkleidete Harpyien, fliegen nur Granaten und Giftbazillen, die euch das Mark aus dem Leibe saugen. Ein Narr, wer immer nur zu den Opfern gehört. Seht mal", fuhr er behäbig fort, während seine Gestalt von Wort zu Wort stärker anschwoll, so daß er bald wie ein aufgepumpter Koloß auf einem Sockel dastand, „es gibt Schieber und Geschobene, Herren- und Herdennaturen, Feiste und Hungerleider, man muß nur die richtige Nummer ziehen im Leben und auf der hellen Seite zu stehen wissen. Schwachheit fordert zu Mißhandlung heraus, Geducktheit zu weiterem Erpressen. Auch im Spiel der Völker spielt einer Trümpfe und Asse aus, und die anderen mit den schlechten Karten müssen passen und bedienen.

Recht ist, was mir auf Erden nutzt, und Wahrheit, was meiner Gesinnung Vorteil bringt."

Aufgebläht stand er da. Aus der erregten Menge der Versammlung schwirrten die Worte wie Fetzen. „Alle Wahrheit ist Lüge", schrie eine ekstatische Stimme auf. „Man hat uns vorgeredet, daß der Mensch die Krone der Schöpfung sei –" Ein Hohngelächter der Unglücklichen irrlichterte auf. „Der letzte Dreckhaufen der Welt ist er! Der Abschaum der Natur ist das Menschengeschlecht!"

„Da sind", rief die aufgedunsene Blutmaske, „wir endlich der gleichen Meinung. Ich werde euch den Kadavergehorsam schon beibringen. Wenn ihr auch ein Misthaufen seid!"

Die Rede verlor sich in einem Spülicht von Zoten. Als das rohe Lachen der anderen Blutmasken aufschallte, hörte man an dem Kreischen, daß sich unter ihnen auch Frauen befanden. Die Figuren waren überlebensgroß aufgeblasen, die Muskelpakete strotzten, die Ellenbogen standen spitz und böse heraus.

„Wohlan", hob sich aus dem aufgeregten Gewirr die Stimme eines Grünmaskierten heraus, der sich nur mühsam auf den Füßen hielt, „wenn die Welt in den letzten zweitausend Jahren um keinen Deut besser geworden ist, wenn die Menschheit immer nur und immer noch aus Mördern und Ermordeten, aus Henkern und Opfermenge besteht, dann zum Teufel mit allen Geisteskräften, dann weg mit der Fata Morgana, die uns Religion und Philosophie vorspiegeln, dann fort mit Vorstellungen von Gott und Götterreichen, mit Zebaoth und Brahma, mit Buddho und Christus, mit Heiligen und Aposteln, Schluß mit den Priestern und Weisen der Vorzeit, mit Himmelsgespinsten und Lügen von Erlösung, dann her mit dem Chaos, dem großen Nichts, herauf mit der Götterdämmerung, dem Veitstanz der Vernichtung, heran mit dem Aschenregen des Bösen, dem Inferno der Brutalität!"

Trunken vor Verzweiflung war der Leib des Sprechenden, ohne sich vom Fleck zu rühren, in ein immer stärkeres Schwanken geraten, und der schluchzende Rhythmus beschwor die leidende Menge der Masken, bis sie wie Derwische sich heulend hin und her wiegten. Dem Archivar klopften die Pulse zum Zerspringen, ihm taumelten die

Sinne. Ein rasender Schmerz griff in sein Herz, das wie ein Schwamm zusammengepreßt wurde. Er rang nach Luft, drückte die Handflächen fest gegen seine Brust, wie damals, als ihn der Anfall vor den Fresken im Bildersaal der Kunststeinfabrik überkam. – War das noch Wirklichkeit oder waren Menschen und Reden nur Ausgeburten seiner Phantasie? War er Zeuge einer verzweifelten Theodizee oder einer Messe des Satans? Wenn sich in diesem Augenblick der Schlund der Erde aufgetan hätte, um ihn mit allen diesen Geschöpfen zu verschlingen, es hätte den Archivar kaum überrascht, es wäre ihm wie eine Erlösung, wie das befreiende Ende aus dem Wahnwitz erschienen.

Die Schwarzfiguren waren unförmig angeschwollen, standen prall bis zum Bersten. Die wässerigen Augen der Megären glotzten leer zur Kellerdecke, die Knuten hingen schlaff von den Hüften. Robert sah sich in einen Mittelpunkt gedrängt, der ihn zugleich von dem Kreis der Masken in zunehmendem Maße isolierte. Was hier vor sich ging an grober Anmaßung und Brutalität der schwarzen Garde, an Klagen und bitterer Verwünschung der Erniedrigten, lief nicht mehr als Gegenwart eines Augenblickes ab, es war das geronnene Bild der Hölle, die sich Menschen einander geschaffen hatten. Der Mumienpräsident der Staubfabrik könnte wohl triumphieren.

Robert fühlte die Blicke der Herren vom Komitee, die ihn zu dieser Versammlung eingeladen hatten, auf sich gerichtet, als hätte er schon zu lange die passive Rolle eines schweigsamen Zuschauers abgegeben. Die Szene auf dem Tauschmarkt tauchte vor ihm auf, aber wie wenig bedeutete jene Bedrängnis im Vergleich zu dieser. Was erwartete man von ihm? Ein Eingreifen als Amtsperson oder als Mensch? In seiner amtlichen Eigenschaft war er als Chronist, als Historiograph der Stadt eingesetzt und nicht zum Richter berufen. Zu jedem hätte er gehen und mit jedem einzelnen sprechen müssen, um ihm das Fürchterliche abzunehmen oder wenigstens die Furcht. Hatte er das Recht, sich hinzustellen und eine Ansprache zu halten? Er war nicht einer von ihnen, und er war auch kein Mitglied der Präfektur. Hier offenbarten sich Gewalt und Ohnmacht, Triumph und Trauer in so schonungslosen Gegensätzen, daß die Frage-

stellung vor das Weltgericht gehörte, vor das erfahrene Forum der Präfektur. Während ihm diese Gedanken durch den Kopf wirbelten, hörte er sich plötzlich selber reden.
„Unser Leben", sagte er stoßweise, „kann nichts anderes sein als" – mühsam fand er nur Atem –, „als der natürliche Weg zum Tod."
Erschrocken stutzte er, als hätte er mit dieser lapidaren Feststellung etwas Ungeheuerliches ausgesagt. Er hätte das Leben auch als das geistige Mittel zum Tode bezeichnen können, aber es hätte mißverständlicher geklungen, obwohl die gleiche Erkenntnis damit zum Ausdruck kam. Er wurde der Worte eingedenk, mit denen ihn die Stimme des Präfekten bei seiner Ankunft empfangen hatte. Hatten sich unbewußt Ideen der Präfektur seiner schon so bemächtigt, daß es nicht mehr seine Gedanken waren, die er vor diesen verscheuchten Seelen aussprach?
„Niemand ist mehr er selber", sagte er laut, wie eine Antwort auf die eigene Frage, und er sah, daß die Versammelten schwerfällig und bedächtig mit den Köpfen nickten, als wollten sie kundtun, wie treffend dieser Satz sie und ihren Zustand begriff.
„Mir kommt es so vor", fuhr Robert nach Worten suchend fort, „als ob das Böse, die Gemeinheit, die Niedertracht, all die Scheußlichkeiten erst durch uns, durch unseren Verstand in die Welt gebracht werden. Dieser klägliche Verstand, der nur zu vernichten versteht. Der sich auf die sogenannte Wirklichkeit verläßt, auf den Schein, die Zeitlichkeit, auf den Kampf ums Glück. Was wir damit als Realität kaufen, wird uns in Wahrheit immer in falscher Münze zurückgezahlt."
Hunderte von Augenpaaren starrten ihn aus einer wächsernen Stille an. Er sprach davon, daß im Bestande eines großen Archivs, in das ihn die Stadt abgesandt habe, alles an Menschenleid und Menschenhoffnung aufgezeichnet stehe, auch der namenlose Beitrag ihrer Schmerzen. Daß die grauenvollen Mächte dort in ein gespenstisches Nichts einsänken, ohne Wirklichkeit und sinnliche Wiederkehr blieben, auch der Anteil ihrer Folterknechte.
„Wenn ich sage", schloß der Chronist, „daß das Leben ein Gleichnis des Todes ist, so gibt euch das Wissen darum keinen Trost. Trost schenkt nur gläubige Liebe. Aber ihr fühlt

vielleicht, daß es einen tieferen Sinn gibt, der die Not des einzelnen überdauert.“
Eine milde Schläfrigkeit hatte die Gesichter der Versammlung überzogen. Was eben noch jeden erbeben gemacht und ereifert hatte, war blasser geworden, durch einen Vorhang gedämpft. Auch die Flüche der übermenschlich gedunsenen Schwarzfiguren, die wie aus einem Schlammbad aufstiegen, klangen aus einer gewesenen Welt. Zwar mühten sie sich, altgewohnte Befehle herauszuschleudern. „Antreten!“ brüllten sie. „Knie beugt! Abzählen! An den Pfahl! Vortreten! In die Kammern!“ Die Kommandos hetzten, die Stimmen überschlugen sich. Wohl hatte zunächst ein Erschrecken die Versammlung durchlaufen, aber niemand regte sich. Sie wandten die Köpfe gleichgültig ab, als hätte die Realität keinen Bezug mehr auf sie. Auch das heisere Gebell der Befehlenden verlor sich in knurrendes Röcheln. Steif standen sie mit ihren massigen Gliedmaßen auf dem Podium da, wie ausgestopfte Figuren.
Der Archivar ging langsam auf sie zu.
„Das Kainsmal“, sagte er, „bleibt euren Stirnen ewig eingeschrieben.“
Dann tippte er mit seinem Federhalter dem ihm zunächst Aufgepflanzten mit leisem Druck gegen die schwarze Hemdbrust.
„Staffage“, sagte er.
Es gab einen zischenden Laut, dem ähnlich, wenn Luft aus einem prallen Gummischlauch entweicht. Der aufgeblähte Wanst sackte in sich zusammen, schrumpfte immer mehr ein, bis nur noch eine leere Uniformhülle am Boden lag. So sank ein Popanz der Macht, ein Großsprecher nach dem andern hin, während ein teuflischer Gestank aufstieg.
„So, meine Herren!“ sagte der Archivar.
Über die Versammlung ging der Schatten eines Lächelns. Doch waren die meisten zu letharigsch, um das Befreiende des Schauspiels zu empfinden. Viele strichen sich unschlüssig mit der Hand über die Stirn, als wüßten sie sich des Zwecks ihres Hierseins nicht mehr zu entsinnen. Einer der Herren vom Komitee überreichte dem Archivar eine Schriftenrolle. Auf dem Umschlag des stattlichen Bündels, das Robert zögernd in Empfang nahm, standen die Worte: Protokolle der Schrecksekunde.

Schon schob sich die Menge scheu und geduckt den Ausgängen zu, als hätte ein laues Vergessen alles Gewesene überspült. Ein eisiger Luftzug zog durch die Keller, der alle Schmerzen aufzusaugen schien. Während die Gestalten der Weghuschenden dem Auge des Archivars verwaschener wurden, nahm er wahr, daß von der anderen Seite her zahllose neue Scharen von Grünmaskierten herandrängten, wippend, lärmend, keuchend.
Als die Reste der schwarzen Uniformen von Stadtdienern weggekehrt wurden, die in Lederschürzen und Schirmmützen ihr Handwerk verrichteten, verließ auch der Archivar, die Schriftrolle in der Hand, langsam die Katakombe. Aus einiger Entfernung vernahm er, wie aus dem leidenschaftlichen Stimmengebraus ein Redner zu der neuen Versammlung zu sprechen begann.
Nicht freier Wille sei es gewesen, meinte der Chronist zu verstehen, der sie zu diesem Treffen vor der Zeit vereinigt habe, sondern der Zwang des Bösen. – Bestürzt stellte Robert fest, daß es die gleichen Worte waren, mit denen die eben abgelaufene Tagung begonnen hatte. Ihm war, als würde der Boden unter seinen Füßen weggezogen.
Als er das Archiv im Alttor erreichte, schickte er Leonhard, der ihn erwartet hatte, aus seinem Zimmer, schleuderte das leere Buch der Chronik in die Ecke und schloß sich für die Nacht bis zur Morgenfrühe ein.

14

Von dem Zeitpunkt an, da der Archivar der Versammlung der Maskierten beigewohnt hatte, lag ein Schleier vor seinen Augen. Ein rasender Kopfschmerz überfiel ihn oft, als ob sich Nadelstiche in das Gehirn bohrten.
Wenn er durch das Archiv ging, stieß er sich an einem der Lesetische oder einem Stuhl. Wollte er ein Buch hervorziehen, griff er ins Leere. Ihm war, als schwappe die Hirnschale, wie er es aus Zeiten der Erschöpfung nach übermäßiger Anstrengung kannte. Die Litanei, die um Erbarmen schrie, das Miserere nobis verließ ihn nicht mehr. Als ihm einmal die Reproduktion eines Bildes zu Gesicht kam, auf

dem der heilige Sebastian dargestellt war, wie er von Pfeilen durchbohrt auf das Anschwirren des nächsten wartete und in einem lebenden Sterben dastand, heftete er das Blatt an die Wand.
Die Vorgänge, denen er sich seit seiner Ankunft in der Stadt hinter dem Strom ausgesetzt sah, verloren das Greifbare des Zusammenhangs. Zuweilen tauchten Einzelheiten auf wie Umrisse von zerstörten Bildern, scharfe Kanten, an denen sich das Gedächtnis wund riß. Und wenn er sich ihr erinnerte, suchte ihn eine Traurigkeit heim, aus der die Verlassenheit des Lebens sprach. Und doch schien allem ein bestimmter Sinn zugrunde zu liegen.
Er wußte nicht mehr, wie lange er sich hier schon aufhielt; bald schien es ihm eine Spanne von wenigen Tagen zu sein, bald die eines halben Jahrhunderts. Er saß an seinem Pult im Archiv, ging durch die Gewölbe, wo die Gehilfen gleichmäßig ihre Obliegenheiten verrichteten, ohne daß sich eine Stunde von der anderen unterschied. Wenn er mit Perking einige Worte wechselte, so blieben sie an der Oberfläche, bezogen sich auf Angelegenheiten des Amtes und drangen nicht zur Deutung eigener Fragen vor.
Er war ein Glied in der Kette geworden, wie sie seit jeher im Plan der Präfektur lief. Er ahnte nicht, ob der Hohe Kommissar mit seiner Tätigkeit einverstanden war, mit der Art, wie er seines Amtes waltete. Es kümmerte ihn auch nicht mehr. Seit dem Telefonanruf, der ihn einmal im Freskenkeller der Kunststeinfabrik überrascht hatte, war keine unmittelbare Weisung mehr ergangen. Dennoch spürte Robert, daß er keineswegs in Vergessenheit geraten war, daß man im Gegenteil über jeden Augenblick seiner Lebensweise unterrichtet zu sein schien und ihm die Gelegenheit zu allen seinen Schritten zuspielte. Er war überzeugt, daß beispielsweise die Abordnung, die ihn zu der Maskenversammlung aufgefordert hatte, auch auf höheren Wink zu ihm gekommen war.
Einmal hatte Katell flüchtig vorgesprochen, blasser als sonst, dünnhäutig anzusehen. Er hatte sich erkundigt, ob Robert noch mit Anna in Verbindung stehe, und von der Unruhe berichtet, die allenthalben die Stadt durchziehe. Es schien, als wolle er vom Archivar in Erfahrung bringen, ob ihm etwas über die Veränderungen bekannt sei, die gegen-

wärtig vor sich gingen. Aber Robert hatte erst durch ihn gehört, daß die Zahl der täglich neu Ankommenden die normalen Zugänge weit überschreite und sich von Mal zu Mal steigere. Der Archivar entsann sich eines ähnlichen Hinweises von Anna, den sie im Hinblick auf die Tempelkasernen der Soldaten gemacht hatte. Katell war der Meinung, daß die Unterbringung der Massen, selbst wenn man einen Teil sogleich hindurchschleuse, allmählich auf Schwierigkeiten stoßen und die vorzeitige Räumung größerer Kreise der Bewohnerschaft bedingen werde. Zelt- oder Barackenlager, die am Rande der Vorstädte errichtet seien, reichten nicht aus, weil auch der Apparat der erforderlichen Arbeiter und Stadtbeamten in einem bisher nicht gekannten Umfange anwachsen müsse. Es sei demnach zu befürchten, daß sich der regelmäßige Turnus von jetzt an böse beschleunigen werde – und der Maler hatte, was Robert nicht verstand, von einer Änderung der kosmischen Frist und Reihenordnung gesprochen.

„Je nun", hatte er zum Schluß gesagt, „du weißt, ich hätte gern mein Bild noch fertiggemacht, aber du brauchst mich wohl auch nicht mehr auf den Studiengängen für deine Chronik."

So war Robert in Vorstellungen zurückgeblieben, die durch ihre Unklarheit unheimlich wirkten. Da war auch das Wort von der Chronik wieder gefallen, mit dem Katell ständig mahnte. Aber die Seiten des Buches, das ihm Perking bei Beginn seines Aufenthaltes überlassen hatte, waren noch immer unbeschrieben.

Auch in Leonhards Augen nahm Robert oft eine gläserne Angst wahr. Ob der Archivar mit ihm zufrieden sei, ob er, Leonhard, es ihm recht mache und wie er den Archivar bei einfachen schriftlichen Aufgaben noch mehr entlasten könne, hatte ihn der Jüngling gefragt. Als ihn Robert damit zu beruhigen suchte, daß seine Gegenwart ihm unentbehrlich sei, hatte Leonhard tief aufgeatmet.

„Es geht nur darum", sagte er scheu, „weil es so kurz war", und lief rasch hinaus. Aber am nächsten Tage stand die unausgesprochene Furcht wieder in seinem Gesicht.

„Was ist nur mit dir?" fragte Robert.

„Wenn sich", stammelte Leonhard, „aber niemand mehr meiner erinnert, weil die Eltern doch alt sind, und die

Freunde, ach ich weiß nicht – ich denke nur, dann fehlt mir hier jeder Halt."
Der Archivar strich ihm kurz über das Haar und gab ihm einen kameradschaftlichen Schlag auf die Schulter.
„Ich stelle immer", sagte Leonhard, „zwei Gläser für den Wein zurecht, zwei Gedecke und zwei Schalen für die Früchte – auch die Falltür ist in Ordnung."
Robert nickte ihm zu.
„Es ist gut", sagte er.
Dann hatte er ihn mit einem Brief zu Anna geschickt, den Leonhard widerstrebend besorgte.
Als die Stunde kam, in der sich die beiden wiedersahen, ließ sich Anna nichts davon merken, daß der Geliebte so lange ferngeblieben war. Auf seinen Wunsch hatten sie sich am frühen Nachmittag auf dem Brunnenplatz getroffen. Er hatte sogleich ihren Arm ergriffen, und nun schlenderten sie mit etwas stolzierenden Schritten durch die weißen Trümmerstraßen. Anna wirkte heiter und kicherte, als Robert fand, sie sehe aus wie das blühende Leben. Das Kompliment galt, ohne daß er es ahnte, mehr ihrer Fertigkeit, mit Schminke und Farbstift umzugehen. Es blieb zwischen beiden ein glitzerndes Schwärmen, ein Tändeln mit verliebten Worten, und sobald Robert der Unterhaltung eine gegenständlichere Wendung zu geben suchte, indem er auf die Sonderlichkeiten der Stadt und ihrer Bewohner hinzielte, wich sie mit einer spöttischen Redensart aus, preßte heftig seinen Arm, schmiegte sich an ihn.
„Ach du kleiner kluger Gelehrter", sagte sie zum Beispiel, „du mein gescheites Närrchen!"
Je länger sie ziellos umherstreiften, desto matter hing sie in seinem Arm.
Sie trieben im Gewühl der unterirdischen Gassen, stiegen für eine Weile an das Licht der Oberwelt, machten scherzhafte Bemerkungen über die Leute auf der Straße, die sich nach dem Paar umschauten.
„Ich möchte", so meinte Robert, „bis ans Ende der Welt mit dir wandern. Wir wollen fort von hier, irgendwohin über Land, ins Freie."
„Mir scheint", sagte sie, „du träumst noch immer. Außerhalb der Stadt gibt es nur künstliche Oasen zwischen abschüssigem Geröll."

„Wenn man", sagte er aufgeräumt, „wenigstens in ein Kino gehen könnte, in ein Theater, oder gemeinsam einmal Musik hören!"

„Was verlangst du nur, Rob", sagte sie belustigt, „was sollen wir noch mit diesen Täuschungen."

Sie hatten sich auf einen Mauervorsprung gesetzt, das Bild des ewig ungeborgenen Liebespaares. Er ließ Staubsteinchen, die herumlagen, durch die Hände rinnen. Es war ein süßes Nichtstun.

„Wie verloren man in der Luft hängt", sagte er.

„Ach Rob", stammelte sie und schmiegte sich in seinen Arm.

„Ich liebe dich", sagte er.

„Tandaradei", rief sie schäkernd.

„Nein, mehr als das", sagte er ernst.

„Wie gut das tut", sagte sie, als er sie streichelte.

Er blickte zu den kahlen Trümmern auf, zu den schäbigen Notquartieren des Lebens, in denen die Gedanken wie Irrlichter tanzten. Er litt darunter, ihr nichts von alledem erzählen zu können, was mit dem Archiv zusammenhing, vor allem, was in ihm schwelte, den unerlösten Bildern des Schreckens, von den Masken, die noch grausiger vor seiner Seele standen als die Fabriken.

Der Nachmittag sank.

Plötzlich stand Robert auf und ging geradewegs mit ihr zu dem Platz der Barbiere, von dem der kleine Gang mit dem unterirdischen Einlaß zu seinem Turmzimmer abzweigte. Er war entschlossen, sie in den geheimnisvollen Auftrag einzuweihen, der ihm von der Präfektur der Stadt erteilt worden war. Hatte Katell ihm nicht einmal zu verstehen gegeben, daß Anna besser als jeder andere ihn aus den quälenden Fragen seiner Existenz befreien könne?

Sie stand stumm in dem dunklen Gang, während Robert, wie er es sich eingeprägt hatte, mit Handspannen die Schlüssellochstelle ermaß, um den verborgenen Zugang zu dem Schacht aufzusperren.

„Wie romantisch", sagte sie, als er ihr erklärte, sie sollte am Fuß der Strickleiter warten, bis er oben die Falltür geöffnet und Licht gemacht habe. Sie klomm rasch hinauf, und Robert, der sie mit einem Schwung ins Zimmer gezogen hatte, schloß sie in seine Arme. Ihr Kopf lag an seiner Brust.

„Du bist so leicht", sagte er, „wie eine Feder."
Das Mahl auf dem Tisch war gerichtet, die Vorhänge vor dem Fenster zugezogen, Leonhard hatte alles vorbereitet. Robert schloß die Falltür und zündete den Leuchter mit den Kerzen an. Prüfend ging Anna im Zimmer auf und ab.
„Es ist ja", sagte sie überrascht, „schon für mich gedeckt. Du hast mich also erwartet?" Und sie fiel ihm um den Hals.
Sie lobte sein Quartier, trank von dem Wein, plauderte unbeschwert. Der Raum verlor an Einsamkeit.
Bei dem Abendbrot erzählte ihr Robert von dem Gasthof, in dem er zunächst untergebracht gewesen sei, bis er sich hier einquartiert habe, und sprach von dem Patron mit seinem wichtigen Getue bei der Zeremonie des Essens und seiner schnarrenden Redensart „Vorübergehend – nicht wahr", die er bei jeder Gelegenheit angebracht habe.
Anna sah ihn oft mit erwartenden Augen an, als ob sie gut zuhöre, aber ihre Gedanken waren nicht bei seinen Worten. Er trank ihr zu, nahm immer von neuem Anlauf, um das Gespräch auf das Archiv zu bringen, redete indessen, da sie auf versteckte Anspielungen nicht einging, um die entscheidende Frage herum und vertröstete sich auf eine spätere Gelegenheit.
„Im Grunde genommen", sagte er, „kennst du wenig von mir und meinen Aufgaben."
„Unser Abend ist lang", erwiderte Anna, die das Geschirr bis auf den Wein und die Schale mit den Früchten beiseite geräumt hatte. Wohlig dehnte sie sich im Sessel, hatte die Beine über die Lehne geschwungen und wippte mit den Füßen auf und nieder. Robert trank und redete.
„Manchmal", sagte er, „komme ich mir hier wie in einem Panoptikum vor, als sei der Augenblick zur Ewigkeit erstarrt. Ich habe, das weißt du aus dem, was ich früher geschrieben habe, Anna, immer daran geglaubt, daß nichts auf Erden um seiner selbst willen geschieht, daß alles, was geschieht, ein Gleichnis ist, ein Gleichnis für den Sinn des Lebens, auch wenn wir uns dessen nicht immer bewußt sind und ihn nicht erfassen. Ich meine damit, daß alles, was der einzelne erlebt, seine Bedeutung für das Ganze des Universums hat. Es hält das All im Gange. Aber wenn ich mir überlege, was ich jetzt alles sehen und erkennen muß, dann

fällt mir die Deutung schwer – oder vielmehr ist es so, daß alles, was mir entgegentritt, gleichsam schon die nackte Deutung des Lebens ist, seiner Mechanik, seines grausamen Leerlaufs, seiner Gleichartigkeit und Gleichförmigkeit in allem, was uns Menschen angeht, das Maskenhafte unserer Existenz. Was bleibt dem einzelnen von den vielen hunderttausend Schritten zwischen Wiege und Sarg, von der Mühe, die er wichtig nimmt und die ihn wichtig macht, von seinem Drängen und Strampeln im täglichen Leben? Jeder betäubt sich mit irgendwelchen Vorstellungen von der Welt, betäubt sich mit dem Glauben, mit Frömmigkeit, mit Wissenschaft, mit Tätigkeit, mit Spiel – alle sind auf der Flucht und wollen sich retten. Und worin besteht die Rettung schließlich? In einem goldenen Butterblumenglück von fünf Minuten, in der Lohnzulage, im sich bescheidenden Lebensabend."

Er brach in ein derbes Lachen aus. Er hätte noch weiter geschwatzt, vom Trugbild der Realität, das nur von der Angst des Menschen hervorgebracht, hervorgeschwitzt wird, von der Angst jedes Individuums vor der Wahrheit, vor dem nüchteren Eingeständnis, daß wir dieselben simplen Kreaturen sind wie vor aber tausend Jahren – er hätte noch weitergeschwatzt, denn die Bilder und Worte fielen ihm zu wie den Rednern unlängst auf dem Podest der Maskenversammlung, aber sie rief in sein Lachen hinein: „Männergedanken! Spiralnebel! Ganz weit weg von mir, Rob! Kleiner kluger Gilgamensch", fuhr sie fort, „dozierst wie ein Professor von einst am letzten Tag und hast immer noch nichts dazugelernt?"

„Entschuldige", sagte er, „der Wein macht mich redselig und außerdem –"

Seine Stirnhaut zog sich hoch, und es hatte sich eine Anzahl von Kräuselfalten gebildet, die wie kleine Rundbögen die Schwünge der Augenbrauen nachzeichneten.

„Und außerdem", sagte Anna, „siehst du jetzt aus wie dein Vater. Ach, ihr Männer!"

Er starrte sie unwillig an.

„War es dasselbe laute Lachen?" fragte er.

„Und dieselbe Faltenbildung auf der Stirn", meinte sie. „Aber ich wollte dich nicht kränken. Ich weiß, du standest dich nicht gut mit ihm, obwohl ich den alten Herrn ganz

gern mochte. Er nahm alles im Leben so tragisch ernst. Viele schätzen das."
„Mag sein", sagte er verstimmt, „doch daß ich ihm ähnlich werde, gefällt mir nicht." Er schnipste einen Fruchtstiel von der Tischdecke auf den Boden.
„Sei nicht verdrießlich", sagte sie, „du bist du, und ich meine dich, dich allein. Die Erbzüge treten auch mehr im Alter auf, und wir altern nicht mehr."
Sie fuhr mit der Hand über sein Gesicht. „Nun siehst du wieder so wie früher aus", sagte sie und meinte, er sollte die alten Kindheitskomplexe nicht so eifersüchtig hüten, die ja inzwischen gerächt worden seien. Denn auch er sei daran beteiligt, wenn dem Vater nun die Aufenthaltsberechtigung entzogen werde.
„Er wird bald in der Mühle sein", sagte sie.
„In der Mühle?" wiederholte er erstaunt.
„So nennt man doch", sagte sie, „die nächste Station im Nordwesten, wohin die Sammeltransporte gehen."
„Ach so", sagte er „zwar habe ich schon viel gesehen, aber dorthin bin ich noch nicht gekommen."
„Natürlich nicht", sagte sie mit zusammengekniffenen Augen, „sonst säßest du jetzt kaum hier, nicht wahr? Meine Eltern erwarten ebenfalls die Ausweisung. Es gehen so viele, Rob. Auch wir werden nicht mehr lange bleiben, denke ich."
Sie schwiegen. Er hatte ihre Hand ergriffen und spielte mit ihren Fingern. Anna sah schön aus, sie war nichts als gleißend. Wie tierhaft ihr Haar aufschimmerte, wenn er langsam darüberstrich. Er hatte die Empfindung, als gehöre sie seit je zu ihm, als sei sie nicht erst seit diesem Augenblick, dem lange herbeigesehnten, bei ihm, sondern in der selbstverständlichen Vertrautheit von Mann und Frau, die seit Jahren umeinander wissen und sich kennen. Auch davon sprach er zu ihr.
„Aber mein Lieber", sagte sie, „was wundert dich? Weißt du nicht, daß du jeden Schlaf bei mir bist, und daß ich für immer bei dir bin? Du vergißt so schnell. Es gibt kein Zurück mehr."
Er stutzte. In ihren Augen flimmerte ein somnambuler Glanz, der in die Ferne tastete. Die Kerzen auf dem Tisch flackerten leicht.

„Du meinst", sagte er nach einer Weile, „daß wir die Wirklichkeit in unserer Vorstellung leben?"
„Ich empfinde", sagte sie in einem singenden Tonfall, „keinen Unterschied mehr. Träumen und Wachen, es ist nur eine verschiedene Drehung des Kreises, in dem wir uns bewegen. Du weißt es auch. Bilden wir uns nicht ein, daß wir leben, und in Wahrheit –"
„Und doch", unterbrach er sie, „bedürfen wir des Zuspruchs, der wärmenden Gegenwart."
Anna nickte. „Ja", sagte sie, „der Liebe."
Robert war aufgestanden und beugte sich über sie.
„Sonst", sagte er, „ersticken wir an uns, an der Einsamkeit, sonst verschluckt uns die Wüste. Komm."
Sie hatte sich die Schuhe abgestreift.
„Und wenn es nur", meinte sie heiter, „eine Fate Morgana ist – sozusagen."
Sie schlüpfte an ihm vorbei und begann, von Unruhe getrieben, auf bloßen Füßen im Zimmer umherzugehen und aufzuräumen. Die Obstschale schob sie zurecht, sammelte die Krumen vom Boden auf und machte sich am Waschtisch zu schaffen. Alles rückte sie vom Fleck und hantierte mit den Gegenständen herum.
„Man muß", sagte sie zu Robert, der sie ungeduldig beobachtete, „in dieser Stunde immer alles zurechtstellen und griffbereit halten." Sie kramte in ihrer Handtasche. „Wenn es dunkel ist, wenn die entscheidende Viertelstunde kommt, muß alles in Ordnung sein."
Es war ein Hin- und Herbewegen, ein Sichvergewissern von Kleinigkeiten, das ihm sinnlos schien. Da er glaubte, sie ängstige sich vor dem, was die Nacht für ihr gemeinsames Geschick versprach, sagte er: „Mach dir keine Sorgen. Alles geht den Gang, der uns bestimmt ist."
Sie überhörte die Ratlosigkeit nicht, die im Ton seiner Stimme schwang.
„Ich gehöre zu dir, Rob", sagte sie, und ihre Hand glitt liebkosend durch sein Haar.
Seine Nerven zitterten.
Sie war zum Fenster getreten, schlug die Vorhänge im Bogen beiseite, um hinauszuspähen. Die Starre des gestirnten Himmels lag über dem Häuserdunkel. Der Mond war im Aufgehen.

„Du wohnst", sagte sie, wieder ins Zimmer tretend, „noch über der Erde. Welch ein Vorzug."
Hatte sie gemerkt, daß sich sein Quartier im Alttor befand? Wich sie deshalb vor ihm zurück? Nein, sie kam unbefangen näher.
„Glaubst du wohl", sagte sie, „daß es irgend etwas geben kann, das man sich nur ausdenkt?"
„Das ist wohl unmöglich", sagte er, „denn was in uns ist, muß auch außerhalb von uns dasein."
„Freust du dich, daß ich hier bin?" fragte sie und setzte sich auf seinen Schoß. „Alles muß ich von dir wissen", drängte sie, „alles, was du jetzt denkst, glaubst und fühlst."
Sie hatte sich an ihn gekuschelt, doch als er sie küßte, blieb sie seltsam steif in seinen Armen.
„Komm", sagte er werbender.
Ihre kühle Hand erwiderte nur schwach seinen Druck.
„Wonach haschen wir eigentlich", sagte sie einmal und sah wie ein Mädchen auf einem Bild aus, das ihren Arm gegen den Goldgrund ausstreckt.
Als die Kerzen gelöscht waren, drang durch den Fensterspalt ein Streifen Mondlicht in die offene Stunde der Mitternacht.
Robert erschrak, als er zwischen den weiß schimmernden Brüsten einen harten Gegenstand von der Größe eines Talers entdeckte, der an einer dünnen Halskette hing. Augenblicks erinnerte er sich daran, als ihm Katell einmal die Kennmarke gezeigt hatte. Er spürte Annas Verlegenheit, die ihm gestand, daß sie ein Amulett trage. Es war ein Abguß des alten assyrischen Keilschriftsiegels mit dem springenden Einhorn, das sie ihm als junges Mädchen bei ihrer ersten Begegnung gezeigt hatte.
„Anna!" rief er glücklich.
Sie schämte sich auch nicht länger des Verbandes, der um ihr linkes Handgelenk gewickelt war.
„Ich habe es selbst getan", sagte sie ruhig, während er zwischen lappigen Wundrändern den tiefen senkrechten Schnitt in die Pulsader wahrnahm, „damals auf der Fluchtreise ins Gebirge."
Ein eisiges Gefühl kroch ihn an. „Aber –", stammelte er und strich heftiger über das geliebte Bild ihres Körpers, als wollte er sich ihrer Wirklichkeit wieder und wieder versichern.

Sie erstickte sein Fragen in einer zärtlichen Umarmung. Es schien nichts Fremdes zwischen ihnen.
Wenn sich der Ausdruck ihres Gesichts auch verjüngt hatte, meinte er mitten im wogenden Austausch plötzlich eine Statue im Arm zu halten. Der elementare Schauder der Liebe ging in eine tödliche Empfindung über.
Anna war mit einem Schrei hochgefahren.
„Du bist ja“, rief sie, „ein Gespenst von Fleisch und Blut!“ Sie starrte ihn ungläubig an, fassungslos, das Entsetzen schnürte ihr die Kehle zusammen.
Da spürte auch Robert unter der Zunge einen ätzenden Geschmack wie Gift, das bis in die Eingeweide brannte. Die Erkenntnis durchfuhr ihn, grausam wie die Adams, als er die Frucht vom Baum brach; grausamer noch. Ein Schlag, weiter ausgeholt als von Himmel und Hölle, der ihn betäubte und wachriß, ihn blind machte und wissend zugleich.
Dies war kein Taumel mehr, keine Verstellung, dies war der volle Wahnsinn. Ein Gespenst hatte er in den Armen gehalten, einer Frau, die nicht mehr lebte, galt seine Liebe. Wie mit Messern ritzte es sich in sein Bewußtsein, wo er weilte und diese bleiern stehende Zeit immer geweilt hatte: im Umgang mit Phantomen, mit leeren Bildern, die das Leben vortäuschten. Ein Blitz hatte den Vorhang vor seinen Augen zerrissen, er erkannte die nackte Unheimlichkeit der Wahrheit vor sich: er lebte in der Stadt der Toten.
„Und“, hörte er die Stimme der Geliebten noch einmal mit einem unmenschlichen Grauen sprechen, „du bist ja keiner von uns, Robert!“
Auch sie hatte der Blitz ins Mark getroffen.
Robert war aufgesprungen. Nein, es war kein Traum. Sein Vater, Katell, Anna, Leonhard, die Besucher des Archivs, die Kinder, alle und alle nur Schemen.
„Anna!“ schrie er auf. Es wurde ein würgendes Schluchzen.
Sie lag mit geschlossenen Augen.
„Jetzt weißt du alles“, sagte sie wie erfroren. „Jetzt wissen wir beide umeinander. Dies ist das Letzte. War es so gemeint?“
Dann war sie in einen schlafähnlichen Zustand von Apathie gesunken. Ihr linker Arm hing schlaff herab.

Er betrachtete noch einmal die Todeswunde, den unverhüllten bläulichen Schnitt, ehe er behutsam den Verband anlegte. Sie spürte es nicht. Sie lag in einer willenlosen Ohnmacht, wie damals, als ihre Schatten auf dem Brunnenplatz ineinandergeglitten waren. Darum also hatte sie immer so ängstlich den Ärmel ihrer Bluse heruntergezogen. Dies also war ihr Ende gewesen, ihr freiwilliger Weg über den Strom, der das Reich des Todes von dem des Lebens trennte.
Die überwache Spannung, die sich Roberts bemächtigte, gab ihn für den Rest der Nacht nicht frei. Weit öffnete er das Fenster und sog die laue Luft ein. Angekleidet saß er und sann. Das Bewußtsein setzte wieder ein.
Er versuchte, sich den Verlauf seines Aufenthaltes in diesem Zwischenreich noch einmal von Anfang an zu vergegenwärtigen. Wie bedauerte er, keine Aufzeichnungen gemacht zu haben, um die Einzelheiten nachträglich zu vergleichen. Denn nun hielt er den Schlüssel in der Hand, der jede Szene, jedes Wort der anderen erschloß. Das Bedrückende der Atmosphäre, das Gespenstische und oft unerklärlich Scheinende war gewichen, aber das Geheimnisvolle, das von der Präfektur, der Ordnung der Stadt und dem Gesetz des Archivs ausging, war geblieben. Je länger er saß und sann, zuweilen auch einen besorgten Blick auf Anna warf, desto weniger begriff er sich selbst in diesem ungeheuren Vorfeld des Todes, wenn er nicht als einer der Seinen darin umging.
Freilich hatte es Zeichen zur Genüge gegeben, die darauf hindeuteten, daß er in einem anderen Verhältnis zu der Region der Totenstadt stand als die Mehrzahl der Anwesenden. Angefangen mit dem Schriftstück, das ihn unmittelbar vor die Präfektur brachte, bis zur Belehnung mit dem Amte des Archivars, und einbezogen das seltsame Erschrecken Katells, als er ihm von diesem Posten erzählt hatte, die merkliche Zurückhaltung der Menge wie vor einem Fremdling, die Scheu, mit der man ihm immer wieder auf seinen Wegen begegnet war, beim Besuch der städtischen Fabriken, auf dem Tauschmarkt, im Gasthof, die vorsichtige Distanz, die man im Archiv ihm gegenüber einnahm, bei Leonhard nicht weniger spürbar als bei dem greisen Perking, die Ironie schließlich, die ihm aus mancher Ge-

sprächswendung seines Vaters, aus dem Verhalten von Annas Eltern entgegengetreten war. Aber vermutlich waren das alles Bestandteile der großen Einweihungszeremonie, die jedem hier zuteil wurde, dem einen in dieser, dem andern in jener Form, um die Täuschung, daß das Leben noch eine Weile weiterliefe, aufrechtzuerhalten. Denn vom Verstand her gesehen war wohl ein Zweifel erlaubt, daß ein Lebender dieses Zwischenreich jemals betreten könnte, so stark sich im Gefühl auch diese Vorstellung erhielt.
Die Zahlen stimmten, aber die Rechnung ging nicht auf. Die Gedanken schabten in seinem Gehirn, die hetzten sich in einem Labyrinth ohne Ausweg und ließen nichts von der Vergessensseligkeit spüren, die nach aller Überlieferung der Mythen und Sagen ein Kennzeichen der Totenwelt war, wenn er auch, wie ihm nachträglich klarer wurde, bei diesem und jenem ein Schwinden der Erinnerung wahrgenommen hatte.
Aber Annes Entsetzen, ihr Aufschrei zuletzt, daß er keiner der Ihren sei, hatte es zu deutlich gemacht, daß er ein Fremder hier war, ein Gast unter Larven.
Nun hielt er Wacht an ihrem Bett, in dem sie regungslos lag, gestillt und apathisch, und auch gegen Morgen hin keine Frage, keinen Zuruf beachtete. Seine Hand glitt über die Züge des abgeblaßten Gesichts, das sich so leidenschaftlich, so menschlich erschlossen hatte.
Er meinte zu wachen, aber die Aufmerksamkeit wurde schläfrig. Vor ihm türmte sich Wand um Wand, gegen die er immer von neuem mit dumpfem Schädel anlief.
Als es gegen Morgen an die Zimmertür klopfte, trat er ein wenig langsamer als sonst auf den Vorplatz, wo Leonhard auf ihn wartete. Robert durchforschte das Gesicht des Jungen: dies also war Leonhard, siebzehnjährig geblieben, sein Schulkamerad vor fast zwei Jahrzehnten, der damals verschollen war, im Meer ertrunken, den Robert nicht zu erkennen gewagt oder nicht wiederzuerkennen vermocht hatte, weil er sich das leibliche Bild nicht deutlich genug mehr vorstellte. Auch er im Archiv, allerdings in der untergeordneten Stellung des Pagenstandes, die sich wohl aus seinem jugendlichen Alter erklärte, aber auch er auf eine deutliche Weise bevorzugt, weil er noch immer im Zwischenreich weilte und in einer geistigen Funktion eingesetzt war,

während die meisten, wie sich der Archivar aus seinen Beobachtungen erinnerte, in kürzerem Abstand ihre Rolle zu Ende führten. Aber wurden von den Bewohnern im Gegensatz zu den Lebenden überhaupt noch die Tage gezählt?
Der Archivar wollte dem jungen Famulus nicht verraten, daß er die Zusammenhänge durchschaute und endlich über ihn Bescheid wußte, aber er wollte ihm wenigstens eine Andeutung geben.
„Siehst du", sagte er, „wozu eine schlaflose Nacht doch gut ist. Mich dünkt, jetzt bin ich erst wirklich unter euch angekommen. Verstehst du mich, Leonhard?"
Der Jüngling blickte verlegen zur Seite und nahm Roberts Wünsche entgegen, ein doppeltes Morgenmahl zu bringen und auf dem Hocker vor der Tür abzustellen.
Anna lag noch in ihrer Versunkenheit, während Robert den Kopf in die Waschschüssel steckte und sich Schlaf und Schatten der Nacht aus dem Gesicht wusch.
Er verließ das Turmzimmer und begab sich zu den Archivräumen auf der anderen Torseite. Er traf Perking an, der mit der Sichtung der eingehenden Menge neuer Papiere, Bücher und Aufzeichnungen beschäftigt war. Der alte Gehilfe sah dem Archivar mit prüfendem Ernst in die Augen, als wolle er ihm zu verstehen geben, nun sei es also mit ihm soweit, bevor er ihm, was selten geschah, seine Hand aus dem Ärmel der Kutte zum Willkommensgruß des Morgens entgegenstreckte.
„Die Eingänge", sagte Perking, „nehmen in einem Maße zu, daß unser aller Tätigkeit, die sich sonst noch auf Erschließung und Vergegenwärtigung des ewigen Bestandes erstreckt, von der Sichtung der täglichen Fülle des neuen Materials völlig in Anspruch genommen wird. Unsere regelmäßigen Aufstellungen, deren die Präfektur stets bedarf, sind kaum noch zu bewältigen, und die Anzahl der zur Entscheidung zurückzustellenden Stücke häuft sich, ohne daß für die Erledigung Aussicht besteht. Die Menschheit muß sich in einem Aufruhr ohnegleichen befinden, und die Folgen der Umwälzung dringen bis in unsere Abgeschiedenheit. So müßte wohl eine Anordnung der Präfektur eingeholt werden, daß entweder die Arbeitsmethoden geändert oder dem Archiv stellvertretende Gehilfen zugewiesen werden. Ich trage Ihnen den Fall vor, der in ähnlicher

Weise, solange ich nun schon meines Dienstes walte, noch niemals zu so entscheidenden Maßnahmen gedrängt hat, weil Sie, Herr Doktor Lindhoff, für den Gang des Archivs verantwortlich sind."

„Im Augenblick", sagte Robert mit einem deutlichen Nebensinn, „bin ich wohl für unser Archiv verantwortlich geworden. So mag auch der Zeitpunkt gekommen sein, meine bisher mehr laienhafte Beschäftigung mit der praktischen Mitarbeit zu vertauschen und, wenn Not am Mann ist, bei der Ordnung der Papiere selber mitzuwirken."

Der alte Perking wies darauf hin, daß eine Entscheidung darüber nicht aus eigenem Willen, sondern nur in Übereinstimmung mit der Präfektur getroffen werden könne, von der ihm nicht bekannt sei, welche Absichten sie mit ihrem Archivar und Chronisten hege.

Nach einer kurzen Überlegung machte Robert von seinem Recht Gebrauch, eine telefonische Verbindung mit der Präfektur herzustellen. Nachdem sich das obere Sekretariat gemeldet hatte, wurde ihm mit ausgesuchter Höflichkeit mitgeteilt, daß einer Unterredung mit dem Hohen Kommissar nichts im Wege stehe, er sei freilich durch besondere Maßnahmen so in Anspruch genommen, daß der Termin der Rücksprache sich jetzt noch nicht bestimmen lasse. Ohnehin befinde sich ein Schreiben an den Herrn Archivar unterwegs, dessen Beantwortung mit dem eigenen Anliegen bei dem erwarteten Besuch gut vereinbar sei. Im übrigen solle vorsorglich schon eine strengere Räumung der Bestände durchgeführt werden. Man werde, und zwar noch vor Ablauf der gegenwärtigen Mondphase, nicht verfehlen, den Herrn Archivar zu verständigen, wann die Begegnung mit dem Hohen Kommissar stattfinden könne. Das Sekretariat, fügte der Sprecher am Schluß hinzu, sei noch beauftragt, dem Herrn Chronisten für seine Dienste ausdrücklich zu danken, die er, wie man an höchster Stelle wohl zu schätzen wisse, unermüdlich im Interesse der Stadt leiste. Der Archivar machte, bevor er den Hörer auf die Telefongabel zurücklegte, eine kleine Verbeugung.

Während er mit gesenktem Kopf über die Wendeltreppe und den niedrigen Gang oberhalb des Torbogens in sein Turmzimmer zurückging, wurde er mehr und mehr von dem Gedanken erfüllt, daß diese zweite Unterredung mit

dem Hohen Kommissar endgültig Klarheit über sein Schicksal bringen werde.
Das Tablett mit dem Morgenmahl für zwei Personen stand auf dem Hocker bereit. Als er ins Zimmer trat, waren Vorhang und Fenster geöffnet. Er sah, wie Anna, über das weiße Fensterbrett gelehnt, schräg auf die Torgasse blickte. Zu ihr tretend, legte er den Arm um ihre Schulter. Sie wandte ihm das wächserne Gesicht entgegen, dessen Stirn er leicht mit seinen Lippen berührte.
„Guten Morgen, Robert", sagte sie.
„Solltest du", sagte er und führte sie zu dem Sessel am Frühstückstisch, „nicht besser dich ausruhen? Du hattest so tief geschlafen, Anna."
„Es war kein Schlaf", erwiderte sie, „es war eine unendliche Wanderung am Abgrund. Als hätte ich den Weg der Dämonen vorweggenommen. Aber sprich nicht davon. Ich weiß nichts mehr."
Ihre Stimme klang kühl, auf eine, wie es Robert schien, künstliche Weise beherrscht. Sie aß wenig. Zuweilen warf sie einen verstohlenen Blick auf ihn.
Als Robert auf das Amt zu sprechen kam, das seinem Aufenthalt das Gepräge gab, sagte sie: „Es ist bekannt, was es damit auf sich hat, wenn einer im Alttor seinen Sitz hat. Wer konnte annehmen, daß du zu unserem Chronisten bestellt bist! Im allgemeinen, so heißt es hier, wird dazu ein Dichter, ein Künstler abgesandt. Freilich, wenn ich es recht überlege, steckt ein Teil davon auch in dir, in der beobachtenden Kraft deines Wesens."
„Merkwürdig", sagte er, „du sprichst wie Freund Katell von der Chronik – dabei habe ich noch nicht einen einzigen Bericht an die Präfektur zustande gebracht."
Anna gab zu bedenken, daß die Präfektur, der nichts verborgen bleibe, vielleicht weniger seiner Aufzeichnungen bedürfe als die Menschen, die noch nicht die Brücke über den Strom passiert hätten.
Robert wies den Gedanken mit der Begründung von sich, daß es Gerüchte seien, womit man hier Umgang habe.
„Hast du Angst vor mir, Robert?" fragte sie. „Bin ich dir nun fremd geworden, nachdem wir uns erkannt haben?"
„Die gleiche Frage", erwiderte er, „könnte ich an dich stellen."

„Aber ich glaube an dich", sagte sie.
„Es ist das ewige Licht, das mich krank macht", fuhr er auf, „dieser schrankenlose Sonnenhimmel Tag für Tag, der die Sinne ausdörrt, die Nerven überreizt, um uns irgendwelche Halluzinationen in diesem Nichts an Welt vorzugaukeln."
„Eine Fata Morgana – sozusagen", wiederholte sie. Aber die Heiterkeit, mit der sie noch gestern diese Worte gesprochen hatte, war verflogen.
Er war aufgesprungen und zur Tür geeilt, besann sich jedoch und kehrte auf seinen Platz zurück.
„Ich werde", erklärte er, „dich zu meiner Gehilfin im Archiv machen. Die Arbeit ist ohnehin mit den alten Kräften nicht mehr zu schaffen. Ich werde einen Antrag stellen."
„Robert", sagte sie mit ihrer gleichmäßig ruhigen Stimme, „der Einfall kommt zu spät. Vielleicht hätte eine Möglichkeit, eine geringe Möglichkeit für mich dazu bestanden, wenn du gleich nach deiner Ankunft offen mit mir geredet oder wenn du noch gestern ein Wort gesagt hättest – nun aber habe ich mir das Urteil selbst gesprochen."
„Was heißt das?" fragte Robert aufgeregt. „Was hat sich denn verändert? Ebensogut wie Leonhard seine Dienste hier im Hause verrichtet, könntest auch du mir zur Seite stehen, und du in einem noch besonderen Maß."
Es klopfte an der Tür, Leonhard trat ein.
„Der Archivar", sagte er, „hat mich gerufen?"
Robert schüttelte unwillig den Kopf. Hatte er etwa gelauscht? Er gebot ihm, das Geschirr abzuräumen. Leonhard verneigte sich linkisch vor Anna. Nachdem er die Gerätschaften auf dem Tablett zusammengestellt hatte und sich anschickte, sie hinauszutragen, geschah es, daß er ausglitt. Er konnte nicht verhindern, daß ein Teil des Geschirrs in Scherben zu Boden fiel. Der Lärm klirrte in das Schweigen.
„Kehre später auf", sagte der Archivar zu Leonhard, der sich verlegen entschuldigte und scheu das Zimmer verließ.
„Er führt sich", meinte Robert, „sonst anstellig und geschickt auf, aber mir ist aufgefallen, daß er in diesen Tagen verstört und schreckhaft ist."
Anna schwieg noch immer. Robert beharrte auf seinem

Vorsatz, sie in den Gehilfenstand des Archivs zu übernehmen.
„Wenn ich bei dem Hohen Kommissar vorspreche", sagte er, „werde ich seine Zustimmung erbitten."
„Du wirst", fragte sie, „den Hohen Kommissar selber sprechen?"
„Gewiß", erwiderte er, „und zwar schon bald."
„Das ist gut", sagte sie langsam, „sehr gut. Und wann wird das sein?"
„Bald, Anna."
„Wann, Robert?"
„Ich weiß es nicht genau."
„Doch, du weißt es, Robert, du willst es mir nur nicht verraten."
„Ich weiß nur", erwiderte er, „daß ich zu ihm gerufen werde, sobald es möglich ist."
„Jetzt, Robert?"
„Noch in dieser Mondphase."
„Ja so", sagte sie müde, „dann ist es zu spät."
„Was soll zu spät sein?" fragte er ungeduldig.
„Geh jetzt, geh gleich, Robert!"
„Das kann ich nicht, Anna."
„Du bist doch der Archivar", sagte sie stoßweise, „du hast ein Vorrecht. Du hast den Willen zur Freiheit. Du bist beinahe ein Gott."
„Wie du nur redest, Anna!"
„Ich werde dich lieben, Robert, wie ich dich nie in meinem Leben geliebt habe. Glaub es mir. Dich nie verlassen."
Ihre Wangen belebten sich mit einer schwachen Röte.
„Nimm mich mit", bat sie.
„Zur Präfektur?" fragte er.
Sie schüttelte den Kopf.
„Nicht dorthin. – Nimm mich mit", wiederholte sie.
Er sah ihr in die Augen. Sie nickte leise, als könne sie dadurch seine Zustimmung erwirken.
„Wenn du gehst", sagte sie beschwörend, „wenn du auf der Brücke über den Strom wieder zurückkehrst! Nicht wahr, Robert?"
„Ich bin dem Archiv zugeteilt", sagte er, gequält von ihrer Qual, „wie alle anderen."
„Nicht wie alle anderen", rief sie lebhaft und zärtlich, „ich

weiß es besser. Du bist der Abgesandte. Du hast deine Hand auf mich gelegt, und vor dir werde ich auferstehen und wandeln wie Jaïri Töchterlein. Mein Schatten wird sich füllen, und es wird anders sein, als es je zuvor war, Musik werden wir miteinander hören, denk nur, Robert, Musik – alles Entbehrte wird leben, alles, was vorüber zu sein schien. Wie eine neue Geburt auf Erden wird es werden, aber mit dem Wissen um das Geheimnis, um den Stufenschritt zum Tode."

„Wie du schwärmst, Anna", sagte er abwehrend.

„Wenn du", sagte sie, „mich nicht mehr liebst, dann geh allein zurück, dann überlaß mich meinem Los."

„Aber ich liebe dich", begütigte er sie.

„Das sagt sich so leicht", meinte sie, „so schön und so einfach sagt sich das. Aber bald werde ich wissen, ob du es ernst meinst."

Robert war aufgestanden. „Wenn ich auch", sagte er, „als Archivar und Chronist eine Sonderstellung einnehmen sollte, die sonst, wie du sagst, nur dem Künstler, dem Dichter zuerkannt wird, so bin ich in dieser Eigenschaft hier ein Teil von jedermann."

„Ich bin ein Teil von dir", sagte sie. „Nimm mich mit", flehte sie zum drittenmal.

Auf der Straße polterten die Karren.

„Ich werde dich nun", sagte er, „ein Stück des Weges begleiten. Zuvor will ich nur im Archiv nachschauen, ob auch nichts Dringendes vorliegt."

„Wie ehrgeizig du bist", sagte sie.

„Ich bin ja nicht meinetwegen hier in dieser Welt", sagte er, „ich habe einen Auftrag."

„Du bist noch", sagte sie, „mit der anderen Seite des Lebens beschwert."

„Verstehst du nicht", sagte er, „daß für mich alles in eine andere Bedeutung rückt, seitdem ich weiß, was es mit dieser Stadt auf sich hat. Jetzt sehe ich mit neuen Augen die Zerstörtheit, das graue Abbild der Ruinen. Mit dieser Nacht fange ich an zu begreifen."

Sie blickte zu ihm auf.

„So bist du nicht von mir enttäuscht?" fragte sie.

„Du warst es, Anna", sagte er, „die mir die Augen geöffnet hat."

„Dann ist es gut", sagte sie, „dann war es recht."
Er ging einen Schritt auf sie zu, als wollte er sie in die Arme schließen. Aber er sagte nur: „Wir müssen gehen."
Als sie sich erhob, um die Falten des Kleides glattzustreichen, schwankte sie leicht. Er wollte sie stützen.
„Danke, es geht schon, Robert."
„Warum nennst du mich", fragte er, während er sie über den Gang zur Archivtür im Alttor brachte, „jetzt immer Robert?"
„Habe ich dir", sagte sie, „sonst einen anderen Namen gegeben?"
„Ja", sagte er, „einen Kurznamen von früher, die ganze Zeit über bis zu diesem Morgen."
Auf ihrer Stirn bildeten sich harte Grübelfältchen, die nicht mehr vergingen.
„Seltsam", sagte sie, „und ich weiß nicht mehr, wie ich dich einst genannt habe."
Da wußte Robert, daß das Vergessen langsam von ihr Besitz ergriff. Er spürte einen ziehenden Schmerz in der linken Seite, oberhalb des Herzens. Seine Liebe war Mitleid geworden.
Er schloß das Gitter des Torbogens auf und eilte ins Archiv zurück.
„Nur einen Augenblick", sagte er.
Eine Weile hatte Anna vor dem Alttor gewartet. Da er nicht kam, war sie langsam vorangegangen. Sie nahm ihren Weg allein, Schritt für Schritt. Ohne daß sie sich umsah, merkte sie, daß sie gezeichnet war und daß ihre Gestalt keinen Schatten mehr warf.
Als sie im Erbhaus anlangte, fand sie fremde Ankömmlinge vor, die hier eingewiesen waren. Auf der Bank neben dem Eingang lag das Tuch, an dem die Mutter bis zuletzt gestrickt hatte. Die Nadeln steckten noch. Im Keller stand noch das volle Weinfaß des Vaters. Alle Räume waren belegt. Ihr blieb nur Platz in einer kleinen Kammer. Vielleicht würde sie nicht einmal geweint haben, auch wenn sie sich erinnert hätte, daß es einmal Tränen gab.

15

In der Tat war Robert durch einen Besucher im Archiv festgehalten worden, der schon wiederholt eine Verbindung mit dem Archivar hatte anknüpfen wollen, ohne daß es bisher gelungen war. Möglicherweise steckte eine wohlberechnete Fügung darin, daß die Begegnung erst in einem Augenblick zustande kam, als Robert das untrügliche Wissen besaß, welche Bewandtnis es mit der Bewohnerschaft der Stadt auf sich hatte. Es war Perking gewesen, der den Besucher, der sich schon unverrichteterdinge eilig hatte entfernen wollen, diesmal zum Bleiben und Warten bewegte. So traf der Archivar in seinem Amtsraum den jungen Soldaten mit dem Käppi, eben jenen Monsieur Berthelet, von dem Anna einmal erzählt hatte, als sie in den Wegen jener Gartensiedlung auf und ab gegangen waren, die in ihrer Anordnung an gepflegte Erbbegräbnisse gemahnte.

Nicht ohne Befangenheit richtete der Soldat, nachdem einige allgemeinere Worte gewechselt waren, in denen die Hochachtung und das Vertrauen seiner Kameraden dem Archivar gegenüber zum Ausdruck kam, an Robert die Bitte, ihn zu den Tempelkasernen zu begleiten. Es sei fast eine persönliche Schutzmaßnahme, meinte Berthelet liebenswürdig, zu der er genötigt sei, da sich einmal sein Anliegen nicht in der präfekturnahen Atmosphäre des Archivs erörtern lasse, zum andern auch jeder Ausflug in die Stadt für ihn ein Wagnis bedeute, weil, wie der Archivar wohl wisse, den Soldaten jeder Aufenthalt außerhalb der Kasernenbezirke seit je untersagt sei. Die Begleitung einer so angesehenen Amtsperson der Zivilverwaltung, wie sie der ständige Chronist der Stadt darstelle – so drückte sich der Soldat aus –, gewähre seiner Uniform innerhalb des Stadtbildes Sicherheit. Robert, der seine Überraschung über diese Bemerkung zu unterdrücken verstand, willigte in den Vorschlag ein.

Als er mit Berthelet auf die Straße trat, spähte er nach Anna aus, doch war es ihm nicht einmal unlieb, daß er ihrer nicht mehr ansichtig wurde. Einen Augenblick spielte er mit dem Gedanken, Leonhard zu veranlassen, ihr Blumen ins Haus zu schicken, rote Rosen vielleicht, wie man es bei derartigen Gelegenheiten gern tut. Aber dann machten sich Be-

denken geltend, ob die Blumen, die als Hochzeitsgruß gemeint waren, nicht dazu angetan waren, von ihr mißdeutet zu werden, als jener letzte Abschiedsgruß, wie ihn Lebende den Toten erweisen.
Der Soldat mit dem Käppi war unwillkürlich in den Gleichschritt einer marschierenden Kolonne gefallen, als er mit dem Archivar auf dem Fahrdamm dahinschritt.
Die Luft schmeckte trocken auf der Zunge, so daß zunächst keine rechte Unterhaltung aufkam. Bisweilen machte Berthelet die eine und andere Bemerkung, aus der für den Archivar hervorging, daß sich die Soldaten in einer Welt bewegten, die sich in Vorstellung und Sprache von der Welt der übrigen Stadtbewohner unterschied. Dieser Umstand mochte sich aus der vermutlich jahrhundertelangen Isolierung und Beschränkung auf den Kasernenbezirk erklären. Beispielsweise hatte der Soldat noch erwähnt, daß er und fast alle seine Kameraden glaubten, in Gefangenschaft geraten zu sein, in eine anscheinend lebenslängliche Gefangenschaft; sie würden nicht vom Feind, sondern von einer neutralen Macht festgehalten. Der Archivar erfuhr auch, daß die Tempelkasernen jeweils einen bestimmten Jahrgang beherbergten, so waren in einer die Achtzehnjährigen, in einer anderen die Neunzehn-, einer dritten die Zwanzigjährigen untergebracht, und in entsprechender Weise weiter, ohne daß Unterschiede nach der einzelnen Nation oder dem Dienstrang gemacht wurden. Mit dem ersten Punkt hätten sich die meisten unter dem Eindruck einer einheitlichen Kriegerkaste ohne innerliche Schwierigkeiten abgefunden, und sie ließen lediglich bei ihren Übungen, Turnieren und Schaustellungen die Fiktion einer nationalen Gegnerschaft spielen. An Rang und Dienstgrad indessen halte der einzelne im allgemeinen fest, auch wenn sich jeder im klaren darüber sei, daß im gegenwärtigen Zustande jede aktive Beförderung zu ruhen habe, da ihre Existenz neutralisiert worden sei. Freilich führe diese Bestimmung zu gewissen Störungen, da der Disziplinar- und Befehlsgewalt keine eigentliche Exekutive zur Verfügung stehe und das Verhältnis zueinander mehr auf Überlieferung und Traditionsbewußtsein beruhe. Er selber sei Sergeant. Er schob das Käppi etwas mehr zur Seite, so daß eine braune Haarlocke zum Vorschein kam, die schräg über die Schläfe fiel.

Die Straßen der Oberstadt waren stärker belebt als sonst. Man traf viele Personen, die kleine geschnürte Bündel trugen und mit abwägenden Mienen einem gemeinsamen Sammelpunkt zustrebten.
Nach einer Weile erkundigte sich der Archivar, worin die Übungen der Soldaten bestünden. Berthelet teilte höflich mit, daß sie sich durch Appelle und Wachdienst die Erinnerung schulten. Die Instruktion trage mehr theoretischen Charakter, weil sie nur über Attrappen von Waffen verfügten. Die Übungen gipfelten in paradeähnlichen Veranstaltungen, die allerdings nur in größeren Zwischenräumen stattfänden, da es umfangreicher Vorbereitungen dazu bedürfe. Hier würden gern lebende Gruppenbilder zur Schau gestellt, die den dramatischen Höhepunkt historischer Schlachten verkörperten oder auch einzelne Bravourstücke. Den Rausch der Uniform aus verschiedenen Zeitaltern aufleben zu lassen, sei der geheime Zweck dieser theatralischen Darbietungen.
Auf eine beiläufige Frage des Archivars, wie es um die laufenden Zu- und Abgänge bestellt sei, wich Berthelet einer direkten Antwort aus. Er sprach mehr von der Unruhe, die jedesmal entstehe, wenn Manöver angesagt würden. Es habe den Anschein, als ob die Manöver im Innern des Landes abgehalten würden, doch kenne er niemanden, der daran teilgenommen habe.
Ob die sogenannten Manöver, forschte der Archivar, im Nordwesten stattfänden?
Dies scheine der Fall zu sein, meinte Berthelet, der nervös an der unter dem Käppi vorquellenden Locke drehte. Die Kontingente marschierten stets in dieser Richtung aus. Übrigens häuften sich dafür in letzter Zeit die Zusammenstellungen. Hierüber habe er schon einmal zu Frau Anna Mertens, die wohl eine gemeinsame Bekannte von ihnen sei, Andeutungen gemacht.
Sie näherten sich bereits der Kasernenzone und hatten schon den Durchlaß durch das verrostete Stacheldrahtgehege des ersten Sicherheitsgürtels passiert, der sich zwischen Knüppelwald und Zwergkiefern hinzog. Berthelet hatte den beiden Posten, die mit ihren frischlackierten Holzgewehren unter einem Sonnendach standen, die Tagesparole zugerufen und schritt nun mit dem Archivar auf

einem gelben Kiesweg in Richtung auf das Wachhaus der betonierten Kastellmauer zu, das unmittelbar neben einem eisernen Flügeltor lag. Natürlich gab es auch eine Reihe von versteckten Durchschlupfen zu dem Soldatenbezirk, aber der Sergeant wünschte für den Archivar den offiziellen Zugang zu benutzen. Kaum hatte Berthelet Meldung vom Erscheinen des Stadtarchivars erstattet, als die Riegel zurückgeschoben und die schweren Flügeltore unter einem Wirbel von alten Landsknechtstrommeln langsam geöffnet wurden. Der diensthabende Toroffizier im Range eines Majors, der einen Küraß aus den siebziger Jahren des neunzehnten Jahrhunderts und einen wallenden Roßschweif an seinem Raupenhelm trug, ging dem Archivar drei Schritte entgegen, um ihn zu begrüßen. Aus der Ansprache, die in knappen Hauptsätzen erfolgte, blieben Robert nur die wiederkehrenden Worte „gehorsamst“ und „Ehre“ im Ohr.
Die Wachmannschaft war unter einem Säulenvorbau zusammengetreten. Nach Roberts Schätzung mochten es Leute im Alter von zwanzig bis dreißig Jahren sein, die durch ihre zusammengewürfelten Uniformen ein nicht alltägliches Bild abgaben. Neben dem Feldgrau sah man rote, grüne und blaue Hosen in allen Schattierungen vom Hell bis zum Dunkel. Robert verstand nichts von Monturen, die ein Armeekundiger sogleich nach Gattungen, Nationalitäten und Zeiten hätte bestimmen können. Allein der Wechsel von Tschako, Bärenmütze, Spitz- und Rundhelm, Käppi, Stahlhelm, randloser Mütze, Hurratüte und Federbusch rief im Archivar den Eindruck von der Maskerade eines historischen Aufzugs hervor.
Der Adjutant, ein jugendliches Gesicht mit grauen Lippen, der sich mit einem Adelstitel dem Archivar vorstellte, machte darauf aufmerksam, daß nach dem Reglement das Betreten der militärischen Zone Zivilpersonen verboten sei. Robert wies seinen Ausweis der Präfektur vor, der ihm ausdrücklich den Zutritt zu dem Gelände der Tempelkasernen gestatte. Der Adjutant, der dem Papier nur von oben herab einen Blick schenkte, erklärte verbindlich, er wisse sehr wohl, wen er vor sich habe. Es sei für derartige Fälle schon Vorsorge getroffen, sowohl den Bestimmungen des Militarismus als auch den Bedürfnissen ziviler Besuche Rechnung zu tragen.

Während Sergeant Berthelet mit einem der Kameraden sprach, hielt eine herbeigerufene Ordonnanz die Insignien bereit, die eine sinnbildliche Uniformierung bewerkstelligten, indem der Archivar von der Schulter aus quer über das Jackett mit einem orangefarbenen Schärpenband versehen und auf der Brust mit einem schillernden Kotillonorden geschmückt wurde. Dazu ward ihm ein Dreispitz überreicht, der aus mehreren Lagen violetten Seidenpapiers sorgfältig geknifft war. Etwas verlegen setzte der Archivar den Papierhelm auf den Kopf und behielt seinen Hut in der Hand. Aber niemand fand seinen Aufputz lächerlich. Auf einen Wink des Tormajors, den der Adjutant dem Unterleutnant, dieser einem Wachtwebel und so fort weitergab, blies der Stabstrompeter ein Signal, das einem heiseren Tusch ähnlich klang, und warf, über das Gelingen entzückt, sein Instrument hoch in die Luft, wo es in der Sonne aufglitzerte, um es geschickt mit einer Hand wieder aufzufangen. Die Schützengilde sah stur ins Leere, die Herren Offiziere salutierten, und Robert, der sich freilich nicht entschließen konnte, zwei Finger an den Rand seines Papierhelms zu legen, trat zur Rechten des Sergeanten Berthelet in das kahle Gefilde der Tempelkasernen ein. Der Sergeant war zufrieden, daß die Einweihungszeremonie gut vonstatten gegangen war.
Ein gepflasterter Dammweg zog sich durch das leicht wellige Gelände, über das sich die Kasernenbauten mit den alten Tempelfassaden verstreuten. Auf Roberts Frage, ob er einen Grund dafür wisse, warum die Kasernenblocks in antike Tempel eingebaut seien, meinte Berthelet lachend, daß er sich darüber noch keine Gedanken gemacht habe. Vielleicht sei damit eine Tarnung beabsichtigt, oder es solle zum Ausdruck gebracht werden, daß das militärische Leben von alters her einem Kult gleichkomme.
Der Boden war ringsum mit einer bräunlichen Schicht von niedrigem Steppengras überzogen, dessen Kahlheit vereinzelte Büsche von wildem Fenchel und knorrigem Ginster nicht zu mildern vermochten. Kleinere Trupps von Soldaten schwärmten in allen Richtungen. Als eine dieser Gruppen nahe vor dem Archivar den Weg kreuzte, sah er, daß die Männer in ihren capeartig sich bauschenden Umhängen mit geschlossenen Augen wie im Schlaf dahintrotteten. Die

hageren, eingefallenen Gesichter waren grau und fleckig wie die Mäntel. Robert schämte sich seines karnevalistischen Mummenschanzes, zerknüllte mit einem Griff den bunten Dreispitz, riß den Papierorden ab und ließ sich nur mit Mühe von Berthelet bewegen, wenigstens das leuchtende Schärpenband umzubehalten.
„Sie würden sich", sagte der Sergeant, an seiner Locke zwirbelnd, „möglicherweise Unannehmlichkeiten zuziehen."
Die Tempelkasernen waren an der nach Osten gerichteten Stirnseite mit Buchstaben des griechischen Alphabets bezeichnet. Als die beiden sich dem Bau Sigma näherten, verlangsamte der Sergeant die Schritte und sprach davon, daß er den Archivar nicht zu einer der üblichen Besichtigungen hergebeten habe. Er sei Verbindungsmann einer geheimen Zellenbewegung, die sich auf eine Anzahl von Kasernen erstrecke, besonders auf die der jungen Jahrgänge. Zugegeben, daß sich die meisten verstumpft und träge mit dem hiesigen Dienst abfänden, so nehme doch die Gruppe von Kameraden zu, die des aufgezwungenen Scheinlebens satt sei. Da Robert schwieg, fügte Berthelet hinzu, er wolle jetzt nichts mehr darüber sagen, der Herr Archivar werde selber sehen und hören.
Sie waren die wenigen Steilstufen zum Vorbau hinaufgeklommen. An den Schäften der mächtigen Steinsäulen, deren ursprüngliche Bemalung bis auf geringe Farbreste abgesplittert war, lehnten die waffenlosen Schläfer in ihren abgetragenen Uniformen. Wenn sich eine der gekrümmt am Boden liegenden Gestalten im Halbschatten bewegte, flog leichter Staub auf. Manche der kindlichen Gesichter unter dem Stahlhelm waren gelöst, andere zeigten die noch angespannten Züge von Erwartung und Überraschtsein.
„Diese kamen erst jüngst", sagte Berthelet, der dem Archivar bedeutete, gleichmütig über die Liegenden hinwegzuschreiten, „sie sind vom Aufenthalt in der Quarantäne noch etwas erschöpft."
Eine der Gestalten richtete sich halb hoch, rieb mit einer ungelenken Bewegung die Augen, erhob sich verwundert, bis ein Schimmer von glücklichem Erkennen über das zarte knabenhafte Gesicht lief. Ein schmaler Kopf mit einer klaren Stirn drehte sich auf schmächtigen Schultern Robert entgegen.

„Herr Doktor Lindhoff!“ rief der junge Soldat. „Welche besondere Freude, Sie noch einmal zu sehen!“
Er sprach mit einer leisen, wie zerbrechlich wirkenden Stimme, die jedem einzelnen Wort einen geheimen Nachdruck verlieh. Auch Robert hatte den jungen Freund erkannt, der ihm unlängst, als er noch drüben, jenseits des Stromes weilte, seine ersten kunstgeschichtlichen Arbeiten gebracht hatte. Die abgewogene Art der Darstellungsweise, die Unbestechlichkeit seines Blicks für die Reinheit der Verhältnisse im Leben der Kunst hatten Robert wohlgetan. So hatte er die Legenden und Aufsätze des jungen Studenten empfohlen, die auch von einer Kunstzeitschrift angenommen worden waren, und manches gute Arbeitsgespräch mit ihm geführt.
„Sie entschuldigen“, wandte sich der Archivar an Monsieur Berthelet, „wenn ich mich einen Augenblick mit Herrn Lachmar unterhalte, den ich so unvermutet hier antreffe.“
Der Sergeant setzte sich auf eine der Tempelstufen.
Der junge Soldat, der vergeblich einen viel zu weit sitzenden Uniformrock zurechtzuzupfen suchte, erkundigte sich nach Roberts Ergehen.
„Sie sind also wohlbehalten davongekommen?“ fragte er.
Robert antwortete mit einer wegwerfenden Handbewegung.
„Sagen Sie mir eins, mein Herr Doktor Lindhoff“, fuhr der Student gedämpft fort, „wo befinde ich mich hier? Ich kann mir nicht erklären, wie ich hergekommen bin und was für eine Bewandtnis es hier mit mir hat. Das letzte, woran ich mich entsinne, ist, daß mir schwindlig wurde, richtig übel, dann muß ich gefallen sein – das heißt“, verbesserte er sich, „sagen wir lieber gestürzt, denn ‚gefallen‘ hört sich doppeldeutig an. Als ich aus meiner Ohnmacht zu mir kam, befand ich mich mit Kameraden von fremden Einheiten auf einer trüben Quarantänestation. Zuerst fürchtete ich, verwundet zu sein, aber das ist glücklicherweise nicht der Fall.“
„Soso“, meinte Robert.
„Wie gut, daß ich Sie hier treffe“, fuhr der junge Soldat fort, „festlich geschmückt, wie ich sehe. Sagen Sie mir, Herr Doktor Lindhoff, ist dies hier Henna, meine geliebte Stadt

am Meer, von der ich immer träumte, wenn ich schrieb, und wo ich wie in einer neuen Atlantis den Schauplatz meiner Gedanken ansiedelte? Aber hier ist kein Meer, oder ich wenigstens habe es noch nicht gefunden, hier ist Steppe über versunkenen Grundrissen."
Seine Stirn bewölkte sich.
„Mein lieber Herr Lachmar", sagte der Archivar, „Sie werden immer, wo Sie auch sind, in Ihrem Henna weilen und uns dorthin verzaubern, wie Mörike uns in sein Orplid – das ferne leuchtet."
„Das wäre schlimm", wandte der junge Soldat ein. „Denn Orplid ist ein Traumreich, aber Henna ist das Land meiner Wirklichkeit von Kind an. Henna ist die Stätte, wo sich nichts außerhalb von Gesetz, Ordnung, Gerechtigkeit vollziehen darf. Seine Menschen sind frei vom Zufall, der das Böse ist, und die Kaiserin, die über sie gesetzt ist, hütet nicht nur das Unverletzliche der Kunstschätze ihres Landes, sondern sie ist das Gott verantwortliche Gewissen ihrer Untertanen. Henna muß das alte Mütterreich des Geistes werden, sonst wäre alles vergeblich gewesen, vergeblich gebaut, vergeblich gelebt, vergeblich in Schlachten geschlagen und verteidigt."
Der junge Lachmar hatte die Hand gegen das blendende Licht über die Augen gebreitet und spähte über das Gelände hin, aus dem die Säulenwürfel der Kasernenbauten aufragten. Sein ephebenhaftes Lächeln verging. Robert betrachtete den scheuen Mund, der sich wie nie zuvor aus seiner Zurückhaltung aufgeschlossen hatte.
„Nichts ist vergeblich", sagte Robert, „was der Lauterkeit des Geistes frommt. Das wissen Sie selbst, mein Lieber, das haben Sie bewiesen. Aber wie kommt es, daß Sie bei Ihrer schwachen Konstitution in einer Uniform stecken?"
„Ich halte den Dienst kaum aus", sagte der Student, „und ich leide darunter. Man hat mich einfach geholt, wie das so üblich geworden ist. Ich passe gar nicht zum Soldaten."
„Und die Ärzte?" fragte Robert.
„Als Kanonenfutter", meinte der Einundzwanzigjährige, „ist jeder tauglich."
„So ist", sagte nachdenklich der Archivar, „immer wieder Krieg in der Welt?"
„In einem Ausmaß des Wahnsinns", sagte Lachmar und sah

sich verzweifelt um.
„Sie hatten schließlich“, sagte Robert, „nicht nur Ihr Leben, sondern Ihre Begabung, Ihr großes Talent zu schützen, die unbedingte Gewißheit Ihrer zukünftigen Entwicklung.“
„Ich bin mir dessen nicht so gewiß“, meinte der junge Mensch.
„Doch, doch“, widersprach Robert, „Sie hätten es sein müssen. Erinnern Sie sich, wie Sie mir mehr als einmal erklärten, daß Sie die eigentlichen Leistungen erst mit vierzig Jahren erwarteten.“
„Das glaube ich noch jetzt, Herr Doktor Lindhoff.“
„Aber –“, fuhr Robert auf, um mit einem resignierten „Nun ja“ zu verstummen.
„Denken Sie“, fragte der Student, „daß ich es mir zu leicht gemacht habe?“
„Mein junger Freund“, sagte der Archivar, „eher zu schwer. Warum ließen Sie sich diese Uniform aufzwingen, mit der Sie in Ihrem Wesen nicht das geringste verbindet? Warum warfen Sie sie nicht rechtzeitig weg?“
„Mein Leben“, meinte der junge Lachmar, „gehört doch der Kaiserin!“
Robert sah ihn verdutzt an. „Ach so“, sagte er, „– Henna.“
„Sie verstehen“, sagte der Jüngling, „daß ich nichts tun darf, was einem Bürger von Henna unangemessen wäre. Ich am wenigsten. Ich wäre ein Lügner vor mir selbst, wenn ich auswiche.“
Robert nickte. „Ich verstehe“, sagte er bitter.
„Aber“, beharrte der Student, „hier ist nicht Henna. So alt und ehrwüdig es auch ist, so ist es doch immer ein Platz der Jugend, ein Ort der gutwilligen Freude. Vielleicht, wenn ich mit Ihnen einmal durch die Stadt gehen könnte, von der man uns erzählt hat, die wir aber nicht betreten sollen, vielleicht würde ich dann sehen, ob sie ein ähnliches Gesicht aufweist, ob die Spuren mich weiterführen.“
„Wir sind“, meinte Robert, „am anderen Ende der Welt angelangt, und es könnte wohl sein, daß es die gleiche ist. Ich wohne mitten in der Stadt“, sagte er ablenkend, „und hause in einem großen Archiv mit den herrlichsten Schriften und Papieren, an denen Sie Ihre Freude hätten. Auch Ihre

Kunstlegenden von Henna dürften dort jetzt für eine Weile verwahrt sein."

„Sie machen mich stolz, Herr Doktor Lindhoff", sagte der Jüngling. „Ich hatte den Eindruck, daß Ihnen meine letzte Arbeit nicht so gefallen hätte wie die früheren."

Robert redete ihm seine Sorgen aus und sprach davon, daß man einige Änderungen und Ergänzungen des Manuskripts überlegen könnte, unterbrach sich aber und schloß mit dem Hinweis: „Warum soll nicht auch ein Fragment für uns zeugen?"

„Weil es zuwenig bedeutet", antwortete der junge Lachmar, „weil das sichtbar Gewordene nicht das unsichtbar Gebliebene ersetzt."

Da durchwühlte den Archivar eine schmerzhafte Trauer über den Frühvollendeten, der seinen Tod und das gewaltsam zum Fragment gemachte Leben noch nicht begriffen hatte. Wie ein Meteor, der bei der Berührung mit unserer Erdatmosphäre flüchtig am nächtlichen Firmament aufflammt, war seine jähe Bahn hingezogen. Wenige mochten die leuchtende Spur wahrgenommen haben, aber Robert wußte, daß sie vor seinem Gesicht noch lange unerloschen bleiben würde.

Lachmar hatte sich bei seinem verehrten Mentor, wie er Doktor Lindhoff nannte, entschuldigt, daß er sich im Augenblick zu matt fühle, um ihn auf seinem weiteren Wege zu begleiten.

„Werde ich Sie wiedersehen?" fragte er Robert beim Abschied.

Der Archivar prüfte die zweifelnden Augen des jungen Menschen.

„Gewiß", sagte Robert, obwohl er spürte, daß es nicht der Fall sein werde. „Wir bleiben in Verbindung – über Henna."

Der entspannte Ausdruck blieb noch auf den Zügen des Jungen, als er sich wieder auf die Steinplatte des Bodens hingestreckt hatte und, die Arme unter dem Kopf verschränkt, gläubig an dem aufsteigenden Schaft der Säule emporblickte.

Der Sergeant Berthelet konnte, als sich der Archivar ihm wieder zur Verfügung stellte, eine nervöse Ungeduld nicht verbergen. Sie hatte nicht nur in der Verzögerung durch

das Gespräch Roberts mit dem jungen Soldaten ihre Ursache. Er machte den Archivar auf ein graugelbes Wolkengebilde aufmerksam – nicht größer anzuschauen als ein Kinderdrachen, das fern am westlichen Rande des Himmels stand. Robert fand, es sei endlich eine Abwechslung in dem eintönigen Blau. Berthelet meinte ein unheilvolles Vorzeichen zu sehen. Es geschehe hier nichts ohne Bedeutung und ohne Bezug.
„Hm“, machte Robert.
Dann wandten sie sich dem Inneren der Kaserne Sigma zu. Da, wo sich sonst die Zella des Tempels erhebt, lag, aus gelbem Ziegelstein gemauert, das hohe, langgestreckte Geviert des Kasernenbaues. Ein Längskorridor, der an beiden weit voneinander entfernten Enden jeweils auf eine Steinstiege mündete, teilte den Bau in zwei Hälften auf. Die Stockwerke waren so niedrig gehalten, daß man mit halb erhobenem Arm an die Decke stieß. Die einzelnen Räume, in die durch scheibenlose Schlitze schwaches Licht einfiel, waren an Größe und Ausstattung gleich. Übereinandergestellte Pritschen mit Strohsäcken waren zu sehen, seitlich Bänke mit einem Tisch, Schrankregale mit aufgeräumten Flächen ohne Rückwand, ein kleiner Wasserbottich, mehrere Haken, Bretter, eine Schreibtafel neben der offenen Tür, ein Gestell für die Gewehre und Säbel aus Holz, wenige Schemel, eine Laterne. Alles nüchtern und unpersönlich, ohne Verschluß und Geheimnis. Die freien weißgetünchten Wandflächen übersät mit eingeritzten und eingekritzelten Inschriften aller Sprachen und Zeichnungen aller Intimitäten. Einige Steinkammern waren übervoll belegt, andere wirkten leerer. Die Luft zog durch die Fensterschlitze und türlosen Eingänge ständig hin und her. Dennoch war der Geruch der Ausdünstungen für jemanden, der wie der Archivar zum ersten Male eine Kaserne betrat, ebenso schwer zu ertragen wie der unaufhörliche Lärm mit seinen scharrenden, knirschenden, wetzenden Geräuschen, die von überallher drangen und nur zuweilen von dem aufschwellenden Stimmengesumm von Flüchen und Urlauten unterbrochen wurden.
Als aus einer der Kammern erregter Stimmenwechsel scholl, war Robert auf dem Korridor stehengeblieben. Von der Türöffnung überblickte er, ohne in dem Trubel zu-

nächst bemerkt zu werden, den trüben Raum, wo im Kreise vieler Kameraden einige junge Soldaten heftig aufeinander einredeten.

„Immer der alte Streit", erklärte Berthelet dem Archivar, „jeder behauptet, daß sein Land den Feldzug gewonnen habe, weil ihn nämlich keiner bis zu seinem Ende miterlebt hat und jeder die Weltgeschichte noch in dem Zustand sieht, in dem sie sich zu dem Augenblick befand, als ihn das Bewußtsein verließ und er hier eingeliefert wurde."

„Und sich sage dir, Karl", ließ sich ein rauher Baß vernehmen, „wir konnten den Krieg damals gar nicht mehr verlieren. Das halbe Land war schon erobert. Paß mal auf", und damit zeichnete er dicke Kreidestriche auf die Wandtafel, „hier standen wir am zwölften, und am siebzehnten waren wir durchgebrochen, und der Hauptmann sagte zu mir noch: ‚Jetzt hast du es geschafft, Ludwig, jetzt ist es aus.' Menschenskind, Karl, überleg dir bloß, was das heißt, wenn der Hauptmann das selber gesagt hat. ‚Geschafft', sagte er und ‚aus'. Damit hat er doch den Krieg gemeint, na?"

„Das ist alles Mist, Ludwig", schrie eine hellere Stimme, „du und dein Hauptmann, ihr wußtet damals gar nichts. Am siebzehnten, meinetwegen. Aber am dreiundzwanzigsten, als du nicht mehr dabei warst, da stand deine Truppe nicht mehr hier, sondern weit zurück, und zwei Monate später noch weiter zurück. Paß mal auf –" Und nun ließ der andere weiße Kreidepfeile in entgegengesetzter Richtung auf der Tafel anfliegen, die immer länger wurden, und löschte gleichzeitig mit dem Schwamm die Stellungen, die Ludwig vorher aufgemalt hatte.

„Du sollst das nicht wegwischen", grollte der Baß, „das ist meine letzte Erinnerung. Was du machst, ist glatte Geschichtsfälschung."

„Ihr habt keine Ahnung", unterbrach ein dritter, „ich war beim Stab und kann das besser übersehen als ihr. Der Krieg hat überhaupt noch zwei Jahre gedauert."

„Das ist nicht wahr, nicht wahr", schrien Karl und Ludwig durcheinander. „Alles großer Scheibenhonig, was du quasselst, auch wenn du Leutnant bist. Der Krieg war Weihnachten schon zu Ende, das hat man immer gesagt. Und Weihnachten waren wir schon hier in dieser verfluchten

Gefangenschaft oder was das für ein Zirkus ist. Da müssen wir also wissen, ob es da zu Ende war."
Die Umstehenden, die schon mit kräftigen Zwischenrufen eingegriffen hatten, mischten sich jetzt stärker ein. Neue Kreideskizzen wurden angemalt und ausgelöscht, einer überbot das Datum des andern, die Fronten wurden durcheinandergebracht. Plötzlich redete einer von Königgrätz, wo er dabei war, als die Preußen eins aufs Dach gekriegt hätten. „Aber nein", fielen die übrigen über den Österreicher her, „du alter Scheich mit einundzwanzig Jahren, bei Königgrätz haben die Preußen gesiegt, das lernt jedes Kind in der Schule." – „Aber gehts mir mit eurem Geschichtsunterricht", rief der Linzer, „so ein Schmarrn, ein so gelogner!" Er sei dabeigewesen, er habe sein Leben dafür in die Schanze geschlagen, er müßte es wissen, wie die Schlacht mittags um zwei Uhr gestanden habe. Sie lachten ihn aus, deckten ihn mit ihrem Gelächter zu.
Jeder war überzeugt, daß die Weltkarte so geblieben war, wie er sie zuletzt gesehen hatte. Sie hakten sich unter, bildeten einen geschlossenen Ring, schaukelten im Takt. Die Rufe schwirrten: „de la patrie", „magst ruhig sein", „hurräh", „evviva".
Aus dem Hintergrund schrie jemand: „Es soll wieder Krieg sein!" Das trunkene Treiben stockte mit einem Schlag. Mißtrauisch maßen sich die Blicke. Die Runde löste sich aus ihrer Verbundenheit. Man hätte erwarten können, daß durch diesen Zuruf die Geister der jungen Soldaten von einer Flamme der Begeisterung entzündet würden, aber es fanden sich nur wenige mit leuchtenden Augen zusammen. Für Robert war es unschwer zu erkennen, daß sie zu denen gehörten, die sich das Soldatenhandwerk zum Berufsstand erkoren hatten, während die Mehrzahl betäubt im Raume stand. Sie mochten im normalen Leben wohl eine bürgerliche Stellung eingenommen haben und nur unter dem Zwang der Verhältnisse in Uniform eingekleidet worden sein. Nun bildeten sie einen verlegenen Haufen, sahen mürrisch drein und traten von einem Bein aufs andere, als ob sie sich nicht vom Fleck zu rühren wüßten. Oft fielen verlangende Blicke auf die Türöffnung. Es war ungewiß, ob damit eine geheime Aufforderung an den Archivar geknüpft war, der aufrecht im Türrahmen stand, oder ob sie

nur instinktiv einen Ausweg suchten. Auf dem Korridor hatten sich mehr und mehr Neugierige angesammelt, unter denen tuschelnd das Wort „Krieg" umging.
Berthelet hatte wiederholt den Archivar am Ärmel gezogen, um ihn zum Weitergehen zu bewegen, aber Robert schüttelte den Kopf. Er merkte, daß die aktiven Elemente sich die Verlorenheit und Unschlüssigkeit der Menge zunutze machten. Sie ließen alle in Reih und Glied antreten, zischten sie an, gaben mit überkippender Stimme die Befehle. Und die Knochen der übrigen gehorchten, gehorchten mit einer gespenstisch wirkenden Mechanik.
Auf dem Korridor spielte sich im Rücken des Archivars ein ähnlicher Vorgang ab. Kurze Ansprachen wurden laut, in denen die immer gleichen Vokabeln sich wiederholten: „Stunde der Bewährung" – „Volk in Waffen" – „Aufbruch der Nation" – „Für den Frieden der Zukunft" – „Sieg oder Untergang" – „Stolzes Gottvertrauen". Marschtritte erschallten. Der Kasernenbau dröhnte. Aus allen Kammern drängten die Züge in altmodischen Uniformen, schlossen zu Kolonnen auf, schoben sich durch den hinteren Ausgang des Korridors ins Freie.
Auch der Archivar, um dessen Erscheinung sich stets ein leerer Raum bildete, befand sich jetzt mit Berthelet auf dem Sandfeld, das sich hinter der Kaserne Sigma erstreckte. Schweigsam stapften sie durch den mürben Boden, der in einer fahlen Beleuchtung lag. Eine schmutziggelbe schwankende Luftschicht hatte sich zwischen Sonne und Erde verbreitet, mochte sie nun von dem aufgewirbelten Staub hervorgerufen worden sein, den die marschierende Truppe verursachte, oder von dem schwefligen Gewölk stammen, das vor kurzem noch wie ein Kinderdrachen am Himmel gestanden hatte. Streifen zeichneten sich darin ab, die wie lange Spinnenbeine träge vorwärts tasteten.
Es sei durchaus ungewöhnlich, sagte schließlich der Sergeant, was hier vorgehe, wobei nicht erkennbar blieb, ob er die Zeichen am Himmel meinte oder den Aufmarsch der vielen Tausende aus der Kaserne.
„Ich habe zu lange gezögert", setzte er hinzu, „ich fürchte, daß unser Plan ein falsches Gesicht bekommen hat und nun von Ihnen mißdeutet werden kann."
„Welcher Plan?" fragte der Archivar. Er fragte mehr aus Ge-

wohnheit als aus besonderer Teilnahme. Seine Gedanken standen noch im Banne der hilflosen Streitereien in der Kasernenstube und der ihn wie närrisch anmutenden Bewegung, die auf den Kriegsruf hin erfolgt war.
„Es gibt eine Anzahl von meinen Kameraden", begann der Sergeant vorsichtig, „die des Aufenthaltes hier überdrüssig sind. Sie wollen der Gefangenschaft entfliehen."
„Entfliehen?" wiederholte der Archivar.
„Sehr wohl", sagte Berthelet, „über den Fluß zurück. An irgendeiner unbewachten Stelle, im Dunkel. Schließlich verfügen wir über gewisse Erfahrungen aus Patrouillengängen."
„Quer über den Fluß?" fragte Robert.
Der Sergeant bejahte. Er versicherte, daß die Steilufer an mehreren Stellen bei gegenseitiger Hilfeleistung passierbar seien. Es komme auf einen Versuch an.
„Und drüben", sagte der Archivar, „wollt ihr dann wieder in den Krieg ziehen!"
Berthelet schüttelt sich.
„Nein und dreimal nein", sagte er und erklärte ihm, daß sie nur aus der Lethargie hier fort wollten. Aber nun könnte man denken, daß sie aus dem Grunde zurück wollten, weil es drüben in der Welt wieder Krieg gebe. Nein, er wünsche ernstlich sein Studium fortzusetzen, und die anderen wollten endlich auch einmal etwas Rechtes lernen und ihre Ausbildung zu Ende bringen. Sie wüßten auch bald nicht mehr, wie eine Frau aussehe. Das sei hier kein Leben mehr.
„Da haben Sie recht", sagte der Archivar.
„Und nun", sagte Berthelet, „schmeißt uns der verdammte Krieg, von dem wieder die Rede geht, womöglich alles über den Haufen."
Er zwirbelte mißmutig an seiner Locke.
Auch der Archivar verhehlte seine Mißstimmung nicht. Er wollte wissen, was er mit dieser Sache zu tun habe. Berthelet wies darauf hin, daß man gern seine Meinung zu dem geplanten Unternehmen hören würde. Es stehe für sie dabei alles auf dem Spiel. Vielleicht lasse er ihnen seine Unterstützung angedeihen.
Inzwischen waren die Formationen in einem großen Karree angetreten. Die Hitze lastete wie unter einer Glasglocke, und die stockende Luft roch süßlich. Die Soldaten standen

steif wie Schießbudenfiguren. Nichts geschah. Der Archivar war mit Berthelet in einiger Entfernung vor der offenen Seite der Aufstellung stehengeblieben.

„Haben Sie nicht bedacht", fragte der Archivar, „in welche fatale Lage Sie mich mit Ihrem Geständnis bringen – denn anders kann ich Ihre Worte nicht auffassen, Herr Berthelet. Sie machen mich zum Mitwisser eines geheimen Plans, einer Flucht, die im Gegensatz zu den Gesetzen der Präfektur steht. Durch mein Amt bin ich der Behörde verpflichtet."

„Wir haben", sagte Berthelet ruhig, „dies natürlich überlegt, wenn wir uns die Verhältnisse auch nur nach unserem laienhaften Maßstab zurechtzulegen vermögen. Danach jedoch sind wir zu der Auffassung gelangt, daß Sie kraft Ihres Amtes als Archivar und Chronist kein unmittelbarer Angehöriger, sondern ein Außenseiter der hiesigen Gesellschaft und ihrer Behörde sind. Sie haben, wenn unsere Auffassung richtig ist, ein Abkommen, einen Pakt mit der Präfektur geschlossen, der Sie zwar nötigt, sich in diesem Gebiet aufzuhalten, der Ihnen aber das Recht der menschlichen Freiheit läßt, der Freiheit, zu denken, zu wollen und zu handeln. Sie sind zwar von dem Geist gefangen, der hier waltet, aber nur in dem Maße, wie Sie seiner bedürfen, um Atem für Ihr Leben zu schöpfen. Somit stehen Sie, wenn ich versuchen darf, Ihren Standort zu fixieren, sowohl im Gegensatz zur wechselnden Bevölkerung als auch zur ständigen Beamtenschaft, vom Stadtwächter ab gerechnet bis zum Hohen Kommissar der Präfektur. Sie partizipieren an der Gefangenschaft, ohne selbst gefangen zu sein."

Robert hatte schon nach den ersten Worten Einwendungen machen wollen, war aber dem Gedankengang rasch gefolgt, der hinter dem Sergeantenrock plötzlich einen jungen Philosophen in Erscheinung treten ließ. Niemals bisher hatte sich Robert bewußt Rechenschaft über seine Situation abgelegt, deren wahre Bedeutung er nur allmählich und erst seit der letzten Nacht durch Anna erkannt hatte. Vieles von dem, was Berthelet soeben über seine Position entwickelt hatte, leuchtete ihm ein. Er begriff, was es mit der Benennung des Chronisten auf sich hatte, über die er zunächst so verdrossen und ratlos gewesen war, als Katell sie zum erstenmal angewendet hatte. Er erinnerte sich auch des Gesprächs mit Anna heute früh. Es kam also für ihn weniger darauf an, Berichte abzufassen, die für die Präfektur bestimmt waren, als darauf, Zeugnis für das Erlebte abzulegen, Botschaft zu geben, Austausch zwischen hüben und drüben. Dies war augenscheinlich der Sinn seiner Existenz.

„Es ist indessen unmöglich", sagte der Archivar, indem er an den Ausgangspunkt der Unterhaltung zurückkehrte, „daß ich etwas tue, was gegen die Gesetzmäßigkeit verstößt."

„Gegen die Gesetzmäßigkeit", sagte Berthelet, „kann nichts geschehen. Nicht einmal ein Gedanke dagegen ist möglich. Wir sind nur frei im Rahmen des Gesetzes. Auch wenn wir es zu übertreten meinen, bleiben wir in seiner Funktion. Eine Übertretung begehen wir freilich, indem wir es überhaupt diskutieren. Das bleibt eine Angelegenheit der Präfektur. Die beabsichtigte Flucht einiger Kameraden hingegen, von der ich sprach, kann keinen Verstoß gegen den Ablauf des Gesetzes bedeuten, es ist der natürliche Gedanke eines Gefangenen. Freilich erwähnte ich schon, daß die Mehrzahl von uns viel zu erschöpft, viel zu apathisch ist, um sich die Wiederherstellung des normalen Lebens vorzustellen, geschweige sie zu wünschen. Sie werden besser als ich übersehen, wie es damit bei der Zivilbevölkerung bestellt ist, von der die Soldaten isoliert gehalten werden. Vielleicht sind unsere Voraussetzungen anders. Ich weiß zum Beispiel nicht, wie es um Frau Anna steht, die ich hier einige Male sprach. Sie war immer ein lebensscheuer Mensch. Aber meine Kräfte reichen nicht mehr aus, mir über das Schicksal von anderen Gedanken zu machen. Es kommt mir nicht einmal die Frage zu, warum ich im Gefilde der Soldateska untergebracht wurde, obwohl ich eigentlich Student der Philosophie bin und nur beiläufig die Uniform trage. Sie ahnen nicht, Herr Archivar, welche Anstrengungen es mich kostet, das eigene Denken in dieser Umgebung fortzusetzen, welcher Energie es bedarf, unter diesem absonderlichen Leerlauf einen Gedanken zu fassen und ihn einigermaßen verständlich auszudrücken. Ich habe das, was ich in Erwartung Ihrer möglichen Einwände Ihnen jetzt entwickelte, seit langem vorbereitet, mir eingeprägt und immer wieder memoriert, damit ich nicht im entscheidenden Augenblick der müden Gleichgültigkeit erliege, von der alle hier so leicht heimgesucht werden. Das mag Ihnen auch erklären, weshalb ich bisher ziemlich wortkarg war und Sie bei den Verzögerungen drängte. Ich hatte gehofft, Sie ohne Umschweife zu unserer Gruppe führen zu können, die mich hinter der Kaserne erwarten wollte. Statt dessen ist nun die ganze Meute losgebrochen, die Ruhe ist aufgestört, es liegt ein Verhängnis in der Luft. Ich selbst müßte mich wohl zu allen übrigen in Reih und Glied stellen, aber dann verlöre ich Sie völlig aus den Augen. Lassen Sie mich hoffen, Herr Archivar, Sie nicht umsonst hierher gebeten zu haben. Helfen Sie uns!"

Robert sah dichte Schweißperlen auf dem Gesicht des Sergeanten Berthelet stehen, der sich völlig verausgabt hatte. Durch die lange Rede waren viele Vorstellungen im Archivar aufgerührt worden. Daß Annas Name im Zusammenhang mit dem Fluchtgedanken gefallen war, rief erneut ihr Flehen in sein Ohr, mit dem sie ihn dreimal beschworen hatte: Nimm mich mit.

Von ferne waren harte Paukenschläge zu vernehmen, die sich wie dumpfe Klopfsignale näherten. Gefühllos standen die Soldaten in dem bunten Karree. Über das Sandfeld stampfte hurtig eine Gruppe des Stabes, und schon hatte sich ein General vor den Linien aufgepflanzt. Er hielt einen großen Schalltrichter in der Hand, den er an seinen Mund setzte.

„Soldaten", rief er mit lauter Stimme, nach jedem seiner Worte eine kurze Atempause legend, „Soldaten! Ihr seid ein glückliches Land. – Euer Glück", schrie er noch, „ist die Pflicht!"

Dann spurte er mit seiner Begleitung weiter und war bald vom Staub verschluckt. Die Soldaten rührten sich nicht.

Wie es dann dazu gekommen war, daß sich Robert plötzlich mitten unter den Soldaten befand, hätte er kaum zu begründen gewußt. Seitdem ihm das Erlebnis mit Anna in erschreckender Deutlichkeit zum Bewußtsein gebracht hatte, wo er sich befand, war er in seiner Haltung der Umwelt gegenüber mehr und mehr verwandelt. Mochte es nun das Gespräch mit Berthelet gewesen sein oder die herausfordernde Ansprache des Generals an die Truppen – genug, der Archivar trat in das offene Karo, das die Soldaten, die

Einundzwanzigjährigen der geräumten Kaserne Sigma, bildeten. Den Hut in der Hand, vollführte er eine weiträumige Armbewegung über die Menge.
„Euch gibt es gar nicht mehr", sagte er. „Ihr wähnt, Gefangene zu sein, das seid ihr allerdings auch, aber Gefangene einer fixen Idee."
Die nicht einmal besonders laut gesprochenen Worte schnitten durch die stickige Luft wie durch Glas. Sie knirschten in den Ohren der jungen Soldaten, die sich, ohne ihre Aufstellung preiszugeben, wie eine gleichmäßig anrollende Kulisse von allen Seiten an den Sprecher dichter heranschoben.
„Ihr habt das Leben verspielt", sagte der Archivar, „es ist vorbei."
Tausende von Augenpaaren starrten auf den Mann, der ihnen nicht nur die Illusion des Lebens nahm, an der sie bislang mehr oder weniger festgehalten hatten, sondern der ihnen weiter erklärte, daß der Zweck ihres irdischen Tuns eine Selbsttäuschung gewesen sei. Denn der Archivar entwickelte ihnen in bündigen Worten, daß alle Opfer an Menschenblut die Erde nur unseliger und die Menschheit nur ärmer gemacht hätten, daß, von der Geschichte im ganzen aus gesehen, jeder Eroberungswille immer den Todeskeim für den eigenen Untergang in sich trage und daß alle Angriffskriege im letzten Ergebnis umsonst geführt und alle Tausende und aber Tausende für nichts gefallen seien.
Zwar wollte sich mancher Haudegen gegen diese Erkenntnis auflehnen, weil sie alles auslöschte, was ihm einst von klein auf als Inbegriff des Lebens gegolten hatte, Kampf und Tapferkeit, Mut und Todesverachtung, und mancher Heißsporn brauste auf, ob denn Vaterlandsliebe ein Hurenwort geworden sei und alle ihre Leistungen ein barbarischer Spuk.
Der Archivar ließ sich von diesen Zwischenrufen nicht beirren, hinter deren drohendem und schmähendem Ton er deutlich eine Verzweiflung heraushörte, die Verzweiflung darüber, daß die Grundlage ihrer bisherigen Anschauungen in Frage gestellt war. Gegen die vermeintlichen Tugenden der Kriegskaste setzte er die Auswirkungen aller Art von Waffengewalt, die Mißachtung der menschlichen Würde, die Roheit und Brutalität der wachgerufenen Instinkte, das Töten auf Befehl und im Rausch des Hasses, das Verwüsten

und Vernichten um seiner selbst willen, das Grauen und die Schmerzen der Kreatur. Er berief zu Zeugen seiner Worte das Elend und das Unglück, das Leid ohne Maß der Unschuldigen, all das namenlose Leid der gequälten Erde.

„Das Ende aller großen Schlachten", sagte der Archivar, „ist niemals der Frieden. Das Ende und das Erbe der Kriege, das sie den Überlebenden hinterlassen, ist immer ein geschändetes Stück Welt, ein geschändetes Stück Menschheit. Es gibt keinen vernünftigen Grund, um die ewigen Wunden zu rechtfertigen, die sich der menschliche Geist zufügt. Sich immer von neuem zufügt, solange er sich der rohen Gewalt überantwortet. Wer nicht den Wahnsinn fühlt, den Widersinn dieses unnatürlichen Spiels, der muß wenigstens die Verstümmelung des Menschengeschlechts zugeben, die unaufhaltsame Selbstzerstörung. Denn die Natur läßt sich nicht betrügen. Wer sich zum Werkzeug sinnloser Vernichtung macht – denkt an euch –, wird selber sinnlos vernichtet werden."

Da begriffen die meisten ihr Los. Viele fingen allmählich auch zu begreifen an, daß ihre Waffen und ihre Waffenkleidung eine künstliche Wirklichkeit, eine eingeredete Phrase bedeuteten. Daß es die „Ehre" nicht gab, für die sie zu kämpfen gemeint, sondern daß nur die Blutschuld blieb. Daß sie sich hatten mißbrauchen lassen und zu Totengräbern Europas geworden waren. So hätten sie der Worte kaum noch bedurft, mit denen der Archivar „kraft seines Amtes als Chronist der Totenstadt", wie er sich ausdrückte, ihnen erklärte, daß ihre Söhne und Enkel in dem Krieg, der wieder um die Herrschaft der Welt entfesselt war, genauso umsonst fallen würden, wie jeder von ihnen dereinst umsonst gefallen war, für nichts nämlich, das Bestand habe, für nichts.

Wer nun damit begonnen hatte, sein Gewehr aus Holz zu zerbrechen, war nicht festzustellen, doch genügte dieses eine Beispiel, um einen nach dem anderen zu bewegen, wortlos das gleiche zu tun. Sie schlugen die Waffen, die ihnen einmal teuer gewesen waren, in Stücke, die Säbel und Lanzen, die Flinten und Maschinenpistolen, und sie türmten das Spielzeug des Bösen zu einem Scheiterhaufen auf. Sie wehrten sich nicht länger gegen die nüchterne Wahr-

heit, gegen das Eingeständnis ihrer eigenen Schuld. Dann hockten sie erschöpft am Boden, wie Wanderer, die nach langem Irrweg rasten. Sie ruhten aus, von einer Gewissenslast befreit, die ihnen zögernd und spät bewußt wurde.
Während der Archivar durch das lose Getümmel umherging, das allmählich mehr und mehr zur Ruhe kam, bald mit dieser, bald mit jener Gruppe der Lagernden schwatzte und auf Fragen antwortete, auch nach Berthelet Ausschau hielt, den er aus den Augen verloren hatte, wurde seine Aufmerksamkeit auf einen Heerzug gelenkt, der, anscheinend von einer der anderen Tempelkasernen kommend, sich unübersehbar quer über das Sandfeld heranschob. Die Spitze war schon nahe genug, um die einzelnen Figuren zu unterscheiden, die in alte historische Uniformen gekleidet waren. Wie ein bunt gesprenkeltes Band, dessen Ende nicht abzusehen war, bewegte sich der Zug schlängelnd aus dem Hintergrund heran. Keine der phantastischen Trachten wiederholte sich. Es war, als ob alle Kriegsheere längst vergangener Zeiten, die je über die Schlachtfelder der Erde gezogen waren, durch eine dieser Figuren vertreten wurden. Da trotteten sie hin, mit niedergeschlagenen Augen, als schämten sie sich ihrer Rolle, als spürten sie in ihrer traumhaften Verlorenheit, daß sie unter ihren Kameraden der Gegenwart wie ein wandelndes Panoptikum wirkten. Zuweilen klirrte der Behang einer der alten Rüstungen. Jeder schritt für sich im Zuge.
Die lagernden Soldaten musterten die fremden Krieger, tauschten auch verstohlen miteinander Bemerkungen über ihre Vorgänger aus. Vielleicht waren die antiken Kriegsgewänder wie erbeutete Museumsstücke über die Jahrhunderte weitergereicht, immer wieder neuen Trägern zubestimmt worden – zu dieser Auffassung wenigstens war der Archivar gelangt. Oder sollte dieses mumifizierte Arsenal von Kriegsfiguren, einem Gegenbeispiel des Archivs vergleichbar, aufgespart und erhalten geblieben sein? Der Chronist entnahm den Bemerkungen, daß es sich bei dem Aufmarsch, der jetzt durch ihre Mitte der Stätte zustrebte, wo der Scheiterhaufen lag, um Uniformträger der ältesten Vergangenheit bis weit über das Mittelalter hin handelte.
Da gab es Spartaner und Athener, Perser, Makedonier, Etrusker, Punier, Sikuler, Nordmänner und Wikinger, grie-

chische Hopliten, römische Reiter, Germanen, Kelten, Makkabäer, Skythen, Parther und Seleukiden, Gallier, Helvetier, Kimbern und Teutonen, Sueven, Cherusker, Hermunduren, Markomannen, Angelsachsen, Vandalen, West- und Ostgoten, Normannen, Madjaren, Hunnen, Mongolen, Chinesen der drei Reiche, Inder, Legionäre, Sklaven, Söldner und Heloten, Engländer, Franzosen, Burgunder, Hunnen, Ritter der Weißen und der Roten Rose, Kreuzfahrer, Mauren, Guelfen und Ghibellinen, Papisten und Kaiserliche, Hussiten, Slawen, Livländer, Kurländer, Slowenen, Kroaten, Slowaken, Schweden, Finnen, Landsknechte und Ritter der Renaissancezeit, Portugiesen, Spanier, Dänen, Türken, Flamen und Wallonen, Schotten, Preußen, Deutsche aller Stämme – nicht aufzuzählen die gespenstische Reihe dieses unendlichen Heerzugs von Stadtstaaten, Völkerreichen und Nationen.

Der Aufzug diente aber keinem Zurschaustellen prächtiger Siege und Untergänge. Es war, als blättere sich das große Totenbuch der Weltgeschichte auf, Seite um Seite rot vom Blut der Schlachten und der Kriege. Denn jeder der vorüberziehenden Figuren war eine Wachstafel um den Hals gehängt, auf der geschrieben stand, daß sie für eine Vielzahl von Toten stand, sie repräsentierte zehntausend, zwanzig-, fünfzig-, hunderttausend und mehr an Opfern ihresgleichen. Nicht jeder von ihnen war zum Raufbold geboren, nicht jeder hatte den frühen Tod verdient, den ihm sein Landesherrscher zumaß. Viele waren aus ihrem Gewerbe gerissen, vom Acker- und Feldbau, aus ihrem Hof, ihrer Hütte, ihrer Stadt, aus dem Kreise ihrer Heimat. Welche Verschwendung tat sich kund, wieviel getäuschte Hoffnungen für einen Schein, wieviel angestaute Flüche und Verfluchungen schrien aus diesem stummen Geisterheer der Millionen und aber Millionen, die längst den Kasernenbezirk der Totenstadt in nordwestlicher Richtung passiert hatten, längst ins Ungekannte, Vergessene, Gleichgültige abgesunken waren.

Es schien, als ob durch diese Bilder die Gedanken von allen, die diesen Leichenzug der Historie an sich vorüberwallen sahen, zu ähnlichen Erkenntnissen gelangten. Als zerrisse ein Vorhang, so sahen sie durch einen Spalt sich selber im Spiegel einer späteren Zeit. Waren sie nicht derselben

Geistesträgheit erlegen, indem sie sich für ein Schauspiel begeistert hatten, das in seiner Wiederholung von Krieg zu Krieg, in seiner Stereotypie immer die gleiche Torheit, das gleiche stumpfsinnige Unrecht am natürlichen Gang des Lebens bedeutete! Wie kindlich, von einem Fortschritt des Menschengeschlechts zu reden, solange jede Generation in dem alten Kriegswahn auf der Stelle trat. Über die Gesichter der toten Soldaten lief ein Grinsen. Sie nickten unablässig mit ihren Köpfen wie Porzellanpagoden.
Der Zug hatte den Scheiterhaufen erreicht, auf dem sich die zerbrochenen Holzwaffen türmten. Einer nach dem andern entledigte sich der Arm- und Beinschienen, der Schilde und der Brustwehr, der Abzeichen und Tuchfetzen, und einer nach dem andern warf seine Ausrüstung auf den großen Kehrichthaufen. Es hätte den Archivar nicht überrascht, wenn wieder einmal die Stimme aufgeklungen wäre, die er so oft bei ähnlichen Szenen gehört hatte: Die Übungsstunde ist beendet.
Die graugelbe Schicht des Himmels lag dicht über der Erde und hüllte die rückwärtige Tempelfassade des Kasernenbaues in einen dünnen Staubnebel. Erneut hielt Robert nach seinem Begleiter Ausschau. Jetzt stand Berthelet mit gerötetem Kopf vor ihm. Das Käppi hatte er weggeworfen, und seine Augen blickten melancholisch.
„Da sind Sie wieder“, sagte der Archivar.
„Ja und nein“, sagte Berthelet und suchte seine trockenen Lippen anzufeuchten. „Also doch tot“, sagte er dann, „wer konnte das mit Sicherheit annehmen? Es erklärt mir nun freilich vieles. So ist das. Dann allerdings ist von einer Flucht nicht mehr zu sprechen. Ich habe Sie umsonst bemüht.“
Der Archivar strich sich ein paarmal mit der Hand über die Stirn, als müsse er sich erst wieder auf die Sorgen des jungen Philosophiestudenten besinnen. Er war noch mit den Vorgängen beschäftigt, die sich auf dem Sandfeld abspielten, und hätte mit ihm lieber darüber gesprochen, ob zwischen seiner Rede und der Errichtung des Scheiterhaufens Zusammenhänge beständen, möglicherweise sogar mit dem Aufzug der Krieger aus der geschichtlichen Welt.
„Sie haben mich nicht umsonst bemüht, Herr Berthelet“,

sagte der Archivar, „was wissen wir von unseren geheimen Aufgaben!“

Er schaute zum Scheiterhaufen, dem die Reihen der alten Kriegssoldaten ohne Unterlaß zustrebten. Berthelet zog den Archivar ein paar Schritte beiseite.

„Verraten Sie mir“, sagte er, „woran es liegt, daß die meisten mit mir so lange geglaubt haben, noch am Leben zu sein.“

„Es könnte daran liegen“, sagte der Archivar, „daß viele von euch um das Erlebnis des Sterbens betrogen worden sind.“

„Um das Erlebnis des Sterbens?“ wiederholte fragend Berthelet.

„Der gewaltsame Tod“, sagte der Archivar zu ihm, „ergriff zu rasch von euch Besitz. Es fehlte die Vorbereitung, der Zusammenhang, der Übergang von dem einen in den anderen Zustand. Der Körper war schon ausgeschaltet, bevor es der Seele zum Bewußtsein kam.“

„Wenn es sich so verhält –“, sagte Berthelet matt, ohne den Satz vollenden zu können.

„Nach meinen Beobachtungen“, sagte der Archivar, „die natürlich noch unvollkommen sind, verhält es sich so. Deshalb werdet ihr vermutlich in diesem Zwischenreich von den normalen Bewohnern und Passanten der Stadt auch isoliert gehalten. Dem Vorgang des Sterbens, der sich noch auf der anderen Seite des Stroms vollzieht, entspricht, wenn ich es richtig verstehe, der Zustand, in dem wir uns zunächst hier alle befinden. Es ist gleichsam die andere Seite, die Fortsetzung unserer Verwandlung. Im Akt des Sterbens nimmt die Seele, nimmt unser menschliches Unterbewußtsein das Gefühl des Todes vorweg, und in dem ersten Zustand des Totseins klingt noch ein Gefühl des Lebens nach. Es ist nicht die Auferstehung, wie manche zuerst glauben, sondern eine Durchgangsstation, in der das Leben wie durch einen Filter abläuft, bis zuletzt nur noch seine leere Form nachgeahmt wird. Jedenfalls steht für mich fest, daß es ein Durchgang ist – denken Sie an die ständigen Abberufungen, bei euch das Abrücken zu angeblichen Manövern, von denen keiner zurückkehrt, bei uns in der Stadt die nächtlichen Sammeltransporte unter dem Ruf des Horns, denen jeder mit einer ähnlichen Angst entgegensieht, wie

die meisten drüben dem Ende ihrer Lebenszeit. Manche empfinden den hiesigen Aufenthalt wie eine leerlaufende Gefangenschaft, aber die meisten sehe ich danach streben, die Dauer in dieser Durchgangsstation nach Möglichkeit auszudehnen. Sie wird den einzelnen ganz verschieden gewährt, doch scheint die Länge oder Kürze im allgemeinen schon für jeden bei seinem Eintritt in die Stadt festzustehen. Sie unterliegt zweifellos einem bestimmten System, das sich in den Richtlinien der Präfektur ausdrückt. Die Art der Gesetzmäßigkeit ist mir noch verborgen, doch ahne ich sie; aber selbst wenn sie mir offenbar würde, dürfte davon nicht geredet werden. Übrigens möchte ich annehmen, daß der einzelne keine Vorstellung davon hat, wie lange seine Totenjugend währt, da die früheren Zeitbegriffe für ihn aufgehört haben. Sein Empfinden und Denken kennt nur Gegenwart. Vergangenheit und Zukunft bilden nur eine unbestimmte Erinnerung und Erwartung seiner Gegenwart. Ich sage Ihnen das alles, mein lieber Herr Berthelet, weil es sich mir jetzt aus den verschiedenen Erfahrungen ergibt, die ich in der Stadt gemacht habe und die mir zunächst als Begebenheiten sonderbar und ohne Übereinstimmung entgegentraten. Aber ich sage es Ihnen auch, weil es Ihnen, als einem Studenten der Philosophie, vielleicht in diesem Augenblick noch eine Klärung von Fragen bedeutet, die Sie sonst zeit Ihres Lebens beschäftigt hätten."
Dem Archivar hatten sich Charakter und Ritus der Vorgänge in der Totenstadt immer mehr erschlossen, je länger er darüber sprach. Es war ein Monolog geworden, der erst zum Schluß wieder die Beziehung zu seinem Gesprächspartner fand. Als Robert aufsah, entdeckte er, daß Berthelets Kopf schräg nach vorn über die Schulter hing und daß seine Gestalt in einem tiefen Schlaf hin und her schwankte. Mitten im Stehen hatte ihn die Müdigkeit übermannt. Der Archivar griff mit den Armen unter seine Achseln und ließ ihn vorsichtig zu Boden gleiten.
„Verzeihen Sie", sagte der Student, den die Berührung wieder belebt hatte, „verzeihen Sie vielmals. Aber ich glaube alles verstanden zu haben."
Der Archivar machte darauf aufmerksam, daß die letzten des historischen Heerzuges ihre Rüstungen am großen

Scheiterhaufen niedergelegt hatten und den übrigen folgten, die sich weit über die Ebene hin verstreuten. In der Luft wurde ein stärkeres Ziehen wahrnehmbar.
„Die Erde", sagte Berthelet langsam, „ist derweilen nicht mehr rund geblieben, sie ist für uns eine abschüssige Fläche geworden."
„Und doch", sagte der Archivar, der inmitten der lagernden Soldatengruppen in weitem Umkreis als einziger aufrecht stand, „und doch habt ihr alle noch eine Aufgabe. Eine Aufgabe, die nicht nur die gefallenen Soldaten, die alle Toten haben, solange sie in diesen Bezirken verweilen. Ihr aber vor allen!"
Robert sah die ihm zugewandten Gesichter, von denen jetzt eines dem andern glich, auch das von Berthelet machte keine Ausnahme. Die Augen zurückgesunken in tiefe Schattenlöcher, die Haut ein lehmiger Anstrich über den vortretenden Knochen, die Knorpel der Nasen, der Ohren weggeschliert, die Schädel blank und fest. Aber es fragte noch aus ihnen allen, es flackte und flackerte wie Lichtstümpfe, es begehrte noch auf nach der Erde, es griff in die Luft mit verlangenden Händen.
„Was können wir tun?" fragten die Gesten der Toten.
„Kehrt über den Strom zurück!" sagte der Archivar und sah auf Berthelets Schädel, der sich zu ihm emporreckte. „Nicht um euretwillen kehrt zurück, wie ihr einmal wolltet, sondern um der Lebenden willen. Geht als Geister in ihre Träume ein, ergreift von ihrem Schlaf Besitz, jenem Zustand, der dem euren so ähnlich ist! Dort erscheint ihnen als mahnende Stimmen, als warnende und fordernde Stimmen, und wenn es not tut, als Plagegeister. Ihr haltet den Schlüssel des Gerichts in Händen. Die Gegenwart eures Todes könnte die Zukunft des Lebens retten. Zwingt die Irdischen! Macht euch kund!"
So wie man Kindern zuredet, hatte der Archivar zu den toten Soldaten gesprochen. Kaum hatte er geendet, begannen die mächtigen Säulenarkaden der Kasernen zu schwanken, wie unter einem Erdbeben. Aber man spürte keine Bewegung der Sandfläche. Die steinernen Schäfte knickten ein, die alten Säulentrommeln kollerten herab, und der Architrav stürzte nach, das Giebelgebälk. Jetzt rissen die inneren Zellenwände der Kaserne auf, die Mauern sanken weg, das

Gebäude blätterte langsam auf, Riegel nach Riegel, Geschoß nach Geschoß, bis es in sich zusammensackte.
Gebannt folgten die Schädel der Soldaten dem Vorgang. Tausende waren aufgesprungen und zeigten aufgeregt mit ihren Knochenfingern auf die Zerstörung. Sie vollzog sich nahezu lautlos, der Schall des Gelärms war wie wattiert, nur ein sausendes Zischen drang in den Gehörgang, ein Rieseln, als ob ein Kartenhaus einfällt. Über dem dampfenden Schuttfeld drehten sich hohe Wirbel von Mörtelstaub, zerriebenem Lehm und pulverisiertem Muschelkalk, bis sie sich im trägen Grieß zu Boden wälzten. Flammen zuckten durch den teigigen Qualm, und ein hundertfältiger Funkenflug begann aufzustieben.
Bald hatte der große Scheiterhaufen Feuer gefangen. Wie Zunder brannten die mürben Uniformen auf, und das welke Holz der Gewehre glühte. Der Turm der weggeworfenen Waffen lohte. Als die Hitzewelle bis zu der Stelle schlug, wo der Archivar stand, wich er langsam zurück, ohne den Blick von der Feuerpyramide zu lassen.
In weitem Bogen umkreiste er die Trümmerstätte der Tempelkasernen. Allmählich hatte sich der Dunst verzogen, und die Strahlen der untergehenden Sonne bohrten sich langsam aus dem kalten Blau des Himmels. Als sich der Archivar dem Scheiterhaufen wieder näherte, in dem das Waffenwerk der Menschen von über zweitausend Jahren brannte, gloste das Feuer noch und zuckte in reinigenden Flammen. Die toten Soldaten streunten über das Feld. Der Bann war von ihnen genommen. Ihre Gestalten, die mehr und mehr den Schein der Wirklichkeit zurückgewannen, umtanzten in wachsenden Kreisen die Feuerstätte, in der die falsche Ehre und der falsche Ruhm ihres Lebens langsam zu Asche zerfielen. Nun waren sie erlöst. Der Wahn war gewichen.
Sie sahen den Mann, dessen Wort die Verwandlung hervorgerufen, der die Steine zum Wanken gebracht und den Scheiterhaufen entzündet hatte, wie eine Erscheinung stehen. Sie wußten nicht, daß es der Chronist ihrer Stadt war, der Abgesandte des Lebens im Dienste der Präfektur. Der Himmel versprach eine neue Morgenröte, unter der sie als waffenlose Geister umgehen würden, wie er ihnen gesagt hatte.
Er aber überlegte, was man in Henna wohl zu dem Einsturz

der Kaserne Sigma gesagt hätte und, wie er hellsichtig spürte, auch aller anderen Tempelkasernen, diesem Einsturz, der ohne kausalen Zusammenhang durch Elemente der Magie zustande gekommen war.
Ihm fiel ein, daß er das orangefarbene Schärpenband noch trug, mit dem man ihn beim Einlaß in die Soldatenzone ausstaffiert hatte. Er löste es von seinem Jackett und warf es in die Glut, die es rasch einsog.
Dann machte er sich auf den Weg in seine Stadt. Ihm war, als ob die Soldaten sangen. Aber es war der Gesang seines Herzens, schwermütig und gläubig. Er ballte die Hände und lief. Die wenigen Posten, die er traf, ließen ihn unbeachtet passieren.
Am Himmel hatte noch eine Weile die Schwefelwolke gestanden, die auf die gegenüberliegende Seite gezogen war, wieder nicht größer anzuschauen als ein Kinderdrachen. Nachdem der Archivar das Gelände der Tempelkaserne verlassen hatte, das am Abend ein anderes Aussehen zeigte als am Morgen, da er es betrat, war auch die Wolke entschwunden. Niemand von den Stadtbewohnern hatte sie wahrgenommen.

16

Von der allgemeinen Unruhe, die allmählich die Stadt ergriff, von den Veränderungen, die sich anzeigten, drang zunächst wenig in das abgeschlossene Revier des Alttors. Robert wenigstens hatte, nachdem er schwerfällig aus dem Soldatenbezirk zurückgekehrt war, die Empfindung, auf einer abgeschiedenen Insel geborgen zu sein, zu der das malmende Geschehen der Wirklichkeit nicht herüberkam. Er vergrub sich in die kühle Stille der Räume, er schloß die Augen, wollte nichts mehr sehen und wissen. Aber es war eine Täuschung, die nicht lange vorhielt.
Auch im Archiv zitterte die Atmosphäre in einer erregenden Spannung, der sich die Nerven nicht entziehen konnten. Äußerlich betrachtet, schien alles seinen gewohnten Gang wie immer zu gehen: der weise Perking saß über angehäuften Papieren und gab der Schar der übrigen Gehilfen Anweisungen, die Listen über Listen anfertigten. Fast alle

sah man damit beschäftigt, und nur in Zwischenpausen waren einzelne in der Lage, sich wie sonst dem Studium in alten Pandekten zu widmen, der Restaurierung der Texte, ihrer Übertragung und Kommentierung. Die Zahl der Boten, die zwischen dem Archiv und der Präfektur unterwegs waren, hatte sich vermehrt, es war ein tuschelndes Kommen und Gehen, ein Laufen treppauf, treppab, ein Wegschleppen und Herbeischaffen. Auch Leonhard, den der Archivar gebeten hatte, das Anliegen etwaiger Besucher selbständig entgegenzunehmen, weil er, wie er betont hatte, jetzt seine Arbeit ungestört zu Ende bringen müsse, auch Leonhard wurde für Katalogisierungen und eilige Abschriften herangezogen und wechselte mit seinem Platz in den Gehilfensaal hinüber, um Perking stets zur Hand zu sein.

Vor dem Archivar lagen die aufgeschlagenen Seiten der Chronik, die noch immer unbeschrieben waren und auf seine Eintragungen warteten. Er starrte auf das leere Papier, als könnte ein Zauber plötzlich die Seiten mit allen Erlebnissen und Erkenntnissen füllen, die seine Gedanken überwach hielten. Sooft er aber den Füllhalter ergriff, legte er ihn nach einer Weile unschlüssig beiseite.

Oft trieb ihn Unrast in den anderen Torflügel zu seinem Turmfenster, wo er Anna zu Besuch vermutete, Anna, die, wie er meinte, jeden Augenblick nach dem Alptraum jener Nacht zurückkehren konnte und auf ihn wartete. Er stieg sogar die Strickleiter hinunter, ließ unten im Kellergang die Mauertür leicht angelehnt, hielt die Fußbodenklappe weit offen. Aber jedesmal, wenn er nachschaute, stand das Zimmer leer. Unstet ging er durch die Archivräume, wo die Gehilfen in ihrer Tätigkeit saßen und die Boten liefen, nickte Perking zu, der von seinen Akten mit einem abwehrenden Blick aufsah – es war eine Welt aus Glas, er war nicht darin, er ging außerhalb davon spazieren und schien beinahe zu stören.

Kehrte er dann zu seinem Schreibtisch zurück, fiel sein Auge auf die Blindseiten der Chronik, die sich mit keinerlei Schriftzeichen bedeckt hatten. Wenn nicht ein Wunder geschah, würde er damit eines Tages wie ein Schüler, der seine Aufgaben nicht gemacht hat, vor dem Hohen Kommissar stehen.

Alles drängte zu einer Entscheidung. Noch aber war kein

Anruf von der Präfektur gekommen, der die Stunde der Unterredung bestimmte, auch das angekündigte Schreiben war noch nicht eingetroffen. Ungeduldig lief er vor den Wandregalen auf und ab, in denen sich die mächtigen Register türmten, die Nachschlagewerke, die den Standort der Schriften und Bücher verzeichneten, ihre Systematisierung und ihren Verbleib – in einer Buchstaben- und Ziffernsprache freilich, deren Schlüssel ihm fehlte. Nutzlos blätterte er darin. War es nicht auffällig, wie wenig Bescheid er über die einfachsten Handhabungen des Archivs wußte? Nicht im entferntesten übersah er den Bestand der geistigen Welt, deren Gedankengut und Hinterlassenschaft hier in den Katakomben verwahrt wurde. Nicht ein einziges Werk vermochte er sich ohne Hilfe der Torwächter herauszusuchen, selbst ein Knabe wie Leonhard und die Bücherpagen wiesen in diesen Dingen eine größere Erfahrung auf als er. Zum Beispiel vermochte er nicht selbständig festzustellen, ob dieses oder jenes Werk dem ewigen Vorrat zugeteilt war, ob Lachmars Hennalegende Einlaß gefunden hatte, Aufzeichnungen von Katell noch vorhanden waren, Tagebuchbriefe von Anna, die Akten seines Vaters. Es beschämte ihn, nicht einmal zu ahnen, ob das Schaffen der großen Dichter des letzten Jahrhunderts in Handschriften oder Druckausgaben gesammelt vorlag, was im einzelnen sich inzwischen ausgemerzt hatte und wie es wohl um das Schrifttum vieler bekannter Namen aus der eigenen Gegenwart bestellt war. Solange er sich hier nun schon aufhielt, hätte er auf die selbstverständlichsten Fragen des Archivs, als dessen Vorsteher er galt, kaum Rede und Antwort stehen können. Wohl übersah er oberflächlich das Getriebe, aber nicht er, sondern Perking regelte stillschweigend den Gang der Arbeiten und hielt den Verkehr mit der Präfektur in der Hand. Im Grunde genommen, gestand sich Robert, galt er selbst nicht mehr als eine Repräsentationsfigur.
Möglicherweise hatte er das Feld seiner Aufgaben falsch eingeteilt, hatte sich zu sehr auf die Umwelt eingelassen, auf die Beobachtung der Bewohner, der Einrichtungen, der kultischen Riten, statt sich auf Vorgänge zu konzentrieren, die sich auf seinen Platz im Archiv beschränkten. Wenn man ihn von vornherein aufgeklärt hätte, an welchem Ort er sich befand, hätte er sich anders verhalten, anders sein

Tagewerk angepackt. Aber man hatte es ihm überlassen, sich so mühselig die Erkenntnis über die wahre Situation zu verschaffen, in der er sich befand. Bedenklich stimmte ihn auch, ob er durch sein Handeln und sein aktives Eingreifen auf der Maskenversammlung und bei seinem Besuch der Soldatengefilde nicht die Grenzen seines Amtes überschritten hatte.
Erneut überfiel ihn, daß er sich in stetem Umgang mit Schemen befand, auch hier im Archiv. Das Erschreckende der Vorstellung war mehr und mehr einem Gefühl der Befreiung gewichen. Das endliche Wissen, daß er im Reich der Toten weilte, tat wohl und nahm viel von der Fragwürdigkeit, die ihn so lange gequält und verwirrt hatte. Aber es blieben Abgründe genug, wenn er auch darauf verzichtete, das für den menschlichen Verstand Unerklärbare seines Aufenthaltes auf dialektische Weise zu ergründen. Bei allem Grübeln war ein Zweifel an der Wirklichkeit des Zwischenreichs nicht mehr möglich. Seine Existenz hatte nichts mit Glauben oder Nichtglauben zu schaffen, man hatte sie als etwas Gegebenes und Seiendes hinzunehmen. Der Zustand war nicht mehr, aber auch nicht weniger rätselhaft als Form und Vorgang des Lebens auf der anderen Seite des Stroms.
Was Robert stärker beunruhigte, war das unerschlossene Geheimnis seiner unmittelbaren Umgebung, in der die ehrwürdigen Gehilfen wie zwölf Unsterbliche walteten. Daß das Archiv eine Kontrollstation bedeutete, war offensichtlich, auch daß das geschriebene Wort einem ähnlichen Prozeß unterworfen wurde wie das gelebte Leben der Menschen. Doch welchem Behuf diente die Einrichtung? Niemals hatte er wahrgenommen, daß die sorgfältig gesichteten Schriftstücke von der Bevölkerung der Stadt und ihren durchreisenden Passagieren in Anspruch genommen und benutzt wurden. Diente das ganze Geistesmaterial nur imaginären Zwecken der Behörde? Dann käme ihm keine andere Funktion zu als die eines heiligen Spielwerks, wie die Fabriken ein scheinheiliges Spielwerk bildeten, die zwei großen Wurfschaufeln ähnlich sich gegenseitig ihren Fraß vorwarfen, ohne daß die Menschen der Vergeblichkeit inne wurden.
Der Archivar stieg die steinerne Wendeltreppe hinab, die

zu den unterirdischen Geschossen des Alttors führte. Viel zu selten hatte er die Kellersäle aufgesucht, die durch bis zur Decke reichende Regale in schmale Gevierte abgeteilt waren. An den mit hellgrauen Matten ausgelegten Gängen reihten sich in stumpfer Beleuchtung Konvolute und Faszikel, Bücher und Schriftstücke, deren jedes mit einem heraushängenden Papierband beziffert war. Da standen die Bände, standen zuweilen dichtgedrängt, oft auch stattliche Lücken lassend, die Mehrzahl nicht einmal vergilbt und nicht einmal übermäßig verstaubt. Vermutlich sorgten die Bücherpagen für die äußere Ordnung, von denen in jedem Stockwerk zwei oder drei ihren Dienst versahen.
Hier waren sie jetzt damit beschäftigt, eine Reihe von Werken herauszusuchen, die durch eine Liste dazu bestimmt waren. Sie sammelten sie eifrig auf einem der fahrbaren Tischwagen ein. Als sie des Archivars ansichtig wurden, reichten sie ihm beflissen das Verzeichnis der Signaturen, da sie annahmen, daß sein Besuch einer Revision ihrer Tätigkeit galt. Rasch überflogen seine Augen die Listen, er nickte gutmütig mit dem Kopf, um damit seine Zustimmung und Anerkennung kundzutun, ohne indessen den Sinn des Geprüften zu verstehen. Sie erwähnten, daß diese Bände „von oben“ angefordert seien, wohl im Zuge der starken Auslese, die in ihrem Sektor vor sich gehe, doch wüßten sie das nicht genau, es sei auch nicht ihres Amtes, der Herr Archivar wisse es natürlich genauer und besser, sie hätten damit nur sagen wollen, daß sie ihrer Arbeit nicht gedankenlos nachgingen. Sie schlugen die Augen nieder, etwas kokett, wie es Robert schien, und ihre schmalen Gesichter erröteten.
„Schon gut“, sagte der Archivar, griff nach einem der Bücher auf dem Wagen, dessen Titel er nicht kannte, einer Broschüre, die 1821 in Paris erschienen war, nahm noch einige Bände heraus, italienischer, englischer, deutscher, spanischer Herkunft aus dem neunzehnten Jahrhundert; ein Druck wies die Jahreszahl von 1786 auf, ein anderer von 1913. Er wog sie ein paarmal in der Hand, bevor er sie zurücklegte.
„Lest ihr selber auch?“ fragte er.
„Nur“, sagte der ältere der beiden, „wenn wir dazu eingeteilt werden.“

In etlichen Mappen, die ebenfalls aussortiert worden waren, befanden sich handgeschriebene Blätter, oft nur wenige, eines oder zwei. „Mein Glaube an die Kunst“, las er, stutzte, es war ein längerer Brief zwischen anderen Papieren, er blätterte auf die Schlußseite, sah die Unterschrift: Walter Katell.
„Ecco“, sagte der Archivar.
Vorsichtig legte er die Mappe mit den Blättern zurück, als fürchtete er, sie könnten ihm unversehens unter den Händen zu Asche zerfallen. Sein Blick ging über die beiden Pagen hinweg, als er sich mit einem flüchtigen Gruß abwandte und die Treppe weiter hinabstieg.
Im nächsten Stockwerk war die Anordnung nicht viel anders. Bei der Pagenwache, die aus einem jungen Holländer und aus einem Schweden bestand, erkundigte er sich nach der Sammlung der Schriften, die im letzten Zeitraum aus seinem Lande dem Archiv einverleibt worden waren. Die Frage stieß auf Verwunderung, und sie riefen durch eine Schallvorrichtung in einer für den Archivar unverständlichen Sprache ihren Lagermeister herbei. Als dieser, ebenfalls ein Jüngling in Ordenstracht, das Begehren des Archivars vernahm, erwiderte er ehrerbietig, daß nach der allgemeinen Regel die in Obhut genommenen Bestände weder nach dem Zeitlauf ihres Eingangs noch nach einzelnen Sprachgruppen eingeordnet würden. Auch der Name des Verfassers spiele keine Rolle, zumal da alles Geschriebene allmählich in den Zustand der Anonymität gelange und es ausschließlich auf den Gehalt des Werks ankomme, nicht aber darauf, wer es hervorgebracht habe oder wem es zugeschrieben werde. So erfolge die Einreihung stets nach thematischen Gesichtspunkten, die von den oberen Gehilfen jeweils im einzelnen vorgenommen werde.
Während der Lagermeister diese Regeln in ansprechender Form entwickelte, entsann sich Robert wieder der Tabellenaufstellung, die er einmal bei Perking gesehen hatte und die nach bestimmten Segmenten und Kategorien vorgenommen war. Er entsann sich auch seiner Unterhaltung mit ihm, die die Auffassung des jungen Eleven bestätigte. Danach verlor von der Warte des Archivs aus ein Schriftstück in dem Maße an Rang und gültiger Kraft, als es das Private

und Individuelle des Autors zum Ausgangspunkt machte oder in den Vordergrund rückte.
Der Jüngling wies darauf hin, daß er, wenn auch älter als die Pagen und verantwortlich für ihr ganzes Wirken, nur ein ausführendes Organ geringerer Art sei. Auch diese Feststellung erinnerte den Archivar an Perkings Worte, der immer, obwohl er zur oberen Aufsicht des Hauses zählte, betont hatte, daß in der Tätigkeit des Archivs nur Maßnahmen vollzogen würden, die von der Präfektur festgelegt waren. Von der Präfektur! Das bedeutete also, wenn man es recht übersetzte, von der Instanz des Todes. Das Dasein des Todes ließ kein individuelles Schicksal gelten, weder für die leibliche Form noch für die geistige. Nur für die Etappe des Übergangs wurde der Schein gewahrt, war eine Rückbeziehung auf den persönlichen Charakter des Lebens vorgesehen. Dies galt für jedermann, mit Ausnahme der wenigen, die als Ordner und Wächter, als Gehilfen und Registrierer, als Kultträger und Halbgötter im Bereich der Stadt eingesetzt waren. Diese hasteten nicht mehr dem entflohenen Bilde ihrer Vergangenheit nach wie die anderen, sie waren bescheiden in die Funktion übergegangen, die ihnen zugemessen blieb. Aber einmal teilten wohl auch sie das Los, das die Mehrzahl nur rascher ereilte, und auch sie wurden ausgewechselt wie die Schriftstücke des Archivs.
Der Chronist betrachtete das Gesicht des jungen Eleven, die kluge, hohe Stirn über den hellen buschigen Brauen, den voll geschwungenen Mund, um den ein Zug von Traurigkeit spielte, wenn er schwieg, und dem ein wenig Spöttisches anhaftete, wenn er redete. Den Zügen nach mochte er um die Mitte der Zwanzig sein.
Während die Pagen im Hintergrund eine Leiter erstiegen und sich an den oberen Fächern des Regals zu schaffen machten, ging der junge Lagermeister mit dem Archivar an den Reihen der einzelnen Säle entlang. Bei jedem Schritt klirrten die Schlüssel, die er an einem Bund um die Hüfte trug. Robert, der die Gelegenheit nicht versäumen wollte, sich über die Mitarbeiter des Archivs zu unterrichten, ließ sich von ihm Namen und Herkunft der Pagenschaft erzählen. Er erfuhr, daß jeder der letzte Sproß eines Geschlechts war, das mit ihm jenseits des Stroms erlosch.
Er forderte den Eleven auf, von sich selber zu sprechen. Sie

standen an einem halbhohen Tisch, auf dessen Kante sich der Archivar setzte, während der Pagenmeister sich leicht gegen ein Bücherbord lehnte.
„Ich liebe die Dichtung", sagte der Jüngling, „wenn ich mir auch von früh auf versagt habe, eigene Verse zu schreiben. Ich war ihr Sammler, ihr Bote. Kunst ist der höchste, vielleicht der einzige Ausdruck einer Geisteskraft, die der Idee des Menschen ebenbürtig ist. Ich habe versucht, meine Vorstellungen zu verwirklichen. Damit wollte ich die Menschen nicht ändern, noch weniger sie unterhalten, aber ich wollte die, welche die Bereitschaft zeigten, auf ihr geistiges Abbild hin verpflichten. So sammelte ich aus der Betriebsamkeit des literarischen Marktes die reinen Zeugnisse der Dichtung in Jahresheften einer Zeitschrift. Ich wollte zwischen bleibenden und vergänglichen Werten schon zu Lebzeiten der Dichter scheiden und das Urteil weder den zufälligen Bedürfnissen des Tages noch der billigen Kritik der Geschichte überlassen."
Der Jüngling hatte mit bewußter Sicherheit, aber ohne Überheblichkeit gesprochen.
„Indessen wurde ich belehrt", fuhr er fort. „Obwohl es einer der beliebtesten Vorwürfe war, ich hätte die Anforderungen an die Qualität zu hoch gestellt, zeigte sich für mich bald, daß ich sie trotz allem Verantwortungsgefühl zu niedrig bemessen hatte."
„Sie verloren also", sagte der Archivar, „den Glauben an die Sendung des Wortes und der Dichtung?"
„Nicht an ihre metaphysische Bedeutung", sagte der Jüngling, in dessen Augen ein kaltes Feuer brannte, „aber ich sah ein, daß auch ein unbestechlicher Maßstab zeitbedingten Täuschungen unterliegt. So zog ich für mich die Konsequenz, die Aufgabe, die ich für meine Lebensaufgabe hielt, fallenzulassen. Ich stellte die Herausgabe meiner Blätter nach einigen Jahren ein."
„Vielleicht", wandte Robert ein, „trug der Umstand dazu bei, daß Sie noch sehr jung waren."
„Ich kenne", sagte der Eleve, „kein empfindlicheres Kriterium am schöpferischen Geist als den Ernst der Jugend. Es ist müßig, weiter von meinem Leben zu reden. Jedenfalls war es eine Lehre, eine gute Vorschule, die mir die Struktur des Archivs von vornherein verständlich machte, als ich

hier eintrat – schon bald, nachdem ich mich von der Dichtung abgewendet und einen üblichen Brotberuf ergriffen hatte."

Nach einem kurzen Schweigen wollte der Lagermeister, dessen lauteres Wesen den Archivar beglückte, zu seiner Arbeit zurückkehren, aber Robert hielt ihn noch mit der Frage fest, ob ihm unter den jüngst eingegangenen Werken vielleicht Papiere von Bodo Lachmar, Aufzeichnungen über Henna, unter die Hände gekommen wären. Der Eleve entsann sich, daß die Arbeit einstweilen Aufnahme gefunden habe, um eine kleine Ewigkeit im Archiv zu leben.

„Die Entscheidung ist vorläufig", sagte der Lagermeister.

Der Archivar nahm den Bescheid nicht ohne Bewegung entgegen, die sich auf den Dank übertrug, mit dem er sich von dem Jüngling verabschiedete.

So stieg er von Stockwerk zu Stockwerk tiefer, verweilte in jedem, wechselte mit der Pagenwache einige Worte und forschte unauffällig nach, ob irgendwelche Bücher und Schriftstücke ausgeliehen seien. Es ergab sich, daß es nur vereinzelte Stücke waren, die sich im Arbeitsgang bei den Gehilfen befanden.

Endlich war er auf der untersten Steinsohle angelangt, wo der Meister Magus hauste, der auch zu dieser Stunde seinen gewohnten Platz nicht verlassen hatte. Er fand ihn in seiner Krypta lesend, wenigstens hielt er eine ausgebreitete Pergamentrolle in seinen Händen; vielleicht meditierte er auch. Wieder stand Robert vor der ehrwürdigen Gestalt, die in der silbergrauen Toga an einen Eremiten gemahnte. Wieder blickte er in das Brunnenauge des Uralten, in dem sich die makellose Ruhe des Wissens spiegelte, des Wissens, das vom Jenseits irdischer Fragen gespeist war.

Der Meister Magus ließ das Schriftblatt sinken und sammelte seinen Blick aus der Ferne auf die Erscheinung des Archivars. Dann begann er zu sprechen, bevor Robert die Wünsche laut werden ließ, die ihm am Herzen lagen.

Robert erinnerte sich später mit einer fast bis ins einzelne gehenden Deutlichkeit der unterweisenden Rede, die er von den Lippen des großen Einsamen, des Erzgehilfen des Archivs, vernahm, nachdem er von ihm mit einer Armgeste willkommen geheißen und auf der niederen Steinbank ihm gegenüber zum Sitzen eingeladen worden war.

„Die Zeit bedarf der Worte, die Zeitlosigkeit bedient sich des Schweigens", war der erste Satz gewesen, der wie ein Blitz das Dunkel der Gedanken erhellte und mit seinem flammenden Schein alle Fragen nach dem Sinn des Archivs ihrer direkten Beantwortung entrückte. „Sichtbar bleiben die Entsprechungen", fügte er leise hinzu. Dann erzählte er vom König Aṣoko, der einst in seinem Reich Worte des Erhabenen, des Erwachten, des Vollendeten, Worte aus den Reden Buddhos, wie sie die Jünger überliefert hatten, in Steintafeln einmeißeln ließ, die in seinem Lande aufgestellt wurden. Durch diese Felsenedikte, durch dieses tätige Leben im Geiste ist sein Name an zweieinhalb Jahrtausende hin im Gedächtnis der Nachfahren geblieben. Freilich, was damals jedes Dorfkind wußte, was Allgemeingut der Menschen in Indien war, beschränkte sich im Laufe der Zeiten auf wenige, wie es nicht anders sein kann, und auf die Weisheit und Welterfahrung des Gotamo Buddho, dessen Zeitgenossen Heraklit und Konfuzius waren, wurden entstellt und geschwächt.
Der Uralte sprach von der kleinen Schar versprengter Einzelner, die vom Brote des Geistes lebt, während die Menge den Bedürfnissen des leiblichen Augenblicks untertan bleibt. Aber das Wissen um die göttliche Substanz, das seine lebendige Spur im menschlichen Geist hinterläßt, so sagte der Meister Magus, ist immer auf Erden vorhanden. Es kommt nicht darauf an, daß von seinem Vorrat allerorten und allerzeiten Gebrauch gemacht wird, es kommt nur darauf an, daß die Möglichkeit bereitgehalten wird, in jedem Augenblick auf geeignete, rechte Weise darauf zurückzugreifen. Um im Schatten zu rasten, bedarf ein Wanderer nicht des ganzen Waldes, nicht einmal der vollen Krone eines alten Baumes, das Stück eines Geästs genügt, um ihn zu spenden.
Er schwieg eine geraume Weile, um den Gedanken des Hörenden Raum zu geben, der in dem letzten Bild auch das Wesen des Archivs umrissen sah.
„Geist ist schöpferische Magie", war der zweite Satz, der sich unauslöschlich in das Bewußtsein des Archivars schrieb. Ob es die Klöster in Tibet sind, die Hänge des Ararat, die sein Geheimnis hüten, das bukowinische Sadagora der chassidischen Zadikim oder das Franziskanische Assisi,

ob er sich in den minoischen Tänzen offenbart oder den Eleusinischen Mysterien, sich in der Hexenmesse oder der chymischen Hochzeit vollzieht – immer entsprechen sich die Zeichen, die geschriebenen und ungeschriebenen Texte, wie sie auch unser Archiv verwahrt. Immer sind es Verzauberungen, die kein Menschenwille befehlen kann und deren der bloße Menschenverstand nicht teilhaftig wird. Im zeitlichen Durchgang zehren wir, bewußt oder unbewußt, von dieser Substanz, dem sich stets erneuernden Erbe des Ursprungs. Auch das Magische des Worts gehört hierzu. Wie Tag und Nacht nicht abreißen, sondern durch ständigen Wandel das Jahr ergeben und die Jahrtausende der Erde füllen, so reißt auch die Wechselkette von Tod und Leben nicht ab.

Die Wiedergeburt der Geisteskräfte, deren unaufhörlicher Vollzug in Leib und Gedanken die Existenz und Geschichte der Menschheit ausmacht, regelt sich nach organischen Gesetzen der Natur, aber sie werden, so berichtete der Uralte, von der Präfektur überwacht, und er gebrauchte das Bild von einer Waage, deren Schalen im Auf- und Niedersinken immer wieder in ein Gleichmaß zu richten und zu beruhigen sind. Die Verantwortung für diese Aufgabe ist von der Präfektur den dreiunddreißig Eingeweihten überlassen, die für einen Äon die Weltenwacht halten. Die dreimal elf Eingeweihten wohnen im heiligen Bergschloß, das man bei besonderen Anlässen in der Ferne aufblitzen sieht und von dem niemand mit Sicherheit zu sagen weiß, ob es diesseits oder jenseits des Stroms gelegen ist. Er erwähnte die umfangreiche Gelehrtenliteratur über diese metaphysische Frage, voll spitzfindiger Beweise für die eine und die andere These, ob eben der Tod dem Leben einwohne oder das Leben dem Tode. Je nachdem, welche der beiden Richtungen in verschiedenen Zeitphasen das Gemüt erfüllt, bestimmen sich das Denken, der religiöse Glaube und das Verhalten der Menschen und ihrer Gruppen zueinander. Nach den überlieferten Schriften und Begleittexten zu urteilen, ist auch hier ein rhythmischer Wechsel ablesbar.

Der Meister Magus wies darauf hin, daß die dreiunddreißig Eingeweihten seit längerem ihre Kräfte darauf konzentrierten, für den Gang der Wiedergeburten die lange abge-

schirmte Region des asiatischen Feldes zu öffnen und zu erweitern, und daß sich ihre Anstrengungen zu verstärken schienen, damit sie für die Erstehung in Geist und Leib auch den Kreis des Abendlandes einbezögen. Dieser bisher nur allmählich und vereinzelt sich vollziehende Austausch zwischen asiatischem und europäischem Daseinsgut ist in einer Reihe von Erscheinungen wohl erkennbar. Der Magister Magus hatte keinerlei Namen erwähnt, doch meinte der Archivar später darin eine Anspielung zu hören auf Zeugen wie Schopenhauer, Karl Eugen Neumann, Hans Hasso von Veltheim, Richard Wilhelm, Hermann Hesse, aber auch Hölderlin, der in „Mutter Asia“ unseren dionysischen Ursprung erschaute, Friedrich Schlegel und Hammer, den Westöstlichen Divan Goethes, aber auch Angelus Silesius, Meister Eckart, Suso und die lange Reihe der Mystiker und Gnomiker.
Dieser Austausch nun, dieser Prozeß der Inkubation, von dem der Uralte in der Felsenkammer des Archivs mit einer solchen Selbstverständlichkeit berichtete, wie wir von den Anzeichen eines Hochs und Tiefs für die Wetterzone sprechen, sollte sich gegenwärtig nach dem Beschluß der dreiunddreißig Eingeweihten in einer breiteren Mischung und mit größerer Beschleunigung abspielen. Da war es auch nicht mehr überraschend, wenn selbst davor nicht zurückgeschreckt wurde, die Dämonen zu entfesseln und ihre List und Macht in den Dienst des gesamten Ablaufs zu stellen.
Als Robert dieses begriff, sah er den millionenfachen Tod, den sich die weiße Rasse auf dem Schlachtfeld Europa mit ihren beiden furchtbaren Weltkriegen schuf, eingeordnet in den Vorgang dieser ungeheuren Geisterwanderung. Dieser millionenfache Tod geschah, mußte in dieser Maßlosigkeit geschehen, wie der Chronist mit langsamem Schauder einsah, damit für die andrängenden Wiedergeburten Platz geschaffen wurde. Eine Unzahl von Menschen wurde vorzeitig abgerufen, damit sie rechtzeitig als Saat, als apokryphe Neugeburt in einem bisher verschlossenen Lebensraum auferstehen konnte.
Die Vorstellung hatte etwas Bestürzendes, aber zugleich etwas Trostreiches, weil sie dem immer wieder als sinnlos Erscheinenden einen Plan, eine metaphysische Ordnung gab.

Die Selbstvernichtung, das Harakiri, das Europa im zwanzigsten christlichen Jahrhundert beging, bedeutete, wenn er den Meister Magus recht verstand, nichts anderes als die Vorbereitung dafür, daß sich der Erdteil Asien den Zipfel wieder zurückholte, der sich für eine Weile zu einem selbständigen Kontinent gemacht hatte. Es konnte den geheimen Mächten nicht verborgen bleiben, daß die Ansprüche seiner Menschen sich statt nach innen immer mehr nach außen gerichtet hatten. Dem Sein wurde die Geltung vorgezogen, im kleinen wie im großen, im einzelnen wie in den Völkergruppen. Verachtet die Warnungen und Weisungen der Seher und Dichter, verödet die Welt der Gedanken und Bilder, übersättigt und leer die Herzen und Hirne. So war der Geist aus einem schöpferischen Medium zum Werkzeug des Verstandes und der Ratio abgesunken. Mehr und mehr hatte der Zweck den eigentlichen Sinn des Lebens überstiegen. Das falsche Selbstbewußtsein mußte einmal tödlich zu Fall kommen. Wie ein morsches, von innen wurmstichig gewordenes Gebälk würde die Mitte des zweifelhaften Erdteils zusammenbrechen.
Als Robert den Gedanken folgte, die der Meister Magus als nüchterne Feststellungen gegebener Tatsachen mitteilte, zweifelte er keinen Augenblick an der Wahrheit. Er fühlte das Folgerichtige, das Unabwendliche des Ereignisses, aber er sah im ganzen mehr ein Bild des richtenden Schicksals, das seinem Lande bevorstand, und war durch die Dauer seines Aufenthaltes im Totenreich nicht imstande zu erkennen, daß die Wirklichkeit am andern Ufer des Grenzstroms schon mit jedem Tage deutlicher alle Zeichen dieses Vollzuges aufwies. Freilich hätte er keiner konkreten Bestätigung bedurft wie jene Ungläubigen und Fühllosen, die zu wissen verlernt hatten, daß alle Materie, alle sogenannte Realität nur die Verkörperung einer dem Leben eingeordneten Idee ist.
Zuweilen war der Archivar versucht, ein Gespräch zu beginnen, aber er spürte das Unziemliche, die Pausen des Schweigens zu unterbrechen. Oft genug wirkten auch die Worte des uralten Erzgehilfen wie eine Erwiderung auf ungestellte Fragen, eine Ergänzung der eigenen Gedanken auf einer beruhigteren Ebene. Niemals redete er die Person des Archivars unmittelbar an, mit Wendungen etwa wie „es

wird Ihnen geläufig sein, daß –" oder „Sie werden sich Gedanken gemacht haben über –" und dergleichen. Obwohl seine Rede unpersönlich und allgemein gehalten blieb, fühlte Robert, daß er und niemand sonst gemeint war, daß nicht ohne Bedeutung ihm diese Offenbarungen über das Mysterium der dreiunddreißig Eingeweihten gemacht wurden, dieser Statthalter der eurasischen Welt, die das Zünglein an der Waage des Todes und des Lebens bildeten.
Das Tafelgestein der Felswand wurde allmählich transparent. Vom Erdinnern aus konnte Robert die Menschen wie Abziehbilder einherlaufen sehen, und plötzlich waren es nur noch Körnchen Sand, die im Stundenglas der Weltenuhr hin und her rannen. Es schien lediglich darauf anzukommen, daß sich stets eine genügende Menge im Glas befand und umgeschüttet wurde. Das Junge wurde das Alte, das Alte wieder das Junge. In seiner Einfachheit gewann der Vorgang etwas Majestätisches.
Wie durch eine Mattscheibe erblickte er die leidenden Menschenbilder, deren Farben abblaßten. Er hörte das wispernde Geräusch der Klagen aus den Büchern und Schriften des Archivs an sein Ohr dringen, die knisternden Stimmen der Gedanken, die nach Läuterung verlangten und nach Unsterblichkeit. Wie Blasen schwammen sie auf einem stehenden Gewässer, schillerten auf und zerplatzten mit dünnem Laut. Luftgespinste täuschten das Leben vor wie Eisblumen am Winterfenster eine künstliche Natur. Roberts Atem ging stoßweise, die Nasenflügel zitterten. Er unterschied nicht mehr, ob der uralte Meister ihn mit Worten unterwies oder durch konzentriertes Schweigen die Bilder beschwor, die ihm kundgaben, daß alles Wissen weder lehr- noch lernbar war und daß es nur als geistige Erinnerung der Erde bestand. Das Archiv schien in den ungezählten Adern seines sammelnden Bestandes der Ort dieser Urerinnerung zu sein. Die Toten hüteten sie für die Lebenden.
Vor Roberts gläubigem Blick wurden die Archivgeschosse über ihm durchsichtig, während er in der Krypta zu Füßen des Siegelbewahrers der Geheimnisse saß – aber es war ein anderes Hindurchschauen als im gläsernen Geschäftshaus der Fabrik. Nicht die Pagen nahm er wahr, die immer eiliger lange bewahrtes Gut des Abendlandes wegräumten, er

sah, wie sich Schatten nach Schatten abzeichneten, die vor den Regalen nach den Schriften der Alten verlangten. Einem schlafwarmen Hauch gleich, schwebten sie um die erfrorenen Aussagen ihrer Vorfahren, ihrer Vorgänger von einst.

Der Chronist erkannte bald, ohne daß eine Erklärung notwendig gewesen wäre, daß es sich um Gastbesuche von lebenden Menschen handelte, von Dichtern und Sehern zumal, die in ihren Schöpfungsstunden hier im Archiv einkehrten.

Wie somnambule Mondwanderer bewegten sie sich auf dem schneidenden Grat zwischen Wahnsinn und Traum. Sie suchten die Wahrheit, um jeden Preis, auch den des eigenen Lebens, sie tauchten in den Sinn der Dinge. Sie strebten nach Verkündigung und schlugen wie Quellsucher aus dem einsamen Gefels ihres Geistes das Wasser des Lebens, um die Irdischen zu tränken, und viele tranken sich unterdessen vorzeitig einen bitteren Tod. Forscher erblickte er, wie sie, vom Geheiß der Erkenntnis getrieben, in den Bücherzellen neue Steine zum Weltgebäude setzten, Maurer der Freiheit, Ordner des Denkens, Mathematiker des Glaubens. Sie ließen nicht ab, trotz Bannfluch und Verfolgung, trotz Ketzerkleid und Hochgericht.

Wer etwas zu sagen hatte, was über den Alltag hinausging, mußte erst in das Zwischenreich steigen und sich des Zusammenhangs von Leben und Tod versichern. Sein Geist mußte der körperlichen Geborgenheit sich entäußern können, um in der Tiefe des Archivs zu weilen und Teilhaber der Urerinnerung zu werden. Nicht jedermann fand sich ein, dem es not war. Die Zahl derer, die sich dieser Bedingung entzogen und mit ihrem Denken und ihrem Ruhm lieber auf der diesseitigen Hälfte blieben, war stattlich. Unendlich klein nahm sich der Teil von jenen aus, deren Geist mit gesenktem Haupt aus den Quellen trank und deren Schatten sich vor den heiligen Papieren und Schriftwerken des Archivs abzeichnete, um sich hier zu neuer Gegenwart zu sättigen. Sie also, die im Fluge der Nacht aus den Ländern vom anderen Ufer des Stroms kamen, wohin sie am Tage wieder zurückkehrten, sie waren die heimlichen Benutzer des Archivs. Robert erkannte wohl, daß sich vor seinem Blick nicht die meßbare Frist seines Aufenthalts in der

Krypta, sondern die Gleichzeitigkeit vieler Augenblicke im Querschnitt von Jahrhunderten erschloß. Freilich vollzogen die Lebensgeister, deren Anwesenheit er erschaute, im Geiste, was er als Chronist der Totenstadt leiblich zu bestehen hatte. Er ahnte seinen Auftrag immer mehr.

Im gleichen Pulsschlag erlosch die Bildreihe. Wie ehedem sah er den Steinalten, den Meister Magus vor sich, wie er vornübergeneigt in seiner breiten Silberkutte dasaß, die in schweren fließenden Falten mit dem Saum auf den Boden der Erde niederschlug. Robert sog sich an dem Bilde fest, an der kühlen Versunkenheit der Haltung. Den Ellenbogen des linken Arms auf den Schenkel oberhalb des Knies gestützt, ruhte der schmale Kopf des Meisters Magus in der aufgewölbten Handmuschel. Die Kuppen der ausgetrockneten Finger lagen mit leichtem Druck an der Schläfenmulde, als hätten die Fingerspitzen die Fähigkeit, mit der Sinnlichkeit ihrer Nerven das feine, empfindliche Geäder der Stirnseite zu schützen. Die Ärmelrüsche war bauschig am Handgelenk zurückgefallen und gab ein Stück des hageren Arms frei. Im Ausdruck des Gesichts war nichts von einer zusprechenden Güte spürbar, es war versteinert vom Alter, vom Wissen. Die Lippen, die sich so leicht geöffnet hatten, waren jetzt ohne Krampf geschlossen, und in den Augen schimmerte ein geduldiger Verzicht. Sie bedurften keiner Bestätigung, keiner Tröstung, keiner Hoffnung. Sie waren todessatt. Und doch ging von ihm ein Leuchten aus, ein Trost, ein Glauben, und ein lebender Glanz hüllte den Redenden wie den Hörenden in eine gemeinsame Aura ein.

Die Klarheit dieses Bildes blieb, auch als der Archivar wieder in seinem Arbeitsraum zu ebener Erde des Alttors saß. Die Unruhe war gewichen, die Zweifel gestillt, solange er sich in der Zwiesprache mit dem Totenältesten wußte.

Die Angst vor dem Tode, die so viele Menschen quält, hatte ihm niemals etwas zu schaffen gemacht, wenn man nicht die Sehnsucht zu sterben, die ihn seit seinen Jünglingstagen durchzog, als eine unbewußte Verdrängung dieser Angst auffassen wollte. Anna war dieser Sehnsucht erlegen. Fraglich, ob es Todesgier, ob es nicht eher Lebensangst bei ihr gewesen war. Vielleicht hatte ihn selbst die Angst vor dem Leben als Gast in das Zwischenreich getrieben? Die kreatürliche Angst, dem Dasein auf Gnade und Ungnade ausge-

liefert zu sein, war, wenn er es recht bedachte, die Grundfrage aller Existenz. Sie stellen, hieß eine Lösung finden. Die Entscheidung, wenn es eine gab, war für ihn noch nicht gefallen.
Als Leonhard ihm zwei amtliche Schreiben überbrachte, gesiegelt mit dem Zeichen der Präfektur, nahm Robert sie gelassen entgegen, quittierte den Eingang, öffnete die Umschläge und überflog ihren Inhalt.
Der Famulus, der an der Tür noch gewartet hatte, ging auf Zehenspitzen ein paar Schritte näher.
„Der Archivar", sagte er, „wird uns doch nicht verlassen?"
„Das Leben wandert, nicht wir", sagte Robert.
Leonhard berichtete lebhaft, daß immer mehr Quartiere geräumt würden, sowohl in der Ober- wie in der Unterstadt. Ihm sei es aufgefallen, als er das Essen für den Herrn Archivar aus dem Gasthof geholt habe. Auch das Zimmer, das der Archivar dort noch unterhalte, sei beschlagnahmt.
„Ich brauche es nicht mehr", sagte Robert. Ursprünglich hatte er dort Anna einmal einquartieren wollen, aber dieser Plan war unter Voraussetzungen entstanden, die überholt waren. Er selbst war längst in das Turmzimmer des Alttors übersiedelt.
Leonhard fragte, ob er das Essen, das er warm gestellt habe, bringen solle. Die Mittagszeit sei lange vorüber – es ginge dem Abend zu.
„Dem Abend zu", wiederholte Robert und trat an das Fenster, von dem aus er einst den Zug der Kinder betrachtet hatte. Die Straße der Ruinen lag öde, die hohlen Fassaden warfen längliche blasse Schatten.
„Der Kinderzug", plauderte Leonhard, „ist jetzt viel länger als früher, mit jedem Mal nimmt ihre Zahl zu. Die Kinder gehen auch eiliger, hastiger, und die Bevölkerung schaut kaum mehr zu. Früher habe man ihnen mitunter Blumen gestreut. Papierblumen natürlich, wie bei einem Fest, aber auch das nicht mehr."
Der Archivar hatte sich wieder an seinen Schreibtisch gesetzt.
„Habt ihr viel geschafft?" fragte er.
„Wie der Wind geht's", plapperte der Junge, „Tag und Nacht rollen die Karren mit alten Papieren und Scharteken fort, wie ich es noch nie erlebt habe. Wo das alles nur her-

kommt! Wo das alles nur hingeht! Was nun wieder in den Katalogen gestrichen werden muß – ich glaube, selbst Perking, der Vielerfahrene, verliert die Übersicht. Listen über Listen werden aufgenommen und die Titel abgehakt. Das Archiv ist zur Papiermühle geworden."

„Die Hast", sagte der Archivar, „hat dich angesteckt, Leonhard. Ich habe dich noch nie so viel und so schnell reden hören."

„Bald hätte ich vergessen", fuhr Leonhard aufgeregt fort, „daß Perking den Archivar fragen läßt, ob er die Aufstellung der Abgänge prüfen und abzeichnen will."

„Es wäre das erste Mal", meinte der Archivar, „und gestern hätte es meiner Ungeduld eine Aufgabe sein können. Doch da hat man sie mir nicht gestellt. Jetzt ist es ohne Bedeutung."

Als habe er sich unterdessen mit diesen freimütigen Worten zu sehr auf ein persönliches Gebiet begeben, dessen kameradschaftliche Erörterung mit dem jungen Helfer einstweilen untunlich schien, fügte er hinzu, daß er darüber mit Perking selber sprechen wolle, und forderte kurz, das verspätete Mahl gleich hier zu richten.

„Wecke mich", sagte er noch, „morgen mit Sonnenaufgang."

Nachdem Leonhard den Raum verlassen hatte, überlas der Archivar noch einmal die beiden Schriftstücke.

Das eine enthielt eine Aufforderung des Herrn im grauen Zylinder, der ihn bat, an seiner Seite dem großen Appell beizuwohnen, zu dem ein Teil der Bevölkerung in der frühen Morgenstunde des kommenden Tages aufgerufen war. Nachdenklich steckte er es in die Brusttasche.

Das andere bestand in dem Schreiben der Präfektur, das ihm schon vom oberen Sekretariat bei dem Telefongespräch angekündigt worden war. Es handelte sich dabei um eine Beschwerde, die aus Kreisen der Bevölkerung gegen den Archivar und Chronisten erhoben worden war. Sie war bei dem Sekretariat der Behörde vor einiger Zeit eingegangen, aber erst jetzt zur Bearbeitung gelangt und wurde ihm auszugsweise mit dem Vermerk zugestellt, sich bei Gelegenheit dazu zu äußern, falls es notwendig erscheine. Die Präfektur als solche bedürfe seines Zeugnisses nicht, stehe ihm aber in Gestalt des Hohen Kommissars zur Verfügung. In

der Beschwerde wurde ausgeführt, daß der Archivar sein Amt dazu mißbrauche, mit gewissen Bewohnern persönliche Beziehungen zu unterhalten, daß er daraus Vorteile ziehe und gewähre, indem er aus sachlich nicht zu rechtfertigenden Motiven die Dauer ihres Verweilens zu verlängern trachte. Es war offensichtlich, daß sich diese Verdächtigungen auf Anna und seine Liebe zu ihr bezogen. Weiter wurde die Frage berührt, ob er den Pflichten und Aufgaben eines Archivars überhaupt nachkomme, da er seine Anwesenheit in der Stadt mehr dazu benutze, eigene Neugierde zu befriedigen, statt seine Wahrnehmungen in der laufenden Chronik niederzulegen und öffentlich bekanntzugeben. Ein Verfasser der Beschwerde war nicht genannt.
In der ersten Regung hielt Robert seinen Vater für den Urheber, der sich auf diese Weise an Anna und ihm rächen wollte. Da er aber seit dem unglücklichen Zusammentreffen im Hause von Annas Eltern nichts mehr von ihm gehört hatte, war kaum anzunehmen, daß er noch in der Stadt weilte. Die Berechtigung für seinen weiteren Aufenthalt, die er sich durch den künstlichen Versuch einer Wiederaufnahme von Annas Scheidungsprozeß vor sich selbst geschaffen hatte, mußte, wie sie selber angedeutet hatte, verwirkt sein. Einen Augenblick dachte er auch an Katell, der sich von ihm vernachlässigt fühlen konnte und wiederholt auf die ungeschriebene Chronik angespielt hatte. Aber er verwarf sogleich diesen Gedanken. Der Malerfreund hatte ein besonderes Feingefühl bewiesen, als er ihn in die Verhältnisse der Stadt einführte, die Robert zunächst durch ihre Ungewöhnlichkeit bedrängt hatten. Er begriff jetzt seine Scheu, seine Zurückhaltung, seine Fremdheit, jetzt, da er wußte, daß Freund Katell ihm in der Erscheinung eines Toten begegnet war. Er gehörte zu jenen, die länger als die Mehrzahl der flüchtigen Passanten die Erinnerung an sich selber behielten und so eine geraume Weile im Zwischenreich blieben. Vielleicht bestand sein Auftrag darin, Roberts Ankunft zu erwarten, ihm ein vergilischer Geleiter zu sein. Noch immer rätselte der Archivar über den Maßstab, der die Dauer des einzelnen Menschenloses in diesem Reich bestimmte. Wohl war Katells Vermächtnis jetzt aus dem Archiv entfernt worden, aber dieser Vorgang brauchte in keiner Beziehung zu seiner Person zu stehen. Robert

hätte ihm gern noch einmal die Hand geschüttelt, bevor das Bewußtsein erlosch und Katell endgültig Namen und Gestalt verlor, hätte ihm gern noch ein Zeichen des Einverständnisses zukommen lassen, jetzt, nachdem er die Wandlung begriffen hatte, ein letztes Stückchen Dank auf den Weg. Er schämte sich, daß er den Ärger über sich selbst auf den Freund übertragen und ihn überhaupt mit dieser Denunziation hatte in Verbindung bringen können.

Berthelet? Dessen Geltungsbedürfnis entsprang dem echten Drang, das verlorene Leben zurückzugewinnen. Sollte es bis zur Rache führen? Die Beziehungen des jungen Franzosen zu Anna aus der früheren Zeit waren ungeklärt, und Eifersucht ist zu Unbesonnenheit fähig, ohne sich des Bösen bewußt zu werden. Auch hätte er Grund genug gehabt, seinem Unmut Luft zu machen, weil er sich so lange vergeblich um eine Zusammenkunft mit dem Archivar bemüht hatte, daß es fast den Anschein erwecken konnte, als ob sich Robert habe verleugnen wollen. Zudem mußte die Beschwerde schon vor dem Besuch der Tempelkasernen eingegangen sein. Aber seine menschliche Haltung, Offenheit und Sympathie bei dieser Begegnung, die schicksalwendend wurde, widerlegten jeden Verdacht. Eher kam eine Gruppe von abgewiesenen Besuchern der Sprechstunde oder ein Neider aus Annas Nachbarschaft in Betracht.

Während er das Schreiben zusammenfaltete und zu dem anderen steckte, kam ihm der Gedanke, ob es sich bei der angeblichen Beschwerde nicht um eine Mystifikation handele, um einen Versuch der Präfektur, die prüfen wolle, wie er sich dazu verhalte. Dagegen sprach allerdings, daß man von seiten der Behörde dem Vorgang kein sonderliches Gewicht beilegte, man zog ihn fast kameradschaftlich in die Sphäre des Unantastbaren, aber gerade die Betonung dieser Versicherung rief Mißtrauen hervor.

Je mehr sich der Archivar darin verspann, desto beunruhigender wirkte sich der Vorgang aus. Wieder wurde ihm deutlich, daß er sich wie am ersten Tage seines Aufenthaltes inmitten eines Labyrinths befand, aus dem es, wie bei dem Kabinett der Vexierspiegel, das die Fliehenden festhielt, durch eigenen Willen keinen Ausweg gab. Hatte er zunächst, seines guten Gewissens sicher, über die Anschuldigungen gelächelt, kamen allmählich Bedenken, ob die Vorwürfe in dem einen oder anderen Punkte nicht eine gewisse Berechtigung aufwiesen. Natürlich war es sein Wunsch gewesen, daß Anna hierbliebe, daß er sie möglichst lange bei sich hielte, und gerade jetzt, wo ihre Existenz fast unrettbar der Auflösung zutrieb, wurde der Gedanke mächtig, sie für den Fall seiner Heimkehr mitzunehmen. Der Trotz wurde wach, sich gegen die Bestimmungen aufzulehnen, gegen Gesetz und Gang des Schicksals zu meutern und wie jene Gruppe der Soldaten einen Aufstand zu unternehmen.

Entweder, so würde er dem Hohen Kommissar erklären, gebe man Anna dem Leben zurück oder nehme ihn selbst zu ihr in das Reich der Toten auf, damit das Bleibende des Gefühls gerettet, damit die Liebe für immer bewahrt werde. „Ich habe ihretwegen weder meinen Dienst vernachlässigt", hörte er sich deutlich zu dem Hohen Kommissar reden, „noch die Interessen des Archivs verraten. Das können Sie wohl ernstlich nicht behaupten. Anna war es, die mir den Schlüssel für das Geheimnis der Stadt in die Hand spielte. Ohne sie wäre ich im Zustand der Unwissenheit geblieben."

Robert war aufgesprungen und stand wie ein Fechter bereit, um sich gegen den unsichtbaren Gegner zu verteidigen. Er steigerte sich so in die Situation hinein, daß er die Sätze laut vor sich hin sprach und sie sich gestikulierend einprägte wie ein Schauspieler seine Rolle. Es war, wie jeder Monolog, eine einzige Rechtfertigung gegen eingebildete Anklagen.

Mitten in dieser Übung war der ehrwürdige Perking in das Zimmer getreten. Er bat, die Störung zu entschuldigen, und begann, die Gegenstände und Papiere, die sich auf dem Schreibtisch des Archivars angesammelt hatten, mit ruhiger Geschäftigkeit fortzuräumen. Da der Raum schon im Dunkel lag, hatte Perking das Licht eingeschaltet. Robert, der sich nicht von seinem Platz rührte, sah gebannt, wie der alte Gehilfe die Kartothek, die der Meister Gottfried, sein Vorgänger, angelegt hatte, behutsam in das Nebenzimmer trug, wie er stumm die Fächer des Schreibtisches ausräumte und alles, was sich an verstreuten Zetteln und begonnenen Aufzeichnungen fand, auf einen Haufen tat und zusammenge-

knäuelt auf eine Kehrichtschaufel warf. Es waren darunter Notizen, Stichworte zu Gesprächen, Briefentwürfe an Anna, eine angefangene Eingabe gegen die Aufnahme ihres Prozesses, die sein Vater hatte betreiben wollen, Auszüge aus alten Schriftwerken des Archivs und Aufstellungen über den Charakter der laufenden Eingänge, die er einmal angelegt, aber nicht weitergeführt hatte, Blätter von Leonhards Hand über die Besucher der Sprechstunde, überlebte, überholte Fetzen und Papiere. Ein Brief an seine Mutter kam zum Vorschein, er steckte noch ungeöffnet im Briefumschlag, wie er ihn damals im Gasthof geschrieben hatte, ein erster Bericht über die unerwartete Begegnung mit seinem Vater, eine kurze Nachfrage, wie es Elisabeth ergehe und den Kindern, und das Versprechen, bald genauer von sich hören zu lassen. Der Patron hatte ihm den Brief zurückgegeben, da er ihn nicht zu befördern wußte – wie hätte er es auch anstellen sollen, sagte sich Robert jetzt –, zudem hätte die Nachricht nur Verwirrung gestiftet und ein falsches Bild in dem Empfänger auf dem anderen Ufer hervorgerufen.
Perking wischte mit dem Ärmel über die leere Tischplatte hin und legte nur den Chronikband auf die alte Stelle zurück. Dann sah er sich mit einem prüfenden Lächeln nach Robert um.
„Tabula rasa“, sagte er.
Der Archivar stand immer noch unbeweglich. Erst als sich Perking entfernen wollte, entschloß er sich zu der Frage, warum er sich diese Mühe machte, statt Leonhard damit zu beauftragen.
„Es ist besser“, sagte der alte Gehilfe, „wenn ich es bin, der hier reinen Tisch macht.“
Robert löste sich aus seiner Erstarrung und ging langsam zu seinem Schreibtisch, an dessen Kante er sich lehnte.
„Ich hätte“, sagte der Archivar, „es wohl selber tun müssen. Nur wußte ich nicht, daß es schon an der Zeit dazu war.“
Perking, der mit verschränkten Armen Robert gegenüberstand, wobei er seine Hände in die weiten Ärmel der Toga steckte, nickte leicht mit dem Kopf. „Das große Aufräumen“, sagte er, „nimmt niemanden aus.“
„Tabula rasa“, wiederholte sinnend der Archivar, „reinen Tisch machen, nun ja.“ Er sprach mit Perking darüber, daß

der Tod, Freund Māro, nicht anders mit dem Leben verfahre.
„So ist es wohl", meinte der alte Gehilfe. Er streute die Bemerkung ein, daß dieselben Buchstaben, die im Indischen Māro, Freund Hein, bedeuteten, durch eine kleine Umstellung Amor im Lateinischen ergaben. „Tod und Liebe aus der gleichen Substanz", sagte Perking, „das sind gespenstische Scherze der Sprachen."
„Es ist mehr als das", sagte Robert, der das Unheimliche spürte.
Es tat ihm wohl, endlich zu einem wirklichen Gegenüber sprechen zu können. Ging es denn an, konnte man mit einer entschlossenen Handbewegung wirklich das Vergangene auslöschen und alles, was einmal wichtig war, wie Ballast über Bord werfen? Die Schiffe hinter sich verbrennen, wie die Soldaten ihre Waffen und Uniformen auf dem Scheiterhaufen verbrannt hatten! Weitergehen und sich niemals umsehen! Denn wenn man sich umwende, auch davon sprach Robert mit Perking, wenn man zurückblicke, würde man das leere Nichts sehen, würde man erstarren wie Lots Weib oder das Leben verlieren wie Orpheus, als er sich in der Unterwelt nach Eurydike umsah.
„Es sind viele Legenden aufgezeichnet", sagte Perking, „in denen sich der Vollzug des Gesetzes überliefert."
„Damit man also", sagte Robert, „nicht in Versuchung gerät, sich umzublicken, wird der Boden zerstört, auf dem man stand. Sie hätten sich die Mühe ersparen können, verehrungswürdiger Freund, vor meinen Augen die Spuren meines Aufenthaltes im Archiv zu tilgen. Wenn ich es verlasse, und mir scheint, daß ich es verlassen soll, würde ich mir nichts von alledem hinüberretten."
„Warum sollten Sie es verlassen, Meister Robert –?" sagte der alte Gehilfe.
„Welche Anrede!" sagte Robert betroffen.
„Ich nehme an", sagte Perking, „daß sie Ihnen jetzt zukommt. Die Präfektur verwendet sie bereits bei ihren Anfragen. Das war auch der Grund für mich, Meister Robert, alles für den neuen Anfang vorzubereiten. Sind Sie nicht zu einer Aussprache mit dem Hohen Kommissar eingeladen?"
Ohne eine Antwort zu geben, setzte sich Robert vor den

leeren Schreibtisch, schob die Brille auf die Stirn und vergrub sein Gesicht in die Hände. Er wollte nichts hören, nichts sehen, nichts wissen. Nur vergessen, nur sich fallen lassen. Das Blut sauste in seinen Ohren, das Sausen ergriff seinen Körper. Mit geschlossenen Augen glaubte er, wieder zu Füßen des Meisters Magus zu sitzen, tief unten im Erdinnern. Er spürte, wie der Uralte ihm die Hand auf den Scheitel legte, als wollte er ihm die Weihe geben.
Als Robert die Augen aufschlug, stand Perking noch immer in der gleichen abwartenden Haltung auf seinem Platz. Ihre Blicke trafen sich.
„Wie lange bin ich schon hier?“ fragte er. „Einen Tag, viele Tage“, sagte Perking, „wir zählen sie nicht im Zwischenreich. Aber Ihr Haar, Meister Robert, ist unterdessen an den Schläfen grau geworden.“
Mit einer leichten Verneigung verließ er den Raum.

17

Als Robert in der Frühe des nächsten Morgens zum Platz der Präfektur ging, standen die zerrissenen Häuserfronten in einem welken Licht. Die Sonne war kaum aufgegangen, ein matter Dunst stockte noch in den ausgestorbenen Straßen. Er schritt kräftig aus, wie jemand, der rasch zu seinem Ziel gelangen will. Um ein Stück des Weges abzukürzen, lief er quer über eine Schutthalde. Aber die Zeit, die er einsparen wollte, ging dadurch verloren, daß er unterwegs den Schuh säubern mußte, in den spitze Sandsteinchen eingedrungen waren. Als er sich dem Komplex der Präfektur näherte, entdeckte er, daß die Zugänge zum Platz, wo der große Appell für die Bevölkerung stattfinden sollte, durch Wächter abgesperrt waren. Sie trugen eine grüne Armbinde und hielten einen langen Hirtenstab in der Hand. Der Archivar wurde, ohne daß er sich zu legitimieren brauchte, durch einen unterirdischen Gang geleitet, der in einen Lichthof von einem der Hauptgebäude mündete. Um den Lichthof lief eine gedeckte Säulengalerie mit alten romanischen Rundbogen.
Er wurde durch einen breiten Korridor, wohl einen ehemaligen Kreuzgang, geführt, an dem auf der einen Seite eine

Anzahl von einzelnen Räumen lag. Da die Türen weit offenstanden, konnte man die gegenüberliegende Fensterwand erkennen, hinter der sich der Platz der Präfektur ausdehnte. Auch die Fenster waren geöffnet. Im Vorbeigehen sah Robert in jedem dieser Säle männliche und weibliche Beamte sitzen, die einen Kopfhörer um die Ohren geschnallt hatten und nach irgendwelchen Diktatangaben auf den vor ihnen liegenden Listen bestimmte Registrierungen vornahmen. Die Drähte der Kopfhörer liefen in buntem Geflecht zu dem Kronleuchter in der Mitte zusammen, so daß es aussah, als ob Puppen eines Marionettentheaters durch einen unsichtbaren Regisseur in Bewegung gehalten würden. Die Luft war von einem summenden Ton erfüllt, der an eine ferne Signalanlage erinnerte.

Schließlich wurde der Archivar in einen Saal gewiesen, in dem sich zahlreiche höhere Beamte aufhielten. Einige standen in Gruppen über Kartentische gebeugt, in deren Karos kleine Farbplättchen wie beim Go-Spiel gelegt und umgewendet wurden, andere Funktionäre saßen in abgesonderten Zellen, die an den Seitenwänden wie gläserne Telefonzellen aufgereiht waren, aber statt des Apparats ein Mikrophon enthielten. Es war kein Zweifel, daß sich in diesem Raum die Zentrale des Musterungsstabes befand.

Von der Stirnwand führte eine scheibenlose Flügeltür auf einen Balkon, eine geräumige Estrade, die sich in der vollen Zimmerbreite etwa mannshoch gegen den Platz erstreckte. Unmittelbar an der breiten Brüstung aus gelblichem Marmor sah er den Herrn im grauen Zylinder stehen, der mit seinem Gefolge die Vorgänge auf dem Platz beobachtete. In der Hand hielt er ein Paar dunkelbaue Handschuhe aus dünnem Leder, mit denen er in kurzen Abständen auf die Balustrade schlug.

Als Robert, noch unschlüssig, ob er sich ebenfalls auf den Balkon begeben sollte, sich im Zimmer umblickte, trat ein freundlicher Herr auf ihn zu, aus dessen vollem Gesicht ein Paar vergnügte Augen hinter scharfen Brillengläsern funkelten. Der Archivar erkannte in ihm den Sekretär mit den rosigen Wangen wieder, der ihm bei seiner Ankunft behilflich gewesen war und den er zuletzt bei seinem Vortrag für die Beamten gesehen hatte. Der Hohe Kommissar sei nicht anwesend, wie er von dem Sekretär erfuhr, da die Durchführung dieser Veranstaltung nicht in sein Ressort falle und allein dem Großen Don unterstehe. Mit vertraulichem Augenplinkern flüsterte er Robert zu, daß die Prozedur, die sich seit einigen Tagen und Nächten hier abwickele, auch heute schon wieder in Gang gekommen sei, aber er brauche nicht zu fürchten, viel versäumt zu haben, obwohl – nun ja, die Vorbereitungen seien das ärgste, und es dauere seine Zeit, wie man sich denken könne, bis das Räderwerk ablaufe. Er händigte Robert einen Fächer und ein Fernglas ein, den Fächer für den „warmen Brodem", wie er sich ausdrückte, und das Fernglas, dessen Lederriemen Robert um den Hals hängen sollte, für die „Details im Hintergrund". Damit schob er den Archivar durch die Balkontür.

„Der Große Don", sagte er ihm noch ins Ohr, „erwartet Sie."

Dann kündigte er den auf der Estrade stehenden Stabsbeamten die Anwesenheit des Archivars und Chronisten an. Der Herr im grauen Zylinder, den der Sekretär als den Großen Don bezeichnet hatte, sah einen Augenblick zur Seite, wo Robert stand, lüftete gemessen die Kopfbedeckung und lud ihn ein, dem Schauspiel auf dem Platz seine Aufmerksamkeit zu schenken. Die Herren seines Gefolges, sehnige Gestalten, die den Archivar mit einem abwesenden Neigen des Kopfes gegrüßt hatten, nahmen ihre Plätze wieder ein. Der rosige Sekretär blieb immer einen halben Schritt hinter Robert.

Der Archivar hatte sich mit beiden Händen auf die flache Brüstung der Terrasse gestützt, deren zartgeäderter Stein sich unter den ersten Strahlen der Sonne noch kühl anfühlte. Während sein Blick über den Platz ging, hatte er die Vorstellung, als wäre die weite Fläche mit einem Gewimmel von Fliegen bedeckt, die unter einer riesigen Glasglocke gefangen matt hin und her krochen. Allmählich begriff er, daß es Menschen waren, die sich zwischen den grauen Hofmauern auf dem Gelände bewegten. Viele Gruppen lagerten zu dunklen Klumpen geballt am Boden, andere standen in tief gestaffelten Gliedern um irgendwelche Schilder geschart, die an hohen Stangen befestigt waren und über den Köpfen der Massen schaukelten. Überall, auch in der freieren Mitte des Platzes, glänzte der weiße Burnus der Ordner, auf de-

ren Geheiß sich Reihen aufschlossen und Zugfolgen bildeten, einzelne Personen vortraten und zu Paaren zusammengestellt wurden. Diese mußten mit zögernden Schritten, wie man sie bei einer Beerdigung oder einer langsamen Polonäse anwendet, im Kreise aufmarschieren, bis sich daraus einzelne Paare absetzten und in kurzen Abständen an der Terrasse vorbeizogen, wobei der Herr im grauen Zylinder kurz mit den Handschuhen auf die Brüstung klatschte. In seltenen Fällen griff er statt dessen an seinen Hut, den er mit einer knappen Andeutung hob. Dieses Zeichen erregte bei den Herren des Gefolges immer eine gewisse Verwunderung, sie verständigten die Saalbeamten, die ihrerseits entsprechende Weisungen weiterleiteten.
Ob nun ein Teil der Menge sich an den Rändern des Hofes wie bei einem Biwak zu engem Lagerleben zusammenpferchte, andere Gruppen wie zu einem Aufmarsch einer politischen Partei sich um die bunten Blechschilder sammelten oder in langen Prozessionen von einer zur anderen Station zogen, ob viele wie in versunkenem Gebet auf den Steinen knieten, andere sich zu gemeinsamen Freiübungen vereinigt hatten, um die Glieder nicht einschlafen zu lassen – die ruhelose Bewegung auf dem ausgedehnten Feld rief im Archivar den Eindruck wach, als schwanke der mit großen Steinplatten bedeckte Platz langsam hin und her wie das riesige Deck eines schlingernden Ozeandampfers. Die Terrasse, von der zu beiden Seiten flach geschweifte Treppen mit glattem Handlauf auf den Platz führten, mutete wie die Kommandobrücke des Kapitäns an, und auch sie schien in leisen Schwingungen zu vibrieren. Die zierlichen Stützen, sechs an der Zahl, die den Balkon trugen, liefen unten in bronzeverkleidete Löwentatzen aus.
Mittlerweile hatte der Chronist das Fernglas zur Hand genommen, um dem Auge einzelne Ausschnitte der Totenparade näher zu bringen. Obwohl die Vergrößerung durch das Glas für die entfernteren Partien erheblich war, schien es ihm zunächst ein vergebliches Bemühen zu sein, aus den vielen Tausenden die wenigen bekannten Gesichter herauszusuchen, die er bei diesem Appell vermuten mußte und unter denen, wie er befürchtete, sich außer Katell auch Anna befand. So wurde sein Interesse bald von den zahlreichen Schildern angezogen, deren Inschriften in mehreren

Sprachen wohl als Sammelbezeichnungen für verschiedene Laiengruppen und Brüderschaften der Teilnehmer galten.
Während er die Runde absuchte, entdeckte er zum Beispiel folgende Tafeln: Täter – Opfer, Verfolger – Gerichtete, Ketzer – Freiwillige, Lebenssatte – Frühvollendete. In einem anderen Sektor fanden sich folgende Einteilungen: Betrogene – Betrüger, Unschuldige – Verführte, Täuscher – Idealisten, Märtyrer – Geschändete. Nicht alle Tafeln vermochte er zu entziffern, unter denen sich die Scharen drängten. Es schien, daß alle diese Abteilungen wieder zu größeren Leitkolonnen zusammengefaßt wurden, die unter sechs Kennworten standen. Deren Schilder waren von einer gemalten Girlande umrahmt. Sie lauteten: Genießer – Marionetten – Abenteurer – Statisten – Träumer – Spießer. Soweit der Archivar feststellen konnte, zogen die Gruppen der Statisten und der Spießer die umfangreichste Beteiligung an. In dichten Herden ballten sich Männer und Frauen um diese beiden Plakate.
Es ließ sich unschwer erkennen, daß sich innerhalb der Gruppen und Lager alle Geschlechter, Berufe und Altersklassen mischten. Die Mehrzahl der Gesichter wirkte stumpf und unbeteiligt. Auf dem Rücken trugen die meisten einen Nummernstempel und vorn auf dem Rockaufschlag oder der Bluse ein Abzeichen, das in verkleinertem Maßstabe die Insignien des früheren Berufs darstellte. So sah man in Ordensgröße Schere und Nadel der Schneider und Putzmacherinnen, die Kelle der Maurer und Poliere, das Messingbecken der Barbiere, den schlangenumwundenen Äskulapstab der Ärzte und Ärztinnen, Gänsekiel und Tintenfaß der Federfuchser und Journalisten, Bakel und Lineal der Lehrerinnen und Schulmeister, die Sense der Landleute, die Grubenlaterne des Bergmanns. Da sah man Embleme versilbert, vernickelt, vergoldet, von Hobel und Feile, Spaten und Harke, der Kaufmannswaage, des Posthorns, der Autohupe, des Stiefels, des Schlächterbeils, der Kutscherrosette, des Fischnetzes, der Eule der Gelehrsamkeit, des Zirkels, des Malerpinsels, der Schriftenrolle, des Kochlöffels, der Zimmermannsaxt – kurz, sämtliche Abzeichen des Handwerks, der Industrie, der Wirtschaft und des Wissens, der Fabriken, Institute, Betriebe. Auch das Stek-

kenpferd der Spezialisten und Prinzipienreiter fehlte unter den Abzeichen nicht.
Da standen Richter in ihren Roben, Priester und Geistliche in Stola und Talar, Knechte und Mägde, Verkäuferinnen, Gesellschaftsdamen, Arbeiterinnen, Waschfrauen, Lehrlinge, die Angestellten, Beamten und Bürofexe, deren Kopf meist in einem Pappschalter steckte, Eisenbahner, Polizisten, Zöllner, Hotelportiers, Nachtwächter in alten Uniformen, Stellmacher, Monteure, Techniker, Buchdrucker, Dachdecker, Sattler, Tischler, Kellner, Apotheker, die Hausfrauen, Zimmervermieterinnen, Strichmädchen, Geschäftsfreunde, Agenten, Allerweltsreisende, die Räte, Abgeordneten, Referenten, Makler, die Kulis, Kätner, Industriesklaven, Schauspielerinnen, Wahrsager, Zwischenhändler, Bettler, Pensionäre, Sträflinge, Herumstreicher, die Professoren, Akademiker, Kulturbeauftragte, Künstler. Aber sie alle und wer auch sonst immer waren nicht nach ihren Berufen, Gewerkschaften, Ständen geordnet, sondern fanden sich überall verstreut in den Untergruppen, die nach den Werten des Schicksals eingeteilt waren.
Da standen sie nun alle, angetreten zum letzten Appell, lungerten herum, schwatzten und warteten mit der steigenden Sonne auf das Ergebnis der Musterung. Sie standen da, noch einmal Kreaturen wie einst, zur Schau gestellt wie auf einem Sklavenmarkt. Sie schwankten durch das pralle Licht, vor dem es kein Ausweichen, kein Entrinnen gab. Nur bei wenigen zeichnete sich der lasche Umriß eines Körperschattens auf dem Boden ab. Fast alle wurden als tauglich für den Transport befunden.
Die Prüfungen für die einzelnen Entscheidungen, so erläuterte der freundliche Sekretär dem Archivar, hätten im allgemeinen schon in den letzten Tagen stattgefunden. Sie bildeten die ständige Aufgabe und die laufende Beschäftigung dieser Abteilung, die dem Großen Don von der Präfektur übertragen war. Viele der Aufgerufenen hatten wie immer Bescheinigungen und Eingaben vorgelegt, um eine einstweilige Rückstellung von dem Abtransport zu erreichen. Das Schauspiel, das gegenwärtig abrollte, stellte mehr eine äußerliche Zeremonie des regelmäßig traditionellen Abschlusses dar. Sie nahm freilich diesmal größere Ausmaße an, weil alles über einen Kamm geschoren und energisch

Platz geschafft werden mußte, um, wie der Sekretär angab, die zahllosen frischen Bewerber für die Stadt aufnehmen zu können, die neuerdings zu erwarten waren. Das Los hatte diesmal auch einen Teil der alteingesessenen Beamten und städtischen Funktionäre getroffen, und der rosige Sekretär ließ offen, ob er selbst die nächste Razzia überstehen werde. Er wollte dem Archivar noch nähere Erklärungen über die paarweise Zusammenstellung der Ausgewiesenen geben, hemmte jedoch seine Rede, als er merkte, daß Robert, der das Fernglas nicht von den Augen gelassen hatte, ein neues Ziel auf dem Platz entdeckt hatte, das ihn in gleicher Weise zu überraschen wie zu fesseln schien.
Der Chronist hatte nämlich in der linken Hofecke die abgrenzende Mauer entlang eine Reihe von Käfigen wahrgenommen, die, von mäßigem Ausmaß, aus festen, mit Stacheldraht verbundenen Eisenstangen bestanden. Statt des Daches war ebenfalls ein Drahtgeflecht gespannt, so daß das scharfe Licht den luftigen Raum in schachbrettartige Würfel zerlegte. Soweit Robert erkennen konnte, schwebte in jedem Käfige, wie man sie für Raubzeug in zoologischen Gärten hält, ein riesiger gelbgleißender Grammophontrichter, aus dem – für den Archivar sogar in der weiten Entfernung noch hörbar – ein wildes Getön drang. Die Menschen, die einzeln in den Käfigen hockten, versuchten beide Handballen gegen die Ohren zu pressen, um der Stimme aus dem Trichter zu entgehen. Aber nach den verzerrten Grimassen und den in heftiger Abwehr sich windenden Köpfen war zu urteilen, daß alles Bemühen, sich die Ohren zu verstopfen, vergeblich blieb. Wohin jeder einzelne in dem Geviert seines Käfigs dem Schall auch zu entfliehen suchte, ob er verzweifelt an den Gitterstäben rüttelte oder sich betäubt auf den Boden schmiß, immer verfolgte, magnetisch angezogen, der pendelnde Trichter den Kopf des Gefangenen.
Der Archivar setzte das Opernglas ab, um mit dem Sekretär einen fragenden Blick zu tauschen. Dann beobachtete er die Szene im Hintergrund weiter.
„Von alters her“, hörte er den Sekretär ihm ins Ohr sagen, „befindet sich dort die eingezäunte Stelle, wo die Demagogen, die Staatstyrannen und Großsprecher tagaus, tagein ihre eigenen Reden sich anhören müssen, mit denen sie

einst ihr Volk verführt und aufgehetzt haben. Es ist nicht nur die hohle Fremdheit der eigenen Stimme aus ihren Lebzeiten, vor der sie erschrecken, sondern die unablässige Wiederholung ihrer Versprechungen und Prophezeiungen, deren Lüge und Hoffart sie nun bloßstellt. Sie haben geredet und geredet und bis zu ihrem Ende nicht wahrhaben wollen, was für schlechte Schmierenkomödianten sie zeitlebens abgegeben haben. Sehen Sie nur, wie der eine seine eitlen Lippen bewegt und noch immer die Worte nachbetet und der andere im Nebenkäfig wie ein Jahrmarktschreier die Augen rollt und alle Posen wiederholen muß, die er bei seinen Reden anwandte! Jeder hat das Blaue vom Himmel heruntergelogen, nun macht ihnen der Himmel klar, daß seine Bläue geblieben ist. Jetzt würden sie vermutlich viel darum geben, ihre politischen Predigten, die Phrasen, mit denen sie ihren Zeitgenossen den Kopf verdreht hatten, ungesagt zu machen und alles Böse ungeschehen. Aber die Trichterstimme läßt sie nicht los. Man sieht also, daß die Verlängerung des Aufenthalts in unserem Zwischenreich nicht immer einen Vorteil bedeutet."

Robert, der dieser Bemerkung des Sekretärs zustimmte und deren Richtigkeit nicht nur in diesem Fall einzusehen gelernt hatte, mochte sich im Augenblik nicht in eine Diskussion einlassen. Die Unannehmlichkeiten, denen jeder auf seine Weise hier ausgesetzt war, standen in einem merkwürdigen Widerspruch zu dem allgemeinen Verlangen, den Aufenthalt in der Stadt hinter dem Strom so lange wie nur möglich auszudehnen. Vermutlich noch eine atavistische Regung des Lebens aus der Zeit jenseits des Stromes.

Sein Interesse war aber von den Vorgängen, die sich in der Käfigecke der Demagogen abspielte, noch so gefangen, daß er diese Gedanken nicht weiter verfolgte. Er konnte durch sein Glas beobachten, wie die Anhänger, die, von der Hysterie angesteckt, noch eben den Götzen ihrer Hausmacht zugejubelt hatten, sich angeekelt von den Schaukäfigen abkehrten. Immer weniger wurden es, die verstohlen vor einem der Großsprecher stehenblieben. Aber auch diese, die ihre Enttäuschung über die entlarvten Volksführer nicht zugeben wollten und die, wie man aus ihrem Verhalten sah, meinten, es müsse doch irgend etwas an den Worten und Reden gewesen sein, wandten sich, sobald sie den Schwall der Phrasen wieder eine Weile gehört hatten, beschämt von dem falschen Theater ab. Schließlich klatschten nur noch die Eingekäfigten dem Erguß ihrer eigenen Lächerlichkeit Beifall – rissen aber schon wieder die Hände an die Ohren, um nichts mehr davon zu hören. So sahen keine Märtyrer aus, sagte sich der Archivar. Es waren abgelaufene Phantasiegestalten, die von der Wirklichkeit widerlegt waren.

Der Sekretär machte Robert auf den Wärter aufmerksam, der einen Käfig nach dem andern mit Schrubber und Eimer betrat und das Speichelgift entfernte, das aus dem Sprechtrichter unaufhörlich abgetropft war. Er erwähnte auch, daß die Schallplatten im Archiv verwahrt würden, wo es, wie der Chronist wohl wisse, eine besondere Abteilung der Phrasen gebe, die den Mißbrauch des Wortes festhalte – allerdings nur in exemplarischen Beispielen zur Abschrekkung. Früher hätte Robert bei solchen Gelegenheiten sich seiner Unkenntnis geschämt und wäre mit einem stummen Nicken darüber weggegangen; jetzt gab er zu, daß er außer einer knappen Andeutung von dem alten Perking, die wohl dorthin gezielt hatte, bisher nichts davon gewußt habe, es sich aber merken werde.

Wie unter einer Glocke lastete das heiße Licht über dem Platz. Robert hatte das Fernglas abgenommen und den Fächer in Bewegung gesetzt. Der marmorne Handlauf der Balustrade war allmählich so warm geworden, daß man die Berührung scheute. Roberts Blick, der sich bisher mit Einzelheiten beschäftigt hatte, nahm mit bloßem Auge das ganze Feld in sich auf. Ihn ergriff die Lautlosigkeit, in der sich alles abspielte. Sie wurde nur von dem regelmäßigen Geräusch in der Nähe unterbrochen, wenn der Große Don mit dem Leder seiner Handschuhe auf die nackte Brüstung schlug. Es trug dazu bei, die Vorgänge auf der viereckigen Arena in den Rahmen einer stummen Puppenbühne zu rükken. Huschende Wajang-Figuren eines Schattenspiels, die sich in steifer Gala hin und her bewegten, mechanisch und unselbständig, vom Wink der Ordner gelenkt.

Die Paare, die vor dem Herren im grauen Zylinder an der Tribüne vorbeizogen, waren stets aus verschiedenen Gruppen zusammengestellt. Bald waren es zwei Frauen, die sich an den Händen hielten, bald zwei Männer, mitunter auch Mann und Frau. Sie schienen nicht näher miteinander be-

kannt zu sein, sondern sich zum erstenmal nach einer höheren Ordnung zusammenzufinden, die sie unlösbar band. Oft gingen sie so weit getrennt, wie es ihre ausgestreckten Arme nur zuließen, doch sie kamen voneinander nicht los, wie sehr sie auch zerrten und zogen. Andere wieder schritten einträchtig und versöhnt, sie tändelten gemeinsam mit den Armen.
Ungleich die Partner, deren Hände und Fäuste sich umschlossen: da hielt der Angeklagte den Richter, der Förster den Wilderer, der Bestohlene den Dieb, das Verkehrsopfer den Chauffeur, da war der Betrüger mit dem Betrogenen verknüpft, der treulose Freund mit der Geliebten, der Verlierer mit dem Gewinner, die Denunziantin mit der Beleidigten. Wie Rädchen, deren Getriebe ineinanderpaßt, fanden sich Täter und Opfer zusammen, Gläubiger und Schuldner, Mörder und Ermordete, Ausgesogene und Peiniger, Gut und Böse, Ja und Nein. Es waren nicht immer dieselben, erläuterte wieder der freundliche Sekretär, die sich im Leben etwas angetan hatten, das pflegte sich seltener zu ergeben, es waren nur die gleichen innerhalb ihrer Art, der aktiven oder passiven Lebensgruppe, die Extreme waren es, die nun ihre Entscheidung fanden, die beiden Hälften, die wieder die organische Einheit herstellten. So hielten sich, nach den Worten des Sekretärs, einander die Waage Liebe und Haß, Trauer und Freude, Recht und Unrecht, Gewalt und Güte, Unschuld und Wollust, Schwarz und Weiß, Spott suchte Ernst, Träne das Lachen, Enttäuschung den Glauben, Not den Trost, aber auch Trost die Not, Glauben die Enttäuschung, Lachen die Träne, Ernst den Spott.
„Wenn Sie“, sagte der Sekretär zu Robert, „Ihren Krimstecher auf die innerste Mitte des Platzes einstellen wollen, so werden Sie erkennen, daß dort ein Glücksrad aufgestellt ist, aus dem sich jeder sein Los zieht.“
An der bezeichneten Stelle sah der Archivar, wie sich Leute um die große Lostrommel drängten, die mit Drachen und dämonischen Tieren in grellen Farben bemalt war. Die Nummer, die jeder zog, wurde ihm mit leuchtenden Ziffern auf den Rücken geschrieben.
„Da jede Nummer“, erklärte der Sekretär unterdessen weiter, „doppelt vorgesehen ist, wählt sich jedermann auf diese

Weise seinen Schicksalspartner. Natürlich gibt es auch eine geringe Anzahl von Nieten, die in diesem Fall, wenn man so will, Freilose und Glückstreffer sind, denn sie bedeuten, daß für den Betreffenden noch keine Kompensation durch einen Partner zustande kam. Derartige Personen, die an Hand ihres Loses keinen Ausgleich finden, werden für eine Weile zurückgestellt und daraufhin auch oft in unmittelbare Dienste der Stadtbehörde übernommen, etwa als Beamter der unteren und mittleren Leistungsstufe, als Wächter, Diener, Ordner, Registrierer, Pagen, Boten, Aufseher und dergleichen, deren Durchlaufzeit im allgemeinen nach längeren Schüben geregelt ist. Bei der Verlosung nun ist es ein bewährter Trick der Präfektur, eine göttliche Ironie sozusagen, daß jedermann in dem Wahn gelassen wird, sich sein eigenes Schicksal frei zu wählen, während er in Wahrheit das ihm vorausbestimmte Los zieht. Denn sonst ließen sich die Aktiven und Passiven, die sich unkontrollierbar zunächst in der Stadt ansammeln, in ihren Gesamtposten nicht ausbalancieren, ein Ausgleich, der beim Verlassen der Stadt unbedingt erfolgt sein muß. Jedenfalls wird auf diese Weise, die ich nach dem Sprachgebrauch unserer Präfektur eine göttliche Ironie nannte, für den einzelnen Teilnehmer die Illusion der Willensfreiheit, die schon im Leben der Menschen eine beliebte Täuschung darstellt, auch hier bis zuletzt aufrechterhalten."

Der Sekretär schien an dieser Erklärung, die er Robert ins Ohr schnurrte, selber Vergnügen zu finden. Der Archivar, der den Worten mit offenem Munde gelauscht hatte, gab den Platz an der Balkonbrüstung auf und trat einige Schritte zurück.

„Und wer", fragte er schließlich, „mischt die Lose?"

„Der Große Don", erwiderte der Sekretär.

Der Archivar blickte zu dem Herren im grauen Zylinder hinüber, der wie ein lässiger Zuschauer ihm bald hier und dort in der Stadt begegnet war und der jetzt regungslos die Parade abnahm, auf der die Toten von den Gestorbenen geschieden wurden. Das Zeichen, das er mit seinen Handschuhen gab, brachte jedem vorbeiziehenden Paar die endgültige Bestätigung, die Stadt und damit den letzten Rest ihres Selbst zu verlassen. Jetzt unterbrach er die einförmige Serie, in der sein Handschuh auf dem Marmor klatschte.

Robert sah, wie er zu seinem Hut griff und ihn grüßend vor dem eben vorüberziehenden Paar schwang.
Der Sekretär, der sich die Brille putzte, bestätigte Roberts Vermutung, daß durch diese Geste ein Freispruch zum Ausdruck gebracht wurde. Aus welchen Gründen er zuweilen im letzten Augenblick erfolgte, wußte zunächst niemand. In solchen Fällen, die wie auch dieses Mal eine gewisse Beunruhigung für das Stabsgefolge mit sich brachte, war nach der Meinung des Sekretärs ein Versehen der Kontrollorgane bei der Aufstellung der Paare anzunehmen. Sei es nun, weil die Ergänzung zueinander nicht stichhaltig, sei es, weil übersehen worden war, daß einer der Partner sein Pensum noch nicht zu einem gesättigten Ende gebracht hatte, oder worin sonst die Ursache zu suchen sein mochte – dem unbestechlichen Auge des Großen Don entging kein Irrtum. Freilich sprach er nicht darüber und gab niemals eine Begründung für seine Entscheidung, sondern überließ es den Beamten der Präfektur mit ihren Seelsorgern und Dolmetschern, die Erklärung für sein Urteil zu finden und den Fehler zu ermitteln. Diese benötigten dazu viel Zeit, und es bedurfte oft umständlicher Versuche, um den Spruch des Großen Don offenbar zu machen, bis sich herausstellte, weshalb der Gestorbene, obwohl er alle Indizien eines Toten aufgewiesen hatte, im Zwischenreich noch zu verweilen hatte.
Die Bearbeitung dieser Fälle gelangte stets zur Kenntnis des Hohen Kommissars, so daß dadurch auch der Sekretär, der dem Archivar diese Unterweisung zuteil werden ließ, einen gewissen Einblick in die Materie besaß. Es hatte sich dabei ergeben, daß derartige Entscheidungen des Großen Don immer zu Recht bestanden. Allerdings betrafen diese Untersuchungen ausschließlich Fälle, die für die Betreffenden einen Losspruch von der sofort anzutretenden Wanderung ins Nichts bedeuteten und einen Aufschub erwirkten, während die übliche Zuweisung, wie sie sich in der Geste der niederfallenden Handschuhe vollstreckte, ohne Prüfung als organischer Vollzug angesehen ward.
Robert war neugierig an die seitliche Brüstung des Balkons getreten und sah, daß inzwischen das Gefährtenpaar aus dem Zuge des übrigen Transports herausgenommen war und abseits geführt wurde. Er riß sein Glas hoch, um die

Gesichter zu erspähen. Der eine war ein bärtiger Mann, der auf dem Rockaufschlag die Abzeichen von Lineal und Bakel trug, in dem anderen erkannte er Leonhard, seinen jungen Famulus. Als er seine Überraschung darüber ausdrückte, schienen den Sekretär diese persönlichen Bezüglichkeiten des Archivars nicht weiter zu interessieren. Er hinderte auch Robert daran, der in seiner Aufwallung über die Treppe auf den Platz eilen wollte, seinen Gefühlen nachzugeben.

Im Zuge der Passanten war eine Stockung eingetreten. Die Beobachter und Zeichengeber winkten mit den Armen, Melder eilten hin und her, Signalfähnchen wurden gehißt. Es schien eine größere Umgruppierung vor sich zu gehen, bei der viele Paare wie Glieder einer langen Kette aneinandergereiht wurden. Eine geringe Regung genügte, um die Menschenketten ins Schleudern zu bringen, so daß sie in riesigen Schlangenbewegungen vorwärts und zurück zuckten.

Der Herr im grauen Zylinder hatte seinen Standort an der Brüstung verlassen und schritt mit gleichmütiger Miene über die Fliesen der Terrasse auf und ab. Einmal blieb er vor Robert stehen, schaute ihn gewinnend an, wobei seine schönen weißen Tierzähne einen Augenblick sichtbar wurden. Der Blick des Großen Don ging durch den Archivar hindurch in eine abgründige Ferne. Mit einer majestätischen Geste wies er über den Platz.

Robert überlegte, ob jetzt nicht der große Zeitpunkt gekommen sei, ein Wort für Anna einzulegen. Zwar hatte er ursprünglich geglaubt, darüber mit dem Hohen Kommissar sprechen zu sollen. Da aber noch immer keine Verständigung erfolgt war, wann diese Unterredung stattfinden würde, und da überhaupt die Kompetenzen, wie er erkannte, dafür dem Herren im grauen Zylinder zustanden, entschloß er sich, diese günstige Gelegenheit wahrzunehmen.

War er nicht gewappnet? Wie ein Fechter stand er bereit, um für Anna zu kämpfen, alle Finten und Stöße des mächtigen Gegners abzuwehren und das Schicksal zu zwingen.

Zunächst sprach er mit verbindlich gesetzten Worten den Dank dafür aus, an der Seite des Großen Don dem Appell beiwohnen zu können, einem bemerkenswerten Schauspiel, das ihm bereits entscheidende Bereicherungen vermittelt habe und ihm, wie er glaube, weitere wichtige Aufschlüsse bringen werde. Er wisse den Vorzug, den der Große Don damit in so hohem Maße seiner Person widme, um so mehr zu schätzen, als ihm die Pause auf dem Feld Gelegenheit gebe, sich über eine persönliche Frage unmittelbar aussprechen zu können.

Der Start war geglückt. Der Große Don lud ihn mit einer liebenswürdigen Handbewegung ein, fortzufahren.

Robert umriß kurz die Umstände, unter denen er zu Gast in die Stadt gerufen worden war, ohne zunächst zu übersehen, daß er als Lebender im Reich der Toten oder, genauer bezeichnet, im Reich der Gestorbenen umherging. Er erwähnte die Begegnung mit Menschen, die ihm noch aus der Zeit vor dem Überschreiten des Grenzstroms bekannt und vertraut gewesen waren und mit denen sich das einst begonnene Leben fortgesetzt hatte, wenigstens was ihn dabei betraf, aber in einem gewissen Grade wohl auch für die anderen, und kam so auf die Beziehung zu Anna zu sprechen.

„Und nun", sagte Robert, „habe ich ein Anliegen. Geben Sie Anna frei. Lüften Sie, wenn sie hier an Ihnen vorüberwallt, den Hut zum Gruß, wie Sie es eben bei Leonhard, meinem Famulus, getan haben und wie Sie, was ich nicht vergessen werde, einmal vor mir am nächtlichen Brunnenplatz Ihren Hut zogen, als ich von Anna kam. Lassen Sie mich darin ein glückliches Vorzeichen für meinen Wunsch sehen. Ich weiß, Sie sind an das Gesetz gebunden – und sind es ja eigentlich selbst. Mit dem Gesetz kann man sich kaum unterreden, und noch weniger kann man mit ihm Schacher treiben. Das liegt auch nicht in meiner Absicht. Ich will nicht, daß Anna meinetwegen freigegeben wird, sondern –"

Robert stockte. Er wußte plötzlich nicht, wie er den Satz fortführen sollte. Es kam ihm kindisch vor, den Großen Don auf die Möglichkeit irgendwelcher Fehler hinzuweisen, die durch untere Kontrollorgane entstanden sein konnten. Traf dieses zu, so würde es der Herr im grauen Zylinder auch ohne seinen Zuspruch ermitteln. Eher müßte man in eine Diskussion darüber kommen, daß Annas Aufgabe noch nicht ihre absolute Resonanz gefunden hatte.

„Natürlich wünsche ich es auch meinetwegen", verbesserte

er sich, „obwohl Sie einwenden könnten, daß ich klüger daran täte, von mir nicht soviel Aufhebens zu machen. Ich möchte lediglich die Gründe vortragen, die mich dazu bewegen, für Anna ein Wort bei Ihnen einzulegen. Denn Sie waren es doch, der schon einmal der Bitte eines Lebenden entsprochen hat, die geliebte Frau aus Ihrem Bezirk freizugeben, als Sie einst Eurydike gestatteten, vor ihrer endgültigen Verwandlung ins Nichts in das erdhafte Bild ihrer Gestalt zurückzukehren. Sie brauchen mich nicht daran zu erinnern, daß Orpheus sich einst diese Gnade verscherzt hat – oder meinen Sie, daß Anna durch die Frist, die ihr mit mir gewährt wurde, den Anteil an der Unendlichkeit des Glücks schon erreicht hat? Als Meister des Archivs sehe ich, daß dem Augenblick unter bestimmten Voraussetzungen Dauer verliehen wird, und wenn zuweilen dem geistigen Ausdruck eine kleine Unsterblichkeit recht ist, so mag sie dem leiblichen Ausdruck wohl auch billig sein. Ich weiß schon, was Sie sagen wollen, daß nämlich jedes liebende Paar und nicht nur Robert und Anna auf diese Chance Anspruch erhebt. Aber es handelt sich um die Voraussetzungen. Kommt es dem Gesetz in unserem Fall nicht darauf an, daß das Bleibende des Gefühls gerettet, daß die Liebe für immer bewahrt wird?"

Es tat ihm wohl, daß ihm diese Wendung wieder eingefallen war, die er sich gestern bei der Übung zu seinem Gespräch vorbereitet hatte, und er wollte sich, um sicher zu gehen, auch an die übrigen Sätze daraus halten. Mit einer raschen Bewegung fuhr er sich ein paarmal durch sein Haar, wobei er die Finger wie ungeschlachte Zinken eines Kammes benutzte.

„Sie antworten nicht", fuhr er fort. „Wollen Sie mir damit zu verstehen geben, daß gestorbene Gefühle nicht mehr dem Leben zurückgegeben werden können? Das wäre kühn, insoweit es Anna betrifft. Sie hat mich, als ich herkam, für einen der Ihren, für einen Gestorbenen gehalten, bis – – Nun, Ihnen ist bekannt, daß sie mir erst den Schlüssel zu dem Geheimnis der Stadt in die Hand spielte. Ohne sie wäre ich im Zustand der Unwissenheit geblieben."

Er memorierte die Sätze wörtlich.

„Soll ich Ihrem Schweigen entnehmen", sagte er nach einer Pause, „daß diese Erkenntnis uns den Verlust der Unschuld

brachte? Sie erkannte einen Lebenden in mir, und ich begriff in dem Schauder, daß ich ein Gespenst umarmte. Die ganze Zeit über hatte ich es vermieden und hatte mich sogar ängstlich davor gehütet, ihr gegenüber etwas von meinem Amt als Archivar verlauten zu lassen, weil ich instinktiv spürte, daß ich damit den Wesen hier nicht ganz geheuer erschien – ohne damals die wahre Ursache zu übersehen. So ist es meine Schuld, wenn Anna erst im letzten Augenblick begriff, daß ihre Hingabe einem Lebenden galt, und wenn sie sich nun nach dem süßen Staub des Lebens wieder sehnt. Meine Schuld, in die ich ohne meinen Willen verstrickt wurde und in die ich blind hineinlief, obwohl mir hätte gegenwärtig sein müssen, daß sich in dem Augenblick der Vereinigung durch die Auflösung des einzelnen der Augenblick des Sterbens vorweg vollzieht. Es hätte nicht dieser vernichtenden Weise bedurft, um mir endgültig Klarheit darüber zu verschaffen, daß das Mysterium der Liebe das Sakrament des Todes bedeutet."
Noch immer schwieg der Große Don. Die beiden standen sich allein auf dem Balkon gegenüber, den das übrige Gefolge schon nach den ersten Worten des Archivars verlassen hatte. Auch der Sekretär des Hohen Kommissars war in den Saalbau zurückgetreten. Noch einmal nahm Robert das Wort und sprach den folgenden Satz in der gleichen triumphierenden Betonung, wie er ihn sich eingeübt hatte.
„Ich habe Annas wegen weder meinen Dienst vernachlässigt noch die geheimen Interessen des Archivs verraten. Das können Sie wohl ernstlich nicht behaupten."
Sein Partner hörte genau zu.
„Vielleicht", fuhr Robert fort, „wäre es nach Ihrer Ansicht besser gewesen, wenn ich meinen Dienst vernachlässigt hätte. Es wäre in Ihren Augen ein Beweis für meine bedingungslose Liebe gewesen, auf den Sie noch zu warten scheinen. Möglicherweise war der Auftrag der Präfektur, wie anfänglich mein Vater schon vermutete, nur ein Vorwand, mein Schicksal an Anna zu erproben, und sie hatte mit ihrer naiven Vorstellung recht, wenn sie meinte, ich wäre ihr hierher nachgereist. Was ich für Pflichtbewußtsein gegenüber dem Archiv hielt, rechnen Sie mir als ein zu korrektes Verhalten an, oder vielmehr: Sie rechnen es mir ab. Wenn es noch eines Beweises bedarf, daß ich für unsere Liebe ein-

stehe, so ermessen Sie es daran, daß ich erkläre: entweder gibt man Anna dem Leben zurück oder nimmt mich selber zu ihr in das Reich der Toten auf. Damit Sie sich überzeugen, daß nicht allein das Spiel der Sinne gemeint ist, für das wir noch keine Trennung wünschten, will ich nicht wie Orpheus die Rückkehr der Geliebten ins Leben fordern, sondern es genug sein lassen, wenn Sie ihren Zustand in diesem Brückenland verlängern. In diesem Brückenland, wie ich es jetzt begreife, wo wir Wesen als Bilder des Lebens existieren, ohne an seinem vollen Sinn teilzuhaben, und wo wir zugleich vom Tode ergriffen sind, ohne bewußtlos in seinen Schoß zu fallen. Was mich aber betrifft, so halten Sie mir nicht entgegen, daß einer, der das Leben verwirft, deshalb noch nicht vom Tode angenommen zu werden braucht. Ich sitze auf der Schwelle, die zwischen den beiden Toren liegt. So saßen schon Manas hier, Odysseus, Aeneas und mancher andere. Sie eilten, irrten umher, sie blieben oder kehrten heim. Annas Los aber sei das meine."
Der Große Don stand reglos, den Kopf schräg vorgeneigt, als lausche er den gesprochenen Worten nach oder warte darauf, ob neue folgten. Robert wurde ungeduldig.
„Sie schweigen zu allem", rief er und wich bekümmert seinem Blick aus. „Stehen unbewegt und lächeln nicht einmal! Also muß ich daraus schließen, vergeblich gesprochen zu haben. Sie glauben mir nicht. Sie halten daran fest, daß Anna sich den Weg selbst abgeschnitten hat, weil sie damals, als sie aus der Stadt in die freie Siedlung ziehen durfte, die Mahnung der Präfektur in den Wind schlug, den Prozeß nicht zu beschleunigen – nicht ihren juristischen, abgetanen meine ich, sondern den der eigenen Auflösung. Sie sollte die Vergangenheit des Gefühls nicht überstürzt nachholen, das ist wohl der Sinn gewesen, und hat nun in dem Maß, wie sie es durch unsere Liebe ausfüllte, das eigene Schicksal hier erschöpft. Ich begreife, daß Sie sich nicht äußern wollen. Ich gestehe, daß wir einer Täuschung erlegen sind, und ich erinnere mich in diesem Zusammenhang an ein entsprechendes Wort meines Vaters, das er, als er Anna und mich vereint sah, wie eine heilige Verfluchung über uns hinsprach: hier entgeht niemand seinen Täuschungen. Ich erkläre mich durch unsere Aussprache für besiegt."

Er hielt einen Augenblick inne, um sich zu sammeln. Sein Gesicht war blaß geworden.
„Aber könnte sie nicht", sagte er abschließend, „mir im Archiv helfen, an Stelle von Leonhard zum Beispiel? Und ich darf das vorschlagen, nachdem ich die Gewißheit habe, daß er dadurch nicht von hier vertrieben werden würde. Verdiente sie nicht, in die Hierarchie der Stadt aufgenommen zu werden, in die waltenden Geister, die frei vom Wechsel des Lebens und des Todes die Ewigkeit des Daseins bezeugen? Ihre Gegenwart wird mich beflügeln, wenn ich nun an meine eigentliche Aufgabe gehe und endlich in einer Chronik nachschreibe, was ich hier gesehen, gehört und erlebt habe. Sie hat mir den Schlüssel gegeben. Aber nicht nur mich könnte das Wissen um ihre Gegenwärtigkeit erfreuen und stärken, sondern auch jeden, der an der Topographie des Daseins arbeitet, um die Quadratur des Kreises zu lösen."
Als Robert seine Rede beendet hatte, gab der Herr im grauen Zylinder, der mächtige Schweiger, seine Anerkennung durch ein lautloses Beifallsklatschen kund. Ein weiteres Zeichen gab er nicht.
Auch der freundliche Sekretär, der sich bei den Schlußsätzen Robert genähert hatte, beglückwünschte ihn und setzte ihn davon in Kenntnis, daß der Hohe Kommissar den Besuch des Archivars noch vor Sonnenuntergang des nächsten Tages erwarte. Robert nahm die Mitteilung mit höflichem Dank, aber ohne sonderliches Interesse entgegen.
Bevor sich der Herr im grauen Zylinder zu seinem Standort an der Balkonbalustrade begab, flüsterte er mit dem Sekretär einige Worte. Dieser nickte ergeben. Als die Herren des Gefolges ihre alten Plätze aufsuchten, machten sie um den Archivar, der dieser langen Aussprache mit ihrem Chef gewürdigt worden war, einen ehrfurchtsvollen Bogen. Während der Appell bereits seinen Fortgang genommen hatte, war Robert vom Balkon in den Saal zurückgegangen, wo er sich an einen leeren Tisch setzte. Der Sekretär beugte sich über ihn und klopfte ihm leicht auf die Schulter. Es sei allgemein bekannt, meinte er in seiner freundlichen Art, daß der Große Don starrköpfig sei. Seine Entscheidungen wirkten oft überraschend.
Als Robert zu ihm aufsah, entdeckte der Sekretär, daß etwas

von dem abgründigen Blick des Großen Don auch in den Augen des Archivars aufschimmerte. Er ließ ihn allein. Robert breitete seine Arme verschränkt auf der Tischplatte aus und ließ den Kopf vornüber sinken. Er schloß die Augen und preßte die Stirn gegen die kühle Fläche seiner Hand.

18

Wie lange der Chronist seiner Erschöpfung nachgegeben hatte, wußte er nicht. Er hatte sich fallen lassen und wähnte, viele Stunden in der Versunkenheit, in einem Zustand völliger Leere des Seins zugebracht zu haben. Doch stand die Sonne noch hoch im Mittag, als er zu sich kam. Nur wenige Minuten konnten verstrichen sein, aber er fühlte sich erquickt und wie von einem Alp befreit.

Im Saal herrschte noch die gleiche Emsigkeit, und auf dem Balkon nahm an der Brüstung stehend der Große Don mit seinem Stabe die Kontrolle der Zeremonie ab, die auf dem Platze der Präfektur wieder in Gang gekommen war. Als sich Robert nach dem Sekretär umschaute, stand statt seiner der junge Leonhard vor ihm. Er hielt den Kopf zur Seite geneigt, und seine mandelförmigen Augen glänzten. Die Konturen seines Körpers wirkten wie gestochen. Er hatte einen hölzernen Napf mit warmer Grütze gebracht, die sich der Archivar dankbar und bereit munden ließ. Bei der Unterhaltung, die in beiden die Freude über das Wiedersehen spiegelte, erfuhr er, daß Leonhard ihm auf Weisung des rosigen Sekretärs, der sich infolge anderer Beanspruchung entschuldigen ließ, derweilen als Bote und Wegeweiser zugeteilt war.

Nicht nur die Unruhe, die Leonhards Wesen zuletzt im Archiv überkommen hatte, war gewichen, auch die Bedrükkung, die Robert von Anfang an bei ihm gespürt hatte, schien durch die neue Bestätigung, die ihm durch die Entscheidung des Großen Don widerfahren war, sich endgültig verloren zu haben. Die Art, sich zu bewegen und sich vor dem Archivar aufzuführen, hatte eine selbstverständliche Sicherheit gewonnen, ohne daß seine Ergebenheit dadurch aufgehoben wurde. Wenn er jetzt ohne Scheu mit dem Chronisten sprach, so hatte man den Eindruck, als ob er et-

was gutmachen und ihm mit seinen Worten zur Seite stehen wolle.
Nachdem Robert das Mahl beendet hatte, nahm Leonhard Napf und Löffel an sich und bat den Chronisten, ihn zu begleiten. Auf dem Wege durch die hellen Flure des Gebäudes säuberte er Schale und Besteck in einem Wasserbecken, um es sich dann unter den Arm zu klemmen, versah den Archivar und sich selbst mit einer Laterne und stieg mit ihm vom Lichthof aus über eine steile Treppe in die Tiefe. Der unterirdische Gang, den sie in nordwestlicher Richtung durchschritten, war gerade breit genug, um sie nebeneinander gehen zu lassen. Je weiter sie sich vom Bezirk der Präfektur entfernten, desto schwächer wurde das Licht, so daß ihnen die Laternen bald zugute kamen.
Der Jüngling hatte zweifellos den Auftrag, den Chronisten zu einem bestimmten Ziel zu führen, sprach sich jedoch darüber nicht aus. Dagegen gab er bereitwillig über den vollbärtigen Partner Auskunft, mit dem er ursprünglich ausgelost war, auf einem anderen Pfad, wenn auch in gleicher Richtung, ins Niemandsland wandern zu sollen. Es war ein Lehrer, unter dem junge Herzen das Fürchten gelernt und das Fremdsein in der Welt erlitten hatten, eben jener, dessen Methode dazu beigetragen, wenn nicht gar den Ausschlag gegeben hatte, daß Leonhard in der empfindsamen Scham eines Siebzehnjährigen dereinst zu weit in die nächtliche See hinausgeschwommen war und den Tod gefunden hatte. Auch Robert entsann sich wieder des hämischen Tyrannen ihrer gemeinsamen Schulzeit, dessen kleinliche Herrschsucht sie bis zur Glut gereizt und dessen Ungerechtigkeit sie bis zur Verzweiflung erbittert hatte.
Obwohl Robert und Leonhard damals keine ausgesprochene Freundschaft verbunden hatte und die werbenden Bemühungen Leonhards um eine seelische Nähe durch Roberts unbekümmerte Art nicht recht zur Entfaltung gelangt waren, hatten sie stets gute Klassenkameradschaft gehalten. Nun hatte Robert darum gebeten, ihn fortan wieder mit dem alten Du ihrer Schülerzeit anzureden. Sosehr die Herzlichkeit, die daraus sprach, Leonhard wohltat, kam es ihm nur schwer von den Lippen, und um sich nicht zu versprechen, umging er meist die Anrede. Er fand, es liege eine Fremdschicht, eine zu lange Zeit zwischen ihnen, die jeder

für sich allein zurückgelegt habe, und er sei schließlich siebzehn geblieben, während Robert inzwischen mehr als doppelt so alt geworden sei. – Er möge lieber sagen, erwiderte Robert, daß Leonhard einen von ihm nie einzuholenden Vorsprung besitze, weil er schon lange hier zu Hause sei, wo er selber nur als Gast und Fremder weile. Vielleicht liege darin eher der Grund für die Befangenheit. – Nicht mehr, meinte der Jüngling, da er selbst auch sich nur noch geduldet vorkomme und man ja nun über die Bewandtnis des hiesigen Daseins Bescheid wisse. – Mit dem „man" meinte er den Archivar.
„Ist unser alter Lehrer", fragte Robert, „dein Schicksalspartner auf dem Appell, sich seiner Schuld bewußt gewesen?"
„Seine Gedanken", sagte Leonhard heiter, „waren nur auf die Pilze gerichtet, an denen er sich zuletzt vergiftet hatte. Wer ich einmal war, hatte er längst ad acta gelegt und vergessen, oder er tat auch nur so, scheinheilig bis zuletzt."
Den Archivar beschäftigte die Frage der Vergeltung. Doch Leonhard erklärte, daß dieses Verlangen nur an den Geist des Lebenden gebunden war. Was ihn anbelangte, so waren Rache und Haß und Ohmacht in dem Augenblick erloschen, als ihn der Wasserstrudel ergriffen hatte und er wußte, daß es kein Zurück mehr gab. Wenn ein Vorwurf bestand, so hatte er sich selbst oder den unfertigen Zustand seiner Jugend anzuklagen. Es war die Angst vor dem Unheimlichen gewesen, die ihn angezogen hatte und die sich unbewußt alle Lebensumstände so schuf, daß sie zu einem frühen Untergang führen mußten.
„Der Anlässe von außen sind viele", sagte er, „der Grund liegt stets in uns."
Mit der gleichen freimütigen Sachlichkeit, die den Chronisten schon bei manchem Gespräch mit den Gestorbenen in Erstaunen versetzt hatte und die ihn auch jetzt erschütterte, sprach der Jüngling weiter davon, daß das Bild des Wasserstrudels, das erbarmungslose Ansaugen der Tiefe, ihn hier niemals verlassen hatte. So begriff er auch den alten Schulmeister, der nur von den Pilzen zu reden wußte, an denen er gestorben war. Leonhard wollte es nicht verallgemeinern, aber er wies darauf hin, daß nach seinen Beobachtungen den meisten die letzten Eindrücke des Lebens unmittelbar im Gedächtnis anhafteten, während sich alles

Frühere, trotz ständiger Übung, allmählich mehr und mehr verlor und nur durch eine besondere Ansprache blitzartig zum Vorschein kam.
Robert leuchtete dies um so mehr ein, als es im großen einem Vorgang entsprach, der im kleinen aus dem Leben bekannt war. Schaltete man nämlich in einem völlig verdunkelten Raum das künstliche helle Licht aus, so blieb noch eine Weile das Bild des Gegenstandes deutlich, den die Netzhaut zuletzt aufgenommen hatte, während alles übrige sogleich im Dunkel verschwamm und nur später durch die Kraft der Konzentration zur Vorstellung gebracht werden konnte.
Entscheidend für die Rolle, die der einzelne hier spielte, war nach Leonhards hellsichtigem Bekenntnis die Schrecksekunde des Sterbens. Darunter verstand er weniger das Zeitmaß als die unverkennbare Sphäre des Übergangs, in der jede vom Tode ergriffene Kreatur das Lebensbewußtsein verlor. Die Menschen sahen es als Todeskampf an, der länger oder kürzer währte und sich in ihren Augen schwerer oder leichter abspielte, dessen wahres Erlebnis sich aber eben nur dem Gestorbenen erschloß. Denn ohne dieses geheimnisvolle Erlebnis der Kreatur, das im Akte des Sterbens die Geburt des Todes vollzog, bestand keine Möglichkeit, sich hier im Zwischenreich aufzuhalten. Es war der notwendige Brückenzoll. Nach dem Wissen des Jünglings gab es Menschen, die sich um das Erlebnis des Sterbens zu betrügen versuchten, materialistische Dogmatiker, Vitaliker, denen es erging wie jenen Schriften im Archiv, die, kaum eingeliefert, rasch dem Auflösungsprozeß anheimfielen. Andererseits lieh der sogenannte Sekundentod, ein Herzschlag, Unglücksfall, die Kugel – also die Fälle, bei denen Menschen zu sagen pflegten, der Betreffende hätte nichts gespürt, nichts auszuhalten gehabt –, dennoch genügend Raum, die Schrecksekunde gültig zu erleben. Leonhard hatte eine gewisse Bestätigung dafür, weil er eine Zeitlang die Protokolle der Schrecksekunde im Archiv geordnet hatte, die eine für die Präfektur besonders wichtige Sammlung darstellten. Diese gleichsam seismographischen Aufzeichnungen registrierten die oft schrecklichen, oft auch verklärten Bilder, die der Gestorbene aus dem nichtig gewordenen Feld seines Lebens mit herüberbrachte.

Die Feuchtigkeit der kühlen Luft in dem düsteren Gang, an dessen Felswänden nasse Tropfen im Licht der Laternen aufglänzten, brachte es wohl mit sich, daß dem Archivar ein Kälteschauer über den Rücken jagte. Er schlug den Kragen seines Jacketts hoch.
„Wir haben mehr als die Hälfte des Weges hinter uns gebracht", sagte Leonhard aufmunternd, „und werden bald am Gittertor sein."
„Schon recht", sagte der Archivar, der nur wünschte, daß Leonhard durch sein Gespräch ihm weiter über die Unbilden des Wegs hinweghalf. Roberts Gedanken kehrten noch einmal zu dem Lehrer zurück, der nach Maßgabe des Herrn im grauen Zylinder beim Appell nun ebenfalls eine Zurückstellung erhalten hatte, da der Freispruch sich auf beide Partner des jeweils verbundenen Paares bezog.
Der Jüngling, der dieses bestätigte, meinte indessen, daß niemand wisse, auf wen von ihnen beiden sich der Spruch des Großen Don beziehe, der ihm selbst unerwartet gekommen sei. Es könne durchaus der Fall sein, daß die zusätzliche Verlängerung des Aufenthaltes, diese neue Handbreit Boden unter den Füßen, nicht durch seine Person, sondern über die des ehemaligen Lehrers zustande gekommen sei.
Robert, noch immer auf der Spur nach einer ausgleichenden Gerechtigkeit, nach Lohn und Sühne, wollte diese Möglichkeit nicht gelten lassen.
„Mein Archivar", sagte Leonhard im höflichen Ton des Famulus, „denkt noch in den moralischen Begriffen seiner Lebenszeit, wie es für ihn natürlich ist."
„Schon wiederholt", sagte der Chronist, „habe ich mich überzeugen lassen müssen, daß hier niemand in der Art eingestuft wird, wie er es mehr oder minder nach seinen Qualitäten oder Unzulänglichkeiten zu erwarten glaubte. Dennoch liegt dem Appell, wenn ich die Worte des freundlichen Sekretärs recht verstanden habe, ein gesetzmäßiger Sinn zugrunde. Nämlich der, daß ein allgemeiner Ausgleich von Schuld und Nichtschuld stattfindet. Freilich kollektiv, also vom Ganzen und nicht vom Einzelnen, vom Individuum aus."
Leonhard gab es ohne weiteres zu, ohne aber den Überlegungen größere Bedeutung einzuräumen. Nach seiner Er-

kenntnis entzog sich die Handlungsweise des Großen Don jeder Beurteilung durch die Gestorbenen und ihre Erfahrungswelt. Aus Leonhards Worten ging hervor, daß die paarweise Aufstellung nach allgemeiner Regel statistischen Zwecken diente, um den Ausgleich des Immanenten zu beweisen. Sobald die Paare die Arena des Großen Don verlassen hatten, löste sich ihre Verknüpfung wieder auf. Den Dämonenpfad, auf den sie gewiesen wurden, mußte jeder allein durchmessen.

Mittlerweile waren die beiden vor ein schmiedeeisernes Gittertor gelangt, durch das vom nicht allzu fernen Ausgang des Tunnels her das bleiche Licht des Tages schimmerte. Eine Rotte von Wächtern hockte in Schafpelzen in einer Felsennische beim Würfelspiel. Auf ein Losungswort hin, das Leonhard ihnen zurief, erhob sich widerwillig ein mürrischer Geselle und schloß mit einem rostigen Schlüssel die Stadtpforte auf. Sie kreischte in den Angeln und ließ sich nur halb öffnen. Gähnend kehrte der Wächter zurück.

Als sie den Ausgang ins Freie erreicht hatten, breitete sich vor ihnen eine weglose Schutthalde aus. Der Himmel war grau. Roberts Augen schmerzten unter dem milchig gleißenden Licht. Ein paar hundert Schritt zur Seite, wo die Halde steil in eine neblige Basaltschlucht abfiel, stand, aus grob behauenen Steinen geschichtet, eine niedrige Hütte.

Es sei das letzte Haus, erwähnte Leonhard, am äußersten Rande der Stadt gelegen. Nicht jeder vermöge es auf so bequemem Wege zu erreichen wie sie. Und nur wenigen sei es überhaupt vorbehalten, hier noch einmal Station zu machen.

Durch böige Windstöße hatten sie sich zum Eingang durchgekämpft. Steine polterten in den Abgrund. Die schwere Klobentür wurde von innen her einen Spalt breit geöffnet. Nacheinander traten sie ein und standen in einem schlauchartigen Raum, der so verqualmt war, daß sich zunächst nur wenig erkennen ließ. Der Rauch rührte von harzigen Kienspanfackeln her, die ein mageres, schwelendes Licht gaben.

„Die Mehrzahl der Gäste", erklärte eine resolute Frauenstimme, „ist bereits versammelt."

Allmählich unterschied der Archivar eine behäbige Person,

die mit beiden Armen zwei bauchige Korbflaschen an ihren Busen preßte. Sie wies auf eine Ecke hin, wo ein Toilettentisch mit Waschgefäß, Handtuch, Kleiderbürste bereitstand. Robert, der seinen Rockkragen wieder heruntergeschlagen hatte, machte gern davon Gebrauch. Der Rauch verursachte ihm einen Reizhusten.

„Wir haben", sagte die Mamsell, „hier schlechten Abzug. Im Saal steht es damit besser. Nun können wir wohl drinnen die Kerzen feierlich anzünden." Damit stieß sie mit dem Fuß eine seitlich gelegene Tür auf.

Nachdem sich Robert gesäubert hatte, händigte ihm Leonhard ein amtlich gesiegeltes Pergamentblatt aus.

„Zu Ehren ihres Chronisten", hieß es darin, „erlaubt sich die Präfektur der Stadt, seinen Freunden ein letztes Liebesmahl zu geben."

Als Robert in den Saal trat, der ebenfalls in einem unbestimmten sickernden Licht verschwamm, wenn er auch weniger rauchverschwelt war, sah er eine hufeisenförmig aufgestellte Tafel vor sich, mit alten Kerzenleuchtern, Trinkschalen und Papiergirlanden festlich geschmückt. Die Wände glänzten frisch gekalkt und waren schmucklos. Die Gäste der Tischrunde erhoben sich von den Plätzen, und ein Chor von männlichen und weiblichen Stimmen empfing ihn mit der lateinischen Begrüßungsformel: „Moribundi te salutant!"

„Moriturus", erwiderte der Chronist, auf den Ton eingehend, „vos salutat!"

„Salva animas nostras", klang es in der Litanei eines dumpfen Gemurmels, „et dona nobis pacem."

Inmitten der Tafel hatte der Archivar Platz genommen, während Leonhard, wieder im Amt des Pagen, sich hinter ihm aufhielt. Vor jedem der Gäste stand eine brennende Kerze. Die behäbige Mamsell hatte begonnen, aus ihren Korbflaschen Wein in die Gläser zu füllen. Langsam löste sich die betretene Stille.

Unter den Gästen, die nach dem Appell hier noch einmal kurze Rast halten durften, entdeckte Robert zunächst die Gesichter von Katell, seinem Vater, von dem jungen Henna-Wanderer Lachmar, von Annas Eltern, konnte indessen Anna selbst nicht erspähen. Er deutete es als ein günstiges Zeichen dafür, daß ihr, wie schon Leonhard, ein längeres Verweilen in der Stadt gewährt ward. Dann gingen seine Augen prüfend über die Gesichter der anderen, die von der Präfektur geladen waren. Ein merkwürdiges Erschrecken durchfuhr ihn, als er feststellte, daß er jeden im Leben näher gekannt hatte. Mit einigen hatte er noch unmittelbar in Beziehung gestanden, bevor er seine Reise in die Stadt hinter dem Strom antrat. Sie mußten von dem tödlichen Schicksal während seines Aufenthaltes getroffen worden sein, der sich über eine längere Frist zu erstrecken schien, als ihm bisher bewußt geworden war. Die meisten freilich waren schon vordem gestorben. Da er ihnen in der Stadt nicht begegnet war, glaubte er sie längst in die Gefilde entrückt, wohin sie nun aufgebrochen waren. So bewegte ihn eine schmerzliche Freude, mit allen das letzte Lebewohl zu tauschen.

Da saß der Dichterfreund, der sich zu Tode gegrämt hatte an dem Unheilsgeist seiner Zeit. Seine Stirn leuchtete wie je, sein Mund hatte viel gelitten. Oft war Robert bei ihm zu Gast gewesen, in seinem Haus und in den Versen seiner sieben Gedichtbücher, denen er auch im Archiv begegnet war. Ihm galt der erste Trunk, und Robert rief ihm zu: „Ewig mag die Erde bleiben / Unseres Geistes Dichtergarten", Worte, die jener selbst einmal an die toten Freunde der Tafelrunde gerichtet hatte.

Der Dichterfreund, der mit einer schwungvollen, etwas linkischen Bewegung das Glas zum Gegengruß erhoben hatte, erwiderte: „Einst und immer!" Bevor er dann das Glas an die Lippen setzte, meinte er: „Schade dennoch, daß alles vorüber ist. Die Erde, der schöne Stern unserer Mühen, besteht ja nur, solange man auf ihm weilt." Nachdem er einen vollen Schluck getrunken hatte, hielt er das Glas noch eine Weile versonnen in der Hand.

„Weißt du, Robert", sagte er „es ist zuletzt nur noch ein Katakombendasein gewesen, das ich geführt habe. Am Wahnsinn jener Deutschen, die sich selber feind sind, bin ich zugrunde gegangen."

„Du hast", sagte Robert, „der Pansmusik die Treue gehalten."

„Ich habe keinen Willen mehr", sagte der Dichterfreund ins Leere und wiederholte damit das letzte Wort, das ihm in der Sekunde des Todes über die Lippen gekommen war.

Der Chronist begrüßte einen nach dem andern an der Tafel, den Schauspieler aus der Dresdener Kolonne, dessen stoßweises Lachen immer wie der Schrei eines Maulesels geklungen hatte, den Prager Architekten, und Leo, den Kunstkritiker mit dem chinesischen Bart im zuckenden, grimassierenden Gesicht. Neben Katell sah er Erdmuthe sitzen, die Liebste seiner Jugendjahre, und dort winkte Jutta, die Rheinländerin, die im Feuer umgekommen war. Fast hätte sie mit ihrem Temperament das Weinglas umgerissen. Joachim Felde, der witzige Rundfunkfreund von einst, unterhielt sich, lebhaft gestikulierend, mit Monsieur Berthelet. Auch Bebuquin sah er in die Abschiedsstunde eintreten, den Gutgelaunten, der mit so angenehmer Ironie sich durch das Leben zu lügen verstanden hatte und doch zuletzt den klugen Kopf in die selbstgeknüpfte Schlinge legen mußte, und nach ihm kam der Maler und Schriftenkünstler, den sie einst „die unermüdliche Freude" genannt hatten, bis ihn das Seufzen der Erde erstickte.
Dem Archivar schräg gegenüber saß ein Mann, etwa Mitte der Fünfzig, der still für sich beobachtete. Der kluge, bäuerisch geschnittene Schädel zeigte im Gesicht tiefe Furchen des Grübelns und Leidens. Auf der Nase tanzte ein schwarzumränderter Kneifer. Der Hals ragte welk und faltig aus dem zu weit gewordenen Kragen.
„Auch Sie", sagte Robert, „darf ich noch einmal sehen?"
„Die Ungewißheit kommt nicht zu Ende", sagte freundlich der Professor, der einen Lehrstuhl für katholische Philosophie innegehabt hatte, „und das Wagnis beginnt immer von neuem."
„Ihr altes Thema!" rief Robert.
Als Professor Munster den Archivar beschwor, auch für ihn zu beten, um ihn der Gnade Gottes teilhaftig zu machen, erwiderte Robert, daß er sich von dem christlichen Dogma der weißen Rasse immer klarer absetze.
„Früher einmal", sagte der Professor, „nannten Sie das Gebet die abendländische Form der Meditation. Meditieren Sie. Es ist das einzige, was noch helfen kann."
Robert erinnerte sich an das qualvolle Leiden, das den verehrten Freund heimgesucht hatte. Der Weg der Krankheit hatte seine Frömmigkeit nur gesteigert. Wie mochte er sich nun stellen, nachdem er den Blick in die Stadt hinter dem

Strom wirklich getan hatte? Der Archivar spielte auf die Enttäuschung an, die dem Glauben des Philosophen erwachsen sein mußte, weil alles so anders nach dem Tode eingerichtet war, als er es sich im Leben vorgestellt hatte.
„Wenn ich gestehen soll", sagte der Philosoph geduldig und bescheiden, „so ist es die schwerste existentielle Prüfung."
„Ich sehe in allem hier", meinte der Archivar, „nur den Vollzug eines gnadenlosen Gesetzes." Leonhard war wie von ungefähr gegen den Stuhl gestoßen, so daß sich Robert leicht zu ihm umsah. „Oder –?" schloß er fragend den Satz.
„Oder", sagte der Professor schalkhaft, „eine Stätte, wo wir endlich verlernen, an uns selber Ärgernis zu nehmen."
Der Chronist schwieg betroffen, die Hand am Glas.
„Also", forschte er verhalten, „die Gnade der Selbstauflösung?"
„Das letzte Hindernis vor der göttlichen Vereinigung", war die sichere Antwort.
„Und welches war das letzte Wort", fragte Robert, „das Sie im Bewußtsein des Lebens gesprochen haben?"
„Der letzte Ruf war: Metanoeite!" sagte der Philosoph. „Besinnet euch! Verwandelt euch!" Und er trank dem Chronisten heiter zu.
Die Tür öffnete sich, eine neuer Gast war in den Saal getreten. Eine hagere Gestalt, mit grauem Haar, das sorgfältig gescheitelt lag, und mit gedeckten, tastenden Bewegungen, die der Erscheinung etwas Wippendes, Balancierendes verliehen. Ein Diener führte ihn unauffällig am Arm an den Tisch heran.
„Hallo, hallo!" sagte er frisch.
„Willkommen!" rief Robert, der seine Bestürzung, auch ihm in diesem Kreise zu begegnen, zu verbergen suchte und die Hand ergriff, die jener ins Leere gestreckt hielt. Dr. Hahn, ein Lübecker Kaufherr, war blind.
„Hm, jawohl", sagte er, „Willkommen und Abschied in einem. So sorgt man für Vereinfachung. Ein bißchen zu viel Sparta hier, finden Sie nicht auch?" Sein Lachen knarrte trocken.
Er hatte Robert gegenüber Platz genommen, der mit Genugtuung feststellte, daß sich die pointierte Art seines Ge-

sprächs noch nicht verloren hatte, die ihn zu Lebzeiten oft entzückt und fasziniert hatte.
„Nur noch ein sekundenlanges Strohfeuer im Gehirn", meinte der Blinde. „Hm, jawohl. Dem blamablen Bankrott bin ich gerade noch zuvorgekommen, dem inneren wie dem äußeren. Mit einer Pferdelänge voraus hierher ins Ziel geschossen. Hm. Plötzliche Entschlüsse sind zwar selten die besten, aber ein fait accompli schafft wenigstens eine unwiderrufliche Situation. Jawohl. Alles Frühere ist immer eine Präparation auf das Spätere. Man entgeht sich nicht."
Tastend führte er seine Hand über den Tisch, bis sie das Weinglas fand, aus dem er kleine kauende Schlucke nahm. Robert spürte den persönlichen Sinn aus der abstrakten Formulierung von Dr. Hahn, der sich als junger Mensch bei einem Selbstmordversuch blind geschossen und dreißig Jahre später, um politischen Schergen zu entgehen, die Waffe zum zweitenmal auf sich gerichtet hatte. Jetzt sprach er davon, daß beim Aufenthalt in dieser Stadt, deren Tradition ihn immer interessiert habe, ihm am stärksten das Konstruktive imponiere.
„Verblüffend", sagte er, „wie sich die Hierarchie zu einer organischen Bürokratie entwickelt hat. Hm, jawohl. Alle Symbole sind hier wieder simple Realität, soweit ich sehen konnte."
„Sie können wieder sehen?" fragte der Chronist.
„Ich ließ es mir beschreiben", erwiderte der Kaufherr, „obwohl ich mit dem Aufenthalt in der Stadt die Sehkraft wiedergewonnen habe. Körperliche Verstümmelungen, die man sich im Leben erwarb, werden ja in der Scheinwelt wieder ausgeglichen. Auch eine Art von Verklärung. Jawohl. Hm. Ich mache davon keinen Gebrauch. Wenn man stets für die Kenntnis seines Gegenübers auf Beschreibung von Dritten angewiesen war, von der Sensibilität der anderen Sinne einmal abgesehen, so bedenken Sie, in welche Verwirrung ich geriete, das lebenslang gedachte Bild, zum Beispiel von einer schönen jungen Frau oder das Ihre, mein Verehrter, plötzlich durch ein konkretes ersetzt zu sehen. Ich bin nicht für derartige Korrekturen."
„Sie sind", meinte der Archivar, „für das Konservative – bis zum Paroxysmus."

„Jawohl“, sagte Dr. Hahn. „Haben Sie Dank für alles, und leben Sie wohl! Hm. Grüßen Sie, bitte, Ihre Frau!“
Mit einem eckigen Ruck wandte er sich seinem Tischnachbarn zu und flocht sich in das allgemeine Gespräch ein. Gewiß war es nur eine Höflichkeit gewesen, als er Robert den Gruß an dessen Frau auftrug. Der Blinde konnte damit nicht, sagte sich Robert betroffen, Anna gemeint haben, sondern Elisabeth. Gab es Elisabeth noch? Ein Arm schlang sich um seinen Hals, eine leichte Mädchengestalt setzte sich auf seinen Schoß.
„Was macht meine Schwester Elisabeth?“ fragte sie ihn.
„Erdmuthe!“ rief er und blickte in das schmale Gesicht mit den langen Wimpern und dem traurigen Mund, der sich so trotzig verstecken konnte. „Ich weiß jetzt nicht“, erwiderte er, „wie es ihr geht. Sie hat sich oft um dich gequält.“
„Alle“, sagte Erdmuthe, „haben sich an mir gequält, weil sie mich liebten. Auch die Männer. Auch du, ich weiß es wohl. Keiner wollte begreifen, daß ich mir selbst entfliehen mußte, immer wieder, in das zweite Traumreich, den Haschisch, den lallenden Bilderrausch. Was hattet ihr gegen mein künstliches Glück, wenn es kein natürliches gab?“
„Erdmuthe“, sagte er, „du hast mehr dich gemeint als die anderen, zu sehr deine Lust und Verzweiflung gestillt. Der Trieb, dich selbst zu erhalten, wurde zum Trieb zu zerstören.“
Sie hielt die Lippen zusammengepreßt, ihre Augen irrten unstet umher, und zwei böse Falten zogen sich von der Nasenwurzel zum Mund herab.
„Ich weiß, wie es tut“, sagte sie, „wenn einen die Dämonen durch das Leben hetzen. Es vergißt sich auch hier nicht.“
„Es vergißt sich“, sagte er.
Sie schüttelte den Kopf.
„Das hatte ich geglaubt“, sagte sie, „als ich herkam und Steine zu Staub mahlen mußte. Ich bin kein guter Geist für die Träume der Lebenden.“
„Du bist längst“, sagte Robert zu ihr, „ein versöhnter Geist meines Lebens geworden. Das mußt du glauben.“
„Und doch“, sagte sie, „hast du mich damals nicht erkannt.“
Er sah sie erstaunt an.
„Damals“, fuhr sie fort, „als ich in der Morgenfrühe am Brunnen stand und Wassser holte.“

„Du warst eins von den Mädchen dort?“ fragte er überrascht.
Sie nickte.
„Wie hätte ich ahnen können, daß du dort standest“, sagte er. „Du warst gestorben, und damals wußte ich noch nicht, was es mit der Stadt auf sich hatte, in die ich kam.“
„Wir beide“, sagte sie, „hatten nichts mehr nachzuholen.“
Er sah ihr Gesicht so jung wie einst vor sich, dieses Mädchengesicht, das so viele Schuld getragen hatte und so unschuldig war.
„Auch du bist jung in mir geblieben“, sagte Erdmuthe. Er spürte einen Hauch an seinem Ohr, als sich ihre Gestalt von ihm löste und hastig zu ihrem Platz an der Tafel zurückkehrte.
Leonhard machten den Archivar darauf aufmerksam, daß die Kerzen der Gäste langsam herunterbrannten. Von den Lichtern tropfte das Unschlitt. Robert, an der Tafel entlanggehend, feierte mit jedem der Freunde von einst das letzte Wiedersehen. Der Einklang von Freude und Schmerz rief in ihm eine Erschütterung hervor, der er kaum gewachsen war. Hundertfältig brach sich das Licht der Erinnerungen, und die Worte, die man als letztes Daseinsgut miteinander tauschte, waren ein unbeholfener Ausdruck für die Treue und den Dank des Herzens. Da grüßte er Lachmar noch einmal, der ihm zuflüsterte, daß Henna jetzt untergehe wie einst Atlantis, da freute er sich an dem alten weißhaarigen Oberpostrat aus der Havelstadt, der mit weiser Gelassenheit noch einige Stellen in lateinischer Sprache aus den Tuskulanischen Gesprächen zitierte, da ließ er sich von Freund Yori, dem Unerschrockenen, bestätigen, daß die Menschen des merkurischen Zeitalters niemals den Tod als Magie des Lebens begreifen könnten, wie er bei seinem etwas verfrühten Besuch der Stadt festgestellt habe; aber die uranische Weltwende, die er nach der Weisung der Geister vorhergesagt habe, sei nun angebrochen.
„Ich weiß, Graf Yori“, sagte Robert, „daß Ihre erstaunliche Schrift in unserem Archiv gut verwahrt wird.“
„Guten Abend, Robert“, klang aus dem Helldunkel eine Stimme an sein Ohr. Betroffen fand er sich einem jungen Arzt gegenüber, den er wohlbehalten auf einer Schiffsreise wähnte. Nun war er jenseits des Stroms an Land gegangen.

Robert trank ihm bedeutsam zu. Die tiefliegenden, ein wenig geschlitzten Augen des Arztes glühten in dem dunklen Gesicht auf, das durch die Bartstoppeln noch um einen Schatten schwärzer wirkte. Er nippte am Glas und nickte Robert herzlich zu.

„Jetzt könnte ich", sagte er laut, „ein besserer Arzt sein, nachdem ich hinter das Geheimnis des Hippokrates gekommen bin."

„Und worin besteht das Geheimnis?" fragte der Chronist.

„Der Tod ist das Gesetz des Lebens", sagte der Arzt.

Wenn er sich früher mit dem um ein Jahrzehnt jüngeren Doktor Pitt in nächtlichen Gesprächen zusammengefunden hatte, waren seine Gedanken oft um die Ziele des Lebens gekreist.

„Bist du sehr erschrocken", fragte ihn Robert, „als das gewaltsame Ende dich so unerwartet überkam?"

„Unerwartet?" erwiderte Doktor Pitt mit einem skeptischen Blick. Er hadere nicht mehr über sein Geschick und wünsche, daß auch Dorette es nicht mehr tue.

Sie sahen in diesem Augenblick die zarte Frau mit den verwaisten kleinen Kindern vor sich, die niemals erfahren würde, wie sich das Letzte um ihren Mann abgespielt hatte: als das Schiff im Ozean absank und die Wasserlast immer stärker wurde, deren unerträglichen Druck er noch immer auf seinem Kopf empfand.

„Da bemüht man sich tagaus, tagein um einen Fall", sagte er, „operiert und behandelt, ist selig und stolz, wenn es einem gelingt, dem Tod die vorzeitige Beute abzulisten, und dann entfachen die Leutchen einen Krieg mit Tausenden und Hunderttausenden Kadavern auf einen Schlag! Herrschaft nochmal! Was nutzt die Rettung eines einzelnen, wenn die Masse sich blind immer wieder gewaltsamen Katastrophen ausliefert!" Sein Augenlid zuckte.

„Sprich von dir", bat Robert.

„Einem meiner Patienten", sagte der Arzt mit lebhafter Erregung, als bringe es ihm eine Erleichterung, dieses noch vor seinem Gang in das Nichts aussprechen zu können, „kann ich wohl durch irgendwelche Mittel die Schmerzen ersparen, aber ich kann ihn nicht um das Kranksein betrügen. Ich wollte meine Person sichern, wollte zu klug den Weg des Lebens regulieren, statt mich dem kontrollierten

Instinkt zu überlassen. Je mehr ein Mensch die Sicherheitsquote einkalkuliert, desto stärker zieht er das Verhängnis an."
„So hast du dich", sagte Robert, „als Patient des Lebens wohl falsch behandelt."
„Ja!" rief Doktor Pitt heftig. „Ich meinte einen Vorteil zu erreichen, indem ich für mich handelte, statt mit mir geschehen zu lassen. Ich sagte dir schon vorhin: Der Tod ist das Gesetz des Lebens. Dieses Gesetz läßt sich kein Schnippchen schlagen. Man darf nicht künstlich dagegen an wollen, die Vorteile halten nicht vor, wenn man eine Krise zu umgehen versucht. Ich habe mich zu spät gestellt, oder du kannst auch sagen: es hat mich gestellt. Ich sehe es ein. Was sich vollzog, geschah zwangsläufig. Vom Metaphysischen aus gesehen, ist alles mit meinem Los in Ordnung. Verstehst du mich? Es stimmt." Sein Augenlid zuckte wieder.
Robert verstand nur zu gut, er hatte seine Erfahrungen als Archivar nicht umsonst gemacht. Aber ob es die Lebenden einmal verstehen würden, dieses und so vieles andere?
Auch mit seinem Vater tauschte Robert einen festen Händedruck. Der Justizrat wollte aber nichts davon hören, daß ihm sein Sohn eingestand, daß er ihn lange unterschätzt und vieles abzubitten habe, worin der Dichterfreund, der den Justizrat auch von früher her kannte, mit warmem Pathos einstimmte.
„Es ist hier ohnehin zu feierlich", ließ sich der Alte vernehmen, „du nimmst unsere Abschiedsstunde zu persönlich. Wenn du gestattest, daß ich zu guter Letzt noch einmal die Festleitung übernehme –"
Robert ließ ihn gerne gewähren. Auch Yoris Freund, ein Studienrat mit haarlosem Schädel, der den Archivar in seiner polternd herzlichen Art begrüßte, versicherte, daß in die steifleinene Gesellschaft endlich Leben kommen müsse.
Der Justizrat hatte ans Glas geklopft und hielt eine Rede. Doch er sprach nur kurz. Es war ein scherzhaftes Plädoyer über das gesellige Trinken. Reminiszenzen tauchten auf an Karneval und Kirchweih, an die Saturnalien der Studentenzeit, an Kommers, Salamanderreiben, In-die-Kanne-Steigen. „Bibite!" kommandierte er. Und sie tranken. „Auf das ganz Spezielle!" rief er und: „Prost Rest! Komme nach! Zum

Wohle! Ex est!“ Sie tranken und schütteten den Wein wie einst das Bier in die Kehlen. Der Mamsell, die mit dem Einschenken kaum folgen konnte, rissen sie die Korbflaschen aus den Händen. Sie nannten sich Brüderlein und Kommilitone, waren juvenes und Kameraden. „Bibamus!“ riefen sie und: „Immer noch eins! Ehrt wüst!“ Sie brachten ein Hoch aus auf den Landesherrn, den Präfekten und den Großen Don, ein Hoch auf die Frauen, die gute alte Zeit, auf die Freiheit und den letzten Lebensfunken. Manche überboten sich darin, fortwährend aufzuspringen, die Gläser zu kredenzen und auf den Tisch zu stemmen, sie konnten sich nicht genugtun im Zuprosten und Anstoßen. Sie bewegten sich auf den geistigen Krücken der geflügelten Worte, der Redensarten und passenden Sprichwörter, und die Luft blähte sich vor ihren Worten. Als sie zu lärmen begannen, wurde es ein dünnes Piepsen, und als sie zu grölen meinten, kam ein quäkender Ton heraus. Sie hakten einander unter und schunkelten in der Runde und taten so, als ob sie sich vergnügten, als ob sie lustig wären und als ob sie lebten. Allmählich wurden sie steifer, förmlicher, schnitten blöde Fratzen, sie schauten verlegen drein und schämten sich ihres närrischen Wesens. Witternd hoben sie die Nasen, als die Sturmböen an das Gemäuer klatschten.
Der Archivar hatte sich schon bald aus dem burschikosen Treiben gelöst und sich mit dem jungen Arzt abseits gesetzt.
Die Mehrzahl der Gäste hatte sich von den Plätzen erhoben. Kälte sickerte in den Raum, der merklich trüber geworden war. Auch Doktor Pitt rieb sich fröstelnd die Hände. Sobald eine der Kerzen erlosch, verließ immer ein Gast unauffällig den Saal. Professor Munster war als erster aufgebrochen, Leo mit dem Chinesenbart hatte den Blinden mitgenommen. In kurzem Abstand waren Annas Eltern leise davongegangen. Auch Jutta war nicht mehr zu sehen. Der Justizrat hatte noch an der geöffneten Tür gezögert, so daß von der Diele her grämliche Rauchschwaden hereindrangen und die wenigen Kerzenstümpfe ängstlicher zu flackern begannen. Unter den letzten, die noch übrigblieben, befanden sich außer Katell der Schauspieler aus der Dresdener Kolonne und der Prager Architekt. Sie beobachteten die löschenden Lichter.

„Sind Sie", fragte der Architekt den jungen Schauspieler, „zum letzten Auftritt bereit?"
„Schon immer", erwiderte er.
„Haben Sie", fragte der Ältere, „Ihre Rolle schon studiert?"
„Noch nicht", sagte der Schauspieler. Und sein Lachen, das immer an den stoßweisen Schrei des Maulesels erinnerte, blieb diesmal lautlos.
Nur eine Kerze brannte noch. Die verzerrten Schatten der Gläser und Karaffen schaukelten an der Wand. Katell saß mit Robert vor der leer gewordenen Tafel, von der die Mamsell schon abzuräumen begonnen hatte.
„Nun kann ich", sagte der Archivar, „dir doch noch einmal für alles danken, für alles, was du mir durch deine Freundschaft bewiesen hast. Ich fürchte, ich habe es dir nicht immer leicht gemacht, mich durch die Stadt zu geleiten, in der ich mich ohne dich nie zurechtgefunden hätte."
„Bald dieser, bald jener", sagte Katell abwehrend. „Gib es nur weiter, was du weißt, damit nicht jeder wieder von vorn anfängt, wenn er hierherkommt. Wenn du zurückkehrst, werde ich versuchen, dir Zeichen zu geben."
Leonhard hatte den Eßnapf gefüllt und ihn dem Archivar gebracht.
„Das gefällt mir", sagte der Maler, „daß du jetzt mit der Bettelschale des Mönchs herumspazierst und deinen Reis verzehrst. Wenn du also", nahm er seinen Lieblingsgedanken wieder auf, „beim Schreiben deiner Chronik dich einmal erschreckt umwendest, weil du meinst, es gucke dir einer über die Schultern in die Papiere hinein, dann kannst du überzeugt sein, daß ich es war, auch wenn du mein Herumgeistern nicht wahrnimmst und nur ein schwaches Poltern hörst oder ein Wehen spürst, für das du keine Erklärung findest. Je nun –", unterbrach er sich, „was fasele ich. Das wäre alles nur möglich, solange ich in der Stadt existiere. In der neuen Region, zu der es nun abgeht, gibt es weder meinen Schatten noch irgendeine Beziehung mehr. Es ist soweit."
Er erhob sich, warf mit einer Kopfbewegung noch einmal das lange Haar zurück, und der Kerzendocht erlosch.
Als die Mamsell eine Kienspanfackel geholt und in einen eisernen Wandring gesteckt hatte, blickte sich Robert ver-

geblich nach dem Freund um. Eine tiefe Niedergeschlagenheit befiel ihn. Der Rauch beizte die Augen, bis sie tränten.
Lange hielt ihn das Unwiderrufliche, das Unwiederholbare der Stunde gepackt. Nur der Umstand, daß Anna nicht unter den Scheidenden, den nun wahrhaft Abgeschiedenen gewesen war, gab ihm eine Gewähr für das Kommende. So war also eine Entscheidung gefallen, die sie noch bleiben hieß!
Flüsternd hatte sich Leonhard bei der Mamsell nach einem Wettermantel erkundigt, den man dem Archivar auf seinem weiteren Wege mitgeben könnte. Da sie über derartiges nicht verfügte, war ihm geraten worden, sich bei den Wächtern am Gittertor einen Schafpelz zu leihen.
„Vielleicht tut es einer", meinte sie, „wenn man ihm eine doppelte Ration Wein überläßt." Sie goß die Reste in einem Krug zusammen.
Nach einer Weile war Leonhard mit einem Pelz über dem Arm zurückgekehrt. Er bat Robert, ihn vorsorglich überzuziehen. Der Archivar blickte ihn abweisend an. Er wäre lieber in das Archiv geeilt, wo er Anna auf das Geheiß des Großen Don hin vermutete. Dann machte er sich aber mit dem Gedanken vertraut, daß es dem Wunsch der Präfektur entsprach, sich nach dem Abschiedsmahl der Freunde mit den entlegensten Gefilden im Nordwesten der Stadt bekannt zu machen, gleichsam, wie Leonhard es ausdrückte, bis an die Grenze des Möglichen zu gehen.

19

Draußen lag die steinerne Landschaft in einer eintönigen Dämmerung. Rissige Graufetzen flatterten durch die Luft. Es gab weder Tag noch Nacht. Leonhard, dem es verwehrt war, den Archivar auf diesem Gang zu begleiten, führte ihn ein paar Schritte über das bucklige Felsplateau, an dessen jäh abstürzendem Rand er den Weg nehmen sollte. Durch den Abgrund getrennt, dessen Tiefe nicht erkennbar war, sah man zur Linken nicht unweit die Umrisse einer auf- und absteigenden Kammlinie, die mit dem eigenen Bergmassiv einigermaßen parallel zu laufen schien. Leonhard hatte Robert noch zugerufen, daß sich drüben der Geisterpfad der Dämonen hinschlängele, auf dem sich der Zug der Wanderer aus der Stadt bewege. Der Sturm verschlug die Worte, und Robert winkte ihm nur kurz zu. Er hatte den Kragen des Pelzmantels hochgeschlagen und stapfte davon, während Leonhard in die Gasthütte zurückkehrte, wo er sich in der Saalecke ein Lager für die Nacht zurechtmachte.

Beim Gehen hielt Robert den Kopf meist zu Boden gesenkt. Kein Zeichen wies eine Spur auf der vom Wind glattpolierten Gesteinsdecke, die aus flach gerillten Platten bestand. Zuweilen schoben sie sich zu unförmigen Stufen eines Riesen übereinander, die er zu umgehen versuchte oder überklettern mußte. Um die Richtung nicht zu verlieren, hielt er sich in naher Entfernung zu dem zackig ausschweifenden Rand, der am Abgrund entlang führte. Nebel, der wie klebriger Schimmelpilz das abschüssige Gestein überkroch, verdeckte den Blick in die Schlucht. Die Einsamkeit verstärkte jedes Geräusch. Aus der Tiefe der Schlucht drangen oft gurgelnde Laute wie von einem eingezwängten Wasserlauf herauf. Es polterte und rumorte. Zur Rechten war der Blick über die Hochebene häufig durch nahe, schroff aufragende Kuppen verstellt. Nirgends mehr ein Zeichen des Lebens, weder Pflanzen noch Moos. Ihn dünkte, als schritte er durch die verwunschene Natur einer Karstlandschaft, zwischen erloschenen Kratern. Wie lange sollte er die mühselige Wanderung noch fortsetzen, wohin führte der Weg? Wie ein Alp legte sich das Gefühl der grenzenlosen Ödnis auf ihn. Es war ihm nicht fremd. Die Verlassenheit aus vielen Lebensstunden flog ihn an. So war es, wenn das kahle Nichts ihn angegrinst hatte, wenn die Schwermutsflügel der Dämonen die Seele streiften, wenn der Urtraum der Angst erwachte, der den Willen lähmte.

Er hatte den Fuß auf einen Steinriegel gestellt und spähte in die farblose Welt. Da gewahrte er auf dem Saumpfad jenseits des Abgrunds schwankende Gestalten, die schemenhaft auf und nieder tauchten. Bald hüpften sie wie Seiltänzer, bald blieben sie stehen, bogen den Leib zur Seite, als hätten sie das Gleichgewicht verloren, krümmten und drehten sich um sich selber wie in einem Schwindelanfall, stemmten sich gegen den nächsten Schritt, wurden plötz-

lich auf rutschenden Knien vorwärts gezogen, wie von einer saugenden Gewalt ergriffen. Viele schlugen mit den Armen nach rechts und links besessen in die Luft, oder die Hände mühten sich, etwas zu greifen, wie Gaukler nach spielenden Bällen haschen, andere vergruben den Kopf in den Armen, um nichts zu sehen, und glitten wie Schlafwandler vorüber. Dann war für Roberts Augen der Zug wieder vom Nebel verschluckt.
Bisweilen vermeinte er Stimmen zu vernehmen, Laute, bei denen nicht zu unterscheiden war, ob sie Jubel oder Klage bedeuteten, anschwellende Akkorde wie Gesang – aber es mußten die stoßenden Böen des Windes sein, die seine Ohren trafen. Doch woher nahm der Wind das pfeifende Singen, das Summen und Brausen wie Orgelstimmen, wenn nicht von den ziehenden Geistern? Robert hüllte sich dichter in seinen Pelz.
Das Gelände stieg an. Schleppender war der Gang des Archivars geworden, eine Mattigkeit packte ihn, kroch durch die Glieder und Gelenke, die Füße wurden steifer und bewegten sich wie Teile eines Fremdkörpers vorwärts. Eine ungewöhnliche Gleichgültigkeit überkam ihn allem Geschehen gegenüber, nirgends mehr fühlte er eine Beziehung, an die Vergangenheit anzuknüpfen. Er wurde eingefangen von der Gleichförmigkeit der toten Landschaft, er war ein Teil der Weltöde. Taumelnd lehnte er sich an einen verwitterten Steinblock, die Füße gaben nach, er hockte am Boden. Das Licht hing in silbernen Flocken, gläserne Streifen zogen an ihm vorbei. Er hatte die Augen geschlossen.
Die Ohnmacht des Schlafes währte nur Sekunden. Als er sich blinzelnd umschaute, entdeckte er jenseits der Kluft eine weite Ebene. Der gegenüberliegende Gebirgsgrat war sattelförmig eingesunken und gab dem Blick einen breiten Ausschnitt bis an den Horizont frei. Prall lagen im satten Licht die scharf geschnittenen Karos von gelben Weizenfeldern, und man meinte die trächtigen Halme in den langsamen Windwellen schwanken zu sehen, Kartoffel- und Rübenfelder hoben sich in dunkleren Flächen heraus, Maispflanzungen grenzten daran, und man meinte die schilfigen Blätter klirren zu hören. Baumalleen querten das Land, Wegkreuze und Kapellen glänzten auf. Verstreut lagen Gehöfte von grünem Laub umbuscht, die Bauernhöfe

mit Ställen und Scheunen, einem bunten Stück Gartenland und der Geißblattlaube. Dörfer zeichneten sich ab, um ihren Kirchturm geschart. Farbige Tupfen bewegten sich: Knechte mochten es sein, die in ihren Wämsen werkten, und Mägde in ihrer Tracht, volle Wagen, die heimfuhren, weidendes Vieh in den Koppeln, wehende Wäschestücke, die im Winde trockneten. In der Ferne hob sich die Silhouette einer größeren Stadt ab, Hochhäuser und Türme ragten aus dem Gewimmel der Dächer auf, mächtige Fabrikanlagen flankierten mit rauchenden Schornsteinen das städtische Vorfeld. Ruhiger Fleiß und nährender Wohlstand lagen über dem Bild.
Plötzlich begann die Luft über der Stadt und dem Land zu fließen. Die Leute auf Straßen und Feldern zeigten gestikulierend zum Himmel. Ein dichter Schwarm von Wandervögeln, keilförmig in großer Höhe fliegend, schien sich rasch zu nähern. Sie waren schon längst weitergeschwirrt, als sich der Raum der Landschaft mit einem fahlen Staubregen überzog. Kleine Wolkentropfen von giftgrüner Färbung wie das Exkrement von Raubvögeln fielen ohne Ehrfurcht herab. Dort, wo sie zu Boden stießen, entstanden brandige Stellen, in den Feldern, den Gehöften, den Siedlungen, die im Nu um sich griffen. Überall schossen weißgelbe Feuergarben auf, und bevor sich der Qualm entwickelte, sah man Vieh und Menschen in einer erstarrten Gebärde hilflos am Boden liegen. Mit der Schnelligkeit eines aufzuckenden Blitzes war die Stadt aufgeflammt und in sich zusammengestürzt. Kein Turm, kein Hochhaus, kein Schornstein der Fabriken zeichnete seine stolzen Linien gegen den Horizont ab. Ein breiiges Etwas, dem Auge nicht mehr kenntlich, lag da, wo eben noch eine Stadt gestanden hatte. Schon war das Bild mit weißen Schleiern verhüllt, und der Himmel rötete sich wie bei Sonnenuntergang.
Der Chronist rieb sich die Augen und putzte sich die Brillengläser. Als er wieder aufblickte, hatte sich der Dunst verzogen. Er stand auf. So weit das Auge reichte, sah er eine kahle, zerrissene Steppe, aus der sich hier und da ein verkrüppelter Baum erhob. Menschen sah er nicht mehr auf der Erde. Es mußte eine Luftspiegelung gewesen sein, die ihm das blühende Bild vorgetäuscht hatte. Eine Traumlandschaft, aus der er benommen zu sich kam. Während er sich

anschickte weiterzugehen, glaubte er aus der Luft ein fernes Grollen zu hören. Er blickte nach oben. Träge stand die Dämmerung um ihn. Vielleicht, so schien es ihm, hatte das Grau einen Schimmer von Purpur angenommen.
Die Sinne waren wie ausgelöscht, ausgewechselt. Längst sah er den Grat mit dem Paßweg auf der anderen Seite der Schlucht wieder in annähernd gleicher Höhe mit dem seinen. Der Abstand schien sich allmählich zu verringern, und der Geisterzug rückte bald auf die Entfernung einer Straßenbreite näher. Auch das blecherne Lärmen aus der Schlucht – wie Wasser, das über Kiesel läuft – war deutlicher geworden. Ein unheimliches Gefühl trieb ihn voran, als würde er, den anderen gleich, von einem fürchterlichen Magneten angezogen, gegen den es keinen Widerstand gab. Es war wie ein Wettlauf, der sich zwischen ihm und der Meute der einzeln dahinziehenden Figuren entspann. Aber sie liefen schneller als er, und eine nach der andern glitt an ihm vorüber. Erst jetzt entdeckte er, daß kein Gewand mehr die Gestalten umhüllte, nackt schritten sie über den Saumpfad, ausgehöhlt und ohne Gesicht. Jeder schritt in der Fußspur des Vorgängers, ohne dessen Nähe und Gegenwart zu spüren. Während eine wachsende Felswand zur rechten Robert bald nötigte, immer dichter am Abgrund entlang zu wandern, hatte sich auf der gegenüberliegenden Seite der Steinpfad zu einem ungefährlichen, ausgetretenen Weg verbreitert. Die eilenden Schemen jedoch empfanden darin keine Erleichterung, denn ein kaum sichtbarer Spalt, ein faustgroßer Findlingsstein im Wege genügten, um ihnen kaum überwindbare Hindernisse zu bereiten. Ein Terrassenabsatz, der sich aus der Verschiebung der Gesteinsplatten ergeben hatte und nicht höher als der einer üblichen Treppenstufe war, schien der Sprung in eine bodenlose Tiefe zu bedeuten. Sie stutzten an dieser Stelle und sträubten sich, bevor sie sich zu dem kleinen Schritt entschlossen, der für ihr Gefühl etwas Maßloses zu haben schien.
Zu beiden Seiten der Wanderer ins Totenland drängten sich Fabelwesen und Fabeltiere um sie, die an Sphinxe und Greifen, an Harpyien und Flügelrochen erinnerten, mit bernsteinfarbenen, durchsichtigen Leibern, in denen sich nur die Skelettknochen dunkel markierten, das Gebiß der

Zähne, die Hufe und Krallen aus Horn. Keinen ließen sie vorüber, indem sie die einzelnen ansprangen, die Glieder umschlungen hielten oder sich auf Kopf und Schulter hockten. Unter dem Ansturm der Dämonen schrumpften viele zu Zwergen zusammen und wurden in die ewige Dämmerung gewirbelt und im Fluge entführt, bis sie, sich selbst überlassen, zu Boden sanken. Andere setzten unangefochten den Weg fort, und die Fabelwesen umspielten freundlich ihren Fuß oder trugen sie auch eine Strecke auf dem Rücken wie Haustiere.

Immer näher zog die hetzende Jagd der Seelenlosen an Robert vorüber, dem die Felswand selber kaum noch Raum vor sich ließ. Der trennende Abgrund war zu einer abgeflachten Geröllrinne geworden, in dem ein trübes, spärliches Wasser floß. Schon fand sich der Chronist nicht mehr als etwa einhundert Schritte von dem Punkt entfernt, wo sein Weg mit dem Pfad der Dämonen in einen mündete. Sein Fuß stockte. Bis an die Grenze des Möglichen gehen, hatte Leonhard gesagt. War sie hier? Hatte er sie nicht schon längst überschritten – war sie je zu erreichen?

Bis zum Schnittpunkt der Wege wollte er vordringen, bis dorthin, wo die beiden Gesteinsflächen zusammenstießen und wo, wenn es nicht trog, der trübe Quell entsprang. Vorsichtig tastete er weiter, oft an einen vorspringenden Stein der Felswand sich klammernd. Kaum bot sich für den Fuß noch ein Tritt. Vor einer spitz herausspringenden Felsnase der Wand überlegte er, ob er nicht lieber den Sprung auf die breite Fläche der anderen Seite wagen sollte. Er bedachte, daß er auf dem gleichen Weg, den er gekommen war, wieder zurück mußte, und unterließ es. Er hangelte sich fest und fand, an die Wand gepreßt, jenseits der vorspringenden Kante schließlich mit dem linken Fuß neuen Halt. Der Fels trat zurück, und nach wenigen Schritten hatte er das Ende des Geröllspalts erreicht.

Das schrundige Gelände vor ihm war mit Buckeln und Steinmalen übersät, aus denen schwarze Löcher wie riesige Mäuler starrten. Die Luft stand lautlos, ohne Wind. Wenige Armlängen von ihm entfernt tanzte der Zug der Geistgänger über die Fläche und verlor sich nach ein paar Windungen rasch in den Berghöhlen.

Vor einer Felsnische saß eine starre Gestalt. Sie hockte breit

wie ein Marktweib am Wege, und ihr Gesicht war verschleiert. Über die weit auseinandergestellten Knie spannte sich der Rock wie eine Decke aus Blei. Mitunter tanzte einer der Schemen aus der Reihe bis zu ihr, und es sah so aus, als bedürfte es nur eines Anstoßes von ihr, ihn auf den bitteren Pfad zurückzuweisen.

Über dem Schoß hielt sie einen runden Feldstein in den Händen, den sie hin und her wiegte. Der Chronist, unschlüssig, wohin er sich wenden sollte, trat langsam auf die Frau zu, doch wagte er zunächst nicht, sie anzureden. Er merkte wohl, daß sie ihn hinter ihrem Schleier geprüft hatte und beobachtete.

„Nun, Mütterchen", sagte er schließlich, „geht hier mein Weg weiter?"

Sie löste sich kaum aus ihrer Starre und machte nur mit dem Kopf eine halbe Bewegung, die ebensogut ein Bejahen wie ein Verneinen bedeuten konnte. Dann nestelte sie an einer Rocktasche und zog daraus etwas hervor, das sie auf dem straff gespannten Kleid ausbreitete. Es war ein Kanten Brot und ein Klümpchen geballtes Salz, das Urbild der Nahrung, wie man es Hochzeitsleuten übergibt, damit es im neugegründeten Hausstand niemals daran mangeln möge. Das Brot war dunkel geworden und hart wie Stein, und das Salz glitzerte wie gefrorner Bergkristall.

„Vielen Dank", sagte Robert, „aber ich bin kein Freiersmann, Mütterchen Sorge."

Das Wort war ihm von den Lippen gekommen, weil sie für alles Sorge zu tragen schien.

„Mütterchen Sorge", wiederholte die Marktfrau am Wegrand, „so kennt Ihr mich schon?" Und bevor sie noch den Schleier von ihrem Gesicht zurückgeschoben hatte, war Robert in die Knie gesunken.

„Anna!" stammelte er mit erstickter Stimme.

„Das war gütig von Euch", sagte sie, „mich Mütterchen Sorge zu nennen."

„Was ist mit dir?" rief er verwirrt. „Wie kommst du hierher? Warum bist du nicht in der Stadt? Wußtest du, daß ich zu dir kommen würde? Hast du auf mich gewartet?" Er war aufgesprungen. Alles wollte er wissen, sein Denken und Fühlen überschlug sich. „Hat dich der Große Don hierher geschickt?" redete er auf sie ein. „Hat mein Spruch dich vor dem Dämonenpfad bewahrt? Bist du dem Weg ins große Nichts entronnen? Ach, daß du da bist, daß es dich wieder gibt!"

Sie gab auf keine seiner Fragen Bescheid. Wie aus Holz geschnitzt wirkte das Gesicht, und man konnte nicht entscheiden, ob es in der Endgültigkeit der Züge von einer zarten Maserung oder von unendlichen Fältchen geprägt war. Bald wirkte es uralt, bald urjung, bald fremd, bald vertraut – es hing von der Haltung des Betrachtenden ab. Ohne Beschwer brach sie von dem steinernen Brot ein Stück ab, klaubte einige Krümchen von den Salzbrocken, die sie darüberstreute und schob den Bissen in seinen Mund.

„Damit Ihr die Sprache der Gedanken versteht", sagte sie und steckte Brot und Salz wieder in ihre Rocktasche. Der Bissen, der sich nur langsam in seinem Munde auflöste, bis er ihn schlucken konnte, schmeckte bitter.

„Nun wißt Ihr wohl", sagte sie, „daß ich nicht mehr die Prinzessin bin, die auf Erlösung wartet, ich liege nicht mehr im Dornröschenschlaf. Nun braucht mich keiner ins Alte oder Neue zu holen."

Sie sprach in jenem singenden Tonfall, der Robert schon zuweilen in der Stadt aufgefallen war und dessen er sich vor allem entsann, als sie vor dem Haus der Eltern in prophetischer Entrückung von den Plagen der Erde gesprochen hatte. Damals hatte ihn der verhaltene Sprechgesang befremdet, jetzt übte er eine natürliche, wohltuende Wirkung aus.

Er sah, daß sie auf einem Dreifuß hockte wie eine der Sibyllen, und zu ihren Füßen entsprang der Quell des Stroms, der die Stadt von den Lebenden schied. Nun saß sie unmittelbar am Eingang in das Totenreich, wie die Nornen und Parzen am Eingang des Lebens sitzen. Sie wachte über die Geistgänger, die Schemen, die ohne Erinnerung vorüberglitten, um für immer in den Höhlen zu verschwinden, die ihr Bewußtsein nicht mehr ermaß. An ihr zogen alle vorbei, die Jahrhundert für Jahrhundert in den Urschoß zurückkehrten, wo das Leben gestaltlos wurde, frei für die Kraft des Alls zur Neugeburt. Sie war eine der Hüterinnen der Schwelle geworden, war für einen Äon dem irdischen Kreislauf entrückt. Ihre aufgerissenen Augen erblickten den Raum diesseits des Stroms und spiegelten sich in den Schat-

ten der Stadt, ihre Gedanken führten in die Zeit und nährten das Ewige.
„Kennst du mich nicht mehr?“ fragte er einmal.
„Ich darf Euch als Person nicht kennen“, sagte sie, „ich weiß, daß Ihr abgesandt seid als Chronist.“
„Wir haben uns einmal geliebt, Anna.“
„Es ist eine andere Gegenwart“, sagte sie.
„Durch dich bin ich hierhergekommen“, begehrte Robert auf, „durch dich geworden, was ich bin.“
„Ich schicke weiter meine Gedanken aus wie Boten“, sagte sie, „und Ihr werdet sie vernehmen, wie Ihr sie vernommen hattet, als Ihr zu dem Großen Don spracht.“
„Du weißt davon?“ fragte er.
„Als Ihr mit ihm spracht“, sagte sie, „saß ich schon hier auf meinem Platz.“
Robert starrte sie an.
„Mütterchen Sorge“, sagte er und verstummte.
„Wir sind“, sagte sie singend mit einem Blick ins Leere, „drei sibyllinische Schwestern. Die eine sitzt da am Wege, die andere dort in ihrer Grotte, und ich sitze hier. Einst hießen wir Hoffnung, hießen wir Liebe, hießen wir Glaube, und nun sind wir Mütterchen Klage, Mütterchen Sorge, Mütterchen Geduld. Wir empfangen nicht, wir gebären nicht, wir sind.“
„Hoffnung“, wiederholte Robert langsam, um sich wie ein Knabe die Lehren der Sibylle einzuprägen, „wurde Klage, Liebe wurde Sorge, Glaube wurde Geduld. Beklagen, fürsorgen, dulden – ist das der Sinn deines Spruchs?“
„Viele“, sagte die Sibylle Anna, „krümmen sich bis zuletzt wie ein von Gott vergessenes Fragezeichen.“
Sie sprach über den Dämonenpfad, auf dem sich die Gestorbenen aus der Stadt zu den Toten des großen Nichts läuterten. Ein schlimmer Pfad für alle, die von ihrer eigenen Wichtigkeit nicht Abschied nehmen konnten, während ihn jene leichter bestanden, die sich im Leben schon als Teil der Natur, als Teil des Tao bewiesen hatten. Jedem, der sich einst einer Bewährungsprobe unterzogen und den Exerzitien des Leibes und Geistes unterworfen hatte, wie der Asket und Mönch, der Yogi, die Nonne und der Märtyrer, kam die freiwillige Entbehrung auf dieser letzten Wegstrecke zugute.

Als Robert zögernd den Weg zu den Höhlen fortsetzen wollte, wehrte sie ihm, denn es war noch nicht seine Stunde. Er stand in ihrem Zauberkreis.
Robert: „Warum plagt man sich so und lernt die halbe Welt auswendig?"
Anna: „Damit man genügend Vorrat zum Vergessen hat."
Robert: „Immer von neuem?"
Anna: „Immer von neuem."
Robert: „Was soll ich tun?"
Anna: „Lächelnd die Spur des Lebens ziehen."
Robert: „Und dein Amt?"
Anna: „Die Wirklichkeit zu verwandeln."
Robert: „In den Traum?"
Anna: „In das Gesetz des Daseins."
Robert: „Sage mir noch eins: warum lebt man?"
Anna: „Damit man zu sterben lernt."
Er trat ein paar Schritte zurück.
Noch einmal spürte der Chronist die ganze Unheimlichkeit der Begegnung, als die sibyllinische Anna den runden Feldstein in ihre klammen Hände nahm.
„Ich wiege ihn im Arm", sagte sie, „wie unser Kind."
Der Gedanke, daß die Toten den Lebenden dienen, fuhr ihm durch das Herz.
„Mütterchen Sorge", sagte er.
Wieder war einer der Schemen aus der wandernden Schar zur Seite gehuscht, wich aber erschrocken zurück, als er Roberts Nähe spürte. Die Gesichtszüge waren erloschen, und auch die Merkmale des Geschlechts waren vergangen. Der Schemen kreiste ruhelos umher, stieß sich an der Luft wie an einem feindlichen Widerstand, bis es ihm gelungen war, den Stein, den die Sibylle in den Händen hielt, für einen Augenblick mit den Fingerspitzen zu berühren. Sie murmelte einen Spruch, und der Chronist wunderte sich nicht, daß es indische Laute waren: „Eko dharmaḥ paraṃ śreyah / Kṣamaikā śāntiruttamā", die so viel besagten, daß nur Wahrheit das höchste Gut, nur Geduld das höchste Heil ist. Still ordnete sich der Schemen dem Zuge ins Höhlenreich wieder ein. Es schien Robert, als ob sich an der Stelle, die der abgeschiedene Geist mit dem Finger gestreift hatte, ein Zeichen bildete, ein kleines fleckiges Mal, eine letzte Schicksalsrune.

Er blickte in die Dämmerung hin, die weder zu- noch abnahm. Wie granitene Bienenhäuser lagen die Felskuppeln der Urlandschaft vor ihm, die Steinbuckel mit den schwarzen Höhlenlöchern, die sich in das Unendliche verloren. Als sein Blick zu Annas Gestalt zurückkehrte, die wie eine Statue saß, trat er nahe zu ihr und beugte sich über sie. Es übermannte ihn, daß er die Augen schloß und ihre kalte Stirn küßte. Sie blieb starr und unberührt.

Später, als er langsam den düsteren Weg am Schluchtrand zurückwanderte, wußte er nicht, ob die Inbrunst seiner Lippen Anna zum letztenmal selbst gefunden hatte, oder ob er den Findlingsstein küßte, den die Sibylle ihm entgegenhielt.

In der Gaststätte empfing Leonhard den Chronisten wie einen Abwesenden. Nach einer schweigsamen Rast brachte er ihn auf dem gleichen Wege in die Stadt zurück, auf dem er ihn am Tage zuvor hinausgeführt hatte. Als sie vor dem Archiv standen, rückte die Sonne schon gegen Mittag vor.

Obwohl aus den Räumen des Alttors der Geist der Unruhe gewichen und die alte besonnene Stille wieder eingekehrt war, fand sich Robert nicht mehr zurecht. Der Tisch seiner Arbeit trug ein unpersönliches Aussehen, die Ordner und Pandekten in den Borden wirkten leer und fast feindselig. Wohin er sich auch wandte, wehte ihn die gleiche Fremdheit an, die er bei seinem ersten Eintreten in das Archiv gespürt hatte.

Auch Perking gegenüber empfand er erneut eine Befangenheit, spürte bei allem Wohlwollen des ehrwürdigen Gehilfen die Überlegenheit, die der wahrhaft Abgeschiedene kraft seiner Natur besaß. Es war die Schranke, die zwischen Leben und Tod bestand und die sich auch dadurch nicht überwinden ließ, daß er, der Doktor Robert Lindhoff, mitten im Reich der Gestorbenen umging. Oft genug hatte er die trennende Linie gespürt, die ihn isolierte. Er blieb leibhaft, während die anderen, kaum noch Erscheinung ihrer selbst, als Gedankenbild des Seins vorüberzogen. Er befand sich auf dem Wege, von dem jeder immer wieder ratlos in die Zukunft blickt; die Gestorbenen hatten das organische Ziel des Lebens erreicht und sahen unbeteiligt hinter sich. Eine Strähne Neid fiel in seine Gedanken.

Auf Verlangen des Archivars hatte Leonhard mittlerweile im Arbeitsraum einen großen Kübel mit heißem Wasser zurechtgemacht. Robert entkleidete sich und stieg in das hölzerne Schaff. Er spürte nach der nächtlichen Wanderung ein Bedürfnis nach Reinigung, und es tat ihm wohl, das dampfende Wasser immer von neuem über den ermüdeten Körper zu gießen. Das Bad belebte ihn, die schlaflosen Stunden waren weggespült, nur das Herz schlug angestrengt. Noch blieb ihm eine Spanne Zeit, bis er sich zu der festgesetzten Stunde zu der Unterredung mit dem Hohen Kommissar einzufinden hatte.

Als Leonhard das Bad forträumte, setzte er ein paarmal zum Sprechen an. Daß es schön für ihn sei, wieder Roberts Vertrauen zu spüren, wie er es gestern auf dem Wege so warm empfunden habe, und daß Robert über alle seine Torheiten immer stillschweigend hinweggegangen sei. Wie gut, daß er von den sibyllinischen Gefilden zurückgekehrt sei.

Der Archivar wußte nicht recht, was der Jüngling gestehen wollte.

„Auch du hättest", sagte er, „als Schemen an mir vorüberziehen können wie die anderen, auch die, mit denen ich bei dem letzen Gastmahl noch sprach, und keiner wäre dem andern noch kenntlich geworden."

In seinem Blick spiegelte sich das Eis der Ferne, als er mit seiner Hand ihm über das junge Haar strich.

Nach dem Mittagsimbiß war der Archivar noch einmal zu Perking gegangen, hatte sich auf einen Hocker gesetzt und stumm eine Weile dem Oberen der Gehilfen bei seiner Arbeit zugeschaut, der die neu eingegangenen Papiere durchsah. Zum erstenmal fühlte sich Robert der Stadt und ihres Archivs überdrüssig. Er kam sich wie ein Wächter vor, der im Grunde genommen nichts mehr zu bewachen hat. Auch die anderen, so dünkte ihn, bewachten nur ihre eigene Anwesenheit. Ob er seine Sprechstunden abhielt oder nicht, sein Sprüchlein in den Versammlungen hersagte oder unterließ, ob er seine Beobachtungen aufschrieb oder dem stummen Wirbel der Gedanken überließ, sein Wissen verschwendete oder verschwieg: für den Gang der Menschheit und ihrer Geschichte, für das Wohl und Wehe der Lebenden und der Toten blieb es ohne Einfluß.

„Manchmal", sagte er, „möchte man die Augen verschließen

und alles stumpf in den Untergang treiben lassen, in das Chaos."
„Ich habe", sagte Perking, der den Chronisten prüfend anblickte, „mehr als eine Zeit und mehr als eine Generation durchmessen und bin nicht müde geworden, dem Geist zu dienen."
Robert zuckte unwillig die Achseln.
„Im Anfang war der Geist", zitierte der Gehilfe des Archivs, „und der Geist war bei Gott, und Gott war der Geist."
„Wir übersetzen den Anfang des Johannes-Evangeliums anders", sagte Robert.
„Ἐν ἀρχη ἡν ὁ λογος", wiederholte der alte Perking den griechischen Text, „και ὁ λογος ἡν προς θεον, και θεος ἡν ὁ λογος."
„Im Anfang war das Wort", betonte der Chronist.
„Logos", sagte Perking nachdrücklich, „nicht Chaos – also Geist, nicht Ungeist."
„Und Faust", erwiderte Robert, „überträgt die Stelle sogar: Im Anfang war die Tat –"
„Ein Zeichen", sagte der Gehilfe ernst, „für die faustische Blasphemie des Abendlandes, der Deutschen zumal. Halten wir es in Zukunft mit dem Geist."
„Auch er, mein Verehrter", sagte der Archivar, „hebt die Gefangenschaft nicht auf."
„Sie haben eine lange Nacht durchwacht", sagte der Alte, „da gerät einem leicht die Welt aus den Fugen."
„Der Stein der Sibylle liegt auf meinem Herzen", sagte der Chronist, „der Stein der Sorge."
„Bei unserer ersten Begegnung", sagte der weise Gehilfe und glättete mit der Hand die vor ihm liegenden Papiere, „zeigte ich Ihnen ein Blatt, das ein Büroangestellter über die Unsterblichkeit der menschlichen Dummheit aufgezeichnet hatte – ich weiß nicht, ob Sie sich noch daran erinnern?"
„Wie sollte ich wohl eine Silbe von allem vergessen haben", sagte Robert, „was ich je hier vernahm! Sie gaben damals die Erläuterung, daß nicht die Lüge, sondern die Dummheit das große Gegenspiel der Wahrheit auf Erden ist."
„Die glotzäugige Dummheit", sagte Perking zustimmend, „gegen die selbst Dschung Kuei, der alle Teufel aus der Welt vertreiben kann, vergeblich auszog. Aber die andere

Brut, die ihr so ähnlich sieht, mit den plierigen Augen und dem welken Sklavenblick, sollte man ausrotten können, nämlich die Trägheit, die Trägheit des Geistes und die des Herzens."

Der heilige Eifer, mit dem der alte Perking sprach, teilte sich auch Robert mit.

„Die Trägheit des Geistes", sagte Perking noch, „scheint eine der Erzwurzeln des Bösen zu sein. Aus ihr entstehen nicht nur Aberglaube, Dummstolz und Überheblichkeit, sondern, wie mir Schriften und Schicksale immer wieder zeigen, zugleich die Roheit der Gesinnung, die Grausamkeit des Herzens und die Bestialität der Macht – kurz: alles Unwürdige des menschlichen Lebens."

„Vernunft allein", meinte Robert, „hilft dem Denken nicht. Es kommt auf die Intensität an."

„Auf die Intensität", wiederholte der Alte, „die das pulsierende Glück des Wissens hervorruft, das gläubige, lächelnde Wissen um das Ganze des Daseins."

„Ich habe gelernt", sagte Robert, „daß der Tod das Maß aller Dinge ist."

„Wenn es alle Menschen wieder lernten", sagte der Alte, „würden sich die Verhältnisse des Lebens von selber ändern."

„Meinte dieses", sagte Robert, „nicht auch der Meister Magus, als er von der erneuernden Wiedergeburt aus dem Geiste Chinas, Tibets und Indiens sprach?"

„Der Meister Magus", sagte Perking, „in dem viele einen Bodhisatto sehen, er weiß, daß die Gedanken das Verhalten des Menschen und damit die menschlichen Verhältnisse bestimmen, nicht gewaltsames Tun."

Der Umstand, daß Perking den Meister Magus einen Bodhisatto genannt hatte, den seltenen Werdefürsten eines künftigen Buddho, bewegte ihn ebenso wie das, was er von der Kraft der Gedanken ausgesagt hatte. Wie erinnerte es ihn an einen der sibyllinischen Sprüche Annas: Gedanken sind Boten der Mächte.

Der ehrwürdige Gehilfe hatte einen Teil der vor ihm liegenden Blätter dem Chronisten überlassen, die unter der ihm schon bekannten Bezeichnung „Protokolle der Schrecksekunde" für den Geheimbestand des Archivs bestimmt waren. Als er früher einmal darum gebeten hatte, waren sie ihm vorenthalten worden. Jetzt durfte er sie in sein Zimmer nehmen und versenkte sich in die Aufzeichnungen, die in visionären Worten die Augenblicke des Sterbens, die Wegstunde über den Strom festhielten.

Bei aller Verschiedenartigkeit der Bilder, die durch die Vorstellungswelt des einzelnen, durch Lektüre und Ausdrucksvermögen jeweils gefärbt waren, wiesen sie einen übereinstimmenden Zug unverbrüchlichen Wahrsehens auf, der sie von den Produkten bloßer Phantasie unterschied. Sie trugen das gültige Siegel des Wissens. Bei allen kehrte die Empfindung eines Fahrens, eines Wanderns und Gleitens wieder (oft wurde es als Schweben und Getragenwerden bezeichnet), das unermeßlich schien. Fast immer war von einer metallenen Helligkeit die Rede, der die Reise entgegentrieb. Viele nannten es ein überirdisches Licht, eine Aureole von Strahlen, wie denn überhaupt die Vorgänge häufig in Ermangelung anderer Vokabeln mit dem religiösen Wortschatz des Neuen Testaments und Prägungen der Orthodoxie umschrieben wurden. So glaubten manche von den der Erde Entsterbenden, die sich der Stadt hinter dem Strom näherten, darin die Zinnen der Ewigen Stadt aufglänzen zu sehen, und sie nahmen die Bewohner zunächst als Lichtgestalten wahr, als Astralkörper, die sie für Engel im oberen Planetenhimmel hielten und deren Transparenz sich allmählich auf sie selber übertrug. Andere sprachen vom Edelsteinberg, von der Geisterstadt, von Seligen und Huris unter der wolkenlosen Sonne eines ewigen Lichts. Der Archivar gedachte der letzten Worte Goethes, die ja nicht ein Verlangen nach „mehr Licht" ausdrückten, sondern bekunden wollten, daß um ihn mehr Licht würde. Vielfach tauchte aus den erdentrückenden Gedanken auch das Bildnis von einer sausenden Fahrt durch das All auf, einem Einströmen in die Unendlichkeit der Sterne und drehenden Ursonnen, als werde der Menschengeist in die große Mütterlichkeit der Welt wieder aufgesogen.

Aus allen Protokollen ließ sich ablesen, daß der entscheidende Übergang in dem Verlust des eigenen Willens bestand. Damit schienen zugleich die Schmerzen gelähmt, unter denen sich der kreatürliche Körper noch aufbäumte und zuckte. Aus einigen Beschreibungen ging unverkennbar hervor, daß sich in diesem Zustand telepathische Geisteskräfte herausbildeten, während die Möglichkeit, sich mit Worten der alten Umwelt verständlich zu machen, geschwunden war. Die Verwandlungen, die den Geist des Sterbenden überkamen, boten sich in einer Vielfalt und Fülle dar, daß sie wie ein simultanes Geschehen anmuteten, wie ein gleichzeitiges Sein in verschiedenen Raumschichten. „Und was ich", hieß es einmal, „nie als Gegenwart gespürt hatte, die Freiheit des Lebens nämlich, ergriff mich in der letzten Sekunde zum erstenmal in seiner ganzen elementaren Schrankenlosigkeit."

So wurde niemals in diesen Blättern von den Leiden des Körpers gesprochen, die den Tod herbeiführen, von den Seufzern der Angst, die ihn begleiten, häufiger freilich von den Qualen der Seele. Aber auch in diesen Fällen kam wiederholt eine Genugtuung über das Abgetane der Vergangenheit, über das Befreiende eines neuen Zustands zum Ausdruck. Eine Gelassenheit gegenüber dem eigenen Schicksal wurde vielfach spürbar, und eine unbeschwerte Heiterkeit strömte von den Bildern aus. Der Archivar fand dazu eine Entsprechung, als er sich eine Reihe von Totenmasken vergegenwärtigte; auch diese zeigten oft ein gelöstes, ein in sich verjüngtes Aussehen, eine Verklärung, wie es der Volksmund nannte.

Stets hörten die Protokolle der Schrecksekunde in dem Augenblick auf, in dem die letzte irdische Regung des Tiefenbewußtseins ihr Ende gefunden hatte. Wer den Fuß über die Brücke gesetzt und die nüchterne Stadt hinter dem Strom erreicht hatte, war mit seinem Denken und Fühlen bedeutungslos geworden. Erst mit dem Aufenthalt begann ein Rückblenden auf die verlassene Form der Existenz, ein Nachtasten des Gewesenen, wie es der Archivar bei seiner Tätigkeit wohl hatte beobachten können, worüber aber die Berichte des Übergangs nichts kundgaben.

Behutsam legte er die Blätter zurück. Wenn es auch nur ein geringer Ausschnitt war, den er hatte durchsehen können, so fühlte er sich Perking gegenüber mehr als dankbar, wenigstens einen Einblick in Vorgänge haben nehmen zu können, die gleichsam Offenbarungen waren und jedem sterblichen Auge bis zum Erlebnis des eigenen Todes verborgen blieben.

Als die Sonne gegen den Horizont sank, machte er sich auf

den Weg zur Präfektur und nahm den leeren Band der Stadtchronik mit. Die Straßen, die unter dem blauen Sturz des Himmels lagen, wurden von mehr Passanten als sonst bevölkert. Es waren die neu Angekommenen. Sie strichen um die toten Häuser und Höfe, huschten in die Kellereingänge und hockten auf dem Gemäuer. Vor dem Chronisten wichen sie raunend beiseite, als spürten sie den Zauber des Lebens wie einen Geruch, der ihnen unangenehm war. Wenn er an ihren Gruppen vorbeiging, verstummten die Gespräche, ähnlich wie Kinder ihr heimliches Spiel unterbrechen, sobald ein Erwachsener in die Nähe kommt. „Der alte Chronist", so meinte er hinter sich tuscheln zu hören, „der Gedankenleser aus dem Archiv". Es klang wie Verwünschungen, und es wirkte wie Hohn auf alle geistige Arbeit, als sie auf das Buch zeigten, das er schützend in seiner Hand trug. Aber es focht ihn nicht an, denn er wußte um ihre Not, den unerfüllten Traum und den Leerlauf ihrer Existenz. Fern läutete ein Wecker eine Übungsstunde ab.
Er betrat den Palast der Präfektur, dessen marmorne Räume ihn fast vertraut anmuteten, und wartete im Vorzimmer des Hohen Kommissars ohne ein Zeichen von Ungeduld. Nachdem er durch die schmale Seitentür in den länglich geschnittenen Amtsraum gebeten worden war, sah er wieder Kopf und Schultern des Beamten wie in den Rahmen eines mittelalterlichen Gemäldes gefaßt, während die schrägen Strahlen der untergehenden Sonne aus der tiefgründigen Berglandschaft so herüberblinkten, als ob sie von dem Bergschloß des Präfekten, das unsichtbar im Dunste lag, ausgesandt würden. So unmittelbar schlossen sich die Bilder an die Situation an, die er bei seiner ersten Unterredung erlebt hatte, daß er wähnte, zwischen jener Morgenstunde und diesem Abend könne nicht mehr als ein einziger Tagesraum vergangen sein.
„Der Herr Präfekt", ließ sich der Hohe Kommissar in dem gleichmäßigen Ton seiner hellen Stimme vernehmen, „läßt Ihnen, Herr Archivar, durch mich seinen Dank für die Aufmerksamkeit sagen, mit der Sie den überlassenen Posten verwalten. Nicht ohne Bewunderung haben wir verfolgt, mit welcher Einfühlungskraft Sie sich vom ersten Augenblick Ihrer Arbeit an in die Verhältnisse unseres Gebietes gefügt haben, ohne mit dem Geheimnis der Totenstadt,

dessen Sie sich natürlich bewußt waren, Mißbrauch zu treiben."

Robert wies die Anerkennung, in der er ohnehin nur eine liebenswürdige Höflichkeit empfand, mit der Bemerkung zurück, daß es mehr Zeit bedurft habe, als ihm recht gewesen, um sich darüber zu orientieren, wo er sich in Wahrheit befinde.

„Es ehrt Ihre Bescheidenheit", fuhr der Hohe Kommissar gleichmütig fort, „daß Sie es sich zunächst nicht eingestehen wollten. Sie haben aber das anscheinend Absonderliche der Stadt und ihrer Gebräuche ohne falsches Besserwissen respektiert. Sie sind, wenn ich im Stil des Archivs reden darf, der abgründigen Welt mehr im Geiste Parzivals als Don Quichottes genaht, mehr unmündig als ironisch."

Der Archivar sann darüber nach, spürte aber nur die Lächerlichkeit seiner Rolle, die er im Grunde genommen hier gespielt hatte.

„Was mich endlich", erwiderte er, „aus dem tumben Traum riß, war ein Liebeserlebnis. Natürlich schien es mir so einmalig zu sein, wie es sich jeder einbildet. Es war die übliche sentimentale Trivialität."

„Sie blieben sich der Vergänglichkeit bewußt", meinte der Beamte der Präfektur, „die jedem liebenden Verhalten zwischen Mann und Frau anhaftet." Er wies darauf hin, daß erst die Begleitumstände den Erlebnissen eine triviale Note verliehen. „Wir fanden es", sagte er, „höchster Beachtung wert, wie Sie sich mit Ihrem persönlichen Schicksal für das Gleichnis unserer Welt einsetzten. Es ist uns überhaupt aufgefallen, daß Sie bei Ihren Beobachtungen den doppelten Boden spürten, auf dem sich die Vorgänge des Seins abspielen. Ich meine damit die Bezüglichkeit, die metaphysische Parallelität, die zwischen den beiden Ebenen diesseits und jenseits des Stroms besteht."

„Wie könnte es anders möglich sein", sagte Robert, „um aus dem Zufälligen das Gültige zu erkennen und aus der Realität den Gehalt der Wahrheit herauszulösen. Und dennoch habe ich versagt. Ich wurde mitten in das Geheimnis versetzt, wo das Walten der Geister und des Geistes mächtig ist, und ich stehe immer noch mit leeren Händen vor Ihnen. Sie ließen mir eine Beschwerde zustellen, deren Verdächtigungen mich zunächst überraschten. Inzwischen habe ich

erkannt, daß der tiefere Sinn des Vorwurfs berechtigt ist. Ich habe das unerhörte Los gehabt, als Lebender im Totenreich zu verweilen, und ich habe es nicht umgesetzt."
Mit diesen Worten hatte er dem Hohen Kommissar das Buch hingereicht, von dem er wußte, daß es außer der Eintragung: „Mit dem heutigen Tage übernimmt Dr. Robert Lindhoff sein neues Amt" keinerlei Aufzeichnungen und nur leere Blätter enthielt. Der Beamte der Präfektur, der keine Anstalten traf, sein Augenmerk dem Bande zu schenken, stellte fest, daß der Archivar den Wink mißverstanden habe, den ihm das obere Sekretariat durch die Abschrift der längst überholten Beschwerde habe geben wollen. Denn der Vorwurf selbst sei für die Behörde völlig gegenstandslos, wenngleich er dem Chronisten den Anlaß geboten habe, seine Rede vor dem Großen Don zu halten. Man habe lediglich einen Hinweis auf den Urheber des Schreibens geben wollen, um den Archivar zu verständigen, daß jemand dasei, der sich nicht genügend beachtet und sich von ihm unverstanden fühle. Robert, der damals einer Anzahl von Personen nachgegangen war, erfuhr nun, daß sein Famulus die Hand im Spiel gehabt habe.
„Leonhard!" rief der Archivar aus und fand im Augenblick die Erklärung für das scheue und nervöse Verhalten, das jener zeitweilig an den Tag gelegt hatte. Jetzt begriff er auch, was der Junge ihm vorhin noch hatte gestehen wollen. Es bedurfte keines Worts, um Robert davon zu überzeugen, daß die Absicht dabei lauter gewesen war, so ungereimt und tolpatschig sich die Ausführung auch darstellte. Er mußte damals in Anna eine Nebenbuhlerschaft seines Gefühls gewittert haben, das er in seiner Jünglingszeit Robert unausgelebt entgegengebracht hatte. Es mochte die Furcht hinzugekommen sein, daß sich Robert, der Gleichaltrige, der ihn überdauert hatte, den Aufenthalt im Archiv durch Unkenntnis verscherzen würde.
„Er wollte", sagte der Archivar, „sich mir kenntlich machen. Wenn ich das nur geahnt hätte."
„Sie haben sich unnütz Gedanken über das Schreiben gemacht", meinte der Beamte. „Ein Telefonanruf hätte genügt, um sich Klarheit zu verschaffen."
Robert lachte wie über einen guten Witz.
„Wenn es so einfach wäre", sagte er.

„Man muß nicht immer aus allem ein Problem machen", sagte der Hohe Kommissar. Dann nahm er das Buch in die Hand und begann sorgfältig Seite für Seite nachzublättern. Robert saß beschämt da und beobachtete, wie der Beamte der Präfektur mitunter innehielt und nachsinnend nickte. Es schien, als ob sich das unbeschriebene Papier vor den Augen des Kommissars mit Schriftzeichen bedeckte, die deutlich lesbar wurden – und der Vorgang war von der Art, wie man oft meint, das Eigentliche zwischen den Zeilen lesen zu können.
„Sie haben", sagte er nach einer Weile mit dem einförmigen Klang seiner Stimme, ohne einen Blick vom Buch zu wenden, „eine stattliche Anzahl von Episoden und Einzelbildern festgehalten, und es ist wertvoll zu sehen, was einem Lebenden in unserem Reich auffällt, was er für bewahrenswert hält und inwieweit er den Geist der Ordnung und der Gültigkeit zu erkennen vermag, jenen Willen, der den Zufall von den Erscheinungen abzieht, damit das Grundsätzliche sichtbar wird. Sehr nett zum Beispiel", fuhr er fort, „wie der Charakter einiger Übungsstunden geschildert wird, schon das Esssen des Breies zu Beginn, das formale Spielwerk der Beamten, der Reigen der Weiber um den imaginären Besitz ihrer Wäsche, auch die Teilnahme der Bevölkerung an dem Pilgerzug der Kinder, die Zeremonie beim Essen im Gasthaus, die Heiligendarstellungen im religiösen Speicher – ohne dabei zu verraten, welchen Absichten die Gestorbenen dadurch unterworfen werden: nämlich einmal durch mechanisches Training die Erinnerung an gewisse Gesten des alten Lebens wachzuhalten, die seit Jahrhunderten und Jahrtausenden sich immer gleichgeblieben sind, und andererseits die Wichtigkeit leer laufen zu lassen, die der einzelne ihnen zu seinen Lebzeiten beimaß."
Der Archivar starrte den Gedankenleser an.
„Das zeigt sich auch", fuhr dieser fort, „bei Ihrer Auffassung vom Tauschmarkt und bei der Darstellung, die das Gefüge der beiden städtischen Fabriken klargelegt. Es gefällt mir, daß Sie keineswegs verbergen, wie Sie sich im ersten Augenblick gegen die Erkenntnis wehren, daß alles, was von Menschenhand mühsam und exakt hergestellt wird, keinem anderen Ziel zustrebt als dem, ebenso mühsam und genau der Vernichtung anheimgegeben zu werden. Wir ha-

ben bei unserem System der Produktion und Demontierung wohl den gradlinigsten Weg gefunden und dürfen in Anspruch nehmen, damit – von der automatischen Regulierung des Arbeitslosenproblems ganz abgesehen – eine mustergültige Schablone geschaffen zu haben, die auch dem allgemeinen Naturgesetz entspricht, daß nämlich der Substanz der Materie weder etwas hinzugefügt noch etwas weggenommen werden kann. Es gefällt mir also, daß Sie die Verwirrung nicht unterschlagen, die Ihren Geist daraufhin ergriff, und in das Labyrinth der Vexierspiegel gerieten oder vielmehr geraten mußten. Es gäbe natürlich allerlei zu kommentieren, sowohl hier als auch bei dem steinernen Weltenauge an der Fassade des Kulthauses, das Sie so stark bewegt hat, während die Gestorbenen daran achtlos vorüberzugehen pflegen. Dies und jenes hätten wir gern ausführlicher behandelt gesehen, wie die Frage, warum die Musik für den Zustand der Gestorbenen überholt, ja geradezu verderblich wäre, obwohl die Töne ein kosmisches Element sind, oder auch jene Stelle, wo die Äußerungen der Beamtenschaft zu Ihrem Vortrag angeführt werden, die sich auch auf die ganze Art Ihrer Chronik anwenden ließen, wie sie uns nun vorliegt."

Dem Archivar, der auffahren und Einwendungen erheben wollte, wurde bedeutet, abzuwarten, bis der Hohe Kommissar den Band zu Ende durchgesehen habe. Er hob anerkennend hervor, daß der Chronist in dem Archiv allmählich eine Einrichtung erkannt habe, die repräsentativ und sinnbildlich zugleich für die Bedeutung der Totenstadt stehe. Das Leitmotiv gleichsam für die Wandlungen und Verwandlungen, eine „Fund- und Fallgrube des Geistes", wie es der Chronist treffend genannt habe.

„Es ist interessant", sagte der Kommissar in diesem Zusammenhang, „daß Sie keine Stellung zu der Frage nehmen, warum keine Frauen unter den Gehilfen und Pagen zu finden sind. Auf diese Weise ist Ihnen entgangen, daß es sich dort noch um eine sokratische Stätte, um einen Orden des männlichen Geistes, der Logokratie, handelt. Andererseits kann man Ihren Aufzeichnungen, ohne daß Sie es unmittelbar aussprechen, wiederholt die Grundauffassung entnehmen, daß das ganze Abspiel des Lebens einen heimlichen Minnedienst darstellt. Aber wir wollen uns nicht mit Einzelheiten aufhalten. Ich bin auch weit davon entfernt, Ihnen einen Vorwurf zu machen, daß Sie in der weiteren Entwicklung Ihrer amtlichen Eigenschaften allmählich in eine handelnde Funktion gerieten, bei den dankenswerten Sprechstunden, bei der Katakombenversammlung der Maskierten, wie sie von Ihnen empfunden und genannt werden, und bei Ihrem Besuch der Tempelkasernen, wo Sie gleichsam Schicksal erhellend gewirkt haben. Gewiß hätte einer der großen Toten aus dem unmittelbaren Daseinskreis der Präfektur anders gehandelt, aber es ging da in Ihre Gesten unbewußt schon etwas von der Kraft des Gesetzes ein, wie es Ihnen im Walten des Großen Don anschaulich wurde. Aber, und das hebt die Bedenken einer unerlaubten Eigenmächtigkeit auf, die wir vielleicht hegen konnten, aber in Ihrem Verhalten zeigt sich, daß Sie sich mit jedem Wort, das Sie gesagt haben und schreiben, stets als Werkzeug der Mächte gefühlt haben und nicht als eigener Wunsch und Wille. Wenn derartige Anwandlungen Sie überkamen, etwa hier, wie ich sehe", und damit wies der Kommissar auf eine Partie im letzten Drittel des Bandes, „als Sie sich Ihre Verteidigungsrede einübten, wurde es leicht durch das Eingreifen des guten Perking korrigiert, der den alten Tisch reinfegte. Oder auch damals, als Sie bei den theoretischen Studien im Archiv sich der Verbindung mit dem allgemeinen Schicksal zu entziehen drohten, genügte ein Hinweis von Freund Katell, dessen wir uns bedienten, um die Gefahr einer exklusiven Privatexistenz zu bannen. Dies gilt nicht weniger für die selbstverständlichen Unvollkommenheiten, die im Verlauf Ihrer Begegnungen mit der von Ihnen geliebten Frau in Erscheinung traten, bis sich das Bindende des Augenblicks zu der Schicksal wendenden Dauer des Bleibenden vollzog – in Maßen, die sich der sterblichen Genugtuung entziehen. Sie ordneten, wie ich dankbar feststelle, Ihr persönliches Glück dem allgemeinen Dasein unter. Die Linie dafür war natürlich vorgezeichnet, aber es bedurfte Ihrer Selbstaufgabe, um der Disposition, wie sie jedem von vornherein gegeben ist, auf eine natürliche Weise zu entsprechen."

Er blätterte von den letzten Seiten der Chronik noch einmal zurück.

„So klar Ihnen", wandte sich der Hohe Kommissar an Ro-

bert, „die Bedeutung des letzten Appells geworden ist, scheinen sich Ihnen die Regeln und Bedingungen noch zu verwischen, unter denen sich die Dauer des Aufenthaltes der Gestorbenen bei uns und die Auslese der länger verweilenden Amtspersonen vollzieht."
„Wer das wüßte", sagte der Archivar, „wäre nach der Schlangenweisheit Gott gleich. Denn ich vermute darin den gleichen Schlüssel, mit dem das irdische Los zu entziffern ist, das den einen früh, den anderen spät sterben läßt."
„Bei den vielen Entsprechungen", erwiderte der Kommissar, „die das Tun und Treiben in unserer Stadt zu der Zeit des Lebens aufweist, so daß die Vorgänge, wie Sie es selber wahrnahmen, oft in einem Ihnen unheimlichen Spiegelbild erscheinen, bestehen natürlich auch Parallelen für Dauer und Rang zwischen der irdischen und nachirdischen Station. Aber sie liegen sehr verborgen."
Er sprach davon, daß die Aufenthaltsdauer und Auswahl nicht von Eigenschaften abhinge, wie Tugend, Charakter, Wissen, Leistung und alledem, was den Menschen im Leben voneinander sichtbar werde. Die meisten Personen erlägen dem Hang, ihre Bedeutung auf Erden zu absolutieren, obwohl sie keinen Bestand habe, und auf das Imaginäre zu verzichten. Es sei aber ein Adel des Todes jedem menschlichen Lebewesen eingeboren, ein heimliches Zeichen, in dem seine künftige Art als Gestorbener gleichsam vorgebildet liege. Wenn auch die Lebensweise für den unmittelbar anschließenden Zustand der Existenz vor dem endgültigen Erlöschen des bildhaften Bewußtseins nicht zu unterschätzen sei, so dürfe sie auch nicht überschätzt werden. Denn die Grundbedingung für Zustand und Geschick eines jeden Stadtindividuums sei durch den Kreislauf der Menschheit als einem Ganzen begründet, sie hinge in einem dem einzelnen nicht erkennbaren Maß von der früheren, von der Präexistenz ab.
„Sie müßten sich einmal", sagte der Beamte der Präfektur, „falls es Ihnen nicht geläufig ist, mit der recht bedeutungsvollen Literatur des Archivs vertrauter machen, ich denke an chassidische Legenden, etwa die vom Rabbi Rafael aus Belz und dem Jezchak Leib aus Lodz, an chinesische Geschichten, an Sufi-Legenden und die Berichte der Lehrer des Zenbuddhismus. Sie würden dann einsehen, daß das

Prinzip der göttlichen Gnade, wie es in Ihren abendländischen Breitenkreisen vertreten wird, um das Ungereimte der irdischen und nachirdischen Existenz zu erklären, eine Ausflucht ist, die dem System des Universums und der universistischen Daseinsordnung nicht gerecht wird. Aber ich halte Sie auf, Herr Archivar. Sie haben diese Gedankengänge, wie ich sehe, zum Teil schon bei der letzten Unterhaltung mit dem Meister Magus wiedergegeben, als Sie davon berichten, wie das Tote, das anonym Gewordene wieder zur Nährkraft des Lebendigen wird. Es beglückt mich, daß Sie gegen Ende bis zu den Sprüchen der sibyllinischen Anna vorgedrungen sind. Sie umschreiben damit auf intensive Weise die Heimkehr der Logokratie, von der ich schon sprach, in die Weltzeit des Matriarchats, der Gynäkokratie oder, um die klugen Fachausdrücke beiseite zu lassen, die Rückkehr des Geistes zu dem Erbe der Mütter."

„Wie konnte es geschehen", sagte Robert, „daß Anna zu einer Jüngerin der Ewigkeit entrückt wurde? Auf Erden gehörte sie einem anderen Manne, und ich habe sie geliebt wie Don Juan eine Braut, und ihr Wandel hat sich auch im Zwischenreich von keinem der hunderttausend anderen Frauen unterschieden."

„Vielleicht doch", meinte der Hohe Kommissar. „Denn sie hat ungewollt die Vermählung des Todes mit dem Leben vollzogen." Aber er gab zu, daß für ihr kurzes Leben die menschliche Beurteilung, wie sie Robert noch vertrete, keinen genügenden Anhaltspunkt biete. Da zeige sich kaum ein Wachsen in die Reife die Schicksals. Erst als er Robert an die Insignien erinnerte, mit denen jeder Mensch, wie er schon angedeutet habe, auf Grund seiner ihm freilich unbewußten früheren Existenzen ausgerüstet sei, fand der Archivar einen Hinweis auf eine mögliche Erklärung. In diesem Zusammenhang sagte der Stellvertreter des Präfekten ein Wort, das als Feststellung so einfach klang, aber den Chronisten in ein nachdenkliches Schweigen versetzte. Es lautete: „Die Auserwählten des Todes sind nicht die Auserwählten des Lebens."

Bevor der Hohe Kommissar den Band schloß, schrieb er einige Zeilen hinein. Robert, dem noch einmal alle Bilder seines Aufenthaltes vorüberzogen, die sich wie mit glühenden

Nadeln in seine Seele geschrieben hatten, stieß einen Seufzer aus.
„Aber von alledem", sagte er, indem er sich aus dem Sessel erhob, „steht nichts auf dem Papier."
Der Beamte der Präfektur blickte erstaunt auf.
„Sie unterschätzen Ihre Arbeit", sagte er wohlmeinend, doch mit einem Anflug von unterdrücktem Ärger, „keine Silbe Ihrer Gedanken ist verlorengegangen. Für uns steht alles da – für andere Leser brauchte es nur mit Tinte nachgezogen zu werden."
Auch er war aufgestanden. Im gleichen Augenblick wurde im Lautsprecher der gesprochene Dreiklang vernehmbar, der sich mehrmals wiederholte, jenes dem Archivar noch wohlbekannte Zeichen dafür, daß die Stimmme des Präfekten zu ihm sprechen sollte. Obwohl Robert es nahezu erwartet hatte, überflog ihn wie damals ein fröstelnder Schauer, als die übermächtige dunkle Stimme sich metallisch in sein Ohr schnitt. Der Kommissar hatte dem Archivar die Chronik zurückgereicht. Unschlüssig wog er den Band in seinen Händen und hielt den Blick zu Boden gesenkt.
„Dem Meister Robert wird gedankt", schallte langsam die Stimme aus dem Tongehäuse auf, „weil er daran hilft, das Sein zu Ende zu bringen."
„Klagen, sorgen, dulden, gedulden", sagte der Chronist, der sibyllinischen Sprüche eingedenk, leise vor sich hin.
„Meint Ihr nun", fragte die Stimme, „am Ende Eures Weges zu stehen oder an seinem Anfang?"
Der Kommissar hielt dem Archivar die Stabdose des Mikrophons entgegen.
„An seinem Ende", sagte Robert.
„Demnach glaubt Ihr", forschte die Stimme, „das Unbegreifliche begriffen zu haben?"
„Nein", sagte Robert heftig. Wieder fühlte er sich bei den Fragen einer Prüfung ausgesetzt, aber das Gefühl, sie bestehen zu müssen, war erloschen. Über den niedrigen Söller hinblickend, sah er hinter der Stelle, wo die Burg des Präfekten mit den dreiunddreißig Weltenwächtern liegen mußte, die Purpurkugel der Sonne mächtig in den fernen Horizont sinken.
„Also", fuhr die Stimme fort, „steht Ihr am Anfang?"

Robert schwieg. Seine Hände klammerten sich um das Buch. Die Knie federten leicht.
„Es ist nicht meine Aufgabe", schrie er ins Leere.
„Was ist die Aufgabe?" fuhr die Stimme unerbittlich fort.
Robert blieb die Antwort schuldig. Denn ob er nun sagen würde: „zu leben" oder: „zu sterben", wieder, so meinte er, würde vermutlich die unsichtbare Stimme mit der Wendung einsetzen: „Als einfachste Antwort auf die Frage gilt diese –", und ihm dann etwas offenbaren, das zu hören er nicht mehr willens war. „Das Gesetz zu erfüllen", würde es vielleicht lauten. Aber was war damit schon gemeint! „Was ist das Gesetz?" würde gefragt werden. „Es ist mehr als das Tödliche des Lebens", hätte er zu antworten, „das Gesetz ist das ewige Dasein."
Und dann ginge es weiter in diesem pathetischen Stil: dem Pfad folgen, immer zwischen den Polen, zwischen Auferstehung und Untergang, die Brücke bilden über den Strom, der den Brüsten der Sibylle entspringt, Brücke über dem ewigen Sterben. Er meinte all die großen Worte zu hören, und ein Widerwillen packte ihn. Er war der Weisheit und des konzentrierten Tiefsinns satt. Das Leben zum Pfand einsetzen für den Tod, ein Opfer bringen für die Idee, Erbe der Mütter, Heimkehr des Geistes – all die stelzenden Vokabeln, die keinen Schritt weiter führten! Freiheit, Fortschritt, Gerechtigkeit, Menschenwürde, Humanität und Nächstenliebe – all die klangvollen Synonyme für das Göttliche in der irdischen Brust, die von den Zeiten abgegriffen waren und kaum noch für Kongreßreden taugten! Edel sein, hilfreich und gut –: all die schönen Lehren, die den Lebenshunger nicht stillten! Dieses meinte wohl die Ätherstimme, wenn sie von der Aufgabe sprach, und Robert war der goldenen Sprüche überdrüssig.
„Ihr tut wohl daran", klang es indessen aus dem Lautsprecher, „zu schweigen. Denn Ihr wißt um das letzte Geheimnis: daß der Tod des Lebens bedarf. Ich sehe die Bedingungen, Meister Robert, durch Euren Beitrag als erfüllt an."
„Nein", schrie Robert zum zweitenmal. „Mir gebührt weder Titel noch Dank. Ich habe das Wissen satt, mit dem sich das Reich der Gestorbenen und ihrer Wächter so prahlerisch präsentiert. Diese Stadt, in die mich ein Fluch geführt hat, dieser Vorhof des Todes, von dem ich berichten soll!"

Die Worte waren in solcher Erregung hervorgebracht, daß der Kommissar besorgt mit dem Mikrophon einige Schritte zurückwich.
„Alles Tünche", rief Robert, ohne sich zu mäßigen, „ein steriles Staubecken mit denselben utopischen Redensarten wie im Tagesleben! Die alten pharisäischen Salbadereien, auf die der Hohe Kommissar und alle Rattenfänger der aufgeblasenen Präfektur abgestimmt sind. Endlich durchschaue ich die Komödie! Mich fangt ihr nicht. Von uns, von den Lebenden borgt ihr euch alles aus und kleidet das großartig in Worte wie vom ‚Geheimnis, daß der Tod des Lebens bedarf'! Wortspiele, Schattenspiele, Tricks! Lange genug bin ich auf eure grotesken Gaukeleien hereingefallen."
Es verschlug ihm die Worte. Er schnaufte nach Luft. Der Raum begann um seine Sinne zu kreisen.
„Ich habe die Ehre gehabt", fuhr er mit heiserer Stimme fort, „euern Herrn Präfekten zu hören, aber ihn niemals zu Gesicht bekommen, und ich habe euern Großen Don ein paarmal gesehen, aber ihn niemals sprechen hören. Möglicherweise sind die beiden identisch, vielleicht auch nicht. Es tut nichts zur Sache, aber es ist kennzeichnend für das zwielichtige Ungefähr der ganzen Situation. Es wimmelt von Ersten, Zweiten, Dritten Kommissaren, von Sekretären aller Stufen, Gehilfen und Beamten aller Grade, es hat sich mit Meistern, Fabrikpäpsten, mit Spezialisten und Halbgöttern, mit den sieben Unsterblichen und den dreiunddreißig Weltenwächtern, ohne daß man erfährt, wer sie einmal waren und wer sie sind, und es gibt den anonymen Chef einer anonymen Bürokratie. Nüchtern betrachtet, stellt das Ganze nichts weiter als ein Institut für Massenversorgung dar. Von Zeit zu Zeit holt man sich jemanden, wie zum Beispiel jetzt mich, der dafür die gebührende Reklame machen soll. Ihr umgebt euch mit einer mystischen Apparatur, mit absonderlichen Gebräuchen und routinierten Anspielungen, die alles, was geschieht und wie am Schnürchen abläuft, in den feierlichen Nimbus eines Staatsgeheimnisses rückt, damit die Menschen auf Erden Angst bekommen. Angst vor euch zu haben oder Sehnsucht nach euch. Wahrscheinlich beziehen alle Götter und Gottmächte daraus die Kräfte ihrer Existenz. Jedenfalls ist es euch gelungen, denn

als höchste Strafe gilt bei uns seit je die Todesstrafe, nicht die Lebenserziehung, und als höchste Tapferkeit gilt der Opfertod, nicht der Lebensmut! Es interessiert Sie natürlich nicht, wenn ich das einmal ausspreche, es darf Sie gar nicht interessieren, darüber nachzudenken, weil Sie sich sonst selber das Wasser abgraben würden. Ich wollte Sie aber über mich nicht im unklaren lassen."

Schon während dieses Ausbruches hatte ihm die Stimme ein paarmal zu versagen gedroht, nun ging sein Atem in kurzen keuchenden Stößen, und er rang um Luft. Sein Körper schüttelte wie im Fieber. Auch die Hände des Hohen Kommissars, der ihm bis zuletzt das Mikrophon wie eine Monstranz entgegengehalten hatte, zitterten noch. Auf seinem schmalen knochigen Gesicht, das unbeweglich wie eine Maske wirkte, hatten sich unterhalb der Augen auf der Backenpartie zwei runde dunkle Flecken gebildet. Robert, den Körper krampfhaft vornüber geneigt, hielt wie zur Abwehr sein Buch in den ausgestreckten Händen.

Da drang aus dem Lautsprecher ein tiefes Lachen, ein Gurren erst, das immer dröhnender aus dem Grunde der Kehle aufstieg, bis es sich schließlich nicht mehr zu sättigen wußte an Stärke und Hingenommenheit. Es schwoll zum Chor eines Gelächters an, das sich vielfältig im Raume brach und alles in seine Schwingung versetzte. Die metallenen Gegenstände auf dem Schreibtisch begannen zu vibrieren, die Fenster zu klirren, und der steinerne Boden schwankte unter den Wellen des Lachens.

Scham und Zorn ließen des Gesicht des Chronisten rot anlaufen. Bebend sprang er auf den Lautsprecher zu, der ihn der Lächerlichkeit preisgab, und schleuderte in ohnmächtiger Wut das Buch der Chronik gegen das Gehäuse. Wie ein Trunkener schlug er mit Fäusten darauf ein, bis das Rahmenholz splitterte und die seidene Bespannung in Fetzen hing. Er stieß den Lautsprecher vom Tisch auf den Boden, trampelte mit den Füßen auf dem Kasten herum und zerrte keuchend die Verbindungsschnur heraus. Jäh brach das Gelächter ab. Robert wischte sich den Schweiß von der Stirn und sah triumphierend zu dem Hohen Kommissar hinüber, der ihn gelassen betrachtete.

Dann aber, noch während sich Robert bückte, um das Buch aufzuheben, stand das tiefe Lachen erneut im Raum, es drang aus den Fächern des Schreibtisches, aus dem Spiegel, der Lampe, dem Telefon, aus dem Aktenständer, dem Papierkorb, aus allen Fugen spritzte das metaphysische Gelächter hervor. Diesmal freilich klangen keine spöttischen und demütigen Töne vor, vielmehr schallte beinahe etwas von dem behäbigen Lachen seines Vaters auf, nur gelöster, lockerer in den Akkorden. Es wurde ein unbeschwertes, seliges Lachen, das nicht mehr beschämte, sondern eine befreiende Wirkung ausströmte. Auch der Kommissar, zu dem Robert mißtrauisch hinschielte, schien von der perlenden Heiterkeit ergriffen, denn über sein steifes Gesicht lief ein verzücktes Lächeln, die dunklen Flecken, die sich auf seinen Wangen gebildet hatten, verschwanden, die starre Förmlichkeit fiel von ihm ab, und er begann wie im Trance tänzerisch die Glieder zu regen. Die Füße hüpften in den klappernden Sandalen und wurden unwiderstehlich von dem prickelnden Echo des Lachens auf den Söller gezogen. Auch Robert vermochte sich nicht länger gegen den betörenden Rhythmus zu wehren und folgte dem hohen Beamten mit beschwingten Gesten und kleinen steppenden Schritten ins Freie des Balkons.

Wie ein zärtliches Pizzikato tönte das Lachen durch die Luft und rann tausendfach überschäumend in die Landschaft. Die dämmernden Hügel und Erdstreifen vor dem Söller gerieten in eine schwingende Bewegung, es quoll und schwoll aus den Schatten, es rieselte im Steppengras, die ferne Kette der Berge bog sich am Horizont, die Schwere war aufgehoben, und die ersten Sterne, die im Bogenrund des abendlichen Himmels aufschimmerten, schwankten vor Roberts Augen auf und nieder wie silberne Lampions. Waren die rauschenden Wellen des Lachens auch allmählich verebbt, schwang die dionysische Heiterkeit noch lange nach.

Der Kommissar, den es wie Robert zu immer neuen Reigenfiguren auf dem Söller hinriß, hatte, ganz in das Spiel verloren, seinen Arm um die Schultern des Chronisten gelegt.

„Die Heiterkeit“, sagte er mit einer volleren Stimme als vordem, „steckt in der ganzen Welt. Man bedarf nicht einmal eines Lautsprechers, um ihre ewige Gegenwart zu verspüren.“ Er entfernte sich wie ein Schlittschuhläufer, der einen

Bogen beschreibt. „Euer Liebden", sagte er, sich wieder nähernd, „schlugen ins Leere."
„Zauberkünste bis zuletzt", erwiderte Robert. Dann aber mußte er selber über den kindischen Ernst lachen, in den ihn die Lösung des Welträtsels getrieben hatte.
„Ich war ein Narr", sagte er und machte einen Kratzfuß. Es war nicht zu entscheiden, ob die scherzhafte Verneigung dem Kommissar galt oder dem unsichtbaren Präfekten.
Robert stützte die Arme auf die Brüstung und spähte in die raunende Dunkelheit, die sich mehr und mehr ausbreitete. Irgendwo mußte das Bergschloß liegen. Die Sterne strahlten schon stärker, und gegen den Horizont zu konnten es auch Lichter aus dem einen oder andern Fenster der Burg sein – wer wollte das wissen?
Der Kommissar hatte sich in sein Zimmer zurückgezogen.
Noch immer starrte der Chronist in die Ferne der Welt. Allmählich löste sich vor dem gesammelten Blick aus dem Dunkel die geheimnisvolle Residenz, die auf vorzeitlichen Bergen wie auf dem glühenden Saum einer schwebenden Wolke ruhte. Wie eine lange geschlossene Blüte langsam aufblättert, um den goldenen Stempel und die Staubgefäße sichtbar werden zu lassen, so blätterten die Mauern der göttlichen Pfalz auf und gaben den Blick in das Innere frei.
Inmitten der gestirnten Wände sah Robert eine Versammlung von Männern, die in würdige Gewänder reicher Kaufherren gekleidet waren. Die Schuhe hatten sie abgestreift und standen auf einem metallen schimmernden Grund, der unter ihren bloßen Füßen zitterte. Ihre Körper drehten sich in einem feierlichen, gemessenen Tanz. Wenn sie den Fuß hoben, um ihn auf den Platz des Nachbarn zu setzen, konnte man erkennen, daß der Untergrund aus blitzenden Schwertern bestand, auf deren nackten Schneiden sie ihren Reigen vollführten. Der eine und andere prüfte die Schärfe, indem er sich niederbeugte und ein Blatt Papier über eine der Klingen zog, das mittendurch geschnitten wurde. Aber ihren Sohlen schien der Teppich der zahllosen Schwerter, die aus der Tiefe gegen sie gereckt wurden, ebensowenig anzuhaben wie das Feuer, das ihnen jetzt in züngelnden Flammen entgegenschlug. Gedankenverloren neigten sie

den Kopf und lächelten mit einem nach innen gerichteten Blick. Sie schritten durch einen Raum, der keinen Boden hatte, aber die Luft trug sie sicherer als jedes feste Element. Sie griffen in die Nacht und warfen sich Gestirne und Sonnen wie in einem großen Ballspiel zu, ein Feuerwerk von Sternschnuppen entschlüpfte ihren Händen, und Fäden des Lebens spannen sich von einer Planetenwelt zur anderen.
Es waren die dreiunddreißig Weltenwächter, die Hüter der goldenen Waage, von denen dem Chronisten einmal gesagt worden war, daß sie vom Bergschloß des Präfekten aus den Gang der Menschheit überschauten. Nun kehrten sie von festlichem Tanz und Sternspiel, wohin sie die göttliche Heiterkeit entführt hatte, um neue Kräfte aus dem All zu ziehen, in den hohen Kuppelraum zurück, wo die flach gewölbten Schalen der Weltenwaage im Unendlichen schwangen.
Während sich die Weltenwächter im offenen Halbkreis sammelten, um das langsame Steigen und Fallen der goldenen Schalen aufmerksam zu beobachten, wie es ihres Amtes seit alters her war, schienen einzelne dem Chronisten oft so nahe gerückt, daß er in den oblatenhaften Gesichtern die Züge von erlauchten Geistgestalten zu unterscheiden vermeinte. Es kam ihm nicht wunderbar vor, die Weisen und Dichter des alten China dort hocken zu sehen, Lao Tse und Kung Fu Tse, Tschuang Tse und Li Tai Po; Heraklit entdeckte er bei ihnen, Homer und Sokrates, auch Firdusi und Zoroaster; da standen Dante und Augustinus, Shakespeare, Goethe und Tolstoi; jener in der Halskrause mochte Montaigne sein und dieser Cervantes; hier leuchtete das Bild von Franziskus auf, dort von Vergil; um den sinnenden Dalai-Lama scharten sich indische Heilige und Patriarchen, vielleicht war Bodhidharma darunter, der das große Fahrzeug, das Mahājāna nach China gebracht hatte und dessen erste Verkünder Aśvaghoṣa und Nāgārjuna; Propheten des Alten Testaments hielten mit dem Deutero-Jesaias beredte Wacht. Bald gewann Robert den Eindruck, als ob die Gesichter sich wandelten und in einem Wechselspiel der Unsterblichen in andere Züge übergingen. Sie erinnerten an Swedenborg, Pascal, Kierkegaard, an Voltaire und Swift; Meng Tse tauchte auf und Meh Ti, der frühe östliche Künder einer sozialistischen Menschenliebe, Tschu Hsi, der

späte Meister der Seinsweisen; Walther von der Vogelweide und Petrarca jetzt, Giordano Bruno, Erasmus, Joubert und Pestalozzi – all die großen Antwortenden auf die Fragen des Geistes, der das Leben erhält.
Sie waren der eine und wurden der andere und hielten das Schöpfungsspiel in Gang. Wenn sie im Kuppelsaal des Präfekten miteinander ihre Gedankenblicke tauschten, trugen ihre Gesten keine falsche Feierlichkeit zur Schau. Zuweilen schien ihre Hand mit einer schirmenden Bewegung der einen Waagschale Einhalt tun zu wollen, die unter einer dunklen Last immer tiefer sank. Wie eine gasförmige Substanz anzusehen, lag auf ihr ein geballter Klumpen, der an Schwärze und damit an Gewicht zunahm, während das lichte Gebilde auf der anderen Schale immer mehr an Leuchtkraft einbüßte und fast gewichtslos wurde. Der finstere Ballen entsprach dem Ungeist, der unter den Menschen auf Erden wirksam war, im hellen Lichtkegel sammelte sich der Vorrat des Geistes. Der Ungeist beherbergte die chaotische Brut von Haß, Unvernunft und Unnatur, der Geist wurde von dem reinen Quell des Denkens, der Wahrheit und der Güte gespeist.
Wenn in dieser Zeitspanne der Menschheit, die der Chronist angesichts der Weltenwaage erlebte, auch die Finsternis über das Licht triumphierte, so zeigten sich auf dem Antlitz der dreiunddreißig Hüter der Waage weder Bestürzung noch Verzweiflung. Sie griffen nicht aktiv ein, aber sie ließen es auch nicht bei einer kontemplativen Betrachtung bewenden; sie halfen durch bloßes Dasein. Mit unbeirrbarer Geduld hefteten sich ihre Blicke auf das dünne, faserige Licht über der schwachen, immer höher vergleitenden Schale. Robert meinte ihre Gedanken zu vernehmen. Sie wußten, daß Geist und Ungeist gleichermaßen vorhanden waren und daß es nur an den Menschen lag, welcher der beiden Mächte sie sich ergaben. Die vollgesogene Finsternis legte davon Zeugnis ab, wieviel an Haß und ungeistigem Wesen sich entladen hatte und noch entlud, in vielen einzelnen, in Gemeinschaften und in den Völkern. Aber die Leidenschaften, die aus der Hilflosigkeit der Menschen, ihrem Nichtzurechtkommen mit der eigenen Not die Instinkte der Bestialität so übermäßig erweckt hatten, sie konnten auch auf die Vernunft des Geistes, auf die Ver-

wirklichung eines geläuterten Lebens gelenkt werden. Bei jedermann fing die Entscheidung an.
Der Chronist beobachtete, wie der Lichtkegel allmählich erstarkte und das Leuchten an Gewicht zunahm. Es bedeutete, daß Tröstung und Wohltun sich unter den Menschen wieder kräftiger regten, daß einer dem andern half, statt ihn zu unterdrücken. Der Strahlenkranz des Lichtes dehnte sich aus, das kündete von menschlichem Zuspruch, von dem Kuß einer Mutter, von einer versöhnenden Hand. Im gleichen Maß, wie die Helligkeit an Intensität gewann, wurde die lastende Gewalt der Finsternis geringer, und schon strebten die Schalen einem Ausgleich zu. Da erhielt das Dunkel neuen Zustrom, das bedeutete neues Blutvergießen, Untat und Schändung. Doch auch dem Licht kam neue Nahrung zu: verstockte Herzen bekannten sich zur Wahrhaftigkeit, der Wille diente der Humanität, und die Freude fand ihr Recht auf Erden. So blieben die Schalen der goldenen Waage, die irdisches Wünschen und Wollen, Denken und Handeln maß, im auf- und niederpendelnden Wechsel.
Oft hatte es den Anschein, als ob die Schale des Geistes vom Ungeist endgültig überwältigt würde, mochte der Niederschlag sich nun in Tagen, in Jahren oder Epochen abzeichnen. Für den Chronisten war es bei dem Ausblick in das kommende Jahrhundert aber ein bedeutsamer Wink, daß im Plan der Welt immer die Chance, immer die Möglichkeit bestand, der geistigen Kraft des Lebens zu vertrauen. Durch seinen Aufenthalt im Totenreich hatte er erfahren, daß dem einzelnen weder das Gute noch das Böse, weder das Sinnvolle noch das Sinnlose seiner irdischen Zeit unmittelbar vergolten wurde – dieses fand seine Entsprechung in Zahl und Art der Dauer nach dem Gesetz der Wiedergeburten. Aber die visionäre Schau der goldenen Waage offenbarte dem Chronisten, daß es in dem Kreislauf des ewigen Daseins nicht gleichgültig blieb, ob sich der einzelne zum Mittel des Geistes oder des Ungeistes machen ließ. Jedermann entrichtete mit jedem Augenblick des Lebens seinen Beitrag an den Kosmos.
Von links nach rechts schob sich ein langsamer Schatten über das Bild. Es war, als ob ein fremder Weltkörper über die Waage und seine Hüter wischte. Der Präfekt, so meinte Robert, zog den Vorhang wieder zu.

Als er in das Zimmer des Hohen Kommissars zurückkehrte, versagten die Füße. Taumelnd erreichte er einen kissenbelegten Marmorsessel. Der Beamte hatte die Lampenbeleuchtung eingeschaltet.
„Erholen Sie sich", sagte er freundlich, doch in dem förmlichen Akzent wie immer.
„Eine Chance besteht", sprach Robert vor sich hin, den letzten Gedankengang aufnehmend, „aber keine Gewähr."
„Sie meinen für das Leben?" fragte der Kommissar vom Schreibtisch her und fügte, als der Chronist bedachtsam nickte, hinzu, daß dies sein Gebiet nur berühre, daß aber Robert in seiner Eigenschaft als Mensch noch zu sehr Partei sei. „Im übrigen", meinte er nebenbei, „bleibt es Ihnen, Herr Doktor Lindhoff, unbenommen, weiterhin im Archiv Ihre Tätigkeit auszuüben oder in Ihr früheres Land zurückzukehren. In unseren Diensten", ergänzte er gelassen, „stehen Sie hier wie dort."
„Ich bin ein Mensch", sagte Robert, „und kein Geist."
Nachdem der Hohe Kommissar eine gewisse Frist hatte verstreichen lassen, ohne daß sein Gast eine Frage gestellt oder einen Widerruf hatte verlauten lassen, drückte er auf einen Klingelknopf.
„Die Pässe für Herrn Doktor Lindhoff", sagte er zu dem eintretenden Sekretär.
Robert verbeugte sich steif. „Ich habe", sagte er zum Abschied, „für alle Nachsicht und Aufmerksamkeit zu danken."
Der Sekretär mit den rosigen Wangen und den listigen Äuglein hinter der scharfen Brille nahm ihn unter den Arm.
„Nun, Herr Archivar", sagte er aufgeräumt, nachdem sie in seinem Zimmer Platz genommen hatten, „einmal ausspannen und Ferien machen?"
Er bot ihm eine Zigarette an, die, ein lang entbehrter Genuß, den Chronisten wieder belebte.
„Ich scheide für immer", sagte er, „es ist mir nicht mehr ganz geheuer."
„Sie werden zu uns zurückkehren", sagte der Sekretär, während er die Papiere ausfertigte, „Sie hatten sich schon gut eingewöhnt."
„Gewiß werde ich einmal wiederkommen", meinte Robert,

der sich verloren umschaute, „aber erst, wenn ich wirklich gestorben bin."

„Im Leben", sagte der Sekretär und setzte einen Stempel unter das Papier, „sind Sie auch nur ein Toter auf Urlaub."

„Sie meinen", sagte Robert und sog den Rauch der Zigarette tief ein, „da käme es auf eines heraus, wenn ich gleich hierbliebe, um weniger Aufhebens zu machen. Sie haben eine handfeste Art, einem zuzureden."

„Die Verhältnisse bei uns", sagte der rosige Sekretär, „sind etwas morbid, das gebe ich zu, überalterter Goldschnitt mit Patina sozusagen. Glauben Sie mir, es würde anders bei uns aussehen, wenn es um das Leben der Menschen im Abendland besser bestellt wäre. Vielleicht weisen Sie in Ihrer Schrift einmal darauf hin?"

„In welcher Schrift?" fragte Robert.

„Nun", meinte der Sekretär, „in dem Buch, an dem Sie hier die lange Zeit über beschäftigt waren, der Charakterstudie von uns, Ihrem Reiseroman."

„Sie irren", rief Robert und drückte den Rest der Zigarette aus. „Mir fehlen sämtliche Vorbedingungen für einen Unterhaltungsschriftsteller. Weder könnte ich eine Fabel spinnen noch eine Handlung erfinden, mir steht nicht einmal ein Happy-End zur Verfügung. Ich zahle mit der Hälfte meines Lebens."

„Das ist die Voraussetzung", sagte der Sekretär verbindlich und faltete die Amtspapiere zusammen. „Im übrigen hat sich das Buch mehr oder weniger ohne Ihr Zutun geschrieben, und der Hohe Kommissar machte mich dafür verantwortlich, daß Sie den blauen Band unbedingt mitnehmen. Ihr Zug fährt um Mitternacht." Er händigte ihm die Pässe aus.

„Es ist zum Lachen!" rief Robert, den noch einmal der Rausch der Verzweiflung überkam. „Bin ich denn wahnsinnig? Wispert es nicht schon wieder? Der Teufel soll sich mit dieser Heiterkeit hier auskennen! Wurde ich nicht zuletzt mit Gelächter erschlagen?"

„Nun müssen Sie sich wohl auf Ihren Weg machen, Herr Doktor", sagte der Sekretär.

„Wer soll mir glauben", flüsterte Robert aufgewühlt, „was ich hier erlebt habe? Mit Haut und Leib in der Stadt hinter dem Strom gewesen zu sein – was für ein Märchen für die materialistisch geschulte Welt. Da ist Gulliver in Brobdignag und mit seinem Besuch bei den klugen Houyhnhums ein harmloser Wunderknabe gegen Doktor Lindhoffs Totenreise. Niemand wird sie wahrhaben wollen, und man wird eine okkulte Angelegenheit daraus machen. Die Gläubigen der Kirche und die Fanatiker der Kriegerkaste müssen mich verdammen, weil ich Glauben und Moral untergrub. Die Gestorbenen und die Ältesten der Toten werden sich rächen, weil ich sie schleierlos vor der Zeit gesehen habe."

„Die Sänfte steht bereit", drängte der Sekretär, „Ihr Gepäck aus dem Archiv wird unmittelbar zum Bahnhof geschafft."

„Ich bin von mir selber enttäuscht", sagte Robert noch immer im Flüsterton, „Dante marschierte wenigstens durch Hölle, Fegefeuer und Paradies der weiland Lebenden. Er konnte es auch in Terzinen beschreiben. Ich gelangte in ein fragwürdiges Zwischenreich, und meine Chronik endet bei der Sibylle."

Es zuckte über sein Gesicht. „Und dabei war ich wirklich bei den Gestorbenen, tagein, tagaus." Er schluchzte auf. Seine Züge strafften sich, und die Stimme bekam wieder festere Klangfarbe, als er sagte: „Ich habe das Ungeheuerliche nicht gewollt, aber nun stehe ich dafür ein, Wort für Wort."

Als er sich erhob, merkte er erst, wie groß seine Schwäche war. Das Glas der Brille beschlug, als er in die Sänfte stieg.

„Gute Reise!" sagte der Sekretär.

Die sechs Träger, die den Chronisten in der Sänfte durch die nächtliche Stadt zum Bahnhof gebracht hatten, waren stumm davongegangen. Robert, sein altes Köfferchen in der Hand, ging langsam auf dem Platz vor der Bahnhofshalle auf und ab, aus der die Nachzügler eines der letzten Transporte zögernd herausstrebten. Die satte Wölbung des Himmels war von der kalten Helligkeit des Mondlichts durchzogen, die das glitzernde Funkeln der Gestirne abschwächte. Die künstliche Beleuchtung der wenigen Straßenlaternen erlag hilflos dem porösen Glanz der Luft.

Robert kämpfte gegen die Müdigkeit an, die ihn wellenförmig überfiel, indem er mechanisch die Schritte zählte, die er sich hin und her zu gehen zwang. Nein, er war nicht wahnsinnig, und die Gestorbenen waren es noch weniger. Die körperliche Erschöpfung, die sich aus der schlaflos verbrachten Nacht und den Erlebnissen der letzten Stunden ergab, löste die Empfindung aus, als würde er von innen her ausgehöhlt. Eine stumpfe Benommenheit lähmte seine Bewegungen.

„Robert!" hörte er sich von einer Stimme angerufen, in der Freude und Überraschung aufklangen. „Bist du es wirklich?"

Er blieb stehen und wandte sich um. In der zarten Gestalt, die ihm mit schrägen Schritten von der Bahnhofshalle aus entgegenkam, wobei die Füße schief in eine gleiche Richtung gesetzt wurden, erkannte er das Bild seiner Mutter.

„Wie lieb von dir, mein Junge", sagte sie, „daß du auf mich gewartet hast. Das ist freundlich vom lieben Gott."

Aus der Stirn, die wie durchsichtiges Porzellan schimmerte, strich sie eine weiße Haarsträhne.

„Daß ich dich treffe, Mutter", sagte er, „daß ich dir schon hier begegnen muß! Ich war auf dem Wege zu dir."

„Es ist ein schönes Licht hier", sagte sie mit einem angespannten Lächeln, „ich konnte es schon den ganzen Weg über leuchten sehen. Ich war ja immer bereit."

Er streichelte ihre Hände.

„Werde ich", fragte sie, „Vater auch wiedersehen?"

„Er befindet sich", sagte Robert behutsam, „schon etwas weiter auf der Reise. Jeder von uns dreien ist immer ein Stück vom anderen getrennt. Verstehst du?"

„Ich füge mich", sagte sie, „ich habe mich allem fügen gelernt, wie es bestimmt ist in Gottes Rat."

Ein herber Zauber ging über ihr schneeiges Gesicht, in dem traumhaft die Züge einer großen Frauenschönheit auftauchten. Dann wurde es wieder schmerzlich leer. Aus der kleinen, überfüllten Handtasche, die an ihrem Arm hing, ragte ein abgegriffenes Gesangbuch hervor.

Als Robert ihr sagte, daß er noch einmal in die Welt zurückführe, erzählte sie ihm, daß Erich und Bettine herangewachsen seien und daß Elisabeth es nicht immer leicht gehabt habe, seitdem er fortgegangen sei.

„Aber", sagte er, „war ich denn so lange unterwegs?"

Sie schaute ihn unsicher an.
„Uns kam es so vor", sagte sie, „aber das mußt du selber entscheiden. Es ging inzwischen viel Schreckliches in der Welt vor. Warum müssen Menschen so grausam zueinander sein? Zuletzt hatte ich kein Bleiben mehr – wie tausend, hunderttausend. Jetzt ist mein Herz im ewigen Frieden."
Sie atmete tief. „Mein geliebter Junge", sagte sie.
Als Robert anbot, ihr eine Empfehlung auf den Weg durch die Stadt mitzugeben, dankte sie ihm gerührt, lehnte es aber fast schroff ab.
„Schon gut", sagte sie, „ich brauche keine Empfehlung, ich gehe zu Gott." Als sie sein Stirnrunzeln bemerkte, fügte sie hinzu: „Du weißt es gewiß besser, aber laß mich!"
Er nickte.
„Wenn du zurückgehst", sagte sie noch, „solltest du meine Balkonblumen gießen, sie vertrocknen sonst."
Er versprach es.
„Und du", rief er der Mutter nach, „vergiß später nicht, den Stein der Sibylle zu küssen, falls du die Kraft hast."
„Ja, ja", hörte er sie sagen. Es klang entfernt und ein wenig ungeduldig.
Eifrig trippelte die leicht gebückte Gestalt auf den im Mondschein blinkenden Straßenbahnschienen der Stadt zu. Er blickte ihr noch nach, als sich ihre Umrisse längst mit den Schatten der Nacht vermengt hatten. Da erst, als er wußte, daß sie ihn nicht mehr hören konnte, sprach er, indem er sich verneigte, die Worte: „Ich danke dir, daß du mich geboren hast."
Dann war er durch den Tunnel der Halle auf den menschenleeren Bahnsteig gegangen. Er hatte auf neidische Blicke, auf neugierige Fragen gerechnet, aber das spärliche Bahnpersonal hatte zweifellos von der Präfektur entsprechende Anweisungen erhalten. Niemand behelligte ihn, nicht einmal die Papiere wurden kontrolliert, die der Sekretär so sorgfältig ausgestellt hatte. Er schritt den Zug entlang, der aus Personen-, Güter- und Korridorwagen zusammengestellt war, auch offene Kipploren fehlten nicht. Schließlich stieg er in einen D-Zug-Wagen ein und wunderte sich nicht, daß er der einzige Reisende blieb. Einen Freifahrschein hatte man ihm bis zur nächsten Station ausgestellt, dann müsse er weiter sehen.

20

Fast geräuschlos hatte sich gegen Mitternacht die lange Wagenkette in Bewegung gesetzt. Auf der großen Flußbrücke, die langsam passiert wurde, gaben die Räder einen hohlen Hall. Er spähte durch das Fenster über das Schlammwasser, das träge unter dem Mondlicht wie geschmolzenes Blei in der tiefen Rinne des Flußbetts zog und am Geröllhang opalen aufschillerte. Zischend kroch der Dampf der Lokomotive an den Scheiben entlang, so daß die Aussicht bald verdeckt wurde.

Robert, der sich auf der schmalen Holzbank der Länge nach ausgestreckt hatte, schlang die Arme um seinen Kopf und zog, auf der Seite liegend, die Beine mit spitz angewinkelten Knien wie ein Embryo flach an den Körper. So schlief er ein. Als er erwachte, war es hell geworden. Staunend richtete er sich auf und sah die Landschaft zu beiden Seiten in einer mäßigen Geschwindigkeit an sich vorübertreiben. Über grün besponnenen Flächen sah er, hoch gegen den Horizont getürmt, weiße Wolken stehen, wie riesige Schnecken mit zart getöntem, aufgerolltem Gehäuse.

Als er den Koffer öffnete, fand er darin einen Imbiß, den wohl Leonhard noch eingepackt hatte. Unter seinen Sachen lag auch der blaue Band aus dem Archiv, dessen Seiten der hohe Leser in der Präfektur noch gestern durchgeblättert hatte. Er bildete das einzige Beweisstück, daß sein Aufenthalt im Totenreich keine Einbildung, kein Traum gewesen war. Nachdem er den Band von rückwärts aufgeschlagen hatte, meinte er nun selber, die Blätter mit seinen Schriftzeichen bedeckt zu sehen. Es war aber die Eintragung, die der Hohe Kommissar gegen Ende des Bandes vorgenommen hatte. Halblaut las er vor sich hin:

„I saw the Sibyl of Cumae
– Said one – with mine own eye.
She hung in a cage, and read her rune
To all the passers-by.
Said the boys: ‚What wouldst thou, Sibyl?‘
She answered: ‚I would die.‘“

Darunter standen in griechischer Sprache die Worte: Σιβυλλα, τι τελεις; ’Αποϑανειν τελω. Sibylle, was bringst du zu Ende? Das Sterben bring ich zu Ende.

Noch einmal überschlug Robert die Verse, deren magischer Klang unübersetzbar blieb, wenn er sich den Sinn auch verdeutlichte: Ich sah die Sibylle von Cumae, sagte jemand, mit eigenen Augen. Sie hing in einem Käfig (gemeint war wohl das Felsgehege) und las ihre Rune (gefangen im Felsen weissagte sie) allen Vorüberziehenden. Sprachen die Knaben: „Was wünschest du, Sibylle?" Sie antwortete: „Ich möchte sterben."

Robert ließ das Buch sinken.

Dicke Tropfen schlugen gegen die Scheiben. Sie hafteten kurz am Glas, bis die gläsernen Kugeln in schrägen Bahnen schneller oder langsamer herabrannen. Er starrte in das graue Wunder des Regens. Neben dem Gleis schaukelten jetzt Telegrafendrähte auf und nieder. Die Strecke verlor immer mehr an Einsamkeit. Schollenland, Nadelwald, Hügelketten. Der fegende Regen hatte aufgehört, und zwischen den Wolkenstreifen dunsteten Sonnenstrahlen. Junge Kleefelder an der Böschung, einzelne Birken mit grünem Haar, das im Wind wehte, Vogelschwärme in der Luft, Saatkrähen, die sich niederließen, mageres Weidevieh in den Koppeln, Wellblechbaracken, Laubenlager. Ein Schwindel packte Robert, er mußte die Augen schließen. Die Fahrt wurde stockender, bis der Zug zum erstenmal hielt.

Mitten im freien Gelände waren aus hölzernen Planken auf der einen Seite des Gleises breite Notsteige errichtet, auf denen sich eine unübersehbare Menschenmenge zwischen Kisten, Säcken und Tragkörben staute. Der Hintergrund, von Stacheldraht eingezäunt, glich einem Heerlager. Vor den langgestreckten Holzhütten sangen Kinder, doch gingen die Töne in dem allgemeinen Stimmengewirr unter. An den Stämmen einzeln stehender Obstbäume, deren Kronen in voller Baumblüte prangten, lehnten Bettelmusikanten mit der gelben Armbinde der Blinden. Viele jüngere Männer bewegten sich an Krücken und Stöcken, weil ihnen ein Bein fehlte, anderen hing ein leerer Ärmel schlaff hinunter. Krankenschwestern und Bahnpersonal wurde es nicht schwer gemacht, unter der gleichgültig wartenden Menschenschar Ordnung zu halten. Kam einer heute nicht mit, so vielleicht morgen.

Dies war kein Bahnhof, war keine Stadt. Als Sammelplatz mochte es gelten, als Auffanglager. Es bedeutete die erste

Station, auf der sich für Robert der Übergang in die Wirklichkeit vollzog.
Nachdem die Absperrung gelockert worden war, drängte ein Teil der Herde in den Zug. Auch Roberts Abteil hatte sich rasch gefüllt, und zahlreiche Personen mußten auf dem Korridor stehen. Von seinem Eckplatz aus beobachtete er, wie die Zugestiegenen, die elend aussahen, mühsam ihr Gepäck verstauten und sich mit verdrossenen Mienen mißtrauisch musterten. In kurzen Fragen und Antworten verrieten sich verschiedene Dialekte.
Wohl war er in seiner Heimat, aber er verstand die Sprache nicht mehr, die dort geredet wurde. Die Gedanken der Menschen waren durchlöchert von Angst, wenn sie auch häufig eine durchtriebene Aktivität zur Schau trugen. Sie verbreiteten eine muffige Atmosphäre, schrien sich gereizt bei jeder Gelegenheit an, um ihr schlechtes Gewissen zu verbergen.
Er fand sich noch nicht mit den Maßstäben zurecht, mit denen das Leben gemessen wurde. Die Zeit schleppte sich hin, bis der Zug seine Fahrt wiederaufnahm.
Robert gegenüber saß ein junges Liebespaar im verblichenen Sonntagsstaat, das sich fest an den Händen hielt, und sich immer wieder elektrisiert in die Augen schaute. Das junge Mädchen war stark parfümiert. Die übrigen starrten teilnahmslos vor sich hin, jemand hatte ein Buch aus der Tasche gezogen und las. Aus der Unterhaltung, die allmählich aufkam, ließen sich Art und Charakter der Reisepartner leicht erkennen. Der Herr mit dem Buch zum Beispiel wies sich als Rechtsanwalt aus, der sich an einem neuen Ort niederlassen wollte. Ein anderer in dunkelgrauer Joppe mit Hirschhornknöpfen verriet den ehemaligen Offizier. Die jüngere Frau in Trauer neben Robert war die Witwe eines Handwerkers, der ältere Mann in Hemdsärmeln, der gedankenlos an seinem Schlips zog, ein abgebauter Museumsbeamter. Eine früh ergraute Dame, deren Blicke unruhig von einem zum andern sprangen, suchte Erkundigungen über ihre Familienangehörigen einzuziehen, über ihren Mann, ihre Geschwister, über den Onkel Nathan und die Kusinen, die alle verschleppt waren, abgeholt, verschollen.
Sie frage jeden, sagte sie, den sie treffe, sie werde wohl ihr Leben lang fragen müssen.

Der Zug fuhr.
Als sich die Witwe erkundigte, ob es stimme, daß man auf der nächsten Station umsteigen müsse, sagte Robert, er habe den Eindruck, daß alle in falscher Richtung führen. Die Augenpaare der Reisenden sammelten sich neugierig auf seiner Person. Der Herr in der Joppe fixierte ihn und meinte, der Herr sei wohl jetzt erst entlassen worden und befinde sich auf der Heimkehr. Robert wandte sich an die Runde.
„Ich komme aus einem Land ohne Freude", sagte er.
Dann sei er kaum von hier fort gewesen, hieß es.
„Aus der Zone des Grauens", sagte er.
Da bestehe kein Unterschied, meinte man.
„Aus der Stadt ohne Hoffnung", sagte Robert.
Dann stammte er aus ihrer Gegend, wurde ihm erklärt, das kennten sie genau.
Sie überhörten seine Einwendungen und erzählten lieber einander ihre Schicksale und die ihrer Verwandten und Freunde, wobei sie stets die Worte so wählten, daß sie für Roberts Ohren mit bestimmt waren. Sie gaben erregende Schilderungen, wie sie dem Tode entronnen seien und was sie selbst an Ensetzlichem durchgemacht hätten. Sie berichteten von dem Flüchtlingsleben und von dem Hungerdasein, jammerten über Zuchtlosigkeit und Verfall, seufzten über verlorenen Besitz, über die Not der Zeiten, stritten über die Ursachen, und einer wußte Schlimmeres als der andere. Das Liebespaar drückte sich verschüchtert enger aneinander.
„Man sollte", sagte Robert, als ihn alle fragend musterten, „Übungsstunden in der Art einrichten, wie es die Präfektur des Landes hielt, aus dem ich komme. Sie stärken das Gedächtnis und lassen die eigene Wichtigkeit im allgemeinen Schicksal untergehen."
Man betrachtete ihn mitleidig.
Der Museumsbeamte, der nach einer neuen Stellung suchte, bat um Auskunft, von welcher Präfektur die Rede sei.
„Sie herrscht in der Stadt hinter dem Strom", sagte Robert, „die jenseits der Brücke liegt."
Alle Brücken seien zerstört, erklärte der ehemalige Offizier, der aber den Gedanken der Übungsstunden aufgriff, weil er

sich davon etwas für den Traum der verlorenen Uniformen versprach.
Sie redeten aneinander vorbei.
Das junge Mädchen hielt ihren Geliebten umschlungen. „Es gibt ein Morgenrot“, sagte sie, doch es klang wenig zuversichtlich. Er nickte beteuernd.
„Ich war“, begann Robert noch einmal, „dort, wo die Täuschungen ein Ende nehmen. In einer Schattenstadt ohne Musik, ohne Kinder, ohne Glück.“
Das junge Mädchen weinte. Der Jüngling nahm ein Koffergrammophon auf den Schoß, das er aus dem Gepäcknetz hervorgeholt hatte, und ließ mutwillig einige Tanzplatten spielen.
Eine alte Frau auf dem Gang steckte den Kopf durch die Tür und sagte böse: „Davon wird man auch nicht satt.“
„Wer sich nicht auf dem Arbeitsamt registrieren läßt“, sagte der Rechtsanwalt, während der Jüngling eine neue Platte auflegte, „erhält die Hungerkarte.“
Die Witwe des Handwerkers sprach von ihrem Mann. „Aufgehängt haben sie ihn“, sagte sie, „noch drei Tage vor Schluß aufgehängt.“ Sie bebte.
Die Nadel kratzte über die Platte.
Robert litt unter den Mitreisenden. Was bewegte diese Menschen? Wohin fuhren sie? Da zitterte doch eine große Ratlosigkeit. Hilflose Kreaturen, die keinen Ausweg aus dem Käfig ihres Lebens sahen. Das schaukelte und strampelte und gierte. Das hetzte und dienerte und schob. Bettelte und fror. Das grämte sich, sehnte sich, hungerte, und wurde nicht satt. Das suchte und fand nicht. Wie sie schwatzten, lamentierten und heuchelten. Die Räder liefen holpernd im Takt dazu. Fuhr man, oder drehte man sich auf derselben Stelle?
Er blickte aus dem Fenster. Soviel Himmel lag über der Erde. Ach, daß es Wolken gab, die das gnadenlose Licht milderten, das ihn so lange heimgesucht hatte.
„Die Menschen wissen es nur noch nicht“, sagte er halblaut vor sich hin. Er mußte noch mehr vor sich hin geredet haben, denn der Rechtsanwalt, der zwar nicht Felber war, aber es gut hätte sein können, sagte zu den übrigen: „Der Herr phantasiert.“
„Ich kenne meine Drückeberger“, erklärte der ehemalige

Offizier, „aber das wird auch mal wieder anders." Er pfiff sich einen Parademarsch.
Robert fand sich nicht zurecht.
Die Räder kreischten. Mit einem scharfen Ruck – wie einst die elektrische Straßenbahn vor dem Brunnenplatz – hielt der Zug. Den Reisenden wurde bedeutet, auszusteigen und ein Stück über Land zu gehen, falls sie neuen Anschluß gewinnen wollten.
„Wir werden schon eine Heimat finden", sagte der Geliebte zu seinem Mädchen, das als letzte hinter Robert das Abteil verließ.
Er stolperte über aufgerissene Gleise, schritt mit den Tausenden, die ihre Packen trugen, an ausgeglühten Wagenreihen und zerquetschten Lokomotiven vorbei, auf einem breit ausgetretenen Sandweg über ein Feld, an das kahle Ruinen einer Vorstadt grenzten. Die Sonne flimmerte matt hinter dünnen Wolken. Zu beiden Seiten der Wegstrecke waren Knotenseile gespannt, an denen sich die Müden vorwärts zogen. Kinder weinten, während immer mehr Passagiere, auf der Erde hockend, zurückblieben. Die übrigen keuchten weiter.
Auf der Höhe eines frisch aufgeschütteten Bahndamms stand der Güterzug bereit, der den Menschentransport aufnehmen sollte. Robert war in einen Viehwagen geklettert, auf dessen Boden sich eine dünne Strohschütte ausbreitete. Bis auf den Herren in der Joppe, der in den gleichen Wagen gelangt war, hatte er die Reisenden seines alten Abteils aus den Augen verloren. Eine neue Gesellschaft, von der einige Mitglieder erst an diesem Platz zugestiegen waren, teilte mit ihm jetzt die Fahrt. Es vergingen Stunden, bis sich der Zug in Bewegung setzte. Durch die halb geöffnete Schiebetür drangen Licht und Luft in den Wagen.
„Das ist der Herr", sagte der ehemalige Offizier, indem er auf Robert wies, „der behauptet, aus der Stadt hinter dem Strom zu kommen."
Aus dem Gelächter löste sich eine jüngere Dame und wandte sich mit der Bemerkung an Robert, daß sie als Journalistin und Reporter einer Provinzzeitung an dem Fall interessiert sei. Robert beschränkte sich auf Andeutungen.
„Und Sie hatten wirklich das Gefühl", sagte der weibliche Reporter, „mit Toten Umgang zu haben?"

„Mit Gestorbenen", erwiderte er. Er sei auch jetzt davon noch nicht frei.
„Typische Gefangenenpsychose", erklärte die Journalistin den übrigen.
Es falle ihm schwer, sagte er, sich an das Leben wieder zu gewöhnen. Es habe sich wohl vieles verändert.
Sie wies auf die Schreckensspuren aus den Kriegsjahren und der Zeit des Unheils hin. Er müsse, schätzte sie, annähernd ein Jahrzehnt interniert gewesen sein.
„So lange?" fragte er ungläubig. Ihm sei es wie ein ewiger Tag vorgekommen. Aber es könne vielleicht stimmen. Er mußte zugeben, daß er jegliches Zeitgefühl verloren hatte.
Ob er Bilder von seinem Reiseaufenthalt mitgebracht habe, wünschte sie zu wissen. Er verneinte. Sie fand es schade, denn es wäre immerhin ein Beweis.
„Über die Stadt hinter dem Strom", sagte er, „steht alles buchstabengenau in einem Bande aufgezeichnet, den ich mitgebracht habe."
Als sie die Aufzeichnungen neugierig einsehen wollte, sagte er, daß die Worte noch mit Tinte nachgezogen werden müßten. Es sei die Bestätigung einer vorweggenommenen Realität.
Sie hielt ihn für einen Aufschneider. Er hatte wenig Konkretes zu bieten, es war nichts mit der erhofften Artikelserie „Ein neues Vineta" oder „Botschaft aus dem Bergwerk von Falun".
Vielleicht, meinte sie, spränge ein kleines Interview heraus. Damit etwas für ihn geschehe. Sie zeichne ihre Reportagen unter Bettine.
Als sie den Namen nannte, der ihn an seine Tochter gemahnte, erschrak er. Auch sie mußte unterdessen groß geworden sein. Aber er konnte keine Ähnlichkeit entdecken. Die Journalistin bestätigte, daß gleiche Namen häufig vorkämen, auch junge Mädchen wären eines wie das andere, und ihr Vater sei früh gestorben.
Sein ruhiger Blick verwirrte sie. Als der Zug an einer Kurve langsamer fuhr, sprang sie behende aus dem Wagen.
Es war nicht seine Tochter, das wußte er wohl. Aber sie hätte es ebensogut sein können, sie war stellvertretend erschienen, damit ihm gezeigt wurde, daß ein verlorener Vater zu seiner Familie zurückzukehren habe.

Der Zug fuhr schleppend durch Roberts Land.
„Unhaltbare Zustände“, wetterte der ehemalige Offizier stirnrunzelnd bei jeder Gelegenheit. Er war wie ein Schwamm, der sich an der Unzufriedenheit vollsog.
Geschickte Hände hatten in der anderen Wagenhälfte zwei Bänke gezimmert. In der Seitenwand wurde ein viereckiges Loch ausgestemmt, um eine Fensterluke zu schaffen. Man müsse, hieß es, sich heutzutage überall sogleich wohnlich einrichten. Es war eine Gruppe von Kolonisten, die als Siedler und Handwerker ihr Glück suchten. Robert kam gut mit ihnen aus.
Der Zug hielt, der Zug fuhr.
„Wir bauen die neue Wirklichkeit auf“, sagte ein Delegierter, der zu einer Versammlung unterwegs war. Ein Plakatmaler entwarf optimistische Spruchbänder. Ein rothaariger Prokurist, der früher in einer Kammgarnspinnerei beschäftigt gewesen war, handelte jetzt mit Lumpen. Man müsse sich auf Armut umschulen, sagte er.
Im benachbarten Wagen hatte sich eine wandernde Theatergruppe einquartiert. Als die Leute die schönen Kostüme sahen, stießen sie sich an und sagten: „Die spielen uns das Leben vor.“
Die Landschaft schob sich wie eine verschleierte Kulisse an den Augen der Fahrenden vorüber.
Gegen Abend hielt der Zug. Nachts, so wurde mitgeteilt, ruhe der Verkehr. Die Passagiere waren aus dem Zuge geklettert und hatten sich auf dem schmalen Streifen neben dem Gleise niedergelassen. Gruppen fanden sich zusammen, und während die Kinder Reisig und Holz für die Feuerstätten sammelten, wurde von den Frauen von dem Brunnen eines niedergebrannten Gehöftes Wasser geholt. Andere aus der zusammengewürfelten Reisefamilie erhielten vom Verpflegungswagen aus Beköstigung. Unter ihnen befand sich auch Robert. In der Ferne türmte sich schweres Gewölk. Der Übergang von der Dämmerung in die Dunkelheit vollzog sich, wie Robert wahrnahm, viel langsamer als unter dem starren Himmel der Stadt. Sein Auge sättigte sich an der Farbigkeit der Erde.
Nachts schliefen die meisten in den Viehwagen, wälzten sich auf der dünnen Strohschütte unruhig hin und her. Schlaftrunken erhoben sich die Gestalten in der mageren

Helle des Morgens. Der Prokurist entdeckte, daß ihm die Stiefel von den Füßen gestohlen waren. Geschäftstüchtig tauschte er die Suppe, die ausgeteilt wurde, gegen ein Paar Holzpantinen. Einige Zeit, nachdem sich der Zug in Bewegung gesetzt hatte, stellte sich heraus, daß der Herr in der Joppe vermißt wurde. Es wurde getuschelt, daß er, der die Nacht im Freien verbracht hatte, erschlagen worden sei.
Im Laufe des Nachmittags stieg die Gruppe der Kolonisten aus, um sich einem Treck von Planwagen zuzugesellen, der am Rand einer dünnen Kiefernwaldung aufgefahren war. Robert, der versucht hatte, sich ihnen anzuschließen, wurde indessen als überzählig erklärt. So blieb er. Einer überließ ihm beim Abschied eine Hängematte, die der frühere Archivar in seiner Wagenecke befestigte.
Am nächsten Tag wurde der Zug auf freier Strecke angehalten, die jüngeren Passagiere, Männer wie Frauen, bekamen Hacken und Schaufeln in die Hand gedrückt und wurden barsch aufgefordert, sich für eine Woche an den Aufräumungsarbeiten in einem nahe liegenden Ort zu beteiligen. Es half keine Widerrede, nur die Geschickteren ließ ein bereitgehaltenes Päckchen Tabak durchschlüpfen. Die Überrumpelten marschierten schon in der Ebene davon.
Bald stiegen andere Menschen in den Transportzug. In der Nacht schlief Robert in der Hängematte. Es gefiel ihm.
Immer weniger fühlte er sich versucht, gleich den übrigen auf einem der Haltepunkte auszusteigen. Zunächst freilich hatte er gemeint, schnurstracks zu seinem früheren Wohnort gelangen zu sollen. Aber schon die Begegnung mit der Journalistin, die Bettines Namen trug, hatte ihn schwankend gemacht. Er hatte, wenn er es recht bedachte, die Stadt hinter dem Strom nicht verlassen, um in das Altgewohnte des Lebens zurückzukehren. Zu tief war er in dem Zeitlosen verbannt gewesen, um noch an den Augenblicken des Zeitlichen Genüge zu finden. Es war kein Traum gewesen, den man abschüttelt, kein Abenteuer, aus dem man in die bürgerliche Gesellschaft heimfindet.
Sollte er vor Elisabeth treten und sagen: „Hier bin ich wieder?“ Wie sollte sie das Unfaßbare fassen! Es würde Tränen geben oder auch stumme Vorwürfe, Eifersucht oder auch verzichtendes Leiden. Bettine vermutlich in irgendeinem Büro angestellt, Erich in der Landwirtschaft. „Ich bin nicht

gekommen, Elisabeth, ich bin gar nicht hier, ich habe nur einen Aufschub von der Sibylle bekommen, eine zusätzliche Frist, ich weiß nicht, worin der Auftrag besteht, ich gehöre nicht mehr zu euch, gehöre nicht ins alte Haus."
Es war besser, verschollen zu bleiben wie bisher. Es war gerechter. Das Zwischenreich gab ihn nicht frei. Es war entsprechender, sich in diesem Zug einzurichten, zu fahren, auf der Fahrt zu sein. Man konnte das Leben nicht an dem Punkte fortsetzen, wo man es einmal verlassen hatte, und so tun, als ob unterdessen nichts geschehen sei. Ihm kam es nicht zu, seßhaft zu werden, weder am alten Platz noch an einem neuen. Es war gut, daß es Aufenthalte gab, Besinnungen, nicht nur des Nachts, wenn, wie noch immer, der Verkehr stillstand, sondern auch den einen und andern Tag über, wenn der Wagen auf einem Nebengleis abgestellt blieb, eine Stunde zu wandern, allein mit der Jahreszeit, es war gut zu wissen, daß die Reise immer weiter ging.
Robert fuhr durch sein Land. Strecke um Strecke, Landschaft um Landschaft. Flachland, Moor und Heide, Hügeltäler und Flußlauf, bewaldete Kuppen, Seen. Ferne Konturen der Berge. Er fuhr. Immer wieder riesige Friedhöfe mit schiefen Kreuzen, geschlagene Wälder, verwehte Schutthalden. Geborstene Fabriken, hilflose Baracken, überfüllte Quartiere. Hockende, starrende, sammelnde Menschen an unaufgeräumten Straßen. Übergrünte Ruinen, Niemandsland. Graue Scharen von Vertriebenen, Bettlerheere, die von Gehöft zu Gehöft gescheucht wurden. Vagabundierende, Plünderer und Wegelagerer.
Manchmal schien es, als wäre das Land ringsum krank, als bewege man sich durch verwahrloste Anlagen eines endlosen Spitals, in deren Spuk sich niemand mehr mit seinen Gebrechen auskannte. Mannshohe Weidenstrünke, wie weggeworfene Krücken, ersticktes Gras an schorfigen Stämmen, graue Moosflechten, die gespenstisch an kahlen Ästen wehten. Sonnenstrahlen, deren schimmernde Lanzen das Dickicht durchstießen.
Dörfer zogen dem Auge vorüber, freundliche Stätten, die wie unberührte Oasen inmitten der Verwüstung lagen. Alte Leute, gekrümmte Rücken, die die Felder bestellten. Halbwüchsige sahen dem Zug nach, selten winkte jemand einen Gruß. Bittprozessionen um vermißte Seelen, Hungerde-

monstrationen um Brot. Die großen Städte, Flecken der Zerstörung, wurden umfahren. Die Haltestellen befanden sich meistens auf freiem Gelände in der Nähe von kleineren Ortschaften oder im Vorfeld der alten Städte.
Schon nistete der Staub des Sommers in den Kronen der Bäume. Das Wasser auf den Teichen blühte, und der Wind in den Nächten blies warm. Das Korn wuchs, die Halme reiften zur Ernte. Das Lärmen der Vögel in der frühen Stunde vor Tag weckte ihn Morgen für Morgen. Er konnte sich nicht satt hören an dem Zilpen und Zwitschern ihrer Kehlen, an den vielfältigen Geräuschen der pulsierenden Natur, dem Zirpen, Summen, den verwunschenen Stimmen der Bäume, des Windes, des Wassers, an dem trommelnden Regen, dem nachhallenden Getropf von den Blättern. Zuweilen wurden einzelne Wagen abgehängt, blieben tagelang stehen, bis sie zu einem neuen Zug zusammengekuppelt wurden.
Längst hatte es sich ergeben, daß der Güterwagen, in dem Robert reiste, als ihm zugehörig galt und von anderen Passagieren kaum noch in Anspruch genommen wurde. Er hatte ihn allmählich zu einem Aufenthaltsraum eingerichtet, der mit Tisch und Waschgestell ausgestattet war, mit ein paar Fußmatten statt der Strohschütten. Eine Holzkiste erwies sich als praktischer Behälter für Geschirr und täglichen Vorrat. Ein eiserner Ofen, der auch der Zubereitung der Speisen diente, stand darin, das gewundene Rohr schob sich durch die Wagendecke in einen drehbaren Windaufsatz auf dem Dach. Kohlen spendete die Lokomotive, sogar eine Decke hatte er aufgetrieben. Die Hängematte schaukelte lustig über Eck. Was brauchte er mehr? Es war herrlich, ohne Besitz durch das Leben zu reisen.
Das Zugpersonal kannte ihn bald, den geheimnisvollen Gast, von dem es hieß, daß er aus einem fernen Land komme, das an den Grenzen der Welt lag, aus Indien, aus China vielleicht. Die Behörden ließen es stillschweigend zu, daß er in dem Güterwagen hauste. Es gab kaum Auseinandersetzungen und Rückfragen um Stempel und Papiere. Man schien es höheren Orts sogar zu begrüßen, daß einmal jemand da war, der keinerlei Ansprüche stellte auf legitime Zuzugsgenehmigung, auf Heimatschein und festes Wohnrecht, und der kein übliches Bürgerquartier beanspruchte.

Es schien sich um einen Sonderling zu handeln, einen Derwisch, einen Pilger, um einen modernen Reiseheiligen. Das Wunderliche seiner Erscheinung hatte sich bald in der Bevölkerung herumgesprochen, so daß sich eine Art von Legende um ihn bildete. Robert, der Reisende, hieß er im Munde der Leute, und sie erzählten sich dieses und jenes von ihm, zum Beispiel, daß er ein Zauberbuch besitze, das in einer für andere Menschen unsichtbaren Geheimtinte geschrieben sei, und daß er verstehe, jedermann geduldig zuzuhören, aber es sei anders, meinten die Leute, als beim Pfarrer im Beichtstuhl, freundlicher und wie ein natürliches Echo. Sie redeten auch davon, daß er ein Mittel gegen die Todesangst wisse.
Allmählich machte es sich zur Regel, daß sich Besucher aus der Umgegend bei ihm einstellten, sooft der Zug am Abend hielt oder sein Wohnwagen für einige Tage auf einem Nebengleis stehenblieb. Es gab Landstriche, im Schwäbischen zum Beispiel, wo man seine Ankunft geradezu erwartet zu haben schien. Die Leute kamen aus den Dörfern mit irgendeinem Anliegen, mit einer Sorge, mit einer Sehnsucht. Sie wollten wissen, wie es anderswo um das Menschenlos bestellt sei, um Gerechtigkeit und Ungerechtigkeit, um Ärger und Freude, um Unsicherheit und Zukunft. Auch Neugierige blieben nicht aus. Behutsam gab Robert, der Reisende, Auskunft. Er verstand es, rasch vom Einzelnen auf das Allgemeine zu lenken, vom Augenblicklichen auf das Beständige. Er sprach nicht viel. Er warf einen der Gedanken in den Wind, die Perking oder der Meister Magus wachgerufen hatten, die Eitlen ließen das Wort wegtanzen, die Lauschenden nahmen es als Zehr. Da er alle Einladungen ablehnte, ergab es sich, daß die Besucher ihm allerlei Freundlichkeiten erwiesen. Sie trugen zu seiner Beköstigung bei, bekümmerten sich um Wäsche, ließen es auch an Tabak und einem selten gewordenen Trunk nicht fehlen.
Von dieser Zeit an geschah es, daß sich, wo immer er auch mit seinem Wohnwagen einen kürzeren Aufenthalt nahm, ein Kreis von Menschen um ihn sammelte. Meist saß er dann mit baumelnden Beinen in der offenen Schiebetür auf dem Boden des Wagens, während die Zuhörenden auf dem Grasrain hockten, der sich neben dem Gleise erstreckte. Lag ein See in der Nähe, so wanderte er mit ihnen auch am

Schilfufer auf und ab oder lud sie zu einer Lichtung im Walde ein.
Im Inneren des Wagens, der später nur noch selten an die normalen Personenzüge angehängt und im allgemeinen bei Gütertransporten mitgenommen wurde, fand sich die Runde der wechselnden Gefährten bei Regen und während der kälteren Jahreszeit zusammen. Wenn Robert redete, beschränkte er sich darauf, Szenen und Abschnitte aus seinem Buch vorzulesen und den Sinn der Bilder und Visionen auf sie wirken zu lassen. Oft gingen sie danach schweigend auseinander, oft wurde auch gemeinsam über die Bedeutung der Vorgänge gesprochen. Das Erregende war, daß die Zuhörenden zu ihrem Leben neues Vertrauen faßten, je mehr sie vom Reich der Gestorbenen und Toten erfuhren.
Noch im Herbst des ersten Jahres, als ihn die langsame Fahrt an die Meeresküste gebracht hatte, wurde er oft durch die intensive Bläue des Lichts an den Himmel über der Totenwelt erinnert. Den Winter über war er viel allein. Unter den ziehenden Grauwolken, die gespenstisch niederhingen, meinte er oft zur Sibylle unterwegs zu sein. Er hielt die alte Zwiesprache mit ihr. „Wachst du noch hinter den Nebeln, Mütterchen Sorge?“ rief er über den Schnee, der das Land bedeckte. „Schick mir deine Gedanken“, bat er. Aus den fallenden Flocken meinte er eine raunende Antwort zu vernehmen. „Wenn der Tod nicht in der Welt wäre“, klang es wie Annas Sprechgesang, „hörte das Leben auf dem Planeten auf.“ Der Frost klirrte. „Ich bin auf dem Wege“, sagte er vor sich hin. Krähen schwirrten schwerfällig auf.
Im Frühjahr, als Robert, der Reisende, sich nach manchem Kreuz und Quer der roten Erde Westfalens näherte, sammelte sich ein bei jedem Aufenthalt wachsender Kreis von Menschen um ihn. Wenn es auch Ältere gab, die bereit waren, von den „Vorgärten des Todes“ zu hören, wie man bisweilen seine Lesungen nannte, war es vor allem die Jugend, die sich in den Abendstunden einfand und seine Worte aufnahm. Das waren die Junglehrer, die Ordner der Gewerkschaften, die kleinen Angestellten, die Studenten, Siedler, Techniker, Chemiker, Maschinenbauer und Lehrlinge beiderlei Geschlechts. Einen nachhaltigen Eindruck hinterließ bei den Zuhörern immer wieder das Bild von der im unendlichen Raum schwebenden Waage, deren Schalen voller

Licht und Finsternis durch die Taten und Gedanken der Menschen in Bewegung gehalten und bestimmt wurden.
Oft wurde ihm die Frage gestellt, welchen Sinn denn nun das Leben nach allen seinen Erfahrungen habe. Er hätte antworten können: den Sinn der Verwandlungen, der Verwandlungen im Stündlichen, im Täglichen, in den Jahresringen, im Rhythmus der Jahrsiebente, der Epochen und der Äonen. Aber des starken Schweigers, des Großen Don eingedenk, blieb er zu diesen Fragen still und überließ es jedem einzelnen, durch sein Schicksal den Beitrag zum Ganzen abzuleisten, wobei er unter dem Ganzen die kosmische Ordnung der Erde verstand. Die Verwandlung war das Gesetz. Verwandlung von einem Zustand in den anderen: Festes in Flüssiges und Flüssiges in Festes; Freude in Schmerz und Schmerz in Freude; Stein in Staub und Staub in Stein; Materie in Geist und Geist in Materie. Tod verwandelte sich in Leben und Leben in Tod.
Wenn in jenen Jahren, da der Archivar und Chronist der Stadt hinter dem Strom als Reisender auf Erden anzutreffen war, sich für viele Menschen des Abendlandes die Perspektive wandelte und ihr Denken sich an eine andere Größenordnung der Lebenswerte gewöhnte, so hing diese Veränderung nur insofern mit Roberts Kunde zusammen, als die Gleichnisse seiner Welt hinter dem nachbarlichen Strom den Bildern seiner Zeit entsprachen.
Es war weder sein Wille noch sein Verdienst, wenn er aussagte und wiederholte, was er bei den Gestorbenen gesehen und von den hohen Totenwächtern vernommen hatte. Es war nicht einmal sein Entschluß, von Ort zu Ort, von Land zu Land zu fahren, er gehorchte nur dem Spruch der Sibylle: lächelnd die Spur des Lebens zu ziehen. Wer weiß, ob er nicht manchmal lieber das Los seiner Entrückung für einen Kuß der lebendigen Anna preisgegeben hätte.
Wiederholt wurde die Behauptung aufgestellt, daß Robert, der Reisende, wenn er sich unbelauscht und ohne irdische Zeugen wähnte, laut gesungen habe. In der Tiefe der Nacht oder wenn die Räder des Zuges über die Schienen rollten, stand er mit ausgebreiteten Armen in der offenen Tür des Wagens und sang. Worte und Melodie schienen aus dem Augenblick geboren, das Herz strömte. Vielleicht ertönte aus ihm der Gesang der todbereiten Lebenskraft, die Unauf-

hörlichkeit des Daseins, von dem der Schleier der Maja einen Atemzug freigab.
In einem Gebirgstal, wo die Schienen ein natürliches Ende fanden, hatte er Rast gehalten, war auch, bevor der Zug wieder abwärts fuhr, auf dem kleinen Friedhof eines der umliegenden Dörfer gesehen worden. Manche Tafeln der mit Gras und Wiesenblumen überwachsenen Hügelstellen trugen Namen von dereinst verunglückten Bergsteigern. Geboren – gestorben. Dort war es auch, wo er abseits der gepflegteren Stätten Annas Grab fand. Er hockte zu Boden, streifte mit der Hand durch den wuchernden Klee. Dann ließ er, während sein Blick die Klarheit der fernen Berggipfel in sich aufnahm, den mürben, leicht verklumpten Sand immer wieder durch seine Handflächen rieseln.
„Sie war nicht von hier", hörte er eine alte Muhme sagen, die den Reisenden lange beobachtet hatte. Als er aufschaute, bekreuzigte sich die Greisin.
„Sie ist auch nicht hier", sagte er freundlich. Aber die Alte mit dem Kopftuch befand sich schon außer Hörweite.
Langsam schritt er den Wiesenpfad hinab, der sich ins Dorf zur Station schlängelte. An den Hängen tanzten die Nebel. Sie warfen ihre Schleiernetze aus, als wollten sie ihn einfangen. Es wisperte im Knieholz. Im Gehen innehaltend, vernahm er in den schleifenden Böen des Windes den raunenden Sprechgesang einer fernen Stimme. Wolken schäumten über die Höhen des gegenüberliegenden Gebirgskammes.
„Wer die Nebelfrau spinnen hört", sagte die Muhme, die ihn an der Kreuzung vor dem Dorf erwartete, „den holt sie."
„Ich weiß", sagte er und schlug lächelnd ein paarmal mit seinen Handschuhen durch die Luft. Die Gedanken der Sibylle, denen er auf seiner Lebensreise teilhaftig geworden war, erfüllten nicht nur sein Wesen, ihr Geheimnis, das spürte er wohl, war unterdessen von mehr als einem Munde ausgesprochen. In großen Sätzen sprang er den Weg weiter hinunter, und als er seinen Wagen auf dem Bahngleis erreicht hatte, flammten die ersten Blitze auf. Er sah von der Tür seines Wagens aus die ewigen Zeichen der Elemente.
Als sich der Zug in Bewegung setzte, beugte er sich noch

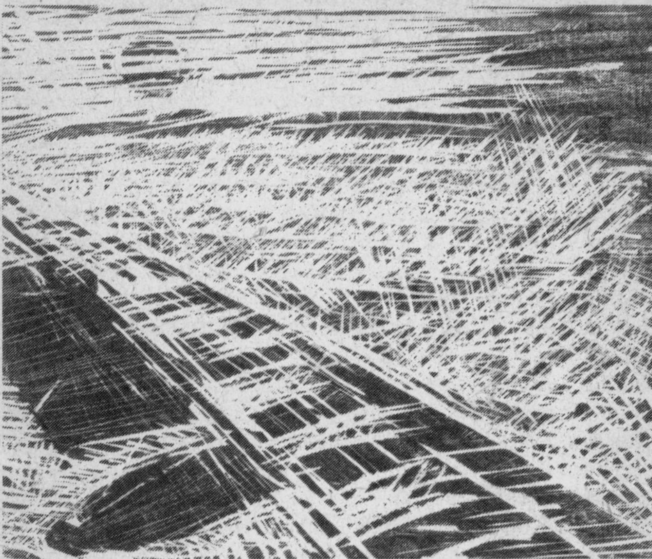

einmal hinaus und rief zum Abschied: „Die Wirklichkeit ist das größte Wunder."

Aus den Bergen, in denen die Gewitter noch nachhallten, fuhr der Zug in die sinkende Ebene. Holz war geladen, Stückgut und Vieh. Ein Teil blieb hier, ein anderer dort, die Waren stapelten sich in großen Betonhallen, Kräne hoben Lasten, der Dampf zischte aus den Maschinen. An den Haltestellen lockten bunte Plakate. Die Leute fluchten, die Leute scherzten. Der Verkehr stand auch nachts nicht mehr still.

Namen von alten vertrauten Städten grüßten, das Gartenland schwoll. Häuser tasteten sich aus überwachsenen Ödbezirken ins Freie vor. Die Flüchtlinge und Zerstreuten hatten wieder zu bescheidenen Arbeitsstätten gefunden. So nüchtern die Tage waren, sie konnten den Zauber der Nächte nicht ersticken. Die Geister der Toten kehrten in den Träumen ein, sie mahnten und forschten, sie bewachten auch Roberts Schlaf, wenn er in seinem Reisewagen lag, den vergilbenden Band der Chronik unter dem Kopfkissen. Wie in einer Vision meinte er noch einmal das Bild der goldenen Waage zu sehen, wie er es am letzten Abend in der Stadt vom Söller der Präfektur aus erblickt hatte, und die Schale des Hellen schien jetzt kräftiger zu leuchten. So lag er heiter und blieb auch liegen, als am Morgen die Station seiner Heimatstadt ausgerufen wurde. Er schien im Kreise gefahren zu sein, nun schloß sich wohl der Ring.

Vor seinen Wagen hatte sich eine Rangierlokomotive gespannt, die ihn in eine glasgedeckte Halle an einen wartenden Zug schob. Auf dem seitlichen Bahnsteig standen verschiedene Menschengruppen vor den Abteilen, die mit Blumen und Kränzen versehen waren. Während Roberts Reisewagen an den Zug gekuppelt wurde, traten einige Personen in dunkler Kleidung, die sich stumm die Hand reichten, an die halb geöffnete Tür. Robert hob unmerklich den Kopf und erkannte in den Gesichtern seine Kinder, Erich und Bettine. Hinter ihnen stand Elisabeth, und der Herr neben ihr mußte, wenn nicht alles täuschte, Professor Mertens sein, der Chirurg, Annas Mann. Die Köpfe der übrigen verschwammen. Doch sah er, daß Bettine ein Kind auf dem Arm trug, und auch Erich hielt eins an der Hand. Die Kinder zupften fröhlich an den Blumen. Als Erich das seine, wie um es deutlich zu zeigen, ebenfalls hochhob, jauchzte es vor Lebensfreude. Die Erwachsenen starrten verloren in den Wagen. Robert, der sich weiter aufrichten wollte, empfand einen lähmenden Schmerz in der linken Brustseite, das gleiche ziehende Stechen, wie es ihn zuweilen in den Jahren gepackt hatte, als er die Chronik des Totenreichs erlebte, nur betäubender und gültiger.

„Wo bin ich?“ stammelte er unhörbar.

Er griff nach seinem Herzen, und der Kopf fiel mit einem Ruck zurück. Elisabeth schien noch etwas sagen zu wollen, aber sie preßte ein Taschentuch vor den Mund. Dann schoben sich die Kränze und Blumen durch den breiten Türspalt, der, kurz bevor sich der Sammeltransport in Bewegung setzte, von selbst geschlossen wurde. Robert konnte, nachdem der Zug schon die glasgedeckte Halle verlassen hatte, durch die Wände hindurch die nachblickende Gruppe auf dem Bahnsteig kleiner und kleiner werden sehen.

Sein Protokoll der Schrecksekunde war schon geschrieben.

Als sich der Zug einer großen Flußbrücke näherte, trat er an das Fenster. Während sein Wagen langsam über den Strom fuhr, warf er einen Stoß von Blättern, die er aus einem Buch gerissen hatte, in die Tiefe, so daß er zuletzt nur noch die blaue Hülle des Einbandes in Händen hielt. Die Papiere flatterten rasch durch die Luft und trieben in dem modrigen Wasser, wo sie allmählich zerfielen.

Der Reisende war unterdessen schon an der Endstation ausgestiegen. Er ging, einer von vielen, im Zwielicht der frühen Morgendämmerung einer Stadt entgegen, die ihm sonderlich vertraut war, obwohl er sich nicht erinnern konnte, sie schon früher einmal betreten zu haben.

Der Roman wurde geschrieben in den Jahren 1942 bis 1944 und 1946. 1947 erschien die erste Ausgabe, 1956 eine durchgesehene Fassung.

Universal Bibliothek

BELLETRISTIK

GÜNTHER RÜCKER

Erzählung eines Stiefsohns

Prosa · Essay

Band 1263. Broschur 2,50 M

Günther Rücker (geb. 1924) debütierte Anfang der fünfziger Jahre als Hörspiel- und Filmautor. Geschichte, vor allem die schmerzvolle deutsche Geschichte, gespiegelt durch biographische Erinnerung, wird schon früh das „Thema“ vielfältiger künstlerischer Arbeiten. Nachdem in Reclams Universal-Bibliothek 1979 unter dem Titel „Sieben Takte Tango“ eine Auswahl seiner Hörspiele erschien, folgt nun ein Band mit Erzählungen und Essays. Ausgewählt wurde aus den vielbeachteten Bänden „Herr von Oe./Hilde, das Dienstmädchen“, „Anton Popper“ sowie aus bisher unveröffentlichten Manuskripten des Autors.

Universal Bibliothek BELLETRISTIK

MEJA MWANGI
Wie ein Aas für Hunde

Aus dem Englischen übertragen und mit einer Nachbemerkung von G. Böhnke
Band 1114 (Sonderreihe) · Broschur 1,50 M

Meja Mwangi (geb. 1948) zählt zu den populärsten Autoren Kenias. Seine Romane zeigen Techniken in der Tradition der europäischen Realisten auf, aber atmosphärisch sind sie verwurzelt in den Bildern, Geräuschen und Gerüchen seiner Heimat. Hier gestaltet Mwangi im Rahmen einer spannungsgeladenen Konfrontation zwischen einer Gruppe Mau-Mau-Kämpfern auf verlorenem Posten im Urwald und einem britischen Captain mit seinen Leuten ein Stück militärischer und geistiger Auseinandersetzung mit dem Kolonialismus. Der Roman wurde 1974 mit dem Kenyatta Award ausgezeichnet.

Universal Bibliothek BELLETRISTIK

TOIVO PEKKANEN

Meine Kindheit

Aus dem Finnischen übertragen und mit einer Nachbemerkung von H. Thiele
Band 1155 (Sonderreihe) · Broschur 2,– M

Toivo Pekkanen (1902–1957), Sohn eines Steinhauers, Autodidakt, errang erste literarische Anerkennung mit dem Roman „Im Schatten der Fabrik" (1932) und mit der Novelle „Menschen im Frühling" (1935). In den folgenden Jahren entwickelte er sich zu einem der bedeutendsten Autoren seiner Heimat und wurde 1955 in die Finnische Akademie gewählt. Seine Autobiographie „Meine Kindheit" entstand 1953. In ergreifenden Bildern läßt der Autor die Jahre zwischen 1902 und 1918 an uns vorüberziehen, macht mit den Freuden und Nöten der kleinen Leute und gleichzeitig mit einem Stück finnischer Geschichte vertraut.